BASTEI
LÜBBE

Von Gayle Lynds sind als Bastei Lübbe Taschenbuch lieferbar:

13911 Maskerade
14537 Das Mosaik

GAYLE LYNDS

DAS HERZ DES BÖSEN

Aus dem Amerikanischen
von Rolf Tatje

BASTEI LÜBBE

BASTEI LÜBBE TASCHENBUCH
Band 14825

Erste Auflage: Dezember 2002

Bastei Lübbe Taschenbücher ist ein Imprint der Verlagsgruppe Lübbe

Deutsche Erstveröffentlichung
Titel der amerikanischen Originalausgabe: MESMERIZED

Umschlaggestaltung: HildenDesign, München
Titelbild: Rubberball Productions
Satz: hanseatenSatz-bremen, Bremen
Druck und Verarbeitung: Elsnerdruck, Berlin
Printed in Germany
ISBN 3-404-14825-8

Sie finden uns im Internet unter
http://www.luebbe.de

Der Preis dieses Bandes versteht sich einschließlich
der gesetzlichen Mehrwertsteuer.

Für meinen Sohn Paul Stone und seine Braut Katrina Baum
Für die Liebe, für die Jugend, für die Zukunft
Alles Gute zur Vermählung
8. April 2000

In diesem Roman werden fiktive terroristische Anschläge in den Vereinigten Staaten erwähnt, als die Ereignisse des 11. September 2001 noch keine schreckliche Realität gewesen sind. Wir hoffen, dass die hier geschilderten Formen des Terrorismus ebenso wenig Wirklichkeit werden wie ein Rückfall in die Zeit des Kalten Krieges.

Danksagung

Vielen Menschen, die ihre Kenntnisse und Erfahrungen mit mir teilten, als ich DAS HERZ DES BÖSEN schrieb, bin ich zu großem Dank verpflichtet.

Carolyn Campbell, Ph.D., Direktorin und Chefanwältin bei Emerging Markets Partnership in Washington, D.C., ist außerdem Associate Professor am George Washington National Law Center. Sie hat mich in rechtlichen Fragen beraten und mir mit ihren Kenntnissen des District of Columbia sehr geholfen. Cheryl Anderson, Chefautorin für das Freedom Forum, hat für United Press International, Cox Newspapers und den Dallas Times Herald aus dem Weißen Haus berichtet. Ihre Informationen über den District of Columbia und das Weiße Haus waren von unschätzbarem Wert. Philip Shelton, Autor und ehemaliger FBI-AGENT, und Gene Riehl, ebenfalls Autor und früherer Agent des FBI, sorgten dafür, dass das Geschehen des Romans sich im Rahmen des Möglichen bewegt, was die Regierung und deren Arbeit und Aufgaben angeht. Peter Caldwell von der Caldwell Pharmacy in Santa Barbara, Kalifornien, hat mich über verschiedene Medikamente zur Behandlung von Herzkrankheiten informiert.

Ich danke dem neuen Team bei Pocket Books für seinen Enthusiasmus und das hohe professionelle Niveau. Von der Direktorin Judith Curr über die stellvertretenden Herausgeberinnen Karen Mender und Kara Welsh, die Cheflektorin Kate Collins, die Werbedirektorin Melinda Mulin bis zum Art Director Paolo Pepe habe ich die beste Betreuung erfahren, die man sich wünschen kann. Cheflektorin Lauren McKenna und

Lektorin Christina Boys standen mir bei zahlreichen Gelegenheiten hilfreich zur Seite. Schließlich geht mein Dank an Ian Jackman, dessen magische Fähigkeiten als Lektor sehr viel dazu beigetragen haben, diesem Buch Biss zu verleihen.

Mein Mann, der Schriftsteller Dennis Lynds, hat entscheidenden Anteil an der Entstehung dieses Romans.

Er ist mein wichtigster Kritiker.

Meinem Agenten Henry Morrison danke ich dafür, dass er mich vom ersten Entwurf bis zum fertigen Buch begleitet hat. Ebenso geht mein Dank an meinen Auslandsagenten Danny Baror. Meine Tochter Julia Stone gab mir die Idee für dieses Buch ein; mein Sohn Paul Stone arbeitete die juristischen Aspekte für die Hauptpersonen aus.

Schließlich und endlich bedanke ich mich bei: Joseph Allen, Vicki Allen, Patricia Barrett, Katrina Baum, Julia Cunningham, Paula Domalewski, Julia Fasick, Roberta Foreman M.F.C.C., Gary Gulbransen, Susan Miles Gulbransen, Fred Klein, Lumina, Deirdre Lynds, Kate Lynds, Randi Kennedy, Wendell Klossner M.D., Monica McCoy D.C., Lucy Jo Palladino Ph.D., Elaine Russell, Theil Shelton, Jim Stevens und MaryEllen Strange.

Die größte Hoffnung der Menschheit,
dem Zorn der Götter zu entgehen,
waren sinnlose, jedoch machtvolle Riten oder Opfer,
die unter Schmerzen und Klagen gebracht wurden.

Edith Hamilton: *Mythology*

Suche nach Dingen, die nicht da sind. Wenn wir uns zu früh festlegen, verschließen wir uns vor möglichen Antworten.

Ein Analytiker der CIA, der anonym bleiben möchte.

Prolog

Sie war ein Star.

Die Königin des Kosmos.

Beth Convey, eine tödliche Maschine.

Sie war in Raum 311 des Obersten Gerichts im Disctrict of Columbia. Die Luft war abgestanden, zum Schneiden dick; aber das war zu erwarten gewesen. Ganz gleich, in welchem Gerichtssaal sich ein Sensationsprozess dem Ende näherte, jedes Mal bedeutete es zu viele Tage bei geschlossenen Türen, zu viel Schwitzen, zu viel Zorn, Abscheu und sublimierte Gewalt, als dass die Luft frisch sein könnte. Die Neonröhren strahlten in unbarmherzigem, gleißendem Licht, und es gab keine Fenster, die durch frische Luft Erleichterung hätten verschaffen können. Dieser Raum im zweiten Stock des dreißig Jahre alten Gerichtsgebäudes war wie ein klaustrophobischer, holzgetäfelter Sarkophag.

Dennoch zeigte das Publikum, das sich im Saal drängte, reges Interesse an der Verhandlung, und schien die äußeren Umstände kaum zur Kenntnis zu nehmen. Die Leute saßen gebannt da, denn in diesem Scheidungsprozess, der die Schlagzeilen beherrschte, hingen von Beth Conveys Kreuzverhör Hunderte von Millionen Dollar ab, und niemand – besonders die Presse – wollte auch nur ein Wort verpassen.

Beth wandte sich an den Richter. »Ich bitte um die Erlaubnis, mit dem Zeugen sprechen zu dürfen, Euer Ehren.« Beth war für ihre eiskalte Ruhe bekannt, die sie vermutlich vom Vater geerbt hatte; schließlich war sie die Tochter von Jack Convey, genannt »das Messer«, Top-Verteidiger aus Los Angeles.

Richter Eric Schultz war ein großer Mann mit ernster Stimme und buschigen Brauen. Er blickte Beth durchdringend an. Beth hatte den Zeugen den ganzen Tag im Zeugenstand gehalten, und die Stimme des Richters besaß einen gereizten Unterton, als er nun erwiderte: »Also gut. Aber fragen Sie nur zur Sache, Ms Convey.«

Beth ging zum Zeugenstand. Sie spürte den sorgenvollen Blick ihrer Mandantin Michelle Philmalee im Rücken, während vor ihr der Gegenstand des Kreuzverhörs saß: Michelles Ehemann, der Industrielle Joel Mabbit Philmalee. Über seinem gestärkten weißen Hemdkragen war sein geröteter Hals zu sehen, und in seinen Augen flackerte Wut.

Vor dem Prozess hatten seine Anwälte ein Angebot für eine Regelung gemacht, die sie »vernünftig« genannt hatten: fünfzig Millionen – ein Bruchteil vom Wert des Unternehmens, das sich in seinem Privatbesitz befand. Das Angebot war beleidigend niedrig, und Michelle hatte abgelehnt, wodurch Beth zu einer Taktik gezwungen wurde, die leicht fehlschlagen konnte: Sie musste Joel Philmalee dazu bringen, dass sein ungestümes Temperament ihn während der Verhandlung verriet. Das war der Grund dafür, dass Beth ihn so lange im Zeugenstand schmoren ließ.

Dabei hatte sie geglaubt, das alles hinter sich zu haben. Sie hatte als Familienanwältin begonnen; inzwischen war sie auf internationales Recht spezialisiert. Mit ihren Kenntnissen der osteuropäischen, insbesondere der russischen Politik, ihrer Fähigkeit, sich auf Russisch und Polnisch ausdrücken zu können und ihrem Riecher für geschäftliche Dinge hatte Beth in Michelle Philmalees Auftrag in den ehemals kommunistischen Ländern so erfolgreich verhandelt, dass Michelle darauf bestanden hatte, auch bei ihrem Scheidungsprozess von Beth vertreten zu werden.

Beth seufzte innerlich. Sie hätte den Scheidungsfall lieber einem der anderen Anwälte ihrer Kanzlei übergeben, doch der Seniorpartner hatte entschieden abgelehnt. Die Kanzlei, Edwards & Bonnett, war entschlossen, auch in Zukunft für Michelle Philmalee zu arbeiten; deshalb musste alles so laufen, wie Michelle es wollte. Wenn Beth ihrer Mandantin zum Sieg verhalf, würde sie einen großen Sprung auf die Überholspur in Richtung Partnerschaft in der Kanzlei machen. Beth war kein Dummkopf, und so hatte sie Michelles Vertretung vor Gericht übernommen.

Nun blieb sie anderthalb Meter vor Joel Philmalee stehen. Ein Hauch teuren Herrendufts wehte zu ihr herüber, während sie sich innerlich bereitmachte und Joel fest anblickte. Seine Wut wuchs von Sekunde zu Sekunde. Beth unterdrückte ein Lächeln – und spürte, wie plötzliche Übelkeit sie überfiel.

Sie atmete tief ein und versuchte, das Gefühl des Unwohlseins niederzukämpfen. Ihre Stimme war tonlos und rau. »Trifft es zu, dass Sie Ihrer Frau die Leitung der Hotelkette anfänglich nur deshalb überlassen haben, weil Sie die Hotels für eine unbedeutende Investition hielten und geglaubt haben, Ihre Frau würde scheitern? Ja oder nein?«

Er blickte ihr direkt in die Augen. »Ich war der Meinung ...«

»Ja oder nein?«

Joel Philmalee schoss einen hasserfüllten Blick auf Michelle ab. »Nein!«

»Dann haben Sie Ihre Frau deshalb nicht gefeuert, weil ihre Prognose, der Bericht für das vierte Quartal würde zeigen, dass eine Expansionsstrategie richtig ist, sich als zutreffend erwies? Ja oder nein?«

»Ich glaube, man könnte sagen ...«

»Ja oder nein?«

»Niemals! Reicht Ihnen das? *Niemals!*«

Beth wusste, dass er log, doch sie konnte ihn nicht zwingen, seine Aussage zu ändern. Es kam ihr auch eher darauf an, dass der Richter sah, wie sie Joel Philmalee durch ihre Fragen wütend machte. Für Philmalee war Beth zu einem unverschämten, ärgerlichen Weib geworden – genau wie seine Frau.

Beth hatte Zeugenaussagen, Sitzungsprotokolle und Finanzanalysen vorgelegt, die zeigten, dass Michelle die entscheidende Rolle beim Wachstum der Firmengruppe gespielt hatte. Jetzt hatte Beth gehofft, einen weiteren wichtigen Punkt nachweisen zu können, ohne ihn offen anzusprechen: Joel Philmalee schlug Frauen. Beth wusste, dass dahingehende Gerüchte der Wahrheit entsprachen. Das Problem war jedoch, dass Michelle keine öffentliche Bestätigung haben wollte, ein Opfer häuslicher Gewalt geworden zu sein, nicht einmal, wenn es um ein Vermögen von einer halben Milliarde Dollar ging. Auf den Schlachtfeldern der Geschäftswelt hatte sie gelernt, dass es weit besser war, wenn ihr Krieg um eine finanzielle Regelung wie ein Wettkampf zwischen zwei Industriegiganten aussah. Wenn es ums Geschäft ging, glaubte Michelle, durfte man niemals schwach aussehen.

Beth war derselben Meinung, und wenngleich diese Strategie ihre Aufgabe schwerer gemacht hatte, war sie ihre einzige Hoffnung. Im Unterschied zu Bundesstaaten, in denen es Gütergemeinschaft gab, war im District of Columbia keine Halbe-Halbe-Teilung vorgesehen, wie Michelle sie wollte. Stattdessen verliehen die Gesetze den Anwälten großen Ermessensspielraum.

Beth kämpfte einen weiteren Anfall von Übelkeit nieder und unternahm den nächsten Vorstoß. »Mr Philmalee, stimmt es, dass Ihre Frau in verschiedenen Vorständen saß, dass sie weite Reisen unternommen hat, um Immobilien zu bewerten, und dass sie die Philmalee International vollkommen selbstständig aufgebaut hat? Ja oder nein?«

Er beugte sich vor. »Nein! Sie hat alles auf *meine* Anweisungen hin getan. *Ich* bin die Philmalee Group!«

»Bitte beschränken Sie sich auf Ja oder Nein, Mr Philmalee.« Beth bekam kaum noch Luft. Ihr Herz raste. In der vergangenen Woche hatte der Internist Stress als Ursache für Beths stets wiederkehrende Atemnot diagnostiziert und ihr geraten, alles langsamer anzugehen. Erst zweiunddreißig und schon bei der Arbeit kürzer treten? Unsinn. Dieser Prozess war zu wichtig.

Joel Philmalee wandte sich wütend an den Richter. »Muss ich mir das gefallen lassen, Euer Ehren?«

Judge Schultz schüttelte den Kopf. »Sie hatten reichlich Gelegenheit, die Sache zu regeln.«

»Aber meine Frau will die Hälfte meines Unternehmens!« Joel schoss einen hassvollen Blick auf Michelle ab.

Michelle presste mit finsterer Miene die Lippen zusammen. Sie war eine kleine Frau, sehr modebewusst; sie trug ein Pikee-Kostüm von Chanel und eine Armani-Brille mit rotem Rand. Sie ließ sich nichts von der Unruhe und Einsamkeit anmerken, die Beth in dem einen oder anderen schwachen Moment bei ihr beobachtet hatte. Doch Beth konnte Michelles Isolation sehr gut verstehen. Wie sie selbst, hatte auch Michelle die Arbeit zum Mittelpunkt ihres Lebens gemacht. Beth hatte es nie bereut, und soweit sie es beurteilen konnte, galt das auch für Michelle.

Beth bohrte weiter: »Das angemessene Wort ist *unser*, Sir. Ihr *und* Mrs Philmalees Unternehmen. ›*Unser* Unternehmen.‹ Die Philmalee *Group*. Sie *beide* arbeiteten ...« Beth unterdrückte ein Keuchen. Ein dumpfer Schmerz wühlte in ihrem Brustkorb, und unter ihrem Kostüm brach ihr der Schweiß aus. *Nein*. Sie durfte jetzt nicht schlappmachen, sie stand so kurz vor dem Sieg ...

Joel ballte die Faust. »Meine Frau hat einen Scheißdreck für die Firma getan!«

»Mr Philmalee, ich habe Sie bereits einmal wegen Ihrer Ausdrucksweise verwarnt«, sagte der Richter. »Beim nächsten Mal belange ich Sie wegen Missachtung des Gerichts.«

Mit Mühe zwang sich Beth, mit ruhiger Stimme zu sprechen.

»Ihre Frau war die treibende Kraft im Unternehmen. Ohne Ihre Frau hätten Sie *gar nichts*. Sie hat Ihnen das Startkapital gegeben. Sie haben den Ruhm für ihre Ideen eingeheimst ...«

»Einspruch, Euer Ehren!«, rief Joels Anwalt.

»Abgelehnt«, sagte der Richter mit fester Stimme. »Fahren Sie fort, Frau Anwältin.«

Beth ließ nicht locker. »Ihre Frau hat die Strategien entworfen und Ihnen gesagt, wie Sie sie anwenden sollen. Nehmen Sie nur die Wheelwright-Transaktion. Das Oak Tree Plaza. Die Philmalee Gardens ...«

»Nein! Nein! Nein!« Knallrot im Gesicht, sprang Joel Philmalee auf.

Der Richter ließ den Hammer auf den Tisch knallen.

»Sogar die Philmalee International ...«, fuhr Beth fort.

Joel Philmalee schrie: »Du Schlampe!« Er sprang über die Barriere des Zeugenstandes auf Beth zu.

Beths Herz schien vor Schmerz zu explodieren. Es fühlte sich an, als würde ihr Brustkorb auseinander fliegen. Der Schmerz war scharf und stechend. Beth versuchte Atem zu holen, auf den Beinen zu bleiben, nicht das Bewusstsein zu verlieren. Sie hatte in ihrem Leben stets alles zu Ende geführt. Ihrer Mandantin stand die Hälfte der Philmalee Group zu. Beth *musste* weiterkämpfen ...

Stattdessen brach sie zusammen.

Joel Philmalee bemerkte es gar nicht. Er stürmte an ihr vorbei auf seine Frau zu.

Michelles Gesicht verzerrte sich vor Schreck. Um auszuweichen, wirbelte sie so schnell herum, dass ihre Brille davonflog. Die Zuschauer schrien entsetzt auf. Fluchend packte Joel seine Frau von hinten.

Gerade als seine Hände sich um ihren Hals schlossen, erwachte ein Dutzend Journalisten im Saal zum Leben. Sie stürmten die Seitengänge hinunter. Binnen Sekunden zerrten zwei Reporter Joel von Michelle weg.

Der Sicherheitsdienst des Gerichts stürmte in den Saal. Die Ordnung wurde wiederhergestellt. Joel Philmalee wurden Handschellen angelegt; dann drängte man ihn durch eine Seitentür aus dem Saal.

Erst jetzt bemerkte jemand, dass Beth Convey immer noch dort lag, wo sie zu Boden gefallen war.

»Hat sie sich verletzt?«, fragte der Richter alarmiert. »Sehen Sie nach ihr, Kaeli!«

Der Gerichtsdiener eilte zu der bewusstlosen Frau, ging neben ihr auf die Knie und fühlte ihren Puls. Panisch tasteten seine Finger. »Nichts, Sir.« Während sich beklommenes Schweigen im Gerichtssaal ausbreitete, beugte der Gerichtsdiener sich tiefer über Beth. Seine Wange war nur Zentimeter von ihrem Mund entfernt, doch er spürte keinen Atem.

Schließlich blickte er zum Richter. Seine Augen waren vor Schreck weit aufgerissen. »Sie ist tot. Es tut mir Leid, Herr Richter, aber Ms Convey ist tot.«

Erster Teil

[illegible] Monate später [illegible] [illegible] [illegible] [illegible] [illegible] [illegible] [illegible] Amt eingegangen [illegible] [illegible] [illegible] [illegible] [illegible] [illegible] [illegible] [illegible]

[illegible] [illegible] [illegible] [illegible] [illegible] mit Taschen [illegible] [illegible] [illegible] [illegible] Kreislauf [illegible] [illegible] [illegible] [illegible] auf der Fahrer [illegible] [illegible] [illegible] [illegible] zu der Seite [illegible] [illegible] auf den liegenden Konradi [illegible]

Die Fahrt des [illegible] [illegible] [illegible] [illegible] [illegible] [illegible] [illegible] [illegible] was ich tun sollte [illegible] [illegible] ich sollte [illegible] [illegible] [illegible] [illegible] [illegible] [illegible] [illegible] [illegible] [illegible] einen Herzinfarkt [illegible] [illegible] [illegible] [illegible] wie die Sanitäter den Opfer auf eine Bahre legten. [illegible]

1.

Einen Monat später, in einer milden Mondscheinnacht, nahm die Notrufzentrale in Washington um 22.12 Uhr einen Anruf entgegen: Im Rock Creek Park hatte sich soeben ein Motorradunfall ereignet. Der Anrufer nannte den genauen Ort.

Innerhalb von vier Minuten trafen Rettungssanitäter und Polizei am Unfallort ein, wo ein neuer Lexus stand. Der Fahrer setzte scharf zurück auf den Randstreifen, und der Wagen kam mit kreischenden Reifen zum Stehen, wobei die Hinterräder Kieselsteine gegen die metallene Leitplanke schleuderten. Ein eleganter Mann in teurer Businesskleidung stieg hastig auf der Fahrerseite aus und eilte durch die nächtlichen Schatten zu der Stelle zurück, wo die Sanitäter sich über den am Boden liegenden Motorradfahrer beugten.

Der Fahrer des Lexus sah bestürzt aus und sprudelte mit leichtem Akzent hervor: »Ich bin froh, dass jemand Sie angerufen hat. Können Sie meinem Freund helfen? Ich wusste nicht, was ich tun sollte, und ich habe kein Handy, also dachte ich, ich sollte losfahren und Hilfe holen. Ich komme zu spät, oder? Ich hatte mich auf dem Nachhauseweg sehr beeilt, um ihn hier zu treffen. Und dann – wie schrecklich! – sah ich ihn und sein Motorrad am Straßenrand liegen.« Er sprach lauter. »Ich habe ihm wieder und wieder gesagt, dass er einen Helm tragen soll, aber er wollte nicht. Er war bewusstlos, als ich ihn gefunden habe. Wird er es schaffen?« Er atmete keuchend. Seine Lippen bebten, als er beobachtete, wie die Sanitäter das Opfer auf eine Trage legten. Der Mann sah wie ein Diplomat oder ein wohlhabender Geschäftsmann aus, was den Sanitätern nicht entgangen war.

Der Notarzt sagte höflich: »Bitte machen Sie Platz, Sir. Er hat ein ernstes Schädeltrauma, und wir müssen ihn ins Krankenhaus bringen. Sie können uns folgen. Wie heißt er?«

»Ogust. Michail Ogust«, antwortete der Mann eifrig. »In welches Krankenhaus bringen Sie ihn? Wir kennen uns schon seit vielen Jahren, wissen Sie ...«

Der Notarzt nickte bloß. Während er den anderen half, das bewusstlose Unfallopfer in den Rettungswagen zu heben, nannte er dem Mann Namen und Anschrift des Krankenhauses.

Gleichzeitig näherte sich ein Polizist, der die Bremsspuren auf der Straße ausgemessen hatte. »Ich würde Ihnen gern ein paar Fragen stellen, Sir.«

Der Mann drehte sich um. »Oh. O ja. Natürlich.«

Während der Rettungswagen mit Blaulicht und heulenden Sirenen davonraste, notierte sich der Polizist den Namen des Mannes, bat ihn zu erzählen, was er gesehen hatte, und erklärte ihm, dass sie versuchen würden, den guten Samariter zu lokalisieren, der den Unfall gemeldet hatte. Es hatte den Anschein, als wäre kein anderes Fahrzeug an dem Unfall beteiligt gewesen.

Als der Polizist den Mann entließ, stieg dieser in seinen Lexus und fuhr geradewegs zum Krankenhaus. Dort erfuhr er, dass bei der Einlieferung nur noch Michail Ogusts Tod festgestellt werden konnte. Alle waren sehr höflich und aufmerksam zu ihm, da Ogust ein guter Freund gewesen war.

Der Mann ließ den Kopf hängen. Tränen liefen ihm über die Wangen. Die Schwestern sprachen ihm ihr Beileid aus und rieten ihm, nach Hause zu gehen; er müsse jetzt an sich selbst denken. Der Mann, der kein Wort hervorbrachte, nickte bloß und verließ mit langsamen Schritten das Krankenhaus.

Eine halbe Stunde später erreichte er seinen millionenschweren Besitz in Chevy Chase, eine Luxusvilla in einem dichten Waldstück, fernab der Straße. Der Mann hätte todmüde sein müssen, bedachte man die schrecklichen Ereignisse des Tages. Stattdessen war er beinahe heiter.

Am Seiteneingang des Hauses, der von der Garage aus am bequemsten zu erreichen war, tippte er seinen Code in die Tastatur des Sicherheitssystems, öffnete die Tür und ging direkt durch die Küche und den Flur hinunter zu seinem Arbeitszimmer, das zugleich sein häusliches Büro war. Als er am Schlafzimmer vorüberkam, fiel sein Blick auf sein Bild im schmalen Spiegel an der Tür des Kleiderschranks.

Der Mann blieb im Türrahmen stehen und betrachtete, was er sah: Einen gut aussehenden älteren Herrn im dunklen Anzug aus der Savile Row mit Seidenkrawatte. Er bewegte das Handgelenk, und sein goldener Manschettenknopf und die Rolex funkelten im Licht aus dem Flur. Das Gesicht des Mannes war voll, sein Kinn erhoben; er machte den Eindruck eines Menschen, der glaubte, der Reichtum des Lebens stünde ihm wie selbstverständlich zu. Seine Haltung war weniger hochmütig als selbstsicher. Er machte einen Eindruck vollkommener Solidität – ein Mann, der mitten im Leben stand, der keine Überraschungen bot und auf den man sich hundertprozentig verlassen konnte. Es war das Image, das er in dieser neuen Welt pflegte. Der ehemals mächtige Funktionär und nunmehr erfolgreiche Geschäftsmann; der Gentleman, der wohlhabende Menschenfreund, die Stütze der Gesellschaft.

Zufrieden ging er weiter den Flur hinunter, wobei er größer wurde, aufrechter, athletischer, als er seine derzeitige Rolle nach und nach ablegte. Wie jeder gute Schauspieler musste er nicht in einen Spiegel blicken, um zu sehen, wie er sich veränderte; er wusste genau, wie er aussah – so wie er wusste, wer er war, trotz der verschiedenen äußeren Erscheinungen, die er verschiedenen Zuschauern bot. Es war eine Wirklichkeit, die er nur jenen zu sehen erlaubte, die ihm am nächsten standen. Es waren nur wenige Menschen, seine wahren Freunde und Wegbegleiter; so war es immer schon gewesen. Doch von Jahr zu Jahr wurden es weniger. Ein Mann wie er, der Großes tat, konnte keine Freunde haben.

Der Mann lächelte in sich hinein, als er sein Arbeitszimmer betrat, zum Telefon ging und eine Nummer wählte. Als sein Genosse sich meldete, sagte er auf Russisch: »*Da,* ich bin es. Die Dummköpfe haben mir alles geglaubt. Alles läuft prächtig. Wir können weitermachen.«

Das Herz hämmerte gegen Beths Rippen wie eine mächtige Faust und sorgte dafür, dass sie aus der Dunkelheit emportauchte. Einen Augenblick war sie von Entsetzen erfüllt; sie hatte keine Ahnung, wo sie sich befand. Sie kämpfte gegen ihre Verwirrung, zwang sich zur Aufmerksamkeit. Sie hörte das Rauschen und Klicken von Geräten. Die Luft war kühl, und der Geruch von Desinfektionsmitteln stieg ihr in die Nase ...

Die Stimme eines Mannes drang durch ihre Benommenheit: »Ms Convey? Wachen Sie auf. Sie sind in der Intensivstation der Kardiologie. Kennen Sie Ihren Namen, Ms Convey?«

Flüsternd erwiderte sie: »Ja, sicher. Aber das ist ein Geheimnis ... Erst müssen Sie mir Ihren Namen sagen.«

Der Transplantationschirug lachte in sich hinein. »Travis Jackson. Erinnern Sie sich? Sie haben die Operation mit fliegenden Fahnen hinter sich gebracht, Beth. Sie haben jetzt ein gesundes neues Herz. Machen Sie die Augen auf. Was halten Sie davon?«

Beth wurden die Schmerzen bewusst, die durch Morphine gedämpft wurden. Sie schob das Gefühl der Desorientierung beiseite und konzentrierte sich auf ihre Brust: Der Rhythmus ihres alten Herzens – unregelmäßig und manchmal nicht mehr als ein schwaches Pulsieren – war verschwunden; stattdessen spürte sie ein Herz mit gewaltiger Kraft schlagen. Trotz ihrer Erschöpfung durchströmte sie Freude; sie lag bewegungslos da und lächelte. *Sie hatte ein neues Herz.*

Beth schlug die Augen auf, ließ langsam die Luft aus den Lungen entweichen und merkte, wie sie wieder befreit atmen konnte. »Ich liebe dieses Herz, Travis. Es hat Rhythmus. Ich möchte es für immer behalten.«

»Das wollte ich hören.« Travis war ein Mann in den Sechzigern. Sein Gesicht war faltig, und er lächelte durch eine randlose Brille, die auf einer leicht gekrümmten Nase saß, auf Beth hinunter. »Es ist ein gesundes Herz, und es passt Ihnen wie angegossen, wenn ich so sagen darf. Ich musste ihm nicht mal einen Elektroschock verpassen, um es in Schwung zu bringen. Und die erste Biopsie zeigt keinerlei Anzeichen einer Abstoßungsreaktion.«

Beths Kopf wurde langsam klar; die Benommenheit ließ nach, und allmählich setzte die Erinnerung ein.

»Wie kann ich Ihnen jemals danken?«

»Ich weiß, dass es abgedroschen klingt, aber die Antwort ist: Leben Sie ein langes und gesundes Leben. Das ist es, worum es mir geht ... das wäre die schönste Belohnung für mich.« Seine Stimme war voller Wärme. »Sie sind jung. Wir haben die Sache so schnell in Ordnung gebracht, dass Ihr Körper keinen dauerhaften Schaden nehmen konnte. Ich gehe davon aus, dass Sie eine normale Lebenserwartung haben.«

»Der Tod des Organspenders tut mir sehr Leid. Andererseits bin ich dankbar ...«

»Ich weiß. Das ist ganz natürlich.«

Beths Lächeln verblasste, während die Morphine sie wieder in die Bewusstlosigkeit spülten. Als ihre Augenlider sich schlossen, musterte der Chirurg sie. Er fühlte Ehrfurcht und Triumph – wie jedes Mal nach einer erfolgreichen Operation. Vor einem Monat war Beth kaum noch am Leben gewesen, als sie von den Sanitätern in aller Eile vom Gerichtsgebäude hierher gebracht worden war. Sie mussten den Defibrillator benutzen, um ihr Herz wieder in Gang zu setzen. Da sie in ihrer Vorgeschichte keine Herzprobleme hatte, war ihr Internist nachlässig gewesen. Er hatte fälschlicherweise Stress als Ursache für ihre Kurzatmigkeit und ihr Herzrasen diagnostiziert, während in Wirklichkeit ihre Herzkammern erkrankt waren und sie kurz vor dem Herzversagen stand – wahrscheinlich als Folge einer Virusinfektion, die ihr Internist im vorigen Winter als hartnäckige Erkältung abgetan hatte.

Er erinnerte sich, wie blass sie gewesen war, als er sie das erste Mal untersucht hatte. Weiß wie eine Wand. Aber das war nicht das Schlimmste. Im Verlauf der Wochen wurde ihre Haut gallig gelb. Ihr Verstand verwirrte sich, und sie wurde immer schwächer, bis sie kaum noch fähig war, Nahrung zu sich zu nehmen. Dies alles wegen eines Herzens, das keine ausreichenden Mengen Blut und Sauerstoff mehr pumpen konnte.

Nun aber, nur wenige Stunden nach der Operation, bewiesen Beths Worte, dass ihr Verstand wieder arbeitete. Und ihre Haut sah jetzt pfirsichfarben und gesund aus. Für Außenstehende waren dies Beweise für das so genannte Wunder einer Herztransplantation, während es für den Chirurgen lediglich die äußeren Zeichen einer erfolgreichen Operation waren.

Er lächelte erleichtert. Beth sah lebendig und vital aus, wie sie da in ihrem Krankenbett schlief. Sie war groß – eins fünfundsiebzig – und schlank. Eine schöne Frau mit gerader Nase, hohen, schön geformten Wangenknochen und einer Krone aus goldenem Haar. Dem Aussehen bei ihrer Einlieferung nach zu schließen, trug sie nur wenig Makeup. Der Arzt fand das sehr reizvoll: Eine Frau, die nicht nach ihrer Schönheit beurteilt werden wollte.

Auf der Intensivstation der Kardiologie roch es stets nach Desinfektionsmitteln. Beth hatte sich in den drei Tagen seit ihrer Operation so sehr an den Geruch gewöhnt, dass sie ihn kaum noch wahrnahm. Jetzt aber dachte sie daran, weil sich gerade die Doppeltür geöffnet hatte und der Duft frisch gebrühten Kaffees ins Zimmer strömte, sodass ihr das Wasser im Munde zusammenlief.

Dann zuckte sie zusammen. Furcht durchschoss sie wie ein Messerstich, und ihr Körper verspannte sich. Verwundert blickte sie auf eine seltsame Szene: Zwei Pfleger, in grüne Krankenhauskittel gekleidet, rollten ein altes Trainingsfahrrad in Beths Intensivpflegezimmer, das technisch auf dem neuesten Stand war. Doch einer der beiden Pfleger hatte etwas an sich, das sie aufschreckte. Sie musterte ihn, seine sicheren Bewegungen, seine massigen Schultern. Plötzlich erinnerte sie sich an ihn ... aus der Zeit vor ihrer Operation. Er hieß Dave, und er war stets feinfühlig und freundlich gewesen. Ihre Angst machte keinen Sinn, und trotzdem ...

Beth zwang sich zu einem Lächeln. »Das soll wohl ein Scherz sein, Dave. Ein Hometrainer? Für mich?« Sie musterte ihn. Noch immer hatte sie ein ungutes Gefühl.

»Ja, Ma'am. Für Sie.«

Während er und der andere Pfleger das Gerät an seinem Platz befestigten, kam Beths Arzt ins Zimmer, Jackson Travis. »Ihre neuen Biopsiewerte sehen gut aus.« Beth hatte ihn gebeten, ihr sofort alles mitzuteilen, sobald er zu ihr kam. Geduld war nicht gerade ihre Stärke. »Keine Anzeichen für eine Abstoßung oder Infektion. Temperatur, Puls und Atmung sind normal. Alles ist auf dem besten Weg.«

»Gott sei Dank.« Sie atmete auf. Dann beäugte sie misstrauisch das Rad. »Dave sagt, das ist für mich.«

»Denken Sie an unsere Abmachung: Sie bekommen ein neues Herz, aber dafür müssen Sie sehr gut darauf aufpassen. Kommen Sie. Wir helfen Ihnen.«

Beth konnte es nicht glauben. »*Jetzt?* Aber es ist gerade erst drei Tage her. Ich meine ...«

»Ich weiß. Jeder glaubt, dass es Wochen, wenn nicht Monate dauert, bis man kräftig genug ist, mit den Übungen anzufangen. Stimmt aber nicht. Drei Tage ist die normale Zeit bei Transplantationen, die gut verlaufen, und Ihre ist *sehr* gut verlaufen. Also, auf den Sattel. Das ist der Anfang Ihres täglichen Trainings.«

Nervös schwang Beth die Beine über die Bettkante. Der zweite Pfleger zog ihr desinfizierte Tennisschuhe über die Füße. An Schläuche und Leitungen, Elektroden und Sender angeschlossen, die jede Reaktion ihres Herzens meldeten, stand sie auf. Auf ihrem Brustkorb, verborgen unter ihrem Krankenhaushemd, verlief senkrecht eine lange Operationsnarbe. Brennende Schmerzen strahlten von ihr aus, die von den Morphinen gedämpft wurden und abklangen.

Der Arzt stützte einen Arm, Dave den anderen. Wieder zuckte Beth zusammen. Ein kalter Schauer durchrieselte sie. Sie fummelte mit dem Arm hinter dem Rücken, um das Nachthemd zu schließen.

»Das alles ist beschämend«, sagte sie.

»Es erinnert Sie daran, dass Sie leben.« Dr. Jackson lachte leise. »Das ist kein schlechtes Geschäft.«

Sie halfen Beth auf das Fahrrad. Allein schon, zwei Meter zu gehen, war eine Leistung. Doch sie war überrascht, wie kräftig sie sich fühlte. Sobald sie im Sattel saß, ging Dave zur Tür. Ihre Blicke folgten ihm, und sie sah erleichtert, dass er ging.

»Zeigen Sie mir, was Sie können«, sagte der Arzt.

Beth trat langsam in die Pedale, und bald schon brach ihr der Schweiß aus. »Ist das nicht genug?«, schnaufte sie. »Wollen Sie, dass ich in meinem Zustand auf den Mount Everest radle? Haben Sie vergessen, dass ich beinahe gestorben wäre?«

»Sie waren schon tot. Sie machen das sehr gut.« Abwechselnd schaute er sie an und kontrollierte seine Armbanduhr. »Okay, stopp. Das reicht.«

Schwitzend lehnte Beth sich zurück. Sie beobachtete, wie Dr. Jackson die Auswirkungen der Anstrengung auf ihr Herz analysierte. Schließlich gab sie ihrer Nervosität nach und fragte: »Wie sind meine Werte?«

»Gut. Sehr gut sogar. Wenn ich weniger bescheiden wäre, würde ich mir selbst gratulieren.«

»Ich schätze Ihre Bescheidenheit. Sie steht Ihnen gut.«

Er lachte. »Meine Frau sagt das manchmal auch.« Seine Brillengläser fingen das helle Licht der Leuchtstoffröhren ein und funkelten, während er Notizen auf seinem Klemmbrett machte.

»Ich weiß, es ist vielleicht ein bisschen früh, um danach zu fragen, aber ich würde gern wissen, was auf mich zukommt.« Beth zögerte. Es kam ihr vor, als wäre sie wie ein Phönix aus der Asche von den Toten auferstanden. Dies alles gab ihr das Gefühl, dass sie sich irgendwie verändert hatte, auf eine wenig beruhigende Weise. Sehnsucht nach der Vergangenheit, die ihr vertraut war, überkam sie. »Wann kann ich wieder arbeiten?«

»Die Arbeit fehlt Ihnen, nicht wahr? Nun, das kann ich Ihnen nicht zum Vorwurf machen. Mir würde es genauso gehen. Aber zuerst müssen wir sicherstellen, dass alle Ihre Medikamente richtig auf Sie eingestellt sind, und Sie müssen sich unbedingt an eine gesunde Lebensweise gewöhnen – Übungen, bestimmte Ernährung, Schlaf –, damit Sie wieder zu Kräften kommen und wir uns genau auf mögliche Probleme in der Zukunft einstellen können. Auf diese Weise werden Sie in großartiger Verfassung sein, wenn Sie wieder ins Büro gehen, und wir brauchen uns keine Sorgen um Organabstoßung, Infektionen und andere Unannehmlichkeiten dieser Art machen.« Er lächelte sie verständnisvoll an. »Das bedeutet, Sie müssen sich auf mindestens ein Jahr Rehabilitation einstellen.«

Beth war schockiert. »Ein *Jahr?* Bis dahin hat meine Kanzlei vergessen, wer ich bin!«

»Das bezweifle ich. Nach allem, was ich gehört habe, sind Sie so etwas wie ein aufsteigender Stern.«

Sie widersprach ihm nicht, aber offensichtlich wusste er wenig über die hohen Einsätze in den Anwaltskanzleien Washingtons. Die Stadt war übersät mit den Leichen der aufstrebenden Jungstars des vergangenen Jahres.

Als der Arzt und der zweite Pfleger ihr vom Rad und wieder ins Bett halfen, fragte er: »Gibt es etwas, das Sie jetzt ganz besonders gern haben möchten?«

Sie nickte. »Einen Drink. Wodka. Stolitschnaja.« Sie zögerte. Woher war ihr jetzt dieser Gedanke gekommen?

Der Arzt lachte. »Für Wodka ist es im Moment noch ein bisschen zu früh. Außerdem dachte ich, dass Sie Weintrinkerin sind.«

»Sie haben Recht«, bestätigte Beth verwirrt. »Wahrscheinlich ist mir nur der Gedanke gekommen, dass wir mit etwas Stärkerem feiern sollten. Ich nehme einen Fruchtsaft. Mango.« Sie trank sowieso keine harten Sachen mehr. Zuletzt hatte sie während des Jurastudiums Wodka getrunken, als sie eine wahre Wodka-Liebhaberin gewesen war, doch als der Chirurg und der Pfleger sie verließen, schmeckte Beth sein weiß glühendes Feuer im Mund – so intensiv, als hätte sie gerade ein Glas gekippt.

2.

Die Nacht war schwarz. Sie rannte schwitzend, mit schweren Schritten, und suchte eine bestimmte Adresse. Als sie die Hausnummer auf einem schmiedeeisernen Briefkasten entdeckte, blieb sie stehen und blickte einen Steinweg entlang, der an einer

Trauerweide vorbei zu einem lang gestreckten Haus im Stil einer Ranch mit freistehender Garage führte. Während sie keuchend nach Luft schnappte, betrachtete sie das Haus: Die dunklen Fenster wirkten wie schwarze Löcher, und das teure Anwesen erschien unheimlich und verlassen.

Voller Argwohn lief sie die Einfahrt entlang. Während sie sich dem Gebäude näherte, hob sich die Garagentür, und sie hörte, wie ein Motorrad dröhnend zum Leben erwachte. Die schwere Maschine rollte ins Freie, ohne Fahrer, in silbernes Mondlicht getaucht, und blieb von allein aufrecht stehen. Wie eine Skulptur von Robert Rauschenberg wartete sie, perfekt ausbalanciert. Chrom blitzte. Die Abgase quollen als schimmernde Wolke aus dem Auspuff. Gefangen vom seltsamen Anblick, starrte sie vielleicht dreißig Sekunden lang auf die kraftvolle Maschine.

Dann, einen Lidschlag später, fand sie sich im Sitz wieder. Instinktiv umfasste sie die Griffe, und das Motorrad jagte die Einfahrt hinunter. Während sie noch versuchte, die Maschine unter Kontrolle zu bekommen, erschien ein Mann vor ihr. Er stand wie angewurzelt da und starrte sie an. Dann rief er etwas und rannte los.

Das Motorrad jagte weiter, hielt jetzt direkt auf den Mann zu. Sie schrie auf. Sie konnte die Maschine nicht stoppen, konnte sie nicht zur Seite lenken. Mit röhrendem Motor rammte die Maschine den Mann von hinten.

Sie schrie noch einmal. Der Aufprall schleuderte den Mann mit einem Salto rückwärts in den Nachthimmel. Sie war entsetzt, konnte den Blick nicht vom schmerzverzerrten Gesicht des Mannes wenden. Er hatte eine breite Stirn, eine Stupsnase und einen zerzausten, grauen Haarschopf. Sie musste mit ansehen, wie er mit dem Kopf voran auf dem Straßenpflaster aufschlug, und ihr wurde übel …

Sie erwachte in kalten Schweiß gebadet, zitternd und voller Schuldgefühle. Der Albtraum war vorbei. Sie hatte einen metallischen Geschmack im Mund. Sie wusste, dass sie den armen Kerl umgebracht hatte. Woher kam dieser furchtbare Traum, der ihr so real erschien?

Beth entdeckte mehr und mehr Züge an sich, die sie nicht wieder erkannte. Dave, der Krankenpfleger, machte sie nach wie vor nervös, obwohl er noch immer nichts gesagt oder getan hatte, das Beth – oder sonst jemand – auch nur entfernt als bedrohlich betrachten konnte. Dann aber ertappte sie sich dabei, dass sie die Menschen argwöhnisch beobachtete, besonders Männer – so, als wäre sie die einzige Verteidigerin einer belagerten Festung oder eine Gefangene, die dort festgehalten wurde und auf die Folter wartete. Es gab keine Erklärung für ihre Unruhe. Sie war irrational. Beth rief sich immer wieder in Erinnerung, dass sie nichts zu befürchten hatte.

Es gab noch andere Veränderungen. Obwohl sie stets Kaffeetrinkerin gewesen war, verlangte es sie jetzt nach schwarzem Tee; sie trank jeden Tag mehrere Tassen. Und sie konnte nicht genug frische, in Scheiben geschnittene Tomaten bekommen, die sie mit Salz oder mit Zucker aß. Der Diätspezialist hatte gelacht und sie gefragt, wo sie auf solch einen ungewöhnlichen Geschmack gekommen sei. Beth hatte keine Antwort darauf.

Eines Tages erschien eine Schwester in der Tür ihres Zimmers, mit einer großen Tragetasche von Sak's. Auf einer Seite der zinnfarbenen Tasche war in weißen Buchstaben der Name der exklusiven Kaufhauskette aufgedruckt, die Beth von vielen eigenen Einkaufsexpeditionen bekannt war. Von ihrem Bett aus konnte sie nicht erkennen, was die Tasche enthielt.

»Guten Morgen, Ms Convey.« Die Schwester besaß ein fröhliches Gesicht mit rosigen Wangen und leuchtend blauen Augen. Sie hatte eine resolute, aber angenehme Art. »Ich habe etwas für Sie.« Sie umklammerte die Tasche mit der rechten Hand; ihre rechte Schulter war ein wenig niedriger als die andere, was darauf schließen ließ, dass der Inhalt der Tasche schwer war.

Beth war in kalten Schweiß gebadet ... *Eine Straße in der Stadt im Zwielicht, das Pflaster nass und glänzend von einem Regenguss. Verzierte, gusseiserne Straßenlaternen warfen flackerndes Licht, durch das sich eine Frau mit langem Mantel, Schlapphut und abgetragenen Tennisschuhen bewegte. Auch sie trug eine große, prall gefüllte Einkaufstasche, die offensichtlich schwer war. Während sie sich unter die anderen Fußgänger mischte, eilte ein Mann hinter ihr her und versuchte, sie im Auge zu behalten. Obwohl die Frau Angst hatte, blickte sie sich nicht um. Scheinbar gleichgültig betrat sie einen Busbahnhof.*

Bevor der Mann, der sie verfolgte, die Tür des Busbahnhofs erreichte, hatte die Frau ihre Schritte beschleunigt und war in der Damentoilette verschwunden. In einer der Kabinen zog sie rasch eine Nadel aus ihrem Hut und betätigte die Spülung, um den Lärm zu übertönen, als sie die drei Ballons zum Platzen brachte, die sich in der Einkaufstüte befunden hatten, um vorzutäuschen, dass sie gut gefüllt war. Während sie die Sportschuhe abstreifte, holte sie die einzigen Gegenstände aus der Tasche, die sich sonst noch darin befanden – ein Paar neue Pumps. Sie stieg hinein, streifte mit geübter Bewegung ihren Hut und den langen Mantel ab und stopfte beides in die Tasche.

Draußen wusch sie sich die Hände und schaute in den Spiegel. Ohne Hut und in den modischen Mantel gekleidet, den sie unter dem langen Übermantel getragen hatte, mit makellosem Makeup und perfekt sitzender Perücke war sie eine vollkommen andere Frau. Nur, dass sie überhaupt keine Frau war. Er hatte diese Verkleidung schon oft benutzt.

In seinen Pumps wartete er, bis die nächste Frau die Toilette verließ. Er folgte ihr, fragte sie nach der Uhrzeit, und gemeinsam betraten sie den vor Menschen wimmelnden Bahnhof, als wären sie alte Freundinnen. Sie redeten über das Wetter, während er mit heimlichen Blicken die Umgebung absuchte.

Wenn er auch nicht überrascht war, so war er doch erleichtert, als der Blick des Killers sich auf ihn richtete und dann wieder die Suche nach seiner Beute fortsetzte. Seine Deckung – die Frau neben ihm – redete immer noch. Er verabschiedete sich höflich von ihr und ging ungezwungen zur Tür und hinaus in die Sicherheit der Nacht ...

»Ms Convey?« Die Schwester schaute ihr besorgt in die Augen. »Alles in Ordnung?«

Sie schluckte. Blinzelte. »Natürlich. Sicher, es geht mir gut. Nur ein bisschen Tagträumen. Sie sagten, Sie haben etwas in Ihrer Einkaufstasche für mich?« Sie zögerte. »Es sind keine Luftballons, oder?«

Die Schwester richtete sich auf und lachte. »Luftballons? Aber nein. Was für eine komische Idee. Nein, ich habe gehört, dass Sie gern lesen. Wir haben gerade eine Bücherspende bekommen, und ich dachte, Sie möchten vielleicht eins leihen. Wir haben alles Mögliche.« Während sie einige Bände in die Hand nahm, zählte sie auf: »Western, Krimis, Spionagethriller ... Sagen Sie nur, was Sie gern hätten.«

Beth seufzte, fuhr sich mit den Händen durchs Haar und lachte nervös. Sie war verrückt. Ein Dummkopf mit Verfolgungswahn. »Ja, ein gutes Buch lesen. Geben Sie mir einen Krimi. Das ist genau das, was ich brauche. Einen Krimi, wo am Ende alles aufgeklärt wird.«

Nach zwei Wochen auf der Intensivstation wurde sie in ein sonniges Privatzimmer verlegt. Die ersten Blumen trafen ein. Ein besonders großes Arrangement kam von einer dankbaren Michelle Philmalee. Jedes Mal, wenn Beth es betrachtete, grinste sie: Der Richter hatte sein Urteil verkündet und Michelle viel mehr zuerkannt, als Beth gefordert hatte – die mehrheitliche Kontrolle über die Philmalee Group. Am Ende hatte Joel Philmalees unkontrollierbare Wut ihn den Sieg vor Gericht gekostet, genau, wie Beth es gehofft hatte. Der Bursche war weg vom Fenster; von einigen Kleinigkeiten abgesehen, hatte Michelle jetzt die Verantwortung für die Milliarden Dollar schwere Philmalee Group.

Es war ein durchschlagender Erfolg vor Gericht, sodass Beths Ungeduld, in die Kanzlei zurückzukehren, noch mehr wuchs; sie wollte auf das Versprechen des Seniorpartners zurückkommen und ihren Weg zur vollen Partnerschaft in der Kanzlei beschleunigen.

Es ging ihr nicht nur um das Geld, aber ein garantiertes Grundgehalt von 450.000 Dollar im Jahr plus Erfolgsprämien waren natürlich eine zusätzliche Motivation. Doch in diesem unsicheren Leben – wo sie sich nicht einmal darauf verlassen konnte, dass ihr Herz weiterschlug, wo der eigene Verstand außer Kontrolle zu geraten schien –, in diesem Leben war die Kanzlei mehr denn je ihr Halt und ihr Hafen. Dort, in der Sechzehnten Straße, gerade vier Blocks vom Weißen Haus entfernt, hatte Beth erfahren, wer sie war.

Sie kümmerte sich rund um die Uhr um ihre Mandanten, wann immer es nötig war. Statt Tennis zu spielen oder sich mit Freunden zu treffen, hatte sie mehr als einmal eines ihrer seltenen freien Wochenenden damit verbracht, ein juristisches Problem für eines der Überseebüros von Edwards & Bonnett zu recherchieren, was sie nicht einmal in Rechnung stellen und wofür sie keinerlei offizielle Anerkennung erwarten konnte, da es sich um Hilfe unter Berufskollegen handelte. Andere Anwälte führten intellektuelle Eiertänze auf, um Gründe zu finden, solchen Ersuchen aus dem Weg gehen zu können. Beth hingegen hatte die Recherche genossen.

Und dann waren da ihre Akten, die stets auf dem neuesten Stand waren, wie Kinder, mit denen sie täglich zu tun hatte und die ihr ein Gefühl der Sicherheit gaben. Sie hatte alles in die Kanzlei und ihre Karriere investiert, einschließlich ihres Engagements. Was vielleicht der Grund dafür war, dass sie eine solch hohe Erfolgsrate hatte – sie gewann neunzig Prozent ihrer Fälle –, und dass sie jene Art wohlhabender und einflussreicher Mandanten anzog, die das Rückgrat der Kanzlei darstellten. Zog man dies alles in Betracht, dann, so meinte Beth, war es Zeit für eine Belohnung: Sie hatte sich die Partnerschaft in der Kanzlei verdient. Sie wollte sie, wollte dazugehören.

Nun aber machte sie sich Sorgen. Da sie ein Jahr lang abwesend sein würde, hatte Zach Housley – der geschäftsführende Partner – Beths Mandanten anderen Anwälten der Kanzlei zugeteilt. Natürlich war es die richtige Entscheidung, da sie dem Wohl der Mandanten wie dem der Kanzlei diente.

Wenn sich allerdings genug Mandanten entschieden, bei ihren neuen Anwälten zu bleiben, bestand die Gefahr, dass Beth das Fundament ihres Einflusses verlor. Während sie darüber nachgrübelte, verschob sich etwas in ihrem Innern. Sie war stets ruhig und ausgeglichen gewesen; nun aber explodierte die Wut in ihr. Sie bebte vor Zorn. Schweiß trat ihr auf die Stirn. Sie biss die Zähne zusammen, schlang die Arme um den Oberkörper und kämpfte gegen das plötzliche Verlangen nach Gewalt.

Es war die dunkle Stunde am frühen Morgen. Sie trug ein sowjetisches Sturmgewehr, ein AK-47. Es fühlte sich gut an in ihrer Hand, versprach Sicherheit. In der Nähe durchbrach das Geräusch von Gewehrfeuer die Stille der Nacht wie ein anhaltendes Donnergrollen.

Während sie in Deckung ging, riefen Stimmen durch die Schatten, und diesmal konnte man sie verstehen. Überrascht stellte sie fest, dass die Stimmen Russisch sprachen. Sie drängte ihre Angst zurück und zwang sich zuzuhören: Sie warnten sich gegenseitig – Juri, Michail, Alexei, Iwan, Anatoli – und diskutierten, wer den Anruf machen sollte, der sie retten konnte. Sie riefen immer wieder eine Nummer – 703 ... 703 ... 703 ... Es war die Vorwahl für einen Bezirk in Virginia, aber den Rest konnte sie nicht verstehen. Sie presste die Hände auf die Ohren, um die Stimmen auszusperren ...

Und wachte abrupt auf, die Hände auf die Ohren gedrückt, schwer atmend. Sie setzte sich im Krankenbett auf und schüttelte den Kopf, um wieder klar zu werden. Dieser Traum ... er war so deutlich gewesen. Es ging um Russen. Die Namen, die Waffen ... russisch. Und sie war eine von ihnen. Sie erschauerte und fragte sich, ob das alles einen Sinn ergab, der ihr entgangen war.

An diesem Nachmittag kam Dr. Jackson, um das Rehabilitationsprogramm für Zuhause mit Beth zu besprechen. Sie war froh, ihn zu sehen. Sie sah in sein Vertrauen erweckendes, faltiges Gesicht mit der leicht gekrümmten Nase und der Brille auf der Nasenspitze. Dann blickte sie über seine Schulter.

»Wo ist Dave?«, fragte sie. »Ich dachte, er würde mit Ihnen kommen, um mir ein paar Anleitungen für Übungen zu geben.« Dave, der Krankenpfleger mit den selbstsicheren Bewegungen und den mächtigen Schultern, hatte ihr nach der Operation Angst gemacht; nun aber hatte Beth ihren Argwohn verdrängt und freute sich sogar auf seine vielen kleinen, freundlichen Gesten.

Der Arzt seufzte. »Wir mussten ihn entlassen. Die Anleitungen habe ich vergessen. Ich lasse sie Ihnen von jemand anderem bringen.«

»Entlassen? Er wurde gefeuert? Warum?«

»Sie mochten ihn, Beth, nicht wahr? Fast jeder mochte ihn – und das war ein Teil des Problems. Es tut mir Leid, aber ich muss Ihnen sagen, dass Dave heute Morgen verhaftet wurde, weil er Patienten bestohlen hat.«

»Verhaftet!« Beth konnte es kaum glauben. Und doch ... in Wirklichkeit ... sie hatte gleich zu Beginn das Gefühl gehabt, dass mit Dave irgendetwas nicht stimmte, irgendetwas Verräterisches. Sie hätte auf ihre innere Stimme hören sollen, doch zu der Zeit war es ihr völlig abwegig vorgekommen.

Der Arzt war mit den Gedanken schon weiter und fuhr fort: »Welche Übungen Sie auch wählen, achten Sie darauf, dass Sie nach und nach auf eine Stunde Training wenigstens fünfmal pro Woche kommen. Sie sagten, dass Sie Marathon gelaufen sind. Sie könnten wieder zu laufen anfangen.«

»Wie ist es mit Karate?«

»Das ist ein großartiges Training. Kein Problem.«

»Wenn ich will, kann ich also etwas so Anstrengendes wie Karate machen?« In ihrem Kopf bildete sich eine Idee.

»Sicher, solange Sie nicht übertreiben. Zusätzlich müssen Sie sich natürlich strikt an Ihren Medikationsplan halten, vernünftig essen und ausreichend schlafen. Sie wissen schon – die Routine, über die wir gesprochen haben. Wenn Sie und Ihr Herz nicht so gut zusammenpassen würden, wäre ich bei Karate nicht so enthusiastisch. Aber ich habe jetzt genug erfolgreiche Fälle gesehen und glaube sagen zu können, dass Sie zu den Erfolgsfällen gehören. Ein anderer meiner Patienten ist Triathlet. Sein Sport ist noch viel anstrengender als Karate. Ein anderer Patient, schon über sechzig, ist passionierter Swingtänzer. Ein dritter baut sich gerade ein Haus, wobei er kräftig mit anpackt.« Er verschränkte die Arme und machte ein nachdenkliches Gesicht. »Einer meiner Kollegen hat eine Patientin, die zehn Monate nach der Transplantation auf den Half Dome im Yosemite Park geklettert ist, und der ist immerhin gut zweitausendsechshundert Meter hoch. Dann hat sie den Mount Whitney und den Fujiyama bestiegen. Stellen Sie sich vor, auf solch große Höhen zu steigen, welche Belastungen für Herz und Lunge das bedeutet – sogar für jemanden, der noch seine sämtlichen natürlichen Körperteile hat.«

Beth kniff langsam die Augen zu und dachte nach. »Erzählen Sie mir noch etwas über meinen Spender.«

Er zögerte. »Ihr neues Herz stammt von einem Mann. Er

war Anfang vierzig, athletisch, und besaß ein kräftiges, gesundes Herz. Sie wissen, dass ich Ihnen nicht sagen darf, wer er war.«

»War er Russe?«

Der Arzt runzelte die Stirn. »Ich habe Ihnen Alter und Geschlecht genannt, und ich darf Ihnen auch noch sagen, dass er bei einem Motorradunfall im Umkreis von vier Stunden um den District of Columbia gestorben ist. Vier Flugstunden, wohlgemerkt, denn länger kann ein Herz außerhalb eines Körpers nicht bewahrt werden, um bei einer Transplantation optimale Ergebnisse zu erzielen. Aber mehr kann ich Ihnen nicht sagen. Das Transplantationszentrum hat strikte Regeln, die Privatsphäre zu schützen – auch Ihre. Sie haben einen Vertrag unterschrieben, dass Sie nicht versuchen werden, die Identität des Spenders zu ermitteln oder seine Familie zu suchen.«

»Ich bin Anwältin. Natürlich werde ich jedes Dokument respektieren, das ich unterschreibe. Aber Sie können mir bestimmt so viel sagen, ob er Russe war. Das scheint mir eine unwesentliche Information zu sein. Schließlich leben hier heutzutage Zehntausende Russen.«

Travis Jackson musterte sie. »Wie kommen Sie darauf, dass er Russe gewesen ist?«

Sie zögerte. »Es ist schwer zu erklären ... aber ich habe nie an russische Gedichte gedacht. Und ich kann mich nicht erinnern, je eines auswendig gelernt zu haben. Aber seit dieser Woche sind mir immer wieder Sätze durch den Kopf gegangen – auf Russisch. Ich habe russisches Essen nie besonders gemocht, aber jetzt habe ich manchmal großen Appetit darauf. Zum Beispiel auf Tomatenscheiben mit Zucker und Salz. Eine der Schwestern hat mir erzählt, dass es ein altbekanntes und beliebtes russisches Gericht ist. Ich habe nie viel schwarzen Tee getrunken, aber jetzt ist mir die ganze Zeit danach. Und in Russland ist Tee beliebter als Kaffee.« Sie erinnerte ihn an ihre Bitte um Wodka, und dass sie sogar die Sorte genannt hatte, die sie wollte – Stolitschnaja. Russlands beliebteste Marke. Sie erzählte ihm von ihren Albträumen. »Zu Anfang konnte ich nichts verstehen. Aber jetzt weiß ich, dass die Männer Russisch sprachen.« Sie hielt einen Augenblick inne. »Und da ist ein Lied, das mir immer wieder in den Sinn kommt. Ich glaube, es stammt aus einem sowjetischen Film.« Sie sang die Melodie: »Ernte, unsere Ernte ist so gut ...«

»Interessant.« Er schaute sie mit seltsamem Blick an.

»Wissen Sie, woher das hier stammt?« Beth schloss die Augen und zitierte: »Wenn du liebst, liebe ohne nachzudenken. Wenn du drohst, drohe nicht im Spiel.«

»Das habe ich noch nie gehört.«

Sie seufzte, behauptete aber dickköpfig: »Ich glaube, es ist aus dem Russischen übersetzt.«

Der Arzt nahm sich einen Stuhl und stellte ihn dicht neben Beths Bett. Mit ernstem Gesichtsausdruck setzte er sich. »Ich habe Geschichten von anderen Patienten gehört, die behaupteten, Geschmäcker, Gedanken, sogar direkte Erinnerungen mitsamt den Herzen ihrer Spender geerbt zu haben, aber ich habe noch keine Spur eines wissenschaftlichen Beweises dafür gesehen.«

»Ich bin nicht die Einzige? Wenn es noch andere gibt, brauche ich also keine Angst zu haben, dass ich wahnsinnig werde? Geben Sie mir eine Erklärung, Doktor! Ich will einfach nicht glauben, dass mein neues Herz mich verändern könnte und mir irgendwelche ... Dinge erzählt. Das ist verrückt!«

»Sie sind nicht verrückt. Aber Sie sind in einem besonderen Zustand durch das Wunder Ihres Überlebens und durch all die Medikamente. Ich kann Ihnen nicht eindringlich genug klarmachen, wie stark die Wunderdrogen sind, die Sie nehmen müssen, um Infektionen und Abstoßungsreaktionen zu verhindern. Sie würden Ihrem Körper wahrscheinlich irreparable Schäden zufügen, wenn Sie nur zwei Tage ohne diese Mittel auskommen müssten. Einerseits sind sie lebenserhaltend, andererseits sind sie unglaublich stark und potenziell tödlich. Sie können beeinflussen, was Sie fühlen. Den Geschmack der Nahrung ... woran Sie sich erinnern ... Ihre Träume ... all Ihre Sinneswahrnehmungen. Trotzdem dürfen Sie nie eine Dosis auslassen. Diese Nebenwirkungen sind zu vernachlässigen, wenn man bedenkt, dass Sie sonst Ihr Leben verlieren könnten.«

»Sie meinen, dass ich mir das alles wegen der Medikamente ausdenke? Da irren Sie sich. Sie waren dabei, als ich den Wodka haben wollte.«

»Ja. Aber das bedeutet noch lange nicht, dass Sie irgendetwas davon von Ihrem Spender ›geerbt‹ haben. Vielleicht haben Sie als kleines Mädchen gehört, wie ein Erwachsener gesagt hat, dass Wodka gut fürs Herz sei. Und so ist wegen Ihrer Herzprobleme diese alte Erinnerung wieder aus dem Unterbewussten an die Oberfläche gespült worden und hat Sie an Wodka erinnert.«

Beth schürzte die Lippen. »Okay. Das wäre eine Erklärung. Aber ich habe auch Albträume über Russen und Appetit auf russisches Essen.«

»Nun, Sie haben als Anwältin für Russen gearbeitet. Sie sind oft und lange in Russland umhergereist. Sie haben sogar die Sprache gelernt.«

»Ziemlich gut, ja. Polnisch auch.«

»Wahrscheinlich haben Sie den Film vor Jahren gesehen und ihn vergessen. Die russischen Worte, die Sie gehört haben, könnten die Albträume über die Russen ausgelöst haben. Sehen Sie? Eins führt zum anderen.« Er tätschelte aufmunternd ihre Hand. »Wenn Sie sich entspannen – und das werden Sie –, und wenn Sie Ihr neues Herz akzeptieren, wird sich alles beruhigen. Ihr Körper wird sich darauf einstellen, und all diese ungewöhnlichen Erlebnisse werden enden.«

Beth atmete tief und erleichtert auf. Sie war Anwältin und als solche Sachlichkeit gewöhnt. Die Logik war für sie beinahe eine Religion. Und die Vernunft sagte ihr, dass sie Recht hatte. Etwas anderes zu denken würde bedeuten, ihrer Vergangenheit und allem, wofür sie hart gearbeitet hatte, den Rücken zu kehren – einschließlich dem Menschen, den sie aus sich gemacht hatte.

»Vielen Dank.« Sie lächelte. »Wenn jemand das zu mir gesagt hätte, was ich Ihnen erzählt habe ...: Ich hätte ihm geraten: ›Gehen Sie unverzüglich zu einem Therapeuten, Sie brauchen dringend Hilfe.‹«

Der Chirurg stand auf. »Das alles ist bloß eine Kombination aus Ihrer Fantasie, Ihrer persönlichen Vergangenheit und den Medikamenten. Sie brauchen sich keine Sorgen zu machen. Ihr neues Herz spricht nicht mit Ihnen. Das garantiere ich.«

Beth nickte erleichtert. Er war der Experte, der ihr das Leben gerettet hatte. Sie vertraute ihm blind. Natürlich hatte er Recht.

Befreit von den Geräten und Schläuchen, die ihre Lebensfunktionen überwacht hatten, konnte Beth endlich ihr Zimmer verlassen, wann immer sie wollte, und die Welt war neu und aufregend. Mit einem Gefühl der Dankbarkeit besuchte sie andere Patienten, die auf eine Transplantation warteten. Sie lagen im Sterben, wie zuvor sie selbst. Die Angst und die Schmerzen dieser Menschen trafen Beth bis ins Mark. Sie setzte sich zu ihnen ans Bett und fragte sie nach ihrer Familie, ihrer Heimatstadt und ihren Träumen für die Zukunft. Zwischen den Sterbenden und den Geretteten in einer Transplantationsklinik gab es ein geheimes Band, und jeden Tag streckte sie die Hand über den Abgrund aus und gab auf die einzige Weise, die Beth kannte, die Großzügigkeit des Spenders und seiner Familie weiter.

Als Beth kräftiger und psychisch robuster wurde, beschäftigte sie sich nicht mehr mit ihren merkwürdigen postoperativen Erfahrungen. Wann immer eine auftauchte oder sich festzusetzen versuchte, schob Beth sie beiseite.

Im Mai, einen Monat nach ihrer Operation, unterzeichnete Beth Unterlagen, die ihr die Heimkehr nach Hause erlaubten, wo Pflegekräfte bei ihr bleiben würden, bis sie ihr Leben wieder selbstständig führen konnte. Während die Schwester mit den Dokumenten hinausging, drehte Beth sich aufgeregt um und betrachtete durchs Fenster den Frühlingstag, den blauen Himmel und das frische Grün des Rasens vor dem Krankenhaus mit den hoch aufragenden Bäumen und den leuchtenden Schwertlilienbeeten, die in voller Blüte standen. Die Sonne spendete warmes, dunstiges Licht; beinahe kam es Beth so vor, als würde die Welt ihr zuwinken – ihre alte, vertraute Welt, in der die Zukunft angefüllt war mit wichtigen Verträgen und interessanten Verhandlungen, repräsentativen Botschaftsempfängen und Geschäftsreisen nach Sankt Petersburg und Danzig, mit interessanten Menschen mit verschiedenen kulturellen Hintergründen, die ihre Hilfe brauchten, während sie ein neues Osteuropa schufen.

Beth lächelte in sich hinein. Ihre Kollegen in der Kanzlei nannten sie »Eisprinzessin«, wegen ihres einsamen Strebens nach Erfolg; aber sie wussten nichts von der Freude, die Beth aus kleinen Dingen zog: Der Geschmack einer heißen »Torte« zum Frühstück in Krakau nach einer Besprechung, die die ganze Nacht gedauert hat. Der Anblick von Blättern im Herbst, die das Kopfsteinpflaster in einer alten Moskauer Straße entlangwirbelten, nachdem sie, Beth, nur vierundzwanzig Stunden zuvor noch im futuristischen Hauptquartier der Kanzlei in Washington gewesen war. Sie würde nie den Anblick vergessen, als sie das erste Mal den zerkratzten Konferenztisch im alten Sitzungssaal der Kommunisten in Warschau gesehen hatte. Er war für Versammlungen der Apparatschiks gezimmert worden, wurde nun aber der Geburtsort für ein neues, privates Unternehmen, das Polens Telefonsystem revolutionierte.

Plötzlich riss eine Stimme sie aus ihrer Träumerei. »Hätten Sie ein paar Minuten Zeit für mich, Ms Convey?«

Beth drehte sich zur offenen Tür um, in der eine Frau stand. Sie war Ende vierzig und trug nach hinten gekämmtes, kastanienbraunes Haar, in dem ein paar graue Strähnen zu sehen waren.

»Mein Name ist Stephanie Smith«, fuhr die Frau fort. »Ich arbeite an einer Untersuchung für das Walters Institute for Learning. Wissen Sie über uns Bescheid?«

Beth lächelte und wies auf einen Stuhl. »Tut mir Leid, ich habe noch nie davon gehört. Bitte, kommen Sie herein.«

Stephanie setzte sich neben das Bett und legte eine lederne Aktenmappe auf ihren Schoß. »Sie hatten eine Herztransplantation. Wie fühlen Sie sich jetzt?«

»Gut, danke.« Auf keinen Fall würde sie über ihre Beschwerden, Schmerzen und Sorgen reden. Das hatte keinen Sinn. Von jetzt an würde das Leben viel schöner sein. »Erzählen Sie mir von Ihrer Untersuchung.«

»Haben Sie schon mal etwas vom Zellgedächtnis gehört?«

»Noch nie.«

»Das überrascht mich nicht. Das haben nur wenige Menschen außerhalb der Wissenschaft. Und unter den Wissenschaftlern selbst ist es umstritten. Ich bin Psychoneuroimmunologin, das heißt, ich bin examinierte Psychologin, die die Beziehungen zwischen dem Immunsystem, dem Gehirn und unseren Erfahrungen erforscht. Das Krankenhaus hat mir gestattet, mit Patienten am Tag ihrer Entlassung zu sprechen, wobei wir davon ausgegangen sind, dass auch Sie sich gut genug fühlen, um ein paar Fragen über Ihre Erfahrungen seit der Transplantation zu beantworten.«

Beth war verblüfft. Vorsichtig fragte sie: »Was für Erfahrungen meinen Sie?«

»Hatten Sie irgendwelche ungewöhnlichen Erlebnisse? Gedanken vielleicht, oder Geschmäcker?«

»Ich bin mir nicht sicher, ob ich verstanden habe, worauf Sie hinauswollen ...«

Dr. Smiths Gesichtsausdruck blieb unbewegt. Sie öffnete ihre Mappe. Beth sah verschiedene Aktenblätter.

Die Frau zog eines heraus, las es und schaute auf. »Sie sind Anwältin. Das erklärt es. Ein skeptischer Geist. Gut für Sie.«

»Sie haben ein Dossier über mich?«

»Ja. Ich bin Wissenschaftlerin, also auch Skeptikerin. Skepsis ist ein gesunder Ansatz, besonders wenn es um eine wissenschaftliche Studie geht, meinen Sie nicht auch?«

»Haben Sie mit Travis Jackson über mich gesprochen, meinem Chirurgen?«

»Möchten Sie, dass ich mit ihm rede? Vielleicht wissen Sie schon, dass er unsere Untersuchungen für sinnlos hält.«

»Wahrscheinlich hält er es für Geldverschwendung.«

»Genau. Aber die Mittel kommen von außerhalb, und es ist eine legitime wissenschaftliche Forschung, die von anderen Ärzten unterstützt wird. Was ist Ihre Meinung, Beth? Finden Sie, dass es dumm ist?«

Einen Augenblick war Beth versucht, alles zu sagen. Irgendetwas in ihr drängte sie, es sich von der Seele zu reden. Dennoch glaubte sie immer noch den Erklärungen ihres Arztes und vertraute seinen langjährigen Erfolgen bei Transplantationen. Alles, was er gesagt hatte, ergab einen Sinn.

Also machte sie einen Kompromiss. »Travis hat erwähnt, dass manche Patienten nach der Operation seltsame Erlebnisse haben, aber er sagte, dass es an den starken Medikamenten und den großen Veränderungen in ihrem Leben liegt. Was meinen Sie?«

Dr. Smith zuckte mit den Schultern. »Genau das wollen wir

herausfinden. Ich werde Ihnen eine Geschichte erzählen, die Ihnen möglicherweise erklären kann, warum unser Institut diese Fragen erforscht.« Sie hielt einen Moment inne. »Paul Pearsall, ein anderer Psychoneuroimmunologe, arbeitet seit Jahren auf diesem Gebiet. Er hat ein Buch geschrieben – *Heilung aus dem Herzen*. Er schreibt über ein achtjähriges Mädchen, das das Herz eines Zehnjährigen erhielt. Als das Kind Albträume bekam und schrie, dass es wüsste, wer seinen Spender umgebracht habe, brachte die Mutter das Mädchen zu einem Psychiater, und der rief die Polizei an. Sie stellten fest, dass der Spender tatsächlich ermordet worden war. Das Kind beschrieb die Tatzeit, die Tatwaffe und den Tatort, und die Polizei benutzte ihre Angaben, um neue Beweise zu finden. Schließlich konnte der Mörder verhaftet werden.«

Beth schwieg. Sie war wie benommen. »Das Mädchen sah in seinen Albträumen, wie jemand ermordet wurde.« Es war eine Feststellung, keine Frage. Vor Beths geistigem Auge sah sie wieder das Motorrad aus der Garage rollen, sah sich selbst, wie sie mit der schweren Maschine den Mann umfuhr und ihn tötete. Innerlich erschauerte sie. Jedes Mal, wenn sie den Albtraum hatte, fühlte sie sich, als hätten sie diesen Fremden selbst umgebracht.

Dr. Smith fuhr fort: »Da wird man hellhörig, nicht wahr? Ich nehme an, man könnte es als zufälliges Zusammentreffen abtun. Aber die Wissenschaft bleibt nicht gern im Unklaren, und wir haben uns jahrhundertelang selbst beschämt, indem wir unsere Vorurteile für Fakten hielten. Vor fünfhundert Jahren haben die klügsten Köpfe der Welt geglaubt, dass die Sonne und die Planeten sich um die Erde drehen. Im achtzehnten Jahrhundert waren unsere größten medizinischen Spezialisten davon überzeugt, dass es ›völliger Unsinn‹ sei, dass winzige, unsichtbare ›Keime‹ die Menschen krank machen konnten. Wieder falsch. Und jetzt ist das, was einst Science Fiction war, durch das Klonen eines Schafes Wirklichkeit geworden. Es ist schwer, diese Lämmer anzuschauen und zu glauben, dass es nicht noch mehr ›Unmöglichkeiten‹ gibt, die man in naher Zukunft nachweisen wird.«

Stephanie Smith streckte den Kopf vor, als wartete sie darauf, dass Beth etwas erwiderte.

Doch Beth drehte den Kopf zur Seite und schaute aus dem Fenster, ohne bewusst etwas wahrzunehmen. Die Grundlage ihres Lebens war strenge Logik. Diese Frau versuchte, sie mit einer Art Scheinargumentation zu verwirren. Es war unmöglich, dass das starke Herz, das sie gerettet hatte, sie jetzt so quälte. Beth zögerte. Sie überdachte die Situation. In Wirklichkeit war es so oder so nicht wichtig. Ein Herz war... neutral. Bloß ein Organ. Es gab keine Moral oder intellektuelle Basis, auf der es arbeitete.

Dr. Smith sagte ruhig: »Wir reden uns gern ein, dass wir uns weit von diesen Zeiten der Unwissenheit entfernt haben. Aber ist das wirklich so? Wenn wir es ablehnen, Fragen zu stellen, weil wir glauben, dass wir die Antworten schon kennen – was erreichen wir damit? Was erfahren wir dann?«

Beth wusste, was sie zu tun hatte. Auf jedem Gebiet gab es Spinner, und einige konnten sehr überzeugend sein. Diese Frau war eine solche Irre. Vollkommen übergeschnappt. Beth schaute auf die Uhr. »Wozu sollte man Fragen stellen, wenn die Antworten schon bewiesen sind? Zu erforschen, was bereits bekannt ist, bedeutet Verschwendung von Zeit, Arbeit und Geld, die dort investiert werden könnten – und sollten –, wo sie *wirklich* gebraucht werden. Viele Menschenleben würden gerettet, wenn Sie und Ihre Kollegen Ihre Zeit und Forschungsgelder für sinnvollere Zwecke verwenden würden, zum Beispiel, die Leute davon zu überzeugen, Organspenderausweise zu unterschreiben.«

Dr. Smith lächelte wissend und schloss ihre Aktenmappe. »Ich verstehe.« Sie nahm ihre Tasche, öffnete sie und holte eine Visitenkarte heraus. »Ich sehe schon, es ist sinnlos, weiter Ihre Zeit zu verschwenden.« Sie legte ihre Karte auf den Nachttisch. »Aber wenn Sie mehr über das Zellgedächtnis erfahren möchten ... über all die aufregenden, neuen wissenschaftlichen Entdeckungen, die für seine Existenz sprechen ... wenn Sie überhaupt irgendwelche Fragen haben, rufen Sie mich an.«

»Danke«, sagte Beth höflich.

Die Frau stand auf und verließ ohne ein weiteres Wort das Zimmer.

Eine halbe Stunde später kam Beths Pflegerin, um sie nach Hause zu bringen. Voller Vorfreude hatte sie schon ihre Tasche gepackt. Als sie aufstand, fiel ihr Blick auf die Visitenkarte auf dem Tisch. Sie überlegte ein paar Sekunden; dann zuckte sie mit den Schultern, nahm die Karte, steckte sie in ihre Handtasche und fuhr nach Hause, um sich auf die lange Zeit der Rehabilitation vorzubereiten.

3.

Die Maisonne war ein Feuerball, deren Strahlen von den Windschutzscheiben und den frisch gewaschenen Wagen reflektiert wurden, während der Alltagsverkehr über den Beltway dröhnte, Washingtons Autobahnring. Es war kurz vor vierzehn Uhr, und die Leute eilten nach einem späten Mittagessen zurück zur Arbeit oder zu Privatschulen, um ihre Kinder abzuholen. Oder vielleicht, dachte Jeffrey Hammond, während er in seinem Mustang über die Autobahn fuhr, fuhren sie nirgendwo hin, so wie er selbst.

Mit jedem Tag wurde ihm sein Leben mehr zur Last, und er wusste nicht warum. Heute lagen seine Nerven bloß. In ein paar Stunden würde er mit einem Mann sprechen, den er seit neun Jahren nicht gesehen hatte. Vielleicht war dieses Treffen ein Fehler. Dabei war Jeffrey selbst es gewesen, der darum gebeten hatte: Michail Ogust war jetzt seit mehr als einem Monat tot, und er hatte keine andere Quelle anzapfen können, die so ergiebig sprudelte wie Ogust. Nun hoffte Jeffrey, bei diesem Treffen Hilfe zu bekommen.

Während er mit seinem Mustang zwischen den nahezu verstopften Fahrspuren hin und her wechselte, achtete er darauf, ob jemand allzu neugierig zu ihm schaute oder ob ein Fahrzeug mit ihm zusammen die Spur wechselte und ihm folgte. Nach außen unterschied Jeffrey sich in nichts von den anderen, doch in Wirklichkeit kannte er Zusammenhänge und hatte Dinge gesehen und getan, die sich andere Menschen nicht einmal vorstellen konnten. Hier in Washington konnte alles passieren, das wusste er nur zu gut. Alles war möglich. Besorgt schüttelte er den Kopf.

Während er immer wieder nach Verfolgern Ausschau hielt, schaute er auf die Schilder, an denen er vorbeifuhr – Alexandria, Arlington, Langley, Bethesda, Silver Spring. Noch vor ein paar Jahren waren es unbedeutende Ortschaften im Einzugsbereich Washingtons gewesen, aber nun war jede für sich in der ganzen Welt bekannt. Seit dem Fall des Kommunismus war dies hier das Land der globalen Möglichkeiten geworden: fantastischer Reichtum, unermessliche Macht und düstere Geheimnisse, die Regierungen stürzen konnten – und dies alles in einem Maße, wie die Welt es nie zuvor gesehen hatte. Kein Wunder, dass hier Menschen aus aller Herren Länder zusammentrafen und so viele Ausländer einwanderten – legal und illegal –, dass die Einwanderungsbehörde der USA die Hoffnung aufgegeben hatte, sie alle zu erfassen. Was noch ein Grund dafür war, dass Jeff Hammond sich Sorgen machte.

Eine weitere Stunde setzte er seine Fahrt mit geschärften Sinnen fort. Schon den ganzen Tag hatte er das Gefühl gehabt, dass er wieder überwacht wurde; deshalb hatte er den Beltway genommen. Er ließ den Blick nach rechts schweifen und bemerkte einen weißen Ford Escort auf der übernächsten Spur, der offenbar in Oxon Hill abfahren wollte. Es war nicht der Wagen, der Hammonds Aufmerksamkeit erregte, sondern der Fahrer, der ihn neugierig anschaute.

Hammond nahm Gas weg und wechselte auf eine andere Fahrspur, sodass er besser sehen konnte. Sofort machte der Fahrer einen zweiten Fehler: Er drehte den Kopf zur Seite. Er trug einen Hut, den er in abenteuerlich steilem Winkel nach links geneigt hatte, um einen Teil seines Gesichtes zu verdecken. Doch Hammond erkannte ihn trotzdem. Er hatte den Fahrer einige Meilen zuvor überholt, irgendwo bei Silver Springs; Hammond war ganz sicher, denn er besaß ein gut ausgebildetes Gedächtnis. Das bedeutete, dass der Fahrer, der sein Fahrzeug nun rasch in die Ausfahrt steuerte, ihn verfolgt hatte, bis er nach einem bestimmten Überwachungsplan abgelöst wurde.

Hammond bremste den Mustang weiter ab. Er beobachtete ständig den Bereich vor und hinter sich, wechselte noch einmal nach rechts und fuhr dann auf die äußere rechte Fahrspur. Während Bäume und Straßenschilder vorbeihuschten, bemerkte er, wie eine Viertelmeile hinter ihm ein blauer Sedan ebenfalls über zwei Fahrspuren hinweg auf die gleiche Spur wechselte. Dann beschleunigte ein Pickup zwischen ihm und dem blauen Sedan und zog direkt hinter Hammond auf in die rechte Spur. Währenddessen bewegte sich ein dritter Wagen, ein gelber Mazda, nach rechts.

Hammond lächelte grimmig, während er den Fahrer des Pickups musterte. Er prägte sich das lange Gesicht und die dunklen Augenbrauen des Mannes ein. Dann, im letzten Moment und ohne abzubremsen, bog Hammond scharf rechts ab und jagte mit seinem Mustang die Ausfahrt hinunter.

Er bremste ab und sah dabei im Rückspiegel, dass sowohl der Pickup als auch der blaue Sedan ihm folgten. Wenn man den Ford Escort mitzählte, wurde deutlich, dass derjenige, der Hammond beschatten ließ, sich für das übliche Überwachungsteam mit drei Wagen entschieden hatte – ein beunruhigendes Maß an Organisation.

Hammond näherte sich der Kreuzung, an der die Ampel soeben auf Grün sprang. Er hätte geradeaus über die Kreuzung fahren und versuchen können, die Verfolger irgendwo in den Seitenstraßen von Oxon Hill abzuhängen, doch er kannte sich in der Gegend nicht aus. Besorgt behielt er die Ampeln vor sich im Auge und achtete zugleich im Innenspiegel auf die beiden Beschattungsfahrzeuge.

Es würde nicht mehr lange dauern, bis die Ampel auf Rot sprang. Hammond überlegte fieberhaft. Was er vorhatte, hing von seiner Fähigkeit ab, jeden Schritt zeitlich sorgfältig abzustimmen. Es war ein Risiko, aber wenn es funktionierte ...

Er spürte einen Adrenalinschub, als die Ampel von Gelb auf Rot sprang, trat das Gaspedal durch und raste auf die Kreuzung. Hinter ihm kreischten Reifen, als ein Wagen, der soeben losgefahren war, zur Seite schlitterte, um einen Zusammenstoß zu vermeiden. Schweiß trat ihm auf die Stirn, während er den Mustang beschleunigte. Er blickte in den Rückspiegel: Der Pickup und der blaue Sedan hatten zunächst beschleunigt, mussten nun aber eine Vollbremsung machen, wobei sie rauchende Bremsspuren auf der Abfahrt hinterließen, bis sie schließlich vor der Mauer losfahrender Wagen aus der Querrichtung zum Stehen kamen.

Während der Verkehr hinter Hammonds Mustang vorbeirauschte, bog er nach links in die Seitenstraße ab. Er grinste, obwohl ihm das Herz bis zum Hals schlug. Manche Dinge, einschließlich der Physiologie, änderten sich nie. Er warf einen Blick über die Schulter und sah, dass seine beiden Verfolger auf der Ausfahrt in der Falle saßen, bis die Ampel wieder umsprang. Genau so sollte es sein.

Im Verlauf der letzten Woche hatte Hammond mehrere Male Einzelpersonen abgeschüttelt, die er für Verfolger gehalten hatte. Gestern jedoch war die Beschattung eindeutig gewesen – und sehr schwer loszuwerden. In gewisser Weise war das eine gute Neuigkeit: Die Bestätigung, dass er der Sache näher kam. Aber es bedeutete auch Gefahr. Es war ihm gelungen, seine Arbeit jahrelang im Dunkeln zu halten; nun aber sah es so aus, als hätten die Hauptpersonen Wind davon bekommen.

Ausgerechnet heute aber durfte ihm niemand folgen. Er *musste* sein Treffen geheim halten.

Mit angespannter Miene lenkte Hammond den Wagen auf den Beltway zurück und fuhr diesmal in nördliche Richtung. Ständig auf der Hut vor neuen Verfolgern, fuhr er weitere vierzig Meilen, bis er erneut abbog, diesmal in Richtung der kleinen Stadt Olney, wo die Route 108 sich in eine ruhige Landstraße verwandelte. Wo die Straße steil zwischen zwei Hügeln abwärts führte, bog Hammond in eine baumbestandende Senke ein, stellte den Motor ab und ließ das Seitenfenster herunter. Von Westen rauschte es in einer Gruppe von Eichen und Ahornbäumen. Irgendwo in der Ferne läutete eine Glocke – ein gespenstischer Klang hinter den verlassenen Hügeln. Die Luft roch modrig nach dem Bach, der durch diesen tief gelegenen Flecken Land plätscherte. Hammond beobachtete den Himmel und die Straße. Als keine Hubschrauber auftauchten und nur ein Traktor vorbeirumpelte, war er zuversichtlich, seine Verfolger abgeschüttelt zu haben.

Diese peinlich genaue Art der »chemischen Reinigung«, der exakten Beobachtung und Kontrolle seiner Umgebung, war ihm in Fleisch und Blut übergegangen – einer der Gründe, warum es ihm die letzten zehn Jahre gelungen war, ein Doppelleben zu führen. Dennoch blieb er weitere fünf Minuten, wo er war – nur für den Fall des Falles: Erfahrene Verfolger wussten den Wert der Geduld zu schätzen.

Zufrieden kehrte er schließlich auf die Straße zurück, wendete und fuhr wieder nach Süden in Richtung Washington. Der Verkehr hatte nachgelassen. Die ganze Zeit hielt er weiter nach Verfolgern Ausschau, sah aber keine. Dann fuhr er wieder vom Beltway ab und bog auf den Parkplatz des Aspen Hills Shopping Centers ein, wo er den Wagen so parkte, dass er die Aktivitäten rund um den *Giant Foods Supermarket* beobachten konnte, ohne aufzufallen. Auf den Supermarkt konzentrierte sich auch der Sicherheitsdienst des kleinen Einkaufszentrums, der furchtlos dafür sorgte, dass die Minderjährigen kein Bier bekamen.

Um sechzehn Uhr, als die Kunden gehetzt durch die ebenerdige Mall eilten, um dem Feierabendverkehr zu entgehen, parkte ein staubiger Plymouth in der Lücke neben dem Mustang ein. Der FBI-Wagen war Hammond beschrieben worden. Als er sah, dass FBI Special Agent Elias Kirkhart, der den obligatorischen, konservativen dunklen Anzug mit frisch gebügeltem weißem Hemd trug, ohne Begleiter am Steuer saß, beugte er sich hinüber und entriegelte die Beifahrertür.

Eli Kirkhart war früher so dünn gewesen, dass man ihn »Bohnenstange« genannt hatte. Doch Kirkhart hatte zugelegt; seine Schultern waren muskulös, und sein fast eckiges Gesicht war voller geworden. Die schlichte, blaue Krawatte war eng um seinen Hals geknotet, und seine dichten Augenbrauen wölbten sich über seiner Pilotensonnenbrille, während er den Kopf drehte, um Hammonds Mustang-Oldtimer zu betrachten. Kirkharts Bulldoggengesicht mit den breiten Wangenknochen erinnerte Hammond an die englischen Freisassen aus dem Mittelalter, von denen Kirkhart tatsächlich abzustammen behauptete.

Hammond wartete ungeduldig, während sein ehemaliger Partner noch einmal die Umgebung kontrollierte, dann die Tür öffnete und geduckt auf den Beifahrersitz neben Hammond schlüpfte.

»Hattest du Probleme?«, fragte Hammond.

»Nein. Und du?«

»Nicht der Rede wert.« Auf keinen Fall würde er dem FBI-

Agenten Informationen liefern, die ihn von künftigen Treffen abschrecken könnten – und wenn er Kirkhart sagte, dass er beschattet wurde, konnte genau dies die Folge sein.

»Gut.« Kirkhart schloss die Tür und drehte sich zu dem Mann um, der einst sein bester Freund und Kollege gewesen war. Er machte keine Anstalten, ihm die Hand zu reichen. Er musterte Jeff Hammonds vertraute, kantige Gesichtszüge und die Sonnenbrille, die genau so dunkel und undurchdringlich war wie seine eigene. Doch Jeff trug nun einen kleinen, goldenen Ring im rechten Ohr, und er hatte sein langes hellbraunes Haar im Nacken zu einem Pferdeschwanz gebunden. »Du hast dich verändert. Du siehst aus wie ein Hippie-Professor aus den Sechzigern. Die *Post* muss heutzutage wirklich verzweifelt Hilfe benötigen.«

In Hammonds Augenwinkeln erschienen Lachfältchen. Er nickte. »Könnte sein. Dafür habe ich den Eindruck, dass du noch ein wenig daran arbeiten könntest, deinen britischen Akzent loszuwerden, Eli. Drei Sekunden am Telefon, und schon wusste ich, dass du es warst. Wenn ich mich recht entsinne, bist du in Chicago geboren, im Mittleren Westen. Dann sprich auch so.«

Der FBI-Mann kicherte leise.

Die beiden Männer gaben sich die Hand. Eli Kirkhart betrachtete Jeff, der groß und schlank war und ein Sportsakko mit Fischgrätmuster und Jeans trug. Immer noch füllte Jeff einen Wagen nicht nur physisch aus, sondern auch durch seine Persönlichkeit. Der Unterschied war, dass er nun etwas Berechnendes und eine gewisse Angespanntheit an sich hatte; nichts mehr wies auf den leicht erregbaren Heißsporn hin, den Eli gekannt hatte. Jeff wirkte verschlossen, irgendwie heimlichtuerisch, was Eli aber nicht überraschte.

»Es ist lange her, Eli.« Jeffs Stimme kam ihm selbst ein wenig geziert vor. Er hatte keine Berührung mehr mit der Vergangenheit, und nun saß ein bedeutender Teil davon neben ihm.

»Viel zu lange. Wie geht es dir?«

»Es ging schon mal besser.«

»Das tut mir Leid. Nun, was immer du von mir willst – es muss wichtig sein, wenn man das Chaos auf diesem Parkplatz betrachtet.«

»Ich habe den Parkplatz vor allem deshalb gewählt, um *dich* zu beschützen.«

»O ja, natürlich.« Eli lächelte wieder kurz, diesmal aus Unglauben.

Jeff beachtete es nicht. »Wir wissen beide, dass deine hervorragende Beurteilung beim FBI den Bach runtergehen würde, wenn man erfährt, dass du dich privat mit einer ›verwirrten und isolierten Person‹ getroffen hast.«

»Aha, du hast also schon davon gehört«, sagte Eli. »Hätte mich auch gewundert, wäre es anders gewesen.«

»Natürlich habe ich davon gehört.« Als das FBI Jeff zum Gehen gezwungen hatte, hatte man ihm unterstellt, er sei »mit der offiziellen Politik nicht einverstanden« gewesen. *Verwirrt und isoliert* war der psychologische Fachausdruck, der sich rasch herumsprach, nachdem er erst einmal in eine Personalakte eingetragen und in die Gerüchteküche des FBI durchgesickert war. Es war der Code für jemanden, der unzuverlässig und nicht teamfähig war – ein »isolierter« Einzelgänger, vielleicht sogar ein »verwirrter« Soziopath.

Jeff hatte das Unausweichliche mit Abscheu akzeptiert. Das FBI war in gewissen Bereichen wie die Mafia: Entweder ging man im angemessenen Alter nach angemessenem Dienst in allen Ehren in Pension, oder man war tot. Physisch tot bei der Mafia; üblicherweise nur im übertragenen Sinne tot beim FBI, obwohl Jeff Gerüchte gehört hatte, wonach es im Verlauf der letzten zwanzig Jahre ein paar diskrete Ausrutscher mit Todesfolge gegeben hatte.

Nein, das FBI konnte niemanden einfach rauswerfen. Man musste den Betreffenden diskreditieren, besonders unter seinen Kollegen – sonst könnte jemand ja womöglich anfangen, nach Einzelheiten zu fragen, vielleicht die Entscheidung eines Vorgesetzten anzweifeln oder sogar eines der heiligen Gebote des FBI hinterfragen. Und das würde die moralische Disziplin dieses Schutzwalles in schwarzen Anzügen beschädigen. Aus diesem Grund war selbst Eli nach Jeffs letzter Befragung vor seiner Entlassung beim FBI zu »beschäftigt« gewesen, um mit ihm zu Abend zu essen oder sich auch nur auf einen Kaffee mit ihm zu treffen.

Eli sagte mit ruhiger Stimme: »Du hast dich damals geirrt, Jeff, weißt du. Du hast meilenweit daneben gelegen.«

Jeff erwiderte nichts; er grübelte darüber nach, wie viel er glauben sollte von dem, was Eli gesagt hatte. Obwohl Eli Kirkhart den größten Teil seines Lebens in den Vereinigten Staaten verbracht hatte, hatte er nicht nur die britische Aussprache seines englischen Vaters beibehalten, sondern auch den übertriebenen Glauben an die Unfehlbarkeit der Regierung und ihrer Behörden. Zugleich glaubte Eli an die allgemeine Überlegenheit des Inselreichs und seiner selbst, besonders wenn es um Krieg und Spionage ging. Seinen Kollegen ging das oft auf die Nerven, während es Jeff bloß amüsierte.

»Na ja, vielleicht war ich ein wenig querköpfig.« Jeff zuckte die Achseln, als wäre das alles nicht mehr wichtig für ihn. »Trotzdem muss ich zugeben, dass ich manches vermisse. Dich und Aida, zum Beispiel.«

Einen Augenblick war Jeff versucht, alle Vorsicht zu vergessen und mit Eli einen trinken zu gehen. Sie könnten über die alten Zeiten reden, und er würde erfahren, wie Elis Leben jetzt verlief. Verdammt – immerhin waren Eli und Aida seine engsten Freunde gewesen! Sie hatten damals gerade erst ihren Universitätsabschluss in der Tasche gehabt, als sie sich am ersten Tag auf der FBI Academy in Quantico kennen lernten. Sie waren Konkurrenten gewesen, sicher, aber sie hatten sich auch gegenseitig in Taktik, Sprachen und militärischer Ausbildung geholfen, in denen Aida hervorragende Leistungen erbrachte. Wenn nicht Eli Aida Devine geheiratet hätte, hätte Jeff selbst versucht, sie zu erobern. Was vielleicht eine ausgezeichnete Idee gewesen wäre, wenn er bedachte, welch ein Fehlschlag seine eigene Ehe gewesen war.

Jeff ließ den Blick über den Parkplatz schweifen, entdeckte jedoch nichts Beunruhigendes.

»Wie geht es Aida, Eli?«

»Sie ist tot. Krebs der Bauchspeicheldrüse. Sie ist vor fünf Jahren gestorben.«

Jeff starrte Eli an. Er hatte das Gefühl, als hätte man ihm eine Faust in den Magen gehämmert. »Das habe ich nicht gewusst. Tut mir Leid, Eli ... tut mir wirklich Leid.«

Elis Gesicht war hinter der Sonnenbrille zur Maske erstarrt. »Gott sei Dank ging es schnell. Sie hatte schlimme Schmerzen.«

Unbehagliches Schweigen breitete sich im Wagen aus. Für Eli war die Trauer über den Verlust Aidas noch so frisch, als wäre sie erst gestern gestorben. Er vermisste sie, und es war eine Qual für ihn, über sie zu sprechen. So tat er, was er immer tat: Er schob die Gedanken an Aida beiseite und konzentrierte sich auf seine Arbeit. In diesem Fall hieß das, auf Jeff.

Während er ihn musterte, erinnerte er sich daran, dass niemand beim FBI sich näher gestanden hatte als sie beide, und sie hatten einander eine Menge zu verdanken. Aber nun war Jeff nicht nur eine *persona non grata,* er hatte zudem auch als Journalist und Analytiker für die *Washington Post* gearbeitet, und in dieser Rolle hatte er persönlich die Aufmerksamkeit der einflussreichen Zeitung auf Fehler und Ermittlungen gelenkt, die das FBI lieber verschwiegen hätte. Sicher, die Chefs hatten Jeff damals keine andere Wahl gelassen, als den Dienst zu quittieren, aber musste er solch ein Kritiker des FBI werden, noch dazu mit einem Forum wie der *Post?* Jeff schien allem den Rücken gekehrt zu haben, woran er einmal geglaubt hatte.

Eli blickte demonstrativ auf seine Timex, die Uhrenmarke der Wahl aller unterbezahlten FBI-Leute. »Also, alter Junge, jetzt mal zu dir. Was ist so lebenswichtig, dass wir uns hier so treffen müssen?«

Jeff blickte in Elis breites Gesicht und rief sich in Erinnerung, dass er aus geschäftlichen Gründen hier war. »Ich brauche deine Hilfe.«

Er hatte schon dadurch zwei Volltreffer gelandet, dass er Eli angerufen und ihn überzeugt hatte, sich mit ihm zu treffen – an einem Ort, den Jeff ausgesucht hatte. Indem Eli beiden Bitten nachgekommen war, hatte er bereits kleine Schritte auf Jeff zu getan. Aber vielleicht reichte das nicht, um ihn dazu zu bringen, dass er ihm *wirklich* half. Bei Eli konnte man nie sicher sein.

Der FBI-Mann war sofort alarmiert. »Was für Hilfe?«

»Jetzt werd nicht gleich nervös. Es ist nur eine Kleinigkeit. Meine Quellen sagen mir, dass du zu der Einsatzgruppe gehört hast, die sich mit dem geheimen Schmiergeldfonds des KGB befasst hat, der letztes Jahr entdeckt wurde. Sie haben mir auch verraten, dass die Ermittlungen im April abgeschlossen wurden.«

Jeff hatte erfahren, dass das FBI im Laufe der letzten neun Jahre in den USA Hunderte versteckter Bankkonten entdeckt hatte, auf denen der Kreml Gelder aus den Zeiten des Kalten Krieges deponiert hatte, insgesamt mehr als eine Milliarde Dollar – das Ergebnis heimlicher Transfers des KGB, das die Gelder durch angesehene Banken waschen ließ, besonders in der Schweiz, bis sie nicht mehr zurückverfolgt werden konnten. Dann war ein großer Teil der Gelder auf Konten amerikanischer Scheinfirmen mit Namen wie »European Natural Resources«, »North Sea Excavating & Mining« und »International Import Institutes« deponiert worden. Der unheilvolle Zweck dieser Gelder war die Finanzierung verdeckter Operationen des KGB gegen die Amerikaner und deren Regierung.

Seitdem verlangten neue Gesetze der Schweiz, dass ihre Banken Informationen offen legten, die mit überführten Straftätern oder kriminellen Handlungen zu tun hatten. Diese Gesetze hatten es dem FBI ermöglicht, viele der geheimen Depots aufzuspüren. Erst vor kurzem war das größte und am besten getarnte dieser Depots entdeckt worden.

»Darum also geht es.« Eli Kirkhart spürte eine gewisse Erregung. Obwohl das Konto abgeräumt worden war, bevor die Ermittler es entdeckt hatten, konnten Finanzexperten das Geld bis nach Moskau zurückverfolgen. Offenbar hatte Jeff erfahren, dass die Ermittlungen abgeschlossen waren, und war der Ansicht, fragen zu dürfen. Aber was war Jeffs wahres Interesse an dem Depot?

Um seine Neugier zu verbergen, ließ Eli den Blick über den Parkplatz schweifen – und plötzlich fiel ihm ein, dass er früher ein geheimer KGB-Treffpunkt gewesen war. Nachdenklich bemerkte er: »Ziemlich interessant, dass du dieses Einkaufszentrum für unser Treffen ausgesucht hast. Du wusstest genau, dass ich mich daran erinnern würde, dass das mal eine *Jawka* war, oder? Eine kleine Ironie deinerseits, um mich daran zu erinnern, dass der KGB in seinen glorreichsten Zeiten in jedem Winkel der USA gesteckt hat?«

»Ja. Und hier im District of Columbia ist der KGB noch immer«, erwiderte Jeff.

Eli zog es vor, die Bemerkung zu ignorieren. »Da du weißt, dass wir die Ermittlungen abgeschlossen haben, musst du auch wissen, dass das Konto eine tote Spur war. Das Geld ist wieder in Russland. Die Geschichte ist zu Ende. Für die *Post* ist nichts mehr zu holen.«

»Ich habe so ein Gefühl, dass das Geld vielleicht doch nicht in Russland ist. Ich hatte da einen Namen ... mach dir keine Gedanken, wie ich an diesen Namen herangekommen bin. Informationen auszugraben, gehört zu meiner Arbeit. Aber letzten Monat wurde dieser Name zu einer Leiche. Ein Motorradunfall in Rock Creek Park. Der Bursche hat seine Maschine zu Schrott gefahren und ist dabei ums Leben gekommen. Jetzt bin ich wieder bei Null.« Er schüttelte den Kopf.

»Und welcher Name soll das sein?«

»Michail Ogust.«

Eli schloss die Augen. Er ließ seine Stimme absichtlich müde und verärgert klingen. »Wieder General Berianow, Jeff?«

Jeff blickte ihn fest an. »Michail Ogust hatte Zugang zu diesem Fonds. Berianow und Jurimengri mussten ...«

Der FBI-Mann öffnete abrupt die Augen und unterbrach Jeff: »Wir haben niemals auch nur den kleinsten Hinweis darauf gefunden, dass Oberst Ogust oder sonst jemand in diesem Land dieses Geld angerührt hat. Ich sollte es dir vielleicht nicht erzählen, aber du hast mir früher auch den einen oder anderen Gefallen getan, und jetzt kann ich mich revanchieren: Wir haben Ogust entlastet. Vollkommen entlastet. Und nicht nur das – General Berianow und Oberst Jurimengri sind ebenfalls sauber. Es gibt keinen Hinweis darauf, dass einer von ihnen irgendeinen Verschwörungsplan ausgeheckt hatte.«

Eli gelangte immer mehr zu der Überzeugung, dass Jeffs geradezu besessene Verfolgung des ehemaligen KGB-Generals Alexei Berianow in Wirklichkeit ein Vorwand für andere Aktivitäten war. Er fragte sich, was tatsächlich vorgefallen war, als Jeff das FBI verlassen hatte, und was er in all den Jahren, während er der *Washington Post* als Russland- und Osteuropaexperte diente, sonst noch alles getan hatte.

Eli hatte einen Verdacht; nur deswegen hatte er diesem Treffen überhaupt zugestimmt. »Lass mich dir einen gut gemeinten Rat geben, Jeff«, sagte er. »Du machst dich mit dieser ermüdenden und vergeblichen Gespensterjagd nur selbst kaputt. Wie viele Jahre willst du noch mit dieser Besessenheit verschwenden, dass Berianow in irgendwelche dunklen Machenschaften verstrickt ist, die auf die Zerstörung Amerikas abzielen? Hör mir gut zu, alter Freund: Dieses Schmiergeld aus dem Fonds ist wieder im Kreml, und diese drei Russen hatten nichts damit zu tun – oder mit irgendetwas anderem, das auch nur im Entferntesten beunruhigend wäre. Der Fall ist abgeschlossen, Jeff. Du solltest dich um etwas anderes kümmern. Lebe dein Leben, wie man so schön sagt.«

Jeff saß regungslos hinter dem Steuer; sein hoch gewachsener Körper war angespannt. »Du irrst dich. Ich weiß, dass sie nicht nur deshalb übergelaufen sind, um ihre geheimen Gelder vor Jelzin zu verstecken. Ich habe es im Gefühl.«

»Verdammt noch mal, Jeff! Hör endlich auf! Du hast deine Karriere ruiniert, und deine Frau hat sich wegen dieser Manie von dir scheiden lassen. Was willst du noch alles verlieren?«

»Mach dir keine Gedanken, was ich verloren habe. Kannst du mir helfen?«

»Wie?«

»Nenn mir einen anderen Namen. Irgendeinen, der Zugang zum Fonds hatte.«

Innerlich lächelte Eli. Darum ging es also. »Ich habe keine anderen Namen. Ich habe dir schon gesagt, dass man in diesem Land ...«

»Wie wäre es mit jemandem *außerhalb* dieses Landes?«

Ein Name außerhalb des Landes. Jeff meinte natürlich Russland.

Eli atmete langsam aus. »Also gut ... Wir sind tatsächlich auf einen anderen Namen gestoßen. Wok.«

Jeff fragte vorsichtig nach: »*Iwan* Wok, der Top-Killer des KGB?«

Eli nickte. »Ja, und er ist immer noch *in Russland*. Ist das deutlich genug, oder bist du so sehr besessen, dass du nicht mehr klar denken kannst? Wok ist in Russland. *Das Geld ist in Russland.* Hier läuft nichts. Alles passiert *dort*. Weit weg – in einem Land, das früher mal die Sowjetunion war. Das ist die ganze Geschichte. *Finito*.«

Jeff schüttelte den Kopf. »Ihr könnt nicht sicher sein, dass das Geld in Russland ist. Genauso wenig, dass Wok dort ist.«

»Und ob wir sicher sein können! Die russische Regierung beobachtet Leute wie Wok – *gefährliche* Leute – ganz genau. Das weißt du so gut wie ich.«

Jeff blieb ruhig. »Danke, Eli.« Er ließ den Motor des Mustang an. »Bald. Ich fühle es. Ich bin diesen verdammten Bastarden so dicht auf den Fersen, dass ich sie riechen kann.«

Jeff vermutete, dass auch die Beschattung durch die drei Fahrzeuge, der er sich vorhin erst entzogen hatte, von der Ex-KGB-Gruppe durchgeführt wurde, die von General Berianow geleitet wurde.

»Moment mal«, sagte Eli. »Gibt es irgendetwas, dass du *mir* erzählen solltest?«

Jeff schüttelte den Kopf. »Ist noch zu früh.«

»Wenn du von irgendeiner Gefahr für das Land weißt, Jeff …«

»Nein.«

Verärgert und mit wachsender Besorgnis fragte Eli: »Arbeitet ihr Journalisten immer so? Alles nehmen und nichts geben? Kein Wunder, dass man euch kaum für vertrauenswürdiger hält als Autoverkäufer.«

»Wenn ich irgendwas zu berichten habe, bist du der Erste, den ich anrufe.«

»Verdammt, ich bin ein ziemliches Risiko eingegangen, hierher zu kommen. Sag mir, woran du arbeitest und wie du darauf kommst, dass General Berianow und …«

Wieder schüttelte Jeff den Kopf. »Vorahnungen, Eli. Beobachtungen. Die Verfolgung von Spuren wie die Schmiergeldfonds. Das ist alles, was ich habe. Aber dadurch werden die

Möglichkeiten nicht weniger real. Du und ich, wir haben früher Fälle gelöst, bei denen wir weniger in der Hand hatten, aber wir wissen beide, dass man mit so etwas nicht zu den Bossen beim FBI gehen kann. Wir mussten immer ein hübsches Geschenkpaket daraus schnüren, und alles musste bewiesen werden. Das eine Mal, als ich es *nicht* so gemacht habe, wurde ich rausgeschmissen.«

Falls du rausgeschmissen wurdest, dachte Eli. Er öffnete die Wagentür. »War schön, dich wiederzusehen, Jeff. Diesmal bleiben wir in Verbindung, okay? Was vorbei ist, ist vorbei.«

»Sicher, Eli.«

Eli Kirkhart nickte Jeff zum Abschied zu und stieg in das FBI-Fahrzeug.

Jetzt, da es allmählich Zeit fürs Abendessen wurde, war es im Einkaufszentrum ruhig geworden. Die Sonne stand tief am Himmel, ließ die Baumkronen aufleuchten und warf lange Schatten über den Parkplatz. Als hätten sie einen heimlichen Pakt geschlossen, fuhren beide Männer davon, ohne sich noch einmal anzuschauen, und nahmen unterschiedliche Ausfahrten.

Während Jeff Hammond zum Beltway zurückfuhr, wuchs sein Misstrauen gegenüber Eli. Diese Worte am Schluss, die Wärme und Freundschaft auszudrücken schienen – *diesmal bleiben wir in Verbindung. Was vorbei ist, ist vorbei* –, passten nicht zu dem, was Eli gesagt hatte, und wie er sich verhalten hatte. Trotz seines Pokerface hatte Jeff das Misstrauen des anderen gespürt. Eli hatte irgendetwas im Sinn – etwas, das ihn dazu gebracht hatte, zu dem Treffen zu erscheinen. Und was immer es war, es war nicht der Wunsch, Jeff zu helfen oder ein harmloses Wiedersehen zu feiern.

Jeff runzelte die Stirn und dachte nach.

Zur gleichen Zeit, als Jeff Hammond auf dem Weg zu seinem Büro in Washington war, fuhr Eli Kirkhart zu seinem leeren Haus in Bethesda zurück. Es war ein langer, merkwürdiger Tag gewesen, und das Wiedersehen mit Jeff war Höhepunkt und Tiefpunkt zugleich. Im Geiste spielte Eli noch einmal ihr Gespräch durch, bis er plötzlich begriff. Er ballte die Faust. *Verdammt.*

Was war der wahre Grund gewesen, dass Jeff mit ihm hatte sprechen wollten? Es ging Jeff wahrscheinlich gar nicht um Informationen, um seinen hoffnungslosen Kreuzzug fortführen zu können, die Schmiergeldfonds mit General Berianow in Verbindung zu bringen. Nein, ganz bestimmt nicht. Eli hatte den starken Verdacht, dass Jeff stattdessen die Bestätigung wollte, dass das FBI seine Suche nach dem geheimen Schatz beendet hatte. Vielleicht wollte Jeff sich davon überzeugen, dass jeder, der mit dem Fonds in Verbindung stand, vor weiteren Nachforschungen der US-Regierung sicher war. Und das schloss ihn selbst mit ein ...

4.

Mit schweren Schritten, das AK-47 in Brusthöhe im Anschlag, stapfte sie einen Tunnel mit kahlen Felswänden entlang. Ihr Herz hämmerte vor Angst. Schließlich gelangte sie an eine graue Metalltür und öffnete sie. Dahinter war eine Leiter. Sie warf einen Blick über die Schulter, kletterte rasch und geschickt den engen, langen Schacht hinauf und zog sich oben hinaus in die mondlose Nacht. Schwer atmend starrte sie drei Männer an, die um ein Lagerfeuer saßen und sich auf Russisch unterhielten. Als der Lichtschein des Feuers auf ihren Gesichtern flackerte, erkannte sie die beiden, die ihr zugewandt waren. Sie waren ihre Kameraden, und sie grüßten sie: S priisdam! Als sich der dritte zu ihr umdrehte, fragte er sie, wie es ihr ging: Kak wy poschiwyite? Sie erstarrte vor Schreck: Er war der Mann, den sie mit dem Motorrad getötet hatte.

Wie war das möglich? Benommen schüttelte sie den Kopf und starrte ihn an. Der Mann war am Leben!

Als weit entfernt Gewehrschüsse verhallten, kauerte sie sich zu dem Trio ans Feuer und nahm ihre Kalaschnikow in die Armbeuge. Sie lächelte nicht, ebensowenig wie die Männer. Sie waren hart und kampferfahren, und sie war eine von ihnen ...

Beth Convey fuhr aus dem Schlaf. Das Blut rauschte in ihren Ohren. Es war ein neuer Albtraum, aber mit denselben drei Russen und demselben Gefühl von Gefahr und Gewalt. Sie zwang sich, mehrere Male tief durchzuatmen. Seit ihrer Transplantation war ein Jahr vergangen. Ein ganzes Jahr, und bis gestern waren die Albträume und die anderen beunruhigenden Eindrücke und Erlebnisse immer seltener geworden und verblasst, genau wie ihr Chirurg es gesagt hatte. Beth zögerte und dachte noch einmal nach. Oder hatte sie einfach gelernt, die Träume und Eindrücke zu ignorieren?

Nein. Dieser Traum war zu lebendig gewesen, viel zu lebendig! Ängstlich ließ sie den Blick durchs Schlafzimmer schweifen, schaute auf die Familienfotos an den Wänden, auf das Sonnenlicht, das durch die Fenster fiel, und auf den frischen Strauß Osterglocken, der auf ihrem Schreibtisch stand. Die vertraute Umgebung ihres alten viktorianischen Hauses beruhigte sie.

Dann holte die Gegenwart sie wieder ein, und sie erinnerte sich: Der heutige Tag war wichtig. Entscheidend. Sie schwang sich aus dem Bett und ging ins Bad, um ihre morgendlichen Medikamente einzunehmen und sich anzuziehen.

Der gestrige Tag, ein Montag, war ein Desaster gewesen. Es war ihr erster Arbeitstag, und Zach Housley, der geschäftsführende Partner der Kanzlei, hatte ihr niederschmetternde Nachrichten überbracht: Die meisten ihrer alten Mandanten hatten beschlossen, bei den neuen Anwälten zu bleiben, die Zach ihnen im vergangenen Jahr zugeteilt hatte. Beth hatte zwar mit einigen »Fahnenflüchtigen« gerechnet, da alle Anwälte der Kanzlei sehr fähig waren, doch dass ihr kaum jemand geblieben war, hatte ihr doch den Atem verschlagen. Am allerwenigsten erwartet hatte Beth den Verlust von Michelle Philmalee, für die sie in dem Scheidungsprozess, der sie beinahe das Leben gekostet hatte, einen spektakulären Sieg erkämpft hatte.

Sicher, Michelles Entscheidung war »rein geschäftlich«, aber für Beth war es beinahe wie ein Verrat. Sie spürte, wie sich ihr vor Sorge die Brust zusammenzog. Es war die Aussicht gewesen, wieder zu arbeiten und bald die Partnerschaft der Kanzlei zu erlangen, die Beth auf dem langen Weg der Genesung angetrieben hatte.

Sie putzte sich die Zähne, fuhr sich mit dem Kamm durchs Haar, trug Lippenstift auf und betrachtete sich im Spiegel. Obwohl sie nur drei Stunden Schlaf bekommen hatte – sie hatte den größten Teil der Nacht im Büro verbracht und fieberhaft Ideen ausgearbeitet, Michelle als Mandantin zurückzugewinnen –, war ihre Haut frisch und rosig, und ihre blauen Augen waren klar und strahlend. Sie schickte ihrem Herzchirurgen und dem Organspender ein stilles Dankgebet.

Doch Beths robuste Erscheinung war nur Fassade. Innerlich zitterte sie vor Anspannung und fragte sich, ob dieser plötzliche, intensive Druck den Albtraum von dem toten Motorradfahrer ausgelöst hatte. Außerdem ging ihr wieder diese eigenartige Telefonvorwahl aus Virginia durch den Kopf, die seit gestern Nachmittag wieder aufgetaucht war: 703 ...

Dabei war heute der erste Jahrestag ihrer Transplantation – ein Tag, ihr neues Leben zu feiern und jenen Mann zu ehren, dessen starkes Herz nun in ihrer Brust schlug, als wäre es schon immer ihr eigenes gewesen. Stattdessen musste sie um ihre Karriere kämpfen. Schlimmer noch – der Anwalt, bei dem Michelle nun bleiben wollte, war einer von Beths ehemaligen Liebhabern, Phil Stageman. Es war eine kurze Affäre gewesen; bis heute konnte Beth sich nicht erklären, warum sie sich überhaupt darauf eingelassen hatte. Ein Fall von zeitweiliger geistiger Umnachtung, vermutlich. Hormone, die über die Vernunft gesiegt hatten.

Sie seufzte und dachte an all die Männer, auf die sie verzichtet oder die sie verloren hatte. Andererseits hatten die Männer immer nur an zweiter Stelle gestanden. Zuerst kam die Arbeit. Beth erinnerte sich dunkel daran, dass sie sich geschworen hatte, eine ernsthafte Liebesbeziehung einzugehen, sobald sie wieder gesund war. Aber jetzt, da sie darum kämpfte, ihre Position in der Kanzlei zurückzuerobern, erschien ihr diese Vorstellung weit weniger anziehend.

Heute hatte sie vielleicht ihre einzige Chance, Michelle als Mandantin zurückzugewinnen, und ausgerechnet heute war sie mit einem Albtraum aufgewacht. Aber darüber durfte sie sich keine Gedanken machen. Stattdessen musste sie sich auf ihren Plan konzentrieren, denn ihre harte Arbeit hatte sich ausgezahlt: Sie hatte entdeckt, dass Phil Stageman seine Aufgabe, die Philmalee International zu schützen, ziemlich lasch wahrgenommen hatte. Mit dieser Information im Rücken war Beth ziemlich sicher, dass sie Michelle zurückgewinnen konnte. Sie vertraute ihrem Intellekt und ihren Fähigkeiten.

Sie stand vor dem Höhepunkt des Spiels.

Die Königin des Kosmos.

Beth Convey war wieder bereit zum Kampf.

Sie faltete die Hände auf dem langen, glänzenden Tisch. Ihre Kehle war trocken. Das Treffen mit Michelle und Phil hätte schon beginnen sollen, um 18.30 Uhr, doch Beth saß allein im Besprechungsraum B bei Edwards & Bonnett. Außerdem hatte sie die letzten Unterlagen, die sie benötigte, noch immer nicht bekommen – eine Liste wichtiger Anteilseigner.

18.45 Uhr. Beth wurde zunehmend gereizter. Michelle und Phil waren schon fünfzehn Minuten zu spät, was Beth aber kaum überraschte. Sie kannte Phil Stageman nur zu gut. Wahrscheinlich war es eines seiner Machtspielchen, um sie zu verunsichern. Dieser Gedanke machte sie plötzlich so wütend, dass sie am liebsten alles kurz und klein geschlagen hätte – in einem der plötzlichen Zornesausbrüche, die seit der Operation ein Teil von ihr geworden waren. Die Empörung hatte seit Tagen in ihr gegärt, doch Beth hatte sie im Zaum gehalten und gute Miene zum bösen Spiel gemacht, hatte sich selbst ermahnt, dass nur die Medikamente schuld daran wären. Doch manchmal kam es ihr vor, als würden in ihrem Innern zwei Persönlichkeiten miteinander kämpfen: Die alte Beth, unerschütterlich und cool, und eine Fremde – hitzköpfig und leidenschaftlich ... *Wenn du liebst, liebe ohne nachzudenken. Wenn du drohst, drohe nicht im Spiel.* Da waren sie wieder, diese russischen Sprüche.

Um zwanzig Uhr waren Michelle und Phil immer noch nicht erschienen. Beth knetete nervös die Hände und starrte auf die Tür des Konferenzraumes. Und dann, als hätte sie es durch ihre Willenskraft erzwungen, öffnete sich die Tür.

Erleichtert schob sie die störenden Gedanken beiseite, setzte ein professionelles Lächeln auf und erhob sich. »Ich freue mich sehr, Sie wiederzusehen, Michelle.« Sie schüttelte ihrer früheren Mandantin die Hand und umarmte sie. Michelle war Anfang fünfzig, klein und attraktiv. Jedes ihrer rabenschwarzen Haare lag perfekt, und ihr schokoladenbraunes Business-Kostüm von Armani hatte gut und gern fünftausend Dollar gekostet. Aber das war es nicht, was Beths Aufmerksamkeit auf sich zog. Ein einziger Blick auf Michelle verriet ihr, dass die Entscheidung ihrer ehemaligen Mandantin, bei Phil Stageman zu bleiben, nicht nur »rein geschäftliche« Gründe hatte. Die Gerüchte, die Beth gehört hatte, schienen wahr zu sein – Michelle und Phil hatten etwas miteinander. Michelle strahlte und sah glücklich aus; ihre sonst so ernste Miene war einem sanften, sinnlichen Blick gewichen.

»Sie sehen gut aus«, erwiderte Michelle höflich.

»Danke. Sie auch.« Beth verlor die Hoffnung. Falls die beiden wirklich ein Verhältnis hatten, war Michelle wohl nie davon zu überzeugen, dass sie bei ihrem Anwalt die falsche Wahl getroffen hatte.

Michelle neigte den Kopf. »Sie sieht wieder ganz wie unsere alte Beth aus, findest du nicht auch, Phil?«

»Beth sieht immer gut aus«, sagte Phil aalglatt. Er war ein attraktiver Mann mit braunen Locken, die ihm in die Stirn fielen. Seine Schultern waren so breit, als könnten sie die Gesetzeslast der ganzen Welt tragen. Außerdem war er zwanzig Jahre jünger als Michelle. Sein Blick schweifte zu Beth. »Michelle und ich haben nicht viel Zeit, also lass uns bitte hören, was du zu sagen hast.« Sein Tonfall deutete an, dass es Beths Fehler war, dass das Treffen so spät begann, und dass ihre anderen Pläne für den Abend weitaus wichtiger waren.

Beth lächelte nachsichtig. »Natürlich.«

Während die beiden ihr gegenüber Platz nahmen, lehnte Beth sich im Sessel zurück.

Michelles Unternehmen war ein wichtiger Bestandteil in einem Plan der US-Regierung, waffenfähiges Uran im Wert von ungefähr zwölf Milliarden Dollar aus Russlands Arsenal an Raketensprengköpfen zu kaufen – einer der Schritte, um sicherzustellen, dass diese Waffen nie wieder die Welt bedrohten. Zu diesem Zweck würden die Vereinigten Staaten in Russland hoch angereichertes Uran zur Verwendung in amerikanischen Atomkraftwerken erwerben. Russland würde dafür mit harten Dollars und abgereicherten Uran bezahlt. Als Teil dieses Handels hatte eine russische Agentur namens Uridium einen Vertrag mit der Philmalee International geschlossen, um abgereichertes Uran nach Russland zu transportieren.

Beth rief diese Fakten noch einmal kurz in Erinnerung.

»Aber Uridium hat sich aus dem Geschäft zurückgezogen, nun müssen Sie das Unternehmen davon überzeugen – oder dazu zwingen –, seinen Teil des Abkommens zu erfüllen. Wenn nicht, wird die Philmalee Group ungefähr eine halbe Milliarde an Einnahmen verlieren.«

Michelle nickte mit finsterer Miene. »Diese Tatsachen sind bekannt. Warum haben Sie uns hergebeten?«

Beth beugte sich vor. »Phil hat Klage eingereicht und beim Bezirksgericht eine einstweilige Verfügung beantragt, um Uridium daran zu hindern, sich aus dem Vertrag mit Philmalee zurückzuziehen. Das ist der herkömmliche juristische Weg, und ich ...«

Phil witterte Gefahr und fiel Beth ins Wort: »Versuch jetzt nicht den alten Trick, erst alles zu loben und dann gnadenlos herunterzumachen, Beth. Die Klage und der Antrag auf Vertragserfüllung sind nicht ›herkömmlich‹, sie sind notwendig. Die Sache muss vor einem Gericht verhandelt werden.«

»Mag sein. Aber wenn es so gemacht wird, wie du es geplant hast, werdet ihr verlieren.«

»Das ist Einschüchterungstaktik!« Phils Stimme wurde schneidend. Er wandte sich Michelle zu. »Wir verschwenden unsere Zeit. Jeder andere hätte deine Entscheidung akzeptiert, den Anwalt zu wechseln. Unglaublich, dass Beth jetzt diese Scharade mit dir spielt!«

Beth blickte Michelle fest in die Augen. Es wurde Zeit, aufs Ganze zu gehen. Wenn das Unternehmen immer noch das Wichtigste in Michelles Leben war, hatte Beth eine Chance. »Es ist in unser beider Interesse, dass Sie sich meinen Vorschlag anhören, Michelle. Ich habe schon früher juristische Wunder für Sie vollbracht. Einfach ausgedrückt – ich bin immer noch besser als alle anderen, und Sie brauchen mich. Ganz bestimmt in diesem Fall. Ich meine es ernst. Phil wird den Prozess verlieren.«

»Beth!«, protestierte Phil.

Doch Michelle hob ihre zierliche Hand. »Ich möchte hören, was Beth zu sagen hat.«

Beth lächelte, aber ihre Stimme war ernst. »Ich habe die letzten beiden Tage damit verbracht, den Fall zu recherchieren.« Der Unterschied zwischen einem guten und einem hervorragenden Anwalt war die Bereitschaft, schöpferisch zu arbeiten und bis zu den Quellen zurückzugehen. Phil hatte den klassischen Weg gewählt, während Beth in den Hinterhöfen und Abfallhaufen der Regierung gesucht und gewühlt hatte. »Ein Freund im Außenministerium hat mir gesagt, dass die Regierung gegen Sie klagen und beantragen wird, Ihren Antrag auf einstweilige Verfügung abzuweisen, weil Uridium eine ausländische Institution unter staatlicher Leitung ist und deshalb diplomatische Immunität genießt« – sie hielt einen Moment inne; dann ließ sie die Bombe platzen – »und weil Ihr Arrangement in Konflikt mit nationalen Interessen geriete.«

Hinter der rotgerandeten Brille weiteten sich Michelles Augen überrascht und sorgenvoll. »*Nationale* Interessen?«, wiederholte sie.

Beth nickte. »Das bedeutet, dass Sie die Bundesregierung gegen sich haben. Irgendjemand mit Macht und Einfluss will, dass der Vertrag an einen Ihrer Mitbewerber geht – und wer immer das sein mag, er hat die Macht, den Mantel des ›nationalen Interesses‹ darüber zu breiten. Sie haben die schlechteren Karten, Michelle. Bis Phil mit Ihrer Klage vor Gericht kommt, wird es zu spät sein. Das Uran, das eigentlich Sie kaufen sollten, wird bis dahin von Ihrem Konkurrenten erworben und an Uridium geliefert worden sein. Mit anderen Worten: Für die Philmalee Group bleibt kein Stück vom Kuchen übrig, selbst wenn Sie den Prozess gewinnen.«

Michelle wurde blass. »Wissen Sie eine Lösung des Problems?«

»Selbstverständlich. Kennen Sie die andere Gesellschaft, an die Uridium sich gewandt hat, um ihr das Uran zu verkaufen?«

»Ja. HanTech. Was ist damit?«

»Eine meiner Kontaktpersonen hat mir berichtet, dass HanTech nicht mehr im Besitz einer bestimmten amerikanischen Familie ist. Das Unternehmen wurde von einer Investorengruppe erworben, die aus Russen besteht, die in die Vereinigten Staaten eingewandert sind und enge Verbindungen zu Minatom haben. Wie der Zufall es will, ist einer der Investoren der Sohn des Minatom-Chefs.« Minatom war das russische Ministerium für Atomenergie, das die Oberaufsicht über Iridium hatte. Minatom besaß gewaltige Macht; war beinahe ein Staat im Staate. Uridium würde tun, was Minatom verlangte.

Michelles Augen blitzten vor Wut und Erregung. »Dann können wir uns mit dem Vorwurf einer betrügerischen geheimen Absprache an die Presse wenden. Eine Kungelei zwischen einer russischen Agentur und Russen, die in die Vereinigten Staaten eingewandert sind, aber noch immer mit Minatom in Verbindung stehen. Ob sie unsere Mitbürger sind oder nicht, spielt dabei keine Rolle. An diesem Punkt kommt es allein auf den Eindruck an. So oder so – mit der richtigen Presse können wir wenigstens diese Entwicklung aufhalten, bis wir herausgefunden haben, wer hinter diesem ganzen Unsinn mit der nationalen Sicherheit steckt. Aber ich muss unbedingt wissen, wem HanTech *jetzt* gehört. Wer *sind* diese Russen? Ich brauche *Namen*!«

»Noch habe ich die vollständige Liste nicht, aber bald.«

»Ausgezeichnet! Und wann?«

Beth blinzelte. Sie würde die Liste sicher noch heute Abend bekommen. »Wahrscheinlich morgen.«

»Kann ich um zehn Uhr morgen früh wieder herkommen?«

Beth nickte. »Zehn Uhr. Einverstanden.«

Phil blickte düster. »Ich warne dich, Beth. Wenn du hier Spielchen mit uns treiben willst, um Zeit zu gewinnen, während du in Wirklichkeit nur hoffst, irgendetwas vorweisen zu können, wird das nicht funktionieren.«

»Vielen Dank, Phil«, erwiderte Beth trocken. »Ich weiß deine Warnung zu schätzen.« Sie blickte Michelle in die Augen und sagte mit ernster Stimme: »Sie können sich auf mich verlassen, Michelle. Ich werde die Liste bekommen. Ich habe sehr viel in Sie und die Philmalee Group investiert, und ich möchte, dass Sie Erfolg haben.«

Michelle blickte schuldbewusst zur Seite, nickte und erhob sich. Phil sprang auf und nahm ihre Hand, und sie gingen gemeinsam zur Tür – ein Paar.

Michelle blieb stehen und blickte über die Schulter. »Ich weiß nicht, ob ich mir wünsche, dass Sie Recht haben oder dass Sie sich irren, Beth.«

Beth schwirrte der Kopf. Die Telefonvorwahl aus Virginia war plötzlich wieder da. »Sie sollten hoffen, dass ich Recht habe, oder Sie werden eine Menge Geld verlieren.«

Als das Paar das Konferenzzimmer verlassen hatte, stand Beth auf. Die hartnäckige Telefonvorwahl aus Virginia verursachte ihr Übelkeit, während sie über den stillen Flur zu ihrem Büro ging. Sie stöhnte laut auf. *703 ... 703 ... 703 ...* Als ob irgendetwas – irgendwer – wollte, dass sie diese Nummer wählte, die sie Gott sei Dank nicht vollständig kannte.

In ihrem Büro schaltete sie das Licht ein und schaute auf die Armbanduhr. Zeit, ihre Tabletten einzunehmen. Zitternd öffnete Beth die Schreibtischschublade, griff sich ihre Pillen und die Wasserflasche und schluckte die Medikamente. Es war schon spät, fast halb neun, und die Neonröhren an der Decke tauchten das Büro in gleißendes, schattenloses, beinahe surrealistisches Licht.

Nach kurzer Zeit fühlte Beth sich besser und wandte sich ihrem Computer zu, um ihre E-Mails zu lesen. Vielleicht waren die Informationen über HanTech eingetroffen; das würde ihre Stimmung heben. Der Bildschirm leuchtete auf, und Beth schaute die neuen Nachrichten durch. Nichts. *Verdammt.*

Es klopfte.

»Herein!«, rief Beth.

Zacharias Housley mit seinen schmalen Schultern, dem übergroßen Kopf und dem Hängebauch erschien in der Tür. Seine birnenförmige Silhouette war in Washingtons Juristenkreisen bestens bekannt. In einem seiner Anzüge von der Stange mit den ausgebeulten Taschen sah er wie der nette alte Onkel aus der Provinz aus – eine seiner Maschen, mit denen er Prozessgegner in juristische Fallen lockte, noch bevor sie die Gefahr witterten. Er war ein hervorragender Anwalt und seit mindestens dreißig Jahren Seniorpartner bei Edwards & Bonnett.

Unverblümt wie immer kam er gleich zur Sache: »Phil sagt, Sie behaupten, dass die Russen jetzt HanTech leiten. Ist das wahr?«

Beth zögerte. »Ja. Russen, die amerikanische Staatsbürger sind – oder vielleicht auch nicht.«

Sie war wütend. Phil versuchte, sie auszubooten. Sie widerstand dem Impuls, die Handfläche gegen ihre Stirn zu pressen. Immer noch schwirrte ihre diese Telefonvorwahl im Kopf herum.

Zach schaute sie misstrauisch an. »Können Sie das beweisen?«

Beth legte Zuversicht in ihre Stimme. »Das werde ich. Morgen früh.«

Zach räusperte sich. »Interessant. Das wird einiges zum Kochen bringen. Allerdings, wenn Sie sich irren ... oder wenn Sie es *nicht* beweisen können ...«

»Ich verstehe.«

In diesem Fall würde es Beth einen dicken Minuspunkt bei Edwards & Bonnett einbringen. Die Kanzlei war ein Haifischbecken und besaß ein kollektives Gedächtnis, das nichts vergab und nichts verzieh. Beth spielte ein riskantes Spiel, um eine wichtige Mandantin zurückzugewinnen. Wenn sie scheiterte, da ihre Argumente auf Lügen aufgebaut waren, würde man sie zwar nicht hinauswerfen – schließlich hatte sie eine Herztransplantation hinter sich, und es sähe in der gläsernen Welt der Washingtoner Justiz nicht gut aus –, aber sie würde ihre Position als Senioranwältin verlieren, auf die Stufe einer Anwältin im ersten Jahr zurückfallen und langweilige Aufgaben zugeteilt bekommen, die überdies genauestens kontrolliert würden.

Verärgerung stieg in ihr auf.

Zach musterte sie. »Wie fühlen Sie sich jetzt, wo Sie wieder da sind?«

Beth hatte plötzlich den Verdacht, dass er einen Köder auslegte. Sie versteifte sich. »Ich fühle mich großartig«, sagte sie und lächelte. »Wussten Sie, dass ich bald den schwarzen Gürtel in Karate bekomme?« Sportlichen Ehrgeiz zu beweisen und Fitness zu demonstrieren, war eher eine männliche Domäne, und Beth wusste selbst nicht, wie sie auf die Idee gekommen war, Zach von ihrem Karate-Training zu erzählen.

Zach kicherte unterkühlt. »Emanzipierte Frauen. Wo sind die guten alten Zeiten, als die Mädels noch Röcke trugen und sich geschämt haben, in der Öffentlichkeit zu rauchen? Und wenn es ein Problem gab, fielen sie in Ohnmacht.«

Beth musterte Zach, und plötzlich wurde ihr klar, was sie sich lange Zeit nicht eingestehen wollte: Zach Housley konnte Anwältinnen nicht ausstehen.

»*Diese* Zeiten sind vorbei«, sagte sie mit fester Stimme. »Es steht uns Frauen jetzt genauso frei, uns zum Trottel zu machen, wie euch Männern.«

Beth ging wieder ins Internet und widmete sich ihren E-Mails. Zur Hölle mit Zachs unterschwelligen Drohungen. Während sie die Liste durchging, strömte Energie in ihre Glieder zurück. Seitdem HanTech in Privatbesitz war, mussten sie nichts mehr über die Eigentumsverhältnisse offen legen. Doch Beth kannte eine Buchhaltungsspezialistin, die wahrscheinlich Zugang zu diesen Informationen besaß: Carly King, die mit ihr zusammen an der University of Virginia ihr Examen abgelegt hatte. Heute war Carly Top-Analystin bei dem Finanzriesen Toole-Russell Incorporated, und seit ihrer Zeit als Computerfreak auf der Highschool hatte sie sich zur perfekten Datenschnüfflerin entwickelt.

Als Beth im Verlauf ihrer Nachforschungen erfuhr, dass Toole-Russell HanTechs jährliche Rechnungsprüfung durchführte, rief sie Carly an, die, wie es ihrer rastlosen Neugier entsprach, schon ein von ihr geschriebenes Programm installiert und angewendet hatte, mit dem sie unbemerkt die Verschlüsselung knacken und das Passwort für die Dateien von Toole-Russells Systemadministrator ermitteln konnte. Damit hatte sie auch Zugriff auf die interne Internetprotokolladresse des Systems und die Kopien der Aktivitäten des gesamten Computernetzes. Damit wurde Carly zur »Root«, was bedeutete, dass sie Zugriff auf sämtliche Computerdateien von Toole-Russell besaß und sämtliche Daten ändern, löschen und zurückverfolgen konnte. Sie war die Göttin.

Trotzdem würde Carly niemals Gelder veruntreuen oder unterschlagen. Auf Geld war sie nicht aus. Es war die Herausforderung an sich, die sie fesselte, die ihr Herz höher schlagen ließ und ihr ein Hochgefühl verschaffte. Deshalb murrte Carly, als Beth sie auf Grund ihrer Informationen aus dem Außenministerium um Hilfe bat, denn es war die Zeit der Jahresabschlüsse fürs Finanzamt, und Carly steckte bis zum Hals in Arbeit. Schließlich aber hatte sie sich einverstanden erklärte, die vollständige Liste der HanTech-Eigentümer zu erstellen.

Die Frage war nur, wann sie die Sache erledigte. Aufgeregt entdeckte Beth Carlys Codenamen. Da sie einen Server nutzte, der gegen gutes Geld solche Annehmlichkeiten wie Anonymität bot, waren die Route der E-Mail und der Name des Absenders blockiert, sodass niemand bei Edwards & Bonnett in der Lage war, Carly aufzuspüren.

Neugierig übersprang Beth Carlys Klagen, dass sie ihre Arbeit unterbrechen musste. »Bingo!« Sie markierte die Liste und druckte sie aus. »*Verdammt* heiß!«

Sie las den Text auf dem Bildschirm. Carly bestätigte nicht nur, dass HanTech nicht mehr vollständig im Besitz von Earl Hansen war, der die Handelsgesellschaft vor vielen Jahren gegründet hatte, sondern dass die neuen Mehrheitseigner russische Namen hatten. Jetzt, endlich, hielt Beth die vollständige Liste in Händen. Sämtliche Namen klangen russisch, mit einer Ausnahme: Caleb Bates. Dieser Bates hielt den größten Anteil – fünfundzwanzig Prozent. Beth fragte sich, wer dieser Mann war und wie er ins Bild passte. Da ausgebürgerte Russen die Neigung hatten, ihre Angelegenheiten in der Familie zu halten, war Bates vielleicht Amerikaner russischer Herkunft.

Aber das war eine nebensächliche Frage. Nachdenklich hielt Beth inne. Dann schickte sie Carly eine E-Mail mit der Bitte, genauer zu überprüfen, was diese geheimnisvolle Gruppe mit der Kanzlei vorhatte. Schließlich löschte sie beide Nachrichten und verfolgte sie zu der geschützten Datenbank zurück, die sie entdeckt hatte, und in der die Kanzlei sämtliche E-Mails speicherte. Auch dort löschte sie die Nachrichten. Nun würde nie jemand erfahren, dass Carly die Quelle war.

Dann schnappte sie sich die Seiten vom Drucker, schob sie in ihre Aktenmappe und griff sich ihre Tasche und die Wasserflasche, um sich auf den Weg nach Hause zu machen, ihre rituellen *Kata-Übungen* zu absolvieren, sich ein köstliches

Abendessen zu bereiten und als Vorbereitung auf die Besprechung am nächsten Tag die Liste zu studieren.

So plötzlich und laut wie ein Donnerschlag dröhnte die Telefonvorwahl aus Virginia durch ihr Hirn: *703 ... 703* ... Jede Ziffer war wie eine Explosion. Und diesmal waren da mehr Ziffern.

Eine Telefonnummer.

Beth sank in den Sessel zurück. Sie hatte Angst. Sie hatte alles getan, was sie tun sollte, um solche Dinge zu vermeiden, mit Ausnahme der letzten anderthalb Tage; trotzdem war es immer wieder zu solch unerklärlichen Zwischenfällen gekommen.

Wie konnte das geschehen? Beth war niedergeschlagen, deprimiert, erschöpft. Der Gedanke, dass diese Telefonnummer etwas mit ihr zu tun haben könnte, war lächerlich. Doch kaum hatte sie es gedacht, hämmerte die Nummer wieder in ihrem Hirn. Sie hatte das Gefühl, ihr würde der Kopf platzen. Sie hielt sich die Ohren zu und schloss die Augen.

Wieder explodierte die gesamte zehnstellige Nummer in ihrem Hirn. Beth brach der kalte Schweiß aus. Sie hielt es nicht mehr aus, sie musste es wissen ...

Entschlossen griff sie nach dem Telefon und wählte die rätselhafte Nummer. Ihre Hand war schweißnass, als sie mechanisch den Hörer an ihr Ohr presste. Sie fürchtete, dass sich wirklich jemand melden könnte. Und sie fürchtete zugleich, dass niemand sich meldete.

Es klingelte. Ein Mann mit schwerem russischen Akzent sagte: »Ja? Wer ist dort?«

Beth unterdrückte ein erschrecktes Luftschnappen und dachte fieberhaft nach. Sie erinnerte sich an einen der Namen aus ihren Albträumen. »Michail. Ich würde gern mit Michail sprechen.« Das Herz schlug ihr bis zum Hals.

»Das geht nicht.« Der Mann hielt kurz inne. »Wie ist Ihr Name? Wer sind Sie?«

»Eine Freundin von Michail. Wann ist er denn wieder da? Ich rufe dann noch einmal an.«

Die Verbindung brach ab.

Bewegungslos stand Iwan Wok in einem engen, kabinenartigen Büro im Washingtoner Vorort Arlington, noch immer überrascht, die Hand wie festgefroren auf dem Hörer, den er gerade aufgelegt hatte.

Wer war diese Frau? Wie war sie an diese streng geheime Nummer gekommen? Nur einige Auserwählte kannten sie, und Wok selbst konnte jede Stimme identifizieren. Sein untersetzter, muskelbepackter Körper in dem Sportsakko und der Baumwollhose war wie ein Modellbild kontrollierter Kraft. Er schürzte die breiten Lippen und schaute über den großen Schreibtisch aus Mahagoni hinweg zu dem hochlehnigen Sessel, in dem sein Boss saß.

»Und?«, fragte der Mann. Er hatte dunkles Haar, ein kühl und gelassen wirkendes, regelmäßiges Gesicht und blaue Augen. Er war Mitte fünfzig, wirkte wegen seines gut proportionierten Körpers eines Langstreckenschwimmers jedoch jünger. Am meisten beeindruckte er die Menschen durch seine unwiderstehliche Selbstsicherheit. Dieser Mann bekam fast immer, was er wollte.

Wok sagte auf Russisch: »Wir haben möglicherweise ein Problem.« Er wiederholte den Inhalt des Telefongesprächs.

»Sie hat nach Michail gefragt?« Ebenso überrascht wie Wok fluchte der Mann und antwortete auf Russisch: »Vielleicht war es ein Irrtum. Oder es war jemand, den Michail kannte, und von dem Sie nichts wussten.«

»Jemand, dem Michail diese Nummer gegeben hat? Unmöglich, Alexei.« Von seinem exotischen, mongolischen Gesicht bis zu seinen Füßen war der Mann ein Ausdruck der Ungläubigkeit.

»Nein, wahrscheinlich nicht.« Woks Chef seufzte, eher aus

Verärgerung als aus Sorge. »Vielleicht hat jemand anders die Nummer weitergegeben.«

»Könnte sein.« Wok nickte.

»Wir müssen es wissen. Suchen Sie die Frau. Finden Sie heraus, was Sie können.«

»Ich selbst?«

»Nein. Ich brauche Sie hier. Schicken Sie Ihren besten Mann.«

Iwan Wok sagte ohne zu zögern: »Nikolai Fedorow.« Er hatte Fedorow noch in den guten, alten Zeiten in Moskau ausgebildet.

Sein Chef nickte und beobachtete eine Fliege, die sich am Rand seines Schreibtisches entlang bewegte. Genau in dem Augenblick, als sie abhob, reagierte der Mann, schnappte die Fliege aus der Luft, zerdrückte sie in der Faust und ließ sie zu Boden fallen. Er lächelte, zufrieden mit sich und seinen unglaublichen Reflexen. »Sehr gut. Aber sagen Sie ihm, dass er vorsichtig sein soll, Iwan Iwanowitsch. Finden wir heraus, ob die Frau eine Bedrohung ist, bevor wir etwas unternehmen. Wir können keine unnötigen Komplikationen gebrauchen. Falls sich herausstellt, dass sie ein Problem ist, werden wir uns um sie kümmern. Aber gehen Sie auf Nummer sicher. Und ändern Sie diese Telefonnummer. Wir haben sie wahrscheinlich sowieso schon zu lange benutzt.«

»Ladno.« In Ordnung. Wok drückte auf einen Knopf. Die Nummer, von der aus die Frau angerufen hatte, erschien auf dem Digital-Display neben dem Telefon. Er machte sich daran, sie zurückzuverfolgen.

5.

Jeffrey Hammond eilte aus dem Gebäude der *Washington Post* in die laute nächtliche Stadt. Mond und Sterne standen am Himmel, doch er hatte nur Augen für den Straßenverkehr. Seine hoch gewachsene, sehnig-muskulöse Gestalt bewegte sich rasch über den Bürgersteig zur Straßenecke, wobei er gelegentlich in leichten Trab verfiel. Im Laufen strich er seine langen, braunen Haare zurück und band sie mit einem Gummiband zu einem Pferdeschwanz zusammen. Alles an ihm strahlte Ungeduld aus, und mit ruhelosem Blick musterte er den Verkehr, der sich Stoßstange an Stoßstange durch die Fünfzehnte Straße schob.

Von hinten rief eine laute Stimme: »He, Jeff! Versuch nicht, mir davonzulaufen! Du weißt verdammt gut, dass ich mit dir reden will!«

Es war Nate Heithoff. Leise fluchend blieb Hammond stehen und drehte sich um. »Morgen früh, Nate. Jetzt habe ich keine Zeit.«

»Warum bist du denn so sehr in Eile?«

»'ne heiße Braut. Ich bin spät dran.« Jeff wusste, dass Nate die Lüge schlucken würde.

»Nur eine Frage. Putins Pressesprecher war beleidigt, dass ich nicht wusste, was *Rasputitsa* ist. Was ...«

Hammond, der bei der *Post* bereits den ganzen Tag die Fragen seiner Redaktionskollegen zu Putins bevorstehendem Staatsbesuch beantwortet hatte, unterbrach Nate: »Das nennen die Moskauer Frühling – ihre ›schlammige Jahreszeit‹. Tut mir Leid, Nate, aber ich muss mich jetzt wirklich beeilen. Man soll eine Frau nicht warten lassen. Wir sehen uns morgen.«

»In Ordnung.« Nate grinste. »Sie muss wirklich ein heißes Gerät sein.«

»Ist sie.« Hammond winkte ein Taxi heran, stieg ein und schlug die Tür zu.

Der Fahrer blickte über die Schulter. »Wohin, Mister?«

»Einfach geradeaus. Schnell.«

Hammond blickte durchs Rückfenster. Nate schaute mit der Neugier aller guten Journalisten hinter ihm her. Jeff beobachtete immer noch die Straße hinter sich, als er den Fahrer bat, an der nächsten Ecke abzubiegen. Als deutlich war, dass Nate es aufgegeben hatte, bat er den Fahrer, am Bordstein zu halten. Er zahlte, stieg aus und ging zu Fuß weiter, wobei er mehrere Male stehen blieb und vorgab, sich die Auslagen in den Schaufenstern anzusehen; in Wirklichkeit jedoch beobachtete er seine Umgebung.

Er war gereizt und unruhig. In jedem dunklen Hauseingang sah er Verfolger. In den letzten Jahren war Jeff immer öfter beschattet worden, und er hatte sich angewöhnt, diese Fälle als Maßstab dafür zu nehmen, ob er seinem Ziel näher kam oder sich davon entfernte.

Als er keine Anzeichen entdecken konnte, dass jemand ihm folgte, eilte er um die nächste Gebäudeecke und winkte ein anderes Taxi heran. Er stieg ein und schickte den Fahrer kreuz und quer, von einer Straße zur nächsten und um Häuserblocks herum, wieder und wieder, bis er ihn schließlich bat, zur Ecke Columbia Road und Achtzehnte Straße zu fahren. Dort, im Herzen eines Viertels namens Adams Morgan, in dem ein buntes Völkergemisch lebte, bezahlte er und stieg aus.

Aus einem der Musikclubs drangen Sitarklänge und der würzige Geruch von Räucherstäbchen auf die Straße. Wachsam ging Jeff durch eine Ansammlung von Cafés, kleinen Bars und Kneipen, Buchläden und Antiquariaten, Musikläden, Secondhandshops und eleganten Modeboutiquen. Er ließ sich seine Sorgen nicht anmerken; sein Gesicht war unbewegt wie eine Maske.

Nach einem letzten Kontrollblick in die Runde betrat Jeff

einen gut besuchten Coffeeshop, bestellte an der Theke einen doppelten Espresso und kaufte eine *Post*. Beiläufig schaute er zu den besetzten Tischen hinüber und ging mit dem Espresso und der Zeitung zu einem leeren Tisch ganz hinten in der Bar. Dort setzte er sich, nippte am Kaffee und las. Er schaute nicht auf, nicht einmal, als ein älterer Mann sich unaufgefordert an seinen Tisch setzte.

Jeff drehte nur leicht den Kopf, faltete die Zeitungsseiten ein Stück weiter auseinander und musterte den Neuankömmling aus dem Augenwinkel: Ende fünfzig, eingefallene Wangen, dünnes graues Haar, das von der Seite über den Kopf gekämmt war, um eine kahle Stelle zu verdecken.

Hammond blätterte um, anscheinend in seine Lektüre vertieft, und sagte leise auf Russisch: »Ist lange her.«

»Wir wissen immer, dass Sie da sind«, antwortete der andere Mann auf Russisch. »Heute Abend. Halb elf.«

»Wo?«

»Meteor Express. Die kümmern sich um Transporte – Lastwagen, Züge, Flugzeuge und dergleichen.« Er nannte eine Adresse in Arlington. »Kommen Sie nicht zu spät.« Mit dieser Warnung stand er auf und ging, ohne seinen Kaffee anzurühren, von dem geisterhaft Dampf aufstieg.

Hammond, der die Zeitung nicht einen Moment lang gesenkt hatte, trank seinen Espresso, faltete die Zeitung zusammen, legte sie ordentlich auf den Tisch und ging hinaus in die Washingtoner Nacht.

Beth hatte einen Kloß im Hals. Wir erstarrt stand sie da, die Hand noch immer am Hörer. Wer war dieser Russe, der sich am Telefon gemeldet hatte? Für einen Augenblick war sie in Panik; dann verflog das Entsetzen, und eine merkwürdige Ruhe überkam sie. Es musste tatsächlich einen Michail geben. Wahrscheinlich ein Zufall. Michail war ein häufiger russischer Vorname und auch in den USA nicht selten.

Nun aber gehörte eine Stimme zu der Telefonnummer. Es musste eine einfache Erklärung dafür geben, warum Beth die Nummer kannte, und sie war entschlossen, diese Erklärung zu finden.

Da die Kanzlei Edwards & Bonnett gelegentlich für die Regierung gearbeitet hatte, besaß sie Zugang zu einem Telefonverzeichnis der Regierung im Internet, das benutzt werden konnte, um Telefonnummern und Adressen zu ermitteln, einschließlich der Geheimnummern, die nicht im öffentlichen Telefonbuch standen. Beth tippte ihren Zugangscode ein und suchte die Nummer in Virginia. Daneben war eine Adresse in Arlington aufgeführt sowie der Name einer Firma – Meteor Express – mit einer kurzen Beschreibung.

Beth kannte den Namen nicht. Sie schaute in Edwards & Bonnetts Datenbank nach, doch wie es aussah, hatte die Kanzlei diese Firma nie vertreten. Und weder die Telefonnummer noch die Adresse waren in Beths eigenem Adressenverzeichnis im Computer aufgeführt, auch nicht in ihrem Rolodex-Organizer. In der Vergangenheit hatte Beth mit mehreren Transportunternehmen zusammengearbeitet, als sie Geschäfte in ehemals kommunistischen Ländern abgeschlossen hatte; außerdem hatte sie Ostblockfirmen vertreten, die sich im Ölgeschäft engagierten, bei Versicherungen, Frachtflügen, in der Funk- und Kommunikationstechnologie und sogar bei Franchise-Läden in den Moskauer U-Bahnstationen. Bis zu ihrem Herzanfall war sie mit jeder internationalen Handels- und Transportgesellschaft in den Vereinigten Staaten – nicht nur in Washington – vertraut gewesen. Doch von Meteor Express hatte sie noch nie gehört.

Sie ließ sich im Sessel zurücksinken. Was sollte sie tun? Ihre innere Stimme antwortete: *Du wirst jetzt sofort nach Hause gehen und dich um dich selbst kümmern, Frau Anwältin. Es ist spät, und du bist nicht mehr in deinem Tagesrhythmus.*

Beth nahm ihre Aktentasche, knipste das Licht aus und

ging zum Fahrstuhl, der sie in die Tiefgarage brachte. Während sie durch die hell erleuchtete Metropole in die historische Vorstadt Georgetown fuhr, wo ein Stück abseits der N Street ihr lavendelfarbenes viktorianisches Haus stand, zwang sie sich zur Ruhe. Sie dachte noch einmal über die Telefonnummer nach und darüber, wer dieser russische Freund gewesen sein könnte.

Zu Hause angekommen, ließ Beth ihre Aktenmappe auf den Schreibtisch in ihrem Arbeitszimmer fallen, ging zum Kühlschrank und aß einen Bissen. Dann ging sie durch den Flur, stieg die Treppe hinauf und zog ihre Businesskleidung aus. Sie kam an handgeschnitzten Wandvertäfelungen vorbei, ging unter Kassettendecken hinweg und über glänzende Holzfußböden – einige der Attribute, die sie für dieses liebenswerte alte Haus eingenommen hatten. Doch in dieser Nacht war sie in Gedanken verloren und nahm nichts davon wahr. In ihrem Schlafzimmer zog sie einen Karateanzug aus weißer Baumwollhose und eine dazu passende Jacke an und fragte sich zum hundertsten Mal, wer oder was Meteor Express war.

In ihrem Trainingsraum im Kellergeschoss machte sie ihre Übungen vor einer Spiegelwand, die sie hatte einbauen lassen, damit sie ihre Karatetechnik verbessern konnte. Sie hungerte nach Endorphinen, um ihre Laune zu heben, und führte Tritte und Schläge aus. Schweißperlen glitzerten auf ihrem Gesicht. Ihre Wangen röteten sich. Ihr kurzes, blondes Haar klebte ihr am Kopf. Ihre Hände und Füße zischten durch die Luft. Im Spiegel war sie ein blonder Dynamo in Weiß, dem scheinbar nichts auf der Welt Sorgen machte.

Beth hatte die Kunst des Karate rasch gelernt und liebte diesen Sport. Sie war stets eine Kämpferin gewesen und stellte fest, dass ihr Gefühl für Rhythmus sich rasch auf die flüssigen Bewegungen übertrug, die sie für ihren neuen Sport benötigte. Nach dem ersten Monat begann sie außerdem mit

Hanteltraining, damit ihr Oberkörper die Stärke entwickelte, die der Kraft ihrer Beine entsprach. Karate war zu ihrem Lieblingssport geworden, und wie sie Zach erzählt hatte, würde sie bald ihren schwarzen Gürtel erwerben.

Eine Stunde später fühlte sie sich leicht und unbeschwert, obwohl sie keine Antworten auf ihre bohrenden Fragen gefunden hatte, was den Mann am Telefon betraf, dem Mann mit dem russischen Akzent ...

Beth beendete ihr Training und ging nach oben. Sie konnte die Situation nicht länger ignorieren. Sie musste alle Gedanken, die sich ihr aufdrängten, und die seltsamen Ideen, die sich nach ihrer Operation eingestellt waren, ein für alle Mal klären und beseitigen. Sie konnte nicht so leben, als würde sie ständig unter Belagerung stehen. Das konnte niemand. Nicht, wenn man ein ausgefülltes Leben führen wollte.

Plötzlich hatte sie eine Idee: Wenn sie das Gebäude von Meteor Express sah, würde sie es vielleicht wieder erkennen ... Nachdem sie den Entschluss gefasst hatte, duschte sie, zog sich um und nahm ihre Tasche.

Sie würde zu Meteor Express fahren.

Special Agent Elias Kirkhart hatte nur ein paar Sekunden, um zu entscheiden, wem er vom Coffeeshop in Adams Morgan aus folgen sollte – Jeff Hammond oder Anatoli Jurimengri.

Früher am Abend hatte er gegenüber der *Washington Post* an der Fünfzehnten Straße auf einem Behindertenparkplatz gewartet. Am der Windschutzscheibe seines Wagens hing eine Behindertenplakette, die das FBI für besondere Situationen ausgegeben hatte. Er hatte beobachtet, wie Hammond aus dem Gebäude gestürmt war, seinen Kollegen abgewimmelt und ein Taxi herangewinkt hatte.

Es war Kirkhart gelungen, dem ersten Taxi zu folgen, nicht aber dem zweiten, das er in den verstopften Straßen des Stadtzentrums aus den Augen verlor. Vor Wut hatte er laut geflucht. Hammond war immer noch ein verdammt fähiger Bursche, das musste er zugeben. Aber war Hammonds Verhalten nicht bloß die automatische Vorsichtsmaßnahme eines geübten Geheimagenten? War es möglich, dass Hammond ihn entdeckt hatte? Kirkhart schüttelte den Kopf. Nein. Sein einziger Fehler war, dass er wieder nichts in Erfahrung gebracht hatte. Das war die Kehrseite der Geheimdienstarbeit, die in Filmen und Romanen selten gezeigt wurde – die Monotonie, die Routine, das endlose Warten, die das Rückgrat jeder erfolgreichen Aktion darstellten.

In der Hoffnung, seine Jagdbeute durch Zufall wieder zu finden, fuhr Kirkhart im District of Columbia umher. Seit Hammond und er sich vor einem Jahr auf der alten *Jawka* beim Einkaufszentrum getroffen hatten, hatte er weiter Informationen zusammengetragen, hatte im Archiv des FBI nach vermasselten Aufträgen geforscht und Mitglieder seines kleinen Undercover-Teams ausgeschickt, um auf gut Glück General Berianow und dessen engsten Partner, Oberst Jurimengri, zu überprüfen, für den Fall, dass Hammond Kontakt mit ihnen aufnahm. Es gab auch keine Neuigkeiten über Iwan Wok, der offenbar noch in Russland war. Eine Operation wie diese – einen Verräter zu finden, der das FBI jahrelang, vielleicht jahrzehntelang zum Narren gehalten hatte – konnte mehrere Jahre Arbeit bedeuten.

Kirkhart nahm den Auftrag persönlich, so wie fast immer. Dieses Phänomen der »Gefühlsbindung« trat gelegentlich bei verdeckten Ermittlungen auf, am häufigsten bei den Agenten »an der Front«. Vor zwei Jahren hatte man Kirkhart gewarnt, dass er davon betroffen sein könnte. Ein Seelenklempner des FBI hatte ihm erklärt, dass manche Agenten in diesem Fall zu extremen Handlungen neigten und unerreichbaren Zielen nachjagten. Kirkhart, hieß es, passe genau in dieses Profil; die Psychologen hatten ihn gebeten, ihm bei der Überwindung seiner Probleme helfen zu dürfen.

Er hatte darüber gelacht. Nur weil er enttäuscht und wütend war, wollten diese Idioten bei ihm gleich den Grenzfall einer Geisteskrankheit diagnostizieren. Er fragte sich, was sie jetzt wohl dachten, wo er vor Wut beinahe explodierte. Wo, zur Hölle, war Hammond hingefahren?

Kirkhart fuhr weiter ziellos durchs Stadtzentrum und fluchte leise. Sein privates Handy klingelte.

»Hier Caligari. Dieser Oberst Jurimengri, auf den Sie mich angesetzt haben, sitzt in einem Coffeeshop in Adams Morgan bei irgendeinem Typen. Sie reden nicht miteinander, soweit man es sehen kann, aber für mich sieht es wie ein Geheimtreffen aus. Ich glaube, der andere Kerl ist Jeff Hammond.«

»Gute Arbeit, Carlos. Ich bin schon unterwegs.« Das ist es, was zum Erfolg führt, sagte Kirkhart sich zufrieden: Vorbereitung. Gründlichkeit. Hartnäckigkeit. Weil er seine Agenten heute Nacht ausgeschickt hatte, um Berianow und Jurimengri zu beschatten, bekam er Ergebnisse – nicht das, was er erwartet hatte, aber mit Glück vielleicht etwas *Besseres*.

Kurz bevor Jurimengri den Coffeeshop in Adams Morgan verließ, traf Eli dort ein. Er hatte gerade genug Zeit, um festzustellen, dass der andere Mann tatsächlich Jeff Hammond war, bevor er sich entscheiden musste, wem vom beiden er folgen sollte. Wenn es stimmte, was er vermutete, war es wahrscheinlich eher Hammond, der Jurimengri Informationen gegeben hatte, als umgekehrt. Nun musste Eli in Erfahrung bringen, wo Jurimengri diese Informationen ablieferte.

»Sie folgen Hammond«, beauftragte er Caligari. »Ich hänge mich an Jurimengri.«

Es erwies sich als ziemlich einfach, Jurimengri zu beschatten, was Kirkhart überraschte. Er hatte einen KGB-Mann nie für ein leichtes Beobachtungsobjekt gehalten. Entweder glaubte Jurimengri, dass er nichts zu verbergen hatte, oder Kirkhart hatte die Situation falsch eingeschätzt. Beide Möglichkeiten machten ihm Sorgen, da sie den Schluss nahe legten, dass sein Opfer nichts anderes war, als was es zu sein vorgab – ein amerikanischer Geschäftsmann. Das könnte bedeuten, dass Jeff Hammonds Verbindung zu dem ehemaligen sowjetischen Offiziellen nur seine jahrelange Besessenheit war.

Kirkhart folgte Jurimengri über den Potomac River in ein Gewerbegebiet in Arlington, wo er in einen Weg einbog, der an einem mit Aluminium verkleideten Gebäude mit zwei Fenstern und einer gläsernen Eingangstür vorbei führte. Auf dem Firmenschild am Gebäude stand *Meteor Express, Inc.* Vor beiden Fenstern und der Eingangstür befanden sich geschlossene Jalousien, sodass Kirkhart nicht ins Innere des Gebäudes blicken konnte. An der Tür hing ein Schild: *Geschlossen.* Eli Kirkhart parkte im tiefen Schatten eines Baumes, stellte den Motor ab und wartete. Außer Jurimengri näherte sich niemand dem Gebäude, und niemand verließ es.

Nach zwei Stunden beschloss Eli, mit dem, was er erfahren hatte, zum Hoover Building zurückzufahren, der FBI-Zentrale, wo er die Firma Meteor Express überprüfen konnte. Als er losfuhr, klingelte sein Handy erneut.

Es war Carlos Caligari, der Bericht erstattete: »Hammond ist auf direktem Weg zu seinem Büro zurückgekehrt.«

»Und ist noch immer da, nehme ich an?«

»Ist nicht wieder rausgekommen.«

»Bleiben Sie, wo Sie sind. Ich bin gleich bei Ihnen.«

Als Eli ankam, schickte er Caligari nach Hause – eine Entscheidung, die er eine Stunde später bereute. Es war nach acht Uhr, und Eli hatte nicht zu Abend gegessen. Um neun betrat er durch den Haupteingang das Gebäude. Der Sicherheitsmann an der Rezeption schaute in seine Liste und sagte ihm, dass Hammond sich bereits abgemeldet hatte. Wenigstens hatte er eine Spur – Meteor Express.

In dieser Dienstagnacht warf das Mondlicht einen überirdisch silbernen Schimmer auf den geschäftigen Highway nach Virginia. Obwohl es spät war – kurz vor halb elf –, pulsierte der unablässige Rhythmus der Hauptstadt in den leuchtend gelben und weißen Lichtern der Fahrzeuge. Beth Conway fuhr in ihrem grünen Mercedes CLK 320 vom George Washington Memorial Parkway in Richtung Süden. Sie steuerte den sportlichen Wagen an grellen Striplokalen vorbei, an Bars mit Neonreklamen, an Motels mit schmuddeligen »Zimmer frei«-Schildern, an dunklen Bankfilialen und von kaltem Licht erhellten Tankstellen.

Eine traurige und zugleich unruhige Stimmung überkam Beth. Sie konnte sich nicht erinnern, jemals in diesem wuchernden, schmutzigen Teil Arlingtons gewesen zu sein, hatte aber das seltsame Gefühl, dass es doch so war.

Langsam fuhr sie an einem Holzlagerplatz vorbei – und da war es: Ein mit Aluminium verkleidetes Gebäude mit einem gemalten Schild, das über der Eingangstür befestigt war: *Meteor Express*. Beth parkte eine Zeit lang auf der ruhigen Straße vor dem Gebäude und wartete darauf, erneut das Gefühl zu bekommen, schon einmal hier gewesen zu sein, hoffte auf eine aufblitzende Erinnerung.

Doch sie spürte nichts als Neugier. Es war das erste Mal, dass sie diesen Ort sah, da war sie jetzt sicher. Während sie die Gebäude musterte, bemerkte sie, dass an den Rändern der Jalousien schwaches Licht durch die Tür und zwei Fenster fiel. Vielleicht die Putzkolonne oder ein ehrgeiziger Angestellter – es war nicht von Bedeutung. Sie würde mit niemandem sprechen. Sie musste nur wissen, welche Verbindung sie, Beth, zur Firma Meteor Express hatte, wenn es denn eine gab.

Beth stieg aus und schloss den Wagen ab. Die Firma befand sich in einem Gewerbegebiet mit Leichtindustrie, in dem weitere große Gebäude im Stil von Lagerhäusern standen. Die Straße war dunkel; vom Verkehr war nur ein fernes Rauschen zu hören. Die Frühlingsluft roch nach Dieselabgasen, wie eine verlassene Trucker-Raststätte spät nachts mitten in der Mojave-Wüste.

Eine vage Vorahnung überkam Beth, doch sie schob sie beiseite. Sie musste sich Gewissheit verschaffen. Sie ließ die Schlüssel in die Schultertasche gleiten und ging auf das Gebäude zu, wo unter jedem Fenster Wacholderbüsche in Betonkübeln an der Wand emporstrebten. Sie stieg die Betontreppe hinauf und suchte nach einer Türklingel. Es gab keine, und so klopfte sie an die Glastür und wartete. Keine Antwort. Sie klopfte noch einmal, spähte ins Innere. Um die Jalousien herum konnte sie Büromöbel erkennen. Schließlich drückte sie auf den Türknauf.

Die Tür war offen!

»Hallo!« Beth blieb in der Tür stehen. »Ist jemand da?«

Irgendwo tickte eine Uhr. Die kleinen, farbigen Lämpchen einer Telefonanlage leuchteten im Schatten auf dem Tisch hinter der Empfangstheke. Beth ging langsam voran, bewegte sich auf ein Leuchten am Ende des Korridors zu und betrat schließlich einen großen schwarzen Raum mit zwei Tischen aus Holz, viel teurer als die Metalltische weiter vorn. Zwei Tischlampen warfen elfenbeinfarbene Lichtkegel auf Papierstapel, wo noch vor kurzem Angestellte gearbeitet hatten.

Es war seltsam, als wäre der Raum gerade erst verlassen worden. Kalt lief es Beth den Rücken hinunter. Sie wollte wieder rufen, als sie ein leises, schmerzvolles Stöhnen hörte. Dann sah sie Schuhe – die Spitzen nach oben. Sie kämpfte ihre Angst nieder und lief um den ersten Tisch herum. Dahinter lag ein Mann in einer Blutlache; in seinem weißen Hemd war eine ausgefranste Wunde. Wie eine Schockwelle schlug Beth der Geruch nach Blut und Schweiß entgegen. Irgendwie war er ihr vertraut ... Gerüche, die sie früher schon einmal wahrgenommen hatte. *Wann? Wo?*

Eilig kniete sie sich neben den Mann. Sie erinnerte sich daran, wie ihr erst vor einem Jahr Fremde im Gerichtssaal das Leben gerettet hatten. Der Mann war Ende fünfzig, hatte eingefallene Wangen und graues Haar, das er auf einer Seite lang hatte wachsen lassen, um es über eine kahle Stelle zu kämmen. Beth war sicher, dass sie den Mann noch nie gesehen hatte.

Wieder überlief es sie eiskalt. Vielleicht kannte sie ihn aus ihren Albträumen. ... Ja. Sie war sicher. Er war einer der Männer gewesen, die um das Lagerfeuer herum gesessen hatten. Ein Name schoss ihr durch den Kopf. *Juri*.

»Juri?«, flüsterte sie.

Als sie den Namen aussprach, öffnete der Mann die Augen. Sie blickten glasig. Er nahm Beths Arm und drückte fest zu. »Ich ... wusste es ... nicht.«

Während Blut aus seinem Mundwinkel blubberte, glaubte sie irgendwo das schwache Geräusch von Schritten zu hören. Im selben Moment fiel die Trance von ihr ab. Sie war in eine gefährliche Situation geraten, nur wegen ihres Wissensdurstes. Vielleicht war der Schütze noch im Gebäude ...

»Ich rufe einen Arzt, Juri.« Beth versuchte, den Arm wegzuziehen, doch der Griff des Mannes wurde fester.

Seine blassen Augen blickten sie beschwörend an, flehten stumm, dass sie ihm zuhörte. Er schien seine letzten Kräfte zu mobilisieren und zwang sich zu sprechen: »Mir war nicht klar ... Stone Point ... West Virginia ...« Es klang beinahe wie eine Entschuldigung. Wie eine Bitte um Verständnis oder Verzeihung.

Beth fragte: »Was haben Sie nicht gewusst?«

Seine Hand fiel herunter. Seine Augen waren noch geöffnet, doch das Licht darin schwand und erlosch bald so vollständig, als hätte man den Strom abgestellt. Juris Tod ließ Beth vor Entsetzen erstarren. Dann erst kam der Schock ob ihrer Unvorsichtigkeit, einfach hier hereinzuspazieren. Wie hatte sie nur so sorglos sein können! So dumm! Dieser Mann war ermordet worden, und das konnte auch ihr sehr bald blühen. Oder war das alles wieder ein neuer Wahnsinn, ein weiteres Trugbild, das von den Medikamenten herrührte? Oder von ihrem neuen Herzen?

Beth schloss die Augen, als sie ein heftiges Gefühl des Bedauerns über den Tod des Mannes spürte. Doch von einem Moment zum anderen lösten ihre Fragen sich in Angst auf, denn die Schritte waren zurückgekehrt, und dieses Mal waren sie deutlich zu hören. Die Tür rechts von ihr – hinter dem Schreibtisch, wo der tote Mann lag – öffnete sich. Als Beth herumfuhr, sah sie flüchtig, wie jemand aus dem Schatten des dunklen Türrahmens trat, eine Waffe im Anschlag.

Der Killer.

Voller Entsetzen stürmte Beth den Flur entlang, nahm den gleichen Weg zurück, den sie gekommen war. Sie hörte Schritte, die hinter ihr her eilten. Panik stieg in ihr auf. Sie konnte kaum noch atmen. Sie flitzte um die Tische herum, stürmte an der Empfangstheke vorbei und drückte mit aller Kraft gegen die Metallstange an der Eingangstür. Die Tür flog auf, und dann war sie draußen und lief zu ihrem Wagen. Lief um ihr Leben.

Beth hörte die raschen Schritte des Verfolgers. Sie forderte ihrem Körper die letzten neu erworbenen Kräfte ab und legte noch einmal an Geschwindigkeit zu. Hinter ihr erklangen nun merkwürdige Laute, die sie nicht identifizieren konnte ... Vielleicht war ihr Verfolger gestürzt.

Als sie den Bordstein erreichte, drehte sie sich um. Im silbrigen Mondschein konnte sie deutlich sein Profil erkennen. Sein Bild brannte sich in ihr Hirn. *Der Killer.* Er hatte eine gerade Stirn, eine Adlernase und ein vorspringendes Kinn und trug eine Art Baseballmütze. Sie würde es niemals vergessen ...

Beth langte in die Tasche, griff nach den Schlüsseln und drehte sich wieder um, wollte zu ihrem Wagen flüchten.

Doch ihr Fuß rutschte vom Bordstein ab. Sie stolperte und fiel. Der Asphalt schien ihr entgegenzurasen und traf sie mit der Wucht einer Faust. Grelle Farben loderten vor ihren Augen, Flecken von blendendem Grün, explodierendem Rot, Purpur und Schwarz ... tiefes Schwarz ... endloses Schwarz ...

6.

Schweißgebadet schreckte Beth aus dem Schlaf und versuchte, den neuen Albtraum zu verscheuchen. Sie konnte es immer noch vor sich sehen, mit all seinem Schrecken: Die dunkle Nacht ... das Büro ... der Mann, ein Russe, mit schmerzverzerrtem Gesicht, der auf dem Boden lag und vor ihren Augen starb. Über allem lag eine angsterfüllte Stimmung. Sie erinnerte sich an das Geräusch von Schritten und an die plötzliche Erkenntnis, dass sie vielleicht zu dem Mörder gehörten. Sie war voller Panik geflüchtet, und er hatte sie verfolgt, immer schneller und schneller. Beth schauerte. Warum hatten die schrecklichen Träume nicht aufgehört, wie Dr. Jackson es versprochen hatte?

Sie stöhnte und drehte sich in dem harten Bett auf die Seite. Und hielt inne. Es war nicht ihr Bett. Es war übermäßig straff, wie billige Matratzen, von denen man Rückenschmerzen und steife Gelenke bekommt. Beth öffnete die Augen und setzte sich auf. Ihr Mund wurde vor Angst trocken. Sie erkannte das Zimmer nicht ...

Zwei Sonnenstrahlen auf beiden Seiten der Vorhänge durchschnitten das schattige Halbdunkel. In der Luft lag der blumige Geruch billiger Chemikalien, der durch eine offene Tür rechts von ihr drang – das Badezimmer. Wo war sie?

Alles tat ihr weh, wie jedes Mal, wenn sie ihre Medikamente gegen die Organabstoßung und gegen Entzündungen nicht nahm. Alarmiert schaute sie sich nach einer Uhr um. Wie spät war es? Wie oft hatte sie ihre Pillen nicht genommen?

Sie schlug die Bettdecke zurück und suchte in dem schummrigen Zimmer nach ihrer Schultertasche. Zur Vorsicht hatte sie stets Ersatzmedikamente darin. Sie entdeckte ihre Tasche auf einem niedrigen Tisch neben dem Fenster. Außerdem stand eine Digitaluhr auf dem Tisch; sie zeigte 8.03 Uhr. Beth zählte ihre Tabletten ab und ging rasch ins Bad. Auf einer Borte über dem Waschbecken standen Trinkgläser, die noch in Plastikfolie gewickelt waren. Beth riss die Schutzhülle mit den Zähnen auf, füllte Wasser in den Becher und schluckte die Pillen. Dabei fiel ihr Blick auf ihr Gesicht im Spiegel.

Verschmierte Halbmonde aus Mascara ließen sie kränklich und gequält aussehen. Ihre blauen Augen wirkten dunkel, als hätte sie Schläge bekommen. Auf der Stirn war eine dunkelrote Schwellung. Vorsichtig berührte sie das entzündete Gewebe. Es tat höllisch weh.

Dann kehrte die Erinnerung wieder. Der tote Mann. Das Büro. Wie sie verzweifelt davongelaufen und gestürzt war. Es war kein Albtraum gewesen. Sie war wirklich von Meteor Express geflüchtet ... und von dem toten Mann am Boden. *Juri*. Sie hatte versucht, dem Mörder zu entfliehen, der sie durchs Gebäude verfolgt hatte. Sie hatte sich umgeschaut und sich sein Profil eingeprägt, und dann ... war sie gestolpert ... auf den Asphalt gestürzt ...

Wo war sie jetzt? Wie war sie hierher gekommen?

Beth kehrte ins Schlafzimmer zurück und zog den Vorhang zurück. Sie war im ersten Stock eines Motels – *The Biden Rest*, wenn man der Aufschrift des Schildes auf dem hohen Mast trauen konnte. Auf der Straße unten herrschte reger Verkehr; eines der Merkmale einer Metropole, die nie zur Ruhe kam. Um kurz nach acht Uhr war die Rushhour auf dem Beltway in vollem Gange. Unruhig beobachtete Beth die Szene. Beim Sturz, als sie letzte Nacht vor dem Mörder geflohen war, musste sie bewusstlos geworden sein. Aber warum hatte der Mann sie nicht umgebracht? Beth atmete tief durch. Sie musste ruhig bleiben. Sie spürte, wie in ihrem Innern mörderische Wut aufwallte. Sie durfte nicht zulassen, dass diese Wut sie beherrschte. Sie musste nüchtern nachdenken, kühl analysieren.

Beth ging zum Tisch zurück und öffnete noch einmal ihre Tasche. Es war alles da – Lippenstift, Schminkset, Papiertaschentücher, Kämme, sogar ihre Brieftasche mit Kreditkarte und Bargeld. Nichts war gestohlen.

Sie schaute an sich herunter. Sie trug dieselbe Kleidung wie gestern Nacht – beige Leinenhose, weißes T-Shirt aus Baumwolle, selleriegrüne Jacke mit Reißverschluss. Sie war ramponiert und schmutzig, doch wer immer sie hierher gebracht hatte, hatte ihr die Nike-Schuhe ausgezogen, sie ordentlich neben das Bett gestellt, die Bettdecke aufgeschlagen, sie angezogen aufs Bett gelegt und zugedeckt. Sie war weder missbraucht noch bestohlen worden. Dankbar atmete sie auf.

Unter dem klaren Aprilhimmel ging Beth über den Parkplatz des Motels zu ihrem Mercedes. Es war ein Fünfzigtausend-Dollar-Cabrio, ein Sechszylinder, der 236 Stundenkilometer Spitze machte; der Innenraum war ganz in Leder, das so intensiv und einladend roch wie ein Regenschauer im Sommer. Der Mercedes war ein natürliches Ziel für Diebe, Vandalen und Liebhaber schicker Importautos. Beth untersuchte den Wagen von der vorderen Stoßstange bis zur hinteren, dann die Vorder- und Rücksitze. Es fehlte nichts, und es gab keinen Kratzer und keine Delle. Jemand hatte den Wagen vorsichtig geparkt und abgeschlossen.

Erleichtert, aber mehr noch verwundert, schloss Beth die Tür. Ihr knurrte der Magen vor Hunger. Sie musterte das Motel und den Parkplatz. Ein Fenster mit einem Namen auf der Scheibe wies zur Straße; auf einem Schild über der Tür daneben stand *Büro*. Die Risse im Putz, die verblasste Farbe und die billige Einrichtung ließen darauf schließen, dass dieses Motel sich am unteren Ende von Washingtons touristischer Nahrungskette befand, doch Beths Zimmer war sauber gewesen, das Türschloss hatte funktioniert, und die Schallisolierung hatte ausgereicht, dass sie die Nacht ruhig und in tiefem Schlaf verbringen konnte.

Sie ging zum Büro.

Drinnen, hinter einer mit Plastik bespannten Empfangstheke, saß eine grauhaarige Frau, die an einem Computer arbeitete. Als Beth die Tür öffnete, blickte sie auf. Die Frau besaß jene Art von gutmütigem Gesicht, das wie geschaffen war für serviceorientierte Betriebe. Sie lächelte müde, wobei sie graumetallische Zahntechnikerprodukte entblößte, und ließ den Blick rasch über Beths Kleidung schweifen, die vom Liegen auf dem Bett faltig und zerknittert war.

»Kann ich Ihnen helfen, Miss?«, fragte die Frau.

»Das hoffe ich.« Wie sollte sie anfangen? »Ich habe die letzte Nacht hier verbracht. Ich frage mich, ob Sie mich wieder erkennen.«

Die Frau kniff die Augen zusammen. »Kommt darauf an. Wann haben Sie denn eingecheckt?«

»Sie erinnern sich also nicht an mich?«

»Sollte ich?«

Für die Frau an der Rezeption war sie nur ein weiteres Gesicht in einem Meer aus Gesichtern. Und offenbar war ihre Ankunft unauffällig verlaufen, sonst würde die Frau sich daran erinnern.

»Ich bin hier gestern Abend zwischen halb elf und halb zwölf angekommen«, erklärte Beth. »Zimmer zwei-vierunddreißig. Jemand hat mich hergebracht.«

»Jemand?« Die Frau neigte den Kopf, um Beth zu mustern. »Sie wissen nicht wer?«

»Nein. Aber ich würde es gern erfahren. Ich stehe nicht unter Drogen, falls Sie das meinen, und ich trinke kaum Alkohol.«

Die Frau rieb sich das Kinn. »Jetzt machen Sie mich neugierig. Ich bin erst heute Morgen um acht gekommen. Unser Nachtportier müsste Sie eingetragen haben. Sie kennen doch wenigstens Ihren Namen, oder?« Sie drehte sich wieder zum Computer um und tippte auf einige Tasten.

»Ja, Gott sei Dank.«

»Hmm.« Als der Monitor ein Bild aufgebaut hatte, beugte die Frau sich vor und gab einen erstaunten Laut von sich. »Sind Sie sich bei der Zimmernummer sicher?«

»Ja. Zwei-drei-vier. Unter welchem Namen ist das Zimmer eingetragen?«

Die Frau sah auf, und zum ersten Mal zeigte ihr Gesicht eine Spur von Zweifel. »Unter keinem. Nach unseren Unterlagen hat letzte Nacht niemand in dem Zimmer geschlafen.«

Beth fuhr mit ihrem Mercedes ziellos durch die Straßen Arlingtons, beobachtete ihre Umgebung und fragte sich, was in der vergangenen Nacht wirklich mit ihr passiert war.

Bevor Beth das Motel verlassen hatte, hatte die Frau den Nachtportier angerufen, der ihr bestätigte, dass in der Nacht zuvor kein neuer Gast in Zimmer 234 eingecheckt hatte. Nachdem die Frau aufgelegt hatte, vertraute sie Beth an, dass der Mann ein Alkoholproblem habe und um 10.30 Uhr am Vormittag durchaus schon weggetreten sein könne. Hätte nicht jemand hartnäckig an der Tür geklingelt, wäre er gar nicht aufgewacht.

Beth musste daran denken, dass sie in ihrem Zimmer keinen Schlüssel gesehen hatte. Aber das Türschloss war nicht aufgebrochen worden. Wer immer sie aufs Bett gelegt hatte – er hatte irgendwie einen Schlüssel bekommen, wahrscheinlich aus dem Büro, hatte beim Hinausgehen die Tür abgeschlossen und den Schlüssel mitgenommen.

Beth fiel nur ein einziger Ort ein, wo sie Antworten finden konnte: Meteor Express. Die Polizei war sicher schon eine Stunde oder länger dort, nachdem irgendein Angestellter heute Morgen den toten Mann entdeckt und angerufen hatte. Beth musste den Beamten berichten, was sie gesehen hatte; im Gegenzug würde sie Informationen bekommen. Angespannt schaute sie auf die Armbanduhr. Sie hatte gerade noch genug Zeit, bevor sie um zehn die Besprechung mit Michelle Philmalee hatte.

Während sie fuhr, kam es ihr beinahe so vor, als wäre sie eine Fremde in ihrem eigenen Leben. Zorn stieg in ihr auf. Sie dachte an ihr neues Herz und murmelte: »Wenn du früher irgendeinem Mistkerl gehört hast, dann denk gefälligst daran, dass er jetzt nicht mehr da ist. Wenn du für all diesen Scheiß verantwortlich bist, hör auf damit!«

Im Geiste durchforschte sie die Vergangenheit und suchte nach Hinweisen. Versuchte, dem Unmöglichen einen Sinn zu geben. Ein Jahr lang hatte sie ihrem Arzt geglaubt. Aber jetzt gab es die Übereinstimmung, dass sich unter der Telefonnummer ein Russe gemeldet hatte. Dann der Ermordete, der auf den Namen »Juri« reagiert hatte ...

Beth schüttelte den Kopf. Es war absurd. Plötzlich fiel ihr Dr. Stephanie Smith ein, die sie einen Monat nach ihrer Operation im Krankenhaus besucht hatte und die es nicht für unmöglich hielt, dass Organempfänger von ihren Spendern bestimmte Dinge »erben« konnten. Vielleicht war es verkehrt gewesen, dass sie Dr. Smith damals so schnell fortgeschickt hatte.

Als Beth in die Straße einbog, an der Meteor Express lag, seufzte sie bei dem Gedanken, wie sicher sie gewesen war, dass die Albträume verschwinden würden. Sie wollte um jeden Preis diesen Russen befragen, der gestern ihren Anruf entgegen genommen hatte. Es *musste* für alles eine logische Erklärung geben.

Während Beth die Straße entlang fuhr, bemerkte sie plötzlich, dass sie ihr Ziel verpasst hatte. Verärgert setzte sie zurück und entdeckte, dass an dem Gebäude mit den aluminiumverkleideten Wänden, in dem gestern Nacht noch die Meteor Express Ltd. untergebracht gewesen war, nun ein neues Schild hing: *Renae Trucking Services*. Beth setzte in eine Parklücke, sprang aus dem Wagen und eilte zum Gebäude.

Die Jalousien waren von den großen Fenstern auf der Vorderseite verschwunden; nun waren senkrechte Holzlamellen zu sehen. Sogar die Wacholderbüsche waren aus den Kübeln entfernt worden. An ihre Stelle pflanzte ein Mann in Jeans und einem verschmutzten Sweatshirt rote Geranien. In der Einfahrt stand ein Umzugswagen; mehrere Männer trugen Schreibtische, Stühle und Lampen vors Gebäude.

Beth bahnte sich einen Weg hinein. »Wer ist hier zuständig?« Die Empfangstheke war noch dort, wo Beth sie in Erinnerung hatte, doch auf der anderen Seite standen neue Tische.

»Das bin ich.« Eine Frau kam aus dem Korridor auf sie zu, der nach hinten ins Gebäude führte, wo letzte Nacht Juris Leiche gelegen hatte. Die Frau war in den Vierzigern, hielt ein Klemmbrett in der Hand und war mit Jeans, einer Bluse mit Stehkragen und einem Staubmantel aus Leinen bekleidet. »Mein Name ist Cass Joneson. Ich bin die Eigentümerin von Renae Trucking. Was kann ich für Sie tun?« Sie drehte sich auf dem Absatz um, um einem Mann eine Anweisung zu erteilen, der einen Schreibtisch aufstellte. »Nein, Sam. Schieben Sie ihn weiter nach rechts. Wir brauchen Platz. Da muss der Kopierer hin.«

Ihre Bewegungen waren rasch und selbstsicher. Ihr braunes Haar hatte sie zurückgekämmt und zu einem Knoten gebunden. Sie trug kein Makeup, und ihr Gesicht war kantig und schmal.

Sie musterte Beth und ihre verknitterte Kleidung. »Sie sehen aber gar nicht gut aus. Brauchen Sie Hilfe? Oder ist es geschäftlich? Wir sind noch nicht ganz fertig eingerichtet, aber ich kann Ihnen schon mal Fragen beantworten und auch kleinere Aufträge annehmen. Die Computer sind erst heute Nachmittag online.«

Einen Augenblick war Beth völlig verunsichert, doch ebenso schnell wischte sie ihre Zweifel beiseite. »Ich war letzte Nacht hier, bei Meteor Express. Ich habe mit einem Mann namens Juri gesprochen. Wo ist er jetzt?« *Wo ist seine Leiche?*

Cass Joneson runzelte die Stirn. »Ich verstehe nicht ... Wir haben das Gebäude vor einem Monat gemietet. Seitdem habe ich den Umzug geplant. Und heute ist es soweit. Um fünf Uhr haben wir angefangen. Wie gesagt – unsere Computer werden bald wieder funktionieren. Wenn Sie Transportdienste brauchen, sind Sie hier richtig.«

Beth starrte die Frau an. Dann drängte sie sich an ihr vorbei in den Korridor.

»He!« Cass Joneson folgte ihr. »Da können Sie nicht rein. Das ist privat.«

Beth blieb an der Stelle stehen, wo sie neben dem sterbenden Juri gekniet hatte. Doch nun stand sie auf einem neuen Fußbodenbelag: glänzendes Linoleum. Darunter war mit Sicherheit Teerkleber – und der würde sämtliche Blutspuren verbergen, die Juris tödliche Brustverletzung hinterlassen hatte.

Was bedeutete das alles? Es war nicht zu fassen.

»Wo ist er?«, fragte Beth nachdrücklich. »Wo ist Juris Leiche?«

Cass Joneson starrte sie an. »Wovon reden Sie überhaupt? Sie sind ja verrückt! Verschwinden Sie!« Sie trat näher an Beth heran. »Sam, kommen Sie mal her. Wir haben Schwierigkeiten.«

Heiße Wut loderte in Beth auf, und sie machte keine Anstalten, es zu verbergen. Sie sah das obere Drittel eines Handys aus der Manteltasche Cass Jonesons ragen. Mit einem blitzschnellen *Haishu* auf die Brust der Frau stieß Beth sie zur Seite und schnappte sich das Handy.

»Sam!«, rief Cass, deren Gesicht nun vor Angst verzerrt war. Sie machte keinen Versuch, ihr Handy zurückzuerobern. Beth erkannte, dass die Frau Angst vor ihr hatte.

Schwere Schritte dröhnten im Korridor und kamen näher.

Beth drehte sich um und sah zwei Männer herankommen. »Stopp!«, sagte sie mit scharfer Stimme und ging in Karatestellung, bereit zum Angriff oder zur Verteidigung. »Denken Sie nicht mal im Traum daran, mich anzufassen! Wir lassen die Polizei die Sache regeln!«

Während Beth die 911 wählte, sah sie, wie die Mienen der Männer sich veränderten. Sie hatten irgendetwas in Beths Gesicht entdeckt, das sie beunruhigte, ja, ihnen Furcht einjagte. Beth hatte in ihrem Leben noch nie jemandem Angst eingejagt.

Bis jetzt.

Ihr neues Herz schlug ihr vor Aufregung bis zum Hals.

7.

Der Name einer renommierten Kanzlei wie Edwards & Bonnett wirkte Wunder. Schon fünf Minuten, nachdem Beth die 911 gewählt hatte, erschien vor dem Gebäude ein blauweißer Streifenwagen.

Noch bevor die blinkenden Leuchten des Wagens abgeschaltet wurden, trafen zwei weitere Polizeifahrzeuge ein. Beth berichtete den Beamten, was in der Nacht zuvor geschehen war. Doch sie konnte nicht mit Sicherheit sagen, dass der Name des Opfers tatsächlich *Juri* lautete. Um Beths Information zu überprüfen, fragte einer der Polizisten aus Arlington im Präsidium nach. Die Antwort war ernüchternd: In den vergangenen vierundzwanzig Stunden war nirgends im County ein Mann namens Juri mit einer Schusswunde in der Brust gefunden worden, weder tot noch lebendig. Der Polizist fragte nach anderen männlichen Personen mit ähnlichen Wunden. Wieder war die Antwort negativ.

Hinzu kam die Aussage von Cass Joneson. Sie behauptete, sie selbst habe die Tür vor Sonnenaufgang aufgeschlossen und nur ein leeres Gebäude vorgefunden. Der Gedanke, dass hier eine Leiche gelegen habe, sei lächerlich. Nirgends auf dem Gelände sei ein Toter gewesen, weder im Gebäude noch draußen.

Beth, der Verzweiflung nahe, bat die Beamten, die Besitzverhältnisse sowohl von Meteor Express als auch von Renae Trucking zu überprüfen. Es stellte sich heraus, dass beide Firmen im Handelsregister eingetragen waren. Einer der Polizisten rief bei Meteor Express an. Der Mann am anderen Ende der Leitung dementierte scharf, dass Meteor Express jemals seinen Sitz an dieser Straße in Arlington gehabt habe. Die Dame müsse sich irren.

Nun hatte Beth keine Munition mehr. Die Polizei zog ab, zornig und kopfschüttelnd. Bevor der letzte Beamte ging, ein älterer Officer, nahm er Beth zur Seite. »Es tut mir Leid, Ma'am. Sie sind Anwältin und wissen alles über Anfangsverdacht und Beweise. Ohne die Leiche können wir hier keine Untersuchung vornehmen. Außerdem haben Sie Ms Joneson und ihren Leuten Angst eingejagt. Sie fühlen sich bedroht, wollen zunächst aber von einer Anzeige absehen. Ich bin sicher, dass Sie der Überzeugung sind, eine rechtmäßige Aussage gemacht zu haben; deshalb werden wir die ganze Geschichte als Irrtum betrachten. Aber ohne dass ich Ihnen zu nahe treten will – vielleicht sollten Sie mit einem Arzt sprechen. Oder mit einem Psychologen.«

Beth stockte der Atem. »Danke für Ihre Besorgnis, Officer. Aber irgendwo hier ist ein Mann, der *erschossen wurde.* Er trug ein weißes Hemd und eine dunkle Hose und hatte schütteres graues Haar. Und sein Name war möglicherweise Juri. Suchen Sie nach ihm! Ich weiß, was ich gesehen habe!«

Wütend ließ sie den Polizisten stehen und ging zu ihrem Wagen. Sie riss die Tür auf, setzte sich wütend hinters Steuer und schaute auf die Uhr: fünf nach zehn.

Verdammt! Sie kam zu spät zum Treffen mit Michelle.

Beth fuhr los und jagte mit überhöhter Geschwindigkeit durch Arlington. Ihr Puls raste. Wieder schaute sie auf die Uhr. Sie würde jetzt schon eine halbe Stunde zu spät kommen. Falls sie einen Abstecher zu ihrem Haus in Georgetown machte, um ihre Aktentasche mit der Liste der russischen Eigentümer von HanTech Industries zu holen, hatte sie ihre Chance, Michelle als Mandantin zurückzugewinnen, mit Sicherheit verspielt: Michelle war nicht der Typ, der lange im Büro der Kanzlei saß und wartete.

Wie war es nur möglich, dass sie sich so sehr hatte ablenken lassen, dass sie die Zeit vergaß?

Beth fluchte derb.

Sie umklammerte das Lenkrad und jagte über die Brücke in die Innenstadt. Ein Strafmandat wegen Geschwindigkeitsüberschreitung konnte sie jetzt am wenigsten gebrauchen; trotzdem verringerte sie nicht die Geschwindigkeit. Sie musste schnellstmöglich zu dem Treffen.

Beth überholte einen Wagen nach dem anderen und hielt dabei ständig nach der Polizei Ausschau, achtete auf Fußgänger, Zebrastreifen, Lücken im Verkehrsstrom. Wieder schaute sie auf die Uhr und verlor fast alle Hoffnung: 10.15 Uhr.

Sie fuhr rücksichtslos, was sie sonst nie tat, doch sie konnte nicht anders. Und sie machte es gut: Sie fuhr mit einer Geschicklichkeit, die sie verwunderte; sie jagte mit dem Mercedes gekonnt zwischen anderen Wagen hindurch, wechselte präzise von einer Fahrspur auf die andere, trat im selben Moment, da die Ampel auf Grün sprang, aufs Gaspedal und jagte an einer Fahrzeugkolonne nach der anderen vorbei.

Als Beth die Pförtnerloge an der Einfahrt zur Tiefgarage unter dem Gebäude der Kanzlei erreichte, schnappte sie sich das Ticket und parkte den Mercedes an einem freien Platz neben dem Aufzug. Sie stellte den Motor ab, sprang aus dem Wagen und fuhr ungeduldig mit dem Aufzug in die fünfzehnte Etage.

Sie atmete tief durch und mühte sich verzweifelt, ihre Gedanken zu sammeln. Wie konnte sie ihre Verspätung entschuldigen? Wie sollte sie Michelle davon überzeugen, ihr noch eine Chance zu geben? Wie sollte sie dem schmierigen Grinsen fertig werden, das mit Sicherheit auf Phil Stagemans Visage lag? Musste sie ihren Traum begraben, Partnerin bei Edwards & Bonnett zu werden?

Die glänzenden Messingtüren des Aufzugs öffneten sich, und Beth stieg aus der Kabine, um zum Besprechungsraum zu eilen.

»Beth!« Phil stand das Erstaunen ins Gesicht geschrieben. »Da bist du ja. Du kommst spät. Was war los?«

Im Foyer der eleganten Anwaltskanzlei standen drei Personen und unterhielten sich – ein Trio unter einem massiven Messingleuchter, bewegungslos wie Standbilder. Phil stand Beth gegenüber; er sah todschick aus. Michelle hatte Beth halb den Rücken zugedreht. Heute trug sie ein elegantes schwarzes Kostüm von Yves St. Laurent. Sie war in ein Gespräch mit Zach Housley vertieft. Zach trug einen seiner üblichen Anzüge mit ausgebeulten Taschen – sein unverwechselbares Kennzeichen, das die Macht signalisierte, die er nicht nur in der Kanzlei, sondern innerhalb des Beltway ausübte. In der Justiz konnte sich nur die Crème de la Crème erlauben, wie Nobodies auszusehen.

Kaum hatte Phil Beths Namen ausgesprochen, drehten Zach und Michelle sich um und starrten sie an.

»Tut mir Leid ...«, murmelte Beth.

»Was ist passiert?« Zach Housley reckte den Kopf. Sein gebieterischer Blick glitt über Beths Kleidung und blieb auf ihrem Gesicht haften. »Sie müssen die falsche Abfahrt erwischt haben, Beth. Der Fussballplatz ist ein Stück weiter den Fluss hinunter.« Er war wütend. Beth kam nicht nur eine Stunde zu spät zur Besprechung mit einer Top-Mandantin, sie war außerdem in Sportsachen gekleidet, die obendrein unordentlich und zerknittert waren. Doch Zach würde eine Anwältin der Kanzlei niemals vor einem Mandanten heruntermachen – nicht aus Rücksicht auf den Anwalt, sondern weil es die Kanzlei schlecht aussehen ließe.

Michelle blickte Zach an. »Es ist mir egal, wie sie aussieht«, sagte sie. »Es ist mir auch egal, dass sie zu spät kommt. Ich will wissen, ob sie die Informationen über HanTech hat.« Ihr scharfer Blick hinter den runden Brillengläsern richtete sich auf Beth. »Haben Sie mitgebracht, was Sie mir versprochen haben?«

Beth hatte das Gefühl, jeden Moment zusammenzuklappen. Wäre ihr Leben letzte Nacht normal verlaufen, hätte sie die Namensliste studiert und in aller Ruhe vorausgeplant, wie sie Michelle die Liste vorlegen könne. Sie wäre heute Morgen ein paar Stunden vor dem Termin in die Kanzlei gekommen, bestens vorbereitet, und hätte vor dem Treffen noch einen Berg anderer Arbeit erledigt. Stattdessen hatte sie einen sterbenden Mann gefunden, in einem Motelzimmer geschlafen, das niemand gemietet hatte, und heute Morgen feststellen müssen, dass nicht nur die Leiche des Mannes verschwunden war, sondern auch die Firma, die das Gebäude gemietet hatte, in dem der Tote gelegen hatte ...

Würden Michelle, Zach und Phil ihr *diese Story* glauben? Die Polizei in Arlington hatte es nicht getan. Und das bedeutete, dass Beth nichts anderes übrig blieb, als sich auf die beispielhafte Arbeit zu berufen, die sie in der Vergangenheit für Michelle und die Kanzlei geleistet hatte.

»Es ist eine lange Geschichte«, sagte sie. »Im Moment ist für Sie nur wichtig, dass ich die *Beweise* habe.«

Michelles schmale Lippen verzogen sich zu einem Lächeln. »Gut. Wo sind sie?«

»In meiner Aktentasche.«

»Nicht da drin?« Michelle deutete mit einer Kopfbewegung auf Beths Schultertasche.

»Leider nicht. Ich musste direkt hierher kommen, um Sie noch zu treffen. Ich hatte keine Zeit, vorher noch nach Hause zu fahren.« Sie zuckte die Achseln. »Und da liegt seit gestern Abend meine Aktentasche.«

Michelle runzelte die Stirn. »Sie haben meine Liste mit nach Hause genommen – eine Liste, die für mich Hunderte von Millionen Dollar ausmachen kann? Und dann haben Sie die Nacht woanders verbracht? Sie haben meine Liste *vergessen*?«

»Ich habe sie nicht vergessen. Wenn ich Ihnen erklären darf ...«

Michelle schüttelte den Kopf. »Sie machen Ausflüchte. Sie haben die Liste gar nicht. Wahrscheinlich existiert sie nicht einmal. Phil hat Recht. Das ist nur ein Hinhaltemanöver, bis Sie mit irgendetwas kommen, das mich dazu bringen soll, Phil zu verlassen.«

Beth schluckte ihre Wut herunter. »Das ist nicht wahr. Denken Sie daran, was ich für Sie getan habe, Michelle. Sie wissen, dass ich immer offen und ehrlich zu Ihnen gewesen bin. Ich fahre sofort nach Hause und werde die Liste besorgen, und dann ...«

Michelles Stimme war scharf wie die Schneide einer Axt. *»Nein.«* Sie blickte Phil an. »Schatz, du hattest Recht. Ich bin furchtbar spät dran. Wir sollten jetzt gehen.« Sie nickte Zach

Housley mit ernster Miene zu. »Auf Wiedersehen. Und lassen Sie mich Ihnen versichern – solange Phil bereit ist, mit mir zusammenzuarbeiten, werde ich Mandantin Ihrer Kanzlei bleiben.«

Das war es dann also. Soeben hatte die Totenglocke für Beths Rückkehr auf den Weg zur Partnerschaft in der Kanzlei geläutet. Phil, der Sieger, war an ihr vorbeigezogen.

»Michelle ...«, begann Beth.

»Versuchen Sie es gar nicht erst«, sagte Michelle mit kalter Stimme und betrat den Aufzug, Phil im Schlepptau. Sie steckten die Köpfe zusammen und redeten ernst miteinander. Während die Türen sich schlossen, strahlte Phil triumphierend übers ganze Gesicht.

Beth drehte sich langsam um und schaute Zach an. »Ich weiß, dass es schlimm aussieht. Tut mir Leid.«

Zach blickte verstohlen zur Rezeptionistin hinüber, die sich bemühte, einen beschäftigten Eindruck zu machen. Von ihr abgesehen waren Beth und Zach allein im Foyer, das mit antiken Sofas, Tischen, Stühlen und kostbaren Landschaftsgemälden aus dem späten 19. Jahrhundert ausgestattet war. Geschmackvoll und teuer – genau das, was von einer erfolgreichen Kanzlei erwartet wurde, die internationales Ansehen genoss.

»Es sieht nicht nur schlimm aus«, sagte Zach, »es *ist* schlimm. Ich bin sehr wütend auf Sie, Beth. Dabei war die Sache ganz einfach. Sie brauchten nichts weiter zu tun, als Ihre Daten auf den Tisch zu legen. Doch statt die Sache unter Dach und Fach zu bringen, haben Sie versagt.« Seine Augen waren dunkel vor Wut, doch seine Stimme blieb beherrscht. »Da ich allerdings nachfühlen kann, was Sie bei Ihrer Krankheit durchgemacht haben, werde ich keine übereilten Entscheidungen treffen. Ich werde jetzt in mein Büro gehen, die Tür hinter mir schließen und über Ihre Zukunft nachdenken. Danach werde ich mich mit den Partnern beraten. Bearbeiten

Sie vorerst keine anderen Fälle und übernehmen Sie keine neuen Mandanten, bis ich auf Sie zukomme. Das ist eine Anordnung.«

Seine Botschaft war klar: Er würde sie nicht feuern – aber nicht, weil er Beth als Anwältin schätzte oder großherzig war. Wie Beth vorhergesehen hatte, würde er sie deshalb behalten, um der Kanzlei in Washingtoner Juristenkreisen ein noch besseres Ansehen zu verschaffen, indem sie ihren armen, verwirrten ehemaligen Star Beth Convey behielt.

Beth machte sich nicht die Mühe, den stählernen Beiklang in ihrer Stimme zu verbergen. »Ich *habe* die Informationen, die wir brauchen, um Michelles Geschäft zu retten, genau wie ich gesagt habe! Dennoch wollen Sie meine Karriere zerstören. Nach all den Prozessen, die ich für die Kanzlei gewonnen habe, den Mandanten, die ich Ihnen eingebracht habe, den schlaflosen Nächten voller Recherchen, dem Verzicht auf Freizeit und Urlaub ... und jetzt drohen Sie damit, mir den Job wegzunehmen, weil ich *einmal* einen Fehler gemacht habe.«

Zach Housley legte den Kopf in den Nacken und starrte sie von oben herab an. Seine Stimme war so scharf wie die ihre. »Wenn ich sagen würde, dass die Kanzlei Ihre Dienste nicht mehr benötigt, Ms Convey, würde der Sicherheitsdienst Sie in fünf Sekunden vor die Tür setzen. Vergessen Sie nie, dass Sie nur eine von Hunderten Anwälten sind. Wir sehen uns morgen. Dann werde ich Sie wissen lassen, ob Sie bei uns noch eine Zukunft haben.«

Als Zach sie weiterhin finster anschaute, wurde deutlich, dass er zumindest eines richtig verstanden hatte: Beths Prioritäten hatten sich verändert. An diesem Morgen hatte ihr viel mehr daran gelegen, herauszufinden, was ihre bizarren Erlebnisse zu bedeuten hatten, als den Termin mit Michelle einzuhalten. Tatsächlich hatte Beth immer mehr den Eindruck, dass ihr Bemühen, Partnerin der Kanzlei zu werden, am Ziel vorbeiging. Wollte sie wirklich für eine Kanzlei arbeiten, die von einem ignoranten Dummkopf wie Zach Housley geleitet wurde?

Irgendetwas in Beth zerbrach. Ihre Stimme war schneidend kalt, als sie sagte: »Sie haben mir gerade sehr wenig Anlass gegeben, dass mich die Frage nach meiner Zukunft in dieser Kanzlei noch interessieren sollte.« Sie rümpfte die Nase. »Was ist das für ein scheußlicher Geruch? Ah, jetzt weiß ich. Verdorbene Prinzipien. Fäulnis unter einer glänzenden Oberfläche. Sie müssen die Abwasserrohre öfter reinigen lassen.«

Zach starrte sie an. »Sie sind gefeuert.«

Beths Gesicht und ihre Stimme zeigten jetzt ihre ganze Wut, und sogar der legendäre Zach Housley wich eingeschüchtert einen Schritt zurück. »Davon träumen Sie nur! *Ich* habe vor fünf Minuten gekündigt, als Sie es nicht für nötig hielten, mich bei Michelle zu unterstützen. Hätten Sie es getan, wäre ich jetzt auf dem Weg nach Hause. Und in einer Stunde hätten Sie die Waffen, die Sie brauchen, um Michelles Fall zu gewinnen. Wer hat hier denn Mist gebaut? Wer hat der Kanzlei denn *wirklich* Schaden zugefügt? Schauen Sie mal in einen Spiegel, Zach. Sie sind ein aufgeblasener, engstirniger Dummkopf. Sie sind *inkompetent*.«

Sein pausbäckiges Gesicht lief rot an. »Ich ...« Er war sprachlos.

Beth machte auf dem Absatz kehrt und ging mit energischen Schritten zum Aufzug. Hinter sich hörte sie ein wütendes Schnauben; dann fiel die Tür zu Zachs Bürosuite ins Schloss. Beth fühlte sich ungeheuer erleichtert. Sie fühlte sich *frei*. Zach hatte sich ohnehin nie daran gewöhnen können, dass Frauen im Briefkopf der Kanzlei erschienen. Beth hatte geglaubt, er hätte seine Vorurteile überwunden, und sei es nur aus praktischen Gründen. In der hart umkämpften Juristenwelt gab es nur einen Gleichmacher: Ergebnisse. Wenn man genug Prozesse gewann, war man der Sieger. Wenn man verlor, war man der Loser. Ob man einen Rock oder eine Hose trug, ob man weiße oder schwarze Haut hatte, ob man Protestant oder Animist war – am Ende zählten nur die Ergebnisse.

Beth war stets eine Siegerin gewesen. Und nun versuchte Zach, eine Verliererin aus ihr zu machen. Zur Hölle mit dem Mistkerl.

»Beth?«

Es war die sanfte Stimme der Rezeptionistin, Joleen, eine Rothaarige mit mitfühlendem Blick und einem leuchtend rot geschminkten Mund. Sie beugte sich über ihren mit Papieren eingedeckten Schreibtisch. Eine Hand ruhte neben einem Stapel der aktuellen Ausgabe der *Washington Post,* eine der freiwilligen Leistungen, die die Kanzlei ihren Anwälten bot. Mit der anderen Hand winkte sie Beth zu sich.

Als Beth näher kam, flüsterte Joleen: »Sie haben gekündigt? Das ist gut für Sie. Aber es tut mir Leid, dass Sie gehen ...«

Während Joleen weitersprach, fiel Beth ein Foto auf der Titelseite der *Post* ins Auge. Sie nahm die Zeitung. Auf dem Bild stand ein Mann mit einem Cocktailglas in der Hand auf einer Party. Er hatte eingefallene Wangen und graues Haar, das über sein kahles Haupt gekämmt war.

Beths Puls raste vor Aufregung. Sie war sicher: Er war der tote Mann von letzter Nacht. Rasch las sie die Überschrift und den Kommentar zum Foto, der ihr verriet, dass die Leiche im District of Columbia gefunden worden war – Meilen entfernt von Arlington, wo Beth den sterbenden Mann entdeckt hatte. Sein Name war Anatoli Jurimengri. Sie hielt inne. Juri ... *Jurimengri.*

Dem Artikel zufolge betrachtete die Washingtoner Polizei den Fall als Totschlag bei einem räuberischen Überfall und stellte dahingehende Ermittlungen an. Jurimengri war ein sowjetischer Überläufer, der in Russland und Amerika nach dem Kalten Krieg mit dem Handel von Maschinenteilen ein

Vermögen gemacht hatte. Der Artikel war eine brillante Analyse. Beth las den Namen des Journalisten: Jeffrey Hammond.

Sie hob den Blick und schaute Joleen an, die inzwischen verstummt war. Beth lächelte sie zerstreut, aber freundlich an. »Danke, Joleen. Ich muss jetzt los.« Mit der Zeitung unter dem Arm ging sie zum Fahrstuhl. Als sie Zach gesagt hatte, dass sie kündige, hatte sie keine Ahnung gehabt, was sie als Nächstes tun würde. Jetzt wusste sie es.

»Beth!«, rief Joleen hinter ihr her. »Sind Sie zu Hause, falls Mr Housley mit Ihnen sprechen will?«

»Ich werde mich mit einem Mann treffen – wegen einem toten Russen. Sagen Sie Zach, dass er auf meinen Anrufbeantworter sprechen kann. Schließlich weiß jeder, dass er sich gern reden hört.«

8.

Dunkle Hohlwege und graue, verwitterte Scheunen erschienen längs der löchrigen Asphaltstraße, die sich ostwärts aus Stone Point, West Virginia, schlängelte. Nur wenige Meilen hinter der winzigen Stadt stieg die Straße an und führte an einem Wald aus dicht belaubten Buchen und alten Ahornbäumen vorbei, die so dicht beieinander standen, dass zwischen ihnen fast völlige Finsternis herrschte. Schließlich endete die Straße vor einem breiten, verriegelten Metalltor, das von Stacheldraht bekrönt war. Niemand war zu sehen, und kein Schild zeigte an, was sich dahinter befand. Doch jeder, der die entsprechenden Fähigkeiten und Kenntnisse besaß, würde rasch die versteckten Kameras und Sensoren entdecken, die für visuelle und elektronische Überwachung sorgten.

Die Ortsansässigen hier in den Appalachen wussten, das dieser abgelegene Flecken namens Bates' Hunt Club in den vergangenen drei Jahren ein Ort ständiger Aktivität gewesen war. Hier trafen sich Jagdliebhaber, oft in größeren Gruppen.

Die Gebirgsbewohner waren der Ansicht, dass der Eigentümer von Tausenden Morgen Waldland – Colonel Caleb Bates – Multimillionär sein musste. Er hatte seinen Besitz vollständig mit Maschendraht umzäunt, auf dem sich ziehharmonikaartig Stacheldraht entlangzog, obwohl jeder der Meinung war, dass das undurchdringliche Laub der Appalachenwälder genug Abgeschiedenheit bot. Aber noch ungewöhnlicher waren Bates' Ausgaben. In den beiden Dorfkneipen von Stone Point rätselten die Einwohner darüber, wie viel Bates die Überwachungsanlage, das Graben der Pfostenlöcher und das Errichten des Zaunes gekostet haben musste. Doch niemand fragte danach. In dieser Gegend der hohen Arbeitslosigkeit und der spärlichen staatlichen Unterstützungen, in der jeder sich abplagen musste, um zu überleben, war es den Menschen angeboren, sich nicht in anderer Leute Angelegenheiten einzumischen.

Caleb Bates wusste, dass die ganze Stadt über ihn redete, über seinen Besitz und über die schweigsamen Leute, die er mit seinen Privatflugzeugen ins Dorf ein- und ausfliegen ließ. Doch mit der Gewissheit eines Mannes, der nichts dem Zufall überließ, wusste er auch, dass niemand Fragen stellen, niemand ihn stören, niemand in die Privatsphäre seines Clubs eindringen würde und dass er mit seiner wichtigen Arbeit fortfahren konnte, solange er nicht die Berge in Brand steckte oder nackt über die Hauptstraße von Stone Point lief. Genau deswegen hatte er sich für diesen ländlichen Außenposten in West Virginia entschieden.

Als Bates an jenem Mittwoch aus Washington zurückkehrte, stellte er fest, dass seine Leute von einer nervösen Energie erfasst worden waren. Ihre Augen leuchteten. Ihre Schritte waren kraftvoll. Bevor Bates weggefahren war, hatte er erklärt, dass es bis zur ersten großen Operation, für die sie so lange trainiert hatten und der sie entgegenfieberten, nur noch drei Tage waren – Samstag –, und alle waren aufgeregt und voller Tatendrang.

Auch Bates war von einem Gefühl der Betriebsamkeit erfüllt, während er sich zwischen ihnen bewegte, den einen oder anderen Ratschlag erteilte und die Leute ermunterte. Mit der kühlen Distanz, die er durch lange Erfahrung mit solchen Operationen gewonnen hatte, beobachtete er, wie sie sich über den Übungsplatz auf dem zentralen, fünf Morgen großen Gelände in der Mitte des Clubs kämpften, das er »Little USA« getauft hatte: »Klein-Amerika«. Hier hatte er den Wald ausdünnen und eine winzige Ansiedlung mit sechzehn Gebäuden errichten lassen. Es gab dort alles, vom Rathaus und einer Kirche bis hin zu zwei Kneipen, einem Hotel, einem kleinen Einkaufsviertel, einem Postamt und sogar Wohnungen.

Wenn die Gebäude auch hohl und aus Betonblöcken errichtet waren, so waren sie doch in den für Städte typischen Weiß- und Brauntönen gestrichen. Die Straßen und Bürgersteige waren breit; die Fenster boten ideale Verstecke für Heckenschützen. Es gab Abwasserkanäle, um Invasoren Übungsmöglichkeiten zu bieten, wie man in eine Stadt eindringt, und hoch über allem waren Tarnnetze gespannt, die das Sonnenlicht durchließen, sodass Little USA für jeden, der darüber hinwegflog, wie irgendein Waldstück in West Virginia aussah.

Die letzte Übung war für seine sechzehn Topleute eingeplant. Nach Bates' Anweisungen benutzten sie nur Handzeichen statt Funkgeräte, um ihr Überraschungsmoment zu vergrößern. Sie infiltrierten die Stadt vorsichtig, wobei sie sich vor möglichen Heckenschützen in Acht nahmen, und nahmen das Rathaus und die Post ein.

Dann explodierte im Postamt plötzlich eine Minenfalle und verspritzte Spezialfarbe. Einer der Eindringlinge fluchte. Er war von roter Farbe getroffen worden – »tot«. Er ließ sich aufs Gesäß fallen und hämmerte mit der Faust auf den Betonboden, wütend, dass er so unvorsichtig gewesen war, sich »umbringen« zu lassen und für diesen Tag außer Gefecht gesetzt zu sein. Während Bates weiter beobachtete, nahm die Übung mit heftigem Gewehr- und MG-Feuer ihren Fortgang; niemand durfte zur Ruhe kommen, durfte sich zu sicher fühlen oder gar nachlässig werden.

Dann gab es einen Hinterhalt, und die fünfzehn verbliebenen Eindringlinge »töteten« die meisten Stadtbewohner, die mit roter Farbe markiert zwischen den Gebäudekulissen saßen oder lagen. Da sie als tot betrachtet wurden, war es ihnen nicht gestattet, miteinander zu reden, zu rauchen oder ein Nickerchen zu machen – eine Mahnung, dass sie gescheitert waren.

In einem letzten, triumphierenden Schlag trieben die siegreichen Guerilleros die überlebenden Verteidiger zusammen und sperrten sie in eines der Betonblockhäuser, das eine der falschen Kneipen darstellte.

Doch als der Sergeant vortrat, der den Invasionstrupp befehligt hatte, um den Sieg zu verkünden, entdeckte Caleb Bates hinter ihm und den anderen eine drahtige Gestalt, die sich durch ein hohes Fenster zwängte, das so schmal war, dass es nie jemand zur Flucht benutzt hatte.

Verwundert beobachtete Bates, wie der junge Bursche leicht auf den Füßen landete und sich hinter dem Gebäude versteckte. Bates runzelte die Stirn, ließ sich aber nicht anmerken, dass er den Jungen entdeckt hatte. Da die Übung sowohl in den Augen der Sieger als auch der Verlierer beendet war, versammelten sich nach und nach die »Toten« und »Gefangenen« zusammen mit den siegreichen Angreifern um Bates.

Der Sergeant, der die Angreifer befehligt hatte, nahm Haltung an und salutierte zackig. »Little USA vollständig eingesackt, Sir!« Sergeant Aaron Austin war Mitte dreißig und besaß die schmalen Hüften, die breiten Schultern und die starken Schenkel eines Mannes, der wusste, dass Muskeln und Kraft entscheidend wichtig waren. Wie alle anderen trug er einen Borstenhaarschnitt und Tarnanzug.

»Gut gemacht, Sergeant.« Bates erwiderte den Gruß. »Sind wir bereit?«

Austin nickte. »Das würde ich sagen, Sir.«

Bates ließ den Blick zu den anderen schweifen. »Rührt euch, Patrioten.«

Er schien um die Sechzig zu sein, war stämmig und erinnerte ein wenig an General Patton. Er hatte stahlgraues Haar, das unter seinem schwarzen Barett hervorlugte, eine tiefe, raue Stimme und eine forsche Art, die die Selbstsicherheit eines Mannes verriet, der wusste, wer er war, wohin er wollte und wie er dorthin kam. Und er wusste, dass seine Truppen es ebenfalls wollten.

An dieser Übung hatten fünfzig »Keepers« teilgenommen, deren Aufmerksamkeit sich nun auf Bates richtete. Seine ernste Stimme trug bis in die hintersten Reihen. »Diese Übung ist ein perfektes Beispiel dafür, worüber wir beim Häuserkampf gesprochen haben. Präzision und Koordination. Wenn ihr erst mal eingedrungen seid, müsst ihr zu Aktionen in kleinen Gruppen übergehen, die von den Sergeants geführt werden. Jeder Trupp muss wie eine Guerillagruppe handeln ...«

Während er sprach, beobachtete er heimlich den agilen jungen Mann – er erkannte ihn jetzt; es war Marty Coulson –, der durchs Fenster geschlüpft war. Mit einer Maschinenpistole bewaffnet, schlich er um die Gruppe herum. Er war ungefähr zwanzig Jahre alt, mit leichter Akne auf dem knochigen Gesicht. Er hatte schmale Lippen und dünne, stahlharte Muskeln. Einige der Verteidiger drehten die Köpfe, während die siegreichen Invasoren, die vorn standen, noch nichts bemerkt hatten.

Gerade als Bates begann, das Programm für die nächsten beiden Tage zu erläutern, sprang Marty Coulson hervor, hob die Maschinenpistole und ließ Farbgeschosse auf die Invasoren herabregnen.

Überrascht fluchten die Sieger und machten ihrer Verärgerung Luft, während die Gruppe der Verlierer in Jubelgeschrei und Gelächter ausbrach. Zwei der Eindringlinge stürzten sich auf Marty, doch es war zu spät. Alle waren durch rote Farbflecken als Verletzte oder Tote markiert.

»Das kann er nicht tun!«, beschwerte einer der Invasoren sich lautstark.

»Verdammt, es ist zu spät für einen Angriff, Coulson«, fluchte Sergeant Austin. »Die Operation ist zu Ende!«

»Colonel Bates«, sagte Marty schwer atmend. »Sie haben immer gesagt, dass es auf Initiative ankommt. Die anderen haben mich übersehen. Ich hab mich tot gestellt, und sie sind einfach an mir vorbei. Heißt das für mich nicht, dass der Angriff noch weiterging? Ich meine, im Krieg ruft doch auch keiner nach einer Auszeit.«

Jeder in der Milizgruppe glaubte, dass Bates pensionierter Oberst der US-Armee sei, was der Wahrheit ziemlich nahe kam. Bates betrachtete Coulson und lächelte. Wären diese Leute echte Soldaten gewesen, und hätte Coulson mit scharfer Munition geschossen – Bates hätte applaudiert. Der Junge hatte Recht, was manchmal eine harte Lektion bedeutete, wie Bates aus eigenen, leidvollen Erfahrungen in einer Gegend weit weg von West Virginia wusste. Aber er machte sich Sorgen: Coulson war cleverer, als gut für ihn war, und gefährdete die Planungen. Aber das durfte Bates die »Keepers« natürlich nicht wissen lassen.

Stattdessen nickte er. »Coulson hat Recht. Er hat seine Sache gut gemacht, und es sollte uns allen eine Lehre sein.«

Sein ernster Blick schweifte von einem zum anderen und zog die Männer mit dem ihm eigenen Magnetismus in Bann. Sie hingen an seinen Lippen, nahmen jedes Wort begierig auf. »In der Schlacht ist nichts wirklich zu Ende. Der tote Soldat, der blutüberströmt auf dem Boden liegt, könnte noch genug Leben in sich haben, um euch ein Loch zwischen die Augen zu schießen. Die teure Armbanduhr, die ihr auf dem Schleichpfad findet, ist mit großer Wahrscheinlichkeit eine Mine. Private Coulson hat uns gerade an die elementarste Wahrheit des Krieges erinnert – wir alle sind jederzeit verletzbar. Euer schwächster Augenblick ist vielleicht gerade dann gekommen, wenn ihr glaubt, gesiegt zu haben.«

Als Bates die Männer vier Jahre zuvor um sich versammelt hatte, waren sie eine führungslose, undisziplinierte Bande streitsüchtiger Nonkonformisten und Regierungshasser gewesen, die durch den Zorn auf eine Welt, die ihnen nicht gegeben hatte, was sie zu verdienen glaubten, gewalttätig geworden waren. Sie schlugen immer wieder zu, ohne Plan und Ziel. Trotzdem hatten sie eine wesentliche gemeinsame Eigenschaft: einen bis ins Mark gehenden, von Generation zu Generation vererbten Nationalstolz. So hatten sie sich Bates angeschlossen, beeindruckt von seinem militärischen Können.

Als er seine Leute um sich gesammelt hatte, ließ Bates das versteckte Trainingslager bauen. Er versorgte die Männer mit der modernsten Ausrüstung und bildete sie zu einer kleinen, aber schlagkräftigen Truppe aus, wobei er die Schwachen und Furchtsamen, die allzu Schlauen, die allzu Gebildeten, die weniger Engagierten, die Einzelgänger und die Jammerlappen ausgesondert hatte. Diejenigen, die übrig blieben, waren Fanatiker durch und durch – mit einer Besessenheit, die sich ausschließlich auf das konzentrierte, was sie seit den Zeiten der »wahren Patrioten« wie den *Minutemen* verloren hatten, jener Gruppe von Widerständlern, die im Jahre 1776 angeblich die Amerikanische Revolution siegreich beendet hatten. Die wahren Gründe sahen allerdings anders aus: General George Washington und seine reguläre Armee, die kurze Vorherrschaft der französischen Flotte unter Admiral De Grasse und Englands Sorgen um die weitaus dringenderen politischen Probleme in Europa hatten die Revolution zum Erfolg geführt.

Bates hatte seine Leute *Keepers of the Truth* genannt, »Bewahrer der Wahrheit«, und sie hatten sich seiner Führung bedingungslos unterworfen. Bates hatte den Männern seinen heroischen Plan dargelegt und sie Waffenkunde und Kriegführung trainieren lassen. Nun waren sie bereit – und er auch.

Eine Welle des Optimismus ergriff ihn. Er war das Produkt seiner Vergangenheit, und dies hier war sein wichtigster Krieg.

»Eine letzte Sache noch«, ermahnte er sie mit grimmigem Gesicht. »Nur eine einzige undichte Stelle, und nicht nur die Mission, sondern auch die Keepers könnten am Ende sein. Da es nur noch zwei Tage bis zu unserem D-Day sind, verlässt keiner mehr den Jagdclub. Noch Fragen?«

Es gab keine. Die Keepers verließen den Platz mit ernsten und entschlossenen Gesichtern und raschen, kräftigen Schritten. Sie hatten lange Zeit auf die Chance gewartet, ihr Land zu retten und den Platz einzunehmen, der ihnen rechtmäßig zustand.

Caleb Bates' Hütte, in der er wohnte und arbeitete, wenn er sich in dem verborgenen Trainingslager aufhielt, stand etwa eine Viertelmeile entfernt auf einem Hügel westlich von Little USA. Aus dem vorderen Fenster konnte er ungefähr zwanzig weitere Baracken sehen, säuberlich aufgereiht. Zwei waren große, nach Geschlechtern getrennte Schlafsäle, während mehrere andere Baracken kleine Schlafzimmer für Paare boten. Alles war schlicht und zweckdienlich, von den Garagen, die Fahrzeuge und Vorräte beherbergten, bis hin zur Küche und der großen Kantine, die auch als Versammlungssaal diente. Bates hatte Baufirmen von außerhalb beauftragt, die den Zaun um das Gelände aufstellen, Fundamente gießen, Wände hochziehen und ein Abwassersystem errichten sollten. Doch um den endgültigen Zweck des Lagers geheim zu halten, hatten die Keepers die Arbeit selbst beendet.

Bates stand am Fenster und betrachtete, was er vollbracht hatte. Er war zufrieden, sogar stolz. Vor langer Zeit hatte man ihm einmal gesagt, dass es eine seiner größten Stärken sei, Rekruten zu motivieren, sie auszubilden und zu begeistern. Vielleicht hätte er eine Karriere in der regulären Armee anstreben, zur Spitze aufsteigen und Truppen in die Schlacht führen sollen. Aber er bedauerte es nicht, dass er einen anderen Weg eingeschlagen hatte. Er war, was er war – und das war das Beste für seine große Vision von der Zukunft seines Landes.

Er dachte noch über sein Leben nach, und wie er den Lauf der Welt für lange Zeit bestimmen würde, als er Sergeant Austin im Laufschritt auf seine Hütte zukommen sah. Bates hatte dem Sergeant einen Befehl erteilt, und am nüchternen Ausdruck auf Austins Gesicht konnte er bereits das Ergebnis ablesen.

Bates trat vor die Tür und wartete. Der Sergeant blieb direkt vor ihm stehen. Die Anstrengung war ihm kaum anzumerken. Nur dass er leicht außer Atem war, verriet Bates, dass er eine lange Strecke gelaufen sein musste.

»Er ist weg?«, fragte Bates.

»Ja, Sir.« Austin nickte. »Er hat ein Motorrad genommen, aber den Motor nicht gestartet, damit wir ihn nicht hören. Er jagt über die Straße in Richtung Stone Point.«

Bates ließ sich seine Verärgerung nicht anmerken. »Es ist also seine Freundin. Das haben wir schon vermutet, nicht wahr, Sergeant?« Coulson, der junge Mann, der einfallsreich genug gewesen war, am Ende der Guerillaübung aus einem Fenster zu schlüpfen und zu entkommen, besaß sicher auch genug Kreativität, um sich etwas einfallen zu lassen, wie er eine weitere heiße Nacht im Bett eines Mädchens verbringen konnte, die nach Bates' Ansicht mit Sicherheit die Dorfschlampe war.

Der Sergeant war kleinlaut. Er war ein Mann der Tat, aber diesmal hatte Bates ihm befohlen, nichts zu tun. »Nehme ich an, Sir. Sie sagten, ich sollte ihm nicht folgen.«

»Sie haben sich ganz richtig verhalten. Ich nehme die Sache jetzt selbst in die Hand. Gehen Sie wieder Ihren gewohnten Pflichten nach, Sergeant.« Er sah, wie Austin zögerte, dann auf dem Absatz kehrt machte und im Laufschritt geschmeidig zum zentralen Lager lief.

Bates ging wieder in seine Hütte. Er überprüfte Vorder- und Rückseite, um sich zu versichern, dass er allein war, und stellte sich neben das Fenster, von wo aus er das Lager und jeden sehen konnte, der auf ihn zukam.

Er nahm ein Handy aus seiner Hemdtasche. Er war kein Computergenie, doch es gab Experten unter seinen Leuten, und er hatte sie beauftragt, Verschlüsselungen für alle ihre Telefone zu entwickeln – Codes, die niemand knacken konnte. Das Ergebnis waren zwei Siliziumchips, die Gespräche so vollständig kodierten und so effektiv verschlüsselten, dass kein Gesetzeshüter sie verstehen konnte. Erst vor kurzem hatte die National Security Agency zugegeben, dass die Chips die Verschlüsselungskontrollen in Amerika wirksam außer Funktion gesetzt hatten, da sie von Japanern produziert wurden und auch in die Vereinigten Staaten importiert wurden. Die US-Regierung konnte nichts dagegen tun.

»Ihr Bericht kommt zu spät«, sagte er kurz angebunden ins Mikrofon. Seine Stimme hatte sich verändert. Caleb Bates' Rauheit verschwand. Auch seine Haltung wurde geschmeidiger, weniger schroff und kantig.

Iwan Wok entschuldigte sich auf Russisch. »Fedorow hat gerade erst angerufen, Alexei. Ich habe ihn ordentlich zusammengeschissen.«

»Wir können uns solche Verzögerungen nicht erlauben, Iwan Iwanowitsch«, antwortete Alexei Berianow auf Russisch. Wenn er mit seinem alten KGB-Kameraden sprach, war er ganz er selbst. Aber dann fiel ihm sein Spiegelbild im Fenster ins Auge, und da war es Caleb Bates, der ihn anstarrte. Für einen Sekundenbruchteil geriet sein Bewusstsein ins Schwimmen; er schien in einer betäubenden Vorhölle zu treiben, ohne Ort, Zeit oder Identität. Verärgert schüttelte er den Kopf. Er hatte einen großen Teil seines Lebens in der einen oder anderen Tarnung verbracht, und jetzt war nicht die richtige Zeit, sein Tun in Frage zu stellen. »Sorgen Sie dafür, dass Fedorow mir ab sofort direkt Bericht erstattet. Sie haben in Washington genug zu tun.«

»Gut, Alexei.« Wok gab Nikolai Fedorows Bericht über Beth Conway wieder, der alles Wichtige enthielt: ihr Geburtsdatum, Informationen über ihre Eltern bis hin zu ihrer Herztransplantation und ihrer Arbeit bei Edwards & Bonnett. Durch ihre politischen Kontakte und ihre umfangreichen Geschäftsbeziehungen und Datenbanken konnten Wok und Fedorow fast alles herausfinden, was Berianow wissen wollte.

Mit wachsender Unruhe wartete Berianow auf das, was er wirklich brauchte. Schließlich unterbrach er Wok: »Was ist mit gestern Nacht? Das ergibt keinen Sinn. Wie konnte sie über Juri Bescheid wissen?«

Wok bekam ein mulmiges Gefühl. »Das weiß Fedorow noch nicht. Von unseren Leuten hat niemand sie jemals gesehen, und ihren Namen haben sie auch nicht wiedererkannt. Es sieht fast so aus, als wäre sie vom Himmel gefallen.«

»Sie ist eine internationale Anwältin. Vielleicht hat sie an

Fällen gearbeitet, die irgendwie mit uns in Berührung standen. Finden Sie das heraus.«

»Ja. Kein Problem.«

Berianow machte eine kleine Pause, um nachzudenken. »Wann, hat Fedorow gesagt, war ihre Herztransplantation?«

»Auf den Tag genau vor einem Jahr, Alexei.«

Berianow überkam ein merkwürdiges Gefühl, und die vergangenen dreißig Jahre hatten ihn gelehrt, dieses Gefühl ernst zu nehmen. Sein Instinkt sagte ihm, dass dieses Datum irgendwie bedeutsam sein konnte. Er musste unbedingt mehr darüber wissen. Er rasselte eine Reihe von Instruktionen herunter, die Wok an Fedorow übermitteln sollte.

Wok antwortete: »Gut. Betrachten Sie das als erledigt.«

Zufrieden wechselte Berianow das Thema. »Irgendwelche Probleme bei Meteor?«

»Keine.« Wok berichtete, dass die Scheinfirma Meteor Express vollkommen verschwunden war; sie hatten den Namen einer anderen Firma übernommen: *E=Phrase,* ein kleiner Software-Entwickler; dieser Name würde auf dem Firmenschild der neuen Geschäftsräume in Reston, Virginia, stehen, dem neuen Hightechkorridor des District of Columbia. Der Transfer zu *E=Phrase* war erfolgreich verlaufen; sie hatten eine neue Telefonnummer, und es gab keine verdächtigen Anrufe mehr.

Seit vier Jahren hatten sie den Trick benutzt, sich der Namen anderer Firmen zu bedienen, um ihre wahren Pläne im dicht besiedelten, sich schnell wandelnden Umland der Metropole Washington zu tarnen. Die Schwierigkeiten, die letzte Nacht bei Meteor Express in Arlington aufgetreten waren, waren höchst ungewöhnlich. Aber selbst dieses Missgeschick war in wenigen Stunden beseitigt worden, nachdem man sich um Jurimengris Leiche gekümmert hatte und dort die »Renae Trucking« installiert hatte, eine vollkommen legale Firma, die einer ihrer alten KGB-Genossen besaß.

Doch Berianow war schon bei einem anderen, drängenden Problem: »Wir müssen noch über etwas anderes diskutieren, Iwan Iwanowitsch ...«

Berianow gab weitere Anweisungen, während er bereits Pläne machte, noch einen Mann zu eliminieren – diesen Amerikaner, der kurz davor stand, ihnen ernsthafte Schwierigkeiten zu bereiten.

9.

Beth parkte und eilte in strahlendem Sonnenschein zu einem kastenartigen, achtstöckigen Gebäude – ein Schulbeispiel für die so genannte moderne Architektur. Obwohl es wie ein Zuchthaus mit Betonwänden aussah, beherbergte der Bau aus den Siebzigerjahren die illustre *Washington Post*. Hier hoffte Beth von dem Journalisten, der so kenntnisreich über Anatoli Jurimengris Leben geschrieben hatte, etwas Brauchbares über diesen Mann zu erfahren. Vielleicht hatten andere ihn »Juri« genannt. Es könnte ein Spitzname gewesen sein. Es gehörte zur russischen Kultur, dass man gerne Kosenamen und Verkleinerungsformen benutzte.

Beth ging rasch auf die massiven Türen zu. Auf der Hinfahrt hatte sie einen Zwischenstopp eingelegt, um einen Wollpullover zu kaufen und ihre verschmutzte Jacke zu ersetzen, in der Hoffnung, dadurch ihr Erscheinungsbild zu verbessern. Dann hatte sie bei einem Lebensmittelladen gehalten, um ein paar Nahrungsmittel zu kaufen und ihre Medikamente einzunehmen. Sie ärgerte sich über die Unterbrechungen, aber wenigstens hatte sie dadurch die Gelegenheit gehabt, den Artikel in der *Post* zu lesen.

Die Lobby war kühl und weitläufig und besaß eine sehr hohe Decke. Das Gebäude vermittelte eine gewisse Größe, als könnte man von den Aktivitäten, die hier stattfanden, wichtige Dinge erwarten – was immer es sein mochte.

Beth ging auf den Sicherheitsmann hinter der Empfangstheke zu. »Zu Jeffrey Hammond, bitte.«

»Haben Sie einen Termin?« Der Mann hatte scharfe graue Augen unter dichten Brauen. In seiner Uniform – blauer Blazer und graue Hose – saß er aufrecht und aufmerksam da, als wäre er ständig im Dienst.

»Nein, aber ich würde gern mit ihm sprechen. Bitte sagen Sie ihm, dass es um Oberst Jurimengri geht.«

»Ihr Name?«

»Beth Convey.«

Während der Mann die Nummer wählte, las sie noch einmal den Anfang des Artikels:

Es ist eines der offenen Geheimnisse des neuen Jahrhunderts, dass die Vereinigten Staaten und Russland immer noch Spionage gegeneinander betreiben, obwohl der Kalte Krieg bereits vor einem Jahrzehnt zu Ende gegangen ist.

Letzte Nacht wurde in Washington eine der scheinbar unbedeutenden Figuren aus diesen vergangenen Zeiten erschossen. Auf ihre Art zeigt seine Ermordung, wie sehr sich das Spionagespiel zwischen den ehemaligen Erzfeinden gewandelt hat – und doch gleich geblieben ist.

Sein Name war Anatoli Jurimengri, und er war ein Überläufer.

Der ehemalige Oberst des KGB, des gefürchteten Geheimdienstes der Sowjetunion, wurde in der windgepeitschten Taiga in Russlands bitterkaltem Norden geboren und wuchs auch dort auf. Den Tod fand er fünfzig Jahre später in einer lauen Frühlingsnacht keine drei Meilen vom Kapitol der Vereinigten Staaten entfernt, in einer nach Urin stinkenden Gasse.

Im Viertel rund um den Orleans Place, wo er nach Aussagen der Polizei offenbar mit einem einzigen Schuss in die Brust getötet wurde, sind die schmalen Straßen von niedrigen Ziegelhäusern gesäumt. Niemand kauft dort ein, es sei denn, es geht um Drogen. Deshalb sind die Nummernschilder der Wagen, die man dort sehen kann, oft von außerhalb.

Jurimengris roter Jaguar hatte Nummernschilder aus Virginia. Der Wagen wurde eine Querstraße von der Stelle entfernt gefunden, wo Jurimengri starb. Der Wagen war ausgeplündert.

Er hatte einen langen Weg durch die Armut und den Kommunismus hinter sich und starb dann nicht für politische Ideale, sondern wurde – so zunächst die Theorie der Polizei – Opfer eines Raubüberfalls.

Seine goldene Rolex, die Kreditkarten, sein Ehering mit Brillant und ein »Gangsterbündel« aufgerollter Geldscheine fehlten. Seine Witwe Cheryl, eine blonde, ehemalige Schönheitskönigin, die er in Washington kennen gelernt hatte, berichtete der Polizei, dass er diese Gegenstände normalerweise bei sich hatte.

Jurimengri starb als reicher Mann. Doch als er vor zehn Jahren in die Vereinigten Staaten kam, besaß er keinen Cent ...

»Ms Convey?«

Beth blickte den Sicherheitsmann an.

»Mr Hammond sagt, dass er gleich herunterkommt.«

»Danke.« In Gedanken vertieft, ging Beth durch die Lobby, blickte aus dem Fenster, ohne etwas wahrzunehmen, ging zurück zum Aufzug und betrachtete ihn mit leerem Blick, während sie wartete. Der Verfasser des Artikels hatte viele detaillierte Einsichten nicht nur über Jurimengri, sondern auch über die Geheimdienste der alten Sowjetunion und des neuen Russland ausgebreitet, sodass Beth ihn für einen verstaubten Recherche-Typen hielt, der sein Leben bis zum Bauchnabel in Stapeln von Zeitungsausschnitten, alten Berichten und moderigen Interviewabschriften verbrachte. In ihrer Fantasie sah sie einen kleinen Mann voller Tintenflecken mit grüner Schirmmütze, ungebügelten Hemdsärmeln, die bis über seine Ellbogen aufgerollt waren, und Chinos, deren knochige Knie nach Jahren des Sitzens hinter dem Schreibtisch ausgebeult waren.

Doch was Hammond geschrieben hatte, ließ Beth eine Gänsehaut über den Rücken laufen.

Sie las weiter:

Im August 1991 versuchten kommunistische Hardliner, die Regierung Michail Gorbatschows zu stürzen und die Opposition zu unterdrücken, die sich um Boris Jelzin gebildet hatte.

Der Coup der Falken war ein totaler Fehlschlag, und kurz darauf demontierten die Reformer den KGB. Viele langjährige Offiziere verloren ihre Posten und wurden in einer Welt ausgesetzt, die sie nicht wieder erkannten. Das war der Beginn des Neuen Russland von heute.

Als hätte er es vorausgeahnt, desertierte Oberst Jurimengri zurzeit des schicksalhaften Coups und vermied so den Verlust seines Arbeitsplatzes, vielleicht sogar seines Lebens ...

Sowohl CIA als auch FBI empfingen ihn mit offenen Armen. Ohne dass die Welt davon wusste, hatte er eine hohe Position in der Ersten Abteilung der Zweiten Hauptdirektion des KGB inne, die in Moskau die Gegenspionage gegen die CIA organisierte.

Er hatte viele Dinge gesehen und gehört, die für Amerika nützlich waren, und CIA und FBI quetschten ihn drei Wochen lang aus. Dann bekam er das Standard-Eingliederungspaket von drei Wochen Unterricht, in denen er lernte, wie man in den Vereinigten Staaten lebt, sowie eine bescheidene Unterstützung zum Lebensunterhalt.

Dann trennte man sich von ihm.

Jurimengri zog es vor, nicht zu verschwinden. Stattdessen behielt er seinen richtigen Namen und seine Identität bei. Binnen eines Jahres machte ihn »Wheel SovAm« – eine Firma für Maschinenteile, die er gegründet hatte – zum Multimillionär.

In seinem geschäftigen neuen Leben war er ständig zwischen Washington und Moskau, New York und Sankt Petersburg, Des Moines und Bratsk unterwegs. Jurimengri war ein *Bisnesman,* reich an Dollars und mit einer atemberaubend schönen jungen Ehefrau.

Dann, in der vergangenen Nacht, wurde er wegen seines amerikanischen Geldes, seines britischen Wagens, seines südafrikanischen Brillantrings und seiner Schweizer Uhr ermordet – nicht wegen seiner kommunistischen Ideologie. Was zeigt, wie sehr sich nicht nur das Spionagegeschäft, sondern die Welt verändert hat.

Achten Sie darauf, wer nicht zu seinem Begräbnis in vier Tagen erscheint. Erwarten Sie nicht, dass seine Ex-Spionagekollegen erscheinen, von denen viele noch unerkannt im Untergrund leben.

Es ist bemerkenswert, dass sie die größte Gruppe »pensionierter« KGB-Offiziere außerhalb Moskaus bilden.

Und erwarten Sie nicht, viele seiner Bekannten aus den alten Zeiten zu sehen, die behaupten, bei seiner Spionagetätigkeit keine Rolle gespielt zu haben, weil sie unangenehmerweise mit den Ereignissen in Verbindung gebracht werden, die sich während des Kalten Krieges zugetragen haben.

Vielleicht werden einige auch aus einem ganz anderen, viel gefährlicheren Grund fernbleiben: Weil sie wieder in die Agententrenchcoats geschlüpft sind.

Geheimagenten sind für Mütterchen Russland heute wertvoller denn je. Selbst in den entlegensten Winkeln dieses leidenden Landes weiß jeder, dass es sich umso mehr danach sehnt, wieder eine Supermacht zu werden, je länger es in Armut und Hoffnungslosigkeit gefangen ist.

Und obwohl der KGB nicht mehr existiert, lebt vieles von ihm in seinem Nachfolger fort, dem Federal Security Service (FSB).

Möge Oberst a.D. Jurimengri in Frieden ruhen. Doch wir im Westen haben Grund genug, uns zu fragen, was unter der Oberfläche der stillen Wasser vor sich geht, aus denen er aufgestiegen ist – die Crème de la Crème des tödlichen KGB ...

»Ms Convey?«

Sie wirbelte herum und versuchte, die Überraschung in ihrer Stimme zu verbergen. »Mr Hammond?«

»Genau der.«

Er war die Treppe heruntergekommen, nicht mit dem Aufzug, und er hatte rein gar nichts von dem Mann an sich, den Beth zu sehen erwartet hatte: Er trug einen Pferdeschwanz und einen goldenen Ring im rechten Ohr, und seine Miene war ungeduldig und finster zugleich. Er wirkte leger in seinen engen Jeans und dem blauen Baumwollarbeitshemd. Das war kein tintenfleckiger kleiner Mann mit runden Schultern. Vielmehr war alles an ihm groß und beeindruckend, von seiner aristokratischen Nase bis zu seinen breiten Schultern, den großen Händen und den Füßen, die in hochhackigen Cowboystiefeln aus Eidechsenleder steckten. In diesen Stiefeln war er über einsneunzig. Er strahlte eine selbstbewusste Kraft aus, dass es Beth den Atem verschlug.

Und doch war da noch etwas anderes – ein getriebener Ausdruck in seinen Augen. Diese Augen und die ungeduldigfinstere Miene passten nicht zueinander. Sie standen vielmehr im Widerstreit, als wäre der finstere Blick nur aufgesetzt, eine Fassade, die Hammond Beth darbot – und vielleicht der ganzen Welt. Er verbarg sich, schauspielerte, versteckte irgendetwas. Aber was?

Als Beth sich wieder gefasst hatte, bemerkte sie, dass sie ihn anstarrte, und sie erkannte ihre Gefühle: Sie war von ihm angezogen. Sehr sogar. Was so ungefähr die schlimmste Komplikation war, die sie in ihrem jetzt schon überkomplizierten Leben gebrauchen konnte. Ihre Erfolgsbilanz bei Männern war nicht gerade berauschend. Man nehme nur Phil Stageman, die männliche Prostituierte der Woche. Und dann war da noch die Sache mit ihrem Herzen. Trotz Dr. Jacksons Versicherungen lauerte in ihrem Hinterkopf eine ganz bestimmte Angst. Sie fürchtete, dass der Liebesakt ihr Herz zu sehr strapazieren würde. Und wenn sie mit diesem Herz Probleme hatte, würde sie wohl nie die Chance auf ein neues Spenderherz bekommen.

Eines war jedenfalls klar: Hammond gefiel Beths Aussehen *nicht.* Das war schon am knappen Händedruck und dem sachlichen Tonfall zu erkennen: »Was kann ich für Sie tun?« Er musterte ihr noch immer zerrupftes Äußeres, ging aber darüber hinweg.

Sie schaute ihn an. »Können wir irgendwo ungestört reden?«

»Ja. Gleich hier.«

»Ich habe etwas Privates mit Ihnen zu besprechen. Es geht um Anatoli Jurimengri.«

»In Ordnung.« Er nickte, und sein Ohrring funkelte im künstlichen Licht. Ständig kamen und gingen Leute durch die Lobby. Beth kannte niemanden; Hammond aber grüßte mehrere Leute mit Namen. Beth unterdrückte ihren Zorn. *Sie* brauchte die Aufmerksamkeit dieses Mannes.

Sie senkte die Stimme: »Wie kommen Sie darauf, dass Jurimengri tatsächlich in dieser Gasse in der Nähe vom Orleans Place umgebracht wurde?«

Seine Augen wurden schmal. »Das haben die Polizisten mir berichtet, die den Fall untersuchen.«

Beth beugte sich vor und sagte in vertraulichem Tonfall: »Sie glauben alles, was man Ihnen erzählt? Sie, ein Journalist?«

Er blinzelte. »Okay, Sie haben mich am Haken.« Er nahm

ihren Arm und führte sie zum Eingang der Lobby. »Gehen wir ein bisschen spazieren.«

»In Ordnung.«

»Wer sind Sie?«, fragte er. »Und was soll das heißen, dass Jurimengri nicht in der Gasse gestorben sein soll?«

Auf der Straße, unter den vom Wind zerzausten Bäumen, setzte Beth ihre Sonnenbrille auf.

»Wie ich schon an der Rezeption sagte, ist mein Name Beth Convey. Ich bin Anwältin bei Edwards & Bonnett.« Das stimmte zwar nicht mehr, denn ihr war gekündigt worden; aber so genau brauchte er es nun auch nicht zu wissen. »Bevor ich Ihnen sage, wo Jurimengri meiner Meinung nach wirklich gestorben ist, erzählen *Sie* mir, woher Sie so viel über ihn wissen. Ihre Geschichte liest sich eher wie eine Abhandlung über den Mann und seine Zeit.«

»Jurimengri gehörte sozusagen zu meinem Revier. Offensichtlich sind Sie nicht auf dem Laufenden, was meine Artikelserie ›Wo sind sie heute‹ angeht. Ich habe schon seit längerem Informationen ausgegraben und darüber berichtet, was mit den sowjetischen Überläufern passiert ist, die sich innerhalb des Beltway und drumherum angesiedelt haben. Wie Sie wahrscheinlich wissen, gibt es hier die größte Gruppe ehemaliger KGB-Mitglieder außerhalb Moskaus.« Er hatte die Hände in die Jeanstaschen geschoben. »Als Jurimengri ermordet wurde, hatte ich schon eine Menge über ihn gesammelt. Also habe ich mit seiner Witwe gesprochen, habe aus meinen Hintergrundinformationen herausgefiltert, was mir wichtig erschien, und habe den Artikel geschrieben.«

Das waren mehr Auskünfte, als Beth erwartet hatte. »Ich kenne die Serie. Ich habe sie nur nicht mit Ihnen in Verbindung gebracht.«

Er zuckte mit den Schultern. »Sie sind dran«, sagte er.

»Letzte Nacht habe ich in Arlington einen Toten entdeckt. Heute Morgen, als ich es der Polizei gemeldet habe, war die

Leiche verschwunden. Dann sah ich das Foto von Oberst Jurimengri in der *Post.* Es war derselbe Mann.«

Hammond schwieg. »Mal angenommen, Sie haben Recht – Sie haben es der Polizei gesagt?«

»Natürlich. Aber wie ich schon sagte, die Leiche war verschwunden. Die Polizei hat in der Zentrale nachgefragt – im ganzen County war niemand gemeldet, der in der fraglichen Nacht durch einen Schuss in die Brust verletzt oder getötet worden war. Wer hat ihn umgebracht, und warum? Hatte er wirklich mit Drogen zu tun, wie die Polizei vermutet?«

»Ich weiß nicht, wer ein Motiv gehabt haben könnte. Und was Drogen angeht, wird der Bericht der Toxikologen uns Klarheit verschaffen, aber der wird nicht vor nächster Woche vorliegen.« Er hielt einen Augenblick inne. »Dass er zum KGB gehörte, bedeutet natürlich, dass er Feinde hatte, und nicht nur im Westen. – Was wissen Sie noch?«

Beth überlegte. »Er erwähnte West Virginia. Dass er irgendwas über Stone Point in West Virginia nicht begriffen hatte.«

»Der Mann war noch *am Leben*?«

»Ja.«

Hammond presste die Lippen zusammen. »Was hat er noch gesagt?«

»Nichts mehr. Was glauben Sie, hat er mit West Virginia gemeint?«

»Vielleicht war der Mann, den Sie gefunden haben, gar nicht Jurimengri.«

Sie erreichten die Straßenecke. »Er war es. Versuchen Sie nicht, mich zu überzeugen, dass zwei Männer an zwei Orten innerhalb des Beltway in derselben Nacht an Schusswunden in der Brust gestorben sein könnten.« Sie sah zu ihm hoch, als sie sich umdrehten und zur *Post* zurückkehrten, und starrte auf sein Profil. Sie schnappte nach Luft. Die gerade Stirn. Die Adlernase. Das vorgestreckte Kinn ... Hammond besaß das Profil des Killers, der sie letzte Nacht verfolgt hatte. Nur das lange Haar war anders. Das Haar des Killers war kurz gewesen. Aber das Profil war das gleiche ...

Mit einem Mal war Beth sicher, dass Jeffrey Hammond, Journalist der *Washington Post,* der keine zwei Meter vor ihr stand und sie anschaute, der Mörder Jurimengris sein musste, der sie, Beth, vergangene Nacht mit der Waffe verfolgt hatte. Und es grenzte an ein Wunder, dass er sie nicht auch getötet hatte.

Während sie sich zwang, normal zu atmen, verwandelte ihr Entsetzen sich in Wut. Doch Beth kämpfte sie nieder, versuchte, ruhig nachzudenken, zu analysieren: Hammond war ihr mit einer Unterkühltheit begegnet, die nicht echt sein konnte. Vielleicht hatte er sie nicht erkannt. Oder vielleicht *doch,* und er verbarg es hinter seinem Verhalten. Als sie ihn in der Lobby nicht sofort erkannt hatte, hatte er wahrscheinlich geglaubt, sie hätte sein Gesicht in der Nacht nicht gesehen. Außerdem war sie in Panik geflüchtet, um ihm zu entkommen.

Sie durfte ihn nichts merken lassen! Sie hatte keinen Beweis. Für die Polizei würde es nicht reichen, besonders nach der Geschichte am Morgen.

»Gehen wir.« Hammonds Gesicht war angespannt. »Worauf warten Sie? Ist etwas?«

Beth zwang sich zu lächeln. »Nein.«

Hammond ging mit raumgreifenden Schritten in Richtung *Post.*

»Wie sind Sie überhaupt darauf gekommen, da hinzufahren?«, fragte er.

Sie log: »Ein Kunde war daran interessiert, das Gebäude zu kaufen. Er wollte, dass ich es mir ansehe, aber ich wurde noch im Büro aufgehalten, deshalb kam ich zu spät weg. Aber die Tür war offen, und da bin ich einfach reingegangen und habe den Mann entdeckt.«

»Wo in Arlington war das?«

Beth erzählte ihm von Meteor Express und Renae Trucking. Dann fragte sie: »Wie haben Sie Jurimengri eigentlich kennen gelernt? Nach dem, was Sie schreiben, sieht es so aus, als hätten Sie eine persönliche Beziehung mit ihm gehabt. Waren Sie Freunde?« Sie zögerte. »Oder Feinde?«

Er ignorierte ihre letzte Bemerkung. »Ich sagte Ihnen bereits, er gehörte zu meinem Revier. Ich habe ihn in den letzten Jahren ein paar Mal interviewt. Für den Fall, dass Sie es noch nicht bemerkt haben: Es ist meine Aufgabe – die Aufgabe eines jeden Reporters –, seine Arbeit so akkurat wie möglich zu erledigen.« Er blickte sie an. »Wenn ich Sie wäre, würde ich die Sache vergessen. Sie haben es der Polizei gemeldet. Mehr können Sie nicht tun.« Er hielt kurz inne. »Sie wissen doch, wie Washington ist. Sicherheitsüberprüfungen und Sitzungen hinter geschlossenen Türen. Reporter wie ich ... fanatische Verteidiger der Informationsfreiheit ... Informanten, Lauscher ... Leute, die andere verpfeifen. Es ist eine Kultur der Geheimniskrämerei, die Neugier und die Gier nach sensationellen Enthüllungen ausbrütet. Aber für den ehrlichen Bürger sind diese Motive zu verrottet, um sich einzumischen. Man kann in Machtkämpfe verstrickt werden, die Unschuldige und Schuldige gleichermaßen verschlingen. Diese ganze Sache mit den zwei Männern, die vielleicht ein und derselbe sind, mag ja faszinierend erscheinen, aber es ist mehr als wahrscheinlich, dass es doch ein Zufall ist. Die Polizei wird glauben, dass Sie verrückt sind, wenn Sie weiter darauf herumhacken. Sie könnten in große Schwierigkeiten geraten.«

Er warnte sie, gab ihr Gründe, sich nicht weiter einzumischen.

Beth sagte: »Sie haben Recht. Es gibt nichts, was ich noch tun könnte.«

»So ist es.«

Plötzlich blieb er stehen. Die Schultern unter seinem blauen Baumwollhemd versteiften sich. Als er sich zu Beth umdrehte, hielt sie den Atem an. Sie war ängstlich und wütend zugleich. Die beiden Gefühle kämpften in ihrem Innern erbittert wie Todfeinde. Seit ihrer Transplantation war es oft so: Beth fühlte sich innerlich gespalten und kämpfte mit sich selbst.

»Mindestens ein Mann wurde ermordet«, sagte Hammond. »Wenn Sie Recht haben, könnte der Killer auch hinter Ihnen her sein. Am Ende könnten auch Sie tot sein.«

Da war es: *Am Ende könnten auch Sie tot sein*. Er drohte ihr. Ihre Brust zog sich zusammen, und sie begann vor Wut zu zittern. Es war diese neue, alles verdrängende Wut, die sie seit der Transplantation verspürte. Beth knetete ihre Hände.

Sie musste Hammond in Sicherheit wiegen; deshalb belog sie ihn erneut: »Ich habe Wichtigeres zu tun, als ein Gespenst zu jagen.« Sie zwang sich zu lächeln. »Sie haben Recht. Vielen Dank, dass Sie Zeit für mich hatten.«

Als sie ging, spürte sie seinen Blick heiß und misstrauisch im Rücken. Sie bekam eine Gänsehaut.

10.

Der US-Regierung langer Arm des Gesetzes, das Justizministerium, belegte einen ganzen Block zwischen der Constitution Avenue und der Pennsylvania Avenue von der Neunten bis zur Zehnten Straße. Es erstreckte sich zwischen dem Capitol Hill und dem Weißen Haus und demonstrierte beiden seine Wichtigkeit, während es zugleich seine Distanz zur Politik und seinen Widerstand gegen Beeinflussungen andeutete, die notwendig, aber häufig schwer fassbar waren.

Das bleiche Steingebäude war 1934 errichtet worden und zeigte die üblichen Säulengänge im Stil des Classic Revival, architektonische Anklänge ans Art Deco und prinzipienschwere Zitate, die über den Eingängen eingemeißelt waren. Öffentliche Gebäude im gleichen Stilgemisch gab es im ganzen Land in den meisten Städten, ob groß oder klein.

An diesem Mittwoch fand im Büro der stellvertretenden Justizministerin Millicent Taurino eine entscheidende Sitzung statt.

Taurino war eine schlanke, kleine Frau von zweiundvierzig Jahren. Sie trug ein zurückhaltendes Strickkleid, dessen Kragen gerade tief genug war, dass an der linken Halsseite, unter dem Ohr, ein blauer, tätowierter Schmetterling zu sehen war. Ihr Kinn ruhte auf ihren Fingerknöcheln; ihr Ellbogen war auf den Arm gestützt, der auf der Lehne ihres Bürosessels lag. Sie betrachtete das lebensgroße Porträt des Obersten Richters John Marshall, das zu ihrer Rechten an der Bürowand hing.

Schließlich machte sie eine knappe Bewegung mit der freien Hand und sagt: »Sie haben also immer noch nichts.« Es war eine Feststellung, keine Frage.

FBI-Direktor Thomas Earle Horn, ein stämmiger Mann mit Stiernacken und abfallenden Schultern, saß in einem Ledersessel gegenüber der stellvertretenden Justizministerin. Er richtete seine schiefergrauen Augen auf die dritte Person in dem Büro. »Bobby?«

Bobby Kelsey, Assistenzdirektor der Abteilung für Nationale Sicherheit des FBI und als solcher Kontrollinstanz des FCI, das für ausländische Gegenspionage zuständig war, fuhr hoch. »Denken Sie an Ames, Nicholson, Groat, Pitts und Lipka von der NAS. Sie waren Abtrünnige. Verräter. Der letzte Dreck. Sie haben Ihresgleichen ausspioniert. Wir haben sie geschnappt, und sie sitzen im Knast, Ms Taurino. Das ist mehr als *nichts*. Das ist sogar eine Menge.«

Millicent Taurino betrachtete immer noch die gestrenge Miene von Amerikas legendärem Obersten Richter, einem der Väter des amerikanischen Rechtssystems, als wäre dort Hilfe für ihre gegenwärtigen Probleme zu finden. »Das sind Erfolge aus der Vergangenheit.« Sie drehte sich im Bürosessel, sodass sie die beiden FBI-Beamten direkt anschauen konnte. »Das Bureau untersucht landesweit zweihundert Spionagefälle. Das ist eine große Zahl offener Akten für Friedenszeiten. Und was noch schlimmer ist – unsere Erfolgsbilanz ist im Keller, nur ein Bruchteil von dem, was wir erreichen sollten. Jetzt, wo wir es zur ersten Priorität gemacht haben, ausländische Spione zu fassen und Terrorangriffe zu verhindern, brauchen wir unbedingt ernst zu nehmende Ergebnisse.«

Das Ende des Kalten Krieges war nicht zugleich das Ende der Spionage. Als letzte Supermacht der Welt waren die Vereinigten Staaten immer noch das bevorzugte Ziel, sowohl ökonomisch als auch militärisch, sodass sie sich ständig gegen Spione und Terroristen schützen mussten. Das aber bedeutete, dass Amerika selbst Spionage betreiben musste, und zwar besser als die anderen.

Taurino schaute die Männer, die sie zu sich bestellt hatte, scharf an. »Jetzt mal zur Sache, Leute. Wo ist dieser Maulwurf, von dem ihr behauptet, dass er irgendwo in eurem Laden sitzt? Der sich so tief ins Allerheiligste des FBI gewühlt hat? Wir müssen ihn finden und aufhalten!«

»Das braucht seine Zeit«, erklärte Thomas Horn. Die Stimme des FBI-Direktors hatte einen gönnerhaften Ton, der jedes Mal durchkam, wenn er mit seinen zivilen Bossen zu tun hatte.

»Also gut.« Taurino nickte verständig. »Ich würde sagen, das war eine atemberaubende Beobachtung, Direktor. *Zeit*. Wie lange ist es her, dass Ihre beiden Vorgänger diese interne Untersuchung begonnen haben? Neun Jahre? Nein, warten Sie ... es war schon neun Jahre her, als ich letztes Jahr ernannt wurde, nicht wahr? Also ist ein Jahrzehnt vergangen. Du lieber Himmel!« Sie lächelte Horn müde an. »›Das braucht seine Zeit.‹ Ist das die ganz Weisheit, die Sie nach zehn langen Jahren bieten können, Tom?«

»Wir halten nichts von Sarkasmus, Millicent«, sagte Tom Horn scharf.

»Und wir halten nichts von Trägheit. Sind Sie sicher, dass Ihnen wirklich etwas daran liegt, dass wir diesen Agenten enttarnen, der sich bei Ihnen eingenistet hat? Vielleicht ist er – oder sie – nur eine bequeme Entschuldigung, um die undichten Stellen und Fehler des FBI zu verdecken. Nach meiner Zählung sieht es so aus, als hätte jemand irgendwo da draußen Informationen benutzt, die von *Ihrem* Verräter geliefert wurden, um mehr als vierzig FBI-Einsätze zu vereiteln. Vierzig! Sogar in der riskanten Welt der Spionage ist das zu viel, als dass es nur Zufall sein kann. Ihnen macht es vielleicht keine Angst, was dieser Judas in Zukunft noch alles tun kann, aber mir schon!«

Der FBI-Direktor sprang auf wie von der Tarantel gestochen. »Das reicht jetzt, Ms Taurino. Wenn wir wieder vernünftig reden können, rufen Sie uns an. Bobby, wir gehen!«

Kelsey stand auf, um sich seinem Chef anzuschließen.

»Setzen Sie sich, *Mister* Horn!« Millicents schlanker Finger mit dem rotlackierten Nagel fuhr wie ein Dolch auf ihn zu. »Sie sind nicht J. Edgar Hoover. Diese Zeiten sind vorbei, und sie kommen bestimmt nicht wieder, das ist so sicher wie das Amen in der Kirche. Heutzutage können der Präsident und der Justizminister für einen Apfel und ein Ei einen neuen FBI-Boss bekommen, und Assistenzdirektoren gibt es im Dutzend kostenlos dazu. Sie arbeiten für *uns!* Und jetzt setzen Sie sich wieder auf Ihren Hintern!«

Die beiden Männer wechselten zornige Blicke, ließen sich dann jedoch mit roten Gesichtern langsam wieder in ihre Sessel sinken.

»Vielen Dank, Gentlemen«, sagte Taurino trocken. »Das ist sehr freundlich von Ihnen.« Sie schaute Horn eindringlich an und wurde wieder völlig geschäftsmäßig. »Also: Die Sowjetunion gibt es nicht mehr, der Kalte Krieg ist vorbei, aber die

Informationsverluste gehen weiter. Der KGB ist angeblich aufgelöst worden, aber unsere Einsätze, Agenten und Pläne sickern durch. Habe ich Recht?«

»Ich bitte um Entschuldigung, Millicent«, sagte Tom Horn und bemühte sich, versöhnlich zu klingen, »aber als ich eben von Zeit geredet habe, hätte ich besser Schwierigkeitsgrad sagen sollen. Drei Direktoren haben sich an diesem Problem die Zähne ausgebissen. Ein Maulwurf, der so tief eingeschleust und so vorsichtig eingesetzt wird, dass er Gott weiß wie lange nicht enttarnt wird, ist ein Albtraum für jeden Geheimdienst.«

»*Zehn Jahre,* Tom? Wie viele Ihrer Leute waren vor zehn Jahren überhaupt schon dabei?«

»Die meisten unserer leitenden Angestellten. Der weitaus größte Teil der Agenten bleibt die ganze Zeit dabei, bis zur Rente. Aber wer sagt denn, dass alle Lecks ein und dieselbe Person sind, Millicent? Vielleicht hat es eine ganze Reihe von Maulwürfen oder Verrätern gegeben, die die Stafette jeweils an den nächsten weitergegeben haben, wenn sie das Bureau verließen.«

»War der KGB so gut? Und sein Nachfolger auch, wie immer der heißen mag.«

»Die Abkürzung ist FSB«, warf Bobby Kelsey ein. »Und sie sind fähige Leute. Fast so gut wie wir. Aber es gibt da noch ein anderes Problem: Wir wissen nicht mit Sicherheit, ob unser Maulwurf überhaupt ein Russe ist. Auch unsere Verbündeten beherrschen dieses Spiel sehr geschickt. Vielleicht sind die undichten Stellen zum Kreml nur dazu da, andere Spione zu verdecken, die wir noch nicht festmachen konnten.«

Der FBI-Direktor spitzte die Lippen. »Wie ich schon sagte, Millicent, das ist nicht gerade eine leichte Aufgabe.«

»Schon klar.« Die stellvertretende Justizministerin nickte. »Das ist nicht einfach. Davon bin ich ausgegangen. Was können wir also heute tun, um sie einfacher zu machen?«

»Sämtliche üblichen internen Maßnahmen ergreifen«, erwiderte der Direktor. »Noch einmal Hintergründe überprüfen, Aktivitäten außerhalb der Arbeit, Änderungen der Gewohnheiten, Ansichten oder der finanziellen Verhältnisse. Wir bleiben auf dem Laufenden bei neuen Verbindungen und ungewöhnlichen Reisen. Wir gehen Informationen nach, die zu amerikanischen Agenten im Ausland durchgesickert sind, und dann verfolgen wir, wer zu der jeweiligen Information Zugang hatte. Wir überprüfen jede Spur, und dann versuchen wir, all diese Teilinformationen so zu verbinden, dass sie zu einem Schuldigen führen. Ich möchte nicht weiter ins Detail gehen, aber ich bin zuversichtlich, dass wir dicht dran sind.«

»Was gibt Ihnen diese Zuversicht?«, fragte Taurino.

»Vor kurzem hatten wir einen Durchbruch. Derjenige, der neue Daten weitergegeben hatte, muss ein Beamter in relativ hoher Position sein oder jemand, der mit einem höheren Beamten eng zusammenarbeitet.«

»Was für ein Durchbruch? Welche Daten?«

Tom Horns Miene verfinsterte sich. »Nein, Millicent. Ich werde keine laufende Operation gefährden.«

»Gefährden?« Taurinos dunkelbraune Augen schossen wütende Blicke auf ihn ab. »Möchten Sie, dass ich dem Justizminister und dem Präsidenten sage, dass Sie mich und die beiden für Sicherheitsrisiken halten, die Ihre Operationen gefährden?«

Horn knirschte mit den Zähnen und blickte Kelsey an. »Also gut. Bobby, erklären Sie es.«

Bobby Kelsey nickte und sagte ernst: »Einer meiner Leute hat einen Ex-KGB-Agenten in der Gemeinschaft der früheren sowjetischen Überläufer umgedreht. Er hat sich als extrem nützlich erwiesen. Vor kurzem hat er uns einen Tipp über einen weiteren geheimen Fonds mit KGB-Schwarzgeld gegeben, einen riesigen Fonds, der noch aus den alten Sowjetzeiten stammt. Aber bevor wir an ihn herangekommen sind, war das Geld nach Moskau transferiert. Das sieht ganz nach der Arbeit unseres Maulwurfs aus.« Er legte die Hände zusammen und berührte mit den Spitzen die Lippen. »Interessanterweise wusste unterhalb der Ebene der FBI-Assistenzdirektoren niemand etwas von diesem Fonds.«

Millicent Taurino ließ die Worte auf sich wirken. »Also ... Sie wollen damit sagen, dass es jemand von unseren Topleuten ist? Auf wie viele Personen ist die Zahl dadurch eingeschränkt?«

»Mehr als Sie vielleicht glauben«, gab Tom Horn zu. »Alle derzeitigen Assistenzdirektoren und die Leute in höheren Rängen sind seit mehr als zehn Jahren bei uns. Und soweit wir im Moment sagen können, sind all die Spezialagenten, die eng mit ihnen zusammenarbeiten, ebenfalls alte Hasen – die könnten absichtlich oder unabsichtlich Informationen weitergegeben haben. Meiner Meinung nach sind sämtliche Personen, durch die Informationen aus dem Bureau herausgesickert sein könnten, über jeden Vorwurf erhaben.«

»›Über jeden Vorwurf erhaben‹ – genau das, was jeder Maulwurf anstrebt, nicht wahr?«, bemerkte Taurino eisig. »Sie sind also noch keinen Schritt weitergekommen.«

Der Direktor hielt ihrem harten Blick stand. »Nein, aber wir werden ihn finden.«

»Oder sie«, sagte Bobby Kelsey.

»Werden Sie das?«, erwiderte Millicent Taurino. »Ich hoffe es von ganzem Herzen. Wirklich.« Besorgt schüttelte sie den Kopf.

Als Millicent Taurino in ihrem Büro wieder allein war, nahm sie den Telefonhörer ab und drückte einen Knopf. »Sie sind weg. Sie können jetzt hereinkommen.« Sie lehnte sich zurück, rieb sich gedankenverloren das Kinn und betrachtete wieder das Porträt von John Marshall in seiner Robe. Er war ihr Talisman, ihr stummer Mentor, und sein Bild hatte sie auf ihrem Weg begleitet, seit sie in die Dienste der Regierung getreten war. »Also, Johnny«, sagte sie zu dem Gemälde, »sind sie Dummköpfe, Gauner oder Bangemacher? Gibt es überhaupt einen Maulwurf? Du hattest auch dein gerüttelt Maß an Verschlagenheit, nicht wahr? Also, wie wäre es jetzt mit ein paar klugen Worten?«

Sie wartete, als würde sie wirklich damit rechnen, dass das Gemälde zu ihr sprach. Dann durchbrach sie die Stille mit einem Lachen. Fast gleichzeitig öffnete sich die Tür zu ihrem Privateingang. Die beiden Männer, die hereinkamen, konnten gegensätzlicher nicht sein. Justizstaatssekretär Donald Chen, Leiter der Kriminalabteilung des Ministeriums, war ein untersetzter, beleibter Mann mit schwarzem Haar, das sauber seitlich gescheitelt war, und einem vollen, runden Gesicht. Hinter ihm, verdeckt von Chens beträchtlicher Leibesfülle, kam ein schlanker Mann, der nicht größer war als Chen, mit spärlichen, dünnen grauen Haaren, einem teigigen Stubenhockergesicht, randloser Brille und einem dünnen, grausamen Mund. Seine blassblauen Augen blickten intelligent und unbarmherzig.

Millicent Taurino stand hinter ihrem Schreibtisch auf und bat den dünnen Mann mit einer Geste, im Stuhl an ihrer Seite Platz zu nehmen. Staatssekretär Chen ließ ihn vorbei. Weder Chen noch Taurino setzten sich, bevor der schlanke Mann Platz genommen hatte.

»Was hatte Horn zu berichten?«, fragte Cabot Lowell, der Sicherheitsberater des Präsidenten. Lowell war früher Mitglied des Repräsentantenhauses gewesen, dann Direktor der CIA, dann Verteidigungsminister. Er hatte eine sanfte Stimme, die er niemals erhob, weder aus Zorn noch aus Freude. Trotzdem war diese Stimme bezwingend und intensiv.

»Horn und seine Leute haben nichts Neues bei ihren internen Ermittlungen gefunden«, erwiderte Taurino. »Mit anderen Worten, sie haben noch gar nichts.«

Der Sicherheitsberater des Präsidenten ließ den Blick auf Donald Chen ruhen. »Ich hoffe, dass Sie mehr als nichts haben, Mr Chen. ›Nichts‹ ist eine nutzlose Größe.«

»Ich habe keinen blassen Schimmer, was ich *überhaupt* habe«, sagte Staatssekretär Chen in so typischem amerikanischem Alltagsslang, dass es wie beinahe ein Schock wirkte, kam es doch aus dem Mund eines Mannes, der wie ein Buddha aussah. »Nur Eli Kirkhart hat mich angerufen, ganz aufgeregt. Aber ich dachte mir, wir sollten lieber von ihm selbst hören, was er zu sagen hat.«

»Da haben Sie richtig gedacht. Lassen wir unseren Maulwurfjäger hereinkommen.«

Taurino beugte sich über die Sprachanlage. »Abby? Bitte schicken Sie Special Agent Kirkhart herein.«

Als trotz der jahrelangen internen Ermittlungen durch den FBI kein Maulwurf gefunden wurde und dennoch weiter Informationen durchsickerten, waren der Sicherheitsberater des Präsidenten und der Justizminister zunehmend beunruhigt geworden. Die CIA wollte der Präsident nicht einschalten; deshalb hatte Cabot Lowell eine streng geheime Untersuchung durch das Justizministerium veranlasst. Beim FBI wurde niemand informiert, denn dort war jeder verdächtig.

Trotzdem war Cabot Lowell überzeugt, dass der Ermittler mit den besten Erfolgschancen ein FBI-Insider sein musste. Um den Richtigen zu finden, hatte Lowell die Personalakte jedes Angestellten studiert. Elias Kirkhart hatte sich als der solideste Kandidat erwiesen: Er war ein Einzelgänger, ein Eigenbrötler, ein Außenseiter. Seine Frau war vor einigen Jahren gestorben, und er hatte sich völlig in seine Arbeit vergraben. Er hatte weder Freunde noch Aktivitäten außerhalb des Dienstes; er hatte nicht einmal Familie, die in der Nähe lebte. Und sein britischer Hintergrund gab ihm ein Überlegenheitsgefühl über seine amerikanischen Agentenkollegen und die Einstellung – die von englischen Geheimdiensten seit Elizabeth I und Sir Francis Walsingham vertreten wurde –, dass niemand außer dem Monarchen über jeden Verdacht erhaben war. Eli Kirkharts Loyalität galt ausschließlich »dem Königreich«.

Wie Lowell es erwartet hatte, hatte Kirkhart sich mit Feuereifer in die Arbeit gestürzt. Einen Maulwurf innerhalb des Bureau zu suchen, war nicht nur eine Herausforderung, es war eine Pflicht.

»Nehmen Sie Platz, Agent Kirkhart«, sagte Ministerin Taurino.

Kirkhart, der wie üblich die FBI-Uniform trug – konservativer dunkler Anzug, weißes Hemd, fest geknotete blaugraue Regimentskrawatte, auf Hochglanz polierte schwarze Schuhe und die leichte Ausbeulung seiner 10-mm-Smith & Wesson unter dem Jackett –, ging zu einem von Millicent Taurinos Ledersesseln. Als er sich setzte, zeigte sein eckiges Bulldoggengesicht keinerlei Regung. Taurino neigte den Kopf und musterte ihn.

Cabot Lowell seufzte. »Ich denke, wir können auf die dunkle Brille verzichten, Mr Kirkhart. Das ist eine Unsitte, die während des Zweiten Weltkrieges von schludrigen, halb ausgebildeten Piloten eingeführt wurde und sich bedauerlicherweise immer noch hält.«

Eli nahm die Pilotenbrille ab, klappte sie zusammen, legte sie ins Etui und steckte es in die Innentasche seines Jacketts. Er entschuldigte sich nicht. Er arbeitete, um die Nation zu retten, und er würde sich vom Sicherheitsberater des Präsidenten nicht einschüchtern lassen. Taurino, die ihn immer noch musterte, unterdrückte ein Grinsen.

»Ich danke Ihnen.« Lowell deutete ein Kopfnicken an. »Nun, was haben Sie für uns?«

»Gestern Nacht habe ich beobachtet«, antwortete Eli, »wie ein Mann, den ich seit über einem Jahr observiere, sich heimlich mit Anatoli Jurimengri getroffen hat, einem ehemaligen

KGB-Oberst. Nachdem sie sich getrennt hatten, bin ich Jurimengri gefolgt, während einer meiner Leute den anderen Mann beschattet hat. Jurimengri ist zu einer internationalen Speditionsfirma in Arlington gefahren – Meteor Express. Mein ursprüngliches Beschattungsobjekt ist zu seinem Büro bei der *Washington Post* zurückgekehrt. Meteor Express war geschlossen, also habe ich gewartet und bin dann zum Hoover Building zurückgekehrt, um Meteor Express zu überprüfen. Interessanterweise scheint die Firma völlig legal zu sein. Es gibt keine Verbindung mit dem KGB, FSB oder Russland, aber die Firmenzentrale ist in Maryland.«

»Kommen Sie zur Sache, Eli«, sagte Donald Chen.

Kirkhart würdigte den Staatssekretär kaum eines Blickes. »Heute Morgen erfuhr ich, dass Jurimengri später in derselben Nacht ermordet wurde, und das Verbrechen hatte *nicht* in Arlington stattgefunden. Trotzdem war das ein bisschen zu viel an Zufall. Also bin ich wieder nach Arlington hinausgefahren. Meteor Express war verschwunden – mit Sack und Pack, Mann und Maus.« Er schnippte mit den Fingern. »Verschwunden. Stattdessen war über Nacht eine neue Firma eingezogen. Das hat natürlich erst recht meine Neugier geweckt. Also habe ich die Telefonnummer von Meteor Express angerufen. Ich fand heraus, dass die Firma noch existierte. Sie behaupteten, niemals in Arlington ansässig gewesen zu sein.«

»Eine Tarnorganisation«, warf Millicent Taurino ein.

»Allerdings«, pflichtete Kirkhart ihr bei. »Was den Mord an unserem ehemaligen Sowjetspion in einem ganz anderem Licht erscheinen ließ, ebenso wie sein Treffen mit meinem ursprünglichen Beschattungsobjekt. Die Firma, die das Gebäude übernommen hat – Renae Trucking –, scheint übrigens auch legal zu sein. Die Eigentümerin sagte, dass sie mitten in der Nacht von jemandem angerufen wurde, der ihr sagte, das Anwesen würde ihr gehören, wenn sie auf der Stelle einziehen könne. Die Frau wollte es natürlich haben und hat jeden angerufen, den sie kannte, um ihr bei dem überstürzten Umzug zu helfen. Der Rest ist leider bekannt.«

»Wer ist dieses Objekt, und warum haben Sie ihn über ein Jahr lang beobachtet?«, wollte Cabot Lowell wissen.

»Sein Name ist Jeffrey Hammond. In den frühen Neunzigern war er einer der Top-Agenten des FBI, der auf Sowjetangelegenheiten spezialisiert und ein wertvolles Mitglied des gemeinsamen CIA-FBI-Teams war, das die KGB-Überläufer verhört hat.« Kirkhart hielt kurz inne, und für einen Augenblick klang seine Stimme bewegt; doch es ging so schnell, dass nur Millicent Taurino es hörte. »Wir waren Partner ... bis er gezwungen wurde zu kündigen, weil er drei Überläufern hinterherschnüffelte, *nachdem* sie bereits überprüft worden waren und im Lande bleiben konnten. Das war jedenfalls die offizielle Version.«

Millicent Taurino setzte sich gerade hin. »Sie glauben das nicht?«

»Ganz sicher nicht. Ich habe meine Zweifel, ob er wirklich gekündigt hat. Ich glaube eher, dass er verdeckt arbeitet und sich zurzeit hinter einer Arbeit versteckt, die es legitim erscheinen lässt, dass er mit den sowjetischen Überläufern und Emigranten in Verbindung bleibt. Vielleicht geht sein Undercover-Status so weit, dass er jemandem ganz an der Spitze des Bureau Bericht erstattet, vielleicht nur dem Direktor. Das würde ihm praktisch völlig freie Hand lassen, im Bureau herumzuschnüffeln, Informationen zu sammeln und sie an den Kreml weiterzugeben.«

»Sie glauben also, dass er unser Maulwurf ist«, schloss Cabot Lowell.

Eli Kirkhart nickte. »Ich habe diesen Verdacht seit einem Jahr. Sehen Sie sich das Gesamtbild an: Das FBI hat alle seine Leute überprüft und nichts gefunden. Aber haben sie jemanden überprüft, der *nicht* zum FBI gehört? Wenn ich Recht habe, wissen nur der Direktor und seine Top-Leute, dass Hammond noch immer auf der Lohnliste steht. Darüber hinaus ist Hammond ein geachteter Journalist der *Post*. Er hat fast jeden Tag mit Russen zu tun und besitzt als Journalist Zugang zum FBI. Niemand verschwendet einen Gedanken daran, wenn er im Hoover Building gesehen wird. Das ganze Jahr hat er mich fast jedes Mal abgehängt, wenn ich ihn beschattet habe. Was schließe ich daraus? Entweder weiß er, dass ich hinter ihm her bin, was ich bezweifle, oder ergreift automatisch Vorsichtsmaßnahmen, weil er will, dass niemand zu jeder Zeit weiß, was er macht, oder mit wem. Ich glaube, Letzteres ist der Fall.«

Taurino nickte gedankenvoll. »Sonst noch etwas?«

»Ja. Er passt in das Profil, das die FBI-Psychologen das John-Walker-Syndrom oder das Aldrich-Ames-Syndrom nennen.« Walker war der Decksoffizier der Navy, der in den Achtzigerjahren sehr erfolgreich für die Sowjets spioniert hatte, um zu beweisen, wie clever er war; Ames war in den Neunzigern verhaftet worden und wurde als Täter im schwersten Spionageskandal des Landes betrachtet, seit die Rosenbergs im Zweiten Weltkrieg das Geheimnis der Atombombe gestohlen hatten. Auch Ames wollte beweisen, dass er schlauer war als seine Kollegen war. »Jeffrey Hammond ist selbstbewusst und nassforsch. Er hat eine trotzige Grundhaltung, ist geschieden und hat nur wenige Freunde und keine Hobbys. Unserem Profiling zufolge fördert diese Art der Isolation die Tendenz zum Verrat – was der Grund dafür ist, dass das Bureau Agenten bevorzugt, die leicht Freundschaften schließen und behalten, oder die sonst irgendwie verankert sind, zum Beispiel durch Religion. Wie um dem Ganzen die Krone aufzusetzen, hat das Bureau Jeffrey Hammond bei seiner Entlassung als ›verwirrt und isoliert‹ bezeichnet.«

»Das sind alles nur Theorien und Indizien«, wandte Donald Chen ein.

»Und es passt auch auf *Ihr* Profil«, hakte Millicent Taurino nach und blickte Kirkhart scharf an.

Kirkhart neigte den Kopf. »Ja, bis zu einem gewissen Grad.« Er erlaubte sich ein Lächeln. »Aber ich habe es nicht nötig zu beweisen, wie schlau ich bin. Ich denke, es besteht Einigkeit darüber, dass ich furchtbar intelligent bin, sonst wäre ich nicht hier.«

Überrascht, dass Kirkhart Sinn für Humor hatte, zogen die beiden Vertreter des Justizministerium und der Sicherheitsberater die Augenbrauen hoch.

Kirkhart ließ das Lächeln von seinem Gesicht verschwinden. »Da ist noch etwas. Jeffrey Hammond ist wohlhabend. Die meisten Spione, die die Seite wechseln, tun es weniger aus psychologischen Gründen als für Geld. Sie werden feststellen, dass meine Habe eher mager ist. Hammond jedoch hat mehr Reichtümer, als gut für ihn ist. Er hat ein größeres Investment-Portfolio und außerdem bündelweise Bares auf der Bank, woraus ich schließe, dass er noch eine andere, größere Einkommensquelle neben der *Post* und den FBI-Gehältern hat.«

»Das könnte der Beweis sein«, pflichtete Cabot ihm bei.

»Es gibt noch mehr. Ich habe sämtliche durchgesickerten Informationen überprüft, die nicht den Leuten angelastet werden können, die wir in letzter Zeit gefasst haben. Die meisten Informationen mussten aus den höchsten Ebenen im FBI stammen, aber nie aus einer bestimmten Abteilung. Das würde auf einen Maulwurf mit weitreichendem Zugang zu vielen Abteilungen hindeuten – wie etwa ein hochrangiger Undercoveragent. Zweitens, als Hammond letzte Nacht in sein Büro bei der *Post* zurückgekehrt ist, hat er sich später durch einen Hinterausgang verdrückt. Das hat ihm Zeit und Gelegenheit verschafft, Oberst Jurimengri zu ermorden, mit dem ich ihn ja vorher zusammen gesehen hatte.«

Die drei Regierungsbeamten schauten sich an. Dann nickte

Cabot Lowell. »In Ordnung, das ist zwar alles noch weit von Beweisen entfernt, aber es ist sicherlich genug, um darüber nachzudenken. Bleiben Sie an Hammond dran. Ich werde ein paar meiner besten NAS-Leuten auf den Direktor und die anderen Bosse ansetzen. Gute Arbeit, Special Agent Kirkhart.«

»Nehmen Sie täglich Verbindung mit mir auf, Eli«, ordnete Staatssekretär Cheng an, dem Kirkharts Neigung zu Alleingängen bewusst war.

Kirkhart nickte und ging, militärisch straff und aufrecht. Als Taurino sah, dass sich die äußere Tür schloss, blickte sie die beiden Männer an. »Jemand, der im Bureau ist und doch wieder nicht.«

»Clever, falls es stimmt«, sinnierte Cabot Lowell. »Überaus clever.«

Donald Chen sagte: »Hoffen wir, dass unser Maulwurfjäger Recht hat. Unser Betrüger hat uns schon viel zu lange ausgelacht. Jedes Mal, wenn ich daran denke, was für einen Schaden er angerichtet hat, mache ich mir Sorgen, was er als Nächstes vorhaben und welchen Schaden er noch anrichten könnte ... Es ist kaum auszumalen.«

11.

Jeff Hammond war wütend, als er in den überfüllten Nachrichtenraum der *Post* kam, wo Tische und Büroabteile wie Inseln in einem grenzenlosen grauen Ozean verteilt waren. Telefone klingelten, Stimmen erhoben sich und verklangen wieder, und die Luft war geschwängert mit dem Geruch von abgestandenem Kaffee und frischer Druckerschwärze. Seit Stunden war der riesige Nachrichtenraum geladen mit unterdrückter Spannung, während die Journalisten Interviewtermine vereinbarten und Informationen über den Ablauf des

Staatsbesuchs von Wladimir W. Putin einholten, dem russischen Präsidenten.

Seit den Tagen Boris Jelzins war es mit Russlands wirtschaftlichen Schwierigkeiten ständig weiter bergab gegangen. Die Atomwaffen gerieten in immer schlechteren Zustand und wurden dadurch noch gefährlicher, und die neureichen Wirtschaftsbosse hatten trotz der Anstrengungen des Jelzin-Nachfolgers und Reformers Putin, den Trend umzukehren, den Staat noch fester in den Würgegriff genommen. Nicht nur in Moskau, sondern auch in den entferntesten Distrikten des Landes – insgesamt fast neunzig – hatten die Provinzmoguln riesige Besitztümer der toten Sowjetunion für einen Bruchteil ihres Wertes geschluckt. Bis jetzt hatten sie Putins Steuereintreiber, seine Bemühungen, die Macht umzuverteilen, und seine Forderungen, dass die Magnaten die Autorität des Kremls unterstützen und beim Wiederaufbau des Landes helfen sollten, erfolgreich abgewehrt.

Die anderen Nationen der industrialisierten Welt hatten abgewartet und sich gesorgt, dass irgendein unerwartetes Ereignis das instabile Russland zu einer Verzweiflungstat treiben könnte, in der auch jene verrottenden, aber immer noch tödlichen Atomwaffen eine Rolle spielten. Nur zwei Jahre zuvor, als Putin zum fünften Premierminister in nur siebzehn Monaten ernannt wurde, war er noch ein farbloser, selten lächelnder Unbekannter gewesen. Nach so vielen Wechseln erwartete niemand, dass der neue Mann sich länger halten würde. Die Gelehrten waren sich darin einig, dass Putin politisch zu unerfahren und persönlich zu naiv sei und nicht abgehärtet genug, um zu überleben. Noch dazu fehlten ihm jene Verbindungen, die notwendig sind, um eine nennenswerte Veränderung in der barocken Umgebung des Kremls zu erreichen.

Der studierte Anwalt Putin hatte dem Zivilleben den Rücken gekehrt, um kurz nach dem Examen dem berüchtigten KGB beizutreten und Geheimagent in einer der heißesten und umstrittensten Brutstätten der Spionagewelt zu werden: Ostdeutschland. Erst nach dem Fall der Mauer verließ er den KGB und kehrte in seine Heimatstadt Sankt Petersburg zurück, wo er stellvertretender Bürgermeister wurde. Als sein Chef, der Bürgermeister, bei der Wiederwahl unterlag, kehrte Putin dorthin zurück, wo er sich am besten auskannte: zum Sicherheitsdienst der Russischen Föderation, dem FSB – dem direkten Nachfolger des KGB –, diesmal jedoch als ihr Kopf. Man sagte ihm nach, er sei so erleichtert gewesen, wieder dort zu sein, wo er seine Fähigkeiten am besten zum Einsatz bringen konnte, dass er mit den Worten »Endlich bin ich zu Hause« in das rotgelbe Gebäude der Moskauer FSB-Zentrale gegangen sei – ein Ort, den die meisten Menschen nur mit Angst betraten.

Aber bis er zum Premierminister aufgestiegen war, hatte der hoch dekorierte Spion jedermann zum Narren gehalten. Er entpuppte sich im Tschetschenien-Krieg als Hardliner und wurde der populärste Politiker in ganz Russland. Im folgenden Jahr gewann er ohne Mühe die Präsidentschaftswahlen und wurde Jelzins Nachfolger. Berichte über Präsident Putins morgige Ankunft erschienen überall in der heutigen Ausgabe der *Post,* sodass Hammonds Analyse von Oberst Jurimengris Leben und Sterben zu einem besonders passenden Zeitpunkt kam. In Hammonds Denkweise war der richtige Blickwinkel entscheidend.

Was wiederum das Thema Beth Convey auf den Tisch brachte. Bei ihrem Gespräch hatte es einen Punkt gegeben, an dem Hammond das Gefühl gehabt hatte, Beth Convey würde ihn wieder erkennen, was ein entscheidender Fehler sein konnte. Es war zu ärgerlich: Ihr Äußeres hatte ihm gefallen, ihre Frische, die dunklen Brauen und die langen Beine. Ihm gefiel die Art, wie sie sich bewegte – geschmeidig und fließend. Ihm gefiel auch ihr unvorhersehbares Verhalten. Manchmal erschien sie zartfühlend und sanft, und dann verwandelte sie sich binnen Sekunden in ein verdammtes Dynamo, voller Energie und Sexappeal. Und dann war da ihre Stimme – tief und kehlig. Eine Schlafzimmerstimme, pflegte seine Großmutter zu sagen.

Hammond ließ sich auf den Stuhl an seinem Schreibtisch sinken, schloss die Augen und schüttelte den Kopf, um wieder klar zu werden. Er hatte bereits Informationen über sie gesammelt. Elizabeth (»Beth«) Convey, Doktorin der Rechte, – ihre Eltern und Kindheit, wo sie arbeitete, eine Liste ihrer Mandanten, die Sache mit der Herztransplantation, die Namen ihrer diversen Ärzte, ihre Privatadresse, sogar ihre geheime Telefonnummer. Wenn man wusste, wo man nachsehen und welche Datenbanken man anzapfen musste, und wenn man Kontakte zu den entscheidenden Stellen hatte, konnte man normalerweise auch finden, was man suchte. Für Reporter und ein paar weniger angenehme Berufe standen Einfallsreichtum und Findigkeit ganz oben in der Stellenbeschreibung. Hammond war gut in seinem Beruf, und bis jetzt hatte er noch alle an der Nase herumgeführt. Niemand bei der *Post* erriet die Wahrheit über ihn.

Er starrte auf das halbe Dutzend neuer »Post-it«-Notizen, die an seinem PC-Monitor und dem Lampenschirm klebten und alle um weitere Informationen und Meinungen baten, die seinen Kollegen helfen würden, sich auf das kommende Ereignis vorzubereiten:

»Hammond, was ist an Murmansk so wichtig?« Er kritzelte: *Der größte ganzjährig eisfreie Hafen in der russischen Arktis. Die Eismeerflotte hat dort den größten Teil ihrer Nuklearflotte zusammengezogen, die schneller verrostet, als jemand zuzugeben bereit ist.*

»Was ist eigentlich Extra? Ich habe gelesen, es ist eins von Putins Lieblingsgetränken.« *Eine russische Wodkamarke, die manchmal auch liebevoll »Panzersprit« genannt wird – was dir verrät, wie stark das Zeug ist.*

Hammond arbeitete sich durch die anderen Notizzettel und beantwortete rasch Fragen zur Duma, Trinksitten, Volkstänzen und zur Staatsuniversität Leningrad, wo Putin sein Examen in Zivilrecht abgelegt hatte. Sie waren für seine Kollegen und die Zeitung wichtig – und dadurch waren sie auch wichtig für ihn. Doch während er arbeitete, kamen ihm angenehme Erinnerungen in den Sinn – ein Spätnachmittag im Sommer, wo auf den Bäumen längs der Esplanade in Kiew die Kastanien reiften ... die breite Moskwa ... der hoch aufragende Turm des Spasski-Tores, wo Napoleon vom Pferd gestiegen war und es am Zügel in den Kreml geführt hatte, um seinen Respekt zu bezeugen.

Er schüttelte wieder den Kopf, um diese nostalgischen Bilder zu verscheuchen. Wurde er weich? Verlor er den Antrieb? Dachte er zu viel an die Vergangenheit und an eine – vielleicht – leere Zukunft?

Zornig auf sich selbst nahm er den Telefonhörer und wählte. Beth Convey würde es niemals erfahren, aber sie hatte ihm gegeben, was er brauchte – Stone Point, West Virginia –, und er würde nicht ausgerechnet jetzt aufgeben.

Die Nachmittagssonne schien grell auf Beth, die hellwach und aufmerksam in ihrem Mercedes saß. Dann sah sie wieder Jeff Hammonds Profil, diesmal, als er in seinem Mustang Convertible, einem Oldtimer-Cabrio aus den Sechzigerjahren, mit heruntergelassenem Verdeck aus der Tiefgarage der *Post* fuhr. An der Ausfahrt zu der geschäftigen Straße hielt er an.

Beth setzte sich noch gerader hin. Jetzt sah sie, wie er sein langes Haar verborgen hatte. Sie hätte es sich denken können: Wie er es schon in der vergangenen Nacht getan haben musste, hatte er seinen Pferdeschwanz in eine Baseballmütze der Baltimore Orioles gestopft, sodass er nun genau das Profil besaß, das Beth letzte Nacht kurz im Dunkeln vor Meteor Express gesehen hatte. Obwohl sie kämpfen musste, um einen weiteren Anfall von Panik zu unterdrücken, spürte sie gleichzeitig, wie eine seltsame Erregung, beinahe ein Triumphgefühl in ihr aufstieg. Es war der Nervenkitzel der Gefahr. Seltsam. Vor ihrer Transplantation hatte sie niemals so reagiert; sie würde jetzt bestimmt nicht in ihrem Wagen sitzen und auf einen Killer warten.

Und da war noch viel mehr: Heute hatte sie die Angestellten bei Renae Trucking bedroht, hatte ihrem Boss in der Kanzlei Bescheid gestoßen, hatte einen Job hingeschmissen, von dem sie geglaubt hatte, ihn zu lieben, und hatte durch ungeniert geäußerten Groll die lang erträumte Partnerschaft bei Edwards & Bonnett unmöglich gemacht. Und nichts von alledem stimmte sie unglücklich. Im Gegenteil war sie erleichtert und voller Energie, als wäre ein ungeheures Gewicht von ihren schmerzenden Schultern genommen.

Die verschiedensten Gefühle überfielen sie: Furcht, Ungeduld, Verwirrung, Zweifel, Begeisterung. Sie verstand nicht eines davon. Die Wahrheit war ... sie verstand sich selbst nicht mehr. Sie wusste weder aus noch ein. Auch in diesem Augenblick wusste Beth nicht, was sie als Nächstes fühlen oder tun würde.

Von ihrem Beobachtungsplatz aus, wo sie zwischen zwei Wagen in ihrem geparkten Mercedes saß, musterte sie Hammonds zerfurchtes Gesicht, während er die Straße im Auge behielt und auf eine Verkehrslücke wartete. Seine Gesichtszüge waren ernst, seine Lippen zusammengepresst, und seine Augen von einer Sonnenbrille mit Vollsichtgläsern verdeckt. Über seinem blauen Arbeitshemd trug er ein Tweedjackett mit Fischgrätmuster, das ihn wie einen lässigen Jungprofessor aussehen ließ. Warum, zum Teufel, sollte er Jurimengri umgebracht haben? Einen Augenblick sorgte sich Beth, dass sie unwissentlich eine Rolle bei seinem Mord gespielt haben könnte. Sie hoffte, dass es nicht so war. Und doch – nur weil sie die Telefonnummer gewählt hatte, die sie das ganze

Jahr über verfolgt hatte, war sie über den Mord an einem Immigranten gestolpert, dessen Namen sie um ein Haar erraten hätte. Tatsächlich war er ein Mann aus ihren Albträumen.

Hammond lenkte seinen Mustang auf die Straße und fädelte sich in den Verkehr ein. Beth sah, wie er davonfuhr und wusste, dass sie sich jetzt entscheiden musste. Sollte sie ihm folgen, oder sollte sie nach Hause fahren und versuchen, ihr Leben wieder so zu ordnen, wie es früher gewesen war? Es wäre klug, nach Hause zu fahren. Und viel sicherer. Sie erinnerte sich an die versteckte Drohung in Hammonds »gutem Rat«: *Wenn Sie Recht haben, könnte der Killer auch hinter Ihnen her sein. Am Ende könnten auch Sie tot sein.*

Beth schüttelte den Kopf. Nein, sie konnte nicht aufhören, weil sie nicht vergessen konnte. Wer immer sie vor ihrem Tod im Gerichtssaal und ihrer Wiedergeburt im Transplantationszentrum gewesen war, diese Person gab es nicht mehr. Sie war ein anderer Mensch mit einer anderen Gefühlswelt und – so schien es – anderen »Erinnerungen«, die sie weder kannte noch verstand.

Plötzlich war es keine schwierige Entscheidung mehr, und ob sie riskant war, erschien irrelevant. Mit ruhiger Hand drehte sie den Zündschlüssel, fuhr los und folgte Jeff Hammond in einigem Abstand durch den dichten Verkehr, der den Potomac River überquerte und zum Flughafen führte, der jetzt Ronald Reagan Airport hieß, aber für die Einheimischen auf ewig der National Airport sein würde, wie seit einem halben Jahrhundert. Wegen seiner Nähe zum Capitol Hill – nur fünfzehn Minuten über den Fluss – war der Flughafen mit seinen himmelwärts strebenden Kuppeln und Wänden aus Glas und Stahl ein Tummelplatz von Abgeordneten, Regierungsbeamten und Lobbyisten. Obwohl Beth noch nie jemanden beschattet hatte, verfolgte sie Hammond bis zu einem privaten Teil des weitläufigen Flughafens, wobei sie kaum Fehler machte; nur einmal wäre ihr beinahe das Herz stehen geblieben, als sie Hammonds Cabrio aus dem Blick verlor. Als er vor einem Zaun parkte und durch ein Tor im Maschendrahtzaun ging, fuhr sie mit abgewandtem Blick vorbei.

Seltsamerweise fühlte sie sich wohl bei dieser ganzen Sache. Doch als sie aufs Rollfeld zurückblickte, durchfuhr sie ein Schock: Hammond war weg. Verschwunden. Panisch schaute Beth sich um. Im Geiste schüttelte sie den Kopf. Nein. Er musste in dieses kleine Gebäude gegangen sein, das neben einer Reihe von Hangars stand.

Sie hatte Recht, denn Hammond kam wieder heraus und trottete in seinen Jeans und dem Fischgrätjackett mit der Leichtigkeit eines austrainierten Sportlers über das Rollfeld. Während in der Ferne Flugzeugturbinen aufheulten, parkte Beth, ließ das Seitenfenster herunter und beobachtete. Eine sanfte Frühlingsbrise kühlte ihre heißen Wangen. Dann sprang sie aus dem Wagen, denn Hammond stieg in ein einmotoriges Flugzeug, dessen Propeller sich bereits drehte. Nach der Kennung auf der Außenseite war es eine Cessna.

Beth lief quer über die Straße durch das Tor im Drahtzaun und sah sich nach Hilfe um, während Hammond die Cessna auf den Taxiway zur Startbahn steuerte. Das Flugzeug hatte offensichtlich startbereit auf ihn gewartet. Entweder er oder jemand anders hatte vorher angerufen. An dem kleinen Gebäude, aus dem er gekommen war, entdeckte Beth ein verwittertes, rechteckiges Schild: *Büro*.

Für einen Moment stand sie da und dachte fieberhaft nach. Sie wollte wissen, wohin Hammond geflogen war, hatte aber keinen Ausweis oder irgendein Papier, mit dem sie einen Angestellten dazu bringen konnte, ihr solche Auskünfte zu geben. In der Vergangenheit hätte sie ein paar Anrufe getätigt und Kontaktpersonen angesprochen, bis sie jemanden gefunden hatte, der wiederum jemanden kannte, der genug Einfluss besaß. Aber dafür war jetzt keine Zeit. Sie hatte eine völlig neue Welt betreten, in der die Regeln anders waren – wenn es denn überhaupt Regeln gab –, und sie musste sich anpassen. Sie unterdrückte einen weiteren Angstschauer; dann denselben Schock angenehmer Erregung wie zuvor. Das seltsame, kühle Selbstvertrauen, das sie manchmal in ihren Albträumen gespürt hatte, setzte wieder ein, und ihr Verstand arbeitete klar und präzise. Sie hatte eine Idee. Sie atmete tief ein. Mit etwas Glück könnte es klappen.

Beth öffnete die Tür und ging rasch hinein, als hätte sie eine lebenswichtige Aufgabe. Drinnen befanden sich drei Schreibtische, doch nur einer war besetzt. Auf jedem Tisch stand ein Computer, um den herum Papiere lagen. In einer Ecke stand ein Efeu, vertrocknet und abgestorben. An den rauen Holzwänden hingen verschiedene Plaketten und Urkunden über Preise, mit denen die kleine Luftfahrtgesellschaft ausgezeichnet worden war, deren Zentrale sich hier befand.

Beth griff in ihre Schultertasche und eilte zu dem einzelnen Angestellten, der hinter dem Schreibtisch saß, der am nächsten zur Tür stand. Sie verlieh ihrer Stimme einen dringenden Unterton. »Ich habe wichtige Rechtsunterlagen von der Zeitung für Mr Hammond. Ist er schon weg?«

»In der Cessna da draußen.« Der Mann am Schreibtisch war ungefähr vierzig, und sein braunes Haar lichtete sich bereits. Er trug Jeans und ein T-Shirt, lehnte sich zurück und ließ den Blick abschätzend über Beths Brüste, Taille und Schenkel gleiten. Ihre vorgetäuschte Eile beeindruckte ihn nicht.

»Können Sie ihn zurückrufen?«, fragte Beth.

»Nee.« Der Mann zog sie noch einmal mit den Blicken aus.

»Dann sagen Sie mir bitte, wo er hinfliegt. Ich muss ihm die Papiere faxen.«

»Geht nich'. Der Boss will nich', dass wir solche Informationen rausgeben.«

Sie ließ ihre Stimme hart und kalt klingen. »Dann will ich mit Ihrem Boss sprechen.«

Der Mann lachte und schüttelte den Kopf. »Der ist nich' in der Stadt. Tut mir echt Leid.«

Er war einer von diesen Dummköpfen, der zu ein wenig Einfluss gekommen war und nun Schwierigkeiten machte.

»Wirklich?« Beth zog die Augenbraue hoch. »Ich bin von der Rechtsabteilung der *Post*. Diese Papiere sind wichtig.«

»He, das ist Ihr Problem, Lady. Mir sind die Hände gebunden.«

»Zu dumm.« Sie schob ein Bündel Papiere so in ihre Tasche zurück, dass er es nicht übersehen konnte. »Sagen Sie ... Wie hat Mr Hammond Sie bezahlt?«

Diese Frage schien ihn zu überraschen. »Mit der Kreditkarte, wie sonst?«

»Natürlich. Er wird die Quittung benutzen, um sich das Geld von der *Post* erstatten zu lassen.«

Der Mann wusste nicht, worauf sie hinauswollte, und das beunruhigte ihn. »Ja, wird wohl so sein.«

Beth nickte. »Normalerweise zahlen wir auf diese Weise. Die Zeitung macht viele Geschäfte mit Ihrem Chef, aber ich nehme an, unser Verleger wird so wütend sein, dass ich ihm wohl empfehlen muss, in Zukunft mit einer anderen Firma zu arbeiten. Ich bin sicher, Sie können Ihrem Boss erklären, warum Sie uns verloren haben.«

Sein Lächeln verschwand. »He, das machen Sie doch nicht ...?«

»Lassen Sie es darauf ankommen.«

Er starrte sie wütend an und fuhr sich mit der Hand durch sein dünnes Haar. Verdrossen griff er zu einem Stapel Aktenmappen und warf eine vor ihr auf den Tisch.

Beth schlug sie auf. Obenauf lag der Flugplan. Einen Augenblick wurde ihr schwarz vor Augen. Sie hätte es sich denken können: Jeff Hammond war auf dem Weg nach Stone

Point in West Virginia, eben jenem Ort, der von so großer Bedeutung war, dass der sterbende Jurimengri den Namen auf den Lippen hatte. Wenn irgendetwas bewies, dass Hammond Anatoli Jurimengri umgebracht hatte, dann war es wohl dieser Flug nach West Virginia – und seine Worte sollten sie davor warnen, dass sie ebenfalls eliminiert würde, sollte sie sich nicht aus der Sache heraushalten.

Nach seinem Treffen mit Sicherheitsberater Cabot Lowell und der stellvertretenden Justizministerin, hatte Eli Kirkhart wieder seinen Behindertenparkplatz gegenüber der *Washington Post* eingenommen. Von diesem Aussichtspunkt hatte der Maulwurfjäger gesehen, wie Jeff Hammond in Begleitung einer großen, atemberaubenden Blondine aus dem Haupteingang kam. Was Elis Aufmerksamkeit erregte, war weder ihre Schönheit noch ihre Körpergröße, sondern dass er sie noch nie zuvor zusammen mit Hammond gesehen hatte.

Eli griff nach seiner Leica und machte mehrere Schnappschüsse, als das Paar den Bürgersteig entlangging. Er versuchte, von ihren Lippen zu lesen, doch zwischen den Fußgängern und dem dichten Verkehr, in dem sich auch viele Lastwagen befanden, war es hoffnungslos. Nach ihren Mienen zu urteilen, schien die Unterhaltung nicht das Tête-à-tête eines Liebespaares zu sein. Schließlich kehrten sie zu dem Gebäude zurück, das Hammond betrat, während die Frau zu einem schmucken Mercedes ging, der in der Nähe geparkt war. Sie schloss den teuren Wagen auf, stieg ein und fuhr davon.

Kirkhart musste dieselbe Entscheidung treffen wie am Abend zuvor, und diesmal entschied er sich, bei Hammond zu bleiben. Er hatte die Nummer des Mercedes und die Schnappschüsse der Frau, also konnte er sie später suchen. Er fuhr seinen Wagen ein Stück vor und bereitete sich auf eine lange und langweilige Wartezeit vor. Er hatte gerade fertig eingeparkt, als der Mercedes – mit der Blondine am Steuer – aus der entgegengesetzten Richtung auftauchte und sich drei Wagen vor ihm in eine Parklücke setzte.

Ihre heimliche Rückkehr hatte alle Langeweile aus Kirkharts Überwachung verscheucht. Als dann auch Hammonds Wagen aus den Tiefen der Garage auftauchte und die Blonde hinter ihm herfuhr, gab Kirkhart ihnen einen angemessenen Vorsprung und folgte ihnen.

Nun beobachtete er, wie die Frau aus dem Büro der Charterfluggesellschaft kam und zum Mercedes zurückeilte. Eli Kirkhart griff zum Telefon und übermittelte seinem Team das amtliche Kennzeichen des Mercedes sowie eine Beschreibung der Frau und instruierte sein Leute, herauszufinden, wer und was sie war. Zufrieden, dass er vielleicht auf etwas Nützliches gestoßen war, ging er in das Büro, um herauszufinden, wohin Jeff Hammond diesmal ging.

12.

Der Nachmittag hatte eine schläfrige Wärme über die Blockhütten in Colonel Caleb Bates' weitläufigem Jagdclub gesenkt, was die Keepers aber nicht gebremst hatte. Im Schweiße ihres Angesichts arbeiteten sie verbissen, reinigten und überprüften Waffen, übten Kampftechniken und mühten sich in den Übungen, die Bates entwickelt hatte, um sich fit zu halten.

Während im Lager beinahe hektische Aktivität herrschte, kehrte Bates in seine Hütte zurück, ging zu seinem verschlossenen Waffenschrank und wählte eine 9-mm-Sig Sauer. Er wog sie in der Hand und betrachtete wohlgefällig ihre kompaktes Äußeres; dann lud er sie mit einem vollen Magazin und schob die Pistole ins Lederhalfter unterhalb seiner Achselhöhle. Seine Anspannung verebbte ein wenig. Es gab nichts Beruhigenderes für ihn, als bewaffnet zu sein, besonders mit einer so hervorragenden Waffe wie der SIG Sauer. Sie würde der Aufgabe mehr als gerecht werden.

Er zog seine braune Buschjacke an, die die Pistole gut verbarg, und stellte sich vor den Spiegel. Während er sein breites Gesicht und seine wuchtige Figur betrachtete, das Ergebnis fachmännischen Make-ups und sorgfältiger Polsterung, hatte er erneut das merkwürdige Gefühl, dass er nicht wusste, wer er war, dass er ein anderer wurde ...

Mit seinem starken Willen schüttelte er das Unbehagen ab und konzentrierte sich auf seinen Plan. Er hatte drei Probleme, von denen jedes die Operation am Samstag, in nur drei Tagen, zum Scheitern bringen konnte – ein Gedanke, der ihn beunruhigte, wenn auch nicht allzu sehr. Einer der Hauptgründe, warum er die meisten seiner Feinde besiegt und überlebt hatte, war seine unheimliche Fähigkeit, Probleme vorauszusehen. Und, wie immer, hatte er einen Plan.

Er schob einen kleinen ledernen Beutel in die Tasche an seiner Hüfte und knöpfte sicherheitshalber die Lasche zu. Dann schaute er aus dem Fenster. Sein Humvee war angekommen und parkte vor der Hütte. Mit einem Lächeln trat er hinaus in die Bergluft und setzte sich hinters Steuer. Er fühlte sich wieder voller Energie, war ganz der Alte. Während er den Humvee in Richtung Tor steuerte, dachte er schon wieder an mögliche Zwischenfälle.

Marty Coulson war verliebt. Der Wald in West Virginia war grüner, der Berghimmel blauer als sonst wo, und sein junges Herz strömte über vor Glück. Die Honda, die er zeitweilig aus dem Fahrzeugpark »entliehen« hatte, ließ er so lange im Leerlauf rollen, bis er sicher war, außer Hörweite des Clubs zu sein. Dann hielt er das schwere Motorrad neben einem Stapel Schierlingstannenholz an, trat den Starter und fuhr mit röhrendem Motor die waldige Bergflanke hinunter bis nach Stone Point.

Er trug Jeans, ein Sweatshirt mit kurzen Ärmeln und einen Motorradhelm. Als er vor Lilas Haus am Südrand des Ortes auf die Bremse stieg, schleuderten die Räder Staub von der unbefestigten Straße empor. Er nahm den Helm ab, schob ihn unter den Arm und lief zur Veranda.

Sie schlug den Türflügel auf. »Du hast es geschafft! Oh, Marty. Wie bist du weggekommen?«

Sie lag in seinen Armen, und er küsste jeden Zentimeter ihrer Haut, den er finden konnte. Er liebte den Pfefferminzgeruch ihrer Zahnpasta in ihrem Atem und den Duft des Eau de Cologne, der zwischen ihren kleinen Brüsten aufstieg. Sie hatte langes, kastanienbraunes Haar, so lang und seidig wie Wiesengras.

Er ließ die Finger durch ihr Haar gleiten und summte ihren Namen. »Lila, Lila, Lila.« Er zog sie ins Haus, und die Tür schlug hinter ihnen zu. »Sind sie weg?«

»Ja. Bei der Arbeit. Ich habe nicht geglaubt, dass du kommst, Marty. Ich dachte, du hast gesagt, Colonel Bates lässt niemanden gehen. Aber ich habe die ganze Zeit gewartet. Ich wusste, wenn sich überhaupt jemand herausschleichen könnte, dann du. Oh, Marty. Ich habe geduscht und mich für dich hübsch gemacht. Findest du, dass ich hübsch bin?«

»Das hübscheste Mädchen aller Zeiten.« Er ließ den Helm zu Boden fallen und zog sie zum Bett, wobei er seine Beine gegen die ihren presste. »Nicht nur das hübscheste, das ich je gesehen habe, sondern das hübscheste, das es je gab.«

»Warum arbeitest du für diesen Bates? Was macht ihr den ganzen Tag da oben auf dem Berg? Ich verstehe nicht, warum ich es nicht mal besichtigen kann.«

Marty blieb stehen. Er streichelte ihr übers Haar und schaute in ihre grünen Augen, betrachtete ihre langen Wimpern. »Ich arbeite nicht für den Colonel. Ich arbeitete *mit* ihm. Sag nichts Schlechtes über ihn, Lila. Das kann ich nicht leiden. Er wird wieder Ordnung in der Welt schaffen, und dann wirst du über all die Opfer froh sein, die wir jetzt bringen. Wir werden wieder eine richtige Nation sein. Wir werden nicht mehr unsere Arbeit weggeben, unser Geld und unser Wissen – alles, was wertvoll ist. Amerika den Amerikanern, so, wie Gott es gewollt hat. Du musst mir vertrauen und darfst nichts Schlechtes mehr über ihn denken oder sagen. Versprochen?«

Als sie ernst nickte, lachte er vor Freude. Er küsste sie voller Leidenschaft, und jetzt war es Lila, die ihn zum Bett zog.

In einem anderen Leben hatte der Mann, der sich nun Colonel Caleb Bates nannte, mitgeholfen, die elitärste und gefährlichste Truppe der Welt zu führen. Deshalb entdeckte er rasch die schmutzige kleine Hütte am Rand einer völlig unbedeutenden Ortschaft. Er hätte direkt darauf zufahren können, aber das wäre seinem Ziel nicht dienlich gewesen. Stattdessen steuerte er den Humvee von der Straße zwischen die Bäume, tarnte ihn mit Zweigen und schlich zu Fuß in südlicher Richtung durch den Wald, bis er das Motorrad entdeckte, das der Junge aus dem Club mitgenommen hatte. Es war direkt vor der Hütte geparkt. Tödlich verräterisch. Er seufzte. Die Menschen – besonders junge Menschen – waren so berechenbar!

Er widerstand dem Verlangen, die Jagd kurz und schmerzlos zu beenden, und überwachte stattdessen die unbefestigte Straße aus dünnen Bäumen und mit Abfällen übersäten Lichtungen. Schließlich kehrten die wenigen Personen, die sich draußen befanden, in ihre Häuser zurück. Als die Straße leer war, trat er aus der Deckung und lief quer hinüber zur Hütte. Der Anblick der Veranda gefiel ihm nicht. Sie war alt; die Dielen würden mit Sicherheit quietschen. Er schlich um den Bau herum, bis er zu einem offenen Fenster kam, hinter dem er Stimmen hörte.

»Mach das nochmal.« Es war das Lachen einer jungen Frau. »Küss *alle* meine Zehen. Ich habe sexy rosa Nagellack aufgetragen, nur für dich.«

Bates nahm seine SIG Sauer heraus und schraubte den Schalldämpfer auf.

»He, und was ist mit mir?« Das war Marty Coulsons Stimme. »Was ist mit *meinen* Zehen? Meinst du nicht, dass sie auch die volle Behandlung verdienen?«

Vorsichtig erhob sich Bates und spähte in das offene Fenster. Es war das Schlafzimmer eines Mädchens. Der Junge und das Mädchen lagen nackt auf dem Bett, zum Teil von einer billigen Decke mit Blumenmuster bedeckt. Auf dem Boden lag ein benutztes Kondom. Das Mädchen kniete sich hin, und die Decke fiel von ihrer Brust. Sie ergriff den Fuß des Jungen und öffnete spielerisch den Mund über seinen Zehen ...

Und sah Bates am Fenster. Sie schrie. Der Junge sprang auf, schaute mit wirrem Blick um sich.

Bates feuerte. Er schoss die erste Kugel ins Herz des Jungen, weil er der Gefährlichere von beiden war. Sofort feuerte er ein zweites Mal – mitten die Stirn des Mädchens. Die schallgedämpfte Waffe machte *plopp-plopp*. Blut spritzte durchs Schlafzimmer und bildete scharlachrote Pfützen auf dem Bettlaken. Der Junge und das Mädchen wurden durch die Wucht der 9-mm-Geschosse zurückgeschleudert, und ihre Leichen fielen halb vom Bett.

In drei Sekunden war alles vorbei. Bates schob die Waffe ins Halfter zurück und wischte sich mit dem Handrücken über die Oberlippe. Er beobachtete die Straße und die anderen Hütten, sah jedoch niemanden.

Eine letzte Sache hatte er noch zu erledigen. Er nahm eine kleine, flache, luftdichte Metallbox aus der Tasche, öffnete sie und nahm einen besonders behandelten Gummihandschuh heraus. Er streifte ihn sorgfältig über die linke Hand, umfasste das Fensterbrett und zog die Finger im Handschuh zurück, als hätte er beinahe das Gleichgewicht verloren. Die Fingerabdrücke würden verwischt und echt aussehen, die Hautfettspuren würden frisch sein, und es würde genug Abdrücke geben, dass man einen oder mehrere davon verwerten konnte – und identifizieren.

Früher am Nachmittag hatte er einen Anruf erhalten: Ihr Kontaktmann am Flughafen hatte gesagt, dass Jeff Hammond auf dem Weg nach Stone Point war. Daraufhin hatte Bates den Handschuh holen lassen. Die Fingerabdrücke darauf gehörten zu Jeff Hammonds linker Hand; sie waren vor einiger Zeit in einer Washingtoner Bar genommen und für Zwischenfälle dieser Art aufbewahrt worden. Rechtzeitige Vorbereitung war eine der Säulen von Bates' Erfolg, und der Reporter und ehemalige FBI-Spezialagent war ihm unangenehm dicht auf der Spur. Es war Zeit, dieser Verfolgung ein Ende zu setzen.

Bates schaute sich noch einmal um. Er pfiff tonlos, ging langsam über die Straße und verschwand im Wald.

Bates hielt sich selbst nicht für einen Mörder. Er hatte so etwas nie gern getan, wie es bei echten Attentätern mitunter der Fall war. Er tötete nur aus Notwendigkeit. Trotzdem war er heiterer Stimmung. Er hatte an diesem Nachmittag gute Arbeit geleistet. Da Marty Coulson, der junge Mann, zu viel Unternehmungsgeist gezeigt hatte, und Bates Anhänger brauchte, die keine Initiative oder Ambitionen auf Führung zeigten, hätte Marty so oder so liquidiert werden müssen. Gleichzeitig hatte Bates mittels der Fingerabdrücke auch das Problem Jeff Hammond gelöst.

Jetzt musste er sich seiner dritten Aufgabe widmen. Er musste die Keepers so eng an sich binden, als wären sie sein eigen Fleisch und Blut. Zu diesem Zweck würde er den Mord an Marty und dem Mädchen benutzen. Die Symmetrie des Ganzen gefiel ihm ungemein.

Er erreichte das Lager, als die Sonne glühend orange hinter den bewaldeten Bergrücken unterging. Während die Nacht grau und dunkel hereinbrach, feucht und nach vermoderndem Laub riechend, rief er die Keepers zu einer Versammlung in der Kantine zusammen. Während die Männer einrückten, musterte er ihre gut gewaschenen Gesichter. Sie waren sauber und fürs Abendessen bereit. Aus der Küche drang der Duft von gebratenem Fleisch, Soße und Kirschtorte und ließ einem das Wasser im Munde zusammenlaufen.

Im Speisesaal machte der Sergeant allgemeine Ankündigungen. Bates ging zu ihm und wartete. Da der Sergeant neugierig war, was sein Anführer zu sagen hatte, rasselte er seine Ankündigungen so schnell herunter, wie er nur konnte. Dann trat Bates vor, so aufrecht und standhaft wie eine mächtige Rosskastanie. Alle Geräusche verstummten. Bates hatte die Aufmerksamkeit seiner Leute, aber er wollte mehr.

»Ich habe eine Tragödie zu vermelden.« Seine raue Stimme war feierlich. Die Leute in dem großen Raum erstarrten und machten sich auf das Schlimmste gefasst. »Wie einige von euch vielleicht wissen, bin ich gerade von einer Fahrt nach Stone Point zurückgekehrt, um Marty Coulson, einen eurer jungen Kameraden, zurückzubringen. Marty hatte unten im Ort eine Freundin und hat der Versuchung nachgegeben. Er hat dem Befehl, im Lager zu bleiben, nicht gehorcht ...«

Aus den Reihen der Zuhörer kam ein einzelnes, lautes Stöhnen, und Bates wusste, dass es wahrscheinlich Martys Mutter war.

»Er wurde nicht von der Polizei angehalten, nicht wahr?« Die Stimme der Frau hatte einen schrillen Unterton. »Sagen Sie mir ... was ist mit meinem Marty?«

»Es tut mir Leid.« Bates' Stimme klang ernst. »Der Junge ist tot.«

Die Keepers waren Familienmenschen, und der Tod des beliebten jungen Mannes traf sie schwer. Die Frauen stöhnten auf. Die Männer bissen die Zähne zusammen. Martys Mutter barg ihr Gesicht an der Schulter ihres Mannes und schluchzte, während ihm die Tränen in die Augen schossen, als er versuchte, den Schock zu verkraften und seine Gefühle nicht zu zeigen.

Bates nickte mitfühlend. Jetzt war der richtige Augenblick, die Schwelle der Gefühle noch ein bisschen höher zu hängen. Schroff sagte er: »Marty ist der erste Gefallene der Keepers. Aber er hat sich nicht selbst getötet, und es war auch kein Unfall. Er wurde *ermordet*!«

Genau wie Bates es erwartet hatte, brach ein Tumult los.

»Wer hat das getan?«, wollte ein Mann wissen. »Ich bring den Bastard um!«

»Wo ist das Dreckschwein?«, brüllte ein anderer und schüttelte die Faust. »Wenn ich den in die Finger kriege!«

»Sagen Sie uns, wer es war, Colonel!«, rief ein Dritter.

Bates hob die Hände, mit den Handflächen nach unten, um sie zu beruhigen. Die eiserne Disziplin, die er seinen Leuten eingetrichtert hatte, ihre unbedingte Loyalität zu ihm und ihre fanatische Hingabe an ihre Sache ließen sie augenblicklich verstummen.

»Ich werde euch sagen, wer es war – aber nicht, damit ihr sofort Rache nehmen könnt, sondern damit ihr euch später daran erinnert, wie sehr diese Nation uns und unsere Sache braucht.« Er machte eine Pause, damit sie gespannt an seinen Lippen hingen. »Keepers, unser junger Kamerad wurde von einem *FBI-Mann* ermordet!«

Auch wenn das nicht ganz korrekt war, wusste Bates, dass alle es genau so verstehen würden, wenn die Zeitungen über die Verhaftung des ehemaligen FBI-Agenten berichten würden. Mit tiefer Befriedigung sah er die Wut und den Hass auf den Gesichtern. Er wusste, dass sie tief in ihren Herzen daran dachten, wer die »wahren« Feinde ihres Landes waren.

Bates nickte. »Ja, Kameraden und Patrioten. Wir wissen, wer der Feind ist, und was wir zu tun haben! Richtig?«

»Richtig!«, riefen sie wie aus einem Munde.

»Und wir sind bei unserem Vorhaben nicht allein. Denkt an unsere Brüder und Schwestern bei den Montana Freemen, die den Schakalen der Regierung die Stirn geboten haben. Denkt an die Bombenanschläge im Staat Washington und die Banküberfälle im Mittleren Westen. Und vor allem anderen, vergesst nicht die gerechte Zerstörung des Hochhauses in Oklahoma City. Wir Patrioten haben nicht nur eine Tradition des Opferns und Überlebens, sondern auch des *Sieges*. Richtig?«

»Richtig!«, riefen sie.

Bates hob die Stimme und verlieh ihr noch mehr Nachdruck. »Aber da es das FBI war, das Marty umgebracht hat, bedeutet das auch, dass sie uns auf der Spur sind. Um Marty zu rächen, müssen wir schnell aus West Virginia heraus, damit wir die letzten Schritte unserer Operation in Sicherheit unternehmen können. Am Samstag haben wir eine Verabredung mit einer großartigen und ruhmreichen Zukunft. Marty will, dass wir dann da sind! *Er will, dass wir siegen.* Wir werden es für Marty tun! Richtig?«

»Richtig!«, brüllten sie. *»Für Marty!«*

Von einem schmerzlichen Tiefpunkt der Trauer und Wut hatte Bates seine Leute auf direktem Weg auf den Olymp der Ehre geführt. Es gab keine größere Kraft als kontrollierte Blitze, und in seinen Händen waren sie genau das. Sie gehörten ihm, ihre Wünsche, ihre Sehnsüchte – und jetzt besaß er sie noch mehr als je zuvor.

Er sprach eindringlich zu ihnen: »Die Helikopter sind auf

dem Weg. Packt eure persönlichen Sachen. Der Quartiermeister wird euch anweisen, welche Ausrüstung ihr mitzunehmen habt. Fangen wir an!«

Bates an der Spitze, eilten die Keepers im Laufschritt ins Freie und verteilten sich über das Grundstück. Sie waren jetzt furchterregend – eine Elitetruppe wie die Fallschirmjäger, bei denen Bates vor langer Zeit ausgebildet worden war. Binnen einer Stunde hatten sie das Lager abgebrochen. Eine halbe Stunde später stiegen einige in die Hubschrauber, während andere Lastwagen, Autos und Motorräder aus der geheimen Ausfahrt auf der Rückseite hinausfuhren. Der Lärm der Motoren hallte durch den nächtlichen Wald.

Wie üblich verließ Bates als Letzter das Lager. Allein in seiner Hütte wurde er ganz kurz wieder zu Alexei Berianow. Er rief sein Hauptquartier in Maryland an und sprach auf Russisch mit Iwan Wok: »Diesmal ist Hammond uns zu nahe gekommen und hat uns beinahe gefunden. Er könnte reden, oder andere könnten auf seinen Spuren folgen. Alexei Berianow muss unbedingt verschwinden. Schick ihn zu unseren Leuten nach Moskau. Ein Heimatbesuch. Berianow wird unglücklicherweise einen Herzanfall bekommen. Tod durch natürliche Ursache, nicht? Das wird das Risiko ausschalten, dass irgendjemand Berianow in Bates erkennt.«

»Ich werde es sofort arrangieren, Alexei.«

»Gut.« Berianow beendete das Gespräch.

Als Caleb Bates trat er in die kühle Nacht hinaus und ließ den Blick über das verlassene, vom Mond beleuchtete Lager schweifen, während er zu dem letzten Helikopter eilte. Geisterhafte Nebelschwaden stiegen vom warmen Boden auf. Um sich herum sah er nichts außer den Gebäuden, die nun leere Hüllen waren. Es gab keine zurückgelassenen Notizen, keinen Müll, keine Papierfetzen mit belastenden Informationen, rein gar nichts, das einem zufälligen Passanten verraten könnte, dass diejenigen, die hier gelebt und trainiert hatten, sich auf einer gezielten, auf Zerstörung ausgerichteten Mission auf Leben und Tod befanden.

Mit einem Gefühl des Eifers und der Vorfreude stieg er an Bord der lärmenden Maschine, wandte sich zum Piloten und zeigte mit dem Daumen nach oben. Der Pilot nickte, bestätigte das Signal, und der große Vogel erbebte und stieg wie ein Dämon in die schwarze Nacht auf. Für Caleb Bates – und für Alexei Berianow – gab es keinen Weg zurück.

13.

Ein Herz war nur eine Pumpe, ein relativ einfaches Teil der »Maschine Mensch«. Und doch schien dieses neue Herz – dieses faustgroße Stück lebenden Gewebes, das so kraftvoll in ihrer Brust pochte – Beths ganzes Leben auf den Kopf gestellt und durcheinander gebracht zu haben, nicht nur bei Ereignissen, die sie nicht verstand, sondern in gewisser Weise auch bei ihr selbst: Sie wusste nicht mehr, wer sie war, erkannte sich manchmal nicht wieder.

Da Jeff Hammond auf dem Weg nach West Virginia war, fuhr Beth nach Hause, mit einem dumpfen Gefühl in der Brust und vor Sorgen trockenem Mund. Während der Nachmittag verging, ging sie unruhig in ihrem Haus in Georgetown auf und ab. Sie hatte immer geglaubt, dass das Leben geradlinig verliefe. Sie war im goldenen Schatten ihrer Eltern in Los Angeles aufgewachsen. Die Stadt war für sie mehr als eine Heimatstadt oder eine bloße Adresse: Sie war zugleich Spiel- und Schlachtfeld für Glitzer und Glamour und himmelhohe Karrieren.

Ihr Vater – der mitreißende König der Gerichtssäle in Los Angeles – hatte seinen Namen zu einem Sinnbild für juristische Verteidigung in aussichtslosen Fällen gemacht. Wenn ihn ein potenzieller Mandant – für gewöhnlich ein schuldiger Mörder – nach dem Preis fragte, für den Jack »Messer« Convey gegen das System ankämpfen würde, studierte Beths Vater normalerweise eine Liste mit den Besitztümern des möglichen Mandanten und zeigte auf die unterste Linie. »Ich denke, Ihr Leben ist wenigstens so viel wert, meinen Sie nicht? Sollten Sie anderer Meinung sein, habe ich nicht viel zu verteidigen, nicht wahr?« Für ihn war diese unerhörte Logik Gold wert.

Auch Beths Mutter hatte Macht besessen; sie war die Königin der Immobilien in Los Angeles. Janet Reese Convey hatte bei vielen der größten Projekte im amerikanischen Südwesten die Hand im Spiel gehabt – Veranstaltungshallen, riesige Wohnanlagen, weitläufige Einkaufszentren. Schon als junge Frau hatte Janet den Wert von Grundbesitz erkannt, als im Garten ihres Großvaters eine Ölquelle sprudelte. Ganz plötzlich verwandelte sich ein kleiner Bungalow, um den herum Bougainvilleen, Tomaten und Obstbäume standen – und eine hässliche Ölpumpe –, in eine Welt unerwarteter Möglichkeiten. Das Geld strömte buchstäblich aus der Erde, und ihre große Familie war plötzlich in der Lage, sich Autos, Ferien, Bildung und Geschäfte zu leisten. Diese aufregende Zeit, der bemerkenswerte Wandel von Armut zu Überfluss, hatte einen unauslöschlichen Eindruck bei ihr hinterlassen.

Als Jacks und Janets einziges Kind geboren wurde, Beth, hatte sie keinen Silberlöffel im Mund, eher ein ganzes Silberbesteck für zwölf Personen. Sie hatte alles – das neueste Spielzeug, die besten Kindermädchen, die richtigen Schulen und als Spielkameraden die Kinder der Westküstenelite. Als sie älter wurde und sich in eine langbeinige, blonde Schönheit verwandelte, gab es die heißesten Partys in Beverly Hills und Brentwood, an der Küste in Newport oder auf Linda Isle. Sie fuhr schnelle Wagen, trug Couturekleider oder die hippsten Secondhandklamotten aus Melrose. Ihre Frisuren waren von Adamo Lentini. Und natürlich hatte sie Freunde. Blendend aussehende Jungs mit den Körpern von Surfern und der sonnengebräunten Haut, was man nur mit viel Freizeit und noch mehr Taschengeld erwirbt.

Doch als sie achtzehn wurde, veränderte Beths Leben sich grundlegend. So wie ihre Mutter den Reiz des Landbesitzes entdeckt und ihr Vater es unendlich reizvoll gefunden hatte, ein Krieger im Gerichtssaal zu sein, entdeckte Beth die Macht des Geistes. Sie wollte analysieren, nachdenken, sich in Ideen verlieren. Sie dachte über Geschichte, Politik, Philosophie und sogar über Mechanik nach. Sie nahm Unterricht in Sprachen und Zeichnen. Alles faszinierte sie.

Aber nun, mit dreiunddreißig, war sie verwirrter als je zuvor. Die Tatsache, dass sie sich selbst nicht mehr kannte, hatte sie erschüttert. Wenn man nicht wusste, wer man war, wie konnte man dann *überhaupt* etwas wissen?

An diesem Tag lief sie vier Stunden lang in ihrem viktorianischen Haus umher, um die kostbaren Möbel und die wertvollen Kunstwerke wahrzunehmen. Ihr war nun klar geworden, dass sie sich geirrt hatte: Trotz gelegentlicher Umwege war ihr Leben nicht auf den vernunftorientierten Geist gebaut, wie sie immer geglaubt hatte. Sie war nicht mehr dieselbe. Sie zweifelte an allem, und sie hatte keine Ahnung, wohin sie gehen sollte ... was sie tun sollte ... wer sie sein würde.

Beth zwang sich, ihren Tagesrhythmus einzuhalten, ihre Übungen zu absolvieren und zu duschen. Die Beule auf ihrer Stirn schwoll ab. Sie wünschte, ihre psychischen Probleme würden genauso schnell verschwinden wie diese körperliche Wunde. Sie wusste, was sie hätte tun sollen: Sie hätte sich ans Telefon setzen und ihre Freunde und Bekannten anrufen sollen, um sie wissen zu lassen, dass sie nach einer neuen Anstellung suchte. Wenn sie daran dachte, wie oft sie vor ihrer Operation von anderen Kanzleien im District angesprochen worden war, stand so gut wie fest, dass sie eine interessante neue Stelle bekam. Und dennoch – so sehr es Beth versuchte, sie konnte keine Begeisterung aufbringen, keinen Schwung.

Sie wollte nur eins: Sie wollte wissen, wie es kam, dass sie Anatoli Jurimengri erkannt hatte. Wie hatte sie zumindest einen Teil seines Namens wissen können? Warum hatte sie immer noch Albträume? Warum ging es in den Albträumen um Russen, Soldaten und Gewalt? *Warum?*

Kurz entschlossen rief sie im Büro ihres Chirurgen Travis Jackson an.

»Darf ich dem Doktor Ihren Namen hinterlassen?«, fragte die Schwester an der Aufnahme.

»Beth Convey.«

»Oh, ja. Bitte, bleiben Sie dran, Ms Convey.«

Kurz darauf meldete sich Travis Jacksons besorgte Stimme.

»Hallo, Beth. Ist etwas nicht in Ordnung? Geht es Ihnen gut ...?«

»Es geht mir gut, Travis. Alles in Ordnung.« Beth hielt inne. »Nein, das ist nicht wahr. Es geht mir *nicht* gut. Jedenfalls mental. Ich bin weit davon entfernt.«

Sie hörte, wie er erleichtert ausatmete. Sie hatte keine Probleme mit dem Herzen; es war kein medizinischer Notfall. »Wo liegt denn dann das Problem?«

»Mir passieren immer noch seltsame Dinge. Furchterregende Dinge. Das Schlimmste ist, dass ich nicht mehr wie ich selbst handle. Ich ... ich fühle mich nicht mehr wie ich selbst.«

Sie hörte ein Seufzen. Vor ihrem geistigen Auge konnte sie Travis wieder genau so vor sich sehen wie so oft im vergangenen Jahr: auf ihrem Krankenbett sitzend, mit ernster, interessierter Miene und der randlosen Brille auf der Nasenspitze, während sie ihren Zustand und später ihre Genesung besprachen. Seine Anwesenheit war immer beruhigend gewesen.

Er sagte: »Erzählen Sie mir die ganze Geschichte.«

Ohne Namen oder Orte zu nennen, schilderte Beth die Ereignisse, seitdem sie die mysteriöse Telefonnummer in Arlington angerufen hatte.

Travis' Stimme klang erschreckt, beinahe schockiert. »Das haben Sie der Polizei erzählt?«

»Nicht alles. Ich habe den Mord gemeldet, aber man hielt mich für verrückt, oder dass ich vielleicht irgendeine Nummer abziehen will.«

»Verstehe.«

»Es sind Menschen gestorben. Ich wurde verfolgt und bedroht. Ich habe immer noch die Albträume und Gedanken, Gefühle und Ideen, die ich nie zuvor hatte. Ich verhalte mich, wie ich mich noch nie verhalten habe. Ich erkenne mich selbst nicht wieder. Ich bin mir nicht mal sicher, ob ich mich selbst *leiden* kann.«

»Beruhigen Sie sich, Beth.« Ein ungeduldiger Unterton schlich sich in Travis' sonst so ruhige Stimme. »Wenn alles, was Sie mir erzählt haben, wirklich geschehen ist, kann ich nur ...«

»Wenn?« Sie konnte es nicht fassen. »Sie glauben mir nicht?«

»Beth, hören Sie.« Nun grenzte die Ungeduld an Verärgerung. »Ja, ich glaube, dass das alles auf die eine oder andere Weise passiert ist. Aber es ist nicht Ihr Herz, das Sie verändert. Es sind das Trauma, die Medikamente, die Nervosität, Ihr Bestreben, wieder zu arbeiten, die Enttäuschung, als Sie herausfanden, dass man Ihnen Ihre Mandanten gestohlen hat. Es sind wahrscheinlich hundert verschiedene Dinge, und alle wirken sich auf Ihre Wahrnehmung und Ihr Gedächtnis aus. Es gibt keinen Zweifel, dass alle diese Veränderungen direkt aus Ihrer Vergangenheit kommen, und dass Sie einfach vergessen haben, welches die Verbindungen sind. Ihr Herz spricht *nicht* mit Ihnen. Das ist unmöglich. Lächerlich. Es gibt absolut *keinen* konkreten Beweis oder eine wissenschaftliche Grundlage für solch eine makabre Annahme. Das habe ich Ihnen schon gesagt.«

Er nahm sie nicht ernst. Kurz angebunden erwiderte sie: »Es ist jetzt ein Jahr her, Travis, und es hat nicht aufgehört. Tatsächlich ist es sogar schlimmer geworden. Die schrecklichen Dinge, die seit gestern passiert sind, stehen mit nichts in meinem Leben vor der Transplantation in Verbindung!«

Travis' Stimme war schroff, als er erwiderte: »Ich möchte, dass Sie ein Beruhigungsmittel nehmen und gut schlafen. Sie haben zu viel gearbeitet und sind außer sich. Das ist offensichtlich. Ich sorge dafür, dass Tina Ihnen für morgen einen Termin gibt. Ich bin zwar ausgebucht, aber ich schiebe Sie irgendwie dazwischen. Ich bringe dann eine Kollegin mit, die Sie kennen lernen soll. Sie werden sie mögen. Sie ist mir noch einen Gefallen schuldig, und ich glaube, Sie beide werden gut zusammenarbeiten.«

»Wer ist diese Kollegin?«

»Patricia Fall.«

»Den Namen habe ich schon gehört. Sie ist Psychiaterin?«

»Ja. Mit besten Referenzen. Vielleicht ist es an der Zeit, die Möglichkeit in Betracht zu ziehen, dass mit Ihnen und Ihrem Gefühlshaushalt mehr passiert, als Sie oder ich erkannt haben ...«

Von plötzlicher Wut erfasst, knallte Beth den Hörer auf die Gabel. »Sie brauchen diese Seelenklempnerin, Travis, weil Sie sich weigern, auf die Wahrheit zu hören! Das passiert alles *wirklich*!«

Vor Wut zitternd, stand sie bewegungslos neben dem Telefon. Am liebsten hätte sie um sich geschlagen, Fenster und Möbel zertrümmert. *Wie konnte er es wagen.* Schwer atmend versuchte sie, sich zu beruhigen. Allmählich verwandelte ihr Zorn sich in Verzweiflung. Das Haus, in dem sie die Stille einst als erleichternd empfunden hatte, erschien ihr plötzlich erschreckend leer. Gab es überhaupt eine Antwort? Oder war sie völlig hilflos?

Sie hatte immer unterscheiden können, was Wirklichkeit

und was Einbildung war. Jetzt aber fühlte sie sich wie ein Vorschulkind, und ihre Überzeugung, zwischen Wirklichkeit und Einbildung unterscheiden zu können, war erschüttert. Sie seufzte, hob die Arme über den Kopf und streckte sich. Sie musste ihrem Hirn eine Pause verschaffen.

Beth ging in ihr Arbeitszimmer, um sich irgendetwas zu suchen, womit sie sich beschäftigen konnte. Auf dem Schreibtisch lag ihre Aktentasche. Sie erinnerte sich an den Ausdruck der geheimen Liste der HanTech-Eigentümer, der noch immer in dieser Tasche steckte. Beth hatte diese Liste ganz vergessen – wie auch Michelle Philmalee, deren Loyalität sich als so beständig erwiesen hatte wie ein Blatt im Wind. Es tat Beth Leid, wie kurzsichtig Michelle war, wenn es um Männer ging. Sie war klug und tüchtig, aber mit einer gefährlichen Blindheit geschlagen, sobald es um Männer ging. Sie hoffte, dass Michelle dies eines Tages herausfinden würde und vielleicht wieder ihre Mandantin wurde.

Doch ob Mandantin oder nicht – Michelle brauchte die HanTech-Daten, um ihren gefährdeten Uran-Deal zu retten, und im Grunde mochte Beth Michelle. Alle Mandanten hatten ihre Ecken und Kanten, und Michelle machte da keine Ausnahme. Außerdem hatte es keinen Sinn, Michelle zu bestrafen; Beth war ja auch dumm genug gewesen, sich mit diesem Windhund Stageman einzulassen.

Erleichtert, etwas Nützliches tun zu können, kopierte Beth die Eigentümerliste von HanTech, schrieb Michelles Namen auf einen Umschlag aus Japanpapier und steckte die Liste hinein. Sie zögerte einen Augenblick und schrieb dann ein paar Zeilen, wünschte Michelle alles Gute. Wenn man bedachte, dass Phil sie jetzt am Haken hatte, konnte sie alle guten Wünsche gebrauchen. Dann fuhr Beth durch die Dämmerung zu Michelles Haus und steckte den Umschlag in den Briefkasten.

Als sie wieder daheim war, machte sie es sich in ihrem

Wohnzimmer gemütlich. Es war groß und luftig und hatte große Fenster, die zur dunklen Wohnstraße gingen. Ein leichter Zitronenduft von Möbelpolitur lag in der Luft. Der Fernseher war in einem antiken Schrank verborgen. Beth setzte sich in ihren Lieblingssessel mit der hohen Lehne, legte die Füße auf den Couchtisch mit der Marmor-Tischplatte und zappte durch die Kanäle. Doch die Sitcoms langweilten sie, die Filmdramen verblassten vor ihrem neuen Leben, und die Nachrichten waren deprimierend.

Sie schaltete den Fernseher aus und rief zwei alte Freunde in Washington an. Sie sprachen über belanglose Dinge, und für den Augenblick fühlte Beth sich in der Normalität des Banalen erleichtert.

Später nahm sie ihre Medikamente ein, bereitete sich ein gesundes Abendessen zu, machte eine halbe Stunde Übungen und duschte wieder. Als ihr Haar trocken war, hüllte sie sich in ihren Bademantel und ging noch einmal in ihr Arbeitszimmer, in der Hoffnung, dass die geschäftsmäßige Atmosphäre diesmal dem Wirrwarr in ihrem Kopf irgendeine Ordnung, irgendeine Richtung gab.

In diesem Augenblick sah sie das rote Licht an ihrem Anrufbeantworter blinken.

Sie starrte das Lämpchen an und war nicht sicher, ob sie wissen wollte, wer angerufen hatte, als sie unter der Dusche stand, und was für eine Mitteilung es war. Vielleicht war es Travis Jackson, der sie zurückgerufen hatte, um sich zu entschuldigen. Oder wollte er ihr sagen, dass es *doch* möglich war, dass ihr neues Herz ihr Botschaften schickte?

Beth schaute auf die Uhr. Es war acht Uhr durch. Es könnte auch Jeff Hammond sein. Sie schluckte. Nein, der war sicher noch in West Virginia.

Kurz entschlossen drückte sie den Knopf, um die Nachricht abzuhören.

Die übellaunige Stimme von Zach Housleys persönlicher

Sekretärin sagte: »Mr Housley hat mich gebeten, Sie davon in Kenntnis zu setzen, dass der Wachdienst die Privatsachen in Ihrem ehemaligen Büro zusammengepackt hat. Die Kartons werden Ihnen morgen ins Haus geliefert. Barzahlung bei Lieferung. Ich bin extra länger geblieben, um das alles so schnell wie möglich zu erledigen. Aus Höflichkeit hat Mr Housley mich gebeten, Sie zu informieren, damit Sie zu Hause sind, um die Lieferanten zu bezahlen. Und wenn ich das hinzufügen darf, Ms Convey – wir sind alle furchtbar enttäuscht von Ihnen.« Die Nachricht endete.

Beth erstarrte, blickte auf das nun stumme Gerät. Höflichkeit? Diese griesgrämige ... Nein, diese Nachricht stammte von niemand anderem als Zach Housley persönlich. Das trug alles Zachs Stempel: gemein, arrogant, ein wenig bösartig.

Urplötzlich wurden Beth die Knie weich. Sie streckte die Hand nach dem Schreibtisch aus, nach der Wand, nach irgendetwas, an dem sie sich festhalten konnte. Sie fand Halt am Bücherregal und verharrte ein paar Sekunden. Sie versuchte durchzuatmen, brach jedoch in Tränen aus. Schluchzend stolperte sie durchs Arbeitszimmer, das ihr plötzlich fremd erschien, zu ihrem Bürosessel.

Sie würde niemals Partnerin einer Kanzlei werden. Sie hatte keinen Job mehr, keine Chance mehr auf eine Karriere. Ihre frühere Karriere war den Bach hinuntergegangen ... Sie würde wahrscheinlich für den Rest ihres Lebens starke Medikamente nehmen müssen ... ein eingeschränktes Leben führen müssen, vielleicht eines mit kürzerer Lebenserwartung. Wie sah ihre Zukunft aus? Falls Jeff Hammond oder sonst jemand sie nicht vorher umbrachte ... Und dann die schrecklichen Albträume, die sie Nacht für Nacht überfielen, ohne dass sie wusste, warum. Wer hatte das alles mit ihr gemacht? Wer waren die Fremden in ihren Albträumen? Waren sie alle real? Und wer war Hammond wirklich? Warum hatte er Jurimengri, den KGB-Überläufer, umgebracht?

Der Killer – Jeffrey Hammond – hatte sie bedroht. Sie war in einem fremden Motelzimmer aufgewacht und hatte nicht die geringste Idee, wie sie dort hingekommen war. Wie? Warum? Um sie vor Hammond zu retten? Um sie zu verstecken, aus dem Weg zu schaffen?

Sie verstand nichts mehr. *Nichts mehr.* Der Beth Convey, die sie einmal gekannt hatte, wäre nichts von alledem passiert.

Dann stieg abrupt die Wut in ihr auf, die sie bei ihrem Gespräch mit Travis Jackson verspürt hatte. Nein, sie *war* Beth Convey! Und *nichts* würde sie besiegen! *Nichts* würde sie zerstören! Ihre Tränen versiegten, und sie wischte sich mit den Fingern über die Augen.

Sie nahm ein Kleenex aus der Schachtel auf dem Schreibtisch, schnäuzte sich und ging ins Wohnzimmer. An ihrer Hausbar, die für Gäste immer gut gefüllt war, schenkte sie sich einen Wodka on the Rocks ein und trank das Glas in einem einzigen Zug halb leer. Der Drink brannte in ihrer Kehle. Die Erschöpfung übermannte sie. Das Glas fiel auf den Teppich. Aus den hintersten Winkeln ihres erschöpften Bewusstseins beruhigte sie eine Stimme – *Mach dir keine Sorgen, Wodka hinterlässt keine Flecken.* Sie wollte lachen, doch ihre Lungen reagierten nicht. Mit schleppenden Schritten ging sie ins Foyer und benutzte den Handlauf, um sich die Treppe hochzuziehen.

Dann fiel sie ins Bett, löschte das Licht, rollte sich wie ein Baby im Mutterleib auf der Seite zusammen und starrte aus ihrem Fenster im ersten Stock. Sie betrachtete die Sterne und lauschte den vertrauten Geräuschen der Stadt und dem leisen Seufzen des Windes. Beth Convey. Eine tödliche Maschine. Die Königin des Kosmos. Der Star des Universums.

Alles, was sie brauchte, war Schlaf.

Ungefähr einen halben Block von Beths viktorianischem Haus entfernt saß Fedorow in einem Chevrolet-Lieferwagen. Das

Fahrzeug war rückwärts zu Beths Haus geparkt, um die Gefahr zu verringern, dass sie den Wagen bemerkte. Nicht, dass Fedorow Schwierigkeiten erwartete. Sie war eine Zivilistin. Eine Amateurin.

Er beobachtete alles im Außenspiegel. Er sah, wie das Licht erlosch, bis nur noch das Schlafzimmer beleuchtet war. Als schließlich auch dieses Zimmer dunkel wurde, benutzte er sein verschlüsseltes Handy, um Alexei Berianow anzurufen.

Fedorow wurde durch die Stimme am anderen Ende aufgeschreckt. Die dröhnende Stimme klang gar nicht nach dem ehemaligen KGB-General. Außerdem konnte Fedorow das rhythmische Knattern der lärmenden Rotoren eines Hubschraubers hören.

Nachdem Fedorow seine Meldung durchgegeben hatte, befahl der General: »Bleiben Sie, wo Sie sind. Die Frau und ihr Haus müssen rund um die Uhr beobachtet werden. Wir müssen wissen, wer hineingeht und wer herauskommt. Wen sie trifft, was sie tut. Alles.«

Die Verbindung brach ab.

14.

Die drei Männer traten das Lagerfeuer aus. Der Anführer, ein gut aussehender Mann in einer Generalsuniform, winkte sie zu sich in die dunkle Nacht.

Zusammen mit den beiden anderen Männern folgte sie ihm mit schnellen Schritten, ihr AK-47 in den Händen und mit wachem Blick auf alles, was auf den Feind hindeutete. Schaudernd bemerkte sie, dass sie zwischen Leichen hindurchlief. Auf der einen Seite neben ihr rannte der namenlose Mann, den sie mit dem Motorrad getötet hatte, während auf der anderen Seite Juri lief. Juri war außer sich. Er zeigte auf ihren Anführer, auf den er wütend war, und rief ihr etwas zu, doch aus seiner Kehle drang kein Laut. Sie bemühte sich, etwas zu hören, Juris Warnung zu verstehen ...

Beth riss die Augen auf. Sie hatte wieder einen Albtraum gehabt. O Gott, wann hörte das endlich auf?

Sie seufzte und ließ den Blick durchs Zimmer schweifen, um sich zu orientieren. Das morgendliche Sonnenlicht spielte an der Decke, und der Geruch frisch gemähten Grases zog durchs offene Fenster in ihr Schlafzimmer. Unten im Garten des Nachbarn brummte ein Rasenmäher.

Während sie lauschte, wurde ihr bewusst, dass sie mit einem Gefühl der Unausweichlichkeit aus diesem bösen Traum aufgewacht war – ein seltsam beruhigendes Gefühl: Sie glaubte allmählich, dass die Albträume nicht mehr verschwinden würden ...

Beth schlug die Bettdecke zurück. Es war ein neuer Tag, Dienstag, und ihr Wecker zeigte 10.25 Uhr. Sie hatte zehn Stunden fest geschlafen und fühlte sich trotz des Traumes ausgeruht. Sie streifte ihren Morgenmantel über, nahm ihre Pillen ein, ging hinunter in die Küche und setzte ihren Morgenkaffee auf. Trotz Travis Jacksons gegenteiliger Ansicht würde sie der exotischen, lächerlichen, undenkbaren, irrationalen Idee auf den Grund gehen, dass ihr Herz mit ihr kommunizierte. Sie müsste mit dieser Psychologin sprechen, die sie im Krankenhaus besucht hatte. Im Grunde war Beth schon das ganze Jahr neugierig gewesen, was diese Frau ihr zu sagen hatte.

Beth verschlang gerade Rührei mit Schinken, als das Telefon klingelte. Sie starrte auf den Apparat an der Küchenwand. Wer konnte das sein? Nicht die Kanzlei. Sie hatte keine Kanzlei mehr. Für einen Moment bedrohten sie wieder die Angst und Verzweiflung der vergangenen Nacht, doch sie schob die Gefühle beiseite. Sie nahm ihren Teller, ging damit ins Arbeitszimmer und wartete darauf, dass der Anrufbeantworter anlief.

Es war Michelle Philmalee, und sie klang aufgeregt: »Beth, ich ... ich war so hässlich zu Ihnen. Lass das, Phil! Nein! Das ist mir egal ... Beth? Es tut auch Phil sehr Leid, dass er an Ihnen gezweifelt hat. Sag, dass es dir Leid tut, Phil.«

Eine Pause entstand.

Dann Michelles wütende Stimme: »Verdammt, Phil! Sie hat uns beiden bewiesen, dass wir Unrecht hatten. Ich war genauso voreilig und dumm wie du. Entschuldige dich! Nein? Dann geh zur Hölle! Ich werde mir einen anderen Anwalt nehmen!«

Im Hintergrund fiel laut eine Tür ins Schloss.

Michelle seufzte. »Tja, der große Junge ist gerade von Bord gegangen. Ich habe ihn gefeuert. Ich nehme an, er begreift nicht, dass es einen Unterschied gibt zwischen jemandem, der gut im Bett ist, und einem richtigen Mann. Dabei war er so attraktiv. So hübsche Schultern und noch ein paar andere hervorragende Merkmale. Nun ja, sei's drum. Wenn ich Sie bitte, Beth, versuchen Sie es dann nochmal mit mir?«

Beth merkte, dass sie lächelte. Michelle war unverschämt. Doch an diesem Morgen schien sie weniger wichtig für Beth zu sein als am Tag zuvor. Edwards & Bonnett gehörte der Vergangenheit an. Was immer die Zukunft noch für sie bereithalten mochte – Michelle war nicht mehr wichtig.

»Bitte, Beth. Sie wissen, ich war die Einzige, die Ihnen wirklich glauben wollte. Es tut mir Leid, dass ich es zugelassen habe, dass die Hormone mein Urteilsvermögen trübten, sodass ich auf die schlechten Ratschläge von Phil und Zach gehört habe ... Wie haben Sie nur so lange für Zach Housley arbeiten können? Wussten Sie, dass er zu Ihren Mandanten gesagt hat, sie sollen sich für neue Anwälte entscheiden, weil Sie, Beth, nicht mehr lange zu leben hätten? Kaum zu glauben, nicht wahr? Er hat mir empfohlen, dass ich bei dem ›großartigen Anwalt‹ bleiben soll, den er mit Sorgfalt für mich auswählen würde. Kein Wunder, dass alle von Ihnen desertiert sind. Das war ganz allein Zach, das versichere ich Ihnen! Er kann selbstbewusste Frauen nicht ausstehen und hat mit Freuden die Chance genutzt, die gefährlichste Frau in der Kanzlei loszuwerden. Sie waren eine der wenigen, die es weit bringen würde, und das hat ihm nicht in seinen bigotten Kram gepasst.«

Beth hörte auf zu kauen, und die Gabel blieb auf halbem Wege zum Mund stehen. Sie zitterte vor Wut. *Das war also passiert.* Wie hatte sie bloß in all den Jahren, die sie bei Edwards & Bonnett gearbeitet hatte, übersehen können, wie sexistisch Zach wirklich war? Sie hatte nur erfolgreich Geschäftsverhandlungen führen und Prozesse gewinnen müssen, hatte ihre Mandanten schützen müssen, sich um all ihre rechtlichen Bedürfnisse kümmern müssen und produzieren, produzieren, produzieren. Wie naiv war sie gewesen! *Das* aber war nicht Zachs Fehler, sondern ihrer.

Michelle lachte. »Aber Sie haben ihm gezeigt, wer der Sieger ist, Darling. Ja, wirklich. Sie sind sehr, sehr tüchtig. Ich habe Sie als Anwältin immer geschätzt. Also, geben Sie mir noch eine Chance, Beth? Die Philmalee Group braucht Sie. *Ich* brauche Sie.« Sie hielt kurz inne. »Ach, und wenn ich etwas für Sie tun kann, um meinen Fehler wieder gut zu machen, etwas anderes als die Begleichung Ihrer Anwaltsrechnungen – und ich bin sicher, die Rechnung für die Liste der HanTech-Eigner wird rekordverdächtig hoch sein –, dann lassen Sie es mich bitte wissen. Ich meine es ernst. Egal, was es ist. Ich bin Ihnen etwas schuldig. Ich warte auf Ihre Antwort. Ich hoffe inständig, dass Sie mir verziehen haben.«

Als der Anruf beendet war, kicherte Beth. Sie hatte seit Tagen nichts so amüsant gefunden, dass sie darüber lachen konnte. Michelle hatte diese Wirkung – und das war nur einer der Gründe, dass Beth sie mochte.

Doch als sie dann wieder an die grausame Art und Weise dachte, wie »wichtige« Leute – Zach Housley, zum Beispiel –

mit ihrem Leben und ihrer Karriere spielen konnten, stieg erneut Wut in ihr auf.

Verdammt, sie war Beth Convey, die Top-Anwältin. Sie war *die Beste.* Sie konnte auf sich selbst aufpassen. Nie wieder würde sie sich auf Typen wie Phil Stageman oder Zach Housley verlassen. Solche Leute würden sie nicht besiegen – und auch kein Haufen gewalttätiger Fremder oder ihr neues Herz. Sie würde herausfinden, was los war, und sie würde ein neues und besseres Leben führen.

Sie stellte ihren Teller mit Rührei und Toast ab und stöberte so lange in ihrem Arbeitszimmer herum, bis sie die Visitenkarte der Wissenschaftlerin fand, die sie im Krankenhaus besucht hatte – Stephanie Smith, Psychoneuroimmunologin. Dr. Smiths Büro befand sich in Alexandria, aber sie wohnte direkt hier in Georgetown.

Beth wählte die Nummer von Smiths Büro.

Draußen war der Tag der Abenddämmerung gewichen, und der aufgehende Mond warf lange graue Schatten über die Straße, in der Beth Convey wohnte. Einen halben Block von ihrem viktorianischen Haus entfernt schlief Fedorow tief und fest auf dem Rücksitz seines Chevrolet-Lieferwagens, bis das sanfte Pulsieren einer Alarmanlage ihn weckte. Der Alarm war an eine hochkomplizierte Überwachungskamera angeschlossen und wurde durch Bewegungen an Beth Conveys Haus ausgelöst.

Fedorow kroch nach vorn auf den Fahrersitz, gerade rechtzeitig, um zu sehen, wie Beth zur Garage ging. Sie war schwarz gekleidet, und ihr platinblondes Haar glänzte im Zwielicht. Bis die Garagentür hochgeglitten war und Beth Convey ihren Mercedes zurückgesetzt und auf die Straße gefahren hatte, hatte auch Fedorow den Motor angelassen. Er folgte ihr, als sie in die hereinbrechende Nacht fuhr.

Aschgraue Wolken zogen über den schwarzen Himmel, als Beth vor Stephanie Smiths weißem, mit Holzbrettern verschalten Landhaus neben der Georgetown Presbyterian Church hielt. Eine knorrige Glyzinienrebe rankte die Traufe entlang, und große, purpurblaue Blütentrauben umrahmten die Tür wie ein Wasserfall. Im gelben Licht der Gartenleuchte erschienen die Blumen beinahe Unheil verkündend, als Beth hindurchschritt und läutete.

Als Beth an diesem Morgen Stephanie Smiths Büro angerufen hatte, um einen Termin zu machen, hatte die Stimme auf dem Anrufbeantworter erklärt, die Ärztin sei den ganzen Tag unterwegs, um Termine wahrzunehmen; der Anrufer möge bitte eine Nachricht hinterlassen. Da Dr. Smith in der Nähe wohnte, in Georgetown, beschloss Beth, bis zum Abend zu warten und dann zu versuchen, mit ihr persönlich zu sprechen. So verbrachte sie den größten Teil des Tages zu Hause, packte die Kartons aus, die Edwards & Bonnett geschickt hatte, und ordnete die Akten und Bürogegenstände in ihrem Arbeitszimmer ein. Am Nachmittag nutzte sie den schönen Frühlingstag, um im Park gegenüber vom Weißen Haus um die »Ellipse« zu joggen. Auf diese Weise fühlte sie sich fast normal, und es gelang ihr, die wenigen seltsamen Gedanken und Worte zu ignorieren, die versuchten, sich wie Würmer in ihr Bewusstsein zu fressen.

Und nun hoffte sie, einige Antworten zu finden. Es war ein Vorteil, dass Georgetown relativ klein war – man konnte eine Adresse ziemlich schnell finden. Doch als Beth im dämmrigen Licht der Veranda stand und hörte, wie sich drinnen Schritte näherten, verschwanden alle ihre positiven Empfindungen. Eine unbekannte Vergangenheit schien über ihr zu schweben.

Dr. Smith öffnete die Tür. »Ja, bitte?«

Damals im Krankenhaus hatte Dr. Smith ihr langes Haar zu einem Knoten geflochten. Heute Abend, da sie die Geschäfte des Tages erledigt hatte, floss das Haar seidig über ihre Schultern. An den Schläfen war es silbergrau und verriet ihr Alter, das irgendwo zwischen fünfundvierzig und fünfzig liegen musste. Doch mit ihrem runden Gesicht, den sanften Wangen, dem langen, offenen Haar, dem blauen Sweatshirt mit passender Hose und barfuß sah sie wie ein Schulmädchen aus.

Beth stellte sich vor und erinnerte sie an ihr erstes Zusammentreffen. »Wir sind fast Nachbarn«, fügte sie stockend hinzu. »Bitte sagen Sie Beth zu mir.«

Die Ärztin zog verwirrt die Brauen zusammen. Dann grinste sie. »Ja, ich erinnere mich. Sie sind Anwältin. Ich nehme an, Sie sind hier, weil Sie sich fragen, ob Sie beim Zellgedächtnis noch der Logik folgen, oder ob Sie einfach ein Vorurteil dagegen haben. Ich habe festgestellt, dass sich Vorurteile bei mir selbst oft als Logik maskieren. Darauf muss man Acht geben! Kommen Sie herein. Wir werden darüber reden. Bitte, sagen Sie Stephanie zu mir.«

»Und ich dachte immer, *ich* wäre direkt.«

Stephanie lächelte, als sie Beth in die Küche führte und Kaffeewasser aufsetzte. »Nehmen Sie Platz. Darf ich aus Ihrem Kommen ableiten, dass Sie nach der Transplantation einige der Erfahrungen gemacht haben, nach denen ich Sie damals gefragt habe?«

Beth seufzte. »Es sieht ganz danach aus.«

Rote Baumwollvorhänge hingen an dem großen Küchenfenster, und die Arbeitsflächen waren mit blauweißen Delfter Kacheln gefliest. Der Bungalow war irgendwann in den Fünfzigerjahren gebaut worden, und die Küche mit ihren weißen Schränken und geraden Linien besaß noch immer die gutbürgerliche Atmosphäre der amerikanischen Durchschnittsfamilien wie in *Ozzie and Harriet*, der beliebten Familienserie aus dieser Zeit. Aber das galt auch für Stephanie. Obwohl sie offensichtlich eine Karrierefrau war – Beth erinnerte sich, dass sie im Krankenhaus professionell ausgesehen und sich auch so verhalten hatte –, hatte Stephanie Smith auch etwas von einer zufriedenen Hausfrau an sich.

»Aber Sie sind immer noch nicht überzeugt«, sagte Stephanie.

Während das Aroma des durchlaufenden Kaffees das Zimmer erfüllte, gab Beth bedauernd zu: »Ich möchte am liebsten nichts davon glauben. Ein Herz mit Hirn? Ein Herz, das *redet?* Irgendein Toter, dessen Herz jetzt in mir steckt, versucht, mit mir zu kommunizieren? Das ist mehr als verrückt. Das ist dumm.«

Stephanie füllte zwei Becher und kam damit zum Tisch. »Milch? Zucker?«

»Entrahmte Milch, kein Zucker.« Seit sie die Vorliebe für Tee hatte, war es einige Zeit her, dass sie zuletzt Kaffee getrunken hatte. Unter diesen Umständen hatte ein guter Kaffee durchaus seinen Reiz.

Stephanie nahm die Milch aus dem Kühlschrank, Zucker aus einer Anrichte und setzte sich wieder hin. »Es wäre sehr hilfreich, würden Sie mir erzählen, was seit Ihrer Transplantation geschehen ist.«

Beth schwieg. Nun, da sie hier war, war all ihre Vorsicht als Anwältin zurückgekehrt. »Sie sind Spezialistin. Ich verlasse mich darauf, denn das, was ich Ihnen jetzt erzählen werde, muss unter uns bleiben.«

»Das ist eine selbstverständliche Voraussetzung in meinem Beruf.«

Beth warnte sie: »Es darf nicht einmal für diese Untersuchung verwendet werden, die Sie für das Walters Institute machen.«

Stephanie runzelte die Stirn. »Da verlangen Sie eine Menge. Aber gut ... Ich verwende nichts ohne Ihre Erlaubnis.«

»Ich möchte es schriftlich.«

»In Ordnung. Schriftlich. Sie sind eine harte Verhandlerin.«

Beth schnaubte. »Das war noch gar nichts.«

Sie erwischte Stephanie dabei, wie sie Beth studierte, und sah sofort an ihren Augen, dass sie verstanden hatte. Sie erwiesen sich gegenseitige Anerkennung – zwei starke Frauen in einer Welt, die immer noch eine Männerwelt war, in der beide in Berufen arbeiteten, die von Männern dominiert wurden; Frauen, die ihre Arbeit liebten und trotz der Benachteiligungen erfolgreich waren. Und doch wussten sie beide, dass es nicht genügte, als Frau überdurchschnittlich fähig zu sein, um die Anerkennung, das Geld und den Respekt zu bekommen, mit denen Männer rechnen konnten, die ihr fachliches Niveau besaßen.

Beth hob ihren Kaffeebecher. »Wenigstens langweilen wir uns nicht.«

Stephanie kicherte und hob ebenfalls ihren Becher. »Amen.«

Beth begann, von ihren Albträumen zu erzählen. Sie berichtete von ihren seltsamen neuen Vorlieben, was das Essen betraf, und von russischer Dichtung, von ihrem explosiven Temperament, von merkwürdigen Informationsfetzen, die von nirgendwo herzukommen schienen, und wie schnell sie in Karate erfolgreich war, und dass sie ihr Auto neuerdings bei hohen Geschwindigkeiten so sicher beherrschte wie ein Profi. Dann berichtete sie, wie die Telefonnummer sie zu Meteor Express und Anatoli Jurimengri, dem toten Überläufer, geführt hatte, und schließlich zu dem Mann, der Jurimengri ermordet hatte – Jeff Hammond.

Bis Beth mit der Beschreibung des mysteriösen Hauses und der Adresse fertig war, waren die beiden Frauen beim zweiten Becher Kaffee angekommen. Stephanie hatte sich zurückgelehnt und saß mit verschränkten Armen und nachdenklichem Gesichtsausdruck da.

Schließlich sagte sie: »Beth, verzeihen Sie. Ich möchte mich nicht einmischen ... aber nach allem, was Sie gesagt haben ... Sie befürchten, dass Sie das Herz eines Killers bekommen haben, nicht wahr? Und dass Sie gewalttätige Charakterzüge von ihm ›geerbt‹ haben, falls es tatsächlich so etwas wie ein Zellgedächtnis gibt.«

Es klang lächerlich, wie eine hirnrissige Idee aus einem schlechten Science-Fiction-Roman oder einem zweitklassigen Horrorfilm. Beth wollte es verleugnen, wollte so tun, als wäre überhaupt nichts passiert. Sie wollte wie ein Flüchtling mit ihrem schrecklichen Geheimnis verschwinden. Aber etwas in ihr verlangte, dass sie endlich verstand, was vor sich ging.

Sie spitzte die Lippen und gab zu: »Ja. Ich mache mir Sorgen. Was ist mit mir passiert? Was hat das alles zu bedeuten?«

»Ich weiß nicht, Beth, ob Ihr Organspender eine Verbindung mit Oberst Jurimengri hatte, oder warum dieser Jeff Hammond ihn getötet hat, aber ich kann ein Zellgedächtnis identifizieren. Wir machen es erst einmal auf die einfache Weise und fangen mit dem Gehirn an, weil sehr vieles davon bereits Allgemeinwissen ist.« Sie hielt inne. »Das Gehirn ist bemerkenswert komplex. Tatsächlich gibt es mehr Verbindungen der Zellen untereinander als Sterne in der Milchstraße. Das Hirn analysiert, erinnert sich und trifft Entscheidungen, indem es die elektrochemische Energie nützt, die seine Synapsen verbindet – die winzigen Spalten zwischen den Gehirnzellen. Dieser Prozess ist zweifelsfrei nachgewiesen. Tatsächlich haben die Wissenschaftler Bilder aufgezeichnet von Synapsen, die gerade ›feuern‹ – was wir gemeinhin denken nennen.«

Beth nickte. »Ich erinnere mich an einen Artikel darüber im *Scientific American.* Aber was ist mit dem Herz?« Sie atmete tief durch und stellte die Millionen-Dollar-Frage: »Ich kann nicht glauben, dass ein Herz denkt wie ein Gehirn. Wollen Sie mir wirklich sagen, dass mein neues Herz kognitive Kräfte hat und mir Nachrichten von meinen Organspender schickt? Wenn Sie das vorhaben, werden Sie mir noch verdammt viel erklären müssen, um mich zu überzeugen.«

Die Wissenschaftlerin lächelte. »Ich werde sehen, was ich tun kann.«

15.

In der Küche war es still; nur das Ticken der elektrischen Wanduhr war zu hören, während Stephanie Smith nachdachte, wie sie anfangen sollte. »Die Antwort ist ja ... und nein.« Sie hielt die Hand hoch, als Beth protestieren wollte. »Geben Sie mir eine Chance, es zu erklären. Zurzeit haben die Forscher, die sich mit dem Zellgedächtnis beschäftigen, Indizien, die darauf hindeuten, dass das Herz tatsächlich denken kann, wenn auch auf eine weitaus weniger spektakuläre, ego-getriebene Art und Weise als das Gehirn. Sie kennen wahrscheinlich Albert Einsteins bahnbrechende Entdeckung, dass Energie und Materie austauschbar sind.«

»Energie ist gleich Masse mal Lichtgeschwindigkeit zum Quadrat.«

Stephanie nickte. »Richtig. Denken Sie daran, dass das Gehirn zum Denken elektrochemische Energie braucht. Nun, wie sich herausstellt, hat das Herz sogar noch mehr Saft als das Gehirn – tatsächlich *fünftausendmal* mehr elektromagnetische Energie. Wir nehmen an, dass Energie nicht nur mit Materie austauschbar ist, sondern auch mit Information. Wenn das so ist, könnte diese elektrische Energie erklären, wie das Herz denken und kommunizieren kann.« Sie hielt einen Augenblick inne. »Außerdem gibt es eine Menge Drahtverbindungen zwischen dem Gehirn und den Energie- und Gedanken-Supraleitern des Herzens, wenn Sie so wollen. Vor kurzem wurde bewiesen, dass nicht nur das Gehirn, sondern auch das Herz Neurotransmitter besitzt.«

»Sie meinen diese ›Neurotransmitter‹, die so wichtig für die Funktion des Gehirns sind?«

»Exakt. Den meisten Menschen ist bewusst, dass es einfache neurologische Verbindungen zwischen den Herz und dem Hirn gibt. Aber jetzt wissen wir, dass die Verbindung viel komplizierter ist – eher wie eine achtspurige Autobahn als wie ein Feldweg. Mit anderen Worten, die Wissenschaftler haben nachgewiesen, dass die neurochemische und elektrochemische Kommunikation zwischen Herz und Hirn ständig und ununterbrochen stattfindet.«

»Das Herz und das Gehirn haben also Gemeinsamkeiten, von denen ich in der Schule nie etwas gehört habe«, sagte Beth nachdenklich.

»Genau deswegen macht die Wissenschaft auf diesem Gebiet zurzeit immer wieder neue, bahnbrechende Entdeckungen.« Stephanie beugte sich vor, die Ellbogen auf den Tisch gestützt, den Becher zwischen den Handflächen. Ihr Gesicht glühte vor Erregung. Auch wenn sie in diesem Zweig der Wissenschaft und der Spekulation Tag für Tag lebte und arbeitete, fand sie es immer noch faszinierend. »Wir wissen seit siebzig Jahren, dass alle Zellen fühlen, lernen und sich erinnern. Jede einzelne. Die Zellen im Immunsystem, zum Beispiel, erinnern sich, suchen und eliminieren alles, was nicht zum Körper gehört. Und vergessen Sie nicht die DNA – eine Nukleinsäure in den Zellkernen. Sie speichert genetische Daten, die unser Aussehen bestimmen, unsere Disposition für bestimmte Krankheiten und Persönlichkeitsmerkmale, ja sogar, welche Lebenserwartung wir haben.«

»Okay. Das ist eine Art Gedächtnis. Aber es ist nicht so wie das, worüber wir im Fall von Organtransplantationen sprechen.«

Stephanie nickte. »Stimmt, aber es ist darauf anwendbar.

Vielleicht haben Sie auch von diesem Experiment gelesen: Schon 1993 haben Wissenschaftler des Militärs weiße Blutzellen aus dem Mundraum eines Freiwilligen entnommen. Sie haben die Zellen zentrifugiert, in ein Reagenzglas getan und einen Lügendetektor mit dem Glas verbunden. Dann haben sie der Person, die die Zellen aus der Mundschleimhaut gespendet hatte, ein Fernsehprogramm voller Gewaltszenen gezeigt. Während der Proband das Programm sah, zeigte der Sensor des Lügendetektors bei den Zellen im Reagenzglas extreme Erregung an, obwohl der Mann sich in einem anderen Raum am anderen Ende des Flurs befand. Die Wissenschaftler wiederholten das Experiment mehrere Male, wobei sie den Spender und die Zellen schließlich fünfzig Meilen voneinander trennten. Trotzdem zeigten die Zellen immer noch dieselben Reaktionen. Sie reagierten zwei Tage lang genauso wie der Mann selbst in einem bestimmten Augenblick. Dieses Experiment wurde mehrmals mit Erfolg wiederholt.«

»Nicht zu fassen ... Okay, gehen wir mal davon aus, dass Zellen emotional mit uns verbunden bleiben können, selbst wenn sie körperlich von uns getrennt sind. Was hat das mit mir und mit meinem neuen Herzen zu tun?«

»Candace Pert, die ehemalige Chefin der Neurochemie des National Institute of Mental Health, hat das alles sehr schön miteinander in Beziehung gesetzt – die elektrische Energie und die Verbindungen, die Neurotransmitter, das Zellgedächtnis. Ihr Fazit lautet: Da die Zellen im Herzen mit Molekülen geladen sind, die Gedächtnisteile tragen, können einige dieser Gedächtnisteile ein Herz ›begleiten‹, wenn es mit einem neuen Hirn und Körper zusammengebracht wird. Candace behauptet, dass es nicht mit den neuesten Erkenntnissen der Wissenschaft zusammenpasst, wenn man annimmt, dass das Gehirn unabhängig vom Körper und dem Herzen denkt, dass ein Herz nur eine Pumpe ist, und dass Zellen sich nicht erinnern können.«

Beth merkte, dass sie lächelte. Es war absurd, und doch ... »Sie wollen mir also sagen, ich bekam Lust auf Beluga-Kaviar, weil mein Herz sich daran erinnert hat, dass es Kaviar mochte?«

»Das ist eine Möglichkeit. Sie stehen mit Ihren Erfahrungen nicht allein. Hunderte von Transplantationspatienten im ganzen Land bestätigen mit ihren eigenen Geschichten, was Ihnen passiert ist. Es geschieht nicht bei jedem, aber es gibt als Beweis genügend Berichte, dass wir darauf achten sollten. Da eine beträchtliche Zahl von Wissenschaftlern dieses Phänomen untersucht, ist es zum Glück auch für andere Forscher in verschiedenen Disziplinen legitim, darüber zu diskutieren. Und das bedeutet, dass sich mehr Organempfänger trauen, das zu berichten, was sie stets als peinliche Geheimnisse betrachtet haben, die nur beweisen würden, dass sie Lügner oder Verrückte sind. Einige, zum Beispiel eine Frau namens Claire Sylvia, haben Bücher darüber geschrieben und geschildert, wie es ist, nicht nur die Organe eines anderen Menschen zu bekommen, sondern auch einige seiner Erinnerungen. Ich kann Ihnen eine Liste mit einigen dieser Arbeiten und mit den Büchern geben, die ich erwähnt habe. Vielleicht möchten Sie sich einige anschauen. Aber letztlich ist das, was Ihnen widerfahren ist, allein Ihre Erfahrung. Sie werden selbst beurteilen müssen, wie genau diese Erfahrung ist und was sie bedeutet.«

Sie war also wieder da, wo sie angefangen hatte. Oder doch nicht? Stephanie hatte ihr nicht die klare Antwort gegeben – schwarz ist schwarz und weiß ist weiß –, die Beth sich erhofft hatte. Aber wenigstens gab es neue Entdeckungen, die ihr halfen, ihre eigenen Erfahrungen zu erklären. Und sie war nicht allein. Andere Transplantationspatienten hatten ebenfalls beunruhigende Erlebnisse. Doch wenn ihre Wahrnehmungen wirklich waren, besaß sie das Herz eines *Killers* ...

Beth rieb sich die Stirn. »Ist es logisch? Oder ist es ein Vorurteil? Ich bin an dem Punkt angelangt, wo ich glauben muss, dass es zumindest möglich ist, dass derjenige, dessen Herz in mir schlägt, mir auch etwas von dem Menschen mitgegeben hat, der er war.« Sie zögerte. »Wenn es stimmt, dann war mein Spender ein Russe oder stand in enger Verbindung mit Russen. Er war gut in Karate. Er wusste, wie man mit Waffen umgeht, war jähzornig und mochte schnelle Autos. Es ist, als ob man ein Puzzle aus nicht gekennzeichneten Teilen zusammensetzt.«

Stephanie nickte. »Marcel Proust hat gesagt: Die wahre Entdeckungsreise besteht nicht darin, neue Länder zu suchen, sondern mit neuen Augen zu sehen.« Sie trank ihren Kaffeebecher aus und stellte ihn ab. »Wenn es stimmt, dass Ihr Organspender ein Mörder war, dann war *er* es. Nicht Sie. Während Sie alles ordnen, und während die Zeit vergeht, können Sie bewusste Entscheidungen treffen, was Sie behalten wollen und was Sie ablehnen, nicht nur aus Ihrem Leben, sondern auch aus *seinem*. Die Organempfänger berichten, dass die Erinnerungen im Laufe der Jahre verblassen. Und vergessen Sie nicht – nur weil die schlimmen Träume in Verbindung mit den anderen Erfahrungen stehen, die Sie machen, heißt das nicht, dass sie die Wahrheit sind, so wie sie dem Spender begegnet ist. Schließlich sind es nur Albträume. Etwas, das in Ihrem Verstand abläuft, während Sie schlafen.«

Beth nickte. Jetzt wollte sie um jeden Preis wissen, wer der Spender ihres Herzens war. Wenn nicht seinen Namen, so doch wenigstens seinen Hintergrund. Aber sie hatte einen Vertrag unterzeichnet, dass sie nicht nach seiner Identität suchen oder Kontakt mit seiner Familie aufnehmen würde.

Als sie daran dachte, fiel ihr plötzlich das Dossier ein, das sie in Stephanies Aktenmappe im Transplantationszentrum gesehen hatte.

Fassungslos stieß Beth hervor: »Sie wissen, wer er war!«

Stephanie wurde blass. »Wie kommen Sie darauf?«

»Sie reden immer geradeheraus, aber diesmal haben Sie auf meine Frage mit einer Gegenfrage geantwortet – *wie kommen Sie darauf?* Zweitens hatten Sie ein Dossier über mich, als Sie im Krankenhaus bei mir vorbeigeschaut haben. Ich habe es gesehen. Das ist sehr wichtig, Stephanie. Es ist *alles entscheidend!* Sie wissen, dass Oberst Jurimengri ermordet wurde. Wir wollen doch nicht, dass noch jemand ermordet wird, nicht wahr? Mich eingeschlossen! Ich muss Jeff Hammond aufhalten. Das könnte ein wenig von dem wieder gutmachen, was mein Organspender an schrecklichen Dingen getan hat. *Sie müssen mir unbedingt sagen, wer mein Spender war.*«

Stephanie atmete tief ein. Besorgnis ließ die Fältchen in ihrem runden, freundlichen Gesicht tiefer werden. Sie stand auf, ging mit ihrem Becher zum Waschbecken und spülte ihn aus. Dann kam sie zum Tisch zurück und nahm auch Beths Becher.

Beth sah mit wütendem Blick zu ihr auf. »Ich kann eine gerichtliche Verfügung erwirken. Ich habe jetzt genug Anhaltspunkte, um einen Richter zu überzeugen.« Das stimmte zwar nicht, aber vielleicht fiel Stephanie darauf herein. »Wenn Sie es mir gleich hier sagen, sparen wir viel Zeit. Ich bekomme es so oder so heraus.«

Stephanie schürzte die Lippen. »Ich weiß.« Sie brachte Beths Becher zur Spüle, wusch ihn, stellte ihn sorgfältig neben ihren eigenen Becher auf das Trockengestell, kehrte zum Tisch zurück und schaute Beth direkt an. »Ich kann mich nicht mehr an seinen Namen erinnern, oder wer genau er war. Seitdem ist viel Zeit vergangen. Und wir sind nicht berechtigt, den Spendernamen in unsere Akten aufzunehmen. Es ist zu vertraulich.« Widerstrebend fügte sie hinzu: »Ich fürchte, Sie werden diese gerichtliche Anordnung erwirken müssen.«

»Keiner von uns will weitere Leichen«, erwiderte Beth. »Wenn ich in einer vergleichbaren Lage bin wie dieses kleine, achtjährige Mädchen, von dem Sie mir erzählt haben – das Mädchen, das das Herz eines zehnjährigen Mordopfers bekommen und dabei geholfen hat, den Mörder zu finden –, habe ich vielleicht die entscheidenden Informationen, auch wenn sie nur in meinen Albträumen auftauchen. Ich darf keine Zeit mehr verschwenden. Das wollen Sie sicher auch nicht! Der Name meines Spenders steht in den Akten des Transplantationszentrums im Krankenhaus!«

Stephanie entgegnete: »Keiner der Koordinatoren wird Ihnen den Namen nennen.«

»Mir vielleicht nicht.« Beth stand auf und lächelte. »Aber Ihnen. Gibt es immer noch einen Koordinator im 24-Stunden-Dienst?«

»Ja.«

»Kommen Sie schon, Stephanie. Wie werden Sie sich fühlen, wenn Sie mich jetzt im Stich lassen und noch jemand umgebracht wird?«

Stephanie zog ein langes Gesicht. »Nicht besonders glücklich. Das richtige Wort wäre *schuldig*.«

»Sehen Sie? Wir haben jetzt beide die Verantwortung, etwas zu unternehmen.«

Stephanie seufzte und schloss die Augen.

Schließlich sagte Beth leise: »Sie wissen, dass es richtig ist, Stephanie. Manchmal muss man die Regeln für einen höheren Zweck ein wenig beugen.«

Stephanie nickte stumm.

»Nehmen wir Ihren Wagen oder meinen?«

Stephanie seufzte und öffnete die Augen. »Meinen.«

Während Stephanie ins Schlafzimmer ging, um ihr Sweatshirt gegen passendere Kleidung zu wechseln, wartete Beth. Sie war erleichtert; sie jubelte innerlich vor Freude. Nach zwölf langen Monaten voller unbeantworteter Fragen, bizarrer, unerklärlicher Erfahrungen und furchterregender Albträume würde sie endlich herausfinden, ob diese so genannten

Erinnerungen ihrem Spender gehört hatten oder nicht. Ob zum Guten oder zum Schlechten – sie musste es wissen.

Draußen in der Aprilnacht, im feuchten, unangenehm kalten Schatten eines blühenden Tulpenbaums, faltete Nikolai Fedorow seine Ausrüstung zusammen und steckte sie an ihren Platz in seiner schwarzen Werkzeugtasche zurück. Er nickte und machte sich bereit, Wort für Wort zu wiederholen, was er soeben gehört hatte. Das große Küchenfenster mit seiner schmalen Umrahmung aus roten Baumwollvorhängen war perfekt gewesen. Während die beiden Frauen sich unterhielten, hatte Fedorow einen dünnen, unsichtbaren Laserstrahl auf das Glas gerichtet, und die Vibrationen, die ihre Stimmen erzeugten, hatten den reflektierten Laserstrahl moduliert. Fedorow hatte nur nicht den Demodulator benutzen müssen, um die Schwingungen in Stimmen zu verwandeln.

Er konnte jedes Wort hören.

In der Küche ging das Licht aus, ebenso im Garten hinter dem Haus, mit seinen Gartenmöbeln aus weißem Kunststoff und den knospenden Kamelienbüschen. Im dämmrigen Mondlicht befühlte Fedorow die Ausrüstung in seiner Tasche. Er wusste genau, wo alles hingehörte. Er prüfte die Riemen, die jedes Teil an seinem Platz sicherten.

Zufrieden verschloss er die Tasche. Tief geduckt eilte er zur Straße und auf den Fahrersitz des gestohlenen Chevrolet-Lieferwagens. Er bewegte sich geschmeidig und so lautlos wie ein Schatten. Er war hervorragend ausgebildet und sehr stolz darauf, dass er sich mit seinem durchschnittlichen Körperbau und seinem Allerweltsgesicht überall einfügen – nein, verschwinden – konnte.

Er hatte ein paar Minuten Zeit, während Smith sich umzog, und so kroch er in den fensterlosen rückwärtigen Teil des Lieferwagens, wo er nicht zu sehen war. Er benutzte sein verschlüsseltes Handy, um Alexei Berianow anzurufen.

»Ja?«

Fedorow sagte: »Ich habe etwas zu berichten, Sir.«

»Ich höre.«

Fedorow gab das Gespräch der beiden Frauen wieder. Als er fertig war, sagte Berianow: »Bleiben Sie dran. Ich melde mich gleich wieder.«

Das *tschopp-tschopp* der Rotorblätter des Hubschraubers wurde allmählich leiser.

Sobald der Helikopter auf der Farm in Pennsylvania gelandet war, sprang Alexei Berianow heraus und eilte gebückt zu seinem Humvee. Er dachte über Fedorows Informationen nach. Die Nachforschungen über Beth Convey hatten eine beunruhigende Tatsache zum Vorschein gebracht: Nach den medizinischen Unterlagen ihres Herzchirurgen hatte sie über Albträume und Veränderungen in ihren Vorlieben und Verhaltensweisen geklagt, die so weit gingen, dass sie sich fragte, ob sie Informationen von ihrem Spenderherz bekam. Von einem russischen Spender. Für Berianow war das völliger Blödsinn. Aber es kam darauf an, was Convey dachte. Und es war offensichtlich, dass sie geneigt war, daran zu glauben.

Als er losfuhr, sagte Berianow auf Russisch: »Sie wird herausfinden, wer ihr Spender war. Das dürfen wir nicht zulassen. Sie wird noch mehr Fragen stellen und noch mehr Leute hineinziehen. Sie ist eine Anwältin mit guten Verbindungen. Sie wird nicht aufhören. Das ist nicht ihre Natur.«

»Sie haben Recht. Was soll ich tun?«

Berianows Hand umklammerte das Handy fester; dann entspannte sie sich. Er konnte Fedorow vertrauen. Fedorow war nicht so gut wie Iwan Wok, aber er war in den alten Zeiten von Iwan und anderen ausgebildet worden und zählte noch immer zu den Besten.

Berianow sagte: »Mit Convey und Smith könnte es zu viel Ärger geben. Es muss wie ein Unfall aussehen. Wir dürfen kein Risiko eingehen – so unwahrscheinlich es auch sein mag, dass man irgendetwas bis zu uns zurückverfolgen könnte.« Als er seinen Humvee am Bordstein vor seinem Haus zum Stehen brachte, kam einer seiner Leute zu ihm, um ihm die Tür zu öffnen. »Beseitigen Sie Convey und Smith. Liquidieren Sie beide Frauen.«

Caleb Bates brach das Gespräch ab.

Liquidieren ...

Stephanie fuhr mit Beth durch Georgetown zur Brücke an der Vierzehnten Straße und auf den Highway, der sie zum Krankenhaus in Virginia brachte, wo Beth ihr Leben zurückgewonnen hatte. Sie sprachen weiter über Transplantationen, über das Herz, die neuesten Entdeckungen in der Biophysiologie und die Zukunft der Transplantation von Organen – menschliche, tierische und künstliche. Bis sie die Brücke überquerten und nach Süden auf den Jefferson Davis Highway einbogen, war es fast Mitternacht. Der Himmel war wie schwarzer Satin, und die Lichter der vibrierenden Metropole schwebten als rot glühender Schimmer in der Nacht.

Sie hatten gerade über die übliche postoperative Behandlung für Organempfänger gesprochen, als Stephanie fragte: »Wie sind Ihre Biopsien?«

Wie bei allen Empfängern von Spenderorganen, wurden auch bei Beth regelmäßig Biopsien des Herzens vorgenommen, um festzustellen, ob die Gefahr von Abstoßungsreaktionen bestand. Ein Pathologe untersuchte dazu eine Gewebeprobe unter dem Mikroskop und stufte sie von null bis zehn ein. Es war nur wenig nötig, um sie als »Abstoßung« einzustufen – jede Ziffer über vier.

Beth lächelte. »Bisher hatte ich Glück. Normalerweise werde ich niedrig eingestuft. Aber genau genommen ist das mehr oder weniger typisch für mein ganzes Jahr. Ich war gesünder, als ich mich je erinnern kann. Vor ein paar Monaten habe ich mich erkältet, aber das war nach drei Tagen weg, genau so, wie es sein soll. In der Vergangenheit waren meine Erkältungen immer hartnäckig und dauerten manchmal einen Monat oder länger, und dann holte ich mir oft eine Sekundärinfektion. Außerdem fühle ich mich allgemein besser wegen meines regelmäßigen Trainings. Und ich schlafe wie ein Stein. Sogar meine Wimpern sind länger und kräftiger.«

»Das kommt vom Prednisone.« Stephanie kicherte. »Sie sind eine wandelnde Reklame für Organtransplantationen. Es wäre großartig, wenn jeder so gesund durchs Leben ginge wie Sie.«

»Ich weiß, und glauben Sie mir, ich bin dankbar dafür.«

Der Verkehr war spärlich; nur wenige Fahrzeuge waren um diese nächtliche Zeit mitten in der Woche unterwegs. Während sie auf die Autobahn hinausschaute, über der die Sterne funkelten, war ihr beinahe schmerzhaft bewusst, welches Glück sie hatte, hier zu sein ... zu leben. Bei ihrer ehrenamtlichen Arbeit im Krankenhaus, die sie immer noch fortführte, hatte sie zu viele Menschen gesehen, die gestorben waren, während sie auf ein Spenderorgan warteten, und einige, deren Transplantate aus irgendeinem Grund versagt hatten. Obwohl sie eine äußerst erfolgreiche Organempfängerin war, war sie immer noch potenziell anfällig für Organabstoßung, Herzversagen und eine Menge anderer medizinischer Probleme. Aber sie dachte selten darüber nach. Es war viel wichtiger, dankbar zu sein.

Stephanie fragte: »Haben Sie jemals ein menschliches Herz in den Händen gehalten?«

»Nein«, antwortete Beth und fragte dann neugierig: »Und Sie?«

Stephanies Stimme war voller Ehrfurcht. »Ja. Ich schwöre Ihnen, Sie können die Lebenskraft darin spüren, selbst wenn es nicht mit einem Körper verbunden ist. Ein gesundes Herz ist schön – rosa und glatt. Wundervoll. Ich habe mal eins ein paar Sekunden in der Hand gehalten. Stellen Sie sich vor...

Sie nehmen ein Herz aus einem Brustkorb heraus, packen es zum Transport in Eis, pflanzen es ein paar Stunden später in einen anderen, fremden Brustkorb, und in neunzig Prozent aller Fälle braucht es nicht einmal einen Stromstoß, um es wieder schlagen zu lassen. Wie kann da jemand bezweifeln, dass ein Herz Intelligenz besitzt?«

»So habe ich es noch nie betrachtet ...«

Schweigend fuhren die beiden Frauen den ruhigen Highway entlang, jede mit den eigenen Gedanken beschäftigt. Beth ließ den Kopf gegen die Kopfstütze sinken. Ihre Augen entspannten sich und verengten sich zu müden Schlitzen, und sie spielte im Kopf mit russischen Namen. War einer davon der ihres Organspenders?

»Beth ... hatten Sie heute irgendwann das Gefühl, dass man Ihnen folgt?« Stephanies Stimme klang besorgt.

Beth setzte sich schlagartig auf und blickte über die Schulter nach hinten. »Nein. Ehrlich gesagt habe ich Jeff Hammond verfolgt, nicht andersherum. Ist es dieser Lieferwagen da hinter uns?« Die Scheinwerfer waren hoch über dem Boden. Als sie um eine Kurve bogen, hatte Beth einen deutlichen Blick auf die Seite des Fahrzeugs werfen können – ein großer, glänzender schwarzer Wagen. Die Panik zog ihr die Brust zusammen. Konnte Hammond schon aus West Virginia zurück sein?

»Ich dachte, ich hätte es mir nur eingebildet, bin aber trotzdem sehr schnell gefahren, und er ist drangeblieben.« Stephanies Lippen zitterten. »Dann bin ich auf die rechte Fahrbahn gewechselt und langsamer gefahren – er ist hinter uns zurückgefallen und auf dieselbe Fahrbahn gewechselt. Und wie Sie sehen können, gebe ich jetzt richtig Gas, hundertdreißig Sachen, doch er hält locker mit.«

»Fahren Sie noch schneller«, forderte Beth. Sie rang die Hände. Am liebsten hätte sie sich ans Steuer gesetzt und wäre selbst gefahren. Hilflos starrte sie aus dem Rückfenster, während Stephanie das Gaspedal bis zum Anschlag durchtrat.

Der kleine Ford Escort machte einen Satz nach vorn, und es schien, als ließen sie den großen Chevy hinter sich. Aber dann holte er wie ein schwarzer Blitz wieder auf. Stephanies Limousine schoss mit hundertsiebzig Stundenkilometer über die Autobahn, doch der Lieferwagen hing ihnen immer noch an der Stoßstange.

»Ich kann ihn nicht abschütteln!« Stephanies Stimme wurde schrill vor Entsetzen. »Wer ist das? Hinter mir kann er nicht her sein. Er ist hinter *Ihnen* her! Er wird uns einholen ... und erschießen. Oder uns von der Straßen drängen. Du lieber Gott, was sollen wir tun?«

16.

Die Atmosphäre in Stephanies altem Wagen war zum Zerreißen gespannt, während sie auf dem dunklen Highway nach Süden jagten. Beth starrte durch das Rückfenster auf den Lieferwagen. Er war eindeutig frisiert. Er fuhr jetzt so dicht auf, dass seine Frontscheinwerfer bedrohlich auf sie herabschienen und den kleinen Ford mit blendendem Licht füllten.

Die Bedingungen waren schlecht. Der Verkehr war spärlich, sodass die Limousine und der Lieferwagen bisweilen die einzigen Fahrzeuge weit und breit waren; außerdem würde die Nacht viele Spuren und Hinweise verdecken. Der Lieferwagen war schwarz lackiert, sodass er nahezu unsichtbar war. Und dieser Abschnitt der Autobahn hatte auf beiden Seiten steil abfallende Böschungen, was eine weitere Gefahr darstellte. Die Verfolgung war kein Zufall. Das Ziel musste Beth sein, und am Steuer des Lieferwagens saß mit Sicherheit Jeff Hammond. Aber wie hatte Hammond sie gefunden?

Während Beth aus dem Wagen starrte, flogen die Leitplanken wie ein metallener Strich an ihr vorbei. Einen Augenblick lang durchfuhr sie eine Angst, die ihr die Orientierung raubte, die jedoch sofort von Wut verdrängt wurde.

»Wir müssen vom Highway runter«, sagte sie.

Stephanies Stimme zitterte. »Da war seit Meilen keine Ausfahrt.« Sie umklammerte in Todesangst das Lenkrad, hatte sich aber noch gut genug unter Kontrolle, dass der Wagen nicht von einer Fahrbahnseite zur anderen schleuderte. Bei dieser Geschwindigkeit konnte der kleinste Fahrfehler tödlich enden.

Im Lieferwagen hinter ihnen beobachtete Nikolai den kleinen Ford. So wie er beschleunigt und abgebremst hatte, war offensichtlich, dass die Frauen bemerkt hatten, dass sie verfolgt wurden. Die Fahrerin – Stephanie Smith – war nur noch ein Nervenbündel. Er sah es daran, wie der Wagen hin und wieder schlingerte. Genau das hatte er gewollt. Er musste dafür sorgen, dass die Frauen die Nerven verloren.

Die Geografie, die steilen Böschungen auf beiden Seiten, der spärliche Verkehr – alles war perfekt. Mit kalter Perfektion langte Nikolai nach unten in einen anderen seiner schwarzen Werkzeugkästen und holte eine Flasche aus ihrer weich gepolsterten Halterung. Es war ein altmodischer Molotow-Cocktail, jedoch mit einer modernen Änderung: Die Glasflasche, die mit Benzin gefüllt war, war mit einer elektrischen Sicherung verschlossen, die ausgelöst wurde, sobald das Glas zersplitterte.

Er schaute auf den Tacho. Sein Lieferwagen und der Ford fuhren mit fast 170 Stundenkilometern. Trotz seiner langen Erfahrung bildete sich Schweiß auf seiner Oberlippe. Bei dieser Geschwindigkeit war alles möglich. Alles, was tödlich war. Mit Sicherheit ein Unfall, der die dünnwandige Flasche zerschmettern und ihn einäschern konnte. Er trat aufs Gaspedal und wechselte die Fahrbahn.

»Er kommt auf unsere rechte Seite.« Stephanie blickte wild um sich, als suchte sie einen Ausweg.

»Ich sehe ihn.« Beth war seltsam ruhig. »Fahren Sie geradeaus weiter.« Sie saßen in der Falle. Der Motor des Lieferwagens hatte offensichtlich eine Menge Pferdestärken; sie konnten ihm unmöglich davonfahren. »Ich glaube, er will sich neben uns setzen ... Er will uns von der Straße drängen. Bei dieser Geschwindigkeit könnte sich der Wagen überschlagen. Wir müssen ihn austricksen. Hören Sie, Stephanie?«

»Im Moment sind keine anderen Autos auf der Straße.« Stephanie keuchte vor Angst. Sie war Forscherin und Wissenschaftlerin. Sie hatte weder die Fähigkeiten noch das Nervenkostüm noch das Talent, mit dieser Situation fertig zu werden.

»Ich weiß. Aber wir sind nicht völlig hilflos.«

Mit dem Mut der Verzweiflung sagte Stephanie: »Ich will alles versuchen ... aber Beth, ich ... ich ...«

Beth legte ihr die Hand auf die Schulter, um ihr Zuversicht zu geben. Sie hätte alles dafür gegeben, jetzt selbst am Steuer zu sitzen. »Ich mache es ganz einfach. Wenn ich ›fertig‹ sage, steigen Sie voll in die Bremsen und ziehen auf die rechte Fahrbahn hinter ihm. Sie schaffen das! Haben Sie alles verstanden?«

Stephanie leckte sich die Lippen und nickte. »Er ist jetzt fast an unserer Stoßstange.«

Beth nickte. »Fast fertig.«

In ihrer Panik hörte Stephanie nur: »Fertig.« Sie trat aufs Bremspedal.

Die völlig überraschte Beth wurde nach vorn in den Gurt geschleudert. Schmerzen durchfuhren ihre Brust. Sofort war der Wagen außer Kontrolle und schleuderte sie im Wageninnern umher. Der Schmerz ließ grelle Blitze vor ihren Augen aufzucken.

Zur gleichen Zeit beobachtete Fedorow sie bei heruntergelassener Seitenscheibe, bereit, den Molotow-Cocktail zu werfen. Doch das abrupte Bremsmanöver des Ford brachte ihn völlig aus dem Konzept. Er fluchte auf Russisch und stieg ebenfalls aufs Bremspedal. Aber er hatte so sehr beschleunigt, um am Ford vorbeizufahren, dass ihm nur wenige Sekunden blieben, bis der Ford so weit zurückgefallen war, dass er sich außer Reichweite befand. In Augenblicken wie diesem machte sich Fedorows Ausbildung bezahlt. Er analysierte blitzschnell die Situation und handelte.

Er warf die Flasche in hohem Bogen aus dem Seitenfenster auf den schleudernden Wagen. Die Flasche zerplatzte an der Fahrertür des Ford. Eine leuchtend rote Flammenwand breitete sich explosionsartig aus.

Während Fedorow davonraste, durchbrach der Ford unkontrolliert die Leitplanke und zog eine Spur aus Funken und Flammen hinter sich her. Fedorow lachte rau. Für die Polizei würde es so aussehen, als wäre die Fahrerin des Ford viel zu schnell gefahren. Dann hatte sie die Kontrolle verloren und war über die Böschung des Highway geschossen, wobei ihr Benzintank explodierte. Fahrerin und Beifahrerin waren tot. Tragisch. Aber manche Leute wollten sich einfach nicht überzeugen lassen, vorsichtig zu fahren.

Das Feuer hatte den Wagen auf Stephanies Seite verschlungen. Stephanies Kopf pendelte von einer Seite zur anderen. Sie war bewusstlos, Beth jedoch nicht. Die Hitze war mörderisch, doch die Geschwindigkeit, mit der der Ford in schrägem Winkel die Böschung hinunterjagte, verhinderte, dass die Glut sich ausbreitete. Sie mussten aus dem Wagen heraus, bevor er völlig von den Flammen erfasst wurde, doch Beth konnte sich kaum rühren und wurde in den Sitz gepresst. Sie nahm all ihre Kraft zusammen, um ihre Hand nach links zu zwingen und Stephanies Sicherheitsgurt zu lösen.

Ihr blieben nur Sekunden. »Stephanie!« Beth hatte das Gefühl, als bewegte sich alles in Zeitlupe. Sie packte Stephanies

Arm. »Wachen Sie auf!« Die heiße Luft dörrte ihre Kehle aus, und sie rang nach Luft. »Stephanie, Sie müssen aufwachen!«

Doch Stephanies Augen blieben geschlossen. Eine dicke Schweißschicht lag auf ihrem Gesicht, das krebsrot war wie bei einem Sonnenbrand. Aber Beth wusste, dass es kein Sonnenbrand war. Das weiß glühende Feuer, das dicht neben Stephanie wütete, versengte allmählich ihre Haut. Während der Wagen weiterholperte, versuchte Beth mit aller Kraft, Stephanie von der Flammenhölle wegzuziehen, doch sie schaffte nur ein paar Zentimeter.

Sie hatte keine Zeit mehr. Es zerriss ihr das Herz, doch nach Atem ringend ließ sie ihren eigenen Sicherheitsgurt aufspringen. Als die Räder auf den Boden des Abwasserkanals neben der Böschung schlugen, drehte der Wagen sich noch einmal um 180 Grad, und Beths Tür sprang auf. Die Wucht schleuderte sie in die kühle Nacht hinaus. Sie landete hart auf dem Gras, etwa sechs Meter von dem Feuerball entfernt. Sofort stand sie auf und hinkte auf den Ford zu. Der Wagen war ein flammendes Inferno. Sie kam nicht dichter heran.

»Stephanie!«, rief sie. Sie hob die Fäuste über den Kopf, rief noch einmal.

Keine Antwort. Während das Feuer wütete und die Flammen in die Luft loderten, hinkte sie in einem großen Kreis um den Wagen herum und suchte nach Stephanie. Aber es gab keine Lücke in den glühenden Flammen und der Hitze und keinen Hinweis, dass Stephanie entkommen war. Beth stöhnte und sank auf die Knie. Die extremen Temperaturen hatten wahrscheinlich Stephanies Tür zugeschweißt; deswegen war sie nicht aus dem Wagen geschleudert worden und in Sicherheit.

Beth brach in Tränen aus. Metallteile zerbarsten und ächzten. Funken schossen wie Feuerwerk in den tiefschwarzen Himmel. Weinend sprach sie ein stilles Gebet und hoffte, dass Stephanie nicht mehr zu Bewusstsein gekommen war.

Dann wurde ihr vor Entsetzen übel, als sie plötzlich Stephanie sah, ein schwarzer Schatten inmitten der Flammenhölle. Fast im selben Augenblick war das Bild wieder verschwunden, verschlungen von einem roten Leichentuch. Beth wurde von Entsetzen geschüttelt, während das Feuer brüllend weiterbrannte. Und dann überwältigte sie die Schuld. Sie selbst hatte überlebt, aber Stephanie nicht. Der Gestank von brennendem Gummi und Öl verpestete die Luft.

Vor dem geistigen Auge sah sie Stephanie noch einmal – das lange Haar wie eine Wolke auf ihren Schultern, die ruhigen Augen, das sanfte Gesicht. Ihr mitfühlendes Lächeln. Beth schluchzte, weinte hemmungslos. Zuerst Oberst Jurimengri, und nun Stephanie. Beide ermordet. Und Beth war mit dafür verantwortlich. Aber warum? Was hatte sie getan, um dies alles zu verursachen? Wen hatte ihr Organspender getötet?

Beth schlang die Arme um den Oberkörper. In der Ferne waren Sirenen zu hören, und sie wusste, dass sie nicht länger hier bleiben konnte. Stephanie war tot, doch sie selbst hätte eigentlich das Opfer sein sollen. Tränen strömten ihr übers Gesicht, und sie zwang sich aufzustehen und bewegte sich durch das dichte Gebüsch auf den Straßenrand zu.

Mit jedem ihrer schweren Schritte wurde sie wütender. Und diesmal war es kein zielloser Zorn mehr, der leicht ausgelöst und ebenso leicht wieder unterdrückt werden konnte. Diesmal stand irgendeine tiefe, gequälte Macht dahinter. Sie würde Jeff Hammond finden und ...

Beth unterbrach ihre Gedanken und erschauerte. Es war das erste Mal, dass ihre Wut sie so weit gebracht hatte, dass sie plötzlich das Bedürfnis verspürte, jemanden zu ermorden. Eine kalte, harte Stimme in ihrem Innern forderte den Tod. Es wäre solch ein gutes Gefühl, Hammond zu töten, ihn sterben zu sehen, beharrte die Stimme in ihr. Beth versuchte sie abzuschütteln und die Wut, den Hass und den Wunsch nach Rache zu vertreiben, doch sie blieben, saßen so fest wie ihre eigene Haut.

Steif und mit wackligen Beinen erklomm sie die Böschung, während die Hitze des Feuers an ihrem Rücken leckte. Sie hatte noch immer keine Antworten, und nun gab es nur noch einen Ansatzpunkt: Sie musste herausfinden, ob das Haus, das sie in ihren Albträumen gesehen hatte, tatsächlich existierte. Dort war die Garage gewesen, das fahrerlose Motorrad und der Mann, den sie getötet hatte. Sie musste herausfinden, wie sie zu dieser Adresse kam – sie hatte sie auf dem Briefkasten gesehen.

Da ihre Tasche im Ford verbrannt war, hatte sie keine Autoschlüssel, kein Bargeld, keine Kreditkarten und keine Medikamente. Ohne Geld und Transportmittel konnte sie nichts tun. Und ohne ihre Medikamente würde sie ohnehin sterben. Irgendwie musste sie zu ihrem Haus zurück, wo sie dies alles hatte und wo – wie sie inständig hoffte – keine weiteren Killer auf sie warteten. Mit etwas Glück, dachte sie bitter, müsste Jeffrey Hammond jetzt glauben, dass ich tot bin.

Immer noch weinend, kroch sie zum oberen Rand der steilen Böschung und schaute noch einmal zu dem wütenden Feuer auf dem Grund des Abwasserkanals hinunter, das zwischen den nach Norden und Süden führenden Fahrspuren des Highways loderte. Sie wischte sich mit dem Arm über die Augen. Auf der anderen Seite hatten zwei Wagen gehalten; die Leute stiegen aus und starrten auf das Feuer. Keines der Fahrzeuge war ein schwarzer Lieferwagen. Doch Beth durfte kein Risiko eingehen. Sie unterdrückte ihre Tränen, atmete tief durch und wandte sich ab. Sie hatte eine Aufgabe zu erledigen und durfte sich nicht länger ihrer Trauer hingeben.

Mit wild pochendem Herzen lief Beth am Highway entlang, bis eine Verkehrslücke entstand. Dann eilte sie auf die andere Seite und ging an der Fahrbahn entlang. Die Fahrzeuge jagten mit der üblichen hohen Geschwindigkeit an ihr vorbei und schleuderten Sand hoch, der auf Händen und Gesicht schmerzhaft prickelte.

Während das Heulen der Sirenen auf der anderen Seite der Fahrbahn verstummte, streckte Beth hoffnungsvoll den Daumen hoch. Noch konnte sie ihre Meinung ändern, konnte zu den Polizisten zurückkehren und mit ihnen sprechen. Hätte sie irgendeinen echten Beweis gehabt, wäre sie umgekehrt. Aber das Wenige, das sie wusste, war nicht von Nutzen; außerdem würde in den Zeitungen, im Radio und im Fernsehen von ihrem Überleben berichtet, falls sie mit der Polizei redete, und Hammond würde erfahren, dass sie noch lebte.

Die Wut steckte ihr wie ein Kloß im Hals. Nie hätte sie gedacht, jemanden so sehr hassen zu können. Und doch fragte eine leise Stimme ganz hinten in ihrem Kopf: Selbst wenn Hammond zurückgeflogen ist oder einen anderen Killer geschickt hat – *woher wusste er, wo du bist?*

Als ein großer Laster mit sechs Achsen zwanzig Meter vor ihr entfernt auf den Seitenstreifen fuhr und hielt, näherte Beth sich ihm misstrauisch. Die Scheibe auf der Fahrerseite ging herunter, und eine Frau in den Sechzigern, deren langes, graues Haar zu Zöpfen geflochten war, steckte den Kopf aus dem Seitenfenster.

Sie schaute Beth neugierig an und lächelte. »Brauchen Sie eine Mitfahrgelegenheit?«

»Vielen Dank. Darauf können Sie wetten.«

Eine Stunde später war Beth wieder in Georgetown, dank der einsamen Truckfahrerin, die froh war, eine Begleitung zu haben. Auch für Beth war es eine glückliche Unterbrechung gewesen. Sie zog ihre wollene Strickjacke über, eilte die Wisconsin Avenue entlang, wo die Truckfahrerin sie abgesetzt hatte, und bog um die Ecke. Sie kam an der Georgetown Presbyterian Church vorbei und ging weiter zu Stephanies Bungalow, wo sie ihren Wagen gelassen hatte.

Nervös blickte sie sich um. Der Mond stand tief am Himmel, und die Straßen waren menschenleer. In den Schatten suchte sie nach Anzeichen für Gefahr, während sie sich Stephanies Haus näherte. Selbst harmlose nächtliche Geräusche ließen sie zusammenzucken. Hinter jedem Strauch lauerte ein möglicher Attentäter. Aus der Entfernung beobachtete Beth ihren Mercedes, der sie genau dort am Straßenrand erwartete, wo sie ihn hatte stehen lassen.

Beth ließ fünfzehn Minuten verstreichen. Dann näherte sie sich dem Wagen vorsichtig. Sie griff links hinter die vordere Stoßstange, fand den Ersatzschlüssel in seinem magnetischen Halter und setzte sich in den Wagen. Ihr Herz schlug bis zum Hals. Der Motor sprang sofort an, und sie fuhr rasch davon. Die ganze Zeit behielt sie die Umgebung im Auge und fürchtete den Moment, da ein Wagen sich am Bordstein in Bewegung setzte und ihr durch die leeren Straßen folgte. Doch nichts geschah.

Sie parkte vier Häuser von ihrem eigenen entfernt. Das viktorianische Haus war dunkel, so wie es sein sollte, und es gab keine Anzeichen, dass dort eingebrochen worden war. Beth ließ das Seitenfenster herunter. Der süße Duft von Hartriegel lag in der Luft. Heuschrecken und Grillen zirpten.

Schließlich fuhr sie in die Einfahrt, hielt und stieg aus. Als sie den Schlüssel gefunden hatte, den sie stets unter dem Geranientopf neben der Tür des Hintereingangs versteckte, löste sich die nervliche Anspannung, und ihre Hände zitterten. Sie betrat das Haus, eilte durch sämtliche Räume und schaltete überall das Licht ein. Oben im Schlafzimmer schnappte sie sich ihre Schultertasche vom letzten Sommer und füllte sie aus einem Schrank im Badezimmer mit einem Sicherheitsvorrat an Medikamenten.

Dann ging sie wieder in ihr Arbeitszimmer im Erdgeschoss und holte die tausend Dollar Bargeld hervor, die sie immer in der untersten Schreibtischschublade eingeschlossen aufbewahrte. Den Verlust ihres Führerscheines und ihrer Kreditkarten würde sie melden, wenn sie Zeit dazu hatte. Als sie sich umdrehte, um das Zimmer zu verlassen, bemerkte sie, dass das rote Signallicht an ihrem Anrufbeantworter blinkte. Plötzlich spürte sie die Erschöpfung, die Müdigkeit bis ins Mark. Die Ereignisse überwältigten sie wie in einem Rausch, besonders Stephanies Tod. Sie schüttelte heftig den Kopf. Das war ein Symptom der modernen Zeiten: Ein blinkendes Licht an einem Anrufbeantworter konnte Furcht auslösen.

Beth drückte auf den Abhörknopf. Drei Anrufe waren an diesem Nachmittag eingegangen, alle von ehemaligen Kollegen bei Edwards & Bonnett, die ihr versicherten, wie Leid es ihnen tat, dass sie gekündigt hatte.

Es gab noch eine vierte Nachricht. Beth setzte sich überrascht hin, als sie die Stimme ihrer alten Freundin Carly King hörte, der Analystin bei Toole-Russell, die ihr die Informationen über HanTechs neue Eigentümer verschafft hatte.

»Weißt du was, Beth? Es gibt nichts Aufregenderes als Steuern.« Carly kicherte, doch ihre Stimme klang erschöpft. »Aber mal im Ernst, ich hab endlich Zeit gefunden, noch ein bisschen weiterzugraben, was die neuen Eigentümer von HanTech so treiben.« Ihre Stimme wurde nüchtern. »Und was ich herausgefunden habe, gefällt mir nicht. Die vermitteln nicht nur den Verkauf von nicht angereichertem Uran. Irgendwie haben sie die Finger auch in Geschäften mit *waffenfähigem* Uran. Sie kaufen es in Dritte-Welt-Ländern wie dem Irak und in Libyen, die es in den Neunzigerjahren von den Russen gekauft haben, als diese versuchten, Geld aufzutreiben.«

Sie zögerte und fuhr dann besorgt fort: »HanTech bringt das waffenfähige Uran nach Russland zurück. Was hat das zu bedeuten? Nun ja, vielleicht ist es eine gute Nachricht, da die Russen angeblich unsere Alliierten sind. Aber ich habe da meine Zweifel. Sollte ich es jemandem im Außenministerium melden? Oder dem Handelsministerium? Denk darüber nach und ruf mich an. Ich brauche deinen Rat.« Eine lange, sorgenvolle Pause setzte ein; dann legte sie auf.

Wie vor den Kopf geschlagen, spielte Beth die Nachricht ein zweites Mal ab. Waffenfähiges Uran war ein streng kontrollierter, notwendiger Bestandteil von Atomwaffen. Wie war die amerikanische Firma darin verstrickt? Es war illegal, gefährlich und furchterregend. Und warum verkaufte Russland sein waffenfähiges Uran an Amerika und kaufte es zur gleichen Zeit von Nationen in der Dritten Welt zurück?

Sie drückte auf den Löschknopf und lehnte sich zurück, um darüber nachzudenken, was sie Carly sagen sollte. Aber vorher hatte sie noch etwas anderes zu erledigen. Sie nahm ihre Schultertasche, knipste das Licht aus und eilte aus dem Haus. Dann fuhr sie auf der Wisconsin Avenue nach Norden in Richtung Chevy Chase. Mit etwas Glück würde sie das Haus finden, das immer wieder in ihren Albträumen aufgetaucht war. Außer der Telefonnummer in Virginia war seine Adresse die einzige verfolgbare Information, die ihre Träume je geliefert hatten.

Sie bog rechts ab in die Nebraska Avenue, kam an den wogenden Hügeln von Fort Reno Park vorbei, bog dann links ab in die Connecticut Avenue und kam schließlich nach Chevy Chase, einem der nobelsten Vororte von Washington, wo Millionen Dollar teure Villen in verschiedenen Stilrichtungen auf großen Waldgrundstücken mit Swimmingpools, Pagodenbäumen und manikürten Grünflächen standen.

Sie bog um weitere Ecken, und plötzlich schlug ihr das Herz bis zum Hals. Sie bremste, um genauer hinzuschauen. Geschockt betrachtete sie den schwarzen Briefkasten auf einem Eisenpfosten am Straßenrand und die senkrechten Ziffern aus Schmiedeeisen oben auf dem Kasten.

Genau so wie in ihren Albträumen.

Beth schüttelte den Kopf, um wieder klar zu denken. Dann schaute sie sich um. Das Haus musste am Ende der Auffahrt stehen, die weiter oben im Wald verschwand. Sie zögerte, zuckte dann trotzig mit den Schultern und fuhr die Auffahrt hinauf. Sie wusste, dass sie Hausfriedensbruch beging. Wenn jemand sie anhielt, würde sie sich entschuldigen. Wenn jemand auf sie zu schießen versuchte, würde sie davonrasen. Zur Hölle mit allen!

Als sie auf eine Lichtung kam, trat sie auf die Bremsen. Vor ihr breitete sich ein unwirklicher Anblick aus. Wieder war es genau wie in ihren Albträumen: Der dichte, kurz geschnittene Rasen. Die große Trauerweide neben dem Weg. Und das große Haus im Ranch-Stil mit dem schrägen Dach, der langen Veranda und den pechschwarzen Fenstern. Einen makabren Augenblick lang rechnete Beth beinahe damit, dass das Garagentor sich öffnen und mit dröhnender Maschine ein fahrerloses Motorrad herausrollen würde.

Sie zählte bis zehn. Dann bis zwanzig. Doch das Tor blieb verschlossen. Genau so, wie sie sich erinnerte, waren Haus, Garage und Garten verlassen – und irgendwie bedrohlich. Trotzdem wollte Beth noch nicht gehen. Sie musste mehr herausfinden. Sie fuhr ganz hinauf, wendete und parkte so, dass ihr Wagen bereits in Fahrtrichtung zur Straße stand, falls sie sich rasch aus dem Staub machen musste. Sie wartete hinter dem Steuer, hielt nach möglichen Gefahren Ausschau und musterte das Haus. Sie fühlte sich von ihm angezogen, als verspräche es Antworten ... oder vielleicht etwas anderes.

Ein unbehagliches Gefühl durchfuhr sie. Sie schaute auf ihre Hände, die sich in ihrem Schoß verkrampften, als führten sie ein Eigenleben und wollten ihren Peiniger töten. Beth nahm ihre Schultertasche, öffnete leise die Wagentür und schlich hinaus in die Schatten.

17.

In jener Nacht in West Virginia war Jeff Hammond müde, als er über den Bürgersteig der kleinen ländlichen Stadt ging, die sich Stone Point nannte. Vor langer Zeit – fast zehn Jahre war es jetzt her – hatte er eine vielversprechende Karriere aufgegeben und alles riskiert für eine Vorahnung, die so richtig, so genau, so weitsichtig zu sein schien, dass er alles verraten hätte, was er war und woran er glaubte, hätte er damals anders gehandelt. Und nun, nach all diesen Jahren, war er ganz dicht daran, seinen Verdacht zu bestätigen. Doch seit er gestern in diesem abgelegenen Bergnest gelandet war, war er in eine Sackgasse nach der anderen geraten.

Seufzend schüttelte er den Kopf, während er den Blick über die Main Street mit ihren rissigen Bürgersteigen und den vorüberfahrenden Pickups schweifen ließ, die vom Licht der verstaubten Straßenlaternen beleuchtet wurden. Es war einer dieser armen Flecken in West Virginia, die zunächst *trotz* ihrer isolierten Lage und der für auswärtige wirtschaftliche Interessenten glanzlosen Erscheinung und später genau *deswegen* überlebt hatten. Bauholz, Kohle und die Eisenbahn hatten den Ort zweihundert Jahre lang so gerade eben am Leben erhalten, bis die boomende Wirtschaft der Neunzigerjahre Jägern, Anglern und Wanderern genug Einkommen und Freizeit verschaffte, um das umliegende Appalachen-Paradies zu entdecken. Nun erstrahlte ein Teil von Stone Point in neuem Glanz. Zwei neue Motels – in einem hatte Hammond die Nacht verbracht – befanden sich am Ortsrand. Die Einwohner hatten sogar eine Petition eingebracht, die Schlaglöcher beseitigen zu lassen.

Das alles und noch mehr hatte Hammond seit gestern erfahren und dachte darüber nach, als er nun die Tür zur zweiten Kneipe des Ortes öffnete. Die erste hatte sich als Reinfall erwiesen, was man ebenso von der Tankstelle, den Läden, dem Rathaus und der kleinen Bücherei sagen konnte, die Hammond alle aufgesucht hatte. Er mochte viele Eigenschaften haben, doch ganz oben stand seine Hartnäckigkeit. Er hatte eine Abfuhr nach der anderen eingesteckt und machte dennoch weiter. Auf die eine oder andere Weise würde er Alexei Berianow finden und aufdecken, was er vorhatte.

Er schob seine Gefühle beiseite und betrat die Kneipe. Über der Bar zeigten Bierreklamen aus Neon grelle Wasserfälle und fliegende Fasanen. In der Jukebox sang Johnny Cashs verwitterte Stimme einen melancholischen Song von Eisenbahnwracks und verlorener Liebe. Die Luft war zum Schneiden dick und erfüllt vom durchdringenden Geruch von Zigarettenrauch und Lagerbier. An dem verkratzten Tresen, über eine Flasche Budweiser gebeugt, hockte ein Mann in Jeans und Sweatshirt mit Kapuze, während an den kleinen Tischen eine Hand voll Männer und Frauen saß, in guter Gesellschaft mit Bierflaschen und Schnapsgläsern. Nicht ein einziges Weinglas war zu sehen.

Als Hammond zu dem Barmann ging, schaute der kurz auf, schätzte den Ankömmling rasch und professionell ein und richtete seine Aufmerksamkeit dann wieder auf den Gastraum. Er hatte ein gerötetes Gesicht, das dringend eine Rasur brauchte, und eine breite Nase, die vor langer Zeit bei einem Kampf verbogen worden war.

»Wer war das?«, fragte der Barmann in die Runde. »Welcher Scheißkerl hat Lila umgebracht?« Heftig putzte er ein Glas und stellte es aufs Regal hinter ihm.

»Und wer war dieser Junge, der sie gebumst hat und ebenfalls ermordet wurde?«, entgegnete der Mann mit dem Kapuzen-Sweatshirt. »Dieser Marty – vielleicht hatte der was damit zu tun. Hat einer von euch was über ihn gehört?«

Eine der Frauen machte sich bemerkbar. »Ich hab gehört, sein Nachname war Coulson. Martin Coulson. Ich wette, er gehörte zu Bates' Jagdclub. Er hat ein schweres Motorrad vor Lilas Haus abgestellt. Das war bestimmt eine von den Maschinen aus Bates' Club. Niemand sonst hier in der Gegend hat so ein Motorrad.«

»Denkt an ihre Eltern«, sagte die Frau am Nebentisch. »Die armen Leute.« Ihre Stimme bebte.

Hammond stützte einen Ellbogen auf die Theke, beobachtete und hörte zu. Wohin er auch kam – die Leute hatten über den tragischen Tod des jungen Liebespaares gesprochen. Mord war hier selten, aber wenn einer geschehen war, dann fast immer aus Leidenschaft oder Rache. Den Mord an dem Pärchen konnte die Stadt sich nicht erklären.

Hammond war neugierig. Er hatte bisher nur herausgefunden, dass Lila das jüngste von fünf Kindern gewesen war und noch zu Hause gewohnt hatte. Die Familie hatte mit niemandem in der Stadt ernsthafte Konflikte. Lila hatte bisher keine Freunde gehabt, die als eifersüchtig bekannt waren. Sie hatte als Verkäuferin im örtlichen Supermarkt gearbeitet, und jeder hatte sie gut leiden können.

Ihr junger Freund – Marty Coulson – war offenbar Mitglied in einer Sportgruppe gewesen, die von einem Mann namens Caleb Bates geleitet wurde, der ein ziemlich großes Stück Land am Hang oberhalb von Stone Point gekauft hatte. Sein Sportclub war einer von einem Dutzend neuer Clubs »nur für Mitglieder«, die Jäger aus dem ganzen Land anzogen und dazu beigetragen hatten, die Wirtschaft der Gegend wieder zu beleben. Tatsächlich war Bates' Foto auf der Titelseite der lokalen Wochenzeitung erschienen, zusammen mit einem Artikel, der die Vorzüge des Lebens in den Wäldern pries.

Hammond hatte sich das Bild angeschaut: Bates war ein massiger Bursche, mit einer Jagdweste bekleidet, und trug eine Winchester in den dicken Armen. Hammond hatte ihn nicht erkannt.

Aus den Einzelheiten, die er über die Morde aufschnappen konnte – einzelne Schüsse auf beide Opfer, keine lauten Schussgeräusche, so große Kaliber, dass die Wucht der Geschosse die beiden jungen Leute halb aus dem Bett geschleudert hatte –, schloss Hammond, dass es sich bei dem Täter um jemand gehandelt haben musste, der sich auf so etwas verstand. Auf der anderen Seite besaßen die meisten Dorfbewohner die eine oder andere Schusswaffe. Die örtliche Polizei – drei Officers – ermittelten noch immer.

Der Barmann wandte sich zu Hammond. Sie beide hatten die gleiche Größe, doch der Barmann trug zusätzliches Gewicht in Gestalt eines Schmerbauchs mit sich herum. Trotz seines rosigen Gesichtes und der gebrochenen Nase strahlte er eine gewisse Würde aus, die Hammond gefiel.

»Was darf ich Ihnen bringen, Mister?«, fragte der Barmann.

»Ein Bud. Und eine Antwort, hoffe ich.«

Hammond zog ein Farbfoto aus seinem Fischgrätjackett und schob es über die Theke. Das Foto zeigte einen Weißen von mittlerer Statur mit einem schmalen, nordeuropäischen Gesicht. Er sah gut aus in seinem Smoking und hielt selbstbewusst ein halb volles Glas Martini in der Hand.

Hammond fragte: »Haben Sie den schon mal gesehen?«

Es wurde still im Raum, als die beiden großen Männer einen Blick tauschten. Der Barkeeper nahm das Foto in die Hand. Es war Zeit fürs Abendessen im Tal, doch wie überall gab es auch hier einige, die noch nicht nach Hause gehen wollten oder konnten. Also tranken sie noch ein Glas mit ihren Kumpeln und stärkten sich für die lange Nacht oder vielleicht für mehr Einsamkeit, als sie zugeben wollten. Kneipen wie diese waren Hochburgen von Klatsch und Tratsch. Deshalb hatte Hammond sich einigen Optimismus erlaubt, als er diese Kneipe betreten hatte.

»Nee. Da fällt mir nichts zu ein. Wie ist es mit dir, Clyde?« Der Barmann gab das Foto dem Mann im Kapuzen-Sweatshirt, der es sich anschaute, den Kopf schüttelte und es an den Mann am nächsten Tisch weiterreichte.

Hammond runzelte die Stirn, während das Foto in der Kneipe herumging und alle Betrachter zu verstehen gaben, dass sie den Mann nicht kannten.

Der letzte sagte: »Kommt mir irgendwie bekannt vor. Ich kann aber nicht sagen, warum.«

»Nehmen Sie sich Zeit«, ermunterte ihn Hammond.

Der Mann sah sich das Foto länger an. »Nee, ich glaub nicht.« Er gab es Hammond zurück. »Muss mich wohl an jemand erinnern, auf den ich jetzt nicht komme.«

»Jemand aus Stone Point?«

Diesmal schüttelte der Mann entschieden den Kopf. »Bestimmt nicht.«

»Wer soll das denn sein?«, fragte der Barmann. »Er trägt einen Smoking, und er ist auf irgendeiner schicken Party. Ich glaub nicht, dass so ein Typ hier wohnen würde, oder, Jungs?«

Sie lachten und hatten für einen Augenblick die Tragödie des ermordeten Liebespaares vergessen. Sie musterten Hammond und starrten sein langes Haar, den goldenen Ohrring, das Fischgrätjackett und die Jeans an. Doch ihre Blicke waren eher neugierig als unfreundlich. Man brauchte nur das Jackett und den Ohrring wegzulassen, und der Kerl würde leicht hierher passen – ein Naturbursche, der nach seinem eigenen Rhythmus lebte, so wie viele andere hier im waldreichen Hinterland, wo Individualisten, komische Käuze und Sonderlinge ebenso Teil der rauen Landschaft waren wie die riesigen Bäume und die wilde Vegetation.

»Er ist Russe. Heißt Alexei Berianow«, murmelte Hammond. »Ich habe gehofft, ihn für meine Zeitung zu interviewen.«

»Russe?«, fragte einer der Männer überrascht. »O Mann. Auf keinen Fall. Hier?«

»He, ich hätte nichts dagegen, ’nen Russen zu treffen«, sagte ein anderer. »Russland ... ganz schön weit weg. Verdammt viel weiter als New York. Das wär schon was, jemand aus Russland kennen zu lernen. Da hätte ich nichts gegen. Für welche Zeitung schreiben Sie?«

»Washington Post.«

»In Washington, D. C.?«, fragte der Mann im Kapuzenshirt.

»Ja.« Hammond unterdrückte ein Lächeln. »Also, hat jemand von Ihnen hier in der Gegend jemals einen Russen gesehen?«

Alle schüttelten die Köpfe.

»Unmöglich«, bestätigte der Barmann.

»Ich hab mal in einem Film gehört, wie Russen sich unterhalten«, sagte ein anderer. »Den Akzent kann man nicht verwechseln. Irgendwie tief und brummend. Ich kenne niemand, der wie ein Russe geklungen hätte. Und ich glaub, ich kenne so ungefähr jeden, der hier lebt.«

»Stimmt das?« Enttäuscht blickte Hammond sich in der Kneipe um, in der Hoffnung, dass jemand widersprechen würde, was aber nicht der Fall war.

Eine der Frauen hatte sich auf den Mann konzentriert, der gesagt hatte, dass er nichts dagegen hätte, Russen kennen zu lernen. »Die Idee gefällt dir, was, Kenny?«, machte sie sich über ihn lustig. *»Russland.* Dann kratz deine Mäuse zusammen und fahr hin. Wenn du überhaupt weißt, wo das ist.«

»Hör schon auf, Alma. Versuch nicht, mich zu verscheißern. Du verläufst dich doch schon, wenn du nur nach Hause gehst. Drei Bier und du glaubst, du fliegst den ganzen Weg bis Wheeling ...«

Während die Gäste in gutmütiges Gelächter ausbrachen und Scherze machten, steckte Hammond das Foto wieder in die Jackentasche, bezahlte sein Bier und ging. Draußen fuhren klapprige Pickups und alte Pkw vorbei. Hammond war enttäuscht. Als Beth Convey ihm von Jurimengris letzten Worten erzählt hatte, war er sicher gewesen, in Stone Point irgendeine Verbindung zu Berianow zu finden – eine Verbindung zu irgendeiner tödlichen Tätigkeit, die der einst so mächtige KGB-General all die Jahre lang hatte verbergen können. Doch Berianow hatte einen starken, unverwechselbaren russischen Akzent, was niemandem in Stone Point entgangen wäre.

Hammond schob die Hände in die Taschen seiner Jeans, zog die Schultern hoch und ging zum Drugstore hinüber, der noch erleuchtet war. Er würde nicht aufgeben. Nicht jetzt. Er hatte zu viele Jahre investiert. Irgendjemand in diesem Kaff würde Berianow auf dem Foto wieder erkennen ...

Dann geschah es. Hammond sah einen Schatten auf dem Bürgersteig, der nicht dorthin zu gehören schien. Hammond war es gewöhnt, automatisch auf jeden seiner Schritte zu achten, auf alles in seiner Umgebung – heruntergelassene oder geschlossene Seitenfenster, geöffnete oder geschlossene Türen in Gebäuden, die Art und Weise, wie die Leute sich bewegten und wo sie hinschauten, Reflexe auf Glasscheiben, huschende Schatten. Hammond war ausgebildet, sich so zu verhalten, und er hatte rasch erkannt, wie vernünftig dies war. Fast jeder andere hätte die leichte Ausbeulung in dem Schatten vor ihm übersehen. Der Schatten wurde von der Wand auf der linken Seite der Seitengasse bis über den Bürgersteig geworfen.

Jemand verbarg sich dort.

Hammond drehte den Kopf, so beiläufig er konnte, und suchte mit raschen Blicken die ganze Umgebung ab. Der Verkehr war spärlich. Vier Teenager auf dem Bürgersteig lachten und schlenderten gemächlich auf ihn zu, während Hammond versuchte, in die Seitengasse zu spähen, die fünf Meter vor ihm lag. Er hielt den Atem an und beobachtete aufmerksam, als die Teenager an der Gasse vorbeikamen. Doch wer immer dort lauerte – die Versuchung war nicht stark genug, vielleicht weil die Taschen der jungen Leute nicht viel Beute hergaben. Außerdem waren es vier, mit denen er es aufnehmen musste.

Hammond ging langsamer, um die jungen Leute an sich vorbeizulassen. Sie schlenderten mit untergehakten Armen vorüber, zwei lachende, glückliche Pärchen, die Spaß haben wollten.

Hammond lächelte und blieb stehen, um seine Baseballmütze zu richten. Um Zeit zu gewinnen, lehnte er sich gegen die Holzwand eines Eisenwarengeschäfts und wischte sich mit dem Arm über die Stirn. Als die fröhliche kleine Gruppe vorbeigegangen war, ließ Hammond noch einmal den Blick über Bürgersteig und Straße schweifen. Nichts.

Zeit zu Handeln.

Hammond nutzte die Wand des Ladens als Deckung und schlich auf die Seitengasse zu. Eine alte Kraft, die er lange nicht gespürt hatte, stieg in ihm auf. Sein Herzschlag verlangsamte sich. Seine Sinne waren wieder so scharf, wie er es von früher in Erinnerung hatte. Mit einer Hand griff er blitzartig um die Ecke, packte den Stoff, und zog die Hand mit einem Ruck zurück.

Die Stimme, die zu dem Kleidungsstück gehörte, das Hammond erwischt hatte, rief wütend: »Herrgott nochmal, Hammond!«

»Scheiße, Steve Thoma! Was machst du denn hier?«

Die beiden Männer standen bewegungslos am Ausgang der Gasse. Hammond hatte Thoma am Hemdkragen gepackt; ihre wütenden Gesichter waren nur Zentimeter voneinander entfernt. Thoma war kleiner als Hammond, hatte gewelltes Haar und ein kantiges Kinn. Seine Augen sprühten vor Zorn. Er trug den üblichen dunklen Anzug mit weißem Hemd. Aber gerade als Thoma hinter sich unters Jackett greifen wollte, stieß Hammond ihn mit der einen Hand in die Gasse und außer Sicht, während die andere Hand geschickt eine 10 mm Smith & Wesson aus dem Halfter an Thomas Rücken zog.

»Dafür wirst du mir bezahlen!«, schnaubte Thoma.

»Tut mir Leid, aber ich reagiere allergisch, wenn man eine Waffe gegen mich zieht. Ich hab übrigens das Gefühl, dass du langsamer wirst.«

»Ach ja? Ich habe dir eine Chance gelassen.« Thoma war sauer.

Hammond steckte die Smith & Wesson in seinen Hosenbund. »Schickes Spielzeug. Du bist also bewaffnet. Ich korrigiere: Du *warst* bewaffnet. Was hast du geglaubt, dass du hier findest – einen Attentäter?«

»Das hast du gesagt, nicht ich. Was suchst du hier überhaupt?« Thomas welliges Haar war zerzaust, und sein dickliches Gesicht war noch immer vor Wut gerötet, dass man ihn übertölpelt hatte.

Hammond funkelte ihn an. »Was schleichst *du* hinter mir her? Das hat nicht zufällig irgendwas mit einem gewissen toten KGB-Überläufer namens Jurimengri zu tun?«

Thoma schürzte die Lippen und musterte Hammond von oben bis unten. »Du lieber Himmel, du siehst aus wie ein Penner. Du brauchst einen Haarschnitt. Und warum trägst du einen Ohrring? Aber du warst ja schon immer ein seltsamer Scheißkerl. Gott allein weiß, warum das FBI dich überhaupt eingestellt hat.«

»Ich freue mich auch, dich zu sehen, Thoma. Was aber nichts daran ändert, dass du meine Frage beantworten sollst. Also, warum? Das FBI hat sich seit Jahren nicht mehr für mich interessiert.«

»Du kannst mich mal, Hammond.« Thomas Miene veränderte sich. Der Zorn verblasste und verwandelte sich in einen Ausdruck der Verschlagenheit.

Immer noch Thomas Kragen im Griff, wirbelte Hammond

herum. Die Schritte waren so leise gewesen wie Katzenpfoten. Die vier Männer und Frauen in ihren schwarzen Anzügen, den weißen Hemden und Blusen schienen aus dem Nichts zu kommen und zielten mit ihren Waffen auf Hammond. Irgendwie hatte Thoma sie herbeigerufen.

Hammond fluchte auf sich selbst. »Du hattest einen stillen Alarm, du Mistkerl.«

Thoma grinste ihn frech an und öffnete einen Saum in seinem Gürtel, hinter dem ein münzgroßes Medaillon zum Vorschein kam. »Der ist mit meinem Halfter verbunden. Sobald du die Waffe herausgenommen hast, wurde er aktiviert. Wir haben alle so einen. Diesmal war ich der Glückliche.«

»Das sehe ich selbst.«

»Gib Thoma seine Waffe zurück, Hammond. Wir nehmen dich fest.« Das war Chuck Graham, ein anderer von Hammonds ehemaligen Kollegen. Er war ein schlanker Mann mit einem schmalen, faltigen Gesicht. Graham war Mitte vierzig und somit etwa zehn Jahre älter als Hammond. Alles an ihm war wie aus dem Ei gepellt, von seinen messerscharfen Bügelfalten bis zu seinem frisch gebügelten Button-Down-Hemd und den glatt rasierten Wangen.

Hammond hatte Graham immer respektiert, obwohl er von seinem lehrbuchgetreuen Stil nicht gerade begeistert war. »Ihr nehmt mich fest? Weshalb?« Er zog die Smith & Wesson aus seinem Hosenbund.

Sofort schlossen die vier bewaffneten Agenten den Ring enger um ihn.

»Entschuldigung.« Hammond setzte ein unschuldiges Lächeln auf und drehte die Waffe vorsichtig herum, sodass der Griff nach vorn zeigte. Er reichte sie Thoma.

Graham – er schien der verantwortliche Agent zu sein – entspannte sich ein wenig. »Wir suchen dich wegen Mordes an Lila Kennedy und Martin Coulson.« Die Falten auf seinem schmalen Gesicht wurden vor Enttäuschung tiefer. »Wie konntest du das tun, Hammond? Zwei Jugendliche! So etwas hätte ich nie von dir erwartet.«

»Bist du nicht ganz dicht? Ich habe diese Jugendlichen nicht umgebracht. Warum sollte ich? Bis gestern habe ich nie einen Fuß nach Stone Point gesetzt.«

»Um welche Zeit bist du gestern hier hergeflogen?«

Sie mussten es bereits nachgeprüft haben, da sie wussten, dass er mit dem Flugzeug gekommen war. »Gegen drei Uhr.«

Der erfahrene Agent nickte wissend. »Die Jugendlichen wurden irgendwann zwischen drei und fünf gestern Nachmittag erschossen. Und die örtliche Polizei hat Beweise, dass du es warst. Zwingende Beweise. Wir nehmen dich mit nach Washington. Überprüf ihn, Thoma.«

Trotz der Weichlichkeit seines Gesichts war Thomas Griff hart. Er packte Hammonds Schultern und drückte ihn grob an die Gassenmauer. Wie viele andere Männer im Dienst seines Landes war Thoma sehr in seinen winzigen Anteil an der Macht verliebt – mehr als gut für ihn und andere war. Er klopfte Hammond rigoroser ab als nötig, aber das hatte Hammond erwartet. Er würde sich später um Thoma kümmern.

»Wenn es eine lokale Angelegenheit ist«, sagte er, »sollten die örtlichen Cops mich verhaften. Das fällt in ihre Gerichtsbarkeit.«

»Falsch«, sagte Thoma mit sichtlicher Genugtuung. »Es geht hier um die Sicherheit des Landes. Hier ist das FBI zuständig, nicht ein Haufen Bauerntölpel.« Er trat einen Schritt zurück. »Er ist sauber. Keine Waffen. Er muss sie irgendwo weggeworfen haben.«

»Wo ist sie?« Grahams faltiges Gesicht war kalt und regungslos.

»Ich habe es dir schon gesagt«, stieß Hammond hervor. »Ich habe diese Jugendlichen nicht umgebracht, verdammt noch mal! Das ergibt doch gar keinen Sinn.«

»Für uns vielleicht nicht«, entgegnete Graham. »Aber offensichtlich für dich. Ich weiß nicht, was damals passiert ist, Hammond, aber irgendetwas *ist* passiert. Du hast dich mit jedermann zerstritten und allen ans Bein gepinkelt, bevor du gegangen bist. Dann hast du für dieses kommunistische Käseblatt namens *Post* gearbeitet. Und jetzt sieh dich doch an. Deine Haare sind lang genug, um dir Zöpfe zu flechten, und dann dieser goldene Ohrring. Du siehst tuntig aus, Hammond. Gehen wir.«

Sie formierten sich neu um Hammond, eine Zangenbewegung in einer schon gewonnenen Schlacht. Während sie ihn auf die Straße begleiteten, hielten sie starr ihre Waffen auf ihn gerichtet. Hammond verstand die Botschaft: Sie würden ihn auf keinen Fall entkommen lassen.

»Was sagt Bobby dazu?«, fragte Hammond. Bobby Kelsey war sein Boss gewesen und gehörte zum Top-Management des FBI.

Thoma kicherte. »Irgendwas von Ikarus, der zu nahe an die Sonne geflogen ist.«

Das war eine typische Antwort für Bobby Kelsey, aber sie verriet Hammond noch mehr: Es war eine Nachricht, die besagte, dass Bobby für diese Operation verantwortlich war.

Hammond nickte gleichmütig. »Das hört sich ganz nach Bobby an.«

Thoma sagte finster: »Ja, Bobby Kelsey ist nicht gerade dein größter Fan. Ich glaube, du hast die angeborene Gabe, dir Feinde zu machen. Steig ein, Arschloch.«

Obwohl das FBI sich verändert hatte und moderner geworden war, ließen manche Dinge sich nur schwer ausmerzen, insbesondere der Korpsgeist, der kaum Abweichungen von der Norm erlaubte. Und Hammond war sehr weit abgewichen.

Bei einem mitternachtsblauen Lincoln Continental, der zwischen zwei Straßenlaternen geparkt war, blieb die Gruppe stehen. Thoma schob Hammond auf die Rückbank.

Hammond blickte Graham an. »Ich habe ein Recht zu erfahren, was los ist. Was für ›zwingende Beweise‹ glaubt die örtliche Polizei denn zu haben?«

Graham runzelte die Stirn. »Ich hab dir schon genug erzählt. Nationale Sicherheit – schon mal gehört?«

»Wo bringt ihr mich hin?«

»Keine Fragen mehr. Du weißt, wie es läuft.«

Von nun an blieben die Agenten stumm. Es war das übliche Vorgehen, ein psychologischer Einschüchterungsversuch. Ihr Problem war allerdings – und das wussten sie –, dass Hammond ihre Tricks durchschaute. Er hatte dieselbe Ausbildung gehabt, hatte dieselben Ränge durchlaufen. Er war ihnen ähnlicher, als sie zugeben wollten. Das würden sie früh genug erfahren.

Während die Nacht kälter und die Schatten der Appalachenberge länger wurden, beobachtete Special Agent Eli Kirkhart, wie seine Kollegen Jeff Hammond in ihren Wagen schoben. Er sah den verbissenen, nicht besonders hellen Thoma und Graham, den alten Hasen. Alle waren nervös und hielten die Waffen schussbereit, falls es Schwierigkeiten geben sollte.

Eli hatte gestern im Büro der Fluggesellschaft bloß seine FBI-Marke zücken müssen, um Hammonds Reiseziel zu erfahren: Stone Point. Das Spesenkonto der stellvertretenden Justizministerin war weitaus üppiger als das des FBI, und so buchte Eli einen Privatjet mit Pilot und folgte Hammond. Als er landete, war bereits die Abenddämmerung hereingebrochen. Am nächsten Morgen entdeckte er Hammond auf dem Parkplatz – sie wohnten im selben Motel.

Anschließend war Eli auf Abstand geblieben, folgte Hammond im Mietwagen oder zu Fuß und sprach mit jedem, mit dem auch Hammond sprach. Jetzt, am Ende der dunklen Straße, beobachtete Eli aus seinem Mietwagen, wie Graham,

Thoma und die anderen Agenten Hammond in den Lincoln setzten. Als die Limousine wegfuhr, startete Kirkhart seinen Wagen und folgte ihnen in die Nacht.

18.

Wind kam auf und raschelte in den Büschen und Bäumen, die das Haus in Chevy Chase umgaben. Als ein kleines Tier durchs Gebüsch vor ihr huschte, zuckte Beth zusammen. Doch während sie umherging, um das Gelände zu erkunden, kam der Ort ihr seltsam bekannt vor.

Sie ging an der Veranda vor dem Haus entlang zu einem Steinweg, der sich um die linke Seite herum bis hinter das Gebäude zog, wo ein Teich mit japanischen Kois, üppige Hibiskuspflanzen und tropische Gewächse in großen Terrakotta-Töpfen dem Patio einen exotischen Anstrich verliehen. Beth blickte in jedes Fenster, entdeckte aber kein Anzeichen darauf, dass jemand im Haus war. Das Mondlicht ließ erkennen, dass die Betten unberührt waren. Beth spähte in die Garage. Kein Motorrad oder sonst ein Fahrzeug war dort abgestellt.

Beth versuchte, die hintere Eingangstür des Hauses zu öffnen. Abgeschlossen. Sie versuchte es an den Seitentüren, der Vordertür und den Fenstern. Alles war verschlossen. Dann sah sie die Alarmanlage. Das Haus wurde von derselben Firma überwacht wie ihr eigenes – was nicht weiter verwunderlich war. Es war das größte Sicherheitsunternehmen in der Gegend und war schon von Jackie Kennedy engagiert worden, um ihre Privatsphäre zu schützen, nachdem *Jack* ermordet worden war.

Beth blieb auf dem Gehweg zwischen der Garage und dem Haus stehen, wo der Wind Blütenblätter über ihre Sportschuhe blies. Sie musste unbedingt ins Haus kommen. In diesem Augenblick hatte Beth eine Idee. Zu ihrem zwölften Geburtstag hatte ihre Mutter ihr einen Werkzeugkasten geschenkt – der Beginn ihrer Liebe zu sämtlichen Werkzeugen, vom Ziselierstichel bis zum Presslufthammer, was ihr als Erwachsene zugute kam und zu ihrem Erfolg beitrug. Sie hatte keine Furcht vor Geräten und Maschinen, und wenn sie mit internationalen Mandanten oder anderen Anwälten darüber verhandeln musste, fühlte sie sich auf heimischem Terrain.

Sie ging zu ihrem Wagen zurück, öffnete den Kofferraum, in dem sie stets einen vollen Werkzeugsatz mitführte, und nahm verschiedene Drahtschneider und eine Taschenlampe heraus.

Sie hatte diesen Trick gelernt, als ihre eigene Alarmanlage verrückt gespielt hatte, kurz nachdem sie eingezogen war. Ihr damaliger Freund hatte unabsichtlich den Alarm ausgelöst, als er den Primärcode nicht schnell genug eingegeben hatte. Doch weder er noch Beth hatten sich daran erinnert, was laut Bedienungsanleitung zu tun war, falls ein solcher Fall eintrat. Als sie das Informationsblatt nicht finden konnten und das schrille Geheul der Alarmanlage immer weiterging, hatte Beth kurz entschlossen die Drahtschere hinter den Kasten geschoben und den Draht durchschnitten. Der Mann, der die Alarmanlagen im Büro der Sicherheitsfirma überwachte, wollte gerade die Polizei alarmieren, als der Alarm plötzlich aufhörte: Der Mann hakte die Sache als einen jener Fälle ab, wo die Hausbesitzer schließlich doch den richtigen Code eingegeben hatten.

Beth zögerte und wog eine mögliche Verhaftung wegen Einbruchs gegen alles andere ab, was in den letzten dreißig Stunden passiert war. Doch Stephanies grauenhafte Ermordung – und beinahe auch ihre – machten die Entscheidung letztlich einfach. Beth kehrte zur Küchentür zurück und benutzte die Drahtschere, um eine Scheibe einzuschlagen. Der Alarm heulte los und gellte durch die Nacht.

Beth hatte nun keine Zeit zu verlieren. Sie griff hinein und entriegelte die Tür. Obwohl sie noch vom Autounfall erschöpft war, eilte sie an den Küchenschränken vorbei zu dem kleinen Schaltkasten der Alarmanlage an der Wand. Er sah genauso aus wie ihr eigener zu Hause – weiß mit Tastatur. Doch es gab ein Problem: Er war so dicht an der Wand montiert, dass er wie angeklebt aussah, im Gegensatz zu ihrem, der eine breite Lücke zum alten, rissigen Verputz der Wand ließ. Irgendwie musste sie mit der Drahtschere an die Drähte kommen, die bestimmt durch ein Loch im Putz hinter dem Alarmkasten geführt wurden. Schnell.

Während der nervenaufreibende Alarm weiterheulte, stieß Beth die Drahtschere tief in den Verputz. Staub wölkte auf, doch sie war noch nicht tief genug ins Mauerwerk gedrungen. Die Griffe schmerzten in ihren Handflächen, als sie die Drahtschere immer wieder in die Wand rammte, bis sie schließlich eine Öffnung fühlen konnte. Sie schnitt die Drähte durch.

Die plötzliche Stille war so tief, dass sie Beth in den Ohren klang. Mit ein bisschen Glück, wie damals bei ihr, würden die Wachleute in der Zentrale den Zwischenfall achselzuckend beiseite schieben, und die Cops würden niemals erfahren, dass der Alarm ausgelöst worden war. Wenn nicht, bekam sie Schwierigkeiten. Aber daran gewöhnte sie sich langsam.

Sie schaltete die Taschenlampe ein und ließ den Lichtkegel durch die supermoderne Küche mit den neuesten Geräten wandern. Eilig schritt sie durch Haus – das Wohnzimmer, das Esszimmer mit den schmiedeeisernen Kandelabern, das Arbeitszimmer, das Spielzimmer mit dem schönen englischen Billardtisch, die Hauptsuite mit Schlaf- und Ankleideräumen, zwei weitere Suiten und fünf Bäder. Das Haus war gewischt, gesaugt, geputzt. Beth ging auf demselben Weg zurück und schaute sich noch genauer um. Kein Abfall lag in den Papierkörben, und die Kühlschränke waren leer.

Außerdem gab es keinerlei Souvenirs oder sonstige Gegenstände, die etwas über die Menschen ausgesagt hätten, die hier lebten. Keine Familienfotos, Pokale, Jagdtrophäen oder Sammelobjekte, und auf den Beistelltischen lagen keine Bücher mit Lesezeichen, die verrieten, wo der Leser seine literarische Reise fortsetzen würde. In einem der Schränke der Hauptsuite fand Beth allerdings einen Männeranzug. Er war von mittlerer Größe und konservativ geschnitten. Im Badezimmerschrank befanden sich Zahnbürste, Aspirin und Rasierzeug.

Es sah so aus, als wäre der Eigentümer fortgezogen ... oder hätte nie wirklich hier gewohnt, was sehr seltsam wäre. Dann aber kam Beth ein anderer Gedanke: Vielleicht war der Bewohner gestorben, und seine Familie hatte seinen persönlichen Besitz mitgenommen.

Sie kehrte ins Arbeitszimmer zurück, das von Bücherschränken und schweren Ledermöbeln beherrscht wurde. Es war dunkel und roch stark nach Zigarrenrauch. Sie suchte nach der Zigarrenkiste und entdeckte sie auf einem Tischchen neben einem Ledersessel. Der Humidor war geschnitzt und von dunkler Schönheit; ein kostbares Stück. Beth öffnete ihn. Teure kubanische Cohiba-Zigarren befanden sich darin, die von Kennern geschätzt wurden, und der Humidor war randvoll. Beth nahm ihn in die Hände und dachte nach.

Das leise Ticken der Uhr auf dem Kaminsims erregte ihre Aufmerksamkeit, und sie lauschte wieder auf andere Geräusche. Der Wind war stärker geworden, und die Zweige der Klebsamen-Büsche quietschten und kratzten auf den Fensterscheiben des Arbeitszimmers. Beth bekam eine Gänsehaut von dem Geräusch, das sich anhörte wie Kreide auf einer Schreibtafel. Es gab keine Verkehrsgeräusche. Die Straße war weit genug entfernt und das Haus so gut schallisoliert, dass sie ebenso gut mitten im Nichts hätte sein können.

Beruhigt stellte sie den Humidor wieder zurück und ging zum Schreibtisch. Sie setzte sich in den wuchtigen Chefsessel hinter dem Tisch, schaltete die Schreibtischlampe ein und begann zu suchen. In der oberen rechten Schublade war nichts Interessantes, nur Bleistifte, Kugelschreiber und Notizblöcke. Die zweite Schublade jedoch sah wichtig aus. Hier fanden sich ungeöffnete Rechnungen, und alle waren adressiert an ... Alexei Berianow.

Wie gebannt starrte Beth darauf.

Sie kannte den Namen. *Alexei Berianow.* Es war einer der Namen, die ihr nach der Herzoperation durch den Kopf gegangen waren. Wer war der Mann? War er möglicherweise ihr Spender? Kam ihr dieses Haus deshalb so verlassen vor, weil Berianow, der Besitzer, im vergangenen Jahr gestorben war? Hatte er sich vor seinem Tod als Organspender registrieren lassen? Hatte Berianows Familie seine privaten Sachen aus diesem Haus geholt?

Beth riss die Umschläge auf und fand Rechnungen aus der letzten Zeit, allesamt für Einrichtungen in diesem Haus. In der nächsten Schublade entdeckte sie Ordner mit älteren Rechnungen, die für oder von dem mysteriösen Berianow aufbewahrt worden waren. Die restlichen Schubladen jedoch enthielten nichts Interessantes, nur die üblichen Büromaterialien wie eine Heftmaschine, Büroklammern und unbenutzte Aktenmappen. Es gab keine Kreditkarten, keine Scheckbücher, nicht einmal eine Visitenkarte, und keine persönliche Korrespondenz.

Beth ließ den Blick durchs Zimmer schweifen. Nirgends war ein Computer zu sehen.

Ihr Blick fiel wieder auf den Humidor. *Was war damit?* Wieder durchquerte sie das Zimmer und setzte sich diesmal in den Ledersessel. Erneut öffnete sie die Kiste und betrachtete die ordentlich aufgereihten Zigarren. Ein merkwürdiges Gefühl überkam sie ... Aus einem Impuls heraus kippte sie die Zigarren aus dem Humidor und untersuchte den Boden. Eine Seite des Holzes war ein wenig dunkler als die andere, wahrscheinlich durch Abnutzung. Sie fingerte daran herum. Plötzlich sprang der Boden auf und gab einen kleinen Stapel Papiere frei.

Beth starrte auf die Papiere. Obendrauf lag die Rechnung einer Firma aus Stone Point, West Virginia, die Zäune herstellte. *Stone Point*. Das war der Ort, von dem Oberst Jurimengri gesprochen hatte und wo Jeff Hammond hingeflogen war. Dann sah sie den Namen auf der Rechnung. Sie war nicht auf Alexei Berianow ausgestellt. Sie war für ... Caleb Bates.

Beth lehnte sich zurück und erinnerte sich. Bates war einer der neuen Eigentümer von HanTech Industries. Es war bemerkenswert, dass dieser Name hier im Haus von Alexei Berianow auftauchte, wenn so viele von HanTechs neuen Eigentümern Russen waren. Oder nicht? Wenn dieser Bates bei seinen Geschäften mit Russen in Verbindung stand, warum dann nicht auch auf andere Weise? Beth dachte an das waffenfähige Uran, das HanTech aufkaufte.

Sie schaute die Rechnung noch einen Moment an und legte sie dann zur Seite. Darunter lagen zwei weitere Rechnungen, eine für gegossenen Beton und eine für elektrische Leitungen, wieder für den Besitz in Stone Point und auf Caleb Bates ausgestellt. Beth hielt inne, dachte nach und legte dann auch diese Rechnungen zur Seite. Das Nächste war eine vergilbte Zeitungsanzeige für eine Milchfarm, die in der Nähe von Gettysburg, Pennsylvania, zum Verkauf stand. Beth betrachtete sie genauer. Jemand hatte das Foto des Farmhauses im Kolonialstil eingekreist.

Sie legte auch die Anzeige zur Seite und nahm den letzten Zeitungsausschnitt heraus. Es war eine Nachricht über einen Mann, der kurz zuvor gestorben war. Beths Hände zitterten. Sie starrte auf das Porträt ... es war der Fremde, den sie in ihren Albträumen getötet hatte und der später am Lagerfeuer erschienen war. Die gleiche breite Stirn, die kurze, platte Nase, die straff zurückgekämmten grauen Haare. Der Mann, der immer wieder umgebracht wurde.

Das Motorrad war röhrend aus der Garage gefahren. Sie war aufgesprungen und hatte ihn vorsätzlich überfahren. *Diesen* Mann. Vor ihrem geistigen Auge sah sie seinen Blick ... voller schrecklicher Schmerzen und fassungslosem Erstaunen. Sie sah, wie der Mann in die Luft geschleudert wurde und mit dem Kopf auf der Fahrbahn aufschlug.

Beth las den Namen: Michail Ogust. Sie unterdrückte einen leisen Aufschrei.

Es war ein weiterer Name aus ihren Albträumen.

Beth stand auf und ging unruhig umher. Sie fühlte sich wie ein Tier in der Falle. Ihr Herz hämmerte. Wie hatte sie dieses Gesicht in ihren Träumen sehen können, das Gesicht eines unbekannten Mannes, der tatsächlich gelebt hatte und gestorben war? Sie rieb sich die Hände, als würde sie frieren.

Nachdem sie eine Zeit lang umhergegangen war und sich gegen ihre Ängste gewehrt hatte, wurde sie ruhiger. Sie *musste* damit fertig werden. Schließlich war sie das Risiko, hierher zu kommen, nur deshalb eingegangen, um so viel zu erfahren, wie sie konnte.

Beth machte sich auf alles gefasst und ging zum Tisch zurück. Sie setzte sich, nahm den Zeitungsausschnitt und las:

Der sowjetische Überläufer Michail Ogust, 41, der bei Dupont Circle lebte, starb gestern bei einem Motorradunfall in Rock Creek Park.

Nach den Ermittlungen der Polizei, die zum Unfallort gerufen wurde, hat Ogust wahrscheinlich einen Brückenpfeiler gestreift, wurde vom Motorrad geschleudert und prallte mit dem Kopf auf. Den Ärzten zufolge starb er an seinen Hirnverletzungen. Es wurde kein Helm gefunden, und er wies keine anderen schweren Verletzungen auf.

Ogust lief 1991 über und war in den örtlichen Kreisen russischer Philanthropen hoch angesehen. Er war Karatelehrer und Sportwagenliebhaber und erwarb ein Vermögen durch den Export von Sportgeräten nach Russland sowie durch den Import von Kaviar und anderen Delikatessen.

In den Jahren vor dem Überlaufen soll er Gerüchten zufolge heimlichen und gewalttätigen Aktivitäten nachgegangen sein. Er war ein einflussreicher KGB-Oberst in Moskau ...

Zitternd ließ Beth sich in den Chefsessel sinken und starrte aus dem Fenster, wo der Wind die Zweige des Busches gegen das Glas peitschte. Eigentlich hätte sie todmüde und erschöpft sein müssen, doch sie war hellwach und innerlich aufgewühlt. Sie versuchte, nachzudenken.

Ogust war ein Mann, einundvierzig Jahre alt. Travis Jackson hatte gesagt, dass ihr Organspender männlich und Anfang vierzig gewesen sei.

Ogust war nur wenige Stunden vor ihrer Transplantation bei einem »Verkehrsunfall« gestorben.

Da er nur Kopfverletzungen hatte, war sein Herz unbeschädigt geblieben, und es wäre nur eine kurze Strecke bis zum Transplantationszentrum gewesen.

Ogust war Russe, ein Könner im Karate, und er liebte Sportwagen – was bedeuten konnte, dass er ein sehr guter und schneller Fahrer war ...

Beth erinnerte sich an die anderen Bestandteile ihrer Träumen: die russischen AK-47, die Atmosphäre ständiger Gefahr. Ihr erstaunliches Gefühl der Zuversicht und des Vertrauens in ihre Fähigkeiten. Ogust hatte zum KGB gehört und war auf eine Weise ausgebildet, die fast alles erklären konnte.

Beth nickte. Nach so viel Verwirrung, Sorgen und Ängsten, nach all den bizarren Erfahrungen ... ja, Michail Ogust passte genau. Er musste der Organspender sein – und doch war er es, den Beth in ihren Albträumen getötet hatte! Sie erinnerte sich an Stephanies Warnung: Träume waren keine direkten Informationen. Sie gaben lediglich Hinweise – kleine Bruchstücke –, aber niemand konnte sich darauf verlassen, dass sie das Gesamtbild ergaben. Wenn sie zum Zellgedächtnis gehörten, war es ihre Aufgabe, den Teilen einen Sinn zu verleihen.

Der Artikel über Ogust erklärte vieles, aber noch mehr ließ er aus. Er gab lediglich das Äußere des Mannes wider, nicht, wer er wirklich war, nicht, was er dachte oder welche Leidenschaften er gehabt hatte. War er aufbrausend gewesen, wie Beth vermutete? War er aggressiv gewesen? Sie zögerte. *War er ein Killer gewesen?*

Sie wollte mehr wissen. Insbesondere, warum sein Herz sie in jener Nacht dazu gebracht hatte, Oberst Jurimengri zu finden, und warum das Herz sie hierher geschickt hatte.

Die drei Männer mussten sich gekannt haben – Ogust, Jurimengri und Alexei Berianow.

Ihr Herzspender, Michail Ogust, war tot. Oberst Jurimengri war vor ihren Augen gestorben. Wo war dann Berianow, der Mann, der die Rechnungen für dieses Haus bezahlte? War auch er tot? Es lief ihr kalt den Rücken herunter. Beth schnappte sich den Zeitungsausschnitt und suchte nach dem Verfasser. Sie war nicht überrascht: Jeffrey Hammond. Sie überflog den Rest des Artikels und suchte nach Namen. Doch weder Jurimengri noch Berianow wurden erwähnt.

Während sie den Ausschnitt zusammenfaltete und in ihre Tasche steckte, ließ sie den Blick noch einmal durchs Zimmer schweifen und fragte sich, wo sie noch suchen konnte. Sie kniete sich vor dem niedrigen Bücherschrank zwischen den beiden Fenstern hin und öffnete systematisch jeden der in Leder gebundenen Bände, drehte ihn auf den Kopf und schüttelte ihn, damit Papiere oder Fotos herausfielen. Während sie suchte, fragte sie sich, ob Hammond auch einen Artikel über Berianow geschrieben hatte.

Plötzlich kam ihr eine beunruhigende Idee: In der Vergangenheit waren Presseausweise traditionell eine Tarnung für Spione und Doppelagenten aller Länder gewesen. Vielleicht wusste der »Reporter« Hammond deshalb so viel über sowjetische Überläufer, weil er während des Kalten Krieges für den KGB gegen die Vereinigten Staaten spioniert hatte. Vielleicht war er immer noch Spion.

Beth erschauerte und ging zu einem Buffet. Sie öffnete die Schubladen, doch sie waren leer. Als sie auf das Holz klopfte, um nach einem doppelten Boden zu suchen, überkam sie plötzlich ein unbehagliches Gefühl. Die Nackenhaare standen ihr zu Berge. Sie blickte über die Schulter ins hell erleuchtete Büro. Und erstarrte.

»Wer sind Sie?« Ihr Puls raste. »Was wollen Sie?«

Die Gestalt kam mit den geschmeidigen, fließenden Bewegungen eines Panthers auf sie zu. Sie war mit einem schwarzen, eng anliegenden Rollkragenpullover und einer schwarzen Hose bekleidet. Eine schwarze Skimaske bedeckte ihr Gesicht und ließ nur die blauen Augen frei. Die Gestalt trug schwarze Sportschuhe und schwarze Socken. Eine Pistole im Halfter und andere Ausrüstungsteile waren an einem schwarzen Gürtel an der Taille befestigt.

Der oder die Unbekannte sagte nichts, und Beth war augenblicklich klar, dass es lächerlich gewesen war, ihn anzusprechen. Seine Augen schienen ihren Blick fixieren zu wollen, zu hypnotisieren wie ein Raubtier seine Beute.

Auf Beths Gesicht und unter ihren Achseln sammelte sich Schweiß. Warum steckte seine Pistole noch im Halfter? Wut übermannte sie. Sie hatte den ganzen Mist satt! Sie hatte es satt, ein Ziel zu sein! Satt, das Unbegreifliche verstehen zu wollen.

»Offensichtlich sind Sie nicht hier, um Eiskrem zu essen.« Sie sprang auf. »Wenn ich es bin, die Sie suchen, dann will ich es Ihnen leicht machen.«

Ohne ein Wort zu sagen, kam er näher. Beths Spannung wuchs. Sie hielt den Oberkörper aufrecht; ihre Knie waren leicht gebeugt. Er war so groß wie sie, von mittlerem Körperbau, und bewegte sich mit der ruhigen Präzision, die intensives Training verriet. Beth hatte keine Ahnung, was er vorhatte, und sie würde nicht warten, bis sie es herausfand. Sie zögerte gerade lange genug, bis er in ihrer Reichweite war. Dann machte sie zwei rasche Schritte vorwärts, hob das rechte Bein bis in Brusthöhe und führte einen *Mae-Kage* aus, einen blitzschnellen Stoß mit dem Fußballen gegen die Brust des Fremden.

Er taumelte zurück. Erstaunen lag in seinen blauen Augen. Beth war hochgewachsen und kräftig, und aus ihrem Training wusste sie, dass die Kraft ihrer Stöße einen Gegner zu Boden schicken konnte. Aber er war immer noch auf den Beinen. Sie wirbelte herum und stieß erneut mit dem Fuß zu, wobei sie diesmal auf sein Kinn zielte.

Doch sie kam nicht einmal in seine Nähe. Er parierte ihren Stoß und rammte ihr seine Faust in die Rippen. Plötzlicher Schmerz durchraste ihren Körper. Beth erkannte, dass der Fremde ein Meister war. Seine Stöße, Tritte und Schläge regneten so schnell auf sie herab, dass ihre Versuche, ihn aufzuhalten, völlig unwirksam waren. Nach wenigen Augenblicken lag sie auf dem Rücken und schnappte nach Luft. Sie konnte sich nicht bewegen. Die Schmerzen pulsierten in ihrem ganzen Körper.

Er zog immer noch nicht seine Waffe. Er schleifte Beth zu einem Stuhl und setzte sie darauf. Sie schluckte heftig und versuchte, ihre schmerzende Lunge mit Sauerstoff zu füllen, um weiterzukämpfen, doch der Fremde nahm ein Nylonseil aus einer Tasche an der Hüfte und fesselte sie rasch und geschickt an den Stuhl. Er ging methodisch vor. Kein Laut kam über seine Lippen.

Während Beth nach Atem rang, suchte sie verzweifelt nach einer Möglichkeit, ihn aufzuhalten. Doch er schien an alles gedacht zu haben. Der Fremde war weder durch sein Äußeres noch durch Geräusche oder Gerüche zu identifizieren, und Beth war vollkommen hilflos. Aber während er die letzten Knoten machte, bemerkte sie, dass der schwarze

Handschuh seiner rechten Hand verrutscht war. Unter dem langen Ärmel seines gestrickten Oberteiles war eine Ausbeulung, die nach einer Armbanduhr aussah. Und auf dem Handgelenk in der Lücke zwischen Handschuh und Ärmel war eine kleine weiße Narbe. Beth bemühte sich, nicht darauf zu starren.

Er legte ihr ein Tuch über die Augen und band es grob hinter ihrem Kopf fest, schnürte es besonders straff zu, als wollte er sie warnen. Dann hörte sie, wie er das Zimmer durchsuchte, wie er in aller Ruhe Berianows Arbeitszimmer auseinander nahm. Er musste eine Stunde damit verbracht haben, den nach Beths Meinung leeren Raum zu durchsuchen. Aber wonach? Und warum hatte er ihr nichts getan? War er einer dieser psychotischen Killer, denen es gefiel, mit ihren Opfern zu spielen? Ein Sadist, der vorhatte, sie erst zu foltern, bevor er sie umbrachte?

Beth kämpfte ihre Furcht nieder und lauschte weiter, bis sie hörte, wie er das Zimmer verließ. Allein gelassen in der Stille wartete sie und mühte sich, irgendein Geräusch zu vernehmen, das ihr verriet, wo der Fremde war und was er tat. Hastig versuchte sie sich von den engen Fesseln zu befreien. Während sie noch mit dem Nylonseil kämpfte, hörte sie entfernte Geräusche. Der Fremde arbeitete sich durch das ganze Haus und durchsuchte das Wohnzimmer, das Esszimmer und alle anderen Räume. Schmerzen schossen Beth durch sämtliche Glieder, doch sie machte weiter. Sie fürchtete den Augenblick, in dem sie hören würde, dass der Fremde wiederkam. Was würde er tun, wenn er gefunden hatte, was er suchte?

Sie musste entkommen. Beth wehrte sich gegen Müdigkeit und Hoffnungslosigkeit. Ihre Finger zerrten an den Enden des starken Nylonseils, jedoch vergeblich. Ihre Kräfte erlahmten. Sie war müde und erschöpft. Die Zeit verging.

Dennoch versuchte sie es weiter.

Zweiter Teil

Zweiter Teil

19.

Jeffrey Hammond döste stundenlang im Lincoln Continental, während es Mitternacht wurde und dann langsam auf den Morgen zuging. Draußen verwandelte sich die Szenerie von waldbestandenen Bergeshöhen in weite, fruchtbare Täler und schließlich in Virginias ausgedehnte Ebene.

Als das erste Morgenlicht im Osten den Tag erhellte, war Hammond wieder hellwach und setzte sich aufrecht hin. Der FBI-Wagen fuhr ruhig eine stille Seitenstraße im Nordwesten Washingtons entlang. Doch die Atmosphäre war gespannt. Die Fahrt war lang gewesen, und jedes Mal, wenn sie angehalten hatten, um zu tanken, etwas zu essen oder sich frisch zu machen, bedeutete es höchste Alarmstufe für die Agenten, die mit allen Mittel verhindern wollten, dass Hammond sie irgendwie austrickste und entkam. Vor fünfzehn Minuten hatte Chuck Graham, der Leiter der Operation, per Handy aus angerufen und angekündigt, dass sie in Kürze eintreffen würden, was Hammond zu der Vermutung brachte, dass sie ihn zu einem »sicheren Haus« schafften, da sie das Stadtzentrum, wo sich das Hoover Building befand, bereits durchfahren hatten.

Nun, da sie ins Stadtviertel Adams Morgan kamen, herrschte im Innern des Wagens gespannte, nervöse Aufmerksamkeit, während draußen das Leben weiterging und die Leute nichts davon mitbekamen, dass an diesem Freitagmorgen etwas Außergewöhnliches geschah. Es war noch so früh, dass die jungen Angestellten, Künstler und Nonkonformisten sich gerade erst zu regen begannen und im Bademantel vor die Tür traten, um Zeitungen in den verschiedensten Sprachen ins Haus zu holen. Adams Morgan war trendy und multikulti und berühmt für seine Restaurants mit Küchen aus aller Herren Länder, für die bunten Gewänder aus fernen Gegenden der Erde und die schmucken alten Häuser, die einst die Elite der Nation beherbergt hatten. Der Stadtteil war überwiegend ein reines Wohnviertel, und in seiner geschäftigen Vielfalt war er der ideale Ort, dort ein sicheres Haus einzurichten.

Während Hammond dies alles betrachtete, erinnerte er sich daran, dass er genauso wie die Agenten in diesem Wagen war: so sehr auf seine Aufgabe konzentriert, dass er das wahre Leben verpasst hatte, das draußen unter den Bäumen und hinter den Fensterläden stattfand. Seltsam, den Kontakt zu diesem Leben zu verlieren, wo es doch die ausdrückliche Aufgabe dieses Berufs war, genau dieses Leben zu schützen.

Der Lincoln glitt an malerischen Ziegelhäusern vorbei, die im frühen zwanzigsten Jahrhundert gebaut worden waren. Vor dem dritten Gebäude klemmte eine Frau in einem engen Wickelkleid mit Tigermuster, die ihr Haar hoch aufgesteckt hatte, sich eine Zeitung unter den Arm. Sie nippte an einem großen Kaffeebecher und drehte dem Haus den Rücken zu. Auf ihre exzentrische Art war sie attraktiv und sang vor sich hin, als sie die Treppe hinaufstieg und in der Tür verschwand.

»Welches ist es?« Hammond überschlug, dass Grahams fünfzehn Minuten Voranmeldezeit verstrichen waren, und so, wie der Fahrer suchend den Hals reckte, musste das Haus in diesem Block sein. Hammond wusste, dass der Fahrer nicht an der Straße parken würde; das wäre zu sehr auf dem Präsentierteller. Er hatte bestimmt eine sichere Methode, den Gefangenen ins Haus zu schaffen.

Chuck Graham setzte ein dünnes Lächeln auf. Er deutete auf die Frau, die in dem dreistöckigen Stadthaus verschwand. »Ihres. Sie ist die Hausverwalterin.« Trotz der langen Nacht hatte seine Hose noch immer messerscharfe Bügelfalten, sein weißes

Hemd war faltenfrei, und die Fältchen in seinem Gesicht hatten sich durch die Ermüdung nur unwesentlich vertieft.

Hammond nickte. Die Frau passte genau in dieses Bohème-Viertel; kein Mensch würde vermuten, dass sie FBI-Beamtin war. Hammond hatte sie oder das sichere Haus nie zuvor gesehen; aber das war nicht überraschend. Inzwischen hatte sich vieles von dem verändert, was er gekannt hatte, und viele seiner ehemaligen Kollegen hatten gewechselt. Gewohnheit und Routine konnten in der Gegenspionage und der Terrorbekämpfung fatal sein.

Wie er es vermutet hatte, fuhr der Fahrer den Lincoln um die Ecke in eine baumlose Gasse, die hinter den Häusern verlief. Die rückwärtigen Eingänge und Veranden waren zu beiden Seiten von hohen Zäunen gesäumt. Mülltonnen warteten darauf, geleert zu werden. Es war unmöglich, in die Hinterhöfe hineinzuschauen, wodurch für ein wenig Privatsphäre gesorgt war, die ein sicheres Haus wie dieses brauchte. Graham zog ein kleines Silberetui aus der Jackentasche, wie man es für Visitenkarten benutzte. Darin befand sich ein kleiner Stapel der weißen Karten. Doch als er auf ein winziges Ornament aus Silberfiligran drückte, fuhr ein Garagentor hoch.

Der Fahrer steuerte den Lincoln zwischen zwei Mülltonnen hindurch in die dunkle Öffnung und hielt, während sich hinter ihnen das Tor schloss. Von einem Moment zum anderen ließ die Spannung nach. Thoma und einer der Männer auf dem Vordersitz lockerten ihre Krawatten. Die Agentin ließ ein langes Seufzen hören.

Sie hatten ihre Beute sicher nach Hause gebracht und schienen nun keine Schwierigkeiten mehr von ihm zu erwarten, was darauf schließen ließ, dass Haus und Grundstück mit jeder erdenklichen Sicherheitsmaßnahme gespickt war – und wahrscheinlich zusätzlich mit einigen, über die nur das FBI verfügte. Diesmal schien Hammond wirklich in der Falle zu sitzen.

Die Smith & Wesson im Anschlag, stieg Agent Thoma aus dem Wagen. Er richtete die Waffe auf Hammond. »Raus.«

Hammond stieg aus. Während Graham durch die muffige, alte Garage vorausging, reihten die anderen Agenten sich mit gezückten Waffen hinter Hammond ein. Sie folgten Graham in einen ultramodernen Flur, dessen linke Seite aus dunklem, reflektierendem Glas bestand. Durch das Glas war deutlich der Garten mit Tulpen, Iris und einem blühenden Pfirsichbaum sowie der hohe Holzzaun zur Straße zu erkennen. Doch wer dumm genug war, in den Garten einzudringen, indem er über den Zaun kletterte, würde durch das verspiegelte Glas nichts sehen, sodass der Weg von der Garage zum Haus sicher war. Hammond gefiel das alles ganz und gar nicht.

Graham blieb vor der Hintertür des Stadthauses stehen, wo ein elektronisches Lesegerät an der Wand installiert war. Er kümmerte sich nicht um den Türknauf, der mit Sicherheit verriegelt war. Stattdessen schob er, während Hammond und die Agenten warteten, eine Karte in den Schlitz, die wie ein ganz normaler Führerschein des Staates Virginia aussah. Der Monitor auf der Vorderseite des elektronischen Lesegeräts leuchtete grün auf.

»Neuester Stand der Technik?«, fragte Hammond.

Graham warf ihm einen Blick über die Schulter zu. »Verdammt richtig. Das Sicherheitsnetz ist hier so engmaschig, dass nicht mal der Präsident ohne vorherige Anmeldung reinkäme.«

Wie zum Beweis grüßte eine Stimme aus dem elektronischen Scanner: »Hallo, Charles S. Graham.« Die fortschrittliche Software ließ die Begrüßung flüssig und lebensecht klingen, nicht so mechanisch und abgehackt wie früher. Im Gegensatz zu den meisten Geräten dieser Art wurde auch nicht versucht, eine freundliche Frauenstimme zu imitieren. Stattdessen war es eine resolute Männerstimme. Sie verlangte: »Legen Sie die rechte Hand auf den Bildschirm.«

Der weiße Umriss einer Hand erschien auf dem grünen Monitor. Hammond erkannte diese Hochsicherheitsmaßnahme aus seiner Zeit beim FBI wieder. Die Identitätskarte, die Graham in den Scanner gesteckt hatte, war vermutlich eine manipulierte Kreditkarte mit implantiertem Mikrochip, der alles Mögliche enthalten konnte – von Grahams Personenbeschreibung bis hin zu seiner Sozialversicherungsnummer, der Privatadresse, Blutgruppe, Sicherheitsstufe und den Grund seines Daseins.

Während Hammond die Ziegelmauer, die Tür, die Fenster und den Türrahmen musterte, sagte Graham: »Schau dir alles ruhig ganz genau an, Junge. Du wirst nie die vielen neuen Spielzeuge entdecken, die wir jetzt haben. Wir haben heute einen Etat, dass die Mitarbeiter unserer Forschungs- und Entwicklungsabteilung in Geld nur so schwimmen.«

»Bombensicheres Glas.« Hammond deutete mit einem Kopfnicken auf das Fenster neben der Tür. Er schaute direkt zu den münzgroßen Löchern über der Tür. »Videokamera und Bewegungsmelder.«

»Kinderkram.« Graham legte die rechte Hand in den weißen Handumriss auf dem grünen Bildschirm, und die weiße Linie zog sich so weit zusammen, bis sie Grahams Hand präzise umschloss.

Obwohl er seit längerer Zeit nicht in einem sicheren Haus gewesen war, so war er dank verschiedener Quellen über die meisten technischen Neuerungen beim FBI auf dem Laufenden. Der Scanner würde Grahams Handabdruck mit dem abgleichen, den seine Identitätskarte angab. Hammond sah verräterische, leicht voneinander abweichende Vierecke auf der Ziegelmauer, die ihm verrieten, dass hinter kleinen Falltüren in die Seitenwand des Hauses eingelassene automatische Waffen jeden Eindringling – oder Flüchtling – in Stücke schießen würden. Wahrscheinlich waren irgendwo in der Nähe auch winzige Überwachungskameras versteckt. Hammond verdrängte das Gefühl, auf einer Moorhuhnjagd zu sein, bei der er selbst das Moorhuhn war.

»Vielen Dank, Mr Graham«, meldete der Scanner. »Sie können Ihre Hand wegnehmen.« Der falsche Führerschein kam wieder zum Vorschein, und Graham nahm ihn mit geübter Bewegung und steckte ihn in die Tasche seines Anzugs. »Sie können mit Mr Hammond eintreten«, fuhr das Gerät fort. »Die anderen Agenten können zum Hoover Building zurückkehren.«

Es entstand ein leises, saugendes Geräusch, und die große Tür öffnete sich langsam. Sie sah wie aus Holz aus, doch Hammond erkannte, dass sie aus dem Spezialstahl bestand, aus dem auch Banktresore gefertigt wurden und dass sie so schwer war, dass sie mittels einer Pneumatik geöffnet oder geschlossen wurde.

»Fahrt schon mal los«, sagte Graham zu seinen Leuten. »Gute Arbeit.« Er trat vom Eingang zurück und befahl: »Geh rein, Hammond.«

Hammond warf einen letzten Blick zurück und ging hinein.

Thoma konnte sich nicht mehr zurückhalten. Er rief: »Ich werde dich beobachten, Hammond. Du warst schon immer ein Schandfleck. Und jetzt bist du ein Mörder. Deinetwegen stehen wir jetzt alle beschissen da.«

Hammond runzelte die Stirn und drehte sich um. »Gib endlich Ruhe. Ich habe diese jungen Leute genauso wenig erschossen wie du. Du weißt ja nicht, wovon du redest.«

Thomas breites Gesicht bebte vor Wut, eine Wut, die tief in ihm gekocht hatte, solange Hammond ihn kannte. Doch beim FBI hatte Thoma Asyl gefunden; es war ein Ort, an dem sein Zorn und seine Unzufriedenheit als Patriotismus und als Liebe zum Vaterland durchgehen konnten. Auf seine Weise – und für Seinesgleichen – war Thoma nützlich. Aber nun, da er Hammond wieder gefunden hatte und glaubte, dass er nicht nur ein Störenfried und Feigling, sondern ein Mörder war, konnte der Mann gefährlich werden.

Hammond starrte ihn weiterhin an und wurde daran erinnert, wie machtvoll der Glaube sein konnte, selbst der Irrglaube. Und Thoma war nicht allein. Auch in den Blicken der anderen lagen Wut und eine stumme Anklage. Hammond hatte nicht nur Schande über sie gebracht, er war auch ein Verräter des patriotischen Schutzwalls namens FBI. Welche Beweise die örtlichen Behörden in Stone Point auch entdeckt hatten – sie hatten diese Leute überzeugt.

»Beweg dich«, befahl Graham noch einmal und richtete weiterhin seine Waffe auf Hammond.

Während sie in den rückwärtigen Flur des restaurierten Stadthauses traten, schloss sich hinter ihnen leise die Tür mit einem neuerlichen seufzenden Laut. Hammond besah sich den holzgetäfelten Gang, an dessen Wänden Kerzenleuchter und alte Kunstdrucke hingen. Er bemerkte die Kameras in den Wandnischen und jene Stellen, hinter denen wahrscheinlich Waffen verborgen waren. Wie Graham gesagt hatte, waren die Überwachung und die Schutzmaßnahmen tatsächlich sehr engmaschig. Vermutlich waren zusätzlich überall Agenten postiert. Hammond saß in der Falle, nicht nur als Gefangener des FBI, sondern auch seines Gewissens.

Er ging weiter und beobachtete. Vom Parkettfußboden bis zu den chinesischen Stühlen vermittelte das Stadthaus noch immer ein Gefühl vornehmer Häuslichkeit. Hammond nahm an, dass es speziell dafür eingerichtet war, die wichtigsten der begüterten, verängstigten und häufig auf der Flucht befindlichen Personen sicher unterzubringen, die in den Schoß des FBI gespült wurden. Dort enthüllten sie Geheimnisse, durch die globale Kartelle, Terrorgruppen und Ausländer ausgeschaltet werden konnten, die es auf amerikanische Hochtechnologie abgesehen hatten.

Dann trat aus einer Tür weiter vorn ein Mann in den Flur. Hammond starrte ihn an. »Ty? Was tun Sie denn hier?«

Tyrone »Ty« Crocker war in den Siebzigern und hatte das

Patriziergesicht und das Benehmen der besten, gebildetsten und reichsten Mitglieder der alten, protestantischen Familien in den Neuenglandstaaten, die auf die Pilgerväter zurückgingen – der Adel der USA, sozusagen.

»Hallo, Jeff. Es ist wirklich lange her. Ich wollte gerade eine Tasse Earl Grey trinken.« Crocker hatte dichtes weißes Haar, eine hohe Stirn und ein feines, sardonisches Lächeln. »Meine Enkelin hat mir einmal gesagt, dass einer der Captains bei *Star Trek* ebenfalls Earl Grey trinkt. Eine seltsame Verbindung zu einer Unterhaltungssendung, die ich ohnehin nicht begreife. Ich hatte gehofft, Sie würden einen Tee mit mir trinken, Jeff.«

Er trug eine cremefarbene Leinenhose, ein braunes, gestricktes Golfhemd, das bis zum Hals zugeknöpft war, und Slipper mit kleinen Ledertroddeln. Wahrscheinlich war er auf dem Weg zu einer morgendlichen Golfrunde im exklusiven Congressional Country Club, bei dem die Aufnahmegebühr 50.000 Dollar betrug und wo er seinen Abschlag mit dem des Vizepräsidenten und anderer Spitzenpolitiker und Wirtschaftskapitäne messen konnte. Er war der Senior Senator des Staates Connecticut.

Hammond fasste sich schnell. »Vielen Dank, Ty. Es ist immer schön, Sie zu treffen.« Aber es war überhaupt nicht schön. Ty Crockers Anwesenheit bedeutete wahrscheinlich weitere schlechte Neuigkeiten.

Der Senator wandte seine Aufmerksamkeit Graham zu. »Mein Angebot gilt natürlich auch für Sie, Special Agent Graham. Vielleicht möchten Sie nach der langen Nachtfahrt auch gern eine heiße Tasse Tee genießen?«

»Ja, Sir. Vielen Dank, Senator.« Alles an Grahams normalerweise beherrschtem Benehmen drückte seinen Stolz und seine Freude aus. Sogar die Hand an seiner Pistole bebte ein wenig, da er sich in der Gegenwart einer solchen Legende befand.

Ty Crocker war Diplomat gewesen und nun schon seit zwanzig Jahren ein hoch angesehener Senator. Die ganze Zeit hatte er sich als Vorkämpfer für die Geheimdienste des Landes eingesetzt. In den vergangenen sechs Jahren war er Vorsitzender des mächtigen Geheimdienstausschusses des Senats gewesen. Wie vor ihm Barry Goldwater war auch Ty ein überzeugter Konservativer, der für seine Integrität bekannt war.

Hammond und Graham folgten dem alten Mann in einen Salon, der mit einer blassen Samttapete und antiken Möbeln ausgestattet war. Drei Fenster gingen zur Straße, doch hauchdünne Vorhänge schützten den Raum vor neugierigen Blicken. Hammonds Vermutung, dass in dem Haus Agenten stationiert waren, bestätigte sich: Einer stand mit verschränkten Armen in der Ecke neben einer Blumenampel. Der Agent schaute ihn mit ausdruckslosem Blick an und beobachtete jede seiner Bewegungen.

Senator Crocker folgte Hammonds Blick und sagte zu dem Agenten: »Sie können gehen, junger Mann. Stehen Sie draußen vor der Tür Wache. Ich schätze Ihre Besorgnis, aber Jeff und ich sind alte Freunde. Sie werden mich doch nicht beim Tee ermorden, oder, Jeff?«

»Nein, Sir. Vor allem nicht, wenn der Tee gut ist.«

Der Senator kicherte. »Nehmen Sie Platz. Sie auch, Mr Graham.« Er ging über einen Orientteppich zu einem kleinen Schreibtisch, der vor den Fenstern stand.

Graham deutete auf den Lehnsessel neben dem gemauerten Kamin. Hammond setzte sich mit ausdruckslosem Gesicht hinein, während Graham sich auf dem Stuhl zwischen Hammond und der Tür niederließ und damit ein Hindernis schuf, falls Hammond auf die Idee kommen sollte, in diese Richtung zu flüchten. Wie üblich musterte Hammond das Zimmer. Innerlich lächelte er kühl. Er würde noch nichts unternehmen – jetzt noch nicht. Zuvor musste er gewisse Informationen bekommen. Aber bald, sehr bald würde er etwas tun müssen.

Senator Crocker ging zum Tisch zurück und drückte auf einen Knopf. Als Antwort ertönte irgendwo weiter hinten im Haus eine Klingel. »Der Tee kommt gleich. Ich möchte Sie nicht warten lassen.« Seine Hand ruhte flach auf der Tischplatte. Sein weißes Haar leuchtete in dem diffusen Licht, das von den Fenstern hinter ihm ins Zimmer fiel. Er betrachtete Hammond auf der anderen Seite des Raumes, als wünschte er, dass ein Kontinent zwischen ihnen läge. Ein sehr großer Kontinent.

Angesichts dieses düsteren, prüfenden Blickes fühlte Hammond sich ein wenig schuldig. Plötzlich kam ihm sein Lieblings-Fischgrätjackett abgetragen und fadenscheinig vor. Sein Haar war zu lang. Der goldene Ohrring war definitiv zu viel des Guten. Außerdem galt er als Mörder des Pärchens in Stone Point.

»Sie sehen gut aus, Ty«, sagte er. »Tut mir Leid, dass wir uns nicht unter angenehmeren Umständen treffen. Ich nehme an, das FBI hat Sie wegen Ihrer Tätigkeit im Geheimdienstausschuss geschickt ...«

Der Senator machte eine abweisende Handbewegung. »Nun mal langsam, Jeff. Sie hatten Böses im Sinn. Ihr Vater hätte dem nicht zugestimmt. Und Ihre Mutter dreht sich wahrscheinlich im Grab herum.« Sein Blick wurde hart.

»Sie irren sich bei dieser Sache, Ty. Ich habe die jungen Leute nicht umgebracht.«

»Unsinn. Um des FBI willen, Sie müssen jetzt ehrlich zu mir sein. Was, in Gottes Namen, haben Sie vor? Wenn nur ein Funken Vernunft dahinter steckt ... Ist es eine private Sache? Vielleicht hatten diese Jugendlichen irgendwas mit illegalen Waffen zu tun, oder mit irgendeinem abartigen Kult oder einer Sekte. Es wäre gut, wenn Sie Ermittlungen unter dem Gesichtspunkt der nationalen Sicherheit betrieben hätten. Dann könnten Sie alles uns übergeben.«

»Ich habe nichts mit den jungen Leuten zu tun gehabt, Ty.«

Senator Crocker schüttelte traurig den Kopf und musterte Hammond. »Bobby Kelsey hat die nationale Sicherheit als List ins Spiel gebracht, um Sie unter Kontrolle zu bekommen, bevor wir Sie an die Ortspolizei verlieren. Bei Ihrer Geheimdienst-Vergangenheit bestand sie Gefahr, dass Sie unabsichtlich Geheimnisse aus der Vergangenheit enthüllen könnten. Aber wir müssen trotzdem irgendwie mit den Anschuldigungen fertig werden. Es wäre hilfreich, wenn die Jugendlichen mit Terroristen oder Schmuggel zu tun gehabt hätten. Wenn ich mich recht entsinne, schreiben Sie für die Zeitung darüber.« Er hielt inne. »Aber wenn Sie den jungen Mann und das Mädchen kaltblütig ermordet haben, kann und werde ich nichts für Sie tun, um Ihnen zu helfen, und Bobby oder das FBI ebenfalls nicht.«

Nun schüttelte Hammond traurig den Kopf. »Sie glauben es also auch. Sie kennen mich, solange ich lebe, und Sie glauben, dass ich so etwas tun könnte? Ich hatte nicht den geringsten Grund, die jungen Leute zu erschießen.« Er zögerte. Er musste es einfach wissen: »Was für ein verdammter Beweis ist das eigentlich, dass jeder davon überzeugt ist?«

Der Senator wandte sich an Chuck Graham. »Sie haben es ihm nicht gesagt?«

»Ich hatte Befehl, zu warten.«

Der Senator schürzte die Lippen. Er ging zu dem Stuhl zwischen Hammond und Graham und setzte sich. Er beugte sich vor, die bloßen Unterarme auf seine helle Hose gestützt, und sagte: »Jeff, es wurden zwei Fingerabdrücke von dem Fensterbrett genommen, von dem aus der Killer geschossen hat. *Ihre* Fingerabdrücke. Ganz eindeutig.«

»Das ist doch Quatsch!«, erwiderte Hammond wütend. »Wie sollte das gehen? Das ist unmöglich!«

Der Senator seufzte. »Es gibt keine andere vernünftige Erklärung dafür, dass Ihre Fingerabdrücke am Tatort waren, als dass Sie den Jungen und das Mädchen umgebracht haben ... oder wissen, wer es getan hat.«

»Es muss eine Erklärung geben, weil ich *nicht* dort war und es *nicht* getan habe. Verdammt, ich weiß nicht mal, wo dieses Mädchen zu Hause war!«

»Die Polizei hat die Fingerabdrücke gefunden und zur Identifizierung ans FBI geschickt. Es waren Ihre. Da gibt es keinen Zweifel. Die DNA-Analysen von den Zellen aus dem Hautfett liegen nächste Woche vor. Wir wissen beide, dass sie übereinstimmen werden.« Der Senator lehnte sich zurück und schüttelte den Kopf. »Sie tun sich selbst keinen Gefallen, wenn Sie es abstreiten. Die Eltern des toten Jungen sind gestern im Hoover Building erschienen, um ebenfalls ihre Aussagen zu machen. Sie waren ziemlich mit den Nerven am Ende. Sie sagten aus, dass ihr Sohn wegen eines großen Mannes beunruhigt gewesen sei, der ihn bedroht habe. Jemand, der mal beim FBI war und jetzt für die *Washington Post* arbeitet. Dieser Mann wollte, dass der Junge für eine Story, an der er arbeitete, falsche Informationen über Drogenmissbrauch lieferte. Die Jugendsünden des ermordeten jungen Mannes hatten mit Drogen zu tun.«

»Lassen Sie mich raten«, sagte Hammond. »Dieser ›große Mann‹ war irgendein Typ namens Hammond.«

»Richtig. Wie erklären Sie das?«

»Die Eltern lügen. Oder der Junge. Das ist offensichtlich ein Versuch, mir die Sache anzuhängen.«

»Wie kommen Ihre Fingerabdrücke dorthin?« Die Augen des Senators funkelten vor Enttäuschung und Wut.

Es klopfte an der Tür. Hammond sagte: »Wenn es für mich einen Sinn ergäbe, würde ich es Ihnen sagen. Ich schreibe nicht über Drogen. Das ist nicht mein Gebiet. Prüfen Sie es nach. Ich habe diese Jugendlichen nicht umgebracht. Ich habe nur meine Arbeit bei der *Post* gemacht und mich um meine eigenen Angelegenheiten gekümmert – und plötzlich bin ich auf dem Weg zum elektrischen Stuhl. Wegen eines Doppelmordes, den ich nicht begangen habe! Oder wird man in West Virginia gehängt? Oder bekommt eine Todesspritze? Das alles ist absurd. Widersinnig!«

»Es ist nicht widersinnig«, verbesserte ihn der Senator. »Es ist bewiesen.« Es klopfte erneut. »Kommen Sie herein, Joyce.«

Die Tür zum Flur öffnete sich, und die Frau, die ihr Haar zu einem unordentlichen Knoten hochgesteckt hatte, schwebte ins Zimmer. Sie trug ein Tablett, auf dem ein reich verziertes Teeservice stand. Ihr gestreiftes Tigerkleid hatte sie gegen eine bedruckte indische Bluse, eine lange Hose und Sandalen getauscht.

Chuck Graham runzelte die Stirn. »Joyce, das ist Jeff Hammond, unser... Gast für ein paar Tage. Lassen Sie sich nicht von ihm austricksen. Er war mal einer unserer besten Leute. Er ist gefährlich.«

»Das habe ich schon gehört.« Sie warf einen neugierigen Blick auf Hammond und stellte das Tablett auf dem runden Kaffeetisch ab. »Ich würde den Tee ja einschenken, aber ich habe noch zu tun. Kommen Sie selbst zurecht?«

Der Senator beugte sich bereits hinüber und nahm das Teesieb. »Das mache ich gern.«

Hammond schaute dem Senator zu. Er hatte einen übersäuerten Magen und das beunruhigende Gefühl, dass die Welt nicht mehr ganz bei Trost war. Er hatte alles erfahren, was hier zu erfahren war. Es war Zeit, einen Fluchtversuch zu unternehmen, obwohl er befürchtete, dass es keinen Weg gab, aus dem Haus zu kommen.

Trotzdem sagte er: »Ich müsste mal ins Bad, Joyce. Würden Sie mir bitte sagen, wo es langgeht?«

»Sehr witzig«, brummte Graham. »Ich bringe dich hin.«

Hammond ging in den holzgetäfelten Flur hinaus, dicht gefolgt von Graham. Während der Aufpasser an der Tür seine Hand in die Jacke gleiten ließ, um seine Waffe herauszuziehen, ging Hammond nach links in die Richtung, aus der sie gekommen waren.

»Die letzte Tür links«, sagte Graham.

Hammond öffnete sie und suchte rasch den Innenraum nach dem Zeichen ab, auf das er verzweifelt gehofft hatte. Aber da war nichts. Hammond verbarg seine Besorgnis und sagte: »Du kommst auch mit rein? Du wirst bemerken, dass es kein Fenster gibt. Aber ich nehme an, es gibt immer noch die Möglichkeit, dass ich entkomme, indem ich mich in Luft auflöse.«

Grahams Augen wurden zu Schlitzen. Er musterte Hammond; dann schaute er sich in dem kleinen Gästebad um. Er untersuchte sogar den Spülkasten auf versteckte Waffen. »Ich glaube, du wirst nirgendwo hingehen, aber schließ nicht ab. Du hast fünf Minuten.«

Sobald die Tür geschlossen war, suchte Hammond die Wände ab. Vorsichtig inspizierte er dann auch den hölzernen Fußboden und die verputzte Decke. Wahrscheinlich war es schwierig, vielleicht auch unmöglich gewesen, hier eine Fluchtroute zu schaffen. Aber sein Befehl lautete, das nächste Bad aufzusuchen, wenn er vom FBI gefangen werden sollte. In seinen geheimen Arbeitsanweisungen gab es nur wenige Fluchtvorkehrungen. Er hoffte inständig, dass wenigstens diese an ihrem Platz war.

Sein Kopf begann zu hämmern. Dann sah er es: Kreide auf der Holzverkleidung hinter der Toilettenschüssel, wo das Abflussrohr saß. Es war unauffällig; die braune Farbe war fast unsichtbar auf dem alten Walnussholz. Sein Brustkorb zog sich vor Erregung zusammen. Rasch wischte er die Kreide ab, nahm ein Zehn-Cent-Stück und drehte die Schraube am Boden des Paneels heraus. Er betätigte die Klospülung. Sie sollten denken, dass er hier drinnen das tat, was sie von ihm erwarteten.

Zwei weitere Schrauben, und das Paneel hing nur noch

oben an einem Scharnier und ließ sich öffnen. Hammond arbeitete rasch weiter. Er rutschte von der Toilette weg und zog einen Teil des Holzfußbodens hoch. Er war erst vor kurzem herausgeschnitten worden, und zusammen mit der entfernten Wandverkleidung entstand eine Öffnung, die gerade groß genug für ihn war. Der modrige Geruch von feuchter Erde und Spinnweben schlug ihm entgegen. Hammond atmete auf. Der Mann, für den er arbeitete, war verdammt clever. Aber er musste sich beeilen. Graham hatte bereits Verdacht geschöpft.

Die Stimme des Agenten erklang vor der Tür. »Hammond! Deine fünf Minuten sind um!« Graham hatte ihm eine Chance gegeben. Eine zweite würde er nicht bekommen. »Komm da raus!«

»Ich komme ja gleich. Einen Moment noch.« Schweißperlen bildeten sich auf seiner Stirn. Leise glitt er mit den Füßen voran in das Loch, quetschte sich am Abflussrohr vorbei und streckte den Arm nach oben. Mit einer Hand hielt er das Paneel hoch, mit der anderen schob er das Bodenbrett wieder an seinen Platz. Dann ließ er das Paneel leise in die Ausgangsstellung zurückschwingen und ließ sich auf den Boden fallen.

20.

Hammond landete auf dem Hintern im Dreck. Das Haus hatte nur ein halbhohes Erdgeschoss, und er war im Kriechkeller gelandet, dessen Decke so niedrig war, dass er nicht aufrecht stehen konnte. Rechts von ihm war eine massive Betonmauer, doch links sah er ein Geschenk: Ungefähr einen halben Meter entfernt lag eine Taschenlampe. Sein Boss war nicht nur smart, er hatte auch an alles gedacht.

Das Geschrei und der Lärm über ihm waren jetzt ohrenbetäubend, auch wenn sie durch den Fußboden des Badezimmers gedämpft wurden. Grahams Stimme brüllte: *»Hammond!* Verdammt, der Bastard ist weg! Im Keller! Joyce! Ray! Alle hierher! *Jetzt ist der Hurensohn fällig!«*

Er musste verschwinden, und zwar schnell. Aber wohin? Während ihm feiner Schmutz und Staub von den Bodenbrettern auf den Kopf rieselten, knipste Hammond die Taschenlampe an und richtete den Strahl durch den Staub auf die freistehenden Pfeiler. Sofort entdeckte er eine weiße Kreidemarkierung mitten auf einem Stützpfeiler vor sich und eine weitere, schwächere, auf einem Pfeiler dahinter in der Dunkelheit. Der Geruch von schimmliger Erde und Spinnen juckte ihn in der Nase, und er kämpfte gegen den Niesreiz, während er sich rasch im Entengang vorwärts bewegte. Dabei folgte er der Spur aus weißen Markierungen an den Halterungen, an denen die Kabel für Telefon, Fernsehen und die Alarmanlage befestigt waren. Nach seiner Einschätzung musste er sich der Rückseite des Hauses nähern.

Im Badezimmer über ihm dröhnten Schritte. Sie suchten nach ihm und dem Weg, auf dem er verschwunden war. Über ihm, wahrscheinlich im Flur, hörte er weitere Schritte. Seine Verfolger teilten sich auf. Hammond brach der Schweiß aus. Seine Oberschenkelmuskeln schmerzten. Er kniff sich in die Nase, um das höllische Jucken zu stoppen, und schlich weiter voran, an Röhren und Haufen von Dreck vorbei, ohne dass er Spinnweben im Gesicht spürte, woran er erkannte, dass die Route erst vor kurzem überprüft worden war.

Er richtete seine Taschenlampe nach oben. Über ihm war jetzt Erde. Dann sah er ein Loch, das groß genug war, dass ein Mann sich hindurchzwängen konnte. Irgendetwas aus Holz stand auf der Öffnung; auf dem Holz befand sich eine weitere Kreidemarkierung. Hammond streckte die Hand aus und drückte von unten dagegen. Das Holzbrett war schwer, doch es bewegte sich. Er schob es ein paar Zentimeter zur Seite, und frische Luft strömte zu ihm herunter. Auf dem Brett stand irgendein schweres Objekt. Als Hammond die Abdeckung vorsichtig weiter zur Seite schob, hörte er ein Scheppern. Er nickte. Es musste eine Mülltonne aus Metall sein. Als Hammond und seine Bewacher hierher gekommen waren, hatten er die Abfallbehälter in der Gasse auf einem Grasstreifen stehen gesehen, wo sie auf die Müllabfuhr warteten.

Hinter ihm, im Haus, donnerten und dröhnten immer noch die Schritte über den Holzfußboden. Sie jagten ihn, und es war nur eine Frage der Zeit, bis sie seinen Fluchtweg gefunden hatten oder aus dem Stadthaus kommen würden, um draußen weiterzusuchen.

Hammond schob die Tonne zur Seite und zog sich aus dem Loch ins Freie. Er hörte Vogelgezwitscher, und in der Ferne vernahm er die Geräusche des Straßenverkehrs. Er ließ den Blick durch die Gasse mit ihren hohen Zäunen und den vereinzelt geparkten Wagen schweifen.

Dann schaute er zurück und sah, das sich das Garagentor des Hauses hob. Schwarze Schnürschuhe erschienen. Sie waren wie beim Militär auf Hochglanz poliert. Wahrscheinlich gehörten sie Graham. Mit rasendem Puls schob Hammond die Abfalltonne wieder über das Loch, blickte rasch nach links und rechts die Gasse entlang und stürmte dann nach rechts davon, nahm den kürzesten Weg zur Straße.

»Hammond! Stopp!« Grahams lauter, zorniger Ruf zerriss die stille Morgenluft.

Doch Hammond rannte weiter. Hinter sich hörte er ein leises *Plopp,* und neben seinem rechten Fuß spritzten kleine Zementstückchen hoch. Graham hatte einen Schalldämpfer aufgeschraubt und feuerte. Doch Schalldämpfer beeinträchtigen die Zielgenauigkeit, besonders auf weite Entfernung. Das verschaffte Hammond eine Chance.

Der Schweiß lief ihm übers Gesicht. In Harvard war er Tailback beim Football gewesen – ein Läufer, dessen Schnelligkeit weit höher war als die der meisten Männer seiner Größe, und das kam ihm nun zugute. Er sprintete los. *Plopp. Plopp. Plopp.* Die Kugeln schlugen in den letzten Zaun ein, gerade als Hammond um ihn herumlief, auf die Straße rannte und zwischen den geparkten Wagen und dem Verkehr hindurch flitzte. Wildes Hupen ertönte. Er musste verschwinden, bevor Graham ihn wieder zu Gesicht bekam.

Schwer atmend warf Hammond einen Blick über die Schulter und sah erleichtert den schwarzen Cadillac mit den abgedunkelten Fenstern. Fast lautlos glitt der Wagen zu ihm. Die hintere Tür öffnete sich, und Hammond sprang in den dämmrigen Innenraum. Zigarettenrauch wehte vom Vordersitz nach hinten und reizte seine Nase.

Hammond ließ sich hinter seinem Boss auf den Rücksitz fallen. »Was ist los, Bobby?«

Bobby Kelsey fädelte den Cadillac in den Verkehr ein und warf im Innenspiegel einen Blick auf Hammond. Kelsey war Assistenzdirektor der Abteilung für Nationale Sicherheit des FBI, des wichtigsten Dienstes zur Enttarnung und Ausschaltung ausländischer Spione und Terroristen. Als solcher hatte er die Aufsicht über die Auslands-Gegenspionage – das Foreign Intelligence Program, kurz FCI. Kelsey und Hammond waren die einzigen Insassen des Wagens, aber das war zu erwarten gewesen. Nur drei Personen kannten die höchst geheime Tatsache, dass Hammond noch im Dienst und unmittelbar Kelsey unterstellt war: Hammond, Kelsey und Thomas Horn, der FBI-Direktor.

Während der Cadillac beschleunigte und sich zwischen die anderen Fahrzeuge in den Verkehrsstrom mischte, sagte Kelsey: »Nach all den Jahren überraschen Sie mich immer noch, Jeff. Eigentlich hatte ich zuerst einmal ein bisschen Dank von Ihnen erwartet. Ich habe verdammt große Schwierigkeiten auf mich genommen, um diesen Fluchtweg einzurichten. Unter Häusern herumzukriechen ist nicht gerade meine Spezialität.«

Er blickte wieder in den Innenspiegel. »Sie sehen wie der Teufel aus.« Seine Hand führte gleichmütig die Zigarette zum Mund, und er nahm Hammonds Anblick mit prüfendem Blick in sich auf, während er rauchte. Er hatte glatt zurückgekämmtes rotes Haar, das bereits grau wurde, und eine kurze irische Himmelfahrtsnase.

Hammond berührte seine Wange und sah das Blut auf seinen Fingern. Wahrscheinlich eine Wunde, die er sich zugezogen hatte, als eine der letzten drei Kugeln den Zaun getroffen und dabei Holzspäne abgesplittert hatte. Hammond hatte die kleinen, nadelförmigen Verletzungen gar nicht gespürt.

»Gehört eben alles zum Dienst.« Er nahm ein Taschentuch heraus und tupfte sich das Gesicht ab. »Weshalb haben Sie zugelassen, dass man mich in dieses sichere Haus schafft? Gab es keine andere Möglichkeit, die Sache zu erledigen?«

Kelseys Stimme klang hart. »Hören Sie, Jeff, ich habe schon die Karte der nationalen Sicherheit ausgespielt. Sie sollten dankbar sein. Mehr konnte ich in der kurzen Zeit nicht tun. Nachdem das Labor Sie identifiziert hatte, konnte ich mich nicht weiter einmischen, ohne Fragen zu provozieren.« Er bog um eine Straßenecke. »Sie schulden mir eine Erklärung. Haben Sie dieses Pärchen in Stone Point getötet?«

»Ach, kommen Sie, Bobby. Das ist Schwachsinn. Und das wissen Sie.« Hammond berichtete von den Geschehnissen der vergangenen beiden Tage, von Jurimengris Tod bis zu seinem Treffen mit Beth Convey und seine Suche nach General Berianow in Stone Point. »Sie müssen die Jagd nach mir abbrechen. Wie soll ich meinen Job erledigen, wenn das FBI mir dauernd auf den Fersen ist? Ich muss Berianow finden!«

Für Hammond war Berianow stets der Schlüssel gewesen. Alles hatte im Jahre 1991 begonnen, als die sterbende Sowjetunion ihre letzten Atemzüge tat und das Rinnsal überlaufender Spione, die dem politischen Gemetzel entflohen, zur Flut anschwoll. Viele gehörten zu den besten Leuten des KGB – von allwissenden Bürokraten bis zu Star-Agenten, die in streng geheimen sowjetischen Lagern ausgebildet worden waren.

Anfangs war der Westen begeistert, diese goldene Spionageernte einfahren zu können. Nur wenige Jahr zuvor, und die Vereinigten Staaten hätten alles getan und mehr riskiert, als klug gewesen wäre, um an eine dieser erstklassigen Quellen heranzukommen.

Doch bis September 1991 kostete jeder neue Überläufer die US-Regierung wenigstens eine Million Dollar, um die Informationen abzuschöpfen und eine neue Existenz zu finanzieren, und viele Überläufer wiederholten nur, was andere bereits enthüllt hatten; es war immer mehr Zeit- und Geldverschwendung. Außerdem stellte sich die Frage, wie viele dieser Informationen der Westen wirklich benötigte, nun, da der Kalte Krieg vorbei war. Und schließlich gab es ein Geheimnis, das keiner eingestehen wollte: Die Befragungsteams waren müde und ihrer Aufgabe überdrüssig. Sie befragten die Neuankömmlinge nicht mehr so gründlich wie diejenigen, die mit früheren Flüchtlingswellen gekommen waren. Es schien keinen Sinn mehr zu haben, und die Befrager schauten sich eifrig nach interessanteren Aufgaben um – oder nach einem langen Urlaub.

All diese Gründe führten dazu, dass die Chefs des gemeinsamen FBI-CIA-Teams entschieden, Berianow, Jurimengri und Ogust nach nur drei Wochen zu entlassen. Hammond war dagegen gewesen. Als man ihn ignorierte, reichte er einen formellen Einspruch ein und beantragte, sie für weitere Befragungen festzuhalten.

Soweit es Hammond betraf, stank die ganze Geschichte von der angeblichen Flucht der drei Männer aus Moskau zum Himmel. Sie hatten die Stadt einen Monat zuvor gemeinsam verlassen – im August, während des gescheiterten Putsches der Falken, aus dem schließlich das Neue Russland erwuchs. Berianow, Jurimengri und Ogust gehörten nicht nur zu den hochrangigsten Geheimdienstoffizieren, die Amerika jemals aufgenommen hatte; sie hatten ihre Flucht auch zu einer Zeit unternommen, die außerordentlich günstig für sie war. Zuerst hatte dieses Detail nur Hammond interessiert, doch je länger er die Männer befragte, umso mehr war er davon überzeugt, dass sie irgendetwas verbargen. Da ging noch etwas anderes vor – etwas, das sie geplant hatten, etwas, das für die Vereinigten Staaten gefährlich war.

Alexei Berianow war der vorletzte Chef der gefürchteten Elitetruppe der Achten Abteilung des KGB. Wegen seiner Spezialkenntnisse hatte er seinen Verhörern ein Bonbon geben und dafür sorgen können, dass er und seine Genossen frühzeitig aus den Befragungen entlassen wurden. Er versprach, brisante Einzelheiten über einen seit langem aktiven Doppelagenten in der CIA preiszugeben, einen umgedrehten Spion, der für riesige Löcher in der Spionagemauer zwischen den USA und der alten Sowjetunion und für die Hinrichtung vieler pflichtbewusster Spione verantwortlich war, die für die Vereinigten Staaten gearbeitet hatten. Seit Benedict Arnold, erklärte Berianow, habe Amerika keinen solch verräterischen Spion an seinem Busen genährt.

Weder die CIA noch der FBI konnten widerstehen. So nannte Berianow den Namen des Mannes, eine Liste toter Briefkästen, die Nummer eines Schweizer Kontos und Details über eine supergeheime Mission gegen Saddam Hussein, von der niemand im Raum etwas wusste. Das war der Anfang vom Ende des CIA-Agenten Aldrich »Rick« Ames, der ein Alkoholproblem, eine verschwenderische Frau und ein Bankkonto hatte, das viel zu groß für sein Einkommen war. Aufgeregt, weil sich vieles erklären ließ, falls Rick Ames tatsächlich ein Verräter war, hatte der FBI in kurzer Zeit ausreichend Nachprüfungen angestellt, um zu erkennen, dass an der Sache etwas dran war. Das war der Punkt, an dem die drei KGB-Überläufer mit Dank entlassen wurden.

Voller Zorn und Besorgnis hatte Hammond sich laut beklagt. Die Kollegen hatten ihm geraten, im Bureau nicht so viel Wirbel zu machen. Weshalb die Aufregung? Der Kalte Krieg war vorbei.

Schließlich hatte Hammond wütend, enttäuscht und unter Protest den Dienst quittiert, und alle hatten ein schlechtes Gefühl dabei.

Zumindest sah es so aus. Tatsächlich hatte Bobby Kelsey Hammond sehr genau zugehört und pflichtete ihm bei. Im Geheimen arrangierte er Hammonds Ausscheiden, um einen neuen Auftrag zu übernehmen: in den Untergrund zu gehen und sich über alle sowjetischen Überläufer, die in der Gegend geblieben waren, auf dem Laufenden zu halten und gleichzeitig Informationen über den Maulwurf zu beschaffen, der das FBI lächerlich gemacht und geschwächt hatte. Seitdem hatte Hammond im Laufe der Jahre entscheidende Beweise gegen verschiedene Amerikaner geliefert, die für andere Länder spioniert hatten – darunter Harold Nicholson und Douglas Groat von der CIA, Earl Edwin Pitts vom FBI und Robert Lipka von der NAS –; aber er hatte nie etwas gefunden, das mit dem angeblichen Maulwurf oder mit seinen ursprünglichen Verdächtigen zu tun hatte: Berianow, Jurimengri und Ogust.

Im vergangenen Monat hatte Hammond versucht, Berianow aufzuspüren, angeblich, um ihn für seine Zeitungsserie zu interviewen. Doch der ehemalige General schien wie vom Erdboden verschluckt. Hammond hatte Nachrichten auf seinem Anrufbeantworter hinterlassen, bekam aber keine Antwort. Kein anderer der Migranten gab zu, ihn in letzter Zeit gesehen zu haben. Und Hammond hatte Berianows Haus ein Dutzend Mal überprüft, es aber stets verlassen vorgefunden.

Seitdem sie sich abgesetzt hatten, waren Berianow, Jurimengri und Ogust in engem Kontakt geblieben. Sie tranken zusammen, gingen zusammen essen und halfen sich gegenseitig bei ihren Geschäften. Hammond hatte am vergangenen und neuen Leben der drei Männer regen Anteil genommen. Er kannte sie in- und auswendig, oder zumindest glaubte er es. Die anderen Überläufer und Migranten waren interessant, aber die meisten hatten sich nicht nur in den USA eingelebt und schienen sehr erleichtert zu sein, hier leben zu dürfen. Tag für Tag arbeiteten sie hart und bemühten sich, ihre Rechnungen zu bezahlen. Viele waren bereits amerikanische Staatsbürger geworden.

Berianow, Jurimengri und Ogust aber nicht. Von Anfang an gaben sie weit mehr Geld aus, als ihre staatlichen Eingliederungshilfen betrugen. Ihre Geschäfte standen nicht nur auf einer gesunden finanziellen Basis, sondern waren auch von Anfang an erfolgreich. Sie blieben in Verbindung mit der FSB, dem Nachfolger des KGB in Moskau. Und es gab Gerüchte ... jene Art schwer fassbarer Rauchfahnen, die darauf hindeuteten, dass das Feuer des Patriotismus von einst eingedämmt, aber nicht erloschen war.

So hatte Hammond die Männer all die Jahre hindurch beschattet. Manchmal hatte er sie aus den Augen verloren, doch jedes Mals wiedergefunden. Dann, vor einem Jahr, hatte er die verschwundenen Millionen aus dem KGB-Schwarzgeldfonds und Michail Ogusts Verbindung damit entdeckt und hatte ihm nachspioniert. Ogust hatte sich bereit erklärt zu reden, doch bevor es zu einem Treffen kam, war Ogust tot. An diesem Punkt hatte Hammond seinen alten Freund Eli Kirkhart kontaktiert und Eli im Zusammenhang mit dem Fonds den Namen von Iwan Wok aus der Nase gezogen. Unter Verwendung von Woks Namen war er schließlich an Jurimengri herangekommen – aber nun war auch Jurimengri tot. Womit nur noch Alexei Berianow übrig war, den Hammond von Anfang an für den Kopf des Trios gehalten hatte.

Hammond suchte Berianow mit der Besessenheit eines verschmähten Liebhabers. Er hungerte nach ihm, nicht nur aus Gründen der nationalen Sicherheit, sondern auch, weil er durch Berianow zu bestätigen hoffte, die vergangenen zehn Jahre seines Lebens nicht verschwendet zu haben. Als ihm dann Beth Convey enthüllte, dass Oberst Jurimengris letzte Worte »Stone Point, West Virginia« waren, flog er unverzüglich dorthin.

»Haben Sie in Stone Point irgendetwas über Berianow herausgekriegt?«, fragte Bobby Kelsey.

»Nichts.« Zornig schüttelte Hammond den Kopf. »Aber mein Bauch sagt mir, dass er da unten ist, und dass er etwas vorhat, das uns nicht gefallen wird. Etwas Großes. Bevor ich hingeflogen bin, habe ich meine Quellen in Moskau angezapft. Sie haben gesagt, dass sie ihn nicht gesehen haben. Haben Sie irgendwas gehört?«

Kelsey fuhr durch die Achtzehnte Straße, ein geschäftiger Korridor, in dem sich Restaurant an Restaurant reihte. »Es wird Ihnen nicht gefallen, Jeff. Also sage ich es Ihnen lieber gleich – wir haben die Bestätigung, dass Berianow tot ist.«

»Tot? Wie? Wann? Unglaublich! *Alle drei* sind jetzt tot?«

»Natürliche Todesursache, heißt es in Moskau. Sie haben Berianows Leiche erst vor ein paar Stunden entdeckt. Er ist vor einigen Wochen heimlich in die Stadt zurückgekehrt, um im Stillen irgendeine Sache zu erledigen, die mit seinen Geschäften zu tun hat. Er hat keinen von seinen alten Kumpels im Kreml angerufen, auch keine seiner Ex-Frauen. Dann starb er in einem Hotelbett an einem Herzanfall. Zu viel Essen, zu viel Wodka, zu viele Weiber. Er war dabei, einen großen Deal mit einem der neuen Oligarchen abzuschließen, und er wollte, dass es noch nicht bekannt wird. Sie haben so lange mit ihm gefeiert, bis er sich schließlich bereit erklärte, dafür zu sorgen, dass sie so viele Dollar kriegen wie nur möglich. Das war eine tödliche Kombination für Berianow.«

Es verschlug Hammond den Atem. »Erst Ogust. Dann Jurimengri. Und jetzt Berianow.« Er dachte angestrengt nach und schüttelte dann den Kopf. »Ogust wurde bei einem Verkehrsunfall getötet, und Jurimengri wurde erschossen. Vielleicht ist Berianow nicht eines natürlichen Todes gestorben.« Wenigstens wusste er jetzt, warum Berianows Haus verlassen gewesen war.

»Könnte sein. Sie können sich das später anschauen, wenn Sie wollen. Im Moment habe ich ein größeres Problem. Ein *riesiges* Problem. Und Sie werden mir dabei helfen. Wir haben gerade eine Nachricht von einem Mann bekommen, der sich Perez nennt. Er behauptet, dass sehr bald eine Art antiamerikanischer Terroranschlag stattfinden wird. Das haben wir von einem unserer Straßenkontaktleute.«

Hammond riss seine Gedanken von Berianow los. »Und?«

»Der Kontaktmann ist verschwunden. Das war vorgestern. Mittwoch. Wir konnten ihn nicht aufspüren.«

»Na, toll. Welche Art Terrorismus? Was ist das Ziel?«

Kelsey kniff die Lippen zusammen. »Wissen wir nicht. Könnte alles Mögliche sein. Das Kapitol. Der Oberste Gerichtshof. Die Staatliche Münzanstalt. Vielleicht ist es ganz woanders im Lande, wie der Bombenanschlag in Oklahoma City. Aber wir haben nicht diesen Eindruck. Der Kontaktmann war in der Vergangenheit immer zuverlässig, und wir müssen ihn ernst nehmen. Perez' Botschaft lautete, dass der Anschlag unmittelbar bevorsteht.«

Sie fuhren schweigend weiter, bis Hammond schließlich sagte: »Es könnte immer noch mit Berianow zu tun haben.«

»Warum? Er ist sicher nicht der Einzige, der gegen uns konspiriert.«

»Wohl wahr. Aber *nur ich* bin nach Stone Point geflogen, um mich nach Berianow zu erkundigen, sonst niemand. Und sofort gibt jemand sich alle Mühe, um mich außer Gefecht zu setzen. Jemand, der vielleicht weiß, dass ich all die Jahre die KGB-Überläufer im Auge behalten habe. Sobald ich angefangen habe, Fragen über Berianow zu stellen, könnten sie den Eindruck gewonnen haben, dass ich auf der richtigen Spur war.«

»Okay, vielleicht ist es ein Russe. Vielleicht hatte Berianow einen Stellvertreter, der zur Übernahme bereit steht, sollte Berianow etwas zustoßen.«

Hammond nickte nachdenklich. »Könnte jemand aus Moskau sein. Jemand mit einem guten Gedächtnis und sehr großem Zorn.«

»Kann sein. Vielleicht gibt es aber auch nicht die geringste Verbindung zwischen den Ereignissen. Wir wollen, dass Sie hier in der Gegend bleiben, falls es hier passiert. Sie haben die Kontakte, also stöbern Sie herum. Finden Sie heraus, was passieren wird. Wenn wir Pech haben, sieht der Bombenanschlag in Oklahoma City gegen das, was geschehen soll, wie ein Teenagerstreich aus.« Kelseys sommersprossiges Gesicht verriet seine Besorgnis. Seine Hand verschwand außer Sicht, und er reichte eine braune Papiertüte über die Rückenlehne. »Für Sie. Nur für den Fall. Die Seriennummern sind ausgeätzt.«

Hammond öffnete die Tüte und nahm eine Beretta mit Schulterhalfter heraus. Es war das Modell 92C, kompakt und leicht zu verstecken, doch mit den durchschlagskräftigen 9-mm-Parabellum-Patronen. Hammond prüfte, wie sie in der Hand lag. Eine gute, zuverlässige Waffe. »Ich werde meine anderen Quellen unter den Immigranten anzapfen.« Er zog seine Fischgrätjackett aus und befestigte die Leinenriemen des Halfters über seinem Rücken und unter den Armen, wo sein Jackett sie verbergen würde. Das Halfter schob er unter seine linke Achselhöhle.

Kelsey nickte. »Genau das, was wir brauchen. Wenn Sie etwas herausfinden, geben Sie ein Zeichen, dass wir Sie abholen können.«

Während Hammond wieder in sein Jackett schlüpfte, fiel

ihm Kelseys Bemerkung über Ikarus ein. »Wie wäre es mit: ›Die Flammen stürzen vom Himmel‹?«

»Meinetwegen. Ich werde unsere Agenten anweisen, dass sie auf einen anonymen Undercover-Agenten achten sollen, der vielleicht auftaucht. Benehmen Sie sich anständig, Hammond. Ich werde tun, was ich kann, um Sie aus der Schusslinie zu bringen, aber wenn Sie jetzt noch einmal mit der Polizei in Schwierigkeiten kommen, kann ich nichts mehr tun, wenn man bedenkt, was gegen Sie vorliegt.« Kelsey hielt den Wagen an einer Kreuzung. »Ich brauche Ihnen das eigentlich nicht zu sagen, weil Sie es schon wissen, aber stellen wir es ganz klar: Wenn ich Ihre Tarnung erst einmal aufdecke, werden Sie nie wieder eine solche Undercover-Arbeit tun können. Zu viele Leute werden dann Bescheid wissen. Wenn Sie enttarnt sind, ist das Spiel aus. Viel Glück.«

Bobby Kelsey drehte sich nicht um. Er achtete auf den Straßenverkehr und die Fußgänger.

»Okay.« Hammond stieg aus dem Cadillac.

Ein Teil von ihm dachte immer noch, dass Stone Point der Ort war, wo er ansetzen sollte. Immerhin hatte man ihn in dem kleinen Nest in die Falle laufen lassen. Er musste ganz dicht an etwas herangekommen sein, und er war überzeugt, dass dieses Etwas mit Berianow zu tun hatte, oder mit jemandem, den Berianow kannte. Aber er hatte seinem Boss schon genug gesagt. Stattdessen schaute er sich unauffällig um und betrachtete die Passanten, die ihren frühmorgendlichen Kaffee getrunken hatten und nun zur Arbeit eilten. Dann mischte er sich rasch unter die Leute auf dem Bürgersteig und ging davon.

In seinem Mietwagen, der auf der anderen Seite der geschäftigen Straße geparkt war, hatte Eli Kirkhart die Schüsse und gedämpften Rufe gehört, die hinter den Ziegelmauern der Stadthäuser hervordrangen. Er hatte den Motor angelassen, die

Automatik eingelegt, war in den Verkehr eingetaucht und bis zur nächsten Ecke gefahren.

Es war ihm gelungen, Graham, dessen Team und Hammond von Stone Point aus zu folgen. Er hatte gesehen, wie der große Lincoln in die Gasse hinter der Hausreihe gebogen war, und wie sie in ein Gebäude gegangen waren, das ein sicheres Haus des FBI sein musste. Zu diesem Zeitpunkt, da Eli Kirkhart seinen Wagen zurückgesetzt hatte, um zu beobachten, wer in dem Haus ein und aus ging, hatte er rasch einen Anruf an sein Team abgesetzt, damit jemand das andere Ende der Gasse bewachte. Bis die Schüsse fielen, war niemand gekommen.

Er war gerade rechtzeitig mit seinem Wagen um die Ecke gebogen, um noch zu sehen, wie Jeff Hammond aus der Gasse auf die Straße stürmte und durch den Verkehr sprintete. Bremsen quietschten, Hupen dröhnten. Eingeklemmt hinter einem Fahrer in einem Buick mit abgewürgtem Motor konnte Kirkhart sich nur den Flüchen des Mannes anschließen und hilflos beobachten, wie Hammond im Fond eines wartenden schwarzen Cadillacs mit getönten Scheiben verschwand. Der Cadillac hatte sofort beschleunigt und war im dichten Verkehr verschwunden. Kirkhart konnte sich nur das Nummernschild merken.

Immer noch fluchend versuchte er, sich einen Weg durch den Verkehr zu bahnen, um dem Cadillac zu folgen, als Chuck Graham mit gezogener Waffe aus der Gasse stürmte und um sich blickte, außer sich vor Wut. Kirkhart wusste, dass Graham allen Grund hatte, wütend zu sein. Weder dem Direktor noch Kelsey gefiel es, wenn ein Gefangener türmte. Der leitende Agent konnte von Glück sagen, wenn er nicht auf einen schlimmeren Posten als auf einen Schreibtischjob in Sandpoint, Idaho, versetzt wurde.

Eine plötzliche Lücke in der verstopften Straße erlaubte es Kirkhart, die nächste Ecke zu erreichen und rasch links abzubiegen. In der Seitenstraße war der Verkehr nicht so dicht, und er beschleunigte bis zur nächsten Ecke und bog wieder links ab, dann nach rechts zum anderen Ende der Gasse. Er sah Graham zu dem sicheren Haus zurücklaufen und fuhr auf ihn zu.

Er lehnte sich aus dem Seitenfenster. »Hab ich Jeff Hammond aus dieser Gasse rennen sehen, Graham?«

Chuck Graham kam zu ihm gerannt. »Kirkhart? Was, zur Hölle, tun Sie denn hier?«

»Ich suche nach einem sicheren Haus für einen Gefangenen«, log Kirkhart schlagfertig. Graham würde es nie begreifen. »Was ist denn nun? War es Hammond?«

Graham nickte verärgert. »Ja. Wir mussten ihn einkassieren, weil er in West Virginia zwei Jugendliche umgebracht hat.«

»West Virginia? Was hat er denn da gemacht? Und warum sollte er Jugendliche umbringen?«

»Keine Ahnung. Er arbeitet jetzt für die *Post*. Vielleicht ist irgendeine große Story schief gegangen.« Graham schüttelte den Kopf. »Wir kriegen den Bastard.«

»Ist er geflüchtet?«

Graham zögerte, mit Kirkhart darüber zu reden, was passiert war, doch Kirkhart tat geschickt so, als wollte er behilflich sein und erklärte: »Ich hab Jeff mal ziemlich gut gekannt.« Dank seiner Beharrlichkeit erfuhr er schließlich die Geschichte von Hammonds Flucht durchs Badezimmer und unter dem Haus hindurch zum versteckten Ausgang. Kirkhart konnte seine Neugier kaum verbergen. Trotzdem runzelte er verwirrt die Stirn. »Das verstehe ich nicht. Wie konnte er wissen, dass es einen Weg aus diesem Badezimmer gab? Wie konnte er überhaupt wissen, dass es einen Fluchtweg gab?«

»Ja.« Graham nickte kummervoll. Seine Karriere ging den Bach herunter. »Wie konnte er das wissen?«

»Jemand muss es ihm gesagt haben«, folgerte Kirkhart.

»Die Route muss durch irgendein vorher ausgemachtes Zeichen gekennzeichnet worden sein.«

Graham ergriff den Strohhalm. »Der Maulwurf? Sie glauben, dass der Maulwurf Hammonds Fluchtweg angelegt hat? Das wäre möglich. Sehr gut möglich. *Hammond arbeitet mit dem Maulwurf zusammen!*«

»Es wäre logisch.« Kirkhart nickte. Aber er glaubte es nicht. Ein Maulwurf, der so tief eingedrungen war und an solch hoher Stelle saß – der so erfolgreich war wie derjenige, den er suchte –, hätte seine Position niemals durch ein solches Risiko gefährdet. Nein, er hätte Hammond ohne zu zögern geopfert. Kirkharts Vermutung ging dahin, dass er Recht hatte: Jeff Hammond war noch immer beim FBI *und* arbeitete verdeckt. Was bedeutete, dass sein Führer beim FBI irgendwie die Flucht arrangiert hatte. Und das ließ Kirkhart sogar seine zweite Theorie wahrscheinlicher erscheinen:

Jeff Hammond selbst war der lang gesuchte Maulwurf.

21.

Während am Freitagmorgen die Sonne über den stillen Feldern und bewaldeten Hängen in der ländlichen Gegend südlich des Gettysburg National Military Park aufging, stand Alexei Berianow allein draußen auf der Galerie von Caleb Bates' weißem Kolonialhaus. Er war mit einer eleganten, beigen Hose und offenem Hemd bekleidet, ein Oberst außer Dienst, und bewunderte das grandiose Panorama der wogenden Hügel, während er sich versicherte, dass er auf der Galerie im ersten Stock tatsächlich allein war.

Mit einer völlig veränderten, bösartigen Stimme – weder Berianows noch Bates' Stimme – fragte er näselnd in sein Handy: »Wo sind die verdammten Einladungen?«

Sein Besitz erstreckte sich in den Hügeln südwestlich des berühmten Schlachtfeldes aus dem amerikanischen Bürgerkrieg, und wie sein Lager in West Virginia war das Anwesen umgeben von hohen Sicherheitszäunen mit Stacheldraht. Im Gegensatz zu West Virginia aber gab es auf seinem Grundstück in Pennsylvania einen Maissilo, eine preisgekrönte Milchviehherde, Strohballen, den Duft frisch gemähten Grases und »Keepers« mit sonnengebräunten Gesichtern, die wie Landarbeiter aussahen und auch so arbeiteten, weil sie früher genau das gewesen waren: Landarbeiter. Seit den frühen Stunden des Mittwochs waren sämtliche Keepers nach und nach unbemerkt hier eingetroffen, doch am Tageslicht blieben sie versteckt. Nirgends gab es ein Anzeichen für den wirklichen Zweck der Farm oder die Tätigkeiten, die in den vergangenen Wochen hier stattgefunden hatten.

»Ich sollte sie *heute* in den Händen haben, Sie besoffener Bastard!«, brüllte Berianow.

»Es ist nicht so einfach, wie Sie denken«, jammerte die nervöse Stimme am anderen Ende der Leitung, die Evans Olsen gehörte, Assistent im Weißen Haus. Olsen kannte Bates/Berianow nur unter dem Codenamen Yakel. Bei Berianows Talent, sich zu verkleiden und seine Spuren zu verwischen, würde Olsen niemals seine wahre Identität erfahren. »Da sind sehr viele Schritte zu durchlaufen, wissen Sie. Um die Einladungen zu bekommen, muss ich mit dem Stabschef reden, und der ist sehr mit der Vorbereitung des Staatsbesuchs beschäftigt. Ich meine, heute kommt Putin, und ...«

»Scheißdreck!« Berianow verachtete Olsen wegen seiner Martini-Kater und seiner Trägheit. Die Gier allerdings konnte er verstehen. »Sie brauchen seine Erlaubnis nicht. Glauben Sie vielleicht, ich wüsste nicht, dass Sie selbst dazu berechtigt sind?« Als Iwan Wok berichtet hatte, dass die Einladungen nicht gekommen waren, hatte Berianow schnell herausgefunden, dass Olsen sich nach einer weiteren alkoholisierten

Nacht zu Hause versteckt hatte. Es war ohnehin einer jener Tage, an denen Olsen sich krank zu melden pflegte, da es im Weißen Haus wegen der Vorbereitung auf den Staatsbesuch des russischen Präsidenten geschäftiger zuging als sonst. Und das würde so viel Energie und Hingabe erfordern, wie Olsen sie nicht mehr aufbringen konnte.

»He, ich habe Ihnen das komplette Programm besorgt. Sie sollten sich glücklich schätzen.« Olsen klang jetzt patzig und ließ eine Spur des viel versprechenden jungen Mannes durchschimmern, der einst Fulbright-Stipendiat gewesen war. »Ich besorge die Einladungen so schnell wie möglich. Das Weiße Haus hat Vorschriften. Ich muss für alles Rechenschaft ablegen.«

»Versuchen Sie nicht, sich herauszureden, Sie lausiger kleiner Kriecher. Bewegen Sie ihren Hintern und besorgen Sie mir diese Einladungen. *Heute noch,* hören Sie?«

»Nun mal langsam!«

Berianows nasale Stimme war schneidend wie eine Rasierklinge. »Sie wissen, was passiert, wenn ich anonym beim Justizministerium anrufe?« Er hatte 100.000 Dollar auf Olsens Namen bei einer Bank in Mexico City deponieren lassen. »Sie hatten mal einen passablen Intelligenzquotienten. Benutzen Sie, was davon noch übrig ist. Sie sind ein Trinker mit einer langen Liste von Krankmeldungen. Der wohlhabende Zweig Ihrer Familie hat Sie fallen lassen und Ihnen den Geldhahn abgedreht. Sie haben seit Jahren bis zum Hals in Schulden gesteckt, aber jetzt schwimmen Sie plötzlich in Dollars.« Mit Befriedigung hörte er das schwere, besorgte Atmen am anderen Ende der Leitung. »Wenn das Justizministerium das Konto in Mexiko entdeckt, sind Sie nicht nur Ihre Arbeit los, sondern man wird gegen Sie ermitteln – und man wird mehr als nur ein paar fehlende Einladungen ins Weiße Haus entdecken, oder?«

Berianow konnte beinahe die Angst und Olsens jämmerlichen Zusammenbruch am anderen Ende hören. »Ich ... ich werde sie morgen früh haben, ganz bestimmt.«

Berianow biss die Zähne zusammen. Der ganze Plan hing von diesen Einladungen ab. Er *musste* sie bekommen! Das Problem war, dass man Olsen nicht zum Handeln treiben konnte, indem man ihn beschämte. Nur äußerste Furcht motivierte ihn. Doch wenn Olsen zu viel getrunken hatte, was beinahe täglich der Fall war, vergaß er für eine Weile sogar seine Angst davor, was ihm zustoßen konnte. Dadurch war er verdammt schwer zu steuern. Trotzdem war er von entscheidender Bedeutung.

Berianow sagte: »Morgen früh um sieben. Wenn ich sie bis dahin nicht habe, setze ich mich mit dem Weißen Haus in Verbindung. Das wär's. Ende der Geschichte. Ihr Ende. Ich werde mich nicht länger mit Ihnen herumschlagen, Junge. Sieben Uhr, morgen früh, oder Sie kriegen einen Tritt in den Arsch, dass Sie die Englein singen hören.«

Berianow legte auf und unterbrach damit den kläglichen Protest des Assistenten. Dieser verdammte Olsen. Wenn der Kerl genug Angst hatte, sein ruhiges, bequemes Leben zu verlieren, würde er es selbst jetzt noch schaffen, die Einladungen zu besorgen. Aber für den Fall, dass er wieder versagte, mussten sie einen Ersatzplan durchführen, der riskanter war.

Berianow fluchte leise, ließ sein Handy in die Tasche gleiten und ging durch eine der hohen Balkontüren, welche die Galerie im ersten Stock des Kolonialhauses säumten, ins Innere. Mit jedem Schritt verwandelten sein gepolsterter Körper und sein Gesicht sich mehr und mehr in Colonel Bates, den standhaften amerikanischen Patrioten. Als er die ehemalige Bibliothek betrat, die jetzt als Besprechungsraum diente, war die Verwandlung abgeschlossen.

An den Wänden hingen historische Drucke von Currier & Ives; Bücherschränke voller ledergebundener Bände amerikanischer Autoren standen an den Wänden. Das Sternenbanner hing an einem Fahnenmast in der Mitte der Wand gegenüber der Glastür. Von oben war ein Scheinwerfer darauf gerichtet. Daneben stand ein Bibelständer mit einer King-James-Bibel; der dreiundzwanzigste Psalm war aufgeschlagen: *Der Herr ist mein Hirte, mir wird nichts mangeln* ... In die angrenzende Wand war ein modernes Fernsehgerät eingebaut, das einen augenfälligen Kontrast zu den Stilmöbeln bildetet.

Im Moment jedoch konzentrierte sich alle Aktivität im Zimmer auf den rechteckigen Konferenztisch, an dem Bates' drei leitende Milizionäre standen und sich über Karten und Pläne von Washington, dem Weißen Haus und den umliegenden Gebieten beugten.

»Colonel, Sir!« Sergeant Austin nahm Haltung an, sobald er Bates bemerkte.

Neben ihm richteten sich die beiden anderen auf, konzentrierten sich aber weiter auf ihre Tätigkeit. Rechts neben dem Sergeant stand Max Bitsche, ein sanft wirkender Mann mit ständig hochgezogenen Schultern und einem verbissenen Gesichtsausdruck, der seine Detailbesessenheit widerspiegelte. Er war verantwortlich für Versorgung und Transport. Auf der anderen Seite stand Otis Odet, ein Zauberer am Computer, der einen hoch dotierten Job im Silicon Valley aufgegeben hatte, um zu den historischen Wurzeln seiner Familie in der Bewegung zurückzukehren. Odet besaß den Körperbau eines kalifornischen Surfers und Hände mit kräftigen Fingern, die eher für ein Surfbrett als für eine Computertastatur geeignet schienen. Sein Äußeres widersprach völlig dem Klischee des zimmerhockenden Computerfreaks.

Bates fragte: »Wie weit sind wir, Männer?«

Bis die Schwierigkeiten mit Olsen aufgetaucht waren, war Bates' Morgen äußerst befriedigend verlaufen. Zuerst hatte er die Nachricht erhalten, dass Martin Coulsons Eltern gestern im Hoover Building die erfundene Geschichte von Jeff Hammonds Drohungen gegen ihren Sohn so glaubwürdig dargestellt hatten, dass das FBI davon überzeugt war, dass Hammond der Killer sein musste. Dann kam Fedorows ausgezeichneter Bericht über den feurigen Tod der aufdringlichen Beth Convey und der Psychologin Stephanie Smith.

»Das Flugzeug des Kommunistenpräsidenten liegt im Zeitplan und soll um dreizehnhundert in Andrews landen, und unser verräterischer Präsident Stevens wird ihn treffen.« Es war Sergeant Austin mit seinem raspelkurzen Haar, den großen Ohren und kräftigen Muskeln. Er und die beiden anderen Männer trugen nicht mehr ihre Tarnkleidung, sondern Hemd und Hosen mit Bügelfalte, ähnlich wie Bates. »Unser Mann am Flughafen wird uns informieren, sollten sich Änderungen ergeben.«

»Sehr gut. Was noch?«

»Das Video ist im Rekorder, Sir.«

»Schauen wir's uns an.« Bates drehte sich zum Großbildfernseher um.

Der Sergeant drückte einige Knöpfe auf der Fernbedienung. Die vier Männer blieben stehen, während sie zuschauten – ein Anzeichen für die Ernsthaftigkeit ihres Vorhabens, und dass sie sich nicht entspannen konnten oder wollten, bevor sie ihre Mission erfolgreich abgeschlossen hatten. Die Operation stand direkt bevor, nur noch ein Tag. Während Bates an das näher kommende Ereignis dachte, fegte ein Gefühl der Dringlichkeit den Anflug von Nostalgie und die guten Gefühle darüber, was er in der vergangenen Nacht erreicht hatte, hinweg.

Er konzentrierte sich auf den Bildschirm und analysierte mit klinischer Präzision Detail für Detail des Rosengartens im Weißen Haus: Rasen, Gebüsch, Wege, Fenster, Säulen und die Position von Podien sowie von Geheimdienstagenten und Scharfschützen auf dem Dach, während Yasser Arafat, Tony Blair und eine lange Reihe anderer Staatsoberhäupter und

Würdenträger aus dem In- und Ausland bei offiziellen Pressekonferenzen über den Bildschirm paradierten und ihre Statements abgaben. Es waren alles Aufnahmen, die in den vergangenen Jahren im Fernsehen gezeigt und auf Bates' Anweisung aufgezeichnet worden waren. Alle schauten aufmerksam zu, bis das Band abgelaufen war.

Bates nickte. »Achten Sie darauf, wie die Zahl der Scharfschützen auf dem Dach zugenommen hat. Spielen Sie das Band noch einmal ab.«

Nach drei weiteren Durchgängen ordnete Bates an, dass der Filmzusammenschnitt später am Morgen sämtlichen Keepers gezeigt werden sollte – jedem, der für den folgenden Tag eine Aufgabe hatte. Es war eine harmlose Übung, für die meisten nutzlos, aber es frischte ihren Zorn über den »Ausverkauf Amerikas« auf, bestärkte ihren Fanatismus und das Gefühl, zum Team zu gehören.

»Noch irgendwelche Probleme?«, fragte Bates.

»Nein, Colonel.« Der muskulöse Sergeant war für die eigentliche Operation verantwortlich. Er hatte drei Männer handverlesen, die mit ihm gehen sollten. »Meine Leute sind jederzeit zum Losschlagen bereit. Wir haben eine Reihe möglicher Szenarien geübt. Die Männer kennen das Gelände wie ihre Westentasche. Sie sind mehr als bereit, Sir. Sie *müssen* einfach in Aktion treten.«

Bates neigte den Kopf. »Mr Bitsche?«

Max Bitsche zog die Schultern hoch. »Die Versorgung ist in exzellentem Zustand. Jeder hat seine Ausrüstung bekommen. Die Laster sind angestrichen. Wir haben Geld für Notfälle verteilt. Zusätzliche Vorräte und Ausrüstung sind in unseren verschiedenen Depots eingelagert. Ich habe alles – bis auf die vier Einladungen ins Weiße Haus.« Er schürzte die Lippen und fügte ein wenig gereizt hinzu: »Ich mag es nicht, so lange zu warten. Was ist, wenn dieser Kerl nicht liefert? Wer ist das überhaupt, dass er solch eine intime Verbindung zu dieser dekadenten Regierung hat?« Verärgert ließ Bitsche den Blick durch den Raum schweifen, als suchte er dort nach einer Antwort. »Das kann keiner von uns sein. Wir müssen diese Einladungen umgehend bekommen, bevor etwas schief geht. Alles hängt von ihnen ab.«

»Mr Bitsche.« Bates' Stimme war sanft, doch es lauerte so viel Gewalt darin, dass Bitsche erstarrte und furchtsam den Blick senkte. Diese Reaktion hatte Alexei Berianow viele Male bei den Mitarbeitern des KGB hervorgerufen – damals, als sie seinen Respekt noch verdienten.

Bitsche schluckte, und sein runder, weicher Körper sank zusammen. »Tut mir Leid, Sir. Ich weiß, dass Sie das im Griff haben. Ich hoffe, Sie verzeihen mir.«

Doch Bates hatte sein Ziel erreicht. Niemals die Disziplin schleifen lassen. Die anderen niemals vergessen lassen, wer die Verantwortung hatte. Doch wie seine Förderer es ihn gelehrt hatten, musste man vermeiden, über einen gewissen Punkt hinauszugehen, nachdem man den anderen klargemacht hatte, was Sache war; dann durfte es nur die Drohung mit echter, spürbarer Bestrafung geben. Angst vor dem Unbekannten – in diesem Fall die Angst davor, was Bates tun würde – war die wirksamste aller Waffen.

Bates blickte Otis Odet an. »Die Kommunikation?«

»Jawohl, Colonel.« Odets hübsches Beachboy-Gesicht hatte sich während Bates' Gespräch mit Bitsche in Falten gelegt und gespannt. Er spielte nervös mit dem Kugelschreiber in seiner Tasche, während er kurz Bericht erstattete. »Alle Laster und die Besatzungen haben Funkgeräte. Dem strategischen Personal habe ich außerdem Handys zugeteilt, sodass wir alternative Kommunikationsmöglichkeiten haben. Alles ist verschlüsselt, sodass kein Lauscher uns anzapfen kann. Alles ist noch einmal überprüft worden und voll funktionstüchtig, doch für den Fall, dass wider Erwarten etwas nicht klappt, habe ich in den Nachschubdepots Reparaturkräfte stationiert.

Und schließlich habe ich bei allen unseren Leuten in den Gürtelschnallen Peilsender mit Computerchips eingebaut. Unser mobiler Laster ist jetzt voll ausgerüstet, um alles mit Sergeant Austin zu koordinieren.«

Bates' Gesichtsausdruck war unverändert, doch im Innern lächelte er. Mit Ausnahme von Olsen lief alles wie geplant. Und mit Olsens Versagen konnte er immer noch fertig werden, wenn es auch verdammt schwierig würde. Jetzt war es Zeit, die allgemeine Stimmung zu heben. Für eine Führungspersönlichkeit war psychologische Dominanz das Wichtigste. »Gut gemacht, Leute. Wir stehen kurz davor, unser Land zu retten. Und alles dank Präsident Stevens.« Er schnaubte höhnisch. »Wir sollten ihm danken, dass er zu weit gegangen ist, Männer.«

»Wir werden ihm ein Ende setzen«, sagte der Sergeant prompt. Austin war Soldat durch und durch, obwohl dies eigentlich im Widerspruch zu seiner fanatischen Regierungsfeindlichkeit stand. Er schien vor Energie geradezu zu sprühen und fügte den Kampfruf der Keepers hinzu: »Wir müssen Amerika für die Amerikaner zurückerobern!«

Bates verzerrte zornig und angewidert das Gesicht. »Wie kann dieser Präsident es wagen, Putin ins Weiße Haus einzuladen? Putin kann hundertmal behaupten, dass er sich gewandelt hat – einmal Kommunist, immer Kommunist!«

Otis Odet stimmte sofort mit ein: »Das ist wahr! Ein Russki-Präsident, der in Lincolns Bett schläft? Das ist grotesk! Es ist eine Beleidigung für alles, woran dieses Land glaubt und wofür es steht. Es ist, als ob man Satan an das Kreuz Jesu nagelt. Stevens ist ...«

Bis jetzt war der gemaßregelte Max Bitsche still und unterwürfig gewesen, doch dieses Thema lag ihm am Herzen, wie allen Keepers. Und wie Bates es erwartet hatte, war er mit einem begeisterten Ausruf der Dritte im Bunde: »Stevens will, dass Amerika im Globalen Dorf verschwindet! Er ist schlimmer als alle seine Vorbilder. Sie haben niedergerissen, was vom Schutz unseres Handels noch übrig war, und den Ausländern riesige Teile unserer Wirtschaft überlassen!«

Sergeant Austin, dessen grimmiges Gesicht vor Wut rot angelaufen war, fiel ihm ins Wort. »Und aus unserem Militär macht er einen Haufen Schlappschwänze, indem er die Einheiten immer mehr ausländischer Führung unterstellt! Die Nato. Die UNO. Als Nächstes ist Frankreich fällig. Oder England. Oder sogar Deutschland. *Die* sollen unseren Streitkräften sagen, wo es langgeht? Lächerlich!«

Sie sprachen alle gleichzeitig und brachten laut und deutlich ihre Wut über den neuen Präsidenten zum Ausdruck. Odets Stimme, voller Hass und rechtschaffenem Zorn, war am schrillsten: »Und vergessen Sie nicht all die Störenfriede, die über die Grenze kommen und uns die Arbeitsplätze stehlen, und wie Präsident Stevens Tag für Tag unsere amerikanischen Militärbasen und das Personal an Ausländer verkauft, damit sie ihre Soldaten auf unserem ureigenen Boden ausbilden!«

Der Sergeant stach mit dem Zeigefinger in die Luft und dröhnte: »Die deutsche Luftwaffe in Holloman und McGregor! Ich dachte, wir hätten die Deutschen im Zweiten Weltkrieg besiegt, dabei sind sie die Sieger!« Mit Erlaubnis des Pentagon hatte Deutschland auf der Holloman Air Force Base in New Mexico mit Hunderten von Piloten und Bodenpersonal einen taktischen Luftstützpunkt eingerichtet, um europäische Tornado-Bomber und deutsche Phantom zu fliegen und zu versorgen; nun hatten die Deutschen von der Regierung auch noch einen Teil der McGregor Range bei Fort Bliss in der Nähe von El Paso in Texas für taktische Wiederauftank- und Kampfübungen geleast.

»Bald ist unsere Heimat in fremder Hand!«

»Ja. Die Ausländer bestimmen nicht nur im Ausland über uns, sondern auch hier, auf eigenem Boden ...«

»Sie stehlen unser Wissen und benutzen es dann, um uns auszubooten.«

»Als Nächstes werden sie uns echte Amerikaner in Reservate stecken und Decken und Blechnäpfe verteilen!«

Hinter der Maske von Caleb Bates hörte Alexei Berianow mit einer Mischung aus Erheiterung und Befriedigung zu. Über die verquere Logik dieser Dummköpfe hätte er am liebsten laut gelacht, doch es war gerade ihr fanatisches Gefühl der Gewalt gegen die Regierung, die sie als ihren Feind betrachteten, das er für seine Ziele brauchte. Es war Juri Andropow gewesen, der mächtige und intelligente KGB-Chef, der Berianow zu Beginn seiner Karriere gesagt hatte, dass keine schlechte Idee jemals wirklich ausstarb. Es gab immer jemanden, an den er sich wenden konnte, wenn es um die eigenen Ziele ging.

Innerlich jubelte Berianow. Es gab Augenblicke, da alle Ziele, für die man lange gearbeitet hatte, sich perfekt miteinander vereinten. Dies war ein solcher Augenblick. Die Ausrüstung, die Menschen und die Pläne waren bereit. Nichts stand ihm im Weg. Wie Napoleon war Berianow einst dafür berühmt gewesen, mit kleinen Elitetruppen kühn gegen größere Einheiten vorzustoßen und spektakuläre Siege zu erkämpfen. Erregung durchströmte ihn, als er sah, wie die Gesichter seiner drei wichtigsten Offiziere sich vor Aufregung röteten. Sie und ihre Männer würden bis zum Tod für Caleb Bates kämpfen.

Während den dreien allmählich der patriotische Dampf ausging, spürte Bates an seiner Brust den Vibrationsalarm seines Handys. Feierlich sagte er zu seinen Anhängern: »Nur noch ein Tag, und alles wird vorbei sein. Und dann wird jeder in Amerika einen Grund zu feiern haben – dank uns. Weitermachen, Männer.«

»Jawohl, Sir.« Sergeant Austins Augen leuchteten angesichts der ruhmreichen Zukunft, während er zu der Tür ging, die sich zum oberen Foyer öffnete.

»Vielen Dank, Sir.« Otis Odet folgte ihm. Trotz seines fehlenden militärischen Hintergrunds hielt er sich kerzengerade, als hätte er einen Besen verschluckt.

»Colonel?« Max Bitsche zögerte. »Ich möchte mich noch einmal entschuldigen.«

Bates klopfte Bitsche auf die Schulter. »Das war im Eifer des Gefechts. Sie sind ein wertvolles Mitglied der Bewegung. Wir brauchen Sie, und wir respektieren alles, was Sie für Amerika getan haben. Wenn man das Ganze sieht, ist ein kleiner Ausrutscher nicht so schlimm.« Als das Handy wieder vibrierte, endete er mit etwas kühlerer Stimme, die seine Autorität bekräftigte: »Ich bin sicher, dass so etwas nicht wieder vorkommt.«

»Niemals«, gelobte Bitsche.

Als die Tür sich schloss, erschien der leere Raum plötzlich wärmer und freundlicher. Berianow zog sein Handy aus der Tasche und erlaubte sich den kurzen Luxus, seinen Geist in die Vergangenheit treiben zu lassen. Er ging wieder über die kopfsteingepflasterten Wege im Gorki Park. Seine Brust schwoll vor Glück, als er das Rauschen des Windes in den Linden genoss und beobachtete, wie ihre raschelnden Blätter das Sonnenlicht einfingen und vor Moskaus schimmerndem blauen Himmel wie Silberpapier glänzten. Sein Moskau. Seine Sowjetunion.

Er erinnerte sich an die alten Männer mit ihren Teegläsern und Schachspielen, die unter den Zweigen saßen, die sich im Wind bewegten. Als Kind war er unter diesen Bäumen Rollschuh gefahren und hatte den Würfelzucker gegessen, den *Babuschkas* mit freundlichen Gesichtern verteilten. Sie erzählten Volksmärchen, die Träume in dem Jungen erweckten ... Träume, auf denen sich seine Größe gründete ... Träume, die man niemals vergessen konnte, niemals verraten durfte.

Berianow riss sich aus diesen Gedanken los, setzte sich in

den Sessel am Kopf des langen, polierten Konferenztisches und sprach in sein Handy. »Ja?«

Es war Nikolai Fedorow. Berianow wusste im selben Augenblick, dass irgendetwas nicht stimmte. Während er die schlechten Neuigkeiten hörte, zog sein Brustkorb sich zusammen: Beth Convey hatte den feurigen Autounfall überlebt. Und Jeff Hammond war dem FBI entkommen.

Fedorow sagte: »Die Polizei hat nur eine Leiche in dem Auto gefunden, aber sie haben noch nichts weiter darüber berichtet. Wenn Stephanie Smith überlebt hätte, wäre sie am Unfallort geblieben. Nur diese Convey wäre weggelaufen.«

Berianow hielt seine Stimme unter Kontrolle. »Wo ist Convey jetzt?«

»Ich wünschte, ich wüsste es. Ich habe überall gesucht, wo wir damit rechnen konnten, dass sie dort auftaucht. Woks Leute halten nach ihr Ausschau.«

»Sukin syn!«, fluchte Berianow. »Und Hammond?«

»Das weiß ich auch nicht, Sir.«

Berianow weigerte sich, an ein Scheitern zu glauben, aber solange Hammond frei war, würden sie niemals in Sicherheit sein. Besonders jetzt nicht. Die Bedrohung, die Hammond darstellte, musste ein Ende haben. »Vielleicht werden sie uns nicht schaden, vielleicht doch. Wir können dieses Risiko nicht eingehen. Finden Sie beide, Nikolai Michailowitsch, und töten Sie sie. Wir dürfen uns jetzt keine Fehler mehr erlauben. Alles dreht sich um morgen. Alles. Begreifen Sie? *Alles*.«

Wenn Fedorow noch einmal versagte, würde er Iwan Wok schicken. Der stämmige Mongole war immer noch der tödlichste Attentäter, den der KGB je hervorgebracht hatte. Er hatte sein Mordgeschäft auf dem Höhepunkt des Kalten Krieges von Männern gelernt, die niemals wieder ihresgleichen gefunden hatten. Iwan Wok war der Meister, der Fedorow ausgebildet hatte. Wok besaß nicht Fedorows Finesse, aber er hatte etwas Besseres – er verfehlte nie sein Ziel. Nichts und niemand konnte den kleinen, stämmigen Mann mit dem flachen Gesicht aufhalten. Er liebte das Töten zu sehr.

22.

Mit geschlossenen Augen wachte Beth Convey langsam auf. In der Dunkelheit ihres in Unordnung geratenen Geistes war sie nicht sicher, wo sie war, oder was passiert war. Alles tat ihr weh ... und mit einem Schlag erinnerte sie sich, und Angst überfiel sie: Ein Mann, von Kopf bis Fuß in Schwarz gekleidet, hatte sie überwältigt und gefesselt. Er war schnell und stark gewesen, ein Karate-Meister, und Beth hatte damit gerechnet, dass er sie ermorden würde. Ihre Brust verkrampfte sich, und sie schlug die Augen auf. Vielleicht war er immer noch im Haus und auf der Suche.

Ihre Augenbinde war verschwunden. Merkwürdig ... Beth blinzelte ins Sonnenlicht. Es war Morgen. Freitagmorgen, rief sie sich ins Gedächtnis. Die Fesseln gaben bei der ersten Bewegung nach. Sie zog mit beiden Armen und Beinen. Alle Fesseln waren gelöst. Seltsam. So sehr sie sich gestern Nacht abgemüht hatte, sie war nicht in der Lage gewesen, sich selbst zu befreien ...

Sie war sicher, dass es nicht Hammond gewesen war. Die Augen des Karatekämpfers waren eisblau gewesen, nicht von einem sanften Blau wie die Hammonds. Eine innere Stimme – ihr Herz? – sagte Beth, dass er ein ausgebildeter Killer war. Seine raubtierhaften Bewegungen sprachen dafür, die kalte Präzision seiner Karatekunst, alles, was er unternommen hatte, um dafür zu sorgen, dass sie ihn nicht würde identifizieren können ... Doch niemals würde sie seine Augen oder die Narbe an seinem rechten Handgelenk vergessen.

Beth erschauerte. Wieder war sie dem Tod von der Schippe gesprungen, anders als die arme Stephanie, die in ihrem Wagen gefangen war und im flammenden Inferno starb.

Beth stand auf und streckte sich, wodurch die Schmerzen nachließen. Sie ging durchs Arbeitszimmer, um sich in einem Spiegel zwischen zwei Wandleuchtern zu betrachten. Ihre blauen Augen sahen gespenstisch aus; ihre Wangen waren hohl. Noch immer war der hässliche Bluterguss auf ihrer Stirn. Ihre dunklen Augenbrauen wirkten leblos auf der käsigen Haut. Ihre blondes Haar stand wie Stroh vom Kopf ab. Sie schob es hinter die Ohren zurück und massierte sich die schmerzenden Schläfen. Sie brauchte etwas zu essen, Ruhe und Medikamente. Und Antworten.

Als sie sich umdrehte, entdeckte sie ihre Tasche, abgestellt hinter ihrem Stuhl. Ihre Tablettenfläschchen waren auf dem Boden aufgereiht wie Spielzeugsoldaten. Sie kniete sich hin und schaute sich alles genau an. Mit Erleichterung stellte sie fest, dass nichts fehlte. Doch wer immer ihre Tasche inspiziert hatte, er wusste nun, dass sie auf starke Medikamente angewiesen war. Sie schüttelte den Kopf und steckte alles in die Tasche zurück, bis auf den Zeitungsausschnitt über Michail Ogust.

Dann sah sie sich nach den anderen Papieren um, die in der Zigarrenkiste versteckt gewesen waren. Auch sie lagen auf dem Boden. Sie suchte nach der Rechnung für den Zaun in Stone Point und der Anzeige für die Milchfarm in Pennsylvania. Als sie weder das eine noch das andere fand, suchte sie das Zimmer ab, doch beides blieb verschwunden. Vielleicht fehlte noch mehr.

Interessant ... der Mann in Schwarz suchte, was auch sie suchte. Zum Glück war Beth es gewöhnt, sich umfangreiche Dokumente und juristische Schriftsätze zu merken. Sie konzentrierte sich und war bald in der Lage, sich den Text beider Ausschnitte ins Gedächtnis zu rufen. Sie klemmte ihre Tasche unter den Arm und eilte in die Küche, wo sie ihre Pillen mit Wasser einnehmen konnte. Von dort würde sie die Apotheke anrufen und eine neue Ersatzration bestellen. Als sie durch die anderen Zimmer schritt, sah sie, dass der Eindringling auch diese Räume bei seiner Suche auf den Kopf gestellt hatte.

In der Küche warf Beth einen Blick auf das Bild ihres Organspenders. Es ließ sie erschauern, löste zugleich aber auch ein seltsames Gefühl der Sehnsucht aus. Seine angenehmen slawischen Gesichtszüge ließen Beth an ein Zitat von Nikolai Gogol denken, den Schriftsteller der russischen Romantik. Vielleicht hatte sie es in im Russischunterricht gelesen ... oder vielleicht hatte sie es als Teil ihres Zellgedächtnis geerbt. Wenn sie über Michail Ogust nachdachte, erschien es ihr perfekt.

Voran auf der Reise! Russland! Russland! Wenn ich dich sehe, leuchten meine Augen mit übernatürlicher Kraft. Oh, welch glänzende, wunderbare Weite des Raumes ... Welch fremde, lockende, wundervolle Welt!

Jeff Hammond war müde und besorgt. Er hatte zwei Männer entdeckt, die das Gebäude der *Post* beobachteten. Nach dem Mangel an Geschicklichkeit zu urteilen, konnten sie nicht zum FBI gehören. Sicher, vielleicht warteten sie gar nicht auf ihn, aber er durfte kein Risiko eingehen. Hammond verschwand um die Ecke, winkte ein Taxi heran und fuhr in das Wohnviertel hinter dem Kapitol, wo er den Fahrer zwei Blocks von seiner Wohnung entfernt halten ließ.

Mit fliegenden Jackettzipfeln lief er eine Gasse entlang. Mit eisernem Willen zwang er sich, trotz seiner Müdigkeit wachsam zu bleiben. Er war darauf ausgebildet, stundenlang bis zur Erschöpfung zu arbeiten; außerdem hatte er ein Ziel, das ihn antrieb.

An der Einmündung der Gasse blieb er stehen. Als Erstes

erregte die Frau seine Aufmerksamkeit, die auf der Bank an der Bushaltestelle saß. Sie machte den Fehler, zwei Busse vorbeifahren zu lassen, was an sich nicht weiter auffällig war, doch ihr völliges Desinteresse, bei beiden Bussen die Liniennummern zu lesen, war verdächtig. Außerdem waren ihre Augen ständig in Bewegung. Der Frau entging nichts. Ihr Partner war auf der anderen Straßenseite, zwei Türen weiter. Er fegte den Bürgersteig mit einem langstieligen Besen – ein Mann, der sich nur um seine eigenen Angelegenheiten kümmerte. Allerdings fegte er zweimal dieselbe Stelle, und er und die Frau tauschten gerade genug flüchtige Blicke, um Hammonds Verdacht zu bestätigen.

Auch sie waren keine FBI-Leute. Jeder vom Bureau wäre besser ausgebildet. Offensichtlich war es Bobby Kelsey gelungen, die Begeisterung des FBI für ihn abzukühlen. Wer war dann dieses Paar? Hammond gelangte zu dem Schluss, dass es sich um Polizisten aus Washington handelte, die von den Behörden in West Virginia alarmiert worden waren. Oder sie konnten mit den Leuten zu tun haben, die Berianows Mission übernommen hatten, wer immer diese Leute waren. Sie konnten aber auch ganz andere Auftraggeber haben ... aber wen? Sowohl seine Wohnung als auch sein Büro wurden überwacht, und das war eine Warnung, die Hammond ernst nahm.

Da Berianow tot war, hatte er sich einverstanden erklärt, die mysteriöse Terroristenverschwörung unter die Lupe zu nehmen. Nun aber kam er nicht an seine Aufzeichnungen, seine Computer und seine Telefone bei der *Post* und zu Hause heran. Er warf einen sehnsüchtigen Blick auf seine Wohnung, drehte sich um, schlenderte die Gasse zurück und dachte über seine Situation nach.

Hammond hatte sich immer für einen ziemlich schlichten Menschen gehalten – ein schlichtes Herz, schlichte Ziele. Doch seit er für Bobby Kelsey in den Untergrund gegangen war, hatte er festgestellt, dass er in Wirklichkeit ein Leben führte, das ihn schließlich so weit gebracht hatte, alles in Frage zu stellen, was er über sich zu wissen glaubte.

Das erste Opfer war seine Ehe gewesen, die mit der Scheidung endete. Dann hatten ihn seine Freunde beim FBI fallen gelassen. Und bei der Zeitung hatte er nie Freundschaften geschlossen. Seine Eltern starben als enttäuschte Menschen, da Hammond in ihren Augen eine ehrenhafte Karriere im Dienst seines Landes aufgegeben hatte. Das Geld, das er geerbt hatte, erschien ihm bedeutungslos. Eine Reihe von Affären hatte ihn davon überzeugt, dass es besser für ihn war, nie wieder ein Eheversprechen abzugeben. Außerdem hatte er eine Schwester, die mit ihrer Familie in der Nähe von Yosemite lebte; er hatte sie seit fünf Jahren weder gesehen noch mit ihr gesprochen – und das war ganz allein sein Fehler.

Als Hammond schließlich keinen Menschen mehr hatte, dem er sich anvertrauen konnte, wurden die Lebenslügen zu seinem Leben, und ihm blieb nur eine Scheinexistenz. Sein Lebensinhalt war, Bobby Kelsey mit Informationen zu versorgen, die zur Enttarnung von Doppelagenten in der Regierung führten. Das hatte ihm Befriedigung verschafft. Und am Anfang hatte er geglaubt, dass es genügte.

Er winkte ein anderes Taxi heran und ließ sich zu zwei Geschäften fahren, die von Exilrussen geführt wurden – ein Restaurant und einen Handyladen. Er nahm seine Kontaktmänner einzeln zur Seite. Es waren gute Leute, Aktivposten für ihre Gemeinde und für Amerika, doch keiner von beiden hatte etwas gehört, das auf einen Terrorplan hindeutete.

Als Hammond gerade den Handyladen verlassen wollte, schaltete einer der Angestellten das Fernsehgerät an der Wand auf die lokalen Nachrichten um.

Schockiert sah Hammond, wie sein Foto mit einer Telefonnummer darunter auftauchte.

Er hatte seine Sonnenbrille abgenommen, sodass sein Gesicht vollständig zu sehen war. Der Angestellte starrte auf den Bildschirm und dann auf Hammond.

Hammond setzte die Sonnenbrille auf, eilte auf die Straße und stoppte ein Taxi. Vor Wut wurde ihm die Kehle eng. Weiter reichte Kelseys Schadenskontrolle also nicht! Die Polizei von West Virginia war hinter ihm her – und nun wusste der gesamte District of Columbia, dass er gesucht wurde. Das erklärte auch die Wachtposten bei seiner Wohnung und beim Büro. Wahrscheinlich waren es Beamte der örtlichen Polizei oder Cops aus West Virginia.

Im Taxi nannte er dem Fahrer Beth Conveys Adresse in Georgetown.

Beth fand ihren Wagen bei Berianows Haus, genau dort, wo sie ihn in der Auffahrt geparkt hatte. Es erschien ihr fast wie ein Wunder, dass der Wagen unversehrt war, nachdem sie das wüste Durcheinander gesehen hatte, das der Eindringling im Haus hinterlassen hatte. Sie schloss den Wagen auf, ließ den Motor an und fuhr los, durch Chevy Chases geschäftigen Berufsverkehr. Als sie an den großen Villen vorbeikam, die abseits der Straße auf leicht abfallenden grünen Rasenflächen standen, hielt sie nach dem schwarzen Lieferwagen Ausschau, der Stephanie und sie letzte Nacht verfolgt hatte.

Dann kam ihr ein ermutigender Gedanke. Vielleicht hatte die Polizei den Lieferwagen gefunden. Vielleicht hatten sie Jeff Hammond festgenommen. Sie schaltete das Autoradio ein und hörte die Nachrichten zur vollen Stunde. Der Sprecher berichtete gerade über die bevorstehende Ankunft des russischen Präsidenten, der einer persönlichen Einladung von US-Präsident James Emmet Stevens folgte. Diese Einladung war einer von Stevens' ersten Schritten gewesen, sein Wahlversprechen eines »globalen Engagements« zu erfüllen. Er äußerte sich begeistert über den Besuch und verlieh seiner Hoffnung Ausdruck, Wladimir Putin überzeugen zu können, dem demokratischen Lager vollends beizutreten, »um einen alten Kommunisten aus der Kälte zu holen«, wie er es jovial ausdrückte.

Der Radiosprecher wechselte das Thema und berichtete über zwei Morde im Südosten Washingtons, über ein neues Gesetz, das im Abgeordnetenhaus zur Reform des Gesundheitssystems eingebracht worden war, und – bestürzt richtete Beth sich auf – über einen Unfall in Virginia, bei dem ein Wagen ausgebrannt war. Die Polizei hatte noch nicht die Namen der Toten freigegeben. Beth hatte gehofft, dass jemand den schwarzen Lieferwagen gemeldet hätte und der Fahrer festgenommen worden war. Doch die Nachricht endete, ohne dass ein weiteres Fahrzeug erwähnt wurde.

Beth wischte sich die Tränen aus den Augen. Die nackten Tatsachen in der leidenschaftslosen Stimme des Sprechers zu hören, hatte neue Trauer in ihr aufsteigen lassen, als sie an Stephanie Smith dachte. Da die Polizei nicht bekannt gegeben hatte, wer oder wie viele Menschen im Feuer gestorben waren, würde Hammond immer noch glauben, er hätte sie, Beth, aus dem Weg geschafft.

Dann hörte sie Hammonds Namen in den Nachrichten: »... wird wegen Mordes an einem Teenager und dessen Freundin in Stone Point, West Virginia, gesucht. Hammond ist weiß, einsneunzig groß, wiegt fünfundneunzig Kilo und hat langes braunes Haar. Vor zehn Jahren wurde er aus dem FBI entlassen. Kurz darauf trat er eine Stelle als Reporter für die *Washington Post* an. Wer Angaben über Hammonds Verbleib machen kann, wird gebeten ...«

Beths Atem wurde flach. Erst gestern war sie mit Hammond über den Bürgersteig spaziert und hatte mit ihm geplaudert – bis sie ihn wiedererkannt hatte. Dieser Mann hatte Jurimengri umgebracht. Und nun hatte er zwei junge Leute in einer kleinen Stadt in West Virginia getötet.

Vielleicht war ihm doch klar geworden, dass Beth ihn an

dem Ort gesehen hatte, an dem Jurimengri gestorben war, und wie sie vermutet hatte, hatte Hammond letzte Nacht in dem schwarzen Lieferwagen gesessen. Sie biss die Zähne zusammen und ließ ihrer Wut freien Lauf. Dieser Bastard.

In Georgetown, in der Nähe von Beth Conveys Haus, setzte Nikolai Fedorow sich unauffällig hinter das Steuer eines weiteren gestohlenen Fahrzeugs, ein Ford-Kombi. Er hatte den schwarzen Lieferwagen auf dem riesigen Parkplatz der Pentagon Mall zurückgelassen. Jetzt, da er in dem schmutzigen gelben Ford saß, der die Nummernschilder eines Wagens aus Maryland trug, hatte Convey keine Chance, ihn zu identifizieren. Außerdem hatte Iwan Wok Leute vor ihrer Kanzlei, vor der Wohnung ihres letzten Freundes und den Häusern zweier ihrer Arbeitskollegen postiert, doch nach allem, was sie über Convey wussten, nahm Fedorow an, dass sie nach Hause zurückkehrte, sobald sie glaubte, dort sicher zu sein.

Iwan Wok hatte Leute angewiesen, jene Orte zu besuchen, an denen Jeff Hammond für gewöhnlich auftauchte. Außerdem hatte er Fotos von Convey und Hammond an seine Leute gefaxt. Wok hatte alle gewarnt, vorsichtig zu sein, da auch Hammond ein Profi war. Fedorow wusste nicht genau, weshalb auch Hammond eliminiert werden musste, doch er freute sich darauf, wie sich in seiner Vorstellung ein amerikanischer Geschäftsmann freute, wenn er einen ausländischen Konkurrenten ausschaltete.

Müde nahm er eine kleine Pillendose aus der Hemdentasche und öffnete sie. In der vergangenen Stunde war er mehrmals eingenickt. Während er sich eine Koffeintablette in den Mund schob, blickte er auf den Boden auf der Beifahrerseite, wo seine schwarzen Werkzeugkästen standen, dann auf seinen Schoß, wo sein Präzisionsgewehr lag, ein PSG-1 – lang und schön und kraftvoll. Ein deutsches Fabrikat von Heckler

& Koch. Fedorow schätzte die vielfältigen Einstellungsmöglichkeiten, das große 6x42 Hendsoldt-Zielfernrohr mit beleuchtetem Fadenkreuz und die herausragende Präzision der Waffe. Damit konnte er auf dreihundert Meter beeindruckende 50 Schuss in einen Kreis von 80 mm Durchmesser setzen. Dass er jetzt noch einmal alles überprüfte, geschah ganz automatisch.

Heute trug er nur einen gewöhnlichen Sportanzug. Während sich der bittere Geschmack der Koffeintablette in seinem Mund ausbreitete, schaute er in den Innenspiegel. Immer noch keine Spur von Convey. Er war unruhig, ja, zum Zerreißen gespannt. Der Unterton in Berianows Stimme hatte ihm verraten, dass dies seine letzte Chance war. Wenn er wieder versagte, schickte Berianow ihm womöglich Iwan Wok auf den Hals ... ein Gedanke, der ihn schaudern ließ. Er versuchte, seine Furcht zu unterdrücken, doch er hatte eine Scheißangst vor dem brutalen Mongolen. Und selbst wenn Berianow Wok nicht schickte, war sicher, dass er bei einem Versagen schwer bestraft würde.

Er wehrte ein Gefühl der Hoffnungslosigkeit ab. Er hatte das Warten im Wagen satt. Die Wohnstraße war ruhig geworden, und so schob er sein Handy in die Jackentasche, ergriff das H&K-Präzisionsschützengewehr, ließ sich aus dem Auto gleiten und verschwand auf der anderen Seite des Fußwegs in einer Baumgruppe, neben der er absichtlich geparkt hatte. Die Bäume standen auf einer freien Fläche zwischen zwei großen Anwesen, perfekt für seine Zwecke. Er verschmolz mit dem Laub, ungefähr zwei Meter vom Wegrand entfernt. Von hier aus konnte er Conveys viktorianisches Haus deutlich sehen. Er betrachtete es durchs Zielfernrohr.

Durch einen Strauch vom Weg abgeschirmt, lehnte er sich gegen einen Baum. Die Vögel zwitscherten und sangen. Irgendein kleines Tier huschte raschelnd durch trockenes Laub. Das Sonnenlicht tanzte in goldenen Strahlen in den

Bäumen. Er war ganz auf seine Aufgabe konzentriert. Er war ein Mann mit einem Auftrag, ein Mann, dessen Faszination für das Töten seinem Leben einen Sinn gegeben hatte, und er freute sich jetzt schon darauf zu beobachten, wie sein Hochgeschwindigkeitsgeschoss Beth Convey zu Boden streckte.

Jeff Hammond hatte im Laufe der Jahre viele gute Gewohnheiten entwickelt. Ganz oben auf der Liste standen Umsicht und Besonnenheit, und besonders auf diese Eigenschaften wollte er sich von nun an besinnen. Wie üblich hatte er sich vom Taxifahrer zwei Blocks vor seinem Ziel – Beth Conveys Haus – absetzen lassen. Es war Vormittag; die Aprilsonne schien und spiegelte sich in den nach Osten liegenden Fenstern an der gesamten Straße und schickte lange, kühle Schatten von der anderen Seite herüber.

Hammond ging über den Bürgersteig an stattlichen Häusern mit filigranen Veranden und steilen Dächern vorbei. Er setzte seine Baseballmütze auf, steckte seinen Pferdeschwanz darunter und nahm den goldenen Ohrring ab, der auf dem Foto in den Nachrichten nicht zu übersehen gewesen war. An seiner Größe oder seinem Gesicht konnte er im Moment nichts ändern; nur die Sonnenbrille bot ein wenig Tarnung. Außerdem hatte er die 9-mm-Beretta dabei.

Er kam an einem Rasenstück vorüber, auf dem ein junger Kirschbaum, dessen Wurzeln von einer roten Ziegelmauer eingefasst waren, in voller Blüte stand. Georgetown hatte eine ganz eigene Atmosphäre, eine Mischung aus Geschichte, Wohlstand und Betulichkeit. Nun aber, als Hammond mit scharfem Blick nach Beschattern Ausschau hielt, schien es hier vor drohenden Gefahren nur so zu wimmeln. Eine Hand voll Wagen waren am Straßenrand geparkt, doch niemand saß darin. Er entdeckte keinerlei Anzeichen, dass Straße und Häuser beobachtet wurden. Er seufzte erleichtert, als er weiter vorn ein lavendelfarbenes viktorianisches Haus entdeckte – eine dreistöckige, verschnörkelte Grande Dame. An den Hausnummern erkannte er, dass es Conveys Haus sein musste.

Dann bemerkte er ihren grünen Mercedes, der in die Straße einbog und an einer Baumgruppe vorbei in die Einfahrt des Hauses fuhr. Er sah, wie ihr blondes Haar erschien, dann ihr übermüdetes Gesicht. Sie war offensichtlich erschöpft und sah aus, als wäre sie in einen Kampf verwickelt gewesen. Plötzlich hörte Hammond ihre zornige Stimme.

»Phil! Was machst du denn hier? Verschwinde. Das ist hier nicht mehr dein Wochenendquartier. Ich habe dir nichts mehr zu sagen, und es interessiert mich auch nicht, ob du mir noch etwas zu sagen hast.«

Hammond blieb überrascht stehen und beobachtete Beth Convey und den Mann, der soeben erschienen war.

Waren Convey und der Mann ein Paar gewesen?

Der Mann musste hinter dem Haus auf sie gewartet haben. Er war groß und gut gewachsen und baute sich breitschultrig vor ihr auf, als gehörte ihm nicht nur Beth Convey, sondern die ganze Welt. Er trug einen teuren Maßanzug. Hammond vermutete, dass er ebenfalls Anwalt oder ein erfolgreicher Geschäftsmann war. Die Miene des Mannes war grimmig, doch sein Gesicht war gut geschnitten. Hammond versuchte angestrengt, seine Stimme zu hören.

Sie war leise und voller Wut. »Diesmal bist du zu weit gegangen, Beth. Du hättest diese Namensliste direkt mir geben müssen. Es geht hier um Ethik, Schätzchen. *Ich* bin ihr Anwalt. Du weißt verdammt gut, dass all ihre juristischen Angelegenheiten zuerst über mich laufen. Ich bringe dich vor die Anwaltskammer!«

Hammond missfiel die aufreizende, plumpe Vertraulichkeit des Mannes. Er war drauf und dran, über die Straße zu gehen und einzuschreiten, als er auf der rechten Seite aus dem Augenwinkel plötzlich eine Bewegung in den Bäumen bemerkte. Ihm fiel auf, dass der Gesang der Vögel verstummt war. Es war nur eine kaum wahrnehmbare Bewegung gewesen: Ein Sonnenstrahl war von etwas Metallischem im Laub reflektiert worden, ungefähr in Schulterhöhe.

In Hammonds Kopf schrillten sämtliche Alarmglocken. Er wirbelte herum, gerade als das Gewehr eines Heckenschützen Beth Convey ins Visier nahm. Blitzschnell analysierte Hammond die Situation. Wer immer der Mann zwischen den Sträuchern war – er verstand seinen Job. Er hatte geduldig und leise gewartet, und er hatte sich einen perfekten Platz für seinen Hinterhalt ausgesucht. Es war sein Pech, dass Hammond auf Schwierigkeiten gefasst war und außerdem diese Straßenseite gewählt hatte, um den morgendlichen Schatten als Deckung zu nutzen.

Als der Heckenschütze den Finger krümmte, um den Abzug zu betätigen, stürmte Hammond vor, sprang mit einem mächtigen Satz ins Gebüsch und prallte gegen den Oberkörper des Mannes.

Ein Gewehrschuss zerriss die Luft.

Der Attentäter hatte auf Beth Convey geschossen.

23.

Hammond traf ihn voll. Der Heckenschütze stöhnte vor Schmerzen auf. Beide Männer prallten hart auf den Boden, Hammond obenauf. Seine Sonnenbrille flog durch die Luft. Der Mann, der das Gewehr noch immer in den Händen hielt, schlug mit dem Lauf nach Hammonds Kopf. Hammond duckte sich, und der Schlag traf seine Schulter so wuchtig, dass der Schmerz seine gesamte Körperhälfte durchraste.

Fedorow rang nach Atem. Er war wütend. Wegen Hammonds Angriff war sein Schuss auf Beth Convey fehlgegangen; er wusste nicht, ob seine Kugel sie überhaupt getroffen hatte. Fedorow hatte vorgehabt, erst Convey und dann Hammond wegzuputzen – zwei zum Preis von einem, wie die Amerikaner sagen. Er war sich seines Erfolges sicher gewesen, als Hammond die Straße entlang gekommen war – ein solch perfektes Ziel, dass man fast zum christlichen Glauben finden konnte. Hätte er Hammond und Convey getötet, wäre Fedorows Ruf wiederhergestellt gewesen. Nun war alles zunichte gemacht.

Mit einem wütenden Knurren schwang Fedorow das Gewehr erneut herum. Wieder duckte sich Hammond, bekam die Waffe diesmal zu packen, setzte sich rittlings auf die Hüften des Mannes und nagelte ihn mit den Schenkeln und seinem Gewicht am Boden fest.

»Wer bist du?«, stieß er hervor.

Doch der Attentäter umklammerte die Waffe immer noch mit eisernem Griff. Er hatte das Kinn auf die Brust gedrückt. Die Adern an seinem Hals traten dick hervor, als er darum kämpfte, die Kontrolle über das Gewehr wieder zu erlangen. Der Schweiß trat ihm auf die Stirn. Der Mann hatte ein Durchschnittsgesicht, glatt rasiert, mit regelmäßigen Zügen. Ein unauffälliger Bursche. Doch er war ein gekaufter Killer, dafür ausgebildet, sich unter die Leute zu mischen und in der Anonymität zu verschwinden.

Dann erkannte Hammond ihn. Er war der Mann, der in der Nacht, in der Jurimengri umgebracht worden war, Convey gejagt hatte.

Er musste die Stimme des Mannes hören. Hatte er einen Akzent? Einen *russischen* Akzent?

»Wer bist du? Wer hat dich geschickt, um Beth Convey umzubringen?«

Die Angst schnürte ihm die Brust zusammen. Hatte der Mann Convey vielleicht doch noch getroffen? Nein, Hammond war sicher, den Killer noch rechtzeitig aufgehalten zu haben.

Doch der Heckenschütze schwieg. Mit einem wilden, plötzlichen Ruck riss er Hammond das Gewehr aus der rechten Hand und schlug erneut zu, zielte aufs Hammonds rechte Kopfseite. Der obere Teil des Gewehrlaufs schrammte an Hammonds Ohr entlang. Er spürte, wie warmes Blut aus einer Wunde strömte. Aber wieder bekam Hammond die Waffe in den Griff. Er benutzte die linke Hand als Angelpunkt und schlug mit der rechten fest gegen den Lauf. Vor Anstrengung, das Gewehr zu beherrschen, während es zwischen ihnen zitterte, knirschte Hammond mit den Zähnen.

»Du Bastard!«, stieß er hervor. »Warum bist du hinter Convey her?«

Ihre Blicke trafen sich. Die Augen des Mannes waren so leer, dass sie auch schwarze Löcher hätten sein können. Während ihm der Schweiß übers Gesicht lief, starrte Hammond in diese toten Augen und erkannte, dass dieser Bursche nicht nachgeben würde. Und es schien, als wäre er kräftig genug, um Hammond die Waffe aus den Händen winden zu können.

Trotzdem zischte Hammond: »Du hast verloren! Sag mir, wer …«

Da öffnete der Mann den Mund, lachte und sagte in perfektem Englisch: »Nein, Hammond, *du* kannst nicht gewinnen … gib auf … Es gibt Mächte, die du nicht beherrschen kannst … und das weißt du …«

Hammond gefiel weder die Botschaft noch das Fehlen eines Akzents – aber der Mann redete endlich. Es war nur eine kleine Ablenkung, doch sie würde reichen. Hammond nahm die rechte Hand vom Gewehr und schlug mit der Faust nach dem Kinn des Heckenschützen. Aber der Mann war ein Könner. Er drehte den Kopf zur Seite, und Hammonds Faust streifte nur den Hals des Gegners. Doch bevor der Mann den Kopf zurückdrehen konnte, ließ Hammond das Gewehr los, beugte sich vor und drückte dem Gegner den linken Arm an die Kehle, sodass er in einem Würgegriff gefangen war. Gleichzeitig benutzte Hammond die linke Hand, um dem Mann die Halsschlagader abzudrücken, was sehr starke Schmerzen bereitete und einen Gegner bewusstlos machen, ja, sogar töten konnte.

Der Mann wehrte sich. Er warf sein Gewehr fort. Aber Hammond drückte ihn weiter nieder, bis der Attentäter schließlich bewusstlos wurde.

Hammond atmete schwer; seine Brust hob und senkte sich. Blinde Wut erfasste ihn, verwandelte sein Inneres in einen Glutofen. Er starrte auf seinen Arm und seine Hand. Sie waren ganz ruhig, und seine großen, kräftigen Finger hielten immer noch den nun erschlafften Körper des Killers gepackt. Es waren Hände, die eine Macht besaßen, dass sie sich beinahe Hammonds Kontrolle entzog. Er wollte weiter zudrücken. Fester. Er wollte es, und seine Hand wollte auch ...

Töten. Er wollte den Mann *töten,* bevor dieser Beth Convey oder sonst jemanden ermorden konnte. Doch in diesem Augenblick wurden ihm sein hämmerndes Herz und sein keuchender Atem bewusst. Ihm wurde klar, dass er sich wieder so fühlte, wie es früher immer gewesen war – so konzentriert, aufmerksam, wütend, dass er sich beinahe selbst hypnotisierte. Doch es war gefährlich, nicht man selbst zu sein, und dieses Spiel wollte Hammond nie wieder spielen. Zumal sein Gegner keine unmittelbare Gefahr mehr darstellte, sodass er nicht mehr getötet werden musste.

Als in der Ferne das Heulen von Polizeisirenen erklang, ließ Hammond den bewusstlosen Attentäter los und seufzte. Er hob den Kopf, lauschte. Vielleicht waren die Einsatzwagen ja gar nicht auf dem Weg hierher. Aber er konnte nicht das Risiko eingehen, dass jemand den Gewehrschuss gehört und die Polizei angerufen hatte.

Wahrscheinlich waren nicht mehr als drei Minuten vergangen, seit er den Heckenschützen angegriffen hatte. Hammond nahm das Gewehr des bewusstlosen Mannes und sprang auf, wobei er die Schmerzen in seiner Schulter ignorierte. Er hatte keine Zeit, den Mann zu durchsuchen: Er musste zu Convey. Er hoffte, dass sie lebte. Vielleicht brauchte sie medizinische Hilfe.

Hammond rannte zwischen den Bäumen hervor und über die Straße und suchte nach Beth Convey.

Als das Sirenengeheul lauter wurde, wollte Beth aufstehen, um über die Motorhaube hinweg über die Straße zu schauen. Sie glaubte, dass der Schuss von dort gekommen war, aus einer Baumgruppe.

Phil Stagemann packte sie am Arm und riss sie zurück. »Bleib unten!« Sein lockiges braunes Haar war ihm in die Stirn gefallen. Vor Angst biss er sich auf Lippe. Mit einer Hand hatte er Beths Arm umklammert, während er mit der anderen ihre Schulter gepackt hielt.

»Sie sind vielleicht immer noch da. Du wirst uns noch *umbringen*!«

Beth versuchte, geduldig zu sein. »Wir haben jetzt lange genug gewartet. Wir können hier doch kein Zelt aufbauen! Und außerdem, du hast die Sirenen gehört. Die Polizei ist unterwegs.«

»Sie ist aber noch nicht da!« Seine Stimme, heiser vor Entsetzen, war dicht an ihrem Ohr. »Du bist groß. Du gibst ein gutes Ziel ab. Sie werden erst dich erschießen, und dann bin ich an der Reihe!«

Beth schnaubte verächtlich. »Ein interessanter Gedanke, auf dich zu schießen.« Sie machte sich frei und wollte wieder aufstehen, um erneut auf die andere Straßenseite zu spähen.

Er hörte ihr nicht zu. »Ich habe gesagt, du sollst unten bleiben!«

Er riss sie so hart zurück, dass sie das Gefühlt hatte, ihr

wäre der Arm ausgekugelt. Beth fiel wieder neben ihn. Aber jetzt hatte sie genug. Sie setzte sich auf und starrte ihn an.

»Du Feigling!« Unterstützt von der Kraft ihrer Beine und Hüften, rammte sie ihm die Fäuste mit drei aufeinander folgenden *Dan-zuki* in den Leib.

Er riss die Augen auf. Beth war so schnell gewesen, dass er keine Zeit gehabt hatte, zu reagieren, geschweige denn, sich zu verteidigen. Er war athletisch, und seine Muskeln waren von vielen Trainingsstunden im eigenen Fitness-Studio der Kanzlei gestählt, doch Beth hatte ihn überrascht, und ihre Schläge waren so wuchtig gewesen, dass er vornüber kippte.

»Beth ...«, stieß er mit verzerrtem Gesicht hervor.

Über ihr erklang plötzliche eine angenehme Baritonstimme. »Gute Arbeit. Für mich sieht der Bursche so aus, als hätte er Ihnen Kopfschmerzen verursacht. Wie haben Sie sich jemals mit solch einem Kerl einlassen können, Convey? Trotz einiger offensichtlicher Talente ist nicht zu übersehen, dass Sie sich die falschen Männer aussuchen.«

Mit erleichtertem Lächeln blickte Hammond auf Beth hinunter. Sie war unverletzt. Und er fand, dass sie trotz ihrer Erschöpfung aus der Nähe noch anziehender aussah als aus der Ferne. Von ihren zerzausten Haaren bis zum sanft gerundeten Kinn war Hammond von den aufregenden Gesichtszügen unter der Sonnenbrille gefangen. Die hervorstehenden Wangenknochen. Die kleinen Ohren, hinter die sie ihr Haar gesteckt hatte. Er hatte das Gefühl, dass sie von ihrer eigenen Schönheit nicht sonderlich beeindruckt war. Wahrscheinlich passte es nicht zu ihrer Vorstellung, wie eine knallharte Anwältin aussehen sollte.

Doch während diese Gedanken ihm durch den Kopf schossen, sah er, wie Beths Miene sich veränderte. Sie war nicht mehr überrascht, sondern entsetzt, und die Angst ließ ihr ohnehin blasses Gesicht aschfahl aussehen.

»Sie!« Sie sprang auf, presste sich ihre Schultertasche unter den Arm und begann zu laufen.

»Beth ...« Phil Stagemann reckte den Hals.

Hammond folgte ihr. »Convey! Warten Sie!«

Die Sirenen wurden lauter, während Hammond rasch aufholte, obwohl Beth schnell war, beinahe wie ein Schatten in ihren dunklen Jeans, der schwarzen Bluse und dem schwarzen Wollpullover.

»Convey!«, rief er. »Ich habe Ihnen gerade das Leben gerettet, verdammt!«

Beth sah vor dem geistigen Auge noch einmal den schrecklichen Tod von Stephanie Smith und Oberst Jurimengri. Sie wollte deren Schicksal nicht teilen. Während sie vor dem Killer flüchtete, erinnerte sie sich daran, wie seltsam unbeteiligt und ruhig sie gewesen war, als der schwarze Lieferwagen sie und Stephanie auf der Autobahn verfolgt hatte. Auch jetzt war sie eigenartig gefasst, obwohl der Killer ihr im Nacken saß.

Die Sirenen heulten noch immer. Der Lautstärke nach würden die Streifenwagen jeden Moment eintreffen. Beth und Hammond näherten sich immer mehr dem Ende des Blocks, wo sich auf einer Seite ein großer Fliederbusch und auf der anderen Seite die Kreuzung befand. Dem Klang seiner Schritte nach hatte Hammond sie beinahe erreicht. Bei diesem Gedanken hatte Beth ein merkwürdiges Déjà-Vu, denn ihr wurde bewusst, dass sie in der Lage war, Geräusche in Entfernungen zu übertragen. *Herz ... bist du es, dem ich für diese Information danken muss?* Irgendwie wusste sie genau, wo Hammond war – knapp zwei Meter hinter ihr –, und was sie tun musste. Sie klemmte sich die Tasche unter den Arm, blieb abrupt stehen und setzte den linken Fuß fest auf den Boden. Im selben Moment blickte sie über die Schulter, schwang den Fuß im weiten Bogen von außen nach innen und zielt direkt auf Hammonds Solarplexus – ein *Ushiro-kekomi.*

Sie traf ihn mit einem wichtigen Schlag und drehte sich auf

der Ferse herum, sodass sie ihm gegenüber stand. Hammond taumelte zurück. Erstaunen spiegelte sich auf seinem Gesicht. Beth hatte den Vorteil des Überraschungsangriffs; außerdem trug sie Sportschuhe, nicht die hochhackigen Cowboystiefel aus Eidechsenleder, die Hammond an seinen großen Füßen trug. Dazu war sie schlank und geschmeidig und hatte sehr gute Reflexe. Trotz seines Versuchs, Beth auszuweichen, hatte ihr Fuß seinen Körper genau an der Stelle getroffen, auf die sie gezielt hatte, ohne dass sie ihr Gleichgewicht verloren hätte – eine Schwäche, die sie erst nach Monaten des Trainings überwunden hatte.

Während Hammond noch keuchend dastand, ließ sie ihre Hand bei einem *Shuto-uchi* wie ein Schwert auf seinen Arm sausen, schlug ihm das Gewehr aus den Händen und kickte es außer Reichweite. Dann trat sie einen Schritt zurück, hob ihr gebeugtes Bein auf Brusthöhe und ließ den Fuß bei einem *Mae-keage* direkt gegen sein Kinn schnellen.

Doch Hammond hatte sich gefangen. Sie war gut, das musste er ihr lassen. Tatsächlich war er so wenig auf ihre Fertigkeiten gefasst gewesen, dass sie den Kampf beherrschte. Doch es war die letzte Runde, die sie gewann. Während Beths Augen funkelten und ihr Nike-Schuh auf sein Gesicht zu schoss, wich Hammond gedankenschnell zurück, ergriff ihren Fuß mitten in der Luft und riss sie herum, wobei er seine überlegene Körpergröße und Kraft nutzte.

Auf dem dichten Rasen neben dem Fliederbusch prallte Beth auf den Rücken. Ihre Sonnenbrille flog durch die Luft, und ein Ausdruck wilden Zorns legte sich auf ihr schweißnasses Gesicht.

Mit einer geschmeidigen Bewegung zog Hammond seine Beretta und richtete sie auf Beth.

»Ms Convey, Sie können einem wirklich verdammt auf die Nerven gehen. Glauben Sie vielleicht, ich will Sie umbringen? Bilden Sie sich keine Falschheiten ein. Ich würde keine Kugel für Sie verschwenden. Mit etwas Glück werden Sie eines Tages ihre Zulassung als Anwältin verlieren, und das wäre mir Befriedigung genug. Aber im Moment habe ich tatsächlich ein paar Fragen.«

Er wollte einen Blick über die Schulter werfen, um zu sehen, ob die Polizeifahrzeuge, deren heulenden Sirenen jetzt ganz in der Nähe waren, zu Beths Haus fuhren, doch ein großer Strauch war im Weg. Außerdem sollte er besser kein Risiko eingehen. Der Ausdruck in Beth Conveys Augen gefiel ihm nicht, diese Mischung aus heißer Wut und kalter Berechnung. Es war unmöglich, ihren nächsten Schritt vorherzusehen. Es war besser, sie genau im Auge behalten, *sehr genau* im Auge zu behalten, und die Waffe weiterhin auf sie zu richten. Dass die Polizei ihn entdeckte, konnte Hammond jetzt am wenigsten gebrauchen.

»Stehen Sie auf. Vorsichtig. Gehen Sie um die Ecke, ich bleibe direkt hinter Ihnen.«

Beth setzte sich auf. Noch immer loderte in ihren Augen heißer Zorn.

Hammond warnte sie: »Keine Tricks.«

Beth deutete mit einer Kopfbewegung auf seine Beretta. »Für mich sieht es so aus, als wollten Sie mich erschießen. Weshalb also sollte ich tun, was Sie verlangen?«

»Weil ich die Waffe habe. Außerdem habe ich Ihnen den hübschen Hintern gerettet – *zweimal,* wie ich Ihnen schon gesagt habe. Sagen wir, ich bin ein guter Samariter. Seien Sie höflich. Hat Ihnen niemand Manieren beigebracht?«

Beth atmete schwer. Während sie in sein breites Gesicht starrte, fand sie darin irgendetwas wieder, das ihr plötzlich gefiel. Was hatte dieser Mann nur an sich? Alles, was sie wusste ... ihre ganze Vergangenheit ... alles, was sie gesehen hatte, sagten ihr, dass sie ihm aus dem Weg gehen sollte. Und jetzt erzählte er ihr, dass er sie *gerettet* hatte? Er war der Feind. Ein Killer. *Vergiss das nicht, mein Herz.*

»Ich stehe jetzt auf«, sagte sie. »Wenn Sie vorhaben, zu schießen, wäre jetzt ein guter Augenblick. Die Polizei ist nur noch eine Querstraße entfernt. Ich werde tot sein. Aber wenigstens werde ich dann mit der Gewissheit sterben, dass man Sie erwischt.«

»Ich habe auch immer geglaubt, dass Rache süß ist.« Er lächelte. Das Sirenengeheul war noch lauter geworden, also mussten die Polizeiwagen tatsächlich in Conveys Straße eingebogen sein, genau wie sie gesagt hatte.

Hammond hob das Präzisionsgewehr auf und befahl: »Genug geschwatzt. Bewegen Sie sich.«

24.

Während weiterhin die Sirenen heulten, stand Beth vorsichtig auf, den Blick auf Hammonds angespanntes Gesicht gerichtet. Mit einiger Mühe unterdrückte sie bewusst die Angst und konzentrierte sich auf ihren Zorn. Hammond hielt die Pistole auf sie gerichtet, immer fünf Zentimeter von ihrer Nase entfernt, während sie sich langsam aus dem Gras erhob.

Er starrte sie an. Beth hielt seinem Blick stand, entschlossen, nicht als Erste wegzuschauen.

Die Sekunden dehnten sich. Beth und Hammond kämpften gegen ein Gefühl ungewohnter Vertrautheit. Noch immer schauten sie einander in die Augen.

»Trödeln Sie nicht länger herum«, sagte Hammond schließlich. »Gehen Sie auf den Bürgersteig zurück, und setzen Sie Ihren Hintern in Bewegung!«

»Und Sie beklagen sich über *meine* Manieren?«

Beth drehte sich um. Während sie widerwillig auf den Bürgersteig zurückging, blickte sie seitlich an dem großen Strauch vorbei. Ein paar Sekunden lang hatte sie freie Sicht:

Zwei Streifenwagen standen dort, mit rot und blau blinkenden Signalleuchten, während uniformierte Polizisten sich vorsichtig auf Phil zu bewegten, der sie panisch zu sich heranwinkte. Zur gleichen Zeit kam ein Mann in einem verschmutzen Sportanzug aus dem Gebüsch auf der anderen Seite der Straße, aus dem Beths Meinung nach der Schuss gekommen war. Mit einem unguten Gefühl beobachtete sie, wie der Mann eine Hand in die Jackentasche schob und beiläufig – allzu beiläufig – zu den Polizeioffizieren hinübersah, während er in einen schäbigen gelben Kombi stieg.

Beth hatte vorgehabt, die Polizei um Hilfe zu rufen oder gar zu riskieren, zu den Streifenwagen zu laufen und das Risiko einzugehen, von Hammond in den Rücken geschossen zu werden. Aber was sie jetzt sah, ließ sie die Situation noch einmal überdenken. Wer war der Mann, der sich zwischen den Bäumen versteckt hatte? Irgendetwas in ihr – wieder ihr Herz? – sagte ihr, dass er unter seiner Jacke eine Waffe verbarg. Bedeutete das, dass Hammond tatsächlich die Wahrheit sagte? Dass dort ein Heckenschütze gewesen war, und dass Hammond ihn angegriffen und seinen Schuss abgelenkt hatte?

»Ich sagte vorwärts, Convey. Ein bisschen schneller!« Jeff Hammond drückte ihr den Pistolenlauf ins Kreuz.

»Schon gut. Ich gehe.« Beth ging um die Ecke und war außer Sicht der Polizei. Nein, Hammond war kein Freund. Nicht mit einer Waffe in ihrem Rücken.

»Tun Sie einfach so, als würden wir einen Spaziergang machen.« Sein Atem war dicht an ihrem Ohr, und seine Stimme war leise und rau.

»Ja.«

Sie ging weiter, Hammond so dicht hinter ihr, dass sie glaubte, die Wärme seines riesigen Körpers spüren zu können. Doch während Beth sich gegen das entnervende Gefühl wehrte, dass er ihr so nahe war, stellte sie sich immer noch den anderen Mann vor: Eine versteckte Waffe, ein allzu beiläufiger Blick, unordentliche, schmutzige Kleidung, als hätte er gerade einen Kampf hinter sich. Außerdem war der Mann in der Nähe des Ortes, von dem aus – da war Beth sicher – die Kugel abgefeuert worden war.

Hammond behauptete, sie gerettet zu haben. Zweimal. War das zweite Mal *jetzt?*

Beth wollte nichts davon glauben. Alle früheren Beweise sprachen gegen Hammond. Dass er sie verfolgt hatte ... dass er versucht hatte, sie umzubringen ...

»Schneller«, stieß Hammond hervor.

Die Wohnstraße, die sie jetzt entlanggingen, war weniger ruhig als die, in der Beth wohnte, da sie den Verkehr zur geschäftigen Wisconsin Avenue kanalisierte. Vor ihr lagen Spielzeuge auf dem großen Rasen verstreut. Ein UPS-Auslieferer stieg aus seinem braunen Wagen und brachte mit eiligem Schritt ein Paket zur Eingangstür eines prächtigen Ziegelhauses im Südstaaten-Stil.

Als der UPS-Mann Beth sah, winkte er. Er hatte sie erkannt.

»Seien Sie freundlich«, sagte Hammond mit angespannter Stimme. »Begrüßen Sie den Burschen.«

Beth überlegte fieberhaft. Nein, der UPS-Mann konnte ihr nicht helfen. Er besaß nicht mal eine Waffe. Außerdem durfte sie nicht riskieren, ihn in Gefahr zu bringen.

Sie zwang sich zu einem Lächeln und rief: »Hi, Adam!«

Als der Mann als Antwort noch einmal winkte, murmelte Hammond: »Braves Mädchen.«

»Nennen Sie mich nicht Mädchen.«

»Gute Frau.«

»Schon besser. Da Sie mich gekidnappt haben, nehme ich an, dass Sie einen Plan haben. Also, ich für mein Teil könnte jetzt eine Tasse Kaffee brauchen. Wir könnten bei der Coffee Beanery halten. Das ist nicht weit weg. Oder wenn Sie an einem Dessert interessiert sind, würde ich Dean und Deluca vorschlagen. Das heißt ... wenn ich es recht bedenke, können wir da nicht hin. Jemand könnte Sie erkennen. Immerhin werden Sie gesucht.«

In diesem Augenblick fiel der erste Schuss. Er zischte so dicht an ihnen vorbei, dass ihr die Augen brannten. Sie schrie leise auf und warf sich zu Boden. Hammond warf sich über sie, sodass sein Körper sie niederdrückte. Doch Beth konnte den Kopf so weit heben und sich umschauen, dass sie den gelben Kombi sah, der auf der Straße neben ihnen zum Stehen gekommen war. Der Fremde sprang heraus – die Waffe in der Hand – und ging breitbeinig hinter der Fahrertür in Stellung.

Er musste durch das offene Seitenfenster auf der Beifahrerseite geschossen haben, bevor er richtig zielen konnte. Er hatte überhastet gehandelt, übereifrig. Wut und Verzweiflung hatten seine Konzentration zunichte gemacht. Inzwischen ließ sich auch Adam, der UPS-Mann, zu Boden fallen und verschränkte die Arme über dem Kopf. Der Verkehr wurde langsamer, als die Autofahrer die Hälse reckten, um zu gaffen, doch sobald sie die Waffe entdeckten, fuhren sie hastig weiter.

Bis der Angreifer sich aufs Dach des Kombis gestützt hatte, um ruhig zielen zu können, war Jeff Hammond aufgesprungen, hatte das Gewehr angelegt und den Schützen aufs Korn genommen. Beth blickte sich panisch nach einer Waffe um und entdeckte Hammonds Pistole. Er hatte sie neben sich auf dem Bürgersteig liegen lassen, um das Gewehr benutzen zu können.

Gerade als Beth nach der Waffe griff, feuerten beide Männer. Die Schüsse dröhnten.

Der Angreifer flog vom Wagendach, verschwand und ließ eine rosarote, blutige Wolke zurück. Beth blickte Hammond an und sah die kalte Konzentration in seinem Gesicht, die allein schon ausreichte, die meisten Menschen in panische Angst zu versetzen. Dies – zusammen mit seiner körperlichen Größe, seiner rücksichtslosen Entschlossenheit und seinen offensichtlichen Fähigkeiten – versetzte auch Beth einen neuerlichen Schock. Kein Wunder, dass sie ihn gefürchtet hatte. Kein Wunder, dass sie ihn für fähig gehalten hatte, zu töten. Er *war* dazu fähig.

Er lief zum Kombi hinüber. »Bleiben Sie da!«, rief er ihr zu.

Eine beinahe unheimliche Gelassenheit breitete sich in Beth aus. Sie hielt die Pistole fest und kauerte sich hin. Sie hatte jetzt keine Angst mehr. Mit der Waffe in der Hand legte sich langsam der Schock und ließ sie in atemloser Erregung zurück. Ihr Blut schien leichter zu strömen, und ihr Geist war kristallklar.

Beth fragte sich, ob die Polizei die Schüsse gehört hatte. Wenn nicht, würde bestimmt jemand die 911 anrufen. Sie wollte immer noch, dass die Polizei Hammond festnahm. Sie wollte bei diesem Mann kein Risiko eingehen, auch wenn sie nicht mehr sicher war, dass er Jurimengri und Stephanie Smith ermordet hatte ...

Sie schüttelte den Kopf. Sie hatte keine Antwort auf ihre Fragen. Sollte sich doch die Polizei darum kümmern.

Noch immer erfüllt von der seltsamen Ruhe, kroch Beth zur Vorderseite des Kombis, während Hammond sich der Rückseite näherte.

Von dem Schützen war keine Spur zu sehen. Während der Verkehr weiter rauschte, ließ Beth sich auf den Boden fallen und spähte unter dem Wagen hindurch.

Und plötzlich war der Schütze über ihr. Sie hatte erwartet, ihn tot oder sterbend auf dem Pflaster hinter dem Wagen liegen zu sehen. Stattdessen hatte er sich hinter die Motorhaube gehockt, mit dem Gesäß auf den Fersen, während Hammond um das hintere Ende des Wagens herumging. Ein Arm des Mannes hing schlaff an seiner Seite herunter; die Schulter war blutüberströmt. Seine sanften Gesichtszüge waren einer grotesken, verzerrten Maske gewichen, die jeden Zweifel an seinen Motiven zerstreute. Er war ein Killer. Und er genoss es.

Seine Augen glühten. Er fletschte die Zähne wie ein Raubtier. Sein Finger lag am Abzug.

Es war einer der Augenblicke, da man nicht nachdenkt. Man handelt rein instinktiv. Beth befragte nicht ihr Herz, oder ob es Intelligenz besaß, oder wer sie war oder einmal gewesen war, oder wer aus ihr wurde – sie handelte.

Während der Mann auf sie zielte, drückte sie ab. Dann noch einmal, und noch einmal. Sie hatte keine Ahnung, wie oft sie feuerte. Es war eine Explosion der Angst und der Befreiung, die ihr Innerstes erschütterte. Sie wollte diesen Mann töten, weil er sie töten würde, und sie war beinahe glücklich, dass sie es tun *konnte.* Es war richtig, dass sie den Abzug betätigte. Und noch einmal. Und noch einmal. Jedes Mal, wenn Beth abdrückte, fühlte sie sich besser. Sie musste nur immer wieder ... *abdrücken.*

Während die Schussdetonationen in ihrem Hirn peitschten, sah sie erstaunt, wie der Mann von der Wucht ihrer 9-mm-Geschosse zurückgeschleudert wurde und gegen einen Baum prallte. Blut strömte aus einer Brustwunde.

Hammond war wieder an ihrer Seite. »Convey, verdammt! Ich wollte ihn lebend!«

Er riss die Beifahrertür des alten Kombi auf, schob Beth hinein, rannte um das Fahrzeug herum und schwang sich hinters Steuer. Während er mit kreischenden Reifen losfuhr, starrte Beth durch das Fenster auf den toten Mann. Dann, wie im Traum, hob sie den Blick und sah Adam Hoogensen, den UPS-Mann, der in der Straße die Pakete auslieferte. Ihre Blicke trafen sich, und sie sah das Entsetzen in seinen Augen. Sie, Beth Convey, hatte einen Menschen umgebracht. Nicht ihr Herz. *Sie.* Genau wie in ihrem Albtraum. Und Hoogensen hatte es gesehen.

Beth wandte sich ab.

Weder sie noch Hammond sahen den untersetzten, stämmigen Mann mit dem mongolischen Gesicht zu dem toten

Mann laufen, als wollte er versuchen, ihm zu helfen und erste Hilfe zu leisten. Niemand in der Menge, die sich versammelte, sah, dass Iwan Wok das Handy und die Pistole des Toten an sich nahm und in seine Tasche steckte. Sie sahen auch nicht, dass er eine Brieftasche in die Tasche des zerrissenen, blutigen Jacketts des Toten gleiten ließ.

Beth ließ sich in den Beifahrersitz sinken, schloss die Augen und begann zu zittern. Ihr war kalt. Kälter als jemals zuvor. Während der Kombi im Verkehr mitschwamm, überkam sie ein Gefühl des Ekels. Was hatte sie getan?

»Ich kenne den Mann, den ich getötet habe«, flüsterte sie und schlug die Augen auf. »Ich habe sein Gesicht wiedererkannt.« Sie blickte Hammond Hilfe suchend an.

Hammond fuhr ruhig weiter. »Wo?«

»Ich habe den Mann in meinen Albträumen gesehen. Ich kenne seinen Namen nicht, aber ich habe sein Gesicht gesehen.«

»Albträume? Wovon reden Sie?«

Beth schüttelte den Kopf und schloss wieder die Augen. Sie zog sich in sich selbst zurück, konnte aber nicht so kühl und nüchtern denken wie gewohnt.

»Es war dumm von Ihnen, den Mann zu töten.« Hammonds Stimme war jetzt ganz sanft. »Warum, glauben Sie, habe ich so geschossen, dass er nicht gleich tot war? Er hätte uns sagen können, wer er war. Für wen er arbeitete. Warum er Sie gesucht hat. Sie haben einen Fehler gemacht, verdammt noch mal.«

Beth erwiderte nichts. Das Zittern wurde schwächer.

»Haben Sie überhaupt eine Ahnung, womit Sie es zu tun haben?«

Beth hörte seine Stimme, als wäre sie ganz weit weg. Sie war voller Kummer, voller Schmerz. Sie hatte ihr Herz verloren. Es war krank gewesen, gewiss, aber es war *ihres* gewesen. Nun schlug ein neues, fremdes Herz in ihrer Brust. Sie hatte zwei Menschen sterben gesehen und einen dritten getötet. Etwas Vertrautes, Grundlegendes in ihr war verschwunden. Sie war nicht mehr sie selbst. Sie war eine neue Persönlichkeit.

Hammond sprach indessen mit unverändert sanfter Stimme weiter: »... ein paar Dinge über mich, die Sie nicht wissen. Ich kann nicht ins Detail gehen, dafür ist jetzt keine Zeit, und Sie brauchen den ganzen Unsinn sowieso nicht zu hören. Aber Sie scheinen fest zu glauben, dass ich gefährlich bin. Das stimmt nicht ... jedenfalls nicht für Sie. Letzten Mittwoch habe ich mich insgeheim mit Anatoli Jurimengri getroffen, weil er gesagt hatte, er habe wichtige Informationen für mich. Ich sollte ihn am Abend bei Meteor Express treffen, doch als ich dort ankam, rannten Sie gerade zur Vordertür heraus und wurden von einem Mann verfolgt, der eine Waffe mit Schalldämpfer in der Hand hielt. Ich musste mich verdammt schnell entscheiden, ob ich Ihnen helfen oder hineingehen und Jurimengri suchen sollte. Ich habe mich entschieden, Ihnen zu helfen.«

Beth richtete sich auf. Sie drehte den Kopf und schaute ihn an. »Mir helfen?«

»Ja. Ihnen helfen.« Hammond blickte sie kurz an und sah wieder weg. »In dem Moment, als Sie gestolpert und hingefallen sind, habe ich den Mann aufgehalten, der Sie verfolgte. Dann waren da plötzlich weitere Männer, alle bewaffnet. Da hatte ich bereits die Pistole von dem ersten Kerl, und die habe ich benutzt, um mir die anderen Burschen vom Leibe zu halten, während ich Sie weggeschleppt habe. Ich wusste nicht, was Sie mit Meteor zu tun hatten, und ich hatte keine Zeit, darauf zu warten, dass Sie aufwachen und es mir erzählen. Also habe ich Sie zu einem Motel gebracht, wo ich ein Arrangement mit der Besitzerin habe.« Hammond zögerte. Die Besitzerin war eine seiner früheren Freundinnen, aber das brauchte Convey nicht zu wissen. »Als ich wieder bei Meteor war, fand ich das Gebäude leer vor. Kein Zeichen von Jurimengri. Ich habe Ihren Wagen zum Motel gefahren, bin zurückgelaufen, um mein eigenes Auto zu holen, und bin zu meinem Büro bei der *Post* gefahren, in der Hoffnung, dass Jurimengri inzwischen angerufen hatte. Stattdessen überbrachte mir der Nachtredakteur die Nachricht, dass man seine Leiche in der Stadt gefunden hatte.«

Er wartete auf ihre Reaktion. Beth blinzelte. Sie sah erbärmlich aus, wie betäubt, was nicht verwunderlich war. Schließlich hatte sie vorhin auf einen Mann geschossen und ihn getötet.

Hammond runzelte die Stirn. »Haben Sie mitbekommen, was ich gesagt habe? Ist alles in Ordnung mit Ihnen, Convey?« Langsam machte er sich Sorgen. Beth stand offensichtlich unter Schock. »Sie haben in Notwehr gehandelt. Wenn man bedenkt, dass Sie nicht dafür ausgebildet sind, haben Sie bemerkenswert gut reagiert, dass Sie überlebt haben.«

Ihre Augen wurden schmal. »Erwarten Sie wirklich, dass ich dieses Märchen glaube? Ich hätte mir an Ihrer Stelle etwas Glaubwürdigeres ausgedacht. Sie müssen nicht nur den Mord an Oberst Jurimengri erklären. Glauben Sie etwa, ich wüsste nichts von den zwei jungen Leuten, die Sie in West Virginia ermordet haben?«

»Man hat mir eine Falle gestellt. Offensichtlich will jemand mich dringend aus dem Weg räumen.«

»Eine Falle? Ich bitte Sie! Als Nächstes werden Sie mir erzählen, dass es den Weihnachtsmann gibt.«

Seine Kiefermuskeln spannten sich. »Sie müssen mir glauben. Ich weiß nicht, wer es war. Oder wie er es getan hat.«

»Ja, klar. Schon wieder der Weihnachtsmann.«

Hammond bog mit dem Kombi in die M Street ein, die nach Foggy Bottom führte. In seiner Stimme lag nun leichte Verärgerung. »Warum, glauben Sie, habe ich Sie vor dem Heckenschützen gerettet?« Er berichtete ihr, wie er den metallischen Reflex im Gebüsch bemerkt hatte, und wie er den dort lauernden Schützen überwältigt hatte. »Aber ich nehme an, selbst das ist nicht genug, Sie zu überzeugen.«

Beth musterte die drei schwarzen Kästen auf dem Boden, das lange Gewehr, das er ihr auf den Schoß gelegt hatte, als er sich hastig hinters Steuer setzte, und die Pistole. Dieselbe Pistole, mit der sie auf den Mann geschossen hatte.

Sie fragte: »Wie war sein Name? Wie hieß der Mann, den ich getötet habe?«

»Tut mir Leid, das weiß ich nicht. Außerdem sind Sie ja diejenige, die sich an ihn erinnert.« Er wurde sarkastisch. »Aus Ihren Träumen. Und Sie denken, *meine* Geschichte klingt wie ein Märchen?«

Beth verfiel wieder in Schweigen.

Hammond bereute seine Worte sofort. Er hatte immer mehr das Gefühl, dass etwas sehr Außergewöhnliches im Gange war. Es war nicht nur die Tatsache, dass Beth Convey gerade jemanden getötet hatte, und dass es sie nun aus dem Gleichgewicht brachte. Wenn ein Polizist jemanden getötet hatte, wurde er meist vom Dienst suspendiert – nicht nur, damit der Zwischenfall untersucht werden konnte, sondern auch, um dem betreffenden Beamten Zeit zu geben, das Geschehene zu verdauen und seine Gefühle wieder ins Lot zu bekommen. Das Töten war unmenschlich, was auch immer manche primitiven Völker glaubten, und ein gesunder Geist rebellierte dagegen, selbst wenn es Notwehr gewesen war. Aber bei Convey war da noch mehr.

Hammond bemerkte: »Eines kann ich Ihnen allerdings noch sagen. Auch der Mann, den Sie erschossen haben, war in der Nacht da, als Jurimengri getötet wurde. Er war es, der Sie verfolgt hat. Also könnte er auch derjenige sein, der Jurimengri erschossen hat. Falle es ein Trost für Sie ist: Wenn Sie den Kerl nicht erwischt hätten, hätte er Sie umgebracht, und wahrscheinlich auch mich, und er hätte mit dem Töten weitergemacht.«

»Sie sagten vorhin, der Mann hätte uns verraten können, für wen er gearbeitet hat. Er war ein professioneller Killer, nicht wahr? Deshalb wollten Sie ihn fangen?«

»Ich hielt es für eine gute Idee.«

Sie hatten Georgetown verlassen und fuhren nun in jenen Teil des District of Columbia, der Foggy Bottom genannt wurde, wo sich der Kronprinz der Regierung – das Außenministerium – wie eine große weiße Schuhschachtel auf einem Gelände erhob, das einst unbewohnbares Sumpfland gewesen war. Hammond fuhr den Kombi in der Nähe des Watergate-Komplexes an den Straßenrand, stellte den Motor ab, nahm die Beretta, die neben Beth lag, bevor sie protestieren konnte, und schob sie ins Halfter unter seinem Jackett.

»Bleiben Sie hier«, ordnete er an und öffnete die Wagentür. Er hatte keine Ahnung, ob Beth sich an seine Anweisung hielt, doch er bezweifelte ohnehin, dass er noch etwas von ihr erfahren konnte.

Beth verkniff sich eine zornige Erwiderung. Sollte er doch glauben, dass sie brav im Wagen warten würde! Sollte er doch glauben, dass sie ein Dummkopf war, der ihm alles abkaufte, was er sagte.

Sie nickte stumm, denn sie fürchtete, dass ihre Stimme sie verraten könnte.

Hammond blickte sie durchdringend an. Auf seinem offenen Gesicht spiegelten sich Anspannung und Konzentration. Beth blickte gleichgültig zurück, ohne ihn direkt anzuschauen.

Er stieg aus, blickte sich rasch um und ging dann in Richtung des riesigen Watergate-Komplexes, der zu Zeiten von Präsident Richard Nixon durch den stümperhaften Einbruch ins Hauptquartier der Demokraten berühmt geworden war. Es war sowohl das zeitweilige Heim von Reisenden als auch der ständige Wohnsitz einiger der elitärsten und bekanntesten Bürger der Stadt – von Bob und Libby Dole bis zu Monica Lewinsky; ein labyrinthisches Gewirr von Luxusboutiquen, Apartments und Hotelzimmern.

Während Jeff auf der Betontreppe verschwand, die in die untere Ebene führte, öffnete Beth die Beifahrertür und trat auf den Bürgersteig.

Hammond schlenderte durch den tiefer liegenden Innenhof, vorbei an *Mail Box Etc.*, einem Lebensmittelgeschäft und einem Feinkostladen, und auf einer anderen Treppe wieder hinauf. Er beobachtete seine Umgebung, wobei er nur die Augen bewegte. Er rechnete ständig damit, erkannt zu werden, sodass jemand seinen Namen brüllte oder nach der Polizei rief. Er fragte sich, wann der nächste Killer auftauchte – denn es *würde* einen nächsten geben. Profis wie der Killer von vorhin hatten stets Auftraggeber, die entschlossen waren, ihre Ziele zu erreichen.

Hammond verließ den Watergate-Komplex auf der Südseite gerade oberhalb des Potomac, überquerte die Straße und verlangsamte seine Schritte, als er die weite Auffahrt zum Kennedy Center for the Performing Arts hinaufstieg. Groß und imposant beherrschte das Gebäude das Ufer des Potomac. Er schaute hinauf, als wäre er ein Tourist, der es bewunderte ... und blieb abrupt stehen, beugte sich vor, um die Beine seiner Jeans zurechtzuziehen.

Da waren wieder zwei von ihnen – ein Mann und eine Frau, allerdings nicht dieselben, die seine Wohnung überwacht hatten. Sie standen im Schatten eines Baumes und gaben vor in Stadtprospekten für Touristen zu lesen, doch einen Profi wie Hammond konnten sie nicht täuschen. Er erkannte an bestimmten Kleinigkeiten, dass die beiden keine Touristen waren.

Hammonds Onkel war Direktor des Kennedy Center. Jeff

hoffte, ihn überzeugen zu können, ihm einen Wagen zu leihen und ihm zu erlauben, in seinem Wochenendhaus an der Chesapeake Bay zu bleiben.

Während er das Paar beobachtete, kam ihm der Gedanke, dass er sich vielleicht geirrt hatte. Vielleicht waren die beiden doch keine Schnüffler; vielleicht war er zu erschöpft, seine Nerven überreizt. Immerhin war es ihm gelungen, den gesamten Watergate-Komplex zu durchqueren, ohne aufzufallen. Die Baseballmütze war hilfreich gewesen, aber hilfreicher noch war die menschliche Natur: Die Leute waren mit sich selbst und ihren Problemen beschäftigt und achteten nicht auf einen verrückten Killer, den sie vielleicht dreißig Sekunden lang im Fernsehen gesehen hatten. Er war jetzt erst einmal in Sicherheit. Wenigstens solange, bis die Nachricht sich verbreitet und die Berichte in den Medien einen gewissen Punkt erreicht hatten, ab dem sein Gesicht und sein Name zu vielen Bewohnern Washingtons im Gedächtnis blieben.

Das Paar trennte sich. Die Frau ging auf den Eingang in der Mitte zu, während der Mann seine Broschüre zusammenfaltete und einsteckte. Beide trugen knielange Shorts und leichte Windjacken, deren Reißverschlüsse sie halb zugezogen hatten. Eine Brise fegte über die Straße. Ja, Hammond konnte nun den schwachen Umriss eines Halfters unter der Nylonjacke erkennen. Der Mann schlenderte in seine Richtung.

Hammond drehte sich um und ging wieder den Weg hinunter. Es hatte keinen Sinn, es auf eine Konfrontation ankommen zu lassen, falls der Mann und die Frau Polizisten waren. Hammonds Sorgen wuchsen. Zu welchem sicheren Platz konnte er Convey bringen?

Er ging über den Parkstreifen zurück. Es war offensichtlich, dass seine Kontaktleute und die Orte, an denen er sich für gewöhnlich aufhielt, ständig beobachtet wurden.

Er ging rasch an einem Patio voller Tische vorbei, an denen Pärchen saßen, die Kaffee tranken, Croissants aßen und sich angeregt in der milden Aprilluft unterhielten. Es war Freitag, und sie ließen sich ins Wochenende gleiten.

Als Hammond die Glastür des Watergate aufdrückte, hatte er ein merkwürdiges Gefühl. Er schaute sich um. Adrenalin schoss ihm ins Blut und jagte seinen Pulsschlag in die Höhe. Zwei Männer waren ihm dicht auf den Fersen. Einer war der »Tourist« vom Kennedy Center. Die Frau musste sich woanders aufhalten. Heißer Zorn erfasste Hammond. Das Gute war, dass seine Instinkte ihn nicht betrogen hatten. Das war allerdings auch das Schlechte.

Er eilte durch die Lobby, verließ sie durch eine andere Tür, lief einen Korridor entlang zu einem weiteren Ausgang und ging hindurch. Ein rascher Blick über die Schulter: Die Burschen waren immer noch hinter ihm, und jetzt hatten sie die Hände in den Jacketts. Hammonds Atem beschleunigte sich. Er ging an verschiedenen Leuten vorbei. Er wollte nicht, dass irgendjemand verletzt wurde. Er musste seine Verfolger von Convey fern halten.

Er eilte eine weitere Treppe hinab – und plötzlich tauchte einer der Männer vor ihm auf. Er stand auf dem unteren Treppenabsatz. Panik erfasste Hammond. Er warf einen Blick hinter sich. Der andere Mann war weiter oben hinter ihm. Er griff nach seiner Pistole, doch die Kerle hatten ihre Waffen bereits gezogen.

Er saß in der Falle.

»Halt, Hammond. Geh nicht weiter. Nimm Hand aus Jacke. Ganz langsam. Ganz artig sein. Vielleicht lebst du dann noch.«

Ein russischer Akzent. *Endlich.*

25.

»Ich bin mir jetzt sicher. Jeffrey Hammond muss der Maulwurf sein.«

Das J. Edgar Hoover Building, eine schwerfällige architektonische Monstrosität, beherrschte den Blick aus dem Fenster von Justizstaatssekretär Donald Chen. Das FBI-Hauptquartier erhob sich sieben Stockwerke hoch an der Pennsylvania Avenue; seine Betonfassade sah aus, als wäre sie von Einschüssen durchsiebt. Auf der Rückseite, die zur E Street lag, wirkte das Gebäude noch größer und einschüchternder – ein elfstöckiger Quasimodo, der unförmige, gewaltige Bucklige von Washington.

Heute war Staatssekretär Chen elegant in einen schwarzen Maßanzug von Brooks Brothers gekleidet, der ihm auf den kurzen, untersetzten Leib geschneidert war. Sein schwarzes Haar war wie immer tadellos auf der Seite gescheitelt, doch sein rundes Buddhagesicht zeigte kein Lächeln. Er starrte durchs Fenster auf das FBI-Gebäude, als könnte er den Maulwurf dort drinnen kauern sehen, ein gefährliches Artefakt des grotesken Gebäudes und des noch gefährlicheren und groteskeren Kalten Krieges.

»Wie sicher sind Sie, Eli?«

»Sagen wir mal, nur noch einen kleinen Schritt vom absoluten Beweis entfernt«, erwiderte Eli Kirkhart. Sein Bulldoggengesicht war so ernst wie das von Chen. In seinem dunklen Einreiher wirkte er noch muskulöser als üblich, als er in dem bequemen Sessel saß, der für Gäste in Chens Büro reserviert war. Er spürte Überschwang und Triumph, ein ungewöhnliches Wohlgefühl für einen Mann wie ihn, als er hinzufügte: »Es wird nicht mehr lange dauern. Tage, höchstens.«

»Ich weiß nicht, Eli. Für mich klingt es, als würde Ihnen noch ein verdammt großer Schritt fehlen.«

Kirkhart zuckte mit den Schultern. »Haben Sie Vertrauen zu mir, und warten Sie mit Ihrem Urteil, bis Sie meine ganze Geschichte gehört haben.«

»Also gut, legen Sie los. Hören wir es uns an.«

»Als ich Hammond am Mittwoch verfolgte, machte er einen kleinen Ausflug zu einem Dorf namens Stone Point in den Bergen von West Virginia. Als ich dort ankam, hatte er wie üblich überall nach Alexei Berianow gefragt, damit er ihn für diese Zeitungsserie ausquetschen konnte, die er schreibt. Dann wurde er vom Bureau plötzlich wegen des Doppelmords an zwei Jugendlichen aus dem Kaff festgenommen. Ich konnte mich in dem Augenblick schlecht selbst zeigen – dann hätten sie mich gefragt, was *ich* in diesem lächerlichen Kuhdorf mache. Also bin ich ihnen gefolgt, als sie Hammond durch die Nacht in den District of Columbia nach Adams Morgan gebracht haben. Dort steht ein sicheres Haus, das auf dem neuesten Stand der Technik ist und von dem ich nichts wusste, was mich verdammt überrascht hat. Normalerweise bin ich über solche Dinge auf dem Laufenden.«

Chen faltete die Hände über seinem beachtlichen Bauch. »Warum wussten Sie diesmal nicht von dem sicheren Haus?«

»Ich nehme an, dass es entweder brandneu ist, oder – und das ist eher meine Vermutung – dass es auf ganz hohem Niveau und nur dem Direktor und vielleicht ein paar anderen hohen Beamten bekannt war. Mit anderen Worten, wahrscheinlich nur Jeff Hammonds heimlichen Bossen im Bureau.«

Chen drehte sich in seinem Sessel um. Er betrachtete die Aussicht aus einem anderen Fenster, den Blick auf die Ecke der Neunte Straße und Pennsylvania Avenue sowie das Navy Memorial, wo bald die Sommerkonzerte beginnen würden. »Ich verstehe nicht. Wieso beweist das, dass Hammond verdeckt arbeitet ...?«

»Er ist geflüchtet.«

»Geflüchtet?« Chen drehte sich abrupt um und starrte Kirkhart an. »Hammond? Aus einem sicheren Haus?«

»Flink wie ein Wiesel. Auf und davon.« Kirkhart beschrieb genau Weg und Methode.

»Verdammt. Wie konnte er wissen, dass es unter dem Haus einen Fluchtweg gab?«

Kirkhart nickte. »Genau meine Frage. Es gibt nur einen möglichen Schluss: Jemand musste ihm gesagt haben, wonach er suchen musste, bevor er dort hinkam. Wir wissen beide, dass im Voraus verabredete Zeichen zum Standard jeder Polizei- oder Regierungsbehörde gehören, die verdeckte Ermittler einsetzen. Außerdem hat Graham mir erzählt, dass der Fluchtweg so aussieht, als wäre er erst vor kurzem angelegt worden, und dass da unten sogar eine neue Taschenlampe mit Hammonds Fingerabdrücken war. *Nur* Hammonds Fingerabdrücke, obwohl er keinen Zugang zu einer Taschenlampe hatte. Das verrät mir, dass die Lampe praktischerweise irgendwo auf ihn gewartet haben muss. Jemand, der die Macht hat, in dieses sichere Haus zu kommen, muss die ganze Sache heimlich arrangiert haben. Ja, Hammond arbeitet definitiv im Untergrund, und er arbeitet immer noch für das Bureau.«

Chen biss sich auf die Unterlippe, als er darüber nachdachte, was das alles zu bedeuten hatte und welche Konsequenzen es haben konnte. »Es sei denn, Hammond arbeitet für den Maulwurf, und der hat die Flucht für ihn arrangiert.«

»Unmöglich!«, widersprach Eli mit Nachdruck. »Kein Maulwurf, der so tief drinsitzt, würde jemals ein solches Risiko eingehen, entdeckt zu werden. Ein solcher Maulwurf würde jeden opfern – Freunde, Ehefrauen, sogar Kinder –, sonst wäre er nicht in der Lage, lange zu arbeiten oder auch nur zu überleben.«

»Was ist das für eine Geschichte, dass Hammond dieses junge Pärchen ermordet haben soll? Hat er es getan?«

»Ich kann es nicht mit Sicherheit sagen, aber es würde mich nicht überraschen, wenn auch das arrangiert worden wäre. Wahrscheinlich war jemand anderes der Killer, aber Hammonds Führer hat die perfekte Gelegenheit erkannt, es so aussehen zu lassen, dass Hammond der Täter war. Einiges deutet darauf hin, dass die Todesfälle vielleicht früher eingetreten sind, als berichtet wurde, wie ich erfahren habe. Das bedeutet, dass jemand Zeit geschunden hat, um Hammond nach Stone Point zu locken, damit er der Morde beschuldigt werden kann.«

»Warum sollte das FBI so etwas tun?«

»Vielleicht hatten sie Hammond für einen gefährlichen Auftrag in irgendeinem Gefängnis vorgesehen. Dann wäre es erklärlich: Sie lassen Hammond als Killer und Ausbruchsspezialisten dastehen, und dann wird er Zellengenosse eines Häftlings, der Informationen besitzt, an die sie bisher nicht rangekommen sind. Dann lehnen sie sich zurück und warten ab, bis Hammond sich das Vertrauen des Typen erschlichen hat.«

»So was wurde schon mit Erfolg gemacht.« Chen nickte; dann überlegte er weiter. »Okay, wir nehmen also an, dass Hammond noch immer für den FBI arbeitet. Aber zehn Jahre – und unter der Leitung von drei verschiedenen Direktoren –, ist eine verdammt lange Zeit für einen Undercover-Agenten. Das hört sich in meinen Ohren nicht ganz koscher an. Im besten Fall ist es eine verrückte Theorie.« Er schüttelte den Kopf und kam widerstrebend zu dem Schluss: »Ich bin immer noch nicht überzeugt, dass Hammond der Maulwurf ist.«

Kirkhart nahm ein Notizbuch aus der Innentasche seines Anzugs. »Bevor ich nach Stone Point gefahren bin, habe ich Hammond vor dem Gebäude der *Post* mit einer Frau gesehen. Sie redeten auf der Straße miteinander. Ein ernsthaftes Gespräch, würde ich sagen. Als er wieder reinging, ist die Frau weggefahren, wendete dann aber, parkte in der Nähe des Gebäudes und blieb im Wagen sitzen. Als Hammond aus der Garage fuhr, hat sie ihn verfolgt. Ich wurde natürlich neugierig.«

»Erzählen Sie weiter.«

»Ich las ihr Nummernschild und habe sie von meinem Team identifizieren lassen.« Er schlug sein Notizbuch auf. »Sie heißt Elizabeth – ›Beth‹ – Convey und ist eine erstklassige Anwältin bei Edwards & Bonnett. Ich habe ein bisschen nachgebohrt. Im vergangenen Jahr hat sie einen Milliarden schweren Scheidungsprozess für eine reiche Geschäftsfrau namens Michelle Philmalee gewonnen. Ms Philmalee wurde dabei die Kontrolle über die Philmalee Group zugesprochen. Nun sieht es so aus, als hätte eine Firma in der Gruppe – die Philmalee International – einen Vertrag über fast fünfhundert Millionen Dollar, nach dem sie den Verkauf von abgereichertem Uran vermitteln soll, das nach Russland geht. Doch die Uridium, die russische Firma, hat sich aus dem Vertrag mit Philmalee zurückgezogen. Deshalb hat Philmalee eine Klage eingereicht, um Uridium zu zwingen, den Vertrag zu erfüllen. Aber eine andere Firma ...«

»HanTech«, unterbrach Chen und nickte. »Sehr interessant. Der Deal ist Teil eines Regierungsprojekts, waffenfähiges Uran aus Russlands Arsenalen zu entfernen. Wir verarbeiten das hoch angereicherte Uran zu harmlosem Brennstoff für Kernkraftwerke, und im Austausch geben wir Russland Bargeld und abgereichertes Uran. Die Uridium wird vom russischen Atomenergieministerium betrieben.«

»Minatom.« Kirkhart pfiff durch die Zähne. »Und Uridium. Ein Maulwurf wäre *sehr* daran interessiert, bei einem solchen Deal am Ball zu bleiben. Unsere Regierung würde auf keinen Fall irgendeiner russischen Agentur oder einem russischen Offiziellen alles erzählen, wenn wir versuchen, die nukleare Macht ihres Landes zu manipulieren. Die Russen würden aus ökonomischen und militärischen Gründen liebend gerne ihre Nase in die Dinge hineinstecken, die wir zurückhalten.«

»Genau.« Chen stand auf. »Und Sie sagen, diese Beth Convey arbeitet als Anwältin für Philmalee, und sie hat mit Hammond geredet und ist ihm dann mit dem Auto gefolgt?«

»Ich hab's gesehen.«

»Die Frau verdächtigt Hammond. Oder sie ist sonstwie seinetwegen beunruhigt. Vielleicht haben Sie doch etwas Wichtiges herausgefunden.« Chen ging zur Tür. »Gehen wir.«

»Wohin?«

»Zu Taurinos Büro.«

Unter dem gestrengen Blick des Obersten Richters John Marshall lehnte Millicent Taurino sich auf ihr Stehpult und las mit finsterem Blick eine komplizierte und sehr lange Analyse eines Falles, der vor dem Obersten Gerichtshof anhängig war. Sie war für den Justizminister verfasst worden, aber der hatte sie unter dem Vorwand weitergegeben, einen wichtigen Termin vor dem Neunten Gerichtsbezirk in San Francisco zu haben. In Wirklichkeit fand der Justizminister langatmige Analysen ermüdend.

Die Fingernägel der stellvertretenden Justizministerin waren heute dunkel purpurn lackiert, ihr Businesskostüm war mauvefarben, ihr roter Pferdeschwanz hing ihr im Nacken, und ihr Gesichtsausdruck verriet ihre Selbstmordgedanken, als Donald Chen mit Special Agent Eli Kirkhart im Schlepptau in ihr Büro platzte.

»Ich glaube, diesmal hat Eli eine Bombe entdeckt«, sagte Chen.

Ausnahmsweise war Millicent Taurino dankbar, dass ihr Untergebener die Feinheiten des Protokolls auf typisch amerikanische Art missachtete, obwohl sie nicht vorhatte, ihn dies wissen zu lassen. Doch trotz ihrer Dankbarkeit, dass er sie von der langweiligen Analyse erlöste, musste sie versuchen, ihm mehr von der Würde zu vermitteln, die ihrem Amt gebührte. Außerdem musste sie ihr Image der Hartnäckigkeit und Scharfzüngigkeit aufrecht erhalten.

»Sagen Sie mal, Donald, wieso haben Sie Probleme mit dem Türklopfen? Liegt es an der Stellung Ihrer Fingerknöchel? Oder haben Sie Angst, sich oder die Tür verletzen zu können?«

Chen grinste. »Entschuldigung, Millicent. Ich glaube, ich bin nur von meinem Eifer überwältigt worden, Ihnen zu dienen.«

Taurino lachte. So viel zu ihrem berühmten Despotismus. »Setzen Sie sich, Donald. Sie auch, Kirkhart. Also, was ist das für eine Bombe? Ich nehme an, es gibt neue Entwicklungen bezüglich unseres schwer fassbaren Maulwurfs?«

»Darauf können Sie wetten«, sagte Chen enthusiastisch. »Sagen Sie es ihr, Eli. Jedes Detail. Von A bis Z.«

Kirkhart erzählte noch einmal die ganze Geschichte – wie er Beth Convey zusammen mit Hammond entdeckt hatte; wie er Hammond nach Stone Point gefolgt war und gesehen hatte, wie Chuck Graham und sein FBI-Team ihn verhafteten, und schließlich Hammonds Flucht aus dem sicheren Haus.

Taurino verstand sofort. Nachdenklich massierte sie das Schmetterlingstattoo an ihrem Hals. »Es gab also ein Zeichen für den Fall, dass er Agenten in die Hände fällt, die nicht wissen konnten, dass er in Wirklichkeit noch fürs Bureau arbeitete, wenn auch verdeckt. Eine gute Schlussfolgerung, Special Agent Kirkhart. Allerdings beweist nichts von dem, was Sie gesagt haben, dass er unser allgegenwärtiger Maulwurf ist.«

»Mag sein, Millicent«, gab Chen zu. »Erzählen Sie von Minatom, Eli.«

»Minatom?« Bei der Nennung dieses wichtigen russischen Ministeriums wurde Taurino hellwach.

»Ja, Ma'am«, bestätigte Eli und berichtete von Beth Convey, Philmalee International, Uridium, HanTech und dem

Treffen zwischen Jeff Hammond und Convey, das er beobachtet hatte.

Die stellvertretende Justizministerin ging langsam zu ihrem Schreibtisch. »Ist diese Convey Anwältin hier in Washington?«

»Ja. Bei der Kanzlei Edwards & Bonnett. Zach Housleys Piranhas.«

Doch Taurino hörte Chen gar nicht mehr zu. Sie war in ihre eigenen Gedanken versunken. Sie saß hinter ihrem Schreibtisch wie in einem Flugzeugcockpit mit Autopilot und nahm kaum den Sessel wahr, oder den Schreibtisch, oder überhaupt irgendetwas. Als sie schließlich sprach, war ihre Stimme gemessen; Besorgnis schwang darin mit. »Wir haben das Projekt natürlich ständig überwacht, da es entscheidend für unsere Interessen ist, die nukleare Bedrohung für dieses Land zu verringern. Aber in den letzten Tagen hat die NAS zwei Dinge entdeckt, die potenziell beunruhigend sind. Sogar sehr beunruhigend.« Sie hielt inne, als wollte sie erst überdenken, was sie zu enthüllen beabsichtigte.

»Welche Umstände?«, fragte Eli Kirkhart rundheraus. »Könnte der Maulwurf damit zu tun haben?«

»Genau das frage ich mich auch.« Taurino wandte ihr Gesicht dem Agenten zu. »Zuerst einmal erscheint es möglich, dass HanTech – auf Anweisung von Uridium – mehr tut, als nicht angereichertes Uran zu verkaufen. Es scheint, als würden sie waffenfähiges Uran von Dritte-Welt-Ländern wie dem Irak und Libyen aufkaufen, an die der Kreml es in den Neunzigerjahren verkauft hat, als er wieder einmal dringend Geld brauchte. Die NAS hat Indizien, dass HanTech, der große Rivale von Philmalee International, waffenfähiges Uran nach Russland *zurücktransportiert*.

Chen fluchte. »Das ist illegal! Und verdammt gefährlich. Warum sollte eine unserer eigenen Firmen so etwas tun? Und warum sollte Russland uns waffenfähiges Uran verkaufen, um ihre Vorräte zu senken, dann auf dem Absatz kehrt machen und es von Dritte-Welt-Ländern wieder aufkaufen?«

»Genau«, pflichtete Millicent bei. »Warum?«

Kirkhart sagte: »Ist es möglich, dass eine Gruppe von Russen das eine tut, und eine andere tut genau das Gegenteil? Vielleicht weiß die Linke nicht, was die Rechte tut.«

Taurino nickte. »Könnte sein.«

Chen fragte: »Was ist der zweite Umstand, Millicent?«

»Die Philmalee International hat erst heute eine eidesstattliche Erklärung abgegeben, dass die HanTech einer Gruppe ehemaliger Sowjetbürger gehört – Emigranten und Überläufer aus Russland.«

Die Stille im Büro war wie das Vakuum nach einer gewaltigen Explosion. Keiner der drei sagte etwas. Schließlich meinte Eli Kirkhart: »Unser Maulwurf wäre in der ganzen Angelegenheit sicherlich von Nutzen gewesen. Vielleicht hat er Insiderinformationen an Uridium oder Minatom weitergegeben, die die Übernahme von HanTech erleichtert haben.«

»Meine Gedanken gehen ebenfalls in diese Richtung«, sagte Taurino. »Mr Kirkhart, suchen Sie diesen Hammond, wo er auch ist, und lassen Sie ihn nicht wieder aus den Augen. Berichten Sie über jeden seiner Schritte. Verstanden?«

»Absolut.«

Don Chen schlug vor: »Wir sollten auch Stone Point von der NAS untersuchen lassen. Wir müssen unbedingt wissen, ob Hammond aus einem Grund dorthin gefahren ist, den wir noch nicht kennen, und ob er diese Jugendlichen ermordet hat. Wir müssen herausfinden, wer sie waren und womit sie zu tun hatten, dass das Interesse eines Maulwurfs wecken könnte, wenn es denn so ist.«

Millicent Taurino nickte und griff nach dem Telefon. »Abby? Verbinden Sie mich mit Cabot Lowell im Pentagon.«

26.

Es kam Beth so vor, als könnte sie seit langem nicht mehr Gut und Böse unterscheiden. In Wirklichkeit war sie noch bis Dienstag überzeugt davon gewesen – vor gerade mal drei Tagen –, als sie Meteor Express angerufen, den russischen Akzent gehört und sich unwissentlich in ein Abenteuer gestürzt hatte, das mit jedem Tag mehr von ihrem bisherigen Leben vernichtete. Jetzt stand sie vor einem weiteren Stopp-Zeichen auf dieser Reise: Jeffrey Hammond. Sagte er die Wahrheit?

Als sie auf dem Bürgersteig neben dem zerbeulten Kombi stand, die Hand am Türgriff, schon halb abgewandt, um zu gehen, lief sie im Geiste schon zur nächsten Telefonzelle, um Hilfe herbeizurufen ... während etwas anderes in ihr *nein* schrie.

Sie vermisste die Bequemlichkeit der einfachen Entscheidung. Doch nach und nach begriff sie auch, dass sie ohnehin zu wenig Informationen hatte, um überhaupt eine Entscheidung zu treffen. Sie starrte noch einen Augenblick auf den Kombi und versuchte, zu einem Entschluss zu kommen. In diesem Moment fiel ihr Blick auf die schwarzen Kästen auf dem Boden der Beifahrerseite. Sie runzelte die Stirn, stieg wieder ins Fahrzeug, schloss die Tür und öffnete den Deckel des schwarzen Kastens neben dem Steuerrad.

Was sie sah, überraschte sie. Obenauf lag ein Schminkset mit einer Reihe von Grundierungen, Augenbrauenstiften, Maskara, Lippenstifte, Konturstifte, Wattebäusche, Bürsten und Schwämmchen. Eine kleine Dose enthielt zwei Paar Kontaktlinsen – das eine blau, das andere grün. Außerdem entdeckte sie eine Sonnenbrille, Gummihandschuhe, flüssiges Latex, eine Perücke, Haarpuder und jenes hautfarbene Wachs, das Schauspieler benutzen, um ihrer Nase eine andere Form zu geben. Es war auch eine Flasche aus dünnem Glas darin, die in Styropor verpackt war.

Beth vermutete, dass dieser Kasten dem Killer gehörte, und es war offensichtlich, dass er eine Schwäche für Verkleidungen hatte und angesichts der vielen verschiedenen Möglichkeiten ein Meister darin gewesen war.

Beth nickte stumm und öffnete den nächsten Kasten, der lang und schmal war. Er enthielt mehrere Schichten Schaumgummi mit verschiedenen Aushöhlungen. Ihrer Form nach waren sie dazu gedacht, Gewehrteile aufzunehmen. Das machte Sinn. Es war klug, wenn ein Heckenschütze seine Waffe zerlegt, gut geschützt und für fremde Augen unsichtbar transportierte. Beth nahm das Gewehr in die Hand, das Hammond mitgenommen hatte. Es sah aus, als würden die Teile in die Vertiefungen passen, wenn man die Waffe auseinander nahm. Interessant, dachte Beth mit einem dünnen Lächeln – dies war nicht Hammonds Wagen, und es waren auch nicht seine schwarzen Kästen.

Beth schloss den Deckel und öffnete den letzten Kasten, der rechteckig und hoch war. Der Inhalt brachte all die Schmerzen und den Tod der letzten beiden Tage wieder zurück: Da waren noch mehr Werkzeuge, die zum blutigen Handwerk des Killers gehörten – drei extrem scharfe Wurfmesser mit unterschiedlich langen Klingen, mehrere Ladestreifen mit Patronen, Phiolen mit Chemikalien, ein Spritzbesteck mit Nadeln und eine Reihe anderer kleiner Gegenstände.

Da war auch ein Notizblock, auf dessen erster Seite Wörter in kyrillischer Schrift geschrieben standen. Zwischen diesen Wörtern standen Zahlen. Beth starrte auf ihre eigene Hausnummer, und ihr Puls begann zu rasen. Dann entdeckte sie auch die Hausnummer von Stephanie Smith. Der getötete Mann hatte nicht nur gewusst, wo Beth wohnte, er hatte überdies auch Stephanie Smiths Anschrift gekannt. Wie – und warum – hatte er sich Stephanies Adresse besorgt? Niemand konnte wissen, dass Beth letzte Nacht Stephanie besucht hatte ... es sei denn, jemand war ihr gefolgt. Jemand wie der Mann, den sie gerade erschossen hatte.

Mit unbehaglichem Gefühl und doch seltsam erleichtert machte sie sich wieder daran, den Inhalt des Kastens zu erkunden, bis sie etwas fand, das wie eine elektronische Zündkapsel aussah. Beth betrachte sie. Irgendwie erschien sie Beth wichtig. Wenn sie nur wüsste, weshalb ... Sie erinnerte sich an das dünnwandige Glasfläschchen im ersten Kasten und suchte es noch einmal heraus, schaute es sich genau an und bemerkte, dass es hauchdünne, metallische Fäden enthielt, die alle in einer Art Metallkragen am Flaschenhals endeten, wo die Zündkapsel genau hinpasste. Es war ein Stromkreis. Wenn das Glas zerbrach, würde ein elektrisches Signal zur Kapsel geschickt, und diese würde detonieren.

Als Beth zwölf Jahre alt war, hatte ihr Vater sie zum ersten Mal zu einem Schießstand mitgenommen. Trotz monatelangen Trainings wurde sie keine gute Schützin, war es nie geworden. Trotzdem hatte es ein Interesse an Waffen und Munition in ihr geweckt, das sich viele Jahre später bei verschiedenen Gerichtsverfahren ausgezahlt hatte. Sie kannte auch eine der billigsten und am leichtesten herzustellenden Waffen der Russischen Revolution und der meisten Kriege danach: den Molotow-Cocktail. Er war immer noch eine der populärsten Guerillawaffen der Welt.

Die Glasflasche ... die Zündkapsel ... das Benzin, das aus dem Tank eines Wagens sickerte – in der Tat ein raffinierter Molotow-Cocktail. Er konnte ein Inferno auslösen, das ein Fahrzeug in einen glühenden Hexenkessel verwandelte, wenn der Werfer gut zielen konnte. Auf jeden Fall würde er einen Wagen wie Stephanies kleinen Ford in Brand setzen.

Ernüchtert nickte Beth. Der Fahrer des Lieferwagens besaß all die grässlichen Hilfsmittel eines bezahlten Killers. Eines Mannes, der Stephanies Ermordung geplant und ausgeführt haben konnte. Außerdem hatte er einen Gewehrkasten für ein

Präzisionsgewehr. Und wer immer aus der Baumgruppe heraus über die Straße gefeuert hatte – er hätte logischerweise ein Gewehr benutzt und keine Pistole, da ein Gewehr auf große Entfernungen zielgenauer war.

Doch Killer verdienten gutes Geld. Warum sollte der Mann eine so alte Schrottmühle wie diesen Lieferwagen fahren? Es sei denn, er hatte ihn gestohlen, um seine Identität zu verschleiern, was den mysteriösen schwarzen Lieferwagen der vergangenen Nacht erklären könnte. Wahrscheinlich war auch der gestohlen – und vielleicht vom Besitzer dieser drei schwarzen Kästen. Wenn der Mann, den sie getötet hatte, derjenige war, der Jurimengri umgebracht und sie die ganze Zeit beschattet hatte, sagte Hammond vielleicht die Wahrheit über sie und auch darüber, dass man ihn in West Virginia hereingelegt hatte.

Beth schloss die beiden Kästen und überlegte. Sie beobachtete den Verkehr und die vereinzelten Fußgänger, die auf dem Bürgersteig vorbeikamen, auf dem das Sonnenlicht spielte. Sie hatte einen Kloß im Hals, als sie über ihre Situation nachdachte. Wenn sie davonlief, gab es für sie keine Möglichkeit mehr herauszufinden, um was es überhaupt ging – und dann war sie womöglich nie wieder in Sicherheit.

Und doch war sie immer noch nicht überzeugt, dass Hammond unschuldig war. Konnte sie riskieren, dass er von ihrem Zweifel profitierte? Konnte sie ihr Leben riskieren bei der Beurteilung einer Lage, wie sie sie noch nie erlebt hatte – einer Situation, für die ihr sowohl die Ausbildung als auch die Erfahrung fehlten?

Beth atmete tief durch. Ihr Blick blieb wieder an den schwarzen Kästen hängen. Als sie über ihren Inhalt nachdachte, kannte sie schließlich die Antwort: Ja, sie sollte Hammond eine Chance geben, wenigstens eine Zeit lang.

Sie blickte auf die Armbanduhr und machte sich plötzlich Sorgen. Wo blieb er? Er war schon zu lange weg.

In dem kühlen, schattigen Treppenhaus des Watergate, wo Jeff Hammonds Hand in seinem Jackett nach der Pistole griff, hing der Befehl des Russen in der Luft: *»Halt, Hammond ... Nehmen Sie die Hand aus der Jacke.«* Regungslos starrte Hammond ihn an und erkannte sofort das lange Gesicht und die dunklen Augenbrauen des Mannes aus dem Pickup, der ihn im vergangenen Jahr auf dem Beltway verfolgt hatte. Doch diese Information war jetzt kaum von Bedeutung, denn Hammond war gefangen zwischen einem bewaffneten Mann am oberen Absatz der Betontreppe und einem anderen am unteren Absatz. Der einzige Vorteil, den er besaß, war die Schwerkraft.

Während über ihnen auf der Straße der Verkehr rauschte, kam ein einzelner Fußgänger auf dem Bürgersteig vorbei und blickte zufällig nach unten. Er zögerte kurz und verdoppelte dann seine Geschwindigkeit. In Panik rannte er genau in dem Augenblick los, als Hammond vorgab, den Befehlen Folge zu leisten. Er setzte ein unschuldiges Lächeln auf und zog seine Hand aus dem Jackett. »Verzeihung ...«

Er sah, dass die beiden Männer sich für den Bruchteil einer Sekunde entspannten. Genau in diesem Augenblick stürmte er die Treppenstufen hinunter. Der Mann oben auf der Treppe reagierte zuerst und schoss. *Plopp!* Der schallgedämpfte Schuss ließ neben Hammonds rechtem Bein Betonsplitter aufspritzen. Doch bevor der Mann über ihm ein zweites Mal schießen konnte, hatte Hammond den Mann unter ihm zu Boden gerissen und kam schon wieder auf die Füße, wobei er den Mann vor sich riss und ihn als Schild benutzte.

Der Mann am oberen Absatz konnte nicht schießen, wollte er seinen Partner nicht treffen. Er gab nach. *»Ladno, salupa.«* Also gut, Scheißkerl. Er kam die Stufen herab und versuchte, seine Waffe aus einem anderen Winkel auf Hammond zu richten.

Zur gleichen Zeit erschien Beth Convey auf dem oberen Treppenabsatz. Für einen Augenblick erstarrte sie. Hammonds Blick traf den ihren – und plötzlich hatte er das Gefühl, dass sich etwas Grundlegendes, Essentielles an ihr verändert hatte.

Beth starrte zurück. Jetzt war Hammond in Gefahr, so wie zuvor sie selbst. Eine innere Stimme verlangte von ihr, die Vorsicht der Anwältin abzuschütteln und aufzuhören, bei Motiven anderer stets misstrauisch zu sein. Dass sie die Vorstellung aufgeben müsse, dass sie immer alles wissen und voll und ganz verstehen musste. Dass harte Fakten stets die Antwort waren.

Jedenfalls erkannte Beth jetzt, dass sie Hammond glaubte. Sie hatte von Anfang an gespürt, dass er im Innern integer war, und hatte es bewundert. Mehr sogar – sie wollte ihm vertrauen.

Sie flog die Stufen herunter. Der obere der Angreifer musste sie gehört haben, denn er drehte sich um und starrte nach oben. Beth überraschte ihn, kickte ihm die Waffe aus der Hand und verpasste ihm mit dem Arm einen Karateschlag an den Kopf.

Dies alles geschah binnen weniger Augenblicke, doch der Mann, den Hammond als Schild vor sich hielt, nutzte dessen Unaufmerksamkeit, riss die Arme hoch, durchbrach die Umklammerung und wirbelte herum. Hammond reagierte sofort. Er rammte dem Mann eine Faust in die Rippen – als im selben Moment ein weiterer gedämpfter Schuss erklang: *Plopp.* Der Mann riss erstaunt die Augen auf, taumelte rückwärts gegen das Metallgeländer, fiel hinüber und landete bewusstlos auf dem Bauch.

Von oben rief eine Frau: »Stopp, Mr Hammond. Das gilt auch für Sie, Ms Convey!« Diesmal war kein russischer Akzent zu hören.

Weiter oben auf den Stufen unternahm Beth ein Täuschungsmanöver, als der zweite Angreifer sich wieder auf sie stürzte. Über ihnen sah Hammond die »Touristin« aus dem Kennedy Center. Als sie langsam die Treppe herunterkam, hielt sie ihre Walther kaltblütig und mit ruhiger, sicherer Hand auf Hammond und Beth gerichtet.

Hammond griff nach seiner Beretta, doch die Frau feuerte Ihre schallgedämpfte Waffe ab, und Hammond spürte, wie die Kugel eine Winzigkeit an seinem Ohr vorbei pfiff.

»Lassen Sie die Waffe fallen!«, befahl die Frau. »Stopp, Convey. Ich schieße.«

Sie war nur noch zwei Stufen über Beth. Hammond sah an Beths Gesicht, dass sie es wusste. Im selben Augenblick trat sie den Fuß an den Kiefer des Mannes, dass er auf die grauen Betonstufen geschleudert wurde und gegen die Beine der Frau prallte. Die Frau stürzte.

Beth entriss ihr die Walther und richtete die Waffe auf sie. Im selben Moment überfiel sie wieder das übermächtige Verlangen, zu schießen. Zu töten. In den wenigen Sekunden, die Beth zögerte, sah sie sich wieder neben dem Kombi mit Hammonds Pistole auf den Heckenschützen feuern, bis die Waffe leergeschossen war. Und das Töten hatte sie befriedigt, hatte ihr Freude bereitet ... Sie hatte die Kontrolle verloren, hatte nicht rational, sondern primitiv und brutal gehandelt. Das Fremdartige, Neue in ihr, das mit ihrem alten Selbst kämpfte, liebte die Gewalt und entlud sich in ihrem Innern wie ein Vulkan. In Augenblicken des Todes fühlte sie sich lebendig. Wie ein nagendes Hungergefühl schrie es in ihr, wieder zu töten. Jetzt sofort.

Beth schauerte, als sie der Stimme zu widerstehen versuchte. Ob diese Stimme von ihrem neuen Herz stammte oder von irgendeinem primitiven Teil ihrer selbst, den sie nie gekannt hatte, spielte jetzt keine Rolle mehr. Jetzt war nichts anderes mehr wichtig, als wer sie wirklich war. Und sie war keine Mörderin. Sie lehnte es ab, eine zu sein. *Das war's, Herz. Ich werde nicht morden, um dir Genüge zu tun. Du wirst lernen müssen, mit mir zu leben, nicht umgekehrt.*

Doch während Beth auf die Frau zu ihren Füßen blickte, die voller Todesangst auf die Waffe starrte, stiegen Zweifel in ihr auf. Es war ein rasch gegebenes Versprechen, aber konnte sie es auch halten? Das Problem war, dass Beth die Gefahr ausschalten musste, die diese Frau darstellte – und sie war zweifellos ein Killer.

Der Schweiß lief der Frau übers Gesicht, und an ihrer Stirn pulsierte eine Ader. Ihre Miene war wütend und zugleich voller Angst. Sie hatte in Beth irgendetwas gesehen, das ihr schreckliche Furcht einjagte, genau wie es den Leuten damals bei Renae Trucking ergangen war.

Während in der Ferne das leise Heulen einer Polizeisirene zu hören war, fühlte Beth sich bedrängt. Sie musste sich entscheiden. »Du wirst sterben. Aber nicht durch mich.« Beth verpasste der Frau einen genau dosierten Fußtritt ans Kinn. Der Kopf der Frau flog in den Nacken, und sie sank bewusstlos zusammen. Beth drehte sich um.

Hammond, der den Mann am unteren Treppenabsatz durchsuchte, schaute zu ihr auf. »Sie hätten die Frau erschießen können. Sie wollten es, haben das Verlangen aber niedergekämpft.«

Beth erwiderte nichts.

Hammond bewunderte es, mit welcher Entschlossenheit Beth sich beherrscht hatte. Welcher Dämon auch in ihrem Innern gewesen sein mochte, jetzt war er fort, zumindest im Moment. Sie war eine seltsame Frau, viel komplizierter, als ihm lieb war.

Er machte sich daran, die Taschen der anderen zu durchsuchen.

»Sie müssen sich anschauen, was ich in den schwarzen Kästen im Kombi gefunden habe«, sagte Beth. »Sehr interessant. Viel besser als diese Beute hier.« Sie betrachtete den Inhalt der Taschen, den Hammond auf die Stufen gelegt hatte. Es gab keine Führerscheine, keine Pässe, keine Kreditkarten – nichts, womit sie die überwältigten Angreifer identifizieren könnten.

»Wir werden die Frau mitnehmen, sobald sie aufwacht. Sie ist die leichteste.«

In diesem Augenblick pfiff ein weiterer schallgedämpfter Schuss über ihre Köpfe hinweg. Hammond schnellte wie eine gespannte Feder vor, riss Beth mit einem Arm zu Boden und ließ sich auf sie fallen. Mit der Waffe zielte er auf den unteren Treppenabsatz, aber dort war niemand.

»He«, beschwerte sich Beth. Sie war an der Seite der Treppe gelandet, auf den Ecken und Kanten, was ihre Schmerzen wieder auflodern ließ. Für eine Sekunde war sie wie gelähmt.

Hammond starrte sie an. Ihr Gesicht war wutverzerrt. Dann richtete er den Blick auf den unteren Treppenabsatz und wartete auf den nächsten Schuss. Er hörte die bewusstlose Frau stöhnen, und der Mann am unteren Ende der Treppe zuckte. Sie konnten jederzeit aus der Bewusstlosigkeit erwachen. Im Hintergrund näherte sich das Sirenengeheul. Hammond griff sich die Pistole des Mannes, der ihm am nächsten lag, sodass er jetzt zwei Waffen hatte. Die andere Pistole – die Waffe, die dem zusammengesunkenen Angreifer unten an der Treppe gehörte –, lag noch immer neben der erschlafften Hand des Mannes, der langsam wieder das Bewusstsein erlangte.

»Wir müssen hier raus«, sagte Hammond zu Beth. »Verdammt ...«

»Ich weiß. Sie wollten die Frau mitnehmen, damit wir ihr Fragen stellen können.«

Es gefiel ihm, dass sie *wir* sagte. »Profis, die jemanden verfolgen, arbeiten meist paarweise«, sagte er. »Wir haben es mit drei Verfolgern zu tun. Nummer vier war irgendwo da draußen. Und jetzt denkt er, dass er uns festgenagelt hat. Ich werde ihn zurückhalten.« Er warf ihr die Schlüssel zu. »Holen Sie den Wagen. Wir müssen wohl vergessen, die Frau mitzunehmen.«

Beth fing den Schlüsselring aus der Luft. »Bin gleich wieder da.«

Hammond nickte, während er sich weiter konzentrierte und darauf wartete, dass eine Waffe, eine Hand, irgendetwas auftauchte. Er hörte Beth davoneilen, hörte die leisen, schnellen Geräusche ihrer Schuhe auf den Betonstufen. Sie hatte einen leichten Schritt.

Doch der Mann unten an der Treppe schien sie ebenfalls gehört haben. Plötzlich rollte er sich herum. Packte die Waffe. Zwei Schüsse peitschten, doch der Mann hatte nicht auf Hammond gezielt, sondern auf Beth.

Hammond feuerte zurück. Er verfehlte den Mann. hinderte ihn aber wenigstens daran, weiter zu schießen.

Genau in diesem Moment pfiff eine weitere Kugel an Hammonds Ohr vorbei. Der bewusstlose Mann am unteren Treppenabsatz war aufgewacht. Wut verzerrte sein Gesicht, und er hielt seine Waffe mit zitternder Hand.

Jetzt feuerten zwei Gegner auf Hammond. Auch die Frau und der letzte Mann konnten jeden Moment aus der Bewusstlosigkeit erwachen. Die Chancen standen nicht gut.

Als der Mann unten eine weitere Kugel auf ihn abfeuerte, duckte sich Hammond. Beth Convey musste jetzt im Wagen sein und auf dem Weg hierher, um ihn einzusammeln – *falls* sie kam. Auf jeden Fall wurde es höchste Zeit, von hier herauszukommen. Hammond erhob sich auf ein Knie, feuerte eine rasche Salve, um die Gegner am Boden zu halten, und stürmte mit langen Sätzen die Treppe hinauf. Als er das obere Ende erreichte, krachten Schüsse hinter ihm. Er tauchte ab und warf sich nach vorn auf den Bürgersteig, rollte sich ab, kam wieder auf die Füße, rannte los und sah mit Erleichterung, dass der Kombi auf ihn zufuhr.

Als Beth ihn erreichte, bremste sie. Hammond riss die Tür auf und sprang in den Wagen, während weitere Schüsse peitschten und die Fußgänger auf dem Bürgersteig schreiend durcheinander liefen.

Beth trat das Gaspedal voll durch. Der Wagen machte einen Satz vorwärts und überfuhr beinahe zwei panische, verschreckte Fußgänger. Dann jagte er mit kreischenden Reifen um eine Kurve und beschleunigte mit aufheulendem Motor.

Beth warf Hammond einen Blick zu. »Sie dachten, ich würde nicht wiederkommen, stimmt's?«

Er stemmte sich hoch und nahm eine normale Sitzposition ein. »Stimmt.«

»Sie müssen mehr Vertrauen zu mir haben.« Sie verkniff sich ein Lächeln.

Hammond grinste; dann wurde er wieder ernst. »Es ist seltsam ... Ich kenne die russische Gemeinschaft gut, aber mir ist nur einer von denen untergekommen, im letzten Frühjahr, als er mich verfolgt hat. Wo sind die alle gewesen? Wer hat sie so lange versteckt?«

Im Kombi herrschte eine Atmosphäre der Wachsamkeit, als Beth nach Süden fuhr. Da sie keine weitere Aufmerksamkeit erregen wollte, blieb sie genau innerhalb der Geschwindigkeitsbegrenzung und beobachtete die Straße und Bürgersteige, ob jemand den rostigen Kombi oder Hammonds Gesicht erkannte. Er hatte sich die Baseballmütze tief in die Stirn gezogen, war aber noch für jeden zu erkennen, der genauer hinschaute.

Sie unterhielten sich. Es schien, als wäre plötzlich eine Mauer zwischen ihnen eingestürzt.

»Ich habe Ihnen von mir erzählt«, sagte Hammond. »Wie ist es mit Ihnen? Was haben Sie bei Meteor Express gemacht?«

»Das ist eine lange Geschichte.«

»Fangen Sie am Anfang an. Ich möchte alles wissen.«

Sie schaute zu ihm hin. »Vielleicht glauben Sie es nicht. Ich bin nicht einmal sicher, ob ich es selbst glaube ...« Sie schilderte ihm ihren Tod im Gerichtssaal, ihre Herztransplantation und die »Zellerinnerungen«, die daraus zu folgen schienen. »Kennen Sie diese Zeilen: ›Wenn du liebst, liebe ohne nachzudenken. Wenn du drohst, drohe nicht im Spiel?‹«

Er dachte nach. »Sie kommen mir bekannt vor. Aber ich kann sie nicht unterbringen.«

Sie seufzte. »Mein Arzt hat gesagt, dass das alles Unsinn ist. Die Transplantation könne mit den Albträumen und Erinnerungen nichts zu tun haben. Es gibt kein ›Zellgedächtnis‹, sagte er.«

»Sie glauben auch nicht, dass es durch die Medikamente und die geänderten Lebensgewohnheiten verursacht wird?«

»Nicht mehr.« Beth berichtete, wie sie die Telefonnummer gewählt hatte und bei einer russischen Stimme landete, die, wie sich herausstellte, von Meteor Express kam. »Wissen Sie, wer das am Telefon gewesen sein kann?«

»Nicht aus dem Handgelenk. Sind Sie deswegen in der Nacht da hingefahren?«

»Ja. Ich habe Ihnen ja schon erzählt, dass ich Jurimengri sterbend aufgefunden habe.« Sie bog nach Westen auf die Roosevelt Bridge, die nach Virginia führte. Der Verkehr am Freitagnachmittag war mäßig; es war noch zu früh für den Großteil der Bewohner Washingtons, in ihre Ferienhäuser in den Wäldern Virginias auszuschwärmen, oder für die Touristen, zu einem Wochenende mit Schauspielen, Konzerten, Besichtigungstouren und leuchtenden Kirschbäumen voller rosa Blüten in die Hauptstadt zu strömen.

Hammonds Augen waren in ständiger Bewegung und hielten nach möglichen Verfolgern Ausschau. »Sie müssen überrascht gewesen sein, als Sie herausfanden, dass er tatsächlich Jurimengri hieß. Ich setze noch eins drauf: Seine Freunde nannten ihn Juri.« Unter ihnen erstreckte sich der weite, metallisch grüne Potomac und leuchtete im Sonnenlicht. Mit geblähten Segeln fuhr eine Yacht unter der Brücke hindurch und nahm Kurs Richtung Norden. In den Wagen und Lastern neben ihnen zeigte niemand auffälliges Interesse für sie.

»Beängstigend«, sagte Beth. »Das passt genau zu meiner Neigung, das Unmögliche für möglich zu halten – dass ich Erinnerungen von meinem Organspender geerbt habe.«

Für Hammond klang das wie kompletter Unsinn. »Das hört sich ziemlich bescheuert an.«

»Zugegeben. Andererseits haben wir in letzter Zeit unsere Meinung über viele Dinge geändert. Betrachten Sie zum Beispiel die neuesten Ergebnisse der Genforschung. Wir hielten die Gene für statisch. Jetzt wissen wir, dass sie sprunghafte Entwicklungen vollziehen. Tierarten, die wir für ausgestorben gehalten haben, tauchen an den seltsamsten Orten wieder auf. Und erinnern Sie sich, wie die Wissenschaftler die Nase rümpften, als es hieß, dass Viren Magengeschwüre und Herzkrankheiten verursachen können? Ich habe immer gedacht: Was ich nicht sehen, schmecken oder anfassen kann, existiert nicht. Nun, Gott hat es mir heimgezahlt. Ich lerne zurzeit eine Menge dazu.«

Hammond lächelte. »Sie müssen ein paar Dinge überdenken, was?«

»O ja. Einer der Hauptgründe für meine Existenz besteht darin, Bescheidenheit zu lernen.«

»Und? Haben Sie es gelernt?«

»Und ob. Ich sage niemals wieder nie.«

Er betrachtete ihr Profil, während sie beim Fahren den Verkehr auf der Brücke im Auge behielt. Ihr Gesicht war angespannt, ihr Blick wachsam. Er verriet Intelligenz, eine treibende Kraft, die sie immer weiterfragen ließ, wobei sie nie mit den Antworten zufrieden war. Plötzlich schaute sie ihn an und lächelte. Es war, als würde sich der Winter in den Frühling verwandeln. Sie war schön. Und er entdeckte etwas Neues in ihr – eine kindliche Neugier und die Gabe, sich über sich selbst lustig zu machen.

»Sie starren mich an«, sagte Beth.

»Tut mir Leid. Erzählen Sie weiter. Was ist passiert, nachdem Sie der Polizei in Virginia den Mord an Oberst Jurimengri gemeldet haben?«

Sie erzählte ihm, wie sie zu spät zu ihrem Termin mit Michelle Philmalee in die Kanzlei gekommen war.

»Helfen Sie mir auf die Sprünge«, sagte er. »Wer ist diese Frau?«

»Michelle war die Mandantin, die ich vor Gericht vertreten habe, als ich meinen Herzanfall bekam. Dann, während ich ein ganzes Jahr zu Hause bleiben musste, um mich zu erholen, hat der geschäftsführende Partner der Kanzlei ihr einen anderen Anwalt zugeteilt, der sie vertreten sollte – Phil Stageman, der Mann, den Sie bei meinem Haus gesehen haben. Michelle und Stageman haben sich verliebt und ...«

»Der Typ, der sich aufgeführt hat, als ob Sie ihm gehören? Der war ein Freund von Ihnen *beiden*?«

»Nacheinander. Haben Sie ein Problem damit?«

Er kicherte. »Nein. Aber ich wette, Sie schon. Michelle auch.«

»Viele Frauen machen den Fehler, dass sie gutes Aussehen und Intelligenz mit anderen Eigenschaften verwechseln. Männer machen diesen Fehler nie. Sie glauben grundsätzlich, dass Beine und Busen die Grundlage für eine dauerhafte Beziehung sind.«

»Volltreffer.«

Sie wollte lächeln; stattdessen schnürte sich ihr die Kehle zu. »Da ist ein Streifenwagen hinter uns.«

Hammond zog die Mütze noch tiefer in die Stirn und spähte unter dem Schirm hindurch nach hinten. »Großartig«, sagte er.

Sie näherten sich dem Ende der Brücke, von wo aus sie verschiedene Routen wählen konnten. Die Spannung im Kombi wurde unerträglich, als der Streifenwagen mit blinkenden Lichtern näher kam. Die Fahrer in den anderen Wagen starrten sie an. Hammonds zerfurchtes Gesicht war angespannt.

Plötzlich kehrte Beths kühle Gelassenheit zurück.

Sie wusste, was sie tun musste.

27.

Während die Polizeisirene heulte, riss Beth den Kombi im letzten Augenblick zwischen einem Pickup und einer Limousine nach rechts – so dicht an den Fahrzeugen vorbei, dass sie spüren konnte, wie der Sog an ihrem Wagen zerrte. Dann, bevor der Streifenwagen ihr folgen konnte, fuhr sie von der Brücke auf die Ausfahrt zur Route 50, die zum Iwo Jima Memorial führte, einer Gedenkstätte für die Opfer des Marine Corps im Pazifikkrieg. Beth setzte sich zwischen zwei Pickups und verringerte die Geschwindigkeit. Mit ein wenig Glück war die Polizeistreife weitergefahren und befand sich noch immer auf der Route 66.

Hammond hielt sich am Türgriff fest. Beth schaute kurz zu ihm hinüber und bemerkte, dass er blass geworden war. Er grummelte: »Mr Mario Andretti ... darf ich Ihnen Ihre Rennfahrerkollegin Beth Convey vorstellen?« Er blickte nach hinten. »Der Streifenwagen ist immer noch da, aber eine gute Viertelmeile hinter uns.«

Grimmig lenkte Beth den Wagen in die geschäftigen Straßen von Rosslyn und jagte über mehrere Kreuzungen, bis sie schließlich abbog, noch einmal abbog und zur Route 50 zurückraste, wieder in Richtung Westen, fort vom Zentrum Washingtons.

Hammond legte den Arm auf die Rückenlehne, drehte sich wieder um und blickte mit ernster Miene nach hinten. »Der Cop ist weg. Gott weiß, wo er ist, aber Sie können darauf wetten, dass er die Polizei von ganz Virginia alarmiert hat. Wo haben Sie so fahren gelernt?«

»Ich weiß nicht. Vielleicht habe ich es schon immer gekonnt.«

Hammond atmete tief durch. »Wir müssen unbedingt den Kombi loswerden. Jeder Polizist zwischen Richmond und Baltimore wird jetzt nach uns suchen.«

»Wir könnten einen Wagen mieten.«

»Können wir nicht. Kein guter Plan.« Er beschrieb ihr die Leute, die seine Wohnung, die *Post* und das Kennedy Center beobachtet hatten. »Ich nehme an, dass alle unsere Freunde und Bekannten überwacht werden. Die dürfen wir nicht in Schwierigkeiten bringen. Und ein Auto zu mieten, bringt schon deshalb Probleme, weil wir eine Kreditkarte oder einen Scheck benutzen müssten. Das ist viel zu leicht zurückzuverfolgen, nicht nur durch die Gesetzesvertreter, sondern durch jeden, der so gute Verbindungen hat wie offensichtlich die Leute, mit denen wir es zu tun haben.«

Beth schwieg. Ein unbehagliches Gefühl überkam sie. »Ich wusste, dass es Killer waren. Aber ich wusste nicht, dass sie so gut organisiert sind.«

»Gewöhnen Sie sich daran«, sagte Hammond rau. »Wir werden nirgendwo sicher sein. Wenn wir den nächsten Morgen erleben, haben wir schon eine Menge erreicht.« Im Kopf ging er die kurze Liste seiner Freunde und Verwandten durch und versuchte, jemanden zu finden, der vielleicht sicher war. Er dachte an seine Kollegen bei der *Post,* aber die wenigen, denen er nahe stand, wurden bestimmt überwacht. Und seine ehemaligen Freundinnen – auf keinen Fall. Natürlich kamen auch das FBI und Bobby Kelsey nicht in Frage, es sei denn, er wollte aufgeben. Je deutlicher Hammond erkannte, wie beschränkt die Zahl seiner Möglichkeiten war, umso größer wurde seine Unruhe. Das war die Quittung für die Einsamkeit in den Jahren seines Lebens im Untergrund.

Während sie weiter auf der Route 50 nach Westen fuhren, erzählte Beth ihm, wie sie bei der Kanzlei gekündigt hatte, nach Hause gefahren war, um ihr Leben zu ordnen, und sich entschlossen hatte, Stephanie Smith zu besuchen, um sich genauer über das Zellgedächtnis zu informieren.

Als Beth berichtete, wie Stephanies Wagen außer Kontrolle geriet und in Flammen aufging, versagte ihr die Stimme. »Entschuldigung.«

»Es muss schrecklich für Sie gewesen sein. Ein Wunder, dass Sie überlebt haben.«

Sie nickte.

»Eines müssen Sie begreifen, Beth. Ich darf Sie doch Beth nennen?«

»Klar.«

»Gut. Sagen Sie Jeff zu mir. Ich muss Ihnen etwas anvertrauen, Beth. Ich habe Ihnen schon gesagt, dass Sie nicht wissen, wo Sie hineingeraten sind. Die Wahrheit ist, ich weiß es auch nicht. Wer immer hinter der ganzen Sache steckt, scheint fähiger zu sein als die üblichen Ganoven. Verschlagener, intelligenter, mächtiger und viel gefährlicher. Sie hatten verdammtes Glück, da lebend herauszukommen. Sie sind nicht verantwortlich für Dr. Smiths Tod. Die Mörder sind verantwortlich.«

»Das sage ich mir auch immer.«

Hammond nickte. »Erzählen Sie weiter.«

Beth berichtete, wie sie nach Hause zurückgekehrt war und beschlossen hatte, die Adresse aus ihren Albträumen zu suchen.

»Und? Haben Sie sie gefunden?«

»Ja, leider. Oder glücklicherweise, je nachdem.« Sie erzählte ihm, wie sie in Alexei Berianows Haus in Chevy Chase eingebrochen war, sein Arbeitszimmer durchsucht, die Handwerkerrechnungen entdeckt und Ausschnitte aus Zeitungen und Zeitschriften gefunden hatte.

»Eine Rechnung von einer Firma in *Stone Point*?«, fragte Jeff aufgeregt. Mit einer Hand nahm er Beths Schultertasche vom Rücksitz. »Ich möchte lesen, was Sie gefunden haben.«

»Ich wünschte, Sie könnten es, aber die Rechnung und die Zeitungsausschnitte sind verschwunden.« Beth beschrieb den Fremden, der sie angegriffen und gefesselt hatte. »Als ich aufgewacht bin, hatte er meine Fesseln gelockert, und ich konnte mich ganz leicht befreien. Aber er hatte die Ausschnitte und die Rechnung mitgenommen. Verrückt, nicht wahr?«

»Kann man wohl sagen.«

Während Sie am Einkaufszentrum *Seven Corners* und den Filialen von *Best Buy* vorbeifuhren, erzählte Beth ihm von der Rechnung der Baufirma in Stone Point. »Sie war auf einen gewissen Caleb Bates ausgestellt.«

»Bates hat einen großen Grundbesitz oberhalb von Stone Point. Er leitet da einen Jagdclub.« Jeffs hartes, breites Gesicht war angespannt, eine Landschaft aus Linien und Flächen. »Beschreiben Sie die Anzeige.«

»Es wurde eine Milchfarm in der Nähe von Gettysburg zum Verkauf angeboten. Da war ein Foto von einem hübschen Landhaus im Kolonialstil.« Sie nannte die Adresse.

Er dachte darüber nach, was er über Caleb Bates Jagdclub gehört hatte, über die schwer gesicherten Zäune, die die Einheimischen dazu gebracht hatten, über Bates' Reichtum zu spekulieren, und über die Jäger, die während der vergangenen drei Jahre den Club besucht hatten. Er hatte gehört, dass diese Leute nicht viel redeten und unter sich blieben. Aber das konnte genauso gut für die Einheimischen gelten.

Plötzlich kam Hammond auf eine grundsätzliche Frage: Wenn es sich um einen Jagdclub handelte – wozu dann der Zaun? Bates und seine Sportskameraden wollten sicherlich

Wild jagen, das sich frei im Gelände bewegen konnte, es sei denn, sie hatten etwas zu verbergen, wie etwa exotische Tiere für spezielle Jagden. Aber das bezweifelte er. Wenn exotisches Wild so dicht bei der Ortschaft gehalten würde, hätte jemand davon gewusst.

Nein, es musste eine andere Erklärung für die Umzäunung geben. Und nun, da der Zeitungsausschnitt in Berianows Haus gefunden worden war, gab es eine Verbindung zwischen Bates und Berianow. Allein das war schon wichtig.

»Ich muss da hin«, sagte er.

»Wohin? Nach West Virginia? Dort werden Sie wegen Mordes gesucht.«

»Nach Pennsylvania. Das ist unsere beste Spur.«

»Hört sich vernünftig an.«

Er beobachtete Beth, als sie den Kombi abbremste, um die historische Stadt Falls Church zu durchfahren, die für ihre Radarfallen berüchtigt war. Er war Beth erst vor zwei Tagen das erste Mal begegnet, und ihm wurde klar, dass er sie besser kennen lernen wollte. Ihm gefiel ihr Verstand, ihr Aussehen, ihre Entschlossenheit. Tatsächlich gefiel sie ihm so gut, dass er bereit war, ihren Beruf als Anwältin zu übersehen. Er war froh, dass er jetzt Seite an Seite mit ihr in diesem klapprigen Auto fuhr.

»Wissen Sie einen Ort, an dem Sie bleiben können, während ich die Milchfarm auskundschafte?«, fragte er schließlich. »Irgendeinen sicheren Platz, wo niemand Sie sucht?«

Beth runzelte die Stirn. »Was reden Sie da? Ohne mich werden Sie auf keinen Fall irgendetwas tun oder irgendwo hingehen. Ich bin durch die Hölle gegangen, um so weit zu kommen. Ich habe Ihnen von den Zeitungsausschnitten erzählt. Wenn Sie glauben, dass es sich lohnt, deswegen nach Pennsylvania zu fahren, dann fahre ich. Vergessen Sie nicht, dass ich am Steuer sitze. Bei uns in Kalifornien nennt man das Lenkradkontrolle.«

Jeff fand das gar nicht lustig. Seine Stimme war schroff, als er sagte: »Das ist eine Schnapsidee. Sie sind nicht ausgebildet. Sie könnten getötet werden. Und ich auch.«

Das saß. Doch Beth konnte und wollte jetzt auf keinen Fall aufgeben. Sie musste bis zum Ende durchhalten – für Oberst Jurimengri, für Stephanie Smith und für ihren Organspender, Michail Ogust. Aber auch für sie selbst.

»Ich kann nicht mehr zurück, Jeff.« Ihr Blick war auf die Autobahn gerichtet. »Kümmern Sie sich um sich selbst. Machen Sie sich keine Sorgen um mich. Ich werde nicht um Hilfe bitten. Wenn ich nicht habe, was ich brauche, um Ihr Partner zu sein, dann sei's drum.«

»Wunderbar. Dann ist ja alles in Ordnung. Ich lasse Sie einfach liegen wie ein überfahrenes Tier auf der Straße.« Er wartete, dass sie etwas erwiderte, doch sie machte sich nicht einmal die Mühe, ihn anzuschauen.

Hammond schüttelte den Kopf. Er würde um jeden Preis verhindern, dass sie in Lebensgefahr geriet.

Beth schaltete das Radio ein. Der Sprecher war gerade mit den Sportergebnissen fertig und gab einen Überblick über die Topmeldungen. Die Hauptnachricht war keine Überraschung – das Eintreffen des russischen Präsidenten auf der Andrews Air Force Base wurde in Kürze erwartet. Das Weiße Haus gab ständig Bulletins heraus, um die Presse über Präsident Stevens' Aktivitäten, Pläne und die Tagesordnung beim Besuch Wladimir Putins auf dem Laufenden zu halten.

Jeff zuckte mit den Schultern und öffnete einen der schwarzen Kästen zu seinen Füßen. Er pfiff leise, als er sah, dass es Schminksachen und Material zum Verkleiden enthielt. »Das könnte von Nutzen sein.« Während der Nachrichten zerlegte er das Präzisionsgewehr und verstaute die Teile im zweiten Kasten. Als der Sprecher die Meldung wiederholte, dass Hammond wegen der Morde in West Virginia gesucht wurde, zuckte er zusammen, sagte aber nichts.

Dann öffnete er den dritten Kasten – den mit den Waffen und dem Zubehör.

»Der Kerl hat es wirklich ernst gemeint. Mir ist fast mulmig, wenn ich an seinen Nachfolger denke. Der könnte sogar noch besser sein.«

»Vielen Dank. Das muntert mich sehr auf.« Beth betrachtete besorgt die Umgebung. Der Verkehr wurde dichter.

Hammond klappte den Deckel zu. »Haben Sie sich den Kasten im Heck angeschaut?«

»Noch nicht. Warum sollte ich den ganzen Spaß für mich allein haben?«

Er lächelte. »Sehr aufmerksam.«

Sie schaute zu ihm hinüber, und sie wechselten einen kurzen Blick. Beth sah kurz zur Decke und schüttelte den Kopf. Während sie sich wieder auf die Straße konzentrierte, griff Jeff hinter sich, wo der Heckenschütze die Rückbank umgeklappt und so eine Ladefläche geschaffen hatte. Während er den Kasten zu sich zerrte, kam der Nachrichtensprecher zum Schluss.

Erleichtert sagte Beth: »Wenigstens haben sie noch nichts über mich.«

Hammond öffnete den Kasten und nahm mehrere Schichten Schaumgummi heraus. »Abhörgeräte. Peilausrüstungen. Ein Demodulator. Das sieht hier drin wie ein Luxuskaufhaus für Verbrecher- und Abhörausrüstung aus.«

»Ja, der Genosse mochte sein Werkzeug.« Sie beobachtete misstrauisch den Verkehr. Sie näherten sich Tyson's Corner mit seiner modernen Skyline von Bürotürmen, die man in die sanft wogende Waldlandschaft des nördlichen Virginia gestellt hatte. Beth bog in einen Parkplatz ein.

Hammond schaute auf und blickte finster. »Warum halten wir?«

»Ich werde uns ein anderes Auto besorgen.«

»Und wo?« Dann entdeckte er die eleganten Messingbuchstaben an einem zwanzigstöckigen Gebäude aus Glas und Ziegeln: *The Philmalee Group*. Er fragte: »Michelle Philmalee? Die wollen Sie fragen? Das meinen Sie nicht ernst.« Er schaute Beth ungläubig an.

»Gestern Abend hat sie gesagt, dass sie mir einen großen Gefallen schuldet, und ich werde sie beim Wort nehmen.« Beth parkte den Kombi unter den überhängenden Zweigen mehrerer hoher Sträucher in einer entfernten Ecke des Platzes. »Es wurde nicht in den Nachrichten gebracht, dass ich einen Mann getötet habe, also weiß Michelle nicht, dass die Polizei mich sucht. Niemand – nicht die Polizei, und auch nicht die Killer – wird auf die Idee kommen, mich über Michelle zu suchen. Und es gibt noch weniger Grund, Sie beide miteinander in Verbindung zu bringen. Das müssen wir nützen, solange noch die Möglichkeit besteht. Michelle wird mir einen Wagen leihen.«

»Ich würde lieber einen klauen. Sie bringen uns in Gefahr, angehalten oder erwischt zu werden.«

»Sie wollen ein Auto *stehlen*?«

»Ja. Ist sicherer.«

»Es ist helllichter Tag! Jeder achtet auf Autodiebe. Ich sehe Sie schon vor mir, wie Sie ein Auto kurzschließen, und plötzlich heult die Alarmanlage los. Das befürchten Sie doch auch, nicht wahr? Was wahrscheinlich der Grund dafür ist, dass Sie den Vorschlag nicht schon eher gemacht haben. Wir könnten natürlich auch den Kombi behalten, aber der fällt auf wie ein bunter Hund. Wir haben es geschafft, dem ersten Cop zu entwischen, der uns entdeckt hat, aber beim nächsten Mal haben wir vielleicht nicht so viel Glück. Michelle ist unsere beste Chance. Die Firma hat hier einen ganzen Wagenpark.«

»Mir gefällt nicht, dass Sie alleine da reingehen.«

»Machen Sie sich keine Sorgen. Phil wird nicht hier sein. Ich bin in Sicherheit.«

»Das ist es nicht, worüber ich mir Sorgen mache. Mit Phil werden Sie fertig.«

Sie öffnete die Tür. »Was ist dann ihr Problem?«

Er seufzte. Die Antwort war sie. *Sie* war sein Problem. Aber er sagte nur: »Wollen Sie hier den ganzen Tag sitzen bleiben? Gehen Sie schon.«

Sie lächelte in sein breites Gesicht. »Sie werden mir auch fehlen.« Dann ging Beth zur Zentrale der Philmalee Group.

Die Philmalee Group hatte Projekte in den gesamten Vereinigten Staaten und in Osteuropa, und Michelle hielt sich über jedes auf dem Laufenden. Als sie an ihrem Schreibtisch saß und sich durch den Berg von Papieren arbeitete, dachte sie an die Vergangenheit. Sie war von einer Lehrerin in einer Kleinstadt an die Spitze eines Unternehmens aufgestiegen, das im *Forbes Magazine* auf der Liste der 500 größten Firmen stand, und sie hatte die Narben und Trophäen, diesen Aufstieg und die Kämpfe auf dem Weg nach oben zu beweisen. Nach der Scheidung, als Michelle die Führung des Unternehmens übernommen hatte, war der Erfolg sogar noch gestiegen.

Nun aber saß sie in ihrem Haute-Couture-Kostüm und den polierten roten Fingernägeln da und hatte Halsschmerzen, die einfach nicht verschwinden wollten.

Sie hatte vor dem Schlafengehen ein Antihistaminikum genommen und am nächsten Morgen noch einmal. Sie hatte ein Dutzend Mal gegurgelt. Sie war heute Morgen sogar beim Internisten gewesen, aber der hatte gemeint, dass ihr Hals völlig in Ordnung sei. Trotzdem tat es höllisch weh.

Sie eilte vom Schreibtisch in ihr privates Badezimmer. Ihre Bürosuite war opulent eingerichtet: vom handgeknüpften Aubusson-Teppich bis zu den Originalen amerikanischer Impressionisten. Das Badezimmer war ebenso elegant. Die Wände waren mit geschliffenen Spiegeln verkleidet, mit Ebenholz verziert und mit Alabasterstatuen geschmückt, die in Wandnischen standen.

Michelle nahm ein Papiertuch, beugte sich über das Waschbecken mit den goldenen Armaturen und betrachtete im Spiegel ihr schmales Gesicht mit den kaschierten Fältchen. Sie tupft sich das Gesicht ab. Sie wurde langsam alt. Sie sah es unter dem Chanel-Makeup. Schlimmer noch, sie war allein. Joel, dieser Bastard, war kein guter Ehemann gewesen, aber wenigstens ein Mann und der Vater ihrer beiden Söhne, die Michelle sehr liebte. Und wegen der Schläge, die sie von Joel eingesteckt hatte, hatte sie immerhin gelernt, geschickt Makeup zu tragen und sich geschickt zu kleiden. Normales Makeup konnte zwar keine Schwellungen verbergen, aber Blutergüsse. Und teure Kleidung war eine gute Möglichkeit, Kunden und Konkurrenten von der Traurigkeit in ihren Augen abzulenken.

Am Ende war der Hauptgrund, dass sie sich von dem gewalttätigen Mistkerl scheiden ließ, sein Versuch, sie aus dem Unternehmen zu drängen, das sie selbst aufgebaut hatte. Dann aber war sie wieder schwach geworden und hatte sich mit Phil Stageman eingelassen, dem Anwalt, der jedoch am liebsten ihr Geld zählte. Es hatte Spaß gemacht, mit einem Mann zu schlafen, der jung genug war, um ihr Sohn zu sein, und er hatte sich auch auf andere Weise bezahlt gemacht: Michelle hatte den Neid ihrer weiblichen Bekannten und Angestellten genossen. Trotzdem konnten starke Muskeln, gute Manieren und blendendes Aussehen nicht von Phils Gier ablenken.

Ein intelligenterer und sensiblerer Mann hätte gemerkt, dass Michelle mehr am Geschäft hing als an ihm. Andererseits befürchtete sie, dass ein intelligenterer und sensiblerer Mann sich gar nicht erst für sie interessieren würde. Phil Stageman war ein gut aussehender Dummkopf – was sie selbst aber letztlich auch zum Dummkopf machte, zumindest wenn es um Männer ging. Dieser Tatsache konnte sie sich nicht länger verschließen.

Michelle lächelte matt. Sie war wieder allein. Während sie zum Schreibtisch zurückging, drückte sie die Finger an den Hals und versuchte, die Schmerzen zu vertreiben. Sie stürzte sich in die Arbeit, bis ihre Sekretärin sich über die Gegensprechanlage meldete und ihr sagte, Zach Housley von der Kanzlei Edwards & Bonnett sei am Apparat. Michelle kämpfte einen Augenblick mit sich, ob sie das Gespräch annehmen sollte. Zach hatte die Affäre mit Beth Convey schlecht gemanagt, denn er hatte Beth unterschätzt. Sie und Beth hatten die gleiche, hartnäckige Einstellung zum Geschäft. Aus diesem Grund hatte Beth vor Gericht meist gesiegt.

Michelle hatte längst mit einem Anruf von Beth gerechnet. Schließlich war sie, Michelle, Beths Eintrittskarte für die Partnerschaft bei Edwards & Bonnett, und sie hatte sich schon darauf gefreut, die Aufregung in Beths Stimme zu hören. Doch bis jetzt herrschte Funkstille.

Michelle seufzte und drückte auf den leuchtenden Knopf auf ihrer Telefonkonsole. »Hallo, Zach. Tilaina sagt, Sie hätten mir etwas Wichtiges über Beth zu sagen ...«

Michelle hörte erstaunt, wie Zach erwiderte: »Ja. Die Polizei war gerade hier.« Seine tiefe Stimme war atemlos vor Aufregung.

»Und?«, fragte Michelle drängend. Ihre Halsschmerzen wurden schlimmer.

Zach berichtete fünf Minuten lang. Dass Beth einen unbewaffneten Touristen in Georgetown ermordet hatte. Von widersprüchlichen Zeugenaussagen. Von Beths Flucht in Begleitung eines Mannes, der wegen eines Doppelmordes in West Virginia gesucht wurde. Davon, dass die Polizei Beth suchte. Und so weiter, und so fort.

Michelle wollte kein Wort davon glauben, kein einziges Wort.

28.

Die Nachmittagssonne sorgte für ungewohnte Frühlingswärme, als Beth sich von der Reihe schattiger Bäume auf dem Parkplatz der Philmalee Group entfernte, wo sie den Kombi geparkt hatte. Ihre Schultertasche fest unter den Arm geklemmt, eilte sie zur Konzernzentrale, einem modernen Gebäude aus Glas und Ziegeln. Einige Angestellte, alle tadellos gekleidet, betraten oder verließen das Gebäude durch die große Glastür. Kaum einer warf auch nur einen Blick auf Beth.

Sie ging durch die Eingangstür und nickte dem Wachmann zu. Er schaute ihr nach, als sie an Michelles lebensgroßem Porträtgemälde vorbei zur Rezeptionistin ging, die hinter einer Barriere aus Granit an einem massiven Glastisch saß. Das Gebäude besaß ein hervorragendes Sicherheitssystem und Personal, das dafür ausgebildet war, das Management und die Mitarbeiter vor all den Unannehmlichkeiten zu schützen, die nicht zum Geschäftsleben gehörten.

»Miss Convey?« Die Rezeptionistin war nicht sicher, ob sie Beth vor sich hatte, da diese nicht ihr übliches Business-Kostüm trug.

»Ja. Ich würde gern mit Mrs Philmalee sprechen.«

Beth stand nicht auf der Terminliste; deshalb rief die Rezeptionistin in Michelles Büro an. Die Antwort lautete, dass Mrs Philmalee sie schon erwartete; Beth solle bitte sofort hinaufkommen. Die Rezeptionistin gab Beth einen Hausausweis, den sie an ihren schwarzen Pullover steckte. Zu höflich, um Beths unordentliche Kleidung anzustarren, senkte die Frau den Kopf und bemühte sich, ihr Missfallen zu verbergen.

Einen Augenblick sorgte sich Beth, jemand könne ihr gefolgt sein, und schaute sich in der Lobby um. Doch außer dem hypermodernen Mobiliar und mehreren Skulpturen war nichts Ungewöhnliches zu bemerken. Sie betrat den Aufzug, der sie beinahe geräuschlos in die zwanzigste Etage brachte, ein Atrium voller Pflanzen. Fenster, die vom Boden bis zur Decke reichten, boten eine Aussicht auf Virginias wogende grüne Hügel. Die Luft roch nach Moos und Blumen – Düfte, die Beth zu einer anderen Zeit frisch und einladend erschienen wären, doch heute war es anders. Heute wirkten die Düfte aufdringlich.

Michelle Philmalee kam mit großen Schritten auf sie zu und streckte ihr beide Hände entgegen. »Beth, meine Liebe. Ich bin so froh, Sie zu sehen.« Ihr schwarzes Haar war glatt zurückgekämmt und wurde von einem schmalen Stirnband aus schwarzem Samt gehalten. In ihrem Kostüm von Yves St. Laurent und den hochhackigen Gucci-Schuhen war Michelle perfekt gekleidet, ganz im Unterschied zu Beth, doch auch Michelle ließ sich nichts anmerken. »Kommen Sie in mein Büro. Wir haben viel zu besprechen.«

»Ich kann nicht lange bleiben ...«

»Natürlich können Sie bleiben, meine Liebe. Ich bestehe sogar darauf.« Das Lächeln auf Michelles Gesicht gefror. »Nun kommen Sie schon.«

Michelles Büro war ruhig; mit seinen kostbaren impressionistischen Gemälden und den eleganten Designermöbeln besaß es die Atmosphäre einer Kunstgalerie. In einer Ecke befand sich ein Kamin mit zweisitzigen Sofas zu beiden Seiten. Zwischen den Zweisitzern stand ein Couchtisch und auf diesem eine Cymbidium-Orchidee. Michelle wies auf den Zweisitzer, der ihr am nächsten stand. Beth nahm Platz und stellte die Tasche neben ihre Füße.

Michelle machte es sich am anderen Ende bequem und schlug die Beine übereinander. Sie schaute Beth durchdringend an.

»Was ist?« Beth fühlte sich, als würde sie unter dem Mikroskop liegen.

»Ich versuche, mir darüber klar zu werden, ob Sie wie ein

Killer aussehen. Und ich muss sagen, meine Liebe – heute haben Sie etwas an sich, das irgendwie gefährlich wirkt. Wenn ich an Ihren Fingern schnüffle, rieche ich dann Schießpulver?«

»Aber nein.« Beth atmete heftig. »Wie haben Sie ...«

»Und wenn ich Ihnen sagen würde, dass die Polizei schon unterwegs ist?« Michelles schwarze Augen waren hart wie Achat.

Beth sprang auf. »Dann müsste ich jetzt gehen.«

»Ich glaube nicht. Meine Wachmänner würden Sie aufhalten. Sie sind sehr gut ausgebildet. Ich habe ein Vermögen für die Sicherheit ausgegeben. Das ist gut angelegtes Geld, das habe ich von Joel gelernt. Wie wäre es mit einem Kaffee?«

Beth musterte sie, nickte schließlich und setzte sich wieder. »Sie haben nicht die Absicht, jemanden zu rufen, jedenfalls nicht im Moment. Und die Polizei weiß nicht, dass ich hier bin. Sie sind neugierig, Michelle, nicht wahr? Ihr Wunsch, zu erfahren, was los ist, ist größer als Ihre Angst vor mir.«

Michelle zwinkerte ihr zu und läutete eine Glocke, die neben der Orchidee stand. »Trinken wir erst einmal Kaffee – französischen Kaffee. Ein bisschen stärker, als ich ihn für gewöhnlich trinke. Und was meine Angst betrifft«, sie lachte leise, »vergessen Sie nicht, dass ich dreißig Jahre mit Joel Philmalee verheiratet war – ja, ich weiß, ich hätte ihn schon vor Jahrzehnten verlassen sollen. Aber wenn schon Joel mir keine Angst gemacht hat, dann bezweifle ich, dass Sie es könnten. Haben Sie eine Pistole in Ihrer Tasche?«

Beth verdrehte die Augen und blickte zur Decke. »Ich bitte Sie, Michelle.«

Jemand klopfte an der Tür. Michelle rief. »Sie können den Kaffee hereinbringen, Tilaina.«

Beide schwiegen, als Michelles Sekretärin mit einem schweren Tablett aus Sterlingsilber mit dazu passendem Kaffeeservice ins Büro kam. Sie war eine große Frau in einem praktischen Serge-Kostüm und Hush Puppies. Kein Aushängeschild exquisiter Mode und damit keine Konkurrenz für ihre Chefin – was zweifellos einer der Gründe dafür war, dass Michelle sie eingestellt hatte.

»Ich schenke selbst ein. Vielen Dank, Tilaina.« Michelles Hände waren adrett im Schoß gefaltet. Sobald Tilaina ihr Dankeschön gemurmelt und sich zur Tür gewandt hatte, goss Michelle den Kaffee in zwei Tassen aus feinem Haviland-Porzellan.

»Ich kann auf keinen Fall länger bleiben«, sagte Beth. »Aber ich verspreche, Sie über alles zu informieren, wenn sich die Lage beruhigt hat. Aber erst muss ich mir einen Ihrer Wagen leihen.«

»Sahne? Zucker?«

»Michelle, bitte ...«

»Schon gut.« Michelle ließ die dampfenden Kaffeetassen auf dem Tisch stehen. »Wenn Sie versprechen, Ihre Waffe nicht noch einmal zu benutzen.«

Beth starrte sie an. Sie machte keine Anstalten, nach ihrer Tasche zu greifen.

»Sie haben doch eine Waffe, nicht wahr?« Zum ersten Mal sah Michelle verunsichert aus. »Haben Sie wirklich diesen armen Touristen umgebracht?«

Beth dachte kurz nach. »Es war nicht in den Nachrichten, also muss Sie jemand angerufen haben«, sagte sie schließlich. »War es Zach? Er weiß, dass Sie Phil als Anwalt gefeuert haben, und dann hat Phil bei meinem Haus auf mich gewartet ... Es war Notwehr, Michelle. Der Mann war kein Tourist. Er war ein professioneller Killer. Er hatte schon mehrere Male auf mich geschossen. Wenn ich nicht gefeuert hätte, hätte er mich umgebracht.«

Michelle beugte sich vor. »Aber so viele Kugeln. Wie ich höre, hat er wie Schweizer Käse ausgesehen. Zach ist froh, dass er Sie entlassen hat. Anwälte, die polizeilich gesucht werden, kann er nicht gebrauchen.«

»Dieser kleinkarierte Korinthenkacker hat mich nicht entlassen, *ich* habe gekündigt!«

»Ich weiß, meine Liebe. Joleen hat mir das ganze Feuerwerk geschildert. Sie tratscht gerne, nicht?« Sie nahm ihre Tasse und nippte am Kaffee. »Außerdem weiß ich, dass Sie nie jemanden umbringen würden.«

Plötzlich erschöpft, schloss Beth die Augen. Die ganze schreckliche Szene ging ihr durch den Kopf. Der Killer, der hinter dem Kombi hervorsprang ... seine Waffe zielte auf sie ... sie drückte ab, immer wieder ... der Mann wurde zurückgeschleudert wie eine zerbrochene Puppe ... das Blut quoll in Strömen aus seinen Wunden.

Beth atmete tief durch. Sie durfte sich jetzt nicht damit aufhalten. »Ich habe keine Zeit zum Plaudern, Michelle. Entscheiden Sie sich. Leihen Sie mir einen Wagen oder nicht?«

Michelle neigte den Kopf und überlegte. Wenn sie Beth half, konnte sie wegen Beihilfe zur Flucht verhaftet werden. Oder wegen Begünstigung. In den einflussreichen gesellschaftlichen und geschäftlichen Kreisen, in denen sie verkehrte, wurden bestimmte Dinge einfach nicht in die Öffentlichkeit gebracht. Sie konnte schon die Schlagzeile auf der Titelseite der *Business Week* oder des *Forbes Magazine* vor sich sehen: »Konzernchefin hilft Mörderin bei der Flucht.«

Aber sie hatte Beth immer gemocht, und sie hatte ein schlechtes Gewissen, dass sie ihre Beziehung zu Phil vor ihr geheim gehalten hatte. Außerdem hatte sie sich unmöglich aufgeführt, als Beth ihr damals gesagt hatte, sie habe die Liste der HanTech-Eigentümer zu Hause vergessen. Es war keine Lüge gewesen: Beth hatte die Namensliste wirklich besessen und hatte auch noch die Größe gezeigt, sie ihr auszuhändigen, obwohl sie jeden Grund hatte, es nicht zu tun.

Michelle faltete die Hände im Schoß. »Mein Personal weiß

natürlich, dass Sie im Gebäude sind. Das könnte ein Problem sein. Aber es ist noch nicht lange her, dass Zach angerufen hat, also denke ich, ich kann ohne Risiko vorgeben, dass ich seinen Anruf erst bekommen habe, nachdem Sie gegangen sind ... zu spät, um jemanden zu informieren. Aber ich glaube nicht, dass es klug wäre, Ihnen einen Firmenwagen zu geben, schon wegen des Firmenlogos auf den Türen.«

Beth, die die ganze Zeit steif dagesessen hatte, entspannte sich ein wenig. Leise fragte sie: »Haben Sie eine andere Idee?«

»Ja.« Michelle stand auf und ging zu ihrem Schreibtisch. »Nehmen Sie meinen Wagen, einen Ferrari. Aber Sie müssen mir eins versprechen. Wenn Sie aus diesem Schlamassel raus sind, nehmen Sie mich wieder als Mandantin. Sie werden mich wieder vertreten. Versprechen Sie mir das?«

Beth schaute sie an. »Ich weiß nicht, Michelle. Ich weiß ehrlich nicht, was ich tun werde. Vielleicht höre ich ganz auf, als Anwältin zu praktizieren.«

»Das können Sie nicht tun! Ich brauche Sie! Und überhaupt, das ist nicht Ihre Natur. Sie würden sich zu Tode langweilen. Sie lieben doch Ihren Beruf.«

»Also gut. Falls ich weitermache, sind Sie meine erste Mandantin.«

Michelle seufzte und reichte ihr die Schlüssel über den Tisch. »Ich hatte gehofft, Sie würden sich zu mehr verpflichten. Na gut. Wenn das alles vorbei ist, müssen Sie mir auf jeden Fall erzählen, was Ihnen passiert ist. Jedes Detail.« Sie ging zum Telefon, wählte eine Nummer und sagte: »Dwight, bringen Sie bitte meinen Ferrari und lassen Sie ihn am Privateingang stehen.« Während sie den Hörer auflegte, lächelte sie verschwörerisch. »Wo werden Sie hingehen? Nach Madagaskar? San Martin? Costa Rica? Ich habe gehört, dass die niemanden ausliefern.«

»Es ist weder so romantisch, noch ist es so weit entfernt.

Aber ich kann es Ihnen nicht sagen. Das ist sicherer für uns beide.« Beth lächelte müde. »Ich werde Ihnen gern bei ein paar Gläsern Wein alles erzählen. Sie sind jetzt schon eingeladen.«

»Das wäre schön.« Michelle starrte sie an. »Sie zittern ja. Was ist los? Haben Sie *solche* Angst?«

»Es ist nichts. Ich werde etwas essen und meine Medikamente nehmen, dann hört das Zittern auf.«

Michelle zögerte. »Kommen Sie. Wozu ist es gut, eine Firma zu besitzen, wenn man nicht alle Annehmlichkeiten nutzt?« Sie ging zu einer Tür auf der anderen Seite des Raumes. »Das hier ist weniger gefährlich für Sie, als an irgendeinem kleinen Fastfood-Restaurant anzuhalten.«

Beth ging zu Michelle hinüber. In dem Raum war eine glänzende Teeküche untergebracht.

»Tilaina sorgt dafür, dass mein Kühlschrank immer gut gefüllt ist«, sagte Michelle. Beth sah Perrier-Flaschen, zwei Flaschen Champagner, Früchte, Gänseleberpastete, Cracker und Äpfel. »Ist nicht gerade besonders ausgewogen, aber vielleicht erfüllt es seinen Zweck.«

»Bestimmt, danke. Das ist großartig.« Beth lächelte, als Michelle die Sachen in ihre Schultertasche packte. »Keinen Champagner. Die Lage ist nicht gerade prickelnd.«

Michelle kicherte, während Beth die Tasche schloss. Zusammen gingen sie zurück ins Büro und zur Tür.

»Wie kann ich Ihnen danken, Michelle?«

»Mir danken? Vielleicht glauben Sie mir nicht, aber es tut mir sehr Leid, was ich Ihnen angetan habe. Ich stehe in Ihrer Schuld. Kommen Sie gesund zurück, einen größeren Gefallen können Sie mir nicht tun.« Sie lächelte über das ganze, kleine Gesicht. »Wir haben gemeinsam noch eine Menge zu erledigen.«

29.

Nachdem Caleb Bates sein spartanisches Mittagessen beendet hatte, stand er vom Tisch auf und verließ die Veranda. Auf den grünen Hügeln hinter seinem Farmhaus in Pennsylvania grasten Kühe; ein Landarbeiter erneuerte die weiße Farbe auf einem der Pfosten, die das Eingangstor begrenzten. Mit seinen üppig grünen Weiden und den großen, stämmigen Bäumen bot sich für jeden außenstehenden Betrachter eine heitere, malerische Szenerie. Trotzdem spürte Bates, wie sein Herz vor Aufregung schneller schlug, als er das Kolonialhaus betrat. Die Keepers waren endlich auf dem Weg zu ihrem Rendezvous mit der Geschichte, und es gab noch viel zu tun.

Voll ausgerüstet hatten die Fanatiker den ganzen Morgen über einzeln und in kleinen Gruppen in Pickups und zu Fuß die Farm verlassen. Einige nahmen eine Meile die Straße hinunter den Bus. Andere fuhren mit dem Rad. Sie mussten sich getrennt auf den Weg machen, denn das Tageslicht verbarg wenige Geheimnisse, besonders in einer Metropole. Auch ihre vorletzte Station würden sie allein und in kleinen Gruppen erreichen: eines von zwei Versorgungsdepots dicht außerhalb des Washingtoner Stadtzentrums. Dort würden sie sich bis Mitternacht leise und unauffällig versammeln.

Während Bates durch die Räume des Landhauses ging, spürte er plötzlich eine Spannung zwischen dem KGB-General Alexei Berianow und dem, was er als der amerikanische Nationalist Colonel Caleb Bates geworden war. Es war ein beunruhigendes Gefühl, als wäre keiner der beiden Männer noch der Gleiche, der er einst gewesen war. Mehr noch: Alexei Berianow schien irgendwie korrumpiert worden zu sein, denn Bates war die Art von Mensch, die er sein Leben lang unschädlich zu machen versucht hatte. Und doch ...

Er schüttelte verärgert den Kopf. Bates war für seinen Plan

entscheidend. Aber bald würde es vorbei sein, und Bates konnte in dem Äther verschwinden, aus dem er geschaffen worden war. Berianow wartete ungeduldig auf den nächsten Tag. Begierig darauf, dass die Welt ...

Sein Handy vibrierte an seiner Brust. Er widerstand dem Impuls, es sofort herauszunehmen. Stattdessen eilte er die Treppe hinauf und nickte flüchtig einem der Keeper zu, die auf dem Weg zur Küche den Eingangsflur durchquerten. Erst in seinem Arbeitszimmer im ersten Stock, wo er allein war, meldete er sich. »Ja?«

Es war Iwan Wok. Im Gegensatz zu Berianow und Fedorow hatte der stämmige Killer nie seinen Akzent verloren, wenn er Englisch sprach, vielleicht weil es für ihn nach dem Kasachischen, seiner Muttersprache, und dem Russischen die dritte Sprache war.

»Ich habe keine guten Neuigkeiten, Alexei«, sagte Wok.

Berianow antwortete auf Russisch: »Fedorow hat sie nicht erwischt, stimmt's?« Beth Convey entwickelte sich zu einem viel größeren Problem, als er es jemals vermutet hatte.

Wok wechselte ins Russische: »Stimmt. Zuerst habe ich gesehen, dass Jeff Hammond und Beth Convey in der Nähe ihres Hauses um die Straßenecke spazierten und Fedorow in der Nähe in einem Kombi ankam. Es gab eine verdammte Schießerei mit Zeugen ... ich war zu weit weg, um sie am Schießen hindern oder sie selbst töten zu können. Bis ich dicht genug dran war, war alles vorbei.« Er seufzte tief. »Ich habe mir Fedorows Waffe geschnappt und ihm gefälschte Papiere von einem Touristen und eine Brieftasche in die Tasche geschoben. Was hätte ich sonst tun können, Alexei? Gut, dass ich immer solche Sachen dabei habe, wenn ich einen Job erledige.«

Während er Wok zuhörte, als dieser schilderte, wie Fedorow durch Beth Conveys Hand gestorben, kam es Berianow vor, als würde ein Schraubstock seinen Brustkorb zusammenpressen. »Die Zeugen werden der Polizei gegenüber aussagen, dass Convey ihn getötet hat. Aber mehrere Leute könnten gesehen haben, dass Fedorow *zuerst* geschossen hat. Und das werden sie den Cops auch sagen.«

»Ja.« Wok fluchte. »Und das ist noch nicht alles. Sobald ich dort weg war, habe ich unsere Leute benachrichtigt, dass sie Convey suchen sollen. Schließlich hat mich einer angerufen und gesagt, dass sie im Watergate in der Falle sitzt.« Wok murmelte etwas auf Kasachisch. »Aber von da ist sie auch entwischt. Heutzutage gibt es nur noch Amateure!«

Berianow schüttelte sorgenvoll den Kopf. »Jedenfalls wird die Polizei jetzt nach ihr suchen. Das erhöht den Druck. Sie wird Fehler machen. Sie weiß nicht, wie man sich absetzt, und das wird uns helfen, sie aufzuspüren.«

»Aber sie hat jetzt Hilfe.« Wok machte ein angewidertes Geräusch. »Sie ist mit diesem Hammond *sterwa* abgehauen.«

Der Schraubstock um Berianows Brust wurde noch enger. »Erzählen Sie.«

Berianow hatte sich an seinen Schreibtisch gelehnt und die Faust geballt. Er straffte sich und ging zu den Balkontüren, die sich auf die umlaufende Galerie öffneten, und schaute hinaus auf seine idyllische Farm. Sein Kopf hämmerte vor Wut, doch er kämpfte den Schmerz und das Schwächegefühl nieder. Die Zukunft verlangte von ihm, dass er Erfolg hatte, dass sie alle Erfolg hatten.

Sein Blick fiel auf vier Keepers, die soeben die Farm verließen, um ihren Auftrag durchzuführen, alle in gewöhnlicher Straßenkleidung. Das war es, worum es bei dieser schwierigen Übung ging.

Morgen.

»Sagen Sie unseren Leuten, dass es für denjenigen, der die beiden findet, eine Belohnung gibt«, befahl er Wok. »Ich werde mir eine Geschichte ausdenken, damit auch die Keepers nach ihnen Ausschau halten. Wenn Sie die Möglichkeit bekommen, erledigen Sie Hammond und diese Convey selbst. Mir ist egal, wie Sie das anstellen, Iwan Iwanowitsch. Machen Sie sich keine Gedanken mehr darüber, ob es wie einen Unfall aussieht oder nicht. Bringen Sie sie um. Und zwar schnell.«

Er hörte einen seltenen Unterton der Freude Iwan Woks rauer Stimme. »Ich habe ein Peilgerät in den Kombi eingebaut, Alexei. So habe ich Fedorow gefunden. Convey und Hammond sitzen jetzt in demselben Wagen.« Er kicherte. »Machen Sie sich keine Sorgen.«

Das Lächeln verschwand aus Iwan Woks Gesicht, als er den Aus-Knopf seines Handys drückte und in einem geräumigen, luftigen Wohnzimmer im südlichen Maryland mehrere Gespräche mit seinen Leuten führte. Er befand sich in General Berianows geheimem Hauptquartier, ein Gebäude mit Luxusapartments, patrouillierenden Wachmännern und einer Aussicht auf Maryland und Teile des District of Columbia.

Der stämmige, muskulöse Wok ging zu dem glänzend polierten Tisch, der auch als Schreibtisch diente. Sein Verstand arbeitete klar und präzise. Er hatte wieder eine richtige *Aufgabe.* Er war ein stiller Mann, der selten sprach, wenn man ihm keine direkte Frage stellte. Manche hielten dies für ein Zeichen von Dummheit, doch das Gegenteil war der Fall. Wok war intelligent, gerissen und absolut verschwiegen, sodass man keinem KGB-Killer mehr vertraut hatte als ihm, bis sein geliebter KGB ausgeschlachtet wurde, um als FSB wieder geboren zu werden.

Wok hatte seine tödlichen Gaben geerbt. Seine Mutter war Kasachin und stammte von den kriegerischen Turkvölkern ab; sein Vater war europäischer Russe. Wok erbte die mongolischen Gesichtszüge seiner Mutter und den brutalen Charakter seines Vaters. Geboren in der Endlosigkeit der zentralasiatischen Steppe, wuchs Wok in der Nähe einer Stadt auf, die die Russen in Zelinograd umbenannt hatten, die von den Kasachen der Gegend aber weiterhin Unheil verkündend Aqmola genannt wurde, »weißes Grab«. Dort hatte sein Vater in ihrer kuppelförmigen Jurte bei einem Streit seine Mutter getötet, während das Abendessen – Brot, saure Sahne, Wurst und Kumys, gegorene Stutenmilch – auf dem niedrigen Tisch auf sie wartete.

Für Iwan bedeutete der Tod seiner Mutter eine Befreiung. Sein Vater zog mit ihm und seinen jüngeren Brüdern nach Moskau und wurde Mitarbeiter des KGB. Zehn Jahre später folgte der junge Wok, der als Teenager verschiedene Straftaten begangen hatte, aber nie gefasst worden war, seinem Vater in den Dienst des KGB. Er hatte das technische Talent des Vaters und die Leidenschaft der Mutter geerbt. Er tat sich bald durch eine Reihe kaltblütiger Einsätze hervor.

Geehrt, mit Orden geschmückt und respektiert wurde er bald so weit befördert, dass sein Vater bis zu seinem Tod als sein Untergebener arbeitete. Dann, im Jahre 1991, brach seine Welt zusammen. Der Putschversuch gegen Gorbatschow mit dem Ziel, die Sowjetunion wieder zu alten Ehren zu führen, scheiterte.

In der Folgezeit wurden Wok und viele seiner Kameraden gefeuert. Das FSB übernahm zwar eine Reihe ehemaliger KGB-Mitarbeiter, doch sie zählten noch zu den niedrigen Rängen und waren daher weniger in der Vergangenheit verwurzelt und noch formbar. Wok blieb in Moskau, ohne Arbeit, lebte von einer kleinen Pension, die oft nicht ausgezahlt wurde, und wurde zunehmend enttäuschter und wütender. Ihm war klar, dass er sich den »Demokraten« würde anschließen müssen, die sich selbst bedienten und sein Land ruinierten, oder er würde als Leibwächter irgendeines reichen Oligarchen enden. Russland war ein Land ohne Ehre geworden. Selbst jetzt noch fraß der Schmerz wie Säure an ihm.

Dann aber gab Alexei ihm eine zweite Chance, als er ihm das Angebot machte, in den Vereinigten Staaten geheim für ihn zu arbeiten – ein Angebot, das Wok nur zu gern annahm. Er gewöhnte sich rasch an den amerikanischen Lebensstil, das Essen, die Kultur. Schließlich hatte er den größten Teil seines Lebens als Erwachsener auf Reisen verbracht, wenn er Aufträge zu erledigen hatte. Wok war oft in den Vereinigten Staaten gewesen.

Es gab hundert Möglichkeiten, einen Menschen zu töten, und Iwan Wok kannte jede bis ins kleinste Detail. Und er hatte an jeder Methode seine Freunde. Mord und Folter waren eine Sprache, die jedermann verstand. Und jetzt war sein Blut in Wallung. Jede Nervenfaser war gespannt. Er saß mit seinem Notizblock da, ein vierschrötiger, massiger Mann mit einem Mongolengesicht, und telefonierte.

Als er fertig war, ging er ins größte der drei Schlafzimmer, das in ein technisches Labor umgewandelt worden war, um falsche Identitäten zu schaffen – von gefälschten Papieren bis hin zu Verkleidungen, einschließlich kompletter Gesichtsmasken. Einmal, noch zu Zeiten des Kalten Krieges, als zwei seiner Killer verdeckt nach Südafrika gehen sollten, hatte sein Spezialist so glaubwürdige Masken geschaffen, dass die beiden weißen Attentäter sich in schwarze Revolutionäre verwandelten, die so überzeugend mit einem amerikanischen Diplomaten plauderten, mit dem sie in einer Limousine der US-Botschaft unterwegs waren, dass er sie persönlich in das abgesicherte Gebäude fuhr, wo sie ihren Auftrag zu Ende führten. Hollywood war nichts gegen die Künste des Kreml.

Wok betrat den begehbaren Schrank und schaltete das Deckenlicht an. Unter Schutzhauben aus Plastik hingen zwei Reihen authentischer Kostüme in verschiedenen Größen – Uniformen von Soldaten und Polizisten, Priestertrachten, Overalls für Lieferwagenfahrer, kostspielige Businessanzüge, Gesellschaftskleidung und eine Auswahl legerer Kleidung für Touristen zu allen Jahreszeiten.

Er würde Alexei Berianow nicht enttäuschen, und er würde sich selbst nicht enttäuschen. Wok hatte seine Leute in Marsch gesetzt. Beth Convey und Jeff Hammond würden bald gefunden – und sie würden nie erfahren, wer sie getötet hatte.

Für Iwan Wok waren sie bereits tot.

30.

In Tyson's Corner, Virginia, luden Beth und Jeff die schwarzen Kästen des Scharfschützen mit einiger Mühe in den knappen Stauraum des Ferrari. Dann setzte Jeff sich ans Steuer. Während er in Richtung Norden auf den Beltway fuhr, reichte Beth ihm grüne Apfelspalten und Cracker mit weichem Brie. Sie selbst aß auch etwas und nahm dann ihre Medikamente mit einem Glas Perrier aus Michelles Vorräten.

Es war früher Nachmittag. Weiße Wolken hingen niedrig am Himmel und verschluckten die Frühlingssonne. Der rote Sportwagen jagte über die schattige Autobahn und wurde erst langsamer, als der Freitagnachmittagsverkehr zunahm. Sie hatten mehrere Streifenwagen gesehen, doch keiner hatte an ihnen oder ihrem schnittigen Fahrzeug sonderliches Interesse gezeigt. Allmählich fühlten sie sich ein wenig sicherer.

»Dieser Wagen ist eine Schönheit«, sagte Jeff. »Und er fährt sich wie ein Traum.«

»Wenn die Umstände günstiger wären, würde ich mich auch gern mal ans Lenkrad setzen.«

Jeff lächelte und nickte, während Beth ihn musterte – die gerade Stirn, das dunkelbraune, lange Haar, das er unter seine Baseballmütze gesteckt hatte. Er hatte eine leicht gebogene Adlernase, die perfekt zu seinem energischen Kinn passte, und ausgeprägte Gesichtszüge: dichte Augenbrauen, lange schwarze Wimpern, und einen Mund mit vollen Lippen und schöne, weiße Zähne. Er war vielleicht nicht schön genug für das *Playgirl Magazine,* aber er war ein Mann, den man gern als Erstes am Morgen sah. Rau und kantig, aber männlich und gut aussehend, dachte Beth.

»Ich hab mal eine Frage«, sagte sie. »Sie benehmen sich anders als alle Journalisten, die ich kennen gelernt habe. Sie sind ein guter Reporter, aber Sie sind auch noch etwas anderes. Sie sagten mir, dass Sie mich zweimal gerettet haben, und das glaube ich Ihnen, aber ein normaler Reporter ist nicht dafür ausgebildet, Menschen zu retten, auf die geschossen wird. Als Sie auf den Killer im Kombi gezielt haben, waren Sie ... aggressiv, entschlossen, nicht irgendein Neuling, der frisch von der Journalistenschule kommt. Ja, ich weiß, dass sie beim FBI waren. Aber den Nachrichten zufolge ist das lange her. Erstaunlich, dass Sie Ihre Fähigkeiten so gut erhalten haben. Da drängt sich mir die Frage auf ... Arbeiten Sie immer noch fürs Bureau? Kommen Sie, Jeff, verraten Sie es schon.«

Sein Gesichtsausdruck veränderte sich nicht. »Sie haben sehr viel Fantasie, Beth. Und Sie überschätzen meine Fähigkeiten. Ich hatte bloß Glück.«

»Unsinn. Ich habe Sie beobachtet. Und vergessen Sie nicht das Wichtigste. Sie haben eine Beretta. Und die trägt kein gewöhnlicher Mensch, nicht einmal ein Enthüllungsjournalist, in einem Schulterhalfter versteckt mit sich herum. Das ist eine ernst zu nehmende Waffe für ernst zu nehmende Zwecke. Sie sind immer noch beim FBI, stimmt's?«

Er runzelte die Stirn. Dann seufzte er. »Noch ein Grund, Anwälte nicht zu mögen. Aber ich nehme an, ich werde es Ihnen schließlich sowieso erzählen, da es auch um Ihr Leben geht.« Er hielt einen Augenblick inne. Es war schwierig für ihn, nach so vielen Jahren der Geheimniskrämerei. »Ich war in dem Team, das viele der Überläufer vernommen hat, und so bin ich schließlich im Untergrund gelandet.«

Er erzählte ihr von dem Strom von Sowjetbürgern, die gegen Informationen in den Vereinigten Staaten Asyl gesucht hatten, und wie sie von der CIA und dem FBI zunächst willkommen geheißen wurden. Dann, als immer mehr Überläufer kamen, die Informationen sich wiederholten und die Kosten stiegen, sahen beide Behörden wenig Grund, das Programm fortzuführen.

»Sie kannten Ogust, Berianow und Jurimengri also viel besser, als sie zugegeben haben.«

»In gewisser Weise, ja. Berianow kam von der Achten Abteilung des KGB, eine streng geheime Gruppe, die für Spezialaufgaben ausgebildet war, zum Beispiel Attentate auf hochrangige politische oder militärische Persönlichkeiten. Dann wurde Berianow an die Spitze des Ersten Hauptdirektorats befördert, des FCD, das sich um Auslandsspionage kümmert. Es war die elitärste Abteilung des KGB, in die alle Top-Leute hinein wollten. Jurimengri und Ogust waren beide Oberst beim FCD, während Berianow es bis zum General brachte. Jurimengri hatte Posten in Afrika und rund ums Mittelmeer, bevor er nach Moskau zurückgekehrt ist. Ogust war ebenfalls ein paar Jahre lang Agent im Außendienst und hat dann in der FCD-Abteilung für kommerzielle Angelegenheiten gearbeitet. Dort hat er die Scheinorganisationen geschaffen und geleitet, um die Überseespionage zu tarnen und zu finanzieren.«

Aufgeregt kramte Beth in ihrer Tasche und fischte den Ausschnitt über Michail Ogust heraus. »Ogust *muss* mein Herzspender sein. Leider weiß ich über ihn nur, was Sie in Ihrem Artikel geschrieben haben. Vor der Operation habe ich Papiere unterschrieben und mich verpflichtet, nicht zu versuchen, Ogust oder seine Familie zu finden – und die Familie hat ebenfalls solche Papiere unterschrieben, in der sie mir garantiert, meine Privatsphäre zu wahren. Aber das heißt nicht, dass ich mir keine Fragen gestellt habe. Es sind sehr viele

Dinge passiert, die möglicherweise erklärt werden könnten, wenn ich mehr wüsste. Was für ein Mann war er? Wo kam er her? Was mochte er und was nicht?«

Beth starrte gedankenversunken auf das slawische Gesicht auf dem Zeitungsfoto.

»Er war eine Art Wunderkind«, sagte Jeff. »Sehr jung für einen solch steilen Aufstieg, aber das lag zum Teil daran, dass ihm etwas fehlte, was die Russen normalerweise als ihre Nationaltugend rühmen – Geduld.«

Jeff hatte im Geiste fast zehn Jahre lang mit diesen Männern gelebt, hatte ihre Geschichten aus ihrem eigenen Mund gehört, hatte ihre geheimen Personalakten studiert und dann Details und Anekdoten von Menschen hinzugefügt, die sie kannten. Er hatte sich alles tief ins Gedächtnis eingebrannt, bis er eine beinahe körperliche Verbindung zu diesen Leute spürte. Der Verstand war nichts ohne Vorstellungskraft, und ein großer Teil von dem, was einen guten Geheimagenten ausmachte – und einen guten Journalisten – war die Fähigkeit, über trockene Statistiken und Fakten hinauszudenken.

»Als ich nach der Operation aufgewacht bin«, sagte Beth, »war ich ungeduldig, ruhelos. Diese Ruhelosigkeit ist nie verschwunden.«

»Klingt nach Ogust. Von den dreien gefiel er mir noch am besten, obwohl ich keinem von ihnen jemals vertraut habe. Er war sehr charmant, aber auch sehr temperamentvoll. Ein Mann, dem schnell der Kragen platzte. Ich habe mal gesehen, wie er rot anlief und ein Parkticket mit Gewalt in den Schlitz eines Parkautomaten stopfte.« Jeff schüttelte den Kopf. »Dumm. Natürlich ist er im Gefängnis gelandet. Nachdem das Bureau ihn herausgeholt hatte, bekam er sich besser in den Griff. Er kam übrigens aus Leningrad.«

»Sankt Petersburg.«

»Stimmt. Die Hauptstadt der Zaren und die Wiege des

Kommunismus. Dort wurde das Sowjetsystem geboren, und deshalb ist Ogust mit einem ausgeprägten Sinn für Geschichte aufgewachsen, den seine Eltern gefördert haben. Sie waren Akademiker und Vollmitglieder der Kommunistischen Partei. Natürlich war er Atheist, aber er redete trotzdem von der russischen Seele, manchmal sogar, um zu klären, warum er dieses und jenes getan hatte oder warum der KGB eine bestimmte Entscheidung getroffen hatte. Sie müssen wissen, dass die Russen von ihrer Seele sprechen, als wäre sie so sichtbar wie ihre Füße. Das ist wahrscheinlich einer der Gründe dafür, dass die Religion dort ein solches Comeback erlebt hat. Sie war nie wirklich verschwunden.«

»Was waren seine Hobbys? Was hat er gegessen? Getrunken? Was für ein Mensch war er?«

»Er hat seine Vorliebe für russisches Essen nie aufgegeben. Er und seine Frau Tatjana aßen oft auswärts in russischen Restaurants. Ich habe gehört, dass Tatjana schreckliches Heimweh hatte. Wahrscheinlich ist sie deshalb wieder nach Russland zurückgekehrt, nachdem er gestorben war. Und Hobbys? Er hatte keine, so viel ich weiß. Sport, vielleicht. In meinem Artikel haben Sie ja gelesen, dass er ein Meister im Karate war – ein Überbleibsel aus seiner Zeit als aktiver Agent. Und er war ein hervorragender Autofahrer. Ob Trabbi oder Maserati, er fühlte sich in jedem Wagen auf Anhieb zu Hause. Aber er hätte den Maserati lieber gemocht, weil er die Geschwindigkeit liebte.«

Beth musterte immer noch das Foto ihres Organspenders, die breite Stirn, den grauen Haarschopf. In seinen Augen schien ein verschmitztes Funkeln zu liegen. Doch sein Gesicht war hart. Zu hart.

»Es passt alles zusammen«, meint Beth. »Das Essen, die starke Persönlichkeit, das aufbrausende Temperament, die Karatekünste, die Fahrkünste. Sogar die russische Poesie läßt sich erklären, wenn man seinen intellektuellen Hintergrund berücksichtigt.« Sie sang ihm das Lied vor, das ihr im Krankenhaus in den Sinn gekommen war: »Ernte, unsere Ernte ist so gut ...«

»Das habe ich seit Jahren nicht gehört.«

»Sie kennen es?«

»Das ist aus einem sowjetischen Film aus den Fünfzigerjahren, *Die kubanischen Kosaken*. Ich habe Ihnen doch gesagt, dass ich so etwas wie ein Kulturexperte bin.«

»Ich hatte mir schon gedacht, dass es Filmmusik ist, aber ich schwöre Ihnen, ich habe den Film noch nie gesehen.« Sie lehnte sich zurück, gab sich einen Ruck und fragte: »War er ein Killer?«

»Könnte sein«, antwortete Jeff ehrlich. »Er hat niemals irgendwelche Morde zugegeben, als wir ihn befragt haben, aber ich bin sicher, dass jeder Überläufer irgendwelche dunklen Geheimnisse hatte, die er zu verbergen sucht. Das tun die meisten Menschen, egal wie rechtschaffen und ehrlich sie zu sein glauben. Ein Leben ist wie ein Dachboden – die Sonne beleuchtet große Teile, aber es gibt auch dunkle Ecken. Sehr dunkle. Jeder hat solche Ecken, nur sind sie bei manchen dunkler als bei anderen.«

Beth hatte das Gefühl, dass Hammond ebenso über sich selbst sprach wie über Michail Ogust, doch sie hakte nicht nach.

»Wir wissen also immer noch nicht, wie weit Ogust in Gewalthandlungen verwickelt war.«

»Ich glaube, wir können mit Sicherheit sagen, dass sie Teil seines Berufslebens waren. Bei seinem Job kann es gar nicht anders gewesen sein, besonders, wenn er im Außendienst war. Wir wissen allerdings nicht, ob er ein Killer war.« Er schaute Beth mit freundlicher Miene an. »Vielleicht werden wir es nie erfahren. Aber damit können Sie leben, oder? Immerhin – selbst wenn Sie wirklich ein Zellgedächtnis geerbt haben, wird ein einzelnes Organ Ihre Persönlichkeit nicht grundsätzlich verändern und Ihre eigene Geschichte auslöschen. Sie sind immer noch Sie, wenn auch vielleicht mit *anderen* Ecken und Kanten.«

Das gefiel ihr. Natürlich war sie im Grunde immer noch sie selbst.

Jeff fuhr den Wagen vom Beltway auf die Interstate 270. Gettysburg lag ziemlich genau nördlich von Washington. Der Wochenendverkehr wurde dichter, aber das war an einem Freitagnachmittag nicht anders zu erwarten. Dennoch hätten sie eine Fahrt von mehreren Stunden vor sich, wenn es so langsam weiterging.

»General Berianow hatte einige Charakterzüge mit Ogust gemeinsam«, sagte Jeff nach einer Pause. »Aber ...«

»Ist Berianow auch nach Russland zurückgekehrt?«, unterbrach Beth. »Sein Haus machte einen verlassenen Eindruck. Beinahe so, als wären die Bewohner ausgezogen, wer immer es gewesen ist. Das Haus war so kalt und unpersönlich, dass man vorn im Garten ein Schild mit der Aufschrift ›Zu verkaufen‹ erwarten würde.«

»Ich war nie drinnen, also kann ich nichts dazu sagen. Aber wir haben gerade die Nachricht bekommen, dass er tot ist. Irgendwann gestern gestorben.« Jeff hätte ihr beinahe anvertraut, dass Bobby Kelsey, sein Boss beim FBI, es ihm gesagt hatte, verschwieg es dann aber. Es war keine gute Idee, Beth über Bobby Kelsey zu informieren.

»Ermordet?«, fragte Beth.

»Herzstillstand. Warum? Haben Sie einen Grund zu glauben, dass er ermordet wurde?«

»Na ja, Oberst Jurimengri wurde erschossen, und auch Ogust starb eines gewaltsamen Todes. Was hatte Berianow in Moskau zu tun?«

»Er war auf Geschäftsreise. Ein sehr erfolgreicher *Bisnesman*. Sie haben alle drei eine Menge Geld mit Firmen gemacht, die Handel zwischen Russland und den Vereinigten

Staaten betrieben haben. Perfekte Beispiele für die Chancen, die der Kapitalismus bietet.«

»Sie hören sich nicht so an, als würden Sie das wirklich glauben.« Beth steckte den Zeitungsausschnitt wieder in ihre Tasche. Es war Zeit, Ogust aus ihrem Leben auszuschließen. Sie hatte wahrscheinlich so viel erfahren, wie sie erfahren konnte – und auf den Stufen des Watergate, als sie die Waffe auf die Frau gerichtet hatte, die sie töten wollte, hatte sie beschlossen, keine Mörderin zu werden. Sie würde ihr ungestümes neues Herz zähmen.

»Die Geschwindigkeit des Erfolgs hat mich immer gewundert«, sagte Jeff. »Schwer zu erklären – es sei denn, sie hatten Zugang zu sehr viel altem KGB-Geld. Ich glaube, so war es auch. Während des Kalten Krieges gab es eine Vielzahl versteckter Schwarzgeldfonds des KGB in den Vereinigten Staaten, und eine ziemlich große Anzahl wurde nie benutzt – das Geld lag einfach auf der Bank. Wir haben viele dieser Fonds gefunden, und einige waren leer. Und so habe ich mich auf die Spur der drei Männer gesetzt. Ich bin der Fährte des Geldes gefolgt.«

Sie nickte. »Das erscheint plausibel. Ich habe so genannte Über-Nacht-Erfolge gesehen, die einfach unglaublich erschienen, bis man tiefer grub und auf alle erdenkliche Hilfe stieß. In den meisten Fällen ist ›Erfolg über Nacht‹ ein Mythos. Erzählen Sie mir von General Berianow. Stammte der auch aus Sankt Petersburg?«

»Nein, aus Moskau. Ein Moskauer durch und durch. Er war der Anführer der drei – nicht nur, weil er einen höheren Rang hatte. Er besaß genug Persönlichkeit, sogar Ogust zu beherrschen. Sowohl Jurimengri als auch Ogust schauen zu Berianow auf. Ich habe ihn manchmal dabei erwischt, wie er den anderen warnende Blicke zuwarf, die mir verrieten, dass sie nahe daran waren, etwas zu sagen, was nicht bekannt werden sollte.«

»Was haben Sie gemacht?«

»Ich bin dran geblieben. Habe Spuren zurückverfolgt, dieselben Fragen auf verschiedene Weise gestellt. Sie sind Anwältin. Sie wissen, wie das läuft.«

Sie lächelte ihn kurz an. »Stimmt.«

»Einmal hat Berianow zu mir gesagt: ›Ihr Amerikaner werdet uns nie richtig kennen. Wir haben in unserem Land ein altes Sprichwort: Um einen Russen zu verstehen, muss man Russe *sein*.‹ Er schnitt gerne Gurken der Länge nach in Scheiben, viertelte Tomaten, bestreute alles mit Salz und spülte es mit Wodka runter. Aber er schien nie betrunken zu werden oder einen Kater zu bekommen. Seine Eltern gehörten zur Arbeiterklasse. Seine Karriere begann mit einem Stipendium an der Moskauer Universität, wo er Internationale Politik studierte und einen Abschluss in Jura machte. Er hatte einen brillanten Verstand und war im Wesen ein Chamäleon. Vielleicht waren die Menschen deswegen von ihm angezogen. Jurimengri war das genaue Gegenteil – ein sturer Bürokrat. Er kam aus Irkutsk, einer Stadt in den bitterkalten Weiten Sibiriens, hatte eine gute Bildung und war absolut zuverlässig. Ich glaube, das war der Grund dafür, dass Berianow sich mit ihm eingelassen hat. Ich habe mich immer gefragt, weshalb Ogust Teil seines Teams wurde. Vielleicht hat er Berianow an sich selbst erinnert, wie er als junger Mann gewesen war. Sie waren fünfzehn Jahre auseinander.«

Beth schürzte die Lippen. »Das also ist das Trio. Berianow, der gerissene Fuchs. Ogust, der Jungtürke. Und Jurimengri, der Bürokrat. Seltsam, dass sie sich so eng zusammengeschlossen haben.«

Hammond sah, wie sie ihren geschmeidigen Körper in dem kleinen Sportwagen ausstreckte. Sie besaß die Anmut einer Katze – lange, schlanke Rundungen und eine unaufdringliche, athletische Kraft. Ihr blauen Augen lagen vor Müdigkeit tief in den Höhlen. Auch er selbst war müde. Er hatte auf der

Fahrt von West Virginia nach Washington nur hin wieder gedöst, bei Zwischenstopps, wenn sie getankt oder einen Happen gegessen hatten, aber es war längst nicht genug Schlaf gewesen. Trotzdem konnte Jeff noch lange Zeit ohne Schlaf auskommen.

Er sagte: »Erzählen Sie noch einmal von den Albträumen. Vielleicht fällt uns etwas auf, das wir bisher übersehen haben.«

Beth erzählte noch einmal von dem Motorrad-Zwischenfall, von den Stimmen, die russische Namen riefen – Namen, unter denen auch die von Michail Ogust, Alexei Berianow und Anatoli Jurimengri waren –, von dem Lagerfeuer, an dem die Männer auf sie warteten, und vom Gefühl der Unterdrückung und der Gefahr, und schließlich von der Motorrad-Episode, als sie Ogust umbrachte.

»Das ergibt keinen Sinn«, endete Beth. »Warum sollte ich davon träumen, dass ich meinen Herzspender umbringe? Aber jetzt weiß ich, dass es Ogust war, der im wirklichen Leben getötet wurde.«

»Getötet? Er wurde getötet? Warum drücken Sie es so aus?«

»Was ist so merkwürdig daran, wie ich es ausdrücke? Er wurde bei einem Motorradunfall getötet.«

Jeffs breites Gesicht war angespannt. »Es war Ihre Wortwahl. Vielleicht ist er nicht bei einem ›Unfall‹ gestorben.« Er schlug mit der Hand auf das Lenkrad. »Ich hätte es eher bemerken sollen. Es ist selten, dass ein Motorradfahrer bei einem Unfall stirbt, an dem kein anderes Fahrzeug beteiligt ist, es sei denn, die Wetterbedingungen sind schlecht, zum Beispiel bei vereisten Straßen. Als ich den Polizeibericht gehört hatte, bin ich hingefahren. Es war helles Mondlicht. Die Straßen waren trocken. Es war eine schöne Aprilnacht. Später ergab die toxikologische Untersuchung, dass er clean war, keine Spuren von Drogen oder Alkohol. Und es gab keine Zeugen. Aber raten Sie mal, wer am Unfallort war ... wer sagte, dass er zufällig auf dem Nachhauseweg in Chevy Chase vorbeikam und das Motorrad am Boden liegen sah?«

»Berianow wohnt in Chevy Chase.«

»Eben der. Die Polizei sagte, er wollte gerade mit seinem Lexus davonfahren, doch als er sie sah, hielt er, stieg aus und ging zurück, um den Cops zu erzählen, dass sein alter Freund neben der Straße lag, und dass sie sofort über Funk Hilfe holen sollten. Berianow befürchtete vielleicht, dass die Polizei seine Autonummer aufgeschrieben hatte, deswegen war er zurückgekommen.«

»In Ihrem Zeitungsartikel steht, dass Ogust an Hirnverletzungen gestorben ist.«

Jeff nickte und hämmerte wieder aufs Lenkrad. »Was war ich für ein Idiot! Berianow hätte schnell erkennen können, dass Ogust tot war und dass man ihm nicht mehr helfen konnte. Es gab keinen Grund für ihn, davonzurasen und einen Rettungswagen zu holen. Und Ihr Traum enthält den Schlüssel – in Ihrem Albtraum geschah der Unfall bei Berianows Haus. Es muss irgendein Zerwürfnis zwischen den beiden gegeben haben. Ich würde meinen Hals verwetten, dass Berianow Ogust umgebracht hat, wahrscheinlich bei seinem Haus. Wahrscheinlich hat er auch Juri umbringen lassen und uns denselben Killer hinterher geschickt. Verdammt! Ich wette, dass Berianow gar nicht tot ist! Das muss ein Trick sein. Ich war ihm zu dicht auf den Fersen. Er ist derjenige, der mir in Stone Point die Falle gestellt hat! Und er ist nicht nur am Leben, er muss auch kurz davor stehen, das zu beenden, was er vorhat – was immer das sein mag!«

31.

In Pennsylvania setzte Caleb Bates sich konzentriert an seinen Schreibtisch, auf dem griffbereit ein Glas mit zwei Fingerbreit Whisky stand. Er studierte den letzten Ausdruck von Namen und Ankunftszeiten der Keepers beim Depot außerhalb Washingtons. Kein Keeper hatte sich um mehr als eine halbe Stunde verspätet, was bereits in den Zeitplan eingerechnet worden war, um unvermeidliche Verkehrsbehinderungen zu berücksichtigen. Bates lächelte zufrieden, nahm das Glas und ging in sein privates Badezimmer, wo er den Whisky in die Toilette goss. Berianow hasste den Bourbon, aber Bates schätzte ihn sehr, genauso wie seine Patrioten. Gott sei Dank war niemand da, also brauchte Berianow den Drink nicht herunterzuzwingen.

Als er zu seinem Schreibtisch zurückkehrte, vibrierte sein Handy. »Ja?«

Es war Georgi Malko, sein Geschäftspartner in Moskau, dessen dünne Stimme in gepflegtem Russisch vermeldete: »Der Kauf der Verlagsgesellschaft ist abgeschlossen, Alexei. Sie sagten, dass ich Sie informieren soll, wenn das Geschäft unter Dach und Fach ist.« Zu dem Paket gehörte *Der Morgen,* Russlands beste und einflussreichste Tageszeitung, ein Pressegigant von weithin gerühmter Integrität, die Pflichtlektüre der russischen Elite. Malko kicherte, eine Seltenheit für einen so zurückhaltenden Mann, und fuhr fort: »Ich konnte auch Anteile an Boris Beresowskis ORT kaufen.« ORT war der populärste nationale Fernsehsender – der Einzige, der jedes Dorf in den Weiten Russlands erreichte. »Beide Käufe kommen gerade rechtzeitig für die großen Ereignisse in Washington, nicht wahr, Alexei?«

»Glückwunsch. Hervorragende Arbeit. Zwei große Abschlüsse an einen Tag.«

»Ja«, pflichtete Malko bei. »Ein Triumph. Wie läuft es bei Ihnen?«

Berianow missfiel der vertrauliche Tonfall des Mannes. Georgi Malko und all die anderen Diebe würden bald erfahren, welcher Platz ihnen zustand. »Es läuft alles wie geplant«, antwortete er nichtssagend. »Was ist mit *Wahr oder Unwahr?* Die müssen wir auch haben.« Er bezog sich auf eine unabhängige, wöchentlich erscheinende Boulevardzeitung, Russlands auflagenstärkste, landesweit vertriebene Zeitung, die von Lesern verschlungen wurde, die die Mischung aus Nachrichten, Sex und Tratsch fesselnd fanden. Durch Tarnfirmen und mit Malko als Spitzenmann besaß Berianow jetzt Tageszeitungen von Moskau bis Wladiwostok sowie ein Dutzend nationaler Magazine, oder er besaß zumindest die mehrheitliche Kontrolle. *Wahr oder Unwahr* würde der Schlussstein des Medienimperiums sein, das er aufbaute; damit würde er die meisten Medien des Landes kontrollieren.

»Ich arbeite daran. Vielleicht kann ich das Geschäft schon heute Abend abschließen.«

»Sorgen Sie dafür. Bis morgen will ich alle Schlagzeilen in Russland haben.«

»*Wir* wollen die Schlagzeilen, Alexei. Vergessen Sie nicht, dass wir Partner sind.«

Professor Malkos Stimme klang oberflächlich fröhlich, aber Berianow hörte noch etwas anderes darin – die Warnung, dass Malko sich nicht mit einem Platz auf der Hinterbank begnügen würde. Bis vor ein paar Jahren war Professor Malko einer der Oligarchen des Neuen Russlands gewesen. Ursprünglich war er Hochschullehrer für Mathematik, doch als in den frühen Neunzigerjahren die Staatsbetriebe privatisiert wurden, zählte er zu den Ersten, die Russlands Wirtschaft in den Würgegriff nahmen. Bis 1995 war er mehrfacher Milliardär, besaß so viele Firmen und war so mächtig geworden, dass er und sechs andere Industrietitanen, die ebenfalls aus dem Nichts zu kommen schienen, die Hälfte der russischen Wirtschaft kontrollierten. Ihre russischen Mitbürger nannten sie Oligarchen, nach dem griechischen Wort *Oligarchie* – die »Herrschaft der Wenigen«.

Dann, im Jahre 1998, hauptsächlich wegen der Ausplünderung durch die Oligarchen, fiel der Rubel ins Bodenlose. Moskau konnte seine gewaltigen Auslandskredite nicht mehr bezahlen, und Boris Jelzins Präsidentschaft geriet ins Wanken. Am Ende hatten die Oligarchen Russland beinahe in die Pleite getrieben, was die Regierung schließlich veranlasste, deren Macht zum ersten Mal ernsthaft in die Schranken zu weisen.

Berianow verachtete die Oligarchen. Wenn er hörte, wie andere sie mit Amerikas raffgierigen Wirtschaftsbaronen aus dem neunzehnten Jahrhundert verglichen, musste er über die Dummheit dieser Leute lachen. So schlimm die amerikanischen Wirtschaftsbarone auch gewesen sein mochten, immerhin hatten sie echte Werte geschaffen – Eisenbahnlinien, Stahlwerke, Autofabriken –, und hatten von ihren immensen Profiten etwas zurückgegeben, indem sie Schulen, Bibliotheken, Krankenhäuser und Museen gründeten.

Anders in Russland. Die *Nouveau Richeniks* hatten nicht nur die Naturschätze ausgeplündert, sie hatten ihr Kapital auch auf Nummernkonten im Ausland transferiert, wo es niemals dazu dienen konnte, einen Wald aufzuforsten, ein verrottendes Atom-U-Boot zu sichern oder eine alte *Babuschka* zu ernähren.

Dann aber wendete sich das Glück der Magnaten. Als Boris Jelzin die Präsidentschaft niederlegte, verloren sie den leichten Zugang zu Insidergeschäften, hauptsächlich, weil Jelzins Nachfolger Putin den FSB angewiesen hatte, *Kompromat* – kompromittierende Informationen – über sie zu sammeln, als er in den späten Neunzigerjahren die Verantwortung für den Geheimdienst übernahm. Bis Putin Jelzin als Präsident nachfolgte, hatte er meterhohe Aktenstapel aufgetürmt, die alles mit Ort und Datum protokollierten, von illegaler Geldwäsche bis hin zu Erpressungen, von Überfällen gedungener Schläger bis zu tränenreichen Geständnissen Untergebener. Mit diesem Material hatte Putin die Oligarchen bearbeitet.

Dennoch glaubte Berianow, dass die Welt sich in Putin täuschte. Er war kein echter Reformer. Er erinnerte sich an den Oberstleutnant aus alten KGB-Zeiten als talentierten Apparatschik; Putin war intelligent, ehrgeizig und rücksichtslos – viel mehr, als es Jelzin jemals gewesen war. Deshalb war es keine Überraschung, dass der jugendliche Putin dort Erfolg zu haben schien, wo der tatterige Jelzin gescheitert war. Wie er Putin kannte, war er sicher, dass die sich erholenden Vermögenswerte Russlands abgeschöpft wurden und bedeutende Reichtümer in den Taschen Putins, seiner Familie und seiner »Höflinge« verschwanden, genau wie es schon unter Jelzin der Fall gewesen war. Und solange Putin an der Macht blieb, solange hatte er die Kontrolle und konnte weiter so viel einstreichen, wie es ihm gefiel. *Lügen, nichts als Lügen, um das Volk zu täuschen.*

Doch lügen konnte er auch. Kalt lächelnd sagte er ins Handy: »Wie könnte ich Ihren Beitrag vergessen, Georgi? Er ist enorm. Wir sind ein Team, Sie und ich. Jeder ist auf seine Weise wertvoll. Sie werden bei mir stets Gehör finden, und wie wir es vereinbart haben, wird Gasprom Ihre erste Belohnung sein.« Gasprom kontrollierte nicht nur ein Drittel der bekannten Gasreserven des Planeten, sondern erwirtschaftete auch neun Prozent des russischen Bruttoinlandsprodukts. Gasprom war ein Staat im Staate und besaß Agrarbetriebe, Konservenfabriken, ein Schlachthaus, Seebäder, eine Fluggesellschaft, Anteile an Massenmedien und riesigen Grundbesitz. Die Gesellschaft war Georgi Malkos Fahrkarte zurück in die Stratosphäre der Wirtschaft, doch Berianow hatte nie die Absicht gehabt, ihm diese Fahrkarte zu geben. Es gab andere Mittel, mit Geiern wie Malko umzugehen. Berianow würde auf eines dieser Mittel zurückgreifen, sobald er den Mann nicht mehr benötigte.

»Ausgezeichnet, Alexei.« Malko hatte wieder gute Laune – genau das war, was Berianow wollte. »Es ist gut, dass wir uns nicht nur an unsere Pflichten erinnern, sondern auch an unsere Belohnung. Geben Sie mir Bescheid, sobald die Mission morgen erfüllt ist. Auf Wiedersehen, alter Freund.«

Während er das Handy ausschaltete, ignorierte Berianow die Beleidigung am Schluss – Malkos vertrauliche Anrede »alter Freund«. Er musste sich auf Wichtigeres konzentrieren: Das »Ereignis« stand auf der Tagesordnung. Wegen Jelzin, den Oligarchen und nun Präsident Putin war es Berianow gelungen, verärgerte ehemalige Verbündete und Kontaktleute davon zu überzeugen, sich ihm anzuschließen. Er hatte sich der durch Wodka aufgefrischten Erinnerungen und des nostalgischen Patriotismus bedient, der sich nach der Vergangenheit sehnte. Sogar das Militär, spezielle Einsatztruppen und Minatom – mit der Hilfe seiner geheimen Quellen in der US-Regierung – spielten ihre Rolle. Intrigen waren seit langem die gängige Methode in seinem Land, und Berianow hatte sie gut gelernt. Jetzt benutzte er sie.

In Gettysburg war es zwölf Uhr dreißig, in Moskau halb neun abends. In dieser kalten, klaren Nacht säumte alter Schnee die Gullys und die Ränder der Gehwege mit glitzernden braunen Wällen. Auf dem nackten Kopfsteinpflaster der Straßen hätte sich eine dünne Eisschicht gebildet, wäre dies nicht von einer Parade Mercedes-Limousinen, Cadillacs und Jaguars, viele mit Eskorte und Blaulicht, verhindert worden.

Gelegentlich von bescheidenen Trabants und Niwas unterbrochen, bildeten die Luxuswagen eine sich langsam voranschiebende Schlange vor den kitschigen Fassaden des Nachtklubs *Russisch Roulette,* der nur einen Häuserblock vom Kreml entfernt lag. Unter dem schneebedeckten Baldachin am Eingang beobachteten bewaffnete Wachmänner sorgfältig die Umgebung und flüsterten in Walkie-Talkies, während die Limousinen Männer in italienischen Mänteln und Frauen in Abendkleidern von Versace, langen Pelzmänteln und Brillanten ausspuckten.

Während Georgi Malkos Chauffeur hupte und sich den Weg zur Spitze der Schlange erzwang, traten andere Fahrer auf die Bremse und drückten ihrerseits wütend auf die Hupe. Malkos Chauffeur betätigte die Taste der Sprechanlage. »Entschuldigen Sie bitte die Unannehmlichkeiten, Herr Professor.«

»Schon gut.« Malko war in Gedanken bei dem entscheidenden Treffen, das im Nachtklub stattfinden würde, während er sein Handy in die Tasche steckte. Er musste noch einen letzten Abschluss für Alexei Berianow tätigen, und das wollte er heute Abend erledigen. Nicht nur der Erfolg der Operation am Samstag in Washington war von höchster Wichtigkeit, auch das Nachspiel in Moskau.

Die Unruhe um seine Limousine herum legte sich, während einer seiner Leibwächter vom Beifahrersitz aus dem Wagen sprang und die hintere Tür öffnete. Ein zweiter Leibwächter folgte ihm sofort vom Vordersitz, während der leitende Sicherheitsmann aus dem Fonds ausstieg und rasch um die Limousine herumging, um sich neben die anderen zu stellen und einen Durchgang zu schaffen. Ohne einen Blick auf die wartenden Wagen oder auf die gaffenden Gäste und andere Wachmänner zu werfen, erschien Malko in der kalten Nacht, streckte das Gesicht in die Luft und atmete tief ein.

»Morgen Nacht wird es sogar noch wärmer, Valentin«, versicherte er seinem Sicherheitschef. »Eine gute Nacht für eine Revolution, nicht wahr? Ich kann schon den Sieg riechen. Er liegt in der Luft.«

Ohne auf eine Antwort zu warten, trat Malko unter den Baldachin und ging auf die Doppeltür am Eingang seines

Nachtklubs zu. Er hörte das Geflüster: *Georgi Malko ist hier. Das ist Georgi Malko. Dieser Klub gehört ihm. Reicher als die Romanows, jedenfalls war er es mal. Was ihm geblieben ist, hat er in New York versteckt, sagt man. In der Schweiz. Auf den Bahamas. Überall, wo er hofft, dass Putin es nicht findet. Georgi Malko.* Ihre Blicke funkelten vor Neugier und Neid, und Malko unterdrückte ein angewidertes Schnauben.

Er war ein untersetzter, bulliger Mann in einem mit Nerz besetzten Kaschmirmantel. Er warf einen Blick in den Spiegel neben der Eingangstür des Klubs und sah seine buschigen, dunklen Brauen und die dunklen Augen: schwarze Höhlen in einem teigigen Gesicht mit auffallend langem Kinn. Malko sah durchschnittlich aus, hatte eine dünne Stimme und eine merkwürdige Art, sich zu bewegen. Er besaß nur wenig Charme, sodass er den Gipfel der russischen Geschäftswelt nur unter Einsatz seines brillanten Verstandes und seiner Skrupellosigkeit erklimmen konnte. Aber die Welt war ohnehin kein besonders freundlicher Ort. Jeder, der das nicht begriff, war ein Idiot und verdiente das raue, klägliche Leben als Penner unter den Brücken.

Malko blickte finster, als er das enge Foyer betrat, wo ihn augenblicklich der Geruch von Alkohol, Zigaretten und erhitzten Körpern überfiel.

Valentin Wurtschew, sein Sicherheitschef, folgte ihm, wobei er ständig nach links und rechts blickte, um die Straße nach möglichen Gefahren abzusuchen. In den letzten sechs Jahren hatte es zwei Anschläge auf das Leben seines Chefs gegeben, und jedes Mal war ein Leibwächter getötet worden. Valentin hatte nicht die Absicht, sich zu ihnen zu gesellen. Was den »Sieg« bei irgendeiner Revolution betraf, den Professor Malko »in der Luft riechen« konnte, war er nicht sicher, wovon sein verschlagener Chef redete, obwohl er gewisse Vermutungen hatte.

»Guten Abend, Professor Malko«, sagte die junge Frau hinter den eisernen Gittern der Theke an der Garderobe. Hinter ihr stand ein Wachmann mit einer Kalaschnikow, die er professionell in den Armen hielt. Malko bemerkte ein Brett mit Haken, an denen Pistolen hingen: Waffen, die die Gäste abgegeben hatten. Es war eine ungeschriebene Regel, die ihn amüsierte: Im Nachtklub *Russisch Roulette* durfte niemand Waffen tragen.

Malko nickte der Frau zu. Er erinnerte sich nicht an ihren Namen. »Gutes Publikum heute Abend?«

»Ja, Professor«, erwiderte sie laut, um die lärmende Musik zu übertönen. »Es geht ordentlich rund, Professor. Schön, Sie zu sehen. Ist schon ziemlich lange her, dass Sie uns besucht haben.« Sie wusste, dass sie nicht um seinen Mantel bitten sollte.

Malko nickte noch einmal, zog seine Handschuhe aus und ging in den Tanzsaal. Der Champagner kostete 100 Dollar das Glas. Die Buffets bogen sich unter jeder erdenklichen russischen Spezialität, großen Dosen mit schwarzem und rotem Kaviar und Tabletts mit heißem Braten, frischen Hummern und Pasteten. Unter Kronleuchtern im Stil des Winterpalais drehten sich junge Körper im Takt der Livemusik, während sich alte Freunde mit Wangenküssen begrüßten. Malko knöpfte seinen Mantel auf und ging durch den Saal, wobei er gelegentlich stehen blieb, um mit Bewunderern und unterwürfigen Kriechern zu sprechen.

Malko empfand den Lärm und das Durcheinander als lästig. Dennoch lächelte er, denn er war wieder im Mittelpunkt der Dinge, womit diese Ganoven mit den getönten Brillen und die grell geschminkten Schlampen nie gerechnet hätten. Im vergangenen Jahr, als Putin ihm die Stelle als Innenminister entzogen hatte, schien sein Leben auseinander zu brechen, denn Regierungsbeamte und Parlamentsmitglieder genossen bei der Verfolgung von Straftaten Immunität. Kaum war die Tinte auf der Entlassungsurkunde getrocknet, als Putin ihn wegen Bestechung und Erpressung verhaften ließ. Malko hatte eine ganze Woche gebraucht, um die Vorwürfe aus dem Weg zu räumen; er hatte die ganze Zeit im Gefängnis gesessen. Um sich freizukaufen, musste er die Nowa Nickel überschreiben, einen der größten Nickel- und Palladiumproduzenten der Welt, und das war nur der erste von Putins Angriffen gewesen: Noch immer stahl Putin mit Erfolg Stück um Stück von Malkos riesigem Vermögen.

Vor ihm pflügte Valentin durch die dicht gedrängte Menge, öffnete eine Tür hinter einem Brokatvorhang und stellte sich in den Türrahmen, um Malko mit seinem Körper zu schützen, während er das Innere des nächsten Zimmers inspizierte. Schließlich trat er einen Schritt zurück, drückte mit einer Hand die Tür auf und sagte: »Herr Dudasch erwartet Sie, Herr Professor. Er hat zwei Männer bei sich.«

Malko erinnerte sich mit sardonischem Vergnügen an die Hörsäle der Moskauer Universität mit ihrem rissigen Putz, wo er fast fünfzehn Jahre lang Algebra, Differenzial- und Integralrechnung sowie Statistik gelehrt hatte. Dann setzte er ein noch breiteres Lächeln auf und betrat mit raschen Schritten den luxuriös ausgestatteten Partyraum, den er für dieses Treffen reserviert hatte.

Als die Tür sich schloss, breitete sich Stille aus – eine Wohltat. Der Raum war mit den üblichen Wandbespannungen aus Seidenbrokat, geschliffenen Spiegeln, einem großen Kronleuchter und einer kompletten Bar in einer Ecke ausgestattet. Für Malko roch das alles nach Geld.

An dem reich gedeckten Tisch hockte mit finsterem Blick und über der Brust verschränkten Armen Oleg Dudasch. Hinter ihm standen zwei Wächter, einer auf jeder Seite, ebenfalls mit verschränkten Armen. Dudasch hatte eine flache Nase, einen misstrauischen Blick und dichtes Haar, das er straff zurückgekämmt hatte. Nur wenige Wochen nach der Revolution von 1991 hatte er *Wahr oder Unwahr* aus der Taufe gehoben, mit einem klapprigen Vervielfältigungsapparat und einer einzigen Journalistenkollegin – seiner Frau. Ihre rasante, reißerisch aufgemachte Berichterstattung der Ereignisse, gemischt mit schnellen, bissigen Kolumnen über die Gesellschaft, Verbrechen und das neue Geschäft mit Pornografie und Prostitution, hatte schnell eine große Leserschaft gefunden, die es nach lange verbotenen Themen dürstete. Binnen eines Jahres war aus der Wochenzeitung eine Tageszeitung geworden; sie hatte ihren Umfang verzehnfacht und war das meistgelesene Blatt des Landes.

»Das ist ein höllischer Treffpunkt«, beschwerte sich Oleg Dudasch. »Wie halten Sie bloß diesen Lärm aus? Ich bin keine zwanzig mehr, und Sie auch nicht.«

»Oh.« Malko klang enttäuscht. »Ich dachte, Sie würden eine Nacht mit Spaß und Spiel genießen, nachdem wir unser Geschäft abgeschlossen haben. Es könnte uns die Erinnerungen an die gute alte Zeit zurückbringen, als wir alle pleite waren und noch ganz am Anfang standen. Heute Nacht gehört der Klub Ihnen, Oleg. Ich schenke ihn Ihnen. Trinken Sie, so viel sie mögen. Genießen Sie die Mädels, bis Sie nicht mehr können. Geht alles auf meine Rechnung.«

»Wir werden kein Geschäft machen. Das habe ich Ihnen doch schon gesagt. Ich werde das Blatt nicht verkaufen.«

»Ich erinnere mich gut an die alten Tage«, fuhr Malko fort, und seine Stimme wurde tiefer, als würde er von nostalgischen Gefühlen erfasst. »Sie nicht? Wir hatten schöne Zeiten damals, nicht wahr?«

Der Verleger setzte an, etwas zu erwidern, überlegte es sich jedoch anders. Seine misstrauischen Augen zogen sich zusammen.

»Wir erinnern uns beide an eine Menge, da bin ich mir sicher«, fuhr Malko fort, während er seinen Mantel über die Schultern zurückschob, den Valentin ihm abnahm. Dudaschs Sicherheitsleute griffen schon nach ihren Waffen, so sehr befürchteten sie, dass die Bewegung bedeutete, dass Waffen gezogen würden. »Schicken Sie die Männer weg, Oleg«, forderte der ehemalige Hochschullehrer ihn auf. »Hier wird es heute Nacht kein Blutvergießen geben, es sei denn, Sie fangen damit an. Ihre Jungs können bei den hübschen jungen Mädchen im Klub etwas weitaus Unterhaltsameres finden, als bei zwei mittelalten Knaben herumzuhängen und ihnen zuzuhören, wie sie in Erinnerungen schwelgen. Valentin geht ebenfalls. Dann sind wir ganz allein zu zweit. Zigarren, Valentin.«

Professor Malko angelte sich einen Stuhl vom Tisch, setzte sich und lehnte sich zurück. Das Unbehagen, das kurz im Blick des Zeitungsmannes aufflackerte, als er die Vergangenheit erwähnte, war ihm nicht entgangen.

Oleg Dudasch und seine Wächter beobachteten, wie Valentin den Mantel seines Meisters über seinen linken Arm legte und seine Rechte vorsichtig in seine Jackentasche gleiten ließ, um kein Misstrauen zu erregen. Ebenso vorsichtig holte er zwei Zigarren heraus und gab sie seinem Chef.

Professor Malko lächelte Dudasch herzlich an. »Diese Zigarren sind eine Rarität. Vor einem Jahrhundert auf einer Plantage irgendwo in Tennessee gedreht und verpackt. Man hat mir gesagt, dass der Tabak so mild und reich ist, dass ein Mann eine Woche lang nur von dem Duft leben könnte. Ich habe zehntausend Dollar für eine Schachtel mit einem Dutzend Stück bezahlt. Aus dem heutigen besonderen Anlass habe ich beschlossen, die ersten Zigarren mit Ihnen zu teilen, alter Freund.«

»Ich bin nicht Ihr ›alter Freund‹, Georgi. Wir kennen uns, mehr nicht.« Er blickte auf die Zigarren. »Sie müssen sie gekauft haben, als Sie noch genug Geld zum Verschwenden hatten.«

Malko blinzelte. Ihm war klar, dass Dudasch ihn zu reizen versuchte. Er lächelte. »Ein paar Rubel habe ich noch. Haben Sie sich Sorgen gemacht, dass ich Ihre Zeitung nicht bezahlen kann?«

Dudasch schickte seine Männer nicht fort, nahm aber die Zigarre und erlaubte Malko, sie ihm anzuzünden. Beide Männer rauchten. Schließlich fragte Dudasch: »Wo kommt all das Geld, das Sie mir bieten, *wirklich* her?«

»Aus einem anderen Land. Aus welchem, brauchen Sie nicht zu wissen. Ich lasse Ihnen das Geld in jeder beliebigen Bank deponieren, wo immer Sie wollen. Natürlich muss ein symbolischer Betrag hier in Moskau zwischen uns gewechselt werden, um den Anschein zu wahren und die Regierung zufrieden zu stellen. Wirklich, Oleg, es ist ein ausgezeichnetes Geschäft für Sie. Sie können als reicher Mann von hier weg.«

Dudasch stieß eine Rauchwolke aus. »Ich bin schon reich genug.«

»Mag sein. Trotzdem sollten wir uns unter vier Augen unterhalten. Da ist etwas, eine delikate Angelegenheit ... *Ellie*.« Malkos Leute hatten drei Wochen gebraucht, um die Informationen aufzustöbern, die er benötigt hatte, um sie zu finden.

Oleg Dudaschs Gesicht wurde starr, und die Hand mit der Zigarre blieb auf halber Strecke zum Mund in der Luft hängen. »Vielleicht haben Sie Recht.«

Er schickte seine Männer fort. Malko schickte Valentin ebenfalls hinaus in den Nachtklub. Als die Tür sich schloss und die beiden unter sich waren, beugte Oleg Dudasch sich vor. Sein Gesicht war ernst, und es schien, als wäre er plötzlich ein Dutzend Jahre jünger als fünfundvierzig.

»Sie sind es doch, der hier in der Klemme sitzt, Sie Scheißkerl«, sagte Dudasch ruhig. »Sie können nicht gegen Putin für die Präsidentschaft kandidieren, weil Ihr Ruf Sie unwählbar gemacht hat. Und Sie können sich auf keine andere Weise eine Machtbasis verschaffen, solange Putin Präsident ist. Also muss jemand anders Sie unterstützen. Es ist Zeit, aufzugeben, Georgi, zum Wohle des Landes. Sie und die anderen Halsabschneider. Einer von Ihnen muss selbstlos sein und zugeben, was Sie getan haben, als Sie das Land vergewaltigten. Veranlassen Sie andere dazu, ihr Vermögen herauszugeben und dabei zu helfen, Russland zu retten. Sie können Ihnen den Weg zeigen. Werden Sie ein Held. Nehmen Sie diesen Rat von jemandem an, der Sie schon kannte, als Sie noch Parteigelder gestohlen haben ...«

»Ach, Oleg. Immer idealistisch. Erst war es der Kommunismus. Jetzt, nehme ich an, halten Sie sich für einen Demokraten. Seien Sie kein Idiot. Das System ändert sich, nicht die Menschen.«

»Bis zu einem gewissen Punkt haben Sie Recht. Ja, unser Land und seine Ressourcen waren stets in der Hand einer gierigen Aristokratie, sogar nach der Revolution. Nach dem Kommunismus gehörte natürlich niemandem etwas, und so war alles jedem ausgeliefert, der sich etwas greifen wollte. Aber diese Korruptions-Epidemie, die wir gerade erleben, ist nicht irgendeine vorübergehende Phase, und sie ist bestimmt nicht die Demokratie. Jedenfalls noch nicht. Sie ist unser traditioneller Rahmen für Geschäfte. Dieses schändliche Fundament einer kriminellen Gesellschaft namens Russland.« Seine Augen sprühten. »Aber dadurch wird es nicht besser. Tatsächlich macht es alles noch schlimmer. Wir sollten auf unserem Weg etwas gelernt haben. Meine Antwort lautet nein. *Nein.* Sie können meine Zeitung nicht benutzen. Ich werde sie Ihnen nicht verkaufen.«

»Sie sollten noch einmal darüber nachdenken«, riet ihm Malko. »Überlegen Sie, was so viel Geld für Sie und Marina bedeutet. Ich habe noch ein wenig Zeit. Eine Stunde vielleicht.«

Der Verleger schüttelte zornig den Kopf. »Ich werde Ihnen nicht helfen, wieder an die Spitze zu kommen, Georgi. Ich werde keinem von euch Blutsaugern helfen. In *Wahr oder Unwahr* steht zwar viel Mist, aber auch die Wahrheit. Deshalb ist die Zeitung bei den Leuten so beliebt. Ich will nicht verkaufen, und ich muss nicht verkaufen. Es ist Zeit, dass jemand Nein sagt und die Rahmenbedingungen ändert, damit wir eine ehrbare Nation aufbauen können. Wenn meine Zeitung weiter die Wahrheit sagt, leiste ich einen Beitrag in dieser Richtung, und ich werde nicht zulassen, dass Sie oder irgendjemand sonst sie mir wegnimmt oder mich aufhält.«

Georgi Malko hatte den Blick gesenkt, während Dudasch schwadronierte. Es hatte keinen Sinn, ihm weiter zu widersprechen. Jetzt hob er den Blick wieder. »Und Ellie? Was ist mit Ellie? Ich habe sie gefunden, wissen Sie. Sie und ihre Mutter leben in einer Hütte draußen vor der Stadt.« Er legte seine Zigarre in einen Aschenbecher aus Bleikristall, stand auf und ging zur Bar mit ihren glitzernden Gläsern und Flaschen. »Ich glaube, wir könnten einen Schluck vertragen. Wenn ich mich recht entsinne, haben Sie Cognac bevorzugt.«

Dudasch zögerte. Sein Gesicht war schmerzerfüllt. »Ellie. Da bin ich gespannt. Nach all den Jahren ... Wenn Marina es herausfindet, wird es unsere Ehe kaputt machen.«

»Cognac also«, sagte der Professor fröhlich und füllte einen Schwenker mit Goldrand. Dann schenkte er sich selbst einen Wodka ein und kam mit beiden Gläsern zum Tisch. »Übrigens, Ellie hat von der ganzen Sache keine Ahnung. Eine sehr attraktive junge Dame von fünfzehn Jahren. Sieht Ihnen ziemlich ähnlich. Ihre Mutter hat mich auf der Stelle wiedererkannt, was ich als Kompliment aufgefasst habe. Keine besonders hübsche Frau, selbst damals nicht. Warum haben Sie sie überhaupt gebumst, Oleg? Nicht schön. Dumm wie ein Samowar. Da haben Sie sich völlig vergriffen.«

Dudaschs flache Nase schien vor Wut anzuschwellen. »Sie Bastard.« Er hob den Cognacschwenker und trank. Er glühte. Er kochte vor Wut. »Wenn ich jemanden nicht verstehe, dann Sie. Sie umgeben sich mit Leuten mit Talent und Ehrgeiz, und dann benutzen und betrügen Sie sie. Immer und immer wieder tun Sie das. Sie zerstreiten sich mit jedem. Jetzt sieht es so aus, als würde Putin selbst Ihnen bald die Weisheitszähne ziehen. Also, warum machen Sie bei dem Spiel noch weiter mit? Ich gebe Ihnen einen Rat: Sichern Sie Ihr Vermögen ab, solange Sie noch reich sind und Sie noch keiner umgebracht hat. Ziehen Sie sich auf ein streng bewachtes Anwesen auf Mallorca oder eine Villa in Südfrankreich zurück.«

Malko schüttelte den Kopf. »Ach, Oleg, Sie begreifen wirklich nichts. Ein Unternehmer hat keine wahren Freunde oder Feinde. Wir haben nur Interessen. Es geht um das Gewinnen. Man muss immer gewinnen und dabei gesehen werden. Die Frage ist nicht, wie reich ich bin oder war oder sein werde. Nein, ich muss vernichten oder vernichtet werden. Nur darum geht es beim Gewinnen.« Malko hielt sein leeres Wodkaglas hoch. »Trinken Sie Ihren Cognac, alter Freund. Trinken Sie aus vollen Zügen. Und glauben Sie mir – der einzige Grund, warum wir leben, ist das Gewinnen. Wenn du nicht gewinnst, mag dich niemand. Nicht der Präsident deines Landes, nicht die billigste Nutte. Nicht einmal der Hund deines Nachbarn. Dein Herz ist kalt. Dein Bett ist kalt. Der blaue Himmel ist grau. Sogar die Luft, die du atmest, ist vergiftet. Ich bin Unternehmer, und deshalb muss ich gewinnen.«

Dudasch musterte ihn. Er schien eine Entscheidung zu treffen. Müde, beinahe gelangweilt sagte er: »Erzählen Sie von Ellie, wem Sie wollen. Ich liebe meine Frau, und sie liebt mich. Ellie ist wegen eines Fehlers entstanden, den ich vor langer Zeit gemacht habe, als ich wild und dumm war. Ich glaube, die Menschen – meine Frau eingeschlossen – sind aus besserem Holz geschnitzt, als Sie meinen. Wenn ich einen grauen Himmel sehe, kann ich mir vorstellen, dass er blau ist. Zu gewinnen ist ein Spiel, ein Sport, mehr nicht. Es ist nicht das Leben.« Er trank aus und stellte den Cognacschwenker fest auf den Tisch. Dann beugte er sich vor. Die Worte schossen wie Pistolenkugeln aus seinem Mund. »Verdammt, Georgi! *Sie können meine Zeitung nicht kriegen!* Ich werde sie Ihnen nicht verkaufen, haben Sie verstanden? Und Sie können sie mir auch nicht durch Erpressung wegnehmen! Ich will Ellies

Adresse. Ich werde mich um sie kümmern. Ich werde meiner Frau alles erzählen. *Und Sie können zur Hölle fahren!*«

Professor Malko zuckte mit den Schultern. »Sie machen einen Fehler.« Einen Augenblick hatte er Mitleid mit dem idealistischen Dudasch. Dann wischte er es beiseite. Außerdem war seit seiner Jugend, als auch er ein Träumer gewesen war, so viel geschehen, dass er nicht mehr sicher war, was er damals gedacht oder gefühlt hatte.

»Ein Fehler?«, knurrte Dudasch. »Warum? Was wollen Sie tun? Mich umbringen? Das würde Ihnen kein bisschen helfen. Meine Frau wird Ihnen die Zeitung auch nicht verkaufen. Sie und ich sind aus dem gleichen Holz. Wir haben dieselben Überzeugungen.« Der Verleger stand auf und zog seinen Mantel an. Er schwankte.

Malko war sofort auf den Beinen. »Das war ein großer Cognac, Oleg. Lassen Sie mich Ihnen helfen.« Er nahm Dudaschs Arm. Es gab immer noch eine Chance, dass er ihn umstimmen konnte.

Dudasch stieß ihn fort. »Schwein. Kapitalistisches Schwein. Wie lautet Ellies Adresse?«

Malko trat einen Schritt zurück und hob besänftigend die Hände. »Wenn Sie es so wollen.« Er beschrieb ihm, wo der Teenager und seine Mutter lebten.

Dudasch bewegte sich zum Ausgang und umklammerte eine Stuhllehne, um sich aufrecht zu halten. »Bastard«, murmelte er noch einmal, als er die Tür aufzog.

Der Lärm drang ins Zimmer. Malko blieb stehen, wo er war, und rauchte, während er beobachtete, wie Dudasch darauf wartete, dass der gut gefüllte Nachtklub seine beiden Sicherheitsleute ausspuckte. Malko genoss seine Zigarre. Innerhalb von zwei Minuten kamen Dudaschs Leibwächter, und die drei gingen. Malko lächelte.

Valentin holte ihn aus seiner Träumerei. »Sie sind weg, Herr Professor. Haben Sie das Geschäft gemacht?«

»Er will sein Eigentum nicht hergeben.«

»Das hatten wir erwartet, nicht wahr, Herr Professor?«

»In der Tat, Valentin.« Er zuckte mit den Schultern und legte den Zigarrenstummel in den Aschenbecher. Wenn er nach Hause kam, würde er sich noch eine anzünden. Das Dutzend war jeden Rubel wert. »Ich werde jetzt in den Klub gehen, einige Leute begrüßen und auf einen Drink einladen. Ich nehme an, dass ich noch ein paar Stunden hier sein werde. Mit Sicherheit bis nach Mitternacht. Schließlich habe ich etwas zu feiern.« Er klopfte auf seine Jackentasche, die eine Quittung über den Verkauf von *Wahr oder Unwahr* enthielt, mit einer perfekt gefälschten Unterschrift von Oleg Dudasch. »Ich muss vielen Leuten erzählen, wie stolz und aufgeregt ich bin, dass mein alter Freund mir seine Zeitung verkauft hat. Was natürlich bedeutet, dass Sie jetzt ihre Vorbereitungen in die Tat umsetzen müssen. Sie müssen alle bei dem Unfall umkommen – Oleg Dudasch und seine Männer.«

»Ich verstehe, Herr Professor. Er könnte den Männern gesagt haben, dass er nicht an Sie verkaufen wollte.«

»Genau. Die armen Schweine. Was ist er nur für ein herzloser Boss, nicht, Valentin?«

Doch Valentin war schon im Aufbruch, begierig, seine Telefonanrufe zu machen.

32.

Der Verkehr war dicht. Der Ferrari war eingekeilt und fuhr quälend langsam. Jeff wandte den Blick vom an- und abschwellenden Verkehr ab, um Beth zu betrachten, die eingeschlafen war und den Kopf an die Kopfstütze gelehnt hatte. Sie hatte die Knie angezogen und sich auf dem Rücksitz zusammengerollt. In ihren Jeans, dem schwarzen Pullover und mit ihrem seidigen, weizenblonden Haar, das ihre Wange streichelte, sah sie unglaublich feminin aus.

Er war von ihrer sanften Porzellanhaut fasziniert. Jedes einzelne Haar ihrer Augenbrauen erschien ihm einzigartig und besonders. Ihre Wimpern warfen Schatten auf ihre Wangen. Ihre Lippen waren leicht geöffnet. Von Zeit zu Zeit seufzte sie. Das Geräusch gefiel ihm, als käme es von einem weit entfernten, verheißungsvollen Ort.

Er zwang sich, wieder auf den Verkehr zu achten. Beth lenkte ihn zu sehr ab. Er wollte diese Gedanken nicht. Es machte ihn unruhig, dass sie ihm gefiel.

Als sie aufwachte, streckte sie sich wie eine Katze, die in der Sonne gedöst hatte. Ihr Rücken schmerzte, da sie die Schultern hochgezogen hatte, und sie drehte sich in den Hüften, um ihre langen schlanken Beine auszustrecken.

Dann ließ sie sich wieder in den Sitz sinken und drehte den Kopf, um Jeff Hammond anzuschauen. »Irgendwelche Probleme?«

»Zwei Streifenwagen auf der Suche nach zu schnellen Fahrern. Sonst ist alles ruhig.«

Beth nickte.

Jeff fand, dass sie zugleich verletzlich und stark aussah. Er erinnerte sich an etwas, das Nietzsche gesagt hatte: »Ein echter Mann wünscht sich zweierlei: Gefahr und Spiel. Deshalb sucht er die Frau, das gefährlichste Spielzeug.« Jeff hatte gedacht, dass es auf ihn zutreffen könnte – so, wie er nach seiner Scheidung Frauen kennen gelernt, geliebt und abgelegt hatte. Aber davor hatte er eine dauerhafte Beziehung gesucht. Er war für die Ehe bestimmt – hatte er jedenfalls geglaubt. Doch nachdem er in den Untergrund gegangen war, hatte sich alles verändert. Scheidung. Isolation. Ein Gestrüpp aus Lügen und Unwahrheiten. Und schließlich immer wieder die Frage, ob diese Wahl das gewesen war, was er eigentlich wollte. Ob er ein Vollidiot gewesen war, als er seine einst so schöne Welt gegen einen Glauben eintauschte, den fast niemand mit ihm teilte.

»Warum hassen Sie Anwälte?«, fragte Beth. Sie hatte eine samtige Stimme, die er unwiderstehlich fand.

Er grinste. »Wie nennt man tausend Anwälte auf dem Grund eines Sees?«

Sie schüttelte leicht den Kopf. »›Einen guten Anfang.‹ Der ist uralt, Jeff. Ich hätte Besseres von Ihnen erwartet.«

»Okay. Hier ist noch einer... Zwei Anwälte laufen durch einen Wald und entdecken einen bösartig aussehenden Bären. Der erste Anwalt öffnet seine Aktentasche, holt Turnschuhe heraus und zieht sie an. Der zweite Anwalt sagt: ›Sie sind verrückt. Sie werden nie schneller laufen als der Bär.‹ Der erste Anwalt lächelt und sagt: ›Das muss ich auch nicht. Ich muss nur schneller laufen als Sie.‹«

Sie lächelte ihn kurz an. »Wir Anwälte sind praktisch, das gebe ich zu.«

»Warum gehen Anwälte nicht an den Strand?«

»Weil die Hunde und Katzen immer wieder versuchen, sie einzugraben.« Beth blinzelte. »Anwälte kennen diese Witze. Wir müssen sie kennen, damit wir sie selbst weitererzählen können. Aber Sie haben meine Frage nicht beantwortet. Sie scheinen uns Anwälte mehr zu hassen als die meisten Leute. Was haben wir Ihnen getan?«

»Mich geheiratet«, erwiderte er prompt. »Meine Frau war Anwältin.«

»Sie sind verheiratet?«

»Entschuldigung. Mein Fehler. Meine *Ex-Frau ist* Anwältin.«

»Ach so, Sie sind geschieden.«

»Ja, und zwar glücklich. Obwohl es mich zu der Zeit ganz schön unglücklich gemacht hat. Aber wenn ich jetzt zurückblicke, weiß ich, warum wir nicht zusammen gepasst haben. Als ich das FBI verlassen habe, hat sie mich verlassen. Ich war nicht der, für den sie mich gehalten hat ... oder so was in der Art. Sie hat wieder geheiratet und ist nach Minneapolis gezogen.«

»Und?«

»Kein ›und‹. Das war's. Keine Kinder – nicht, dass ich keine gewollt hätte.« Er schaute in ihr amüsiertes Gesicht. »Sie glauben also, dass ich genau so einen lausigen Geschmack bei Frauen habe wie Sie bei Männern.« Er kicherte. »Könnte sein, dass Sie Recht haben.«

»Wo sind Sie aufgewachsen?«

»Das ist auch nicht besonders interessant.« Er zuckte mit den Schultern. »Immerhin weiß ich jetzt wieder etwas Neues über Sie – Sie sind unersättlich nach Langeweile.«

»Ich würde Sie kaum als langweilig bezeichnen.«

»Nun, mein Vater war in Regierungsdiensten. Gehörte während des Zweiten Weltkrieges zum OSS und dann zur CIA, die den OSS ersetzte. Er war einer von den Eierköpfen. Hat Analysen gemacht. Ein Schreibtischhengst mit Stapeln von geheimen Papieren, die ihm Rätsel aufgaben, die er lösen sollte. Er war zwanzig Jahre älter als meine Mutter. Sie war die traditionelle Hausfrau, außer dass sie ganz wild nach Labrador-Retrievern war. Sie hat sie gezüchtet und an Hundeausstellungen teilgenommen. Meine Schwester und ich sind auf einer kleinen Farm in Virginia aufgewachsen, die Dad für meine Mutter gekauft hatte. Da gab es alles, was Spaß machte – einen Gemüsegarten, eine alte Schaukel und einen Ententeich mit schwarzen Schwänen.« Die Erinnerung ließ ihn lächeln.

»Wo sind Ihre Eltern jetzt?«

Seine Hände umfassten das Lenkrad fester. »Gestorben, vor sieben Jahren. Dad hatte eine Blutkrankheit. Vier Monate nach seinem Tod hat ein Sattelschlepper auf dem Beltway das Auto meiner Mutter zermalmt.«

»Das tut mir Leid, Jeff.«

Er nickte. »Ja, es war ziemlich schlimm. Dad war ein Jahr lang krank, und Mom kam einfach nicht ohne ihn zurecht.

Zu viele Veränderungen, um damit fertig zu werden.« Er zögerte, als er sich daran erinnerte, dass eine dieser Veränderungen die Enttäuschung seiner Eltern gewesen war, als er das FBI für den ihrer Meinung nach weniger ehrenwerten Journalismus verlassen hatte. Man hatte es ihren Gesichtern ansehen können. »Nach dem Polizeibericht zu urteilen nehme ich an, dass sie nicht auf den Verkehr geachtet hat. Es war Glück, dass es nicht schon früher passiert ist.«

»Und Ihre Schwester?«

»Lebt mit ihrer Familie in der Sierra Nevada. Hab schon eine ganze Zeit nicht mehr mit ihr gesprochen.«

Wieder hatte er dieses Gefühl, jemanden enttäuscht zu haben. Der Tod ihres Vaters war schlimm genug gewesen, doch seine Schwester hatte ihm die Schuld am Tod ihrer Mutter gegeben. Wütend und verletzt hatte Jeff zurückgeschlagen.

Sie fuhren eine Weile schweigend. Dann fragte Beth: »Wo sind Sie zur Uni gegangen?«

Er berichtete ihr von Harvard und seinem Abschluss in Politischen Wissenschaften, von seinem Magister an der University of London, wo er sich auf den Ostblock und die Sowjetunion spezialisiert hatte, und davon, wie für ihn alles hervorragend zu laufen schien, als er beim FBI anfing. Während er von seinen Träumen erzählte, von seiner Liebe zu den Vereinigten Staaten, hatte sie ein eigenartiges Gefühl, als würde in ihrem eigenen Leben irgendetwas fehlen.

Schließlich sagte Jeff: »Jetzt habe ich genug von mir erzählt. Was ist mit Ihnen? Sie sind diejenige, die interessant ist.«

»Bin ich das? Nun ja, Sie müssen es ja wissen. Sie sind es schließlich, der meine Vergangenheit ausgegraben hat, Mr Reporter.«

Er lachte leise. »Ein Kind aus dem goldenen Kalifornien. Wie war das?«

Sie lächelte. »Viel Sonne. Reisen. Disneyland. Tolle Sommer am Strand.«

»Das ist alles?«

»Ja, so ziemlich.«

»Was für eine Lügnerin. Schauen wir mal ... Tochter von einem der ausgebufftesten Strafverteidiger in Los Angeles und einer der findigsten Stadtplanerinnen. Tolle Eltern. Muss eine warme und gemütliche Atmosphäre gewesen sein.«

Beth wollte sich nicht von ihm reizen lassen. »Es gab auch schöne Augenblicke.«

Jeff runzelte die Stirn. »Sie wollen nicht darüber reden.« Es war eine Feststellung, keine Frage.

»Cleverer Bursche. Wir haben genug andere Dinge, über die wir nachdenken müssen, meinen Sie nicht?«

Er blickte vom Verkehr weg und musterte sie. Beth starrte aus dem Seitenfenster und gab vor, die Landschaft zu betrachten. Ihr Gesicht war versteinert.

Er fragte: »Es sind Ihre Eltern, stimmt's?«

Sie versteifte sich.

Er stellte ruhig fest: »Er hat sie getötet. Die Zeitungen haben geschrieben, dass es ein Unfall war, und dass er so bestürzt war, dass er sich ein paar Tage später erschossen hat. Gab es Misshandlungen? Ist das ein anderer Grund, warum Sie nicht darüber sprechen möchten?« Wieder schaute er sie an.

»Sie sind gründlich, das muss ich Ihnen lassen. Aber das ist lange her. Ich habe es überlebt.«

»Nur überlebt?«

Sie blinzelte eine Weile und dachte nach. Dann seufzte sie und nickte zu sich selbst. »In Ordnung. Ich werde es ihnen erzählen. Es ist nicht besonders aufregend oder rätselhaft. Es gab keine Misshandlungen in der Beziehung meiner Eltern. Sie haben sich in ihrer Ehe die ganze Zeit geliebt. Jack ›Messer‹ Convey und ›Königin Janet‹ – ein strahlendes Paar wie aus einem Guss. Wenn sie nicht arbeiteten, waren sie ständig zusammen. Ich war das dritte Rad.«

»Sie wurden von Kindermädchen erzogen.«

»Ja, und es waren sehr gute Kindermädchen. Die besten, die man für Geld bekommen konnte. Dad hat mir das Schießen beigebracht, und er hat mich gelegentlich in sein Büro mitgenommen, als ich älter wurde, und dann zum Gericht. Ich habe es geliebt, ihn in Aktion zu sehen. Mom sorgte dafür, dass ich alles bekam, was ein Kind brauchte, einschließlich einer Menge Puppen, einer Werkzeugkiste, Skateboard-Unterricht, und jedes Jahr ein neues Fahrrad. Sie ist wirklich bei einem Unfall gestorben.« Sie hielt inne und presste die Lippen aufeinander. Ihre Augen waren voller Schmerz. »Sie waren auf einer Party... hatten beide viel getrunken. In der Nacht ist Dad gefahren. Als sie zu Hause ankamen, stieg meine Mutter aus dem Wagen und ging hinter ihm zum Haus. Dad war so betrunken, dass er den Rückwärtsgang einlegte und aufs Gaspedal trat. Er hat Mom an die Ziegelmauer gequetscht, die die Einfahrt begrenzt. Sie hat nur noch ein paar Minuten gelebt.« Sie faltete die Hände im Schoß und senkte den Kopf.

»Das muss entsetzlich gewesen sein. Es tut mir Leid, Beth. Ich hätte Sie nicht drängen sollen, darüber zu reden.«

Sie zuckte mit den Schultern und schaute nach oben, als sie sich mit zitternden Fingern über die Augen wischte. »Ich wusste erst, dass etwas nicht stimmte, als ich ein schreckliches Aufheulen hörte. Es war Dad. Ich hörte ihn, obwohl ich in meinem Schlafzimmer auf der anderen Seite des Hauses fest geschlafen habe. Er war vor Schmerz und Schuld ganz verrückt. Natürlich kam die Polizei. Sie machten einen Alkoholtest, und er hatte dreimal so viel Alkohol im Blut, als das Gesetz erlaubt. Er war sturzbetrunken. Man wollte ihn wegen fahrlässiger Tötung anklagen. Er beging Selbstmord. Er konnte nicht mehr leben ... ohne sie.«

»Wie alt waren sie damals?«

»Achtzehn. Danach hat sich für mich alles verändert. *Ich* habe mich verändert. Das oberflächliche Leben, das ich geführt hatte, gefiel mir nicht mehr, und so habe ich aufgehört, mich dauernd auf Partys herumzutreiben. Ich habe ein Studium aufgenommen und beschlossen, etwas aus mir zu machen.«

»Um sie stolz zu machen.«

Sie nickte stumm.

Jeff dachte über sie nach, und wie schwierig es für sie gewesen sein musste, ihre Eltern auf so schreckliche Weise zu verlieren, als sie noch ein Teenager gewesen war. Er selbst war ein erwachsener Mann, als seine Eltern starben.

»Sie wären beide sehr stolz auf Sie.« Er hielt inne und grinste sie zögerlich an. »Trotz meiner schlechten Meinung über Anwälte würde ich sagen, dass Sie wahrscheinlich eine ziemlich gute Anwältin sind.« Er hielt wieder inne und versuchte an ihrem Gesicht zu erkennen, ob er zu weit ging. »Vielleicht sogar eine anständige. Soll ich sagen ... eine ehrliche? Na, das ist vielleicht zu extrem. Eine *ehrliche Anwältin* ... gibt es irgendein Gesetz, das das verbietet?«

Sie lachte leise. »Anwälte machen die Gesetze, also bin ich sicher, dass Sie sich irren.« Sie nahm ein Papiertaschentuch aus ihrer Tasche und schnäuzte sich laut. »Aber ich habe gehört, dass ›ehrlicher Anwalt‹ ein Widerspruch in sich selbst ist.« Sie schaute ihn an und lächelte. »Ungefähr so wie ›objektiver Journalist‹.«

Er kicherte. »Wieder Volltreffer.«

»Danke, Jeff. Wir haben beide schlimme Zeiten hinter uns. Sie wissen allerdings gut, wie man eine Frau aufmuntert.«

Beth nahm wieder ihren Platz auf dem Beifahrersitz ein, und beide beobachteten die verstopfte Autobahn. Auf ihrer Flucht nach Norden erschien der Highway wie ein Hindernisrennen voller Gefahren. Sie versuchten die Anspannung abzuschütteln. Die Zeit zog sich träge dahin, während sie sich langsam den Catoctin Mountains näherten.

Beth räusperte sich und schaute Jeff mit gerunzelter Stirn an. »Ich frage mich schon die ganze Zeit ... Was hat Ihren Verdacht erregt, als Sie Berianow, Jurimengri und Ogust vernommen haben?«

Er versuchte sich zu erinnern. »Zuerst war es nur ein Gefühl aus dem Bauch heraus. Sie schienen aufrichtig zu sein. Sie haben uns verdammt gute Erkenntnisse geliefert. Aber sie waren nie so ... so besorgt wie die meisten Überläufer. Sie müssen wissen, dass Überläufer viel Zeit damit verbringen, über die Schulter zu blicken. Es gibt beim russischen Geheimdienst Leute, die sogar heute noch den einen oder anderen Überläufer gern in die Finger kriegen würden. Außerdem hat der KGB Verräter stets gehasst, und das Gedächtnis des KGB reicht weit zurück. Kommt hinzu, dass es private Auftragskiller gibt, die immer noch hierher reisen und Migranten jagen, um alte Rechnungen zu begleichen. Aus all diesen und anderen Gründen haben eine Menge Überläufer neue Namen und Identitäten angenommen – aus Angst vor Vergeltung.«

»Unsere drei Freunde schienen nicht besorgt zu sein. Was noch?«

»Das Problem des zeitlichen Zusammentreffens. Wissen Sie viel über den Putschversuch einundneunzig?«

»Nur, was ich in der Zeitung gelesen habe.«

Er nickte, während er mit Blicken den Verkehr absuchte.

»Wie ich Ihnen schon sagte, war Berianow Chef des FCD, der elitären Abteilung für Auslandsspionage des KGB. Um ihn herum brach alles zusammen – das Imperium des KGB, Schwert und Schild der Partei, die Autorität im ganzen Land und schließlich der Staat selbst. Michail Gorbatschow schien es einfach zuzulassen, dass die Sowjetunion auseinander fiel. Beranow wusste, dass er den FCD reformieren musste, da seine Offiziere ständig vom Westen abgeworben wurden. Also versuchte er, die Moral zu heben. Er sagte seinen Leuten, dass sie nicht mehr nur für den Marxismus-Leninismus kämpften, sondern für Mütterchen Russland.«

»Er förderte den Patriotismus.«

»Genau. Aber alles wurde noch schlimmer. Schließlich hat eine Gruppe kommunistischer Falken, einschließlich Wladimir Krjutschkow, der den gesamten KGB leitete, mit Berianow Kontakt aufgenommen. An dieser Stelle kommt die Geografie ins Spiel. Der FCD hatte sein Hauptquartier in der Umgebung von Moskau in einer kleinen Stadt namens Jasenowo. Krjutschkow und seine Kumpane baten Berianow insgeheim, ihnen seine FCD-Truppen in der Nähe des Kreml zur Verfügung zu stellen, um sie beim Militärcoup zu unterstützen, mit dem sie das Land wieder übernehmen wollten.«

»Und hat Berianow zugestimmt?«

»Ja, mit Begeisterung. Er schickte seine Leute zum Spionieren nach Moskau und berichtete Krjutschkow über die Ergebnisse. Er befahl auch den paramilitärischen Einheiten des FCD, sich im Klubhaus des KGB in Moskau bereitzuhalten. Er rechnete damit, die Männer einsetzen zu können, um die Reformer auszuschalten, die sich bereits um eine neue politische Kraft sammelten – Boris Jelzin. Als die Betonköpfe Gorbatschow festsetzten, lief der Putsch an, und Berianow wartete. Und wartete. Aber Krjutschkow hat nicht angerufen. Nie kamen irgendwelche Anweisungen. Schließlich traf Berianow eine harte Entscheidung. Er befahl seinen Leuten, sich zurückzuziehen. Er ahnte, dass der Coup scheitern würde.«

»Warum?«, fragte Beth.

»Berianow sagte später, dass es dem Komitee – sogar Krjutschkow – am Willen fehlte. Sie hatten keine klare Richtung. Es gab keine Einzelpersönlichkeit, die den Schneid oder die Weitsicht hatte, die Verantwortung auf sich zu nehmen. Das Spannende daran ist, dass Berianow uns gegenüber offen zugab, dass er gehorcht hätte, wäre der Befehl zum Angriff gekommen. Hätte das Putschkomitee die Machthebel benutzt, die ihm zur Verfügung standen, hätten sie Erfolg gehabt! Als Ergebnis wäre die Sowjetunion in den Kommunismus zurückgeschleudert worden, und der Kalte Krieg wäre in voller Stärke wieder ausgebrochen.«

»Gott sei Dank ist es nicht so gekommen. Berianow ist also ein echter Patriot der alten Sowjetunion?«

»Richtig. Und dann hatten er und die beiden anderen in den Vereinigten Staaten so erstaunlich schnell Erfolg.«

Sie nickte. »Es hat tatsächlich den Anschein, als hätten sie hier vor Ort bereits irgendeine Organisation.«

»Oder in Moskau. Vielleicht an beiden Orten. Aber Berianow hat den FBI und die CIA durch eine bemerkenswerte Enthüllung von seiner Spur abgelenkt.«

»Und was war das?«

»Aldrich Ames. Er verriet uns, dass Rick Ames ein Doppelagent war, der die amerikanischen Geheimdienste in ernste Schwierigkeiten brachte.«

»Aber ich dachte, wir selbst ...«

»Ja. Keiner weiß, dass der Tipp von einem Überläufer kam. Keiner beim FBI oder der CIA wollte, dass diese besonders peinliche Erkenntnis bekannt wird. Es war viel besser, die Öffentlichkeit in dem Glauben zu lassen, wir selbst hätten ihn entdeckt. Natürlich war Berianow mit Freuden bereit, die ganze Sache geheim zu halten, weil er mit dieser Enthüllung für sich und seine zwei Kumpel die Freiheit erkaufen konnte. Ich habe ein Jahrzehnt gewartet, um herauszukriegen, was sie wirklich vorhaben. Jetzt bin ich vielleicht ganz nahe dran. Womit ich nicht gerechnet habe, sind Sie.«

Sie zuckte mit den Schultern. »Meine Spezialität – die Pläne anderer Leute über den Haufen zu werfen. Kennen Sie jemanden von ihren Genossen hier? Sie müssen doch Leute gehabt haben, die ihnen nahe stehen.«

»Wenn sie irgendwelche Nachfolger herangezüchtet haben, dann weiß ich nicht, wer sie sind. Und wenn wir Recht haben, dass Berianow sowohl für den Tod Ogusts als auch Jurimengris verantwortlich ist, dann verrät mir das, dass er sie eliminiert hat, weil er bei der Verwirklichung seiner Pläne jetzt allein die Führung übernimmt. Ich hoffe, dass wir auf dieser Milchfarm in Virginia Anhaltspunkte dafür entdecken.« Er zögerte. »Das erinnert mich an Caleb Bates. Ich frage mich immer noch, was das alles zu bedeuten hat. Warum sollten Bates' Rechnungen für seinen Jagdklub in Stone Point, West Virginia, in Berianows Haus in Washington versteckt sein?«

»Ja. Das ergibt keinen Sinn, es sei denn, Berianow hätte die Rechnungen bezahlt. Immerhin haben Sie gesagt, dass er ein unbescholtener Geschäftsmann geworden ist.« Beth hielt inne. »Mein Gott, ja. Das könnte von Bedeutung sein. Es kommt mir vor, als wäre es ein Jahrzehnt her, dabei ist es erst vor kurzem passiert: Ich habe von einer Freundin eine Nachricht über HanTech Industries bekommen.« Sie erzählte von dem Vertrag, den Michelle so dringend benötigte und den HanTech ihrer Firma abgerungen hatte. »Meine Freundin sagt, dass einer der neuen, geheimen Eigentümer von HanTech Caleb Bates ist. Genau genommen, besitzt er sogar den größten Anteil. Alle anderen Eigentümer haben russische Namen, und einer ist der Sohn des Direktors von Minatom. Andere haben ebenfalls enge Beziehungen zu Minatom.«

»Das russische Atomenergieministerium? Atomwaffen? Das ist ein dickes Ding.«

Beth nickte. »Meine Freundin sagt außerdem, dass HanTech insgeheim waffenfähiges Uran aus Dritte-Welt-Ländern aufgekauft und nach Russland zurückgeschickt hat.« Sie bekam eine leichte Gänsehaut. »Zu der Zeit habe ich mich gefragt, warum Russland dieses Uran wiederhaben will, während es *dasselbe* Uran an uns verkaufte, angeblich, um dafür zu sorgen, dass es niemals für Kriegszwecke verwendet werden kann. Aber jetzt muss ich noch einmal über alles nachdenken. Wenn Berianow einen Plan hatte ... Vielleicht hat es mit dem Terroranschlag zu tun, von dem Ihr Boss Ihnen erzählt hat.«

»Reden Sie weiter.« Seine Stimme klang angespannt.

»Caleb Bates hat Interesse daran, HanTech zu kontrollieren. Also hatte er auch das Sagen über eine Gruppe von Russen, die ebenfalls eine Menge Anteile besitzen. Vielleicht ist *das* die Organisation, nach der Sie gesucht haben.«

»Können Sie sich an die Namen erinnern?«

»An einige.« Beth zählte sechs Namen auf und fügte dann zwei hinzu, von denen sie wusste, dass sie mit Minatom und Uridium in Verbindung standen.

Jeff wurde blass. »Vier kenne ich. Zwei haben mit Oligarchen zu tun, einer ist der Bruder von General Kripinski, und der Schwiegervater des vierten leitet das, was von der russischen Flotte übrig ist.«

Beth wurde still. »Aber Bates ist ein amerikanischer Name. Oder ein britischer. Warum sollte ein Yankee oder ein Tommy einem Unternehmen vorstehen, das Russen gehört? Es sei denn ... vielleicht ist Caleb Bates ebenfalls ein Überläufer, hat aber beschlossen, hier eine falsche Identität anzunehmen, um sich gegen die Vergangenheit zu schützen. Also ist ›Caleb Bates‹ ein Amerikaner mit ernsthaften Interessen in Russland.«

»Das ist möglich.« Plötzlich zog sein Magen sich zusammen, als er sich erinnerte ... »Vor Jahrzehnten hat der KGB im Ural, weit weg von Moskau, ein geheimes Ausbildungslager errichtet. Sie haben ihre talentiertesten Spionagerekruten hingeschickt. Anscheinend sah es wie eine typische amerikanische Stadt aus – eine von Bäumen gesäumte Hauptstraße, eine Bibliothek, ein Gericht und alles andere, neue und gebrauchte Autos, die neuesten Delikatessen, Kleidung, Musik, Filme. Zeitungen wie die *New York Times*, die *Los Angeles Times* und die *Washington Post*, die wöchentlich geliefert, aber nur Tag für Tag ausgeliefert wurden, als würden sie alle tatsächlich in den Vereinigten Staaten leben. Die einzige Sprache war Englisch mit dem Akzent des Mittleren Westens. Die Rekruten wurden auf allen Gebieten gedrillt, von amerikanischen Tischsitten bis hin zu Einkaufsgewohnheiten im Supermarkt. Es gab auch andere Trainingslager für Spione, die Aufträge in Frankreich und Großbritannien übernehmen sollten. Manchmal lebten diese Rekruten ein Jahr oder länger in diesen Scheinstädten – so lange, bis sie in jeder Hinsicht als Einheimische durchgingen.«

»Du lieber Himmel, das habe ich noch nie gehört.«

»Das sollten Sie auch nicht. Vergessen Sie nicht, es war Kalter Krieg, und deshalb wollten wir nicht, dass herauskam, was vor sich ging, und das Panik und eine Atmosphäre des Misstrauens entstand. Die Leute hätten angefangen, ihre Nachbarn zu verdächtigen, die Lehrer ihre Schüler und umgekehrt, die Bürger ihre Bürgermeister ... Ist er ein Roter? Ist sie eine Rote?«

Beth verzog das Gesicht. »Sie haben Recht. Die große ›Rote Gefahr‹. Das hätte leicht passieren können. Hatten wir auch solche Lager, um Leute auszubilden, die in der Sowjetunion spionieren sollten?«

»Darauf können Sie wetten. Und genauso für Spione in Polen, in der Tschechoslowakei und anderen Ländern hinter dem Eisernen Vorhang. Unsere Agenten waren effektiv und haben eine Menge erstklassiger Informationen geliefert.«

Beth erschauerte. »Alles Teil des Kalten Krieges, nehme ich an.«

»Genau.«

Hammond fuhr den Ferrari an den Straßenrand, hielt und schaute Beth in die Augen. Wütend auf sich selbst, atmete er tief ein. Er hätte die Verbindungen eher sehen müssen.

»Da ist noch mehr.« Seine Stimme klang hart. »Punkt eins: Als ich in diesem Ort in West Virginia war und nach Berianow herumgefragt habe, habe ich immer gesagt, dass er einen russischen Akzent hat. Alle drei – Berianow, Jurimengri und Ogust – hatten einen schweren russischen Akzent, als wir sie vernommen haben. Später, als ich sie für die *Post* interviewt habe, sprachen sie besseres Englisch, aber immer noch mit deutlichem russischem Einschlag. Ich habe immer angenommen, dass ihr Englisch deswegen besser wurde, weil sie hier lebten. Für Jurimengri und Ogust traf das wahrscheinlich zu, aber nicht unbedingt für Berianow. Wenn ich jetzt darüber nachdenke, erinnere ich mich an andere Überläufer, die uns gesagt haben, dass er hier verdeckt arbeitete ... was mir darauf hinzudeuten scheint, dass er in dem amerikanischen Lager ausgebildet wurde, das die Sowjets gebaut haben.«

Und das bedeutet, dass er Sie an der Nase herumgeführt hat. Vielleicht hatte er überhaupt keinen russischen Akzent. – Was ist Punkt zwei?«

»Die Kiste mit Makeup, die wir in dem Kombi gefunden haben. Punkt zwei ist, dass der Heckenschütze, der versucht hat, Sie umzubringen, offensichtlich ein Tarnexperte war. Punkt drei führt mich auf Ihren Gedanken zurück, der mich dazu brachte, noch einmal über alles nachzudenken – dass Caleb Bates vielleicht ein russischer Überläufer ist, der in den Untergrund ging. Punkt vier ist das, was ich Ihnen über das Foto von Caleb Bates erzählt habe, das ich in der Wochenzeitung von Stone Point gesehen habe – Sie erinnern sich? Es kam mir irgendwie vertraut vor, aber ich kam nicht darauf, was es war.«

»Ich erinnere mich.« Sie runzelte die Stirn. »Worauf wollen Sie hinaus?«

Jeffs harte Gesichtszüge erstarrten zu gemeißeltem Granit, während er an Beth vorbei ins Leere starrte. »Punkt fünf. Wir haben keinen konkreten Beweis, dass Alexei Berianow tot ist. Es ist nur ein Bericht. Keiner unserer Leute hat seine Leiche gesehen ...«

Es war so ungeheuerlich, dass es Beth den Atem verschlug. »Kein russischer Akzent. Wahrscheinlich eine sehr gute Ausbildung, was Tarnung angeht. Kennt unsere Kultur in- und auswendig. Berianow könnte noch am Leben sein ...«

Jeff nickte grimmig. »So leicht, wie man in Moskau jemandem schmieren kann, wäre es kein Problem gewesen, seinen Tod vorzutäuschen. Wenn es so ist, könnte Berianow nicht nur am Leben, sondern *hier sein*. Und wenn sein Gesicht und Körper ein wenig verändert wären ... maskiert ... könnte er genauso aussehen wie das Foto von Caleb Bates, das ich in der Zeitung in Stone Point gesehen habe.«

»Sie glauben, Berianow *ist* Caleb Bates?«

»Ja. Das würde erklären, warum ich ihn manchmal wochenlang nicht finden konnte. Er war als eine Art reicher Jagdklubbesitzer im Untergrund.« Er bewegte die Schultern und versuchte, sie zu entspannen. »Was mich zu Punkt sechs bringt. Wir werden von einer gut organisierten, gefährlichen Gruppe gejagt. Mehrere Mitglieder dieser Gruppe sprechen Englisch mit russischem Akzent. Und Punkt sieben: Es war Stone Point, wo mir die Mordfalle gestellt wurde. Wahrscheinlich war Berianows Geduld mit mir erschöpft, als ich dorthin ging. Ich war dabei, ihm zu nahe zu kommen ... viel zu nahe. Er musste mich außer Gefecht setzen.«

»Die Gruppe, die hinter Ihnen – und mir – her ist, scheint also zu Berianow zu gehören. Was genügt, um den meisten Leuten eine Heidenangst zu machen, mich eingeschlossen. Logisch betrachtet, macht es Sinn, dass diese Leute irgendetwas vorhaben und glauben, dass wir kurz davor sind, ihre Pläne aufzudecken ... oder dass wir vielleicht schon darüber gestolpert sind.«

»Ja, der Terroranschlag, den ich für meinen Boss aufklären soll.« Jeff verzog sorgenvoll das Gesicht. »Aber was ist es? Und wo? Und wann?«

Dritter Teil

33.

Es gab Tage, an denen ein tiefer, brütender Schatten auf das Büro des FBI-Direktors Thomas Earle Horn zu fallen schien. Am Ende eines langen Tages voller Morde und Vergewaltigungen, Terroristen und Gewaltverbrechen, Korruption und Spione zog eine Parade all der verhärteten, desillusionierten Menschen aus seiner langen Karriere an ihm vorüber, was ihm aufs Gemüt schlug. Horn war US-Staatsanwalt und Bundesrichter in Denver gewesen, bevor er schließlich für das Amt des FBI-Direktors vorgeschlagen wurde. Er hatte jede Art von Gewalt gesehen, die Menschen anderen Menschen antun konnten. Dennoch: Als die Gesichter nun vor seinem inneren Auge erschienen, waren sie für ihn *alle* – Täter wie Opfer – traurige, verlorene Seelen.

Heute war wieder einer dieser Tage. Horn saß nachdenklich in seinem halbdunklen Büro, ein großer, breitnackiger Schatten, als Cabot Lowell, Sicherheitsberater des Präsidenten, unangemeldet durch seinen geheimen Eingang hereinkam und in einem Sessel Platz nahm.

»Üblicherweise rufen Sie an, bevor Sie in meinem Büro erscheinen, Cabot«, sagte Horn mürrisch.

Lowell fragte ohne Umschweife: »Haben Sie einen Undercover-Agenten in der Nähe der Gemeinschaft der sowjetischen Überläufer platziert? Einen Mann, der vor zehn Jahren scheinbar im Streit beim FBI gekündigt hat, in Wirklichkeit die ganze Zeit für Sie arbeitete?«

Überrascht erwiderte Tom Horn: »Sie wissen, dass ich Ihnen darauf nicht antworten kann und nicht antworten werde,

Cabot. Selbst wenn es stimmt, was Sie sagen, wäre es Teil einer laufenden Ermittlung.« Er beugte sich über den Schreibtisch zum Sicherheitsberater vor. »Und ich bin mehr als verärgert, dass Sie solch eine Frage *überhaupt* stellen.«

»Das ist bedauerlich, Tom. Trotzdem verlange ich eine Antwort.«

Horn musterte Lowells ernstes Gesicht, die kalten blauen Augen hinter der randlosen Brille und die Lippen, schmaler als eine Rasierklinge und ohne jede Spur von Humor. »Wirklich? Und wann wurden Ihnen die Tagesgeschäfte dieser Behörde unterstellt?«

»An dem Tag, als der Präsident den Justizminister und mich damit beauftragt hat, diesen Maulwurf im FBI zu finden. Oder festzustellen, dass es gar keinen gibt.«

Alle Schatten und die verlorenen Seelen seiner Melancholie waren aus dem Bewusstsein Horns wie weggefegt, verdrängt von einer rasenden Wut, die er nur mit Mühe im Zaum halten konnte. »Der Präsident hat *was* getan?«

Lowell wischte eine dünne Strähne seines ebenso dünnen Haares aus der Stirn. »Er hat eine Außenermittlung des FBI angeordnet.« Der Sicherheitsberater ließ seine Stimme eine Spur weicher klingen. »Diese Maulwurf-Geschichte dauert schon zu lange, Tom. Sie wissen das, und ich möchte hinzufügen, schon lange vor Ihrer Amtszeit. Es ist höchste Zeit, dass wir ein für alle Mal klären, ob die Informationsverluste und die fehlgeschlagenen Einsätze wirklich durch einen Maulwurf verursacht wurden, der sich so tief eingegraben hat, dass er Gott weiß wie viele Jahre nicht entdeckt wurde.«

»Ich verstehe«, sagte Horn mit zusammengebissenen Zähnen. »Und was genau hat ein möglicher Undercover-Agent von uns mit diesem Maulwurf zu tun?«

»Wir glauben, dass der Agent selbst der Maulwurf ist.«

Horn zögerte. »Dann sollten Sie verdammt gute Beweise haben. Wer genau ist ›wir‹?«

»Millicent Taurino, Don Chen und ich.«

»Ach? Machen Sie jetzt Ihre eigenen Ermittlungen?«

Lowell antwortete nicht.

»Nein, Sie würden ein paar echte Ermittler brauchen, nicht wahr? Innerhalb des FBI.« Die beiden Männer blickten sich im Zwielicht der zugezogenen Vorhänge des Büros direkt in die Augen. Horn sagte: »Ich sollte zurücktreten, wissen Sie. Kein Direktor kann unter solchen Bedingungen seine Aufgabe erfüllen.«

»Aber das werden Sie nicht tun. Sie wollen den Maulwurf genau so finden wie wir.« Lowell lächelte gequält. »Die Anerkennung bekommen natürlich Sie – und das Bureau.«

Horn dachte darüber nach. Das Angebot hatte durchaus seinen Reiz. »Das ist nur recht und billig, wenn man bedenkt, dass jemand von unseren eigenen Leuten alles ausgegraben hat. Früher oder später werde ich auch herausfinden, wer sie sind.«

»Vielleicht.« Lowell zuckte mit den Schultern. Das Schicksal von Eli Kirkhart ging ihn oder den Justizminister nichts an. Und der Präsident würde es nie erfahren, selbst wenn er noch im Amt sein sollte.

»Wie sind Sie zu der erstaunlichen Schlussfolgerung gekommen, dass ich einen Undercover-Agenten habe?«

»Denken Sie mal nach.« Lowells Augen blickten so klar und gnadenlos wie die des Großinquisitors auf der Suche nach Sündern. »Er hat direkten Zugang zu Ihnen, korrekt? Und zu all denen Ihrer Untergebenen, die von ihm wissen. Das wären die meisten, wenn nicht alle führenden Leute des FBI, stimmt's?«

»Mehr oder weniger, ja.«

»Er kann unter Ihrem Schutz kommen und gehen, ohne sich bei irgendjemand rechtfertigen zu müssen. Für die nicht Eingeweihten geht er zur Tarnung irgendeiner Arbeit nach, die seine Anwesenheit im Gebäude erklärt. Wenn der schlimmste aller denkbaren Fälle eintritt und er tatsächlich von Agenten festgesetzt wird, die nicht Bescheid wissen, werden Sie alles tun, um dafür zu sorgen, dass man sich um ihn kümmert. Wahrscheinlich hat er ein Codesignal, um seinen Führer zu alarmieren. Dann wird er entweder in aller Stille freigelassen oder entlastet und dann freigelassen.«

»Es ist weitaus komplizierter. Aber nehmen wir mal an, das alles könnte möglich sein. Nehmen wir an, solch ein namenloser Undercover-Agent existiert tatsächlich ... Welche Beweise haben Sie, dass er der Maulwurf ist?«

Lowell lehnte sich zurück. »Hören Sie auf, herumzueiern, Tom. Wir reden hier von Jeffrey Hammond, den früheren Special Agent und jetzigen Osteuropaexperten und Journalisten bei der *Post*. Ein Mann, der Verbindungen zu fast jedem KGB-Überläufer im Land hat und wahrscheinlich für die Enttarnung vieler Doppelagenten verantwortlich ist, die das FBI gefangen hat. Ein Mann, der angeblich mit dem FBI im Streit liegt, dem Sie und ein kleiner Kreis von führender Personen in Wahrheit aber völlig vertrauen. Welche Tarnung könnte für einen Maulwurf besser sein? Ein Mitarbeiter, der schon zum Inventar gehört, der aber selten sichtbar und doch immer da ist und in letzter Instanz nur Ihnen gegenüber verantwortlich ist.«

Horn war still. Jedes Wort von Lowells Analyse, dass Hammond der Maulwurf war, hatte ihn wie ein Hammerschlag getroffen. Alles war stimmig; es erklärte die Art der verlorenen Informationen und die Unsichtbarkeit und Langlebigkeit des Maulwurfs. Aber Jeffrey Hammond? Nein, das konnte Horn nicht glauben. Lowell und seine Ermittler waren auf der richtigen Spur, da war er sich nun sicher... aber sie jagten den Falschen.

Die Antwort, die Horn im Geiste vor sich sah, war weitaus schockierender, doch sie verschaffte ihm eine grausame Befriedigung, sogar ein Hochgefühl. Er achtete darauf, es nicht zu zeigen. Lowells irrige Vermutungen über Jeff Hammond ließen die Situation in einem neuen Licht erscheinen. Horn wusste plötzlich, wer der Maulwurf sein musste. Man hatte ihn clever, geschickt und auf denkbar einfache Weise eingeschleust. Aber er würde Lowell nichts sagen. Er würde niemandem, den Präsidenten eingeschlossen, diese Befriedigung verschaffen. Das FBI – *sein* FBI – würde selbst mit seinen Problemen fertig werden. So war es immer gewesen, und so würde es immer bleiben. Dieses Vertrauen würde er nicht verraten.

Horn setzte eine ernste, besorgte Miene auf. »Ich glaube, Sie könnten Recht haben, Cabot. Ja, wenn ich darüber nachdenke, ergibt es Sinn. Trotzdem müssen wir ganz sicher sein. Das ist eine ernste Angelegenheit. Wir brauchen wasserdichte Beweise. Lassen Sie Ihre Leute weiter gegen Hammond ermitteln, während ich meine Leute warne, um sicher zu gehen, dass der Maulwurf keinen weiteren Schaden anrichten kann.«

Cabot Lowell nickte und stand auf. »Wasserdichte Beweise oder nicht – wir müssen seine Aktivitäten schnellstens beenden.«

»Das werden wir. Sie können dem Präsidenten versichern, dass der Maulwurf sich nirgends mehr verstecken kann.«

»Der Präsident wird erfreut sein.«

Während die Geheimtür sich schloss und Cabot Lowells leise Schritte verhallten, gelangte Tom Horn zu einem anderen Schluss: Er würde sich selbst darum kümmern. Würde ihn persönlich verhaften, genau wie J. Edgar Hoover solche Dinge gehandhabt hatte, damals in den alten Zeiten vor dem Zweiten Weltkrieg, als der FBI zur Legende wurde. Horn war der Vergangenheit etwas schuldig, all den Frauen und Männern des FBI, die sich geopfert hatten, um Amerikas Freiheit zu bewahren. Er hatte eine Verpflichtung, seinem Land zu dienen, und dies war seine Chance. Er würde seiner Pflicht nachkommen, und er wusste auch schon, wie.

Während die Sonne tiefer sank und sich lähmende Hitze auf den Highway legte, redeten Beth und Jeff weiter über die weltweite Bedrohung durch einen Terroranschlag Alexei Berianows in Amerika. Jeff erzählte ihr, dass die Warnung von einem geheimen Informanten namens Perez gekommen war.

Besorgt beobachteten sie andere Fahrzeuge, ob jemand sie erkannt hatte – zumal in dem auffälligen Auto –, doch während der Ferrari der Wagenkolonne folgte, die sich in die waldreichen Catoctin Mountains hinaufwand, entdeckten sie nichts und niemanden, der verdächtig erschien.

Jeff fuhr nördlich von Thurmont in Maryland bei einer Tankstelle mit Minishop ab, die eine teure Gegend versorgte, in der Washingtoner Yuppies eine Menge Geld für Wochenendhäuser auf dem Land ausgegeben hatten. Graue, unheimliche Schatten vom Laub der Ahornbäume umgaben die Gebäude der Tankstelle, während Beth in den Laden ging, um Vorräte zu kaufen, und Jeff den Ferrari tankte.

Beth bemerkte sofort den Fernseher, der an der Wand über der Kasse hing und die Nachrichten von *CNN Headline News* zeigte. Während sie beiläufig auf den Bildschirm sah, wählte sie rasch Käse, ein Baguette, Früchte und rohe Karotten aus. Dann entdeckte sie in einem Kühlfach für Gourmets kleine Dosen Kaviar, allerdings nicht den besten, sondern nur Sewruga. Das war zwar nicht ihre Lieblingssorte Beluga, aber genau das, was sie jetzt brauchte. *Kaviar.* Ohne einen weiteren Gedanken zu verschwenden, schnappte sie sich eine Dose.

Aber als sie mit den Lebensmitteln im Arm an der Kasse wartete, erschien ein Foto von Jeff auf dem Bildschirm. Beth bekam weiche Knie. Trotzdem lächelte sie den jungen Mann an der Kasse strahlend an. »Hi.« Sie legte die Ware auf die Theke und nahm eine Papiertüte.

Sein Gesicht war voller Aknepickel. Während er die Artikel eintippte, fragte er: »Sind Sie hier aus der Gegend?« Er hätte sich beinahe die Lippen geleckt, und seine Augen glänzten.

Beth lächelte noch strahlender, in der Hoffnung, ihn vom Fernseher abzulenken. »Bin gerade nach Thurmont gezogen. Arbeiten Sie regelmäßig hier?« Sie gab ihm das Geld fürs Benzin und die Lebensmittel, die sie in die Tüte packte.

»Sicher.« Während er ihr die Hand mit dem Wechselgeld entgegenstreckte, erschien auch ihr Foto auf dem Bildschirm. *»... Anwältin, die kürzlich von einer bekannten Kanzlei in Washington, D.C., entlassen wurde. Ein Zeuge soll gesehen haben, wie sie in Georgetown auf einen Mann geschossen und ihn getötet hat. Dem Führerschein des Opfers zufolge war der Mann ein Tourist aus Miami. Es wurde keine Waffe gefunden. Man geht davon aus, dass Convey von dem flüchtigen Jeff Hammond begleitet wird, der einen gelben 1987er Plymouth fährt ...«*

Die Handfläche des jungen Mannes mit dem Wechselgeld blieb plötzlich mitten in der Luft hängen. Seine Augen wurden vor Erstaunen groß und rund, und er starrte Beth an. »Sind Sie das?«

»Seien Sie nicht albern.« Sie lachte, nahm das Wechselgeld und die Lebensmittel und eilte zur Tür hinaus. Ihr Herz pochte so heftig, dass es gegen ihre Rippen zu schlagen schien. Würde das denn niemals aufhören? Wurden sie und Jeff für den Rest ihres Lebens gejagt?

Sobald sie in den Ferrari gesprungen war, fädelte Jeff sich wieder in den Verkehr ein. Die Sonne stand jetzt noch tiefer und goss ein feuriges Glühen über die Bergspitzen. Sie aßen, während er fuhr, und Beth berichtete ihm von den Nachrichten. Sie war bereits so sehr daran gewöhnt, nach Gefahren Ausschau zu halten, dass sie es schon ganz von selbst tat.

Das Gefühl, gehetzt und gejagt zu werden, war bedrückend.

»Sie haben Kaviar gekauft?«, fragte Jeff schließlich und unterdrückte ein Lächeln. »Das ist ein bisschen luxuriös für Flüchtlinge, nicht?«

»Kann man wohl sagen. Ich weiß, es klingt unerhört, aber ich wollte ihn. Genauer gesagt, hatte ich einen ungeheuren

Appetit darauf. Normalerweise tue ich so was nicht«, fügte sie lahm hinzu.

»Na ja, jedenfalls vielen Dank, dass Sie ihn mit mir teilen. Er schmeckt gut.«

»Danken Sie Michail Ogust.« Beth lächelte. »Wenigstens hatte er in manchen Dingen einen guten Geschmack.«

Jeff sah, wie Beth ihre Tabletten schluckte. »Sie müssen die Medikamente regelmäßig nehmen, nicht? Scheint eine ganze Menge zu sein.«

»Es sind gar nicht so viele. Es könnte schlimmer sein.« Sie erklärte es ihm. »Diese blau-braune Kapsel ist CellCept. Die reduziert das Risiko, dass mein Körper ein fremdes Objekt abstößt – in diesem Fall das neue Herz. Ich nehme auch Cytovene. Das ist diese grüne Kapsel. Die hilft, Krankheiten vorzubeugen, insbesondere Infektionen. Die anderen hier sind Prednosin, ein entzündungshemmendes Mittel, und Prograf, ein Immunsuppressivum. Ich nehme auch noch Koenzyme, Leinsamenöl, Vitamin E und Alpha-Fettsäuren. Ist gar nicht so viel.«

Bis die Medizin weitere Fortschritte machte, würde Beth für den Rest ihres Lebens auf diese oder ähnlich starke Medikamente angewiesen sein. Aber das war nicht mehr wichtig. Sie genoss das rhythmische Pulsieren ihres Herzes und dachte über Michail Ogust nach. Sie fragte sich, wie sehr er sie wirklich beeinflusst hatte, und ob sie jemals Frieden fand. Doch im Stillen stattete sie Ogust und seiner Familie Dank ab. Sie hatten ihr ein neues Leben geschenkt.

»Machen Ihnen die Transplantation und die Medikamente Angst für Ihre Zukunft?«, fragte Jeff gerade heraus.

»Wenn Sie damit meinen, ob ich ein normales Leben führen kann – ich glaube, was wir gerade tun, kann man schwerlich als normal bezeichnen. So sehe ich es jedenfalls. Trotzdem komme ich damit zurecht.«

»Und zwar außergewöhnlich gut«, sagte er. »Aber diese Medikamente haben ernste Nebenwirkungen, besonders langfristig.«

»Sie wollen sagen, wenn nicht mein Herz mich umbringt, dann die Medikamente. Und sie haben Recht. Nierenschäden, Bluthochdruck, Diabetes, Anämie.« Sie zuckte die Schultern ein wenig zu beiläufig. »Risiken gehören zum Leben. Ich tue alles, was ich kann, um mich gesund zu erhalten ... und mein neues Herz. Vielleicht findet die Wissenschaft bald bessere Möglichkeiten für Transplantationspatienten.« Jeff stellte Fragen, denen Beth selbst auszuweichen versuchte, und das bereitete ihr Unbehagen.

»Eine gute Einstellung. Ich würde dasselbe tun ... es wenigstens versuchen.« Er bemerkte ihre Unruhe und fragte sich, ob sie ein langes Leben haben würde – das hieß, falls sie ihre gegenwärtigen Schwierigkeiten überlebte.

»Würde Sie das beunruhigen? Diese Unsicherheiten und Unwägbarkeiten, was meine Gesundheit betrifft?«, fragte Beth. »Ich denke nicht viel darüber nach. Aber ich könnte verstehen, wenn es sie beunruhigt. Wäre es andersherum, würde ich wahrscheinlich dieselben Fragen stellen wie Sie.«

Ihre Miene war ausdruckslos geworden, ihre Schönheit hinter einer Maske versteckt. Jeff hatte das Gefühl, dass sie gerade ihr Kreuzverhörgesicht aufgesetzt hatte. Oder vielleicht das Pokerface, das sie in einem Sitzungssaal zeigte, wenn sie zum ersten Mal die gegnerische Partei traf. Sie hatte ein Bollwerk zur Verteidigung errichtet, und sie hatte es schnell und gründlich getan.

Jeff sagte: »Muss damals ganz schön hart für Sie gewesen sein, als Sie auf ein Spenderherz gewartet haben.«

»Kann man wohl sagen. Ich glaube, am schlimmsten ist es, wenn man begreift, dass jemand anders sterben muss, damit man selbst überleben kann. Das verändert die ganze Lebenseinstellung. Vom Tod eines anderen zu profitieren, wenn man selbst dem Tod so nahe ist, erscheint ... unmöglich. Gewissenlos. Und doch ist der Überlebenswille sehr, sehr stark. Unglaublich stark.«

Sie fuhren weitere zehn Kilometer nach Norden, bis Beth darauf bestand, das Steuer zu übernehmen. »Sie sind müde, Jeff. Ich kann es Ihnen ansehen. Und wir wissen nicht, was wir noch vor uns haben. Tun Sie uns beiden einen Gefallen, und schlafen Sie ein bisschen.«

Sie hatte Recht, und er widersprach ihr nicht. Er fuhr vom Highway ab, und sie tauschten die Plätze. Während Beth fuhr und dabei nach Streifenwagen Ausschau hielt, fiel Jeff in einen unruhigen Schlaf.

Nordöstlich von Washington, in einem Hotelzimmer in Silver Spring, Maryland, lief ein drahtiger Mann von Anfang dreißig auf und ab, verwirrt und besorgt, und kämpfte gegen seine schwelende Wut. Er ging zu dem tragbaren Computer auf dem Nachttisch zurück und loggte sich wieder ins Internet ein. Er schickte eine codierte E-Mail an den Kreml und unterbrach die Verbindung.

Der Mann zündete sich eine Zigarette nach der anderen an, lief im Zimmer herum, wartete. Schließlich nahm er eine Flasche Miller Light aus der Minibar. Er hebelte den Kronkorken ab und nahm einen tiefen Schluck aus der Flasche. Er mochte das leichte amerikanische Bier, das jedoch nicht so würzig war wie in seiner Heimat. Seltsam bei einer Nation, die bereit war, auf Geschmack zu verzichten, um Kalorien zu sparen.

Der Mann ließ sich auf den Bürostuhl fallen, drückte seine Camel aus und zündete sich gleich eine neue an. Er schaute auf seine Armbanduhr, die er am rechten Handgelenk über einer kleinen weißen Narbe trug. Es war eine sehr gute Uhr, wasserdicht, mit digitalem Leuchtzifferblatt, Stoppfunktion und Zeitmesser. Wenn er arbeitete, konnte er sie unter den Ärmel seiner schwarzen Kleidung schieben, wo sie zugänglich, aber nicht zu sehen war, falls er sie nicht bloßlegte.

Die Zeit wurde knapp. Aufgeregt starrte der Mann wieder auf den Stapel Computerausdrucke auf dem Tisch. Sie enthielten Hintergrundinformationen über Caleb Bates, Alexei Berianow, Anatoli Jurimengri, Michail Ogust, Beth Convey und Jeff Hammond. Der Mann schaute noch einmal nach seiner E-Mail. Diesmal war eine Antwort gekommen. Der Mann antwortete auf der Stelle, schlug mit der Faust auf den Tisch, stand auf und eilte aus dem Zimmer.

Während Beth nach Westen auf einen anderen Highway in Pennsylvania abbog, konnte sie Gettysburg sehen, das der Verstädterung und Kommerzialisierung, wie man sie etwa in Philadelphia oder Pittsburgh fand, entgangen war. Die Stadt lag abseits und war immer noch ein landwirtschaftliches Zentrum, und die Gegend sah immer noch so ähnlich aus wie 1863, als die Nord- und Südstaaten hier die blutigste Schlacht schlugen, die je auf amerikanischem Boden stattgefunden hatte. Gebadet im violetten Licht der Abenddämmerung lagen die gepflegten Obstgärten, die kleinen Wäldchen und die alten Farmhäuser zerstreut auf den Feldern mit der schweren, dunklen Erde des Gebirgsvorlandes. Viele Straßen waren von Steinmauern gesäumt, während sich am Horizont lang gestreckte Bergketten erhoben. Neben der Straße und weit draußen auf den Feldern blinkten Glühwürmchen.

Schließlich weckte Beth Jeff auf. »Wir sind fast da.« Sie folgte den Anweisungen aus der Anzeige, die sie sich gemerkt hatte, und lenkte den Ferrari nach Süden auf die Emmetsburg Road. Sie kamen an Präsident Eisenhowers Farm vorbei, jetzt eine nationale historische Gedenkstätte, und fuhren weiter nach Süden durchs Farmland.

»Ist irgendwas passiert, als ich geschlafen habe?«, fragte Jeff.

»Alles war ruhig. Ich habe mich gefragt, was wir finden werden. Vielleicht waren das alles nur wilde Spekulationen unsererseits. Vielleicht hat irgendein nettes, altes Ehepaar aus Buffalo die Farm gekauft und lebt da mit seinen Enkeln und ein paar Milchkühen.«

»Daran habe ich auch schon gedacht. Bald werden wir es wissen.«

Pfähle mit Hausnummern markierten die Auffahrten. Während Beth sie las, sagte sie: »Ich hatte mal einen Mandanten, der zu mir sagte: ›Ihr Amerikaner seid wie Schoßhunde. Wir Russen sind wie Straßenköter.‹ In gewisser Weise hatte er Recht. Die Russen mussten lernen, ihren Verstand zu benutzen, um zu überleben.«

Jeff nickte. »Und Breschnew hat alles nur schlimmer gemacht. Ende der Siebzigerjahre begannen die Kriminellen sich zu organisieren, und die Regierung hat weggeschaut. Das verstärkte den Eindruck, dass man kein wirkliches Verbrechen begangen hatte, wenn man damit durchkam. Und jetzt wundern sich die Leute, warum wir die russische Mafia haben. Trotzdem – die Sowjetunion hat ihre Menschen gebildet. Sie konnten in jedem System zurechtkommen. Und sie haben sich nicht durch Rasse, Religion oder Volkszugehörigkeit aufhalten lassen. Es kam ihnen nur darauf an, Geld zu machen. Sie würden mit jedem Geschäfte machen. Toleranz auf Profitbasis, sozusagen.«

Er hielt kurz inne, fuhr dann fort:

»Aber manchmal geht es zu weit – Geschäfte mit Kriminellen, zum Beispiel. Und zum Teil ist das unser Fehler. Wir haben eine entscheidende Schwäche ignoriert, als wir erwarteten, dass der russische Staat ein Vehikel für einen geordneten Wandel ist, wo er in Wirklichkeit nur eine fette, aufgeblasene Bürokratie war, in Korruption, Inkompetenz und politische Grabenkämpfe verstrickt.«

»Sie haben Recht. Nach vierundsiebzig Jahren Kommunismus konnten sie unmöglich einen Alan Greenspan oder einen

Robert Rubin oder sonst jemanden hervorbringen, der auch nur ansatzweise die Marktwirtschaft beherrscht.«

»Ich erinnere mich noch, wie unsere Steuerspezialisten für jeweils drei Wochen als Ratgeber nach Russland flogen«, sagte Jeff. »Wir waren so naiv, so gespannt und hoffnungsvoll, dass wir glaubten, amerikanisches Knowhow würde drei Generationen institutionalisierter Ignoranz kompensieren. Wenn der Internationale Währungsfond und die Weltbank Russland nicht in den freien Markt gestoßen hätten – nach dem Motto, schwimm oder geh unter –, hätten wir ihnen vielleicht helfen können, ein solides Fundament zu errichten, genauso, wie wir es in Deutschland nach dem Zweiten Weltkrieg getan haben. Aber es war nicht genug Zeit, und es ist immer noch nichts passiert.«

»Das erinnert mich an einen meiner Mandanten im letzten Jahr. Er hat in Moskau zwei Fitnessklubs eröffnet, die großen Erfolg hatten. Dann musste er von einem Tag zum anderen verzweifelt neue Mitglieder suchen. Warum? Weil so viele der alten Mitglieder bei Bandenüberfällen ermordet wurden.«

»Ich habe noch eine böse Überraschung«, sagte Jeff sorgenvoll. »Einige von unseren Analytikern beim FBI glauben, dass Russland in seinen üblichen Kreislauf von Zerfall und Zersplitterung zurückfällt, und diesmal wird es erst aufhören, wenn irgendein politischer Führer – wahrscheinlich aus dem Militär – das Land durch Gewalt wieder zusammenhält. Das lässt mich natürlich an Berianow denken.«

»Ein gutes Argument. Er ist kein Militär im engeren Sinne, aber gehörte zu den leitenden Persönlichkeiten des KGB, was bedeutet, dass er beste Kontakte sowohl zu den Streitkräften als auch zu den Geheimdiensten hat.« Beths Blick fiel auf die Adresse auf einem weißen Pfahl, und sie hielt. »Hier ist es.« Sie nickte in Richtung des Pfostens, der an der Straße außerhalb eines von Stacheldrahtrollen bekrönten Maschendrahtzaunes stand. Auf dem Abhang eines Hügels hinter dem Zaun befanden sich eine rote Scheune, andere Nebengebäude, Weiden mit weißen Zäunen und ein dreistöckiges, weißes Kolonialhaus mit Säulen. »Das ist das Haus, das ich in der Anzeige gesehen habe.«

Jeff drehte den Kopf. »Die haben hier gute Sicherheitsanlagen.«

Der Zaun verlief parallel zur Straße und auf beiden Seiten um die Farm herum. Innerhalb des Zauns standen in Abständen Nadelbäume. Weiße Pfähle begrenzten die Einfahrt und verbanden den Zaun mit einem schweren, schmiedeeisernen Tor mit zwei Flügeln. Wenn es auch dekorativ aussah – dieses Tor war kaum zu durchbrechen, und der Zaun mit seinem scharfen Stacheldraht bereitete möglichen Eindringlingen noch größere Schwierigkeiten.

Während sie am Gelände vorbeifuhren, kamen zwei Männer in Jeans, Jeansjacken und Arbeitsstiefeln aus dem Tor und gingen mit flotten Schritten im Mondlicht die Straße hinunter. Beth fuhr noch einen Kilometer weiter in das dunkler werdende Zwielicht, wendete und fuhr auf derselben Straße zurück. Jetzt standen die beiden Männer an einer Bushaltestelle. Um sie herum tanzten Glühwürmchen. Beth fuhr weiter die Straße entlang, bis sie ein zweites Mal an der Farm vorbeikamen. Sie fuhren einen Hügel hinauf.

Jeff sagte: »Parken wir hinter dieser Anhöhe und gehen zu Fuß zurück, um zu beobachten.«

Beth fuhr über den Hügel, sodass sie von der Farm aus nicht mehr zu sahen waren. Während Beth abseits der Straße parkte, holte Jeff ein Nachtsichtglas aus dem Kasten, in dem der Heckenschütz die Überwachungsgeräte verstaut hatte. Es war jetzt dunkel; am weiten Himmel begannen die Sterne zu funkeln. Die Temperatur fiel, und die Luft roch intensiv nach frischer Erde.

Er fragte: »Wie gut können Sie eigentlich mit einer Waffe umgehen? Sie haben gesagt, dass Ihr Vater Sie zu Schießübungen mitgenommen hat. Offensichtlich wissen Sie, wie man schießt.«

»Ja, aber ich bin nicht gut trainiert. Ich kann zielen und schießen, aber das wär's dann auch schon. Ich kenne meine Grenzen.«

Jeff nickte.

Vorsichtig gingen sie durch die dunkle Nacht. Beth genoss einen Moment Jeffs Nähe, als hätten sie mehr gemeinsam als ihren Überlebenswillen. Dann überfiel sie Einsamkeit – ein Gefühl, das sie nur zu gut kannte. Seitdem sie ihm alles über ihre Medikamente erklärt und ihm gesagt hatte, was es für ihre Zukunft bedeutete, mit einem transplantierten Herzen zu leben, schien Jeff sich ein wenig ins sich selbst zurückgezogen zu haben, als ob er in einem fernen Land wäre, in das sie nicht gehörte. Musste sie bis ans Ende ihrer Tage damit fertigwerden? Furcht vor ihrer Herztransplantation, vor dem Unbekannten? Mitleid und Distanz?

Jeff deutete auf eine Stelle hinter einem großen Felsblock, der sie von der Straße abschirmte. Beth kauerte sich dorthin, und er ließ sich neben ihr nieder. Sie sah zu, wie er durchs Nachtglas die Farm beobachtete. In der kühlen Nachtluft war die Wärme seines Körpers beinahe mit Händen zu greifen.

»Keine Aktivitäten«, murmelte er. »Das Milchvieh ist in die Scheune oder sonst wo hingebracht worden. Kein Licht dort oder in einem der anderen Nebengebäude. Aber in dem großen Haus ist jemand. Da ist Licht in den beiden mittleren Fenstern im ersten Stock und rechts neben der Haustür im Erdgeschoss.« Er reichte Beth das Fernglas.

Sie betrachtete aufmerksam das Farmgelände und fragte sich, ob dort Gefahr lauerte.

»Sehen Sie was?«, fragte er.

Sie beschrieb die verschiedenen Gebäude, das Licht, das Fehlen von Kühen und Fahrzeugen. Alles war genau so, wie er gesagt hatte.

»Schauen Sie noch einmal zum Eingang der Farm.«

Beth schwenkte das Fernglas und betrachtete das schmiedeeiserne Tor, die Pfähle und den Maschendrahtzaun. »Sieht stabil aus.«

»Schauen Sie sich die Kiefern zu beiden Seiten des Tores an.«

Sie bewegte langsam das Fernglas und musterte das Nadelgewirr an einem der jungen Bäume. »Eine Kamera!« Sie bewegte das Fernglas ein winziges Stück weiter. »Da ist noch eine. Die Einfahrt wird überwacht.«

»So ist es. Wir können nicht mit Sicherheit sagen, wie es mit Bewegungsmeldern aussieht, aber ich nehme an, dass Zaun und Tor auch damit ausgerüstet sind. Wer immer da drin ist, macht sich ziemliche Sorgen um seine Sicherheit. Mehr verrät uns das zwar nicht, aber es reicht, um mein Interesse zu wecken.«

»Warten Sie ... Ich sehe einen Pickup. Er kommt aus einem Gebäude am Fuß der Hügel. Wahrscheinlich eine Garage.« Sie betrachtete die Öffnung des Gebäudes. Sie war mehr als breit genug für zwei Wagen und ungewöhnlich hoch für eine normale Garage. Als der Pickup hinausgefahren war, senkte das Tor sich wieder.

Jeff sagte: »Ich kann nur die Scheinwerfer sehen. Der Wagen fährt in Richtung Zufahrt, nicht wahr?«

»Ja. Es sitzen Leute darin. Und da ist irgendwelche Ausrüstung. Es ist schwer zu erkennen.«

»Lassen Sie mich mal schauen.«

Sie gab ihm das Fernglas.

Er justierte es rasch, während sein Blick das Gebäude suchte. »Verdammt. Das Tor haben sie verdammt schnell wieder geschlossen. Ich kann nicht sehen ...« Er hielt inne. »Fällt Ihnen was auf?«, fragte er leise.

Beth starrte weiter auf das Gebäude. Und dann begriff sie, was er meinte. »Die Lichter sind verschwunden. Ganz plötzlich, und alle gleichzeitig. Unmöglich, dass die Leute im Innern sämtliche Lampen haargenau im selben Augenblick ausgeschaltet haben. Und dass jemand einen Hauptschalter umgelegt hat, als noch Leute drinnen waren, ist unlogisch.«

Jeff nickte. »Ich wette, das Licht im Gebäude brennt noch.«

»Wie sollte das gehen? Licht dringt an Fenster- und Türritzen und durch Risse nach außen. Es würde irgendwo zu sehen sein. Die Leute im Haus müssten schon Vorhänge zum Verdunkeln benutzen.«

»Genau. Irgendwie haben sie das Haus verdunkelt. Ich will wissen, warum.« Er gab ihr das Fernglas zurück.

Beth betrachtete ihn durch die Nacht. Im Licht des aufgehenden Mondes besaß sein braunes Haar einen hellen Glanz. »Sie gehen nirgendwo ohne mich hin«, sagte sie.

Er schaute sie überrascht an; dann grinste er. »Wohin man auch sieht, nichts als Probleme. Ich ergebe mich in mein Schicksal.«

Die Spannung wuchs, während sie beobachteten und ihre Schlüsse zogen. Ungefähr alle halbe Stunde verließen Personen die Garage. Manchmal war es nur einer auf einem Motorrad oder Fahrrad. Dann wieder waren es zwei oder drei zu Fuß, in einem Wagen oder einem Pickup.

»Es geht überhaupt niemand rein«, stellte er grimmig fest. »Das ist ein Exodus. Aber wo, zum Teufel, wollen die alle hin?«

»Und wo auf der Farm kommen sie alle her?« Unruhe erfasste Beth. Es war dieselbe unbändige Energie, die sie nach ihrer Transplantation verspürt hatte.

»Wenn das nächste Mal welche zu Fuß herauskommen, versuchen wir sie zu schnappen«, sagte Jeff. »Wir müssen unbedingt herausfinden, was da drinnen vor sich geht.«

34.

Beth und Jeff lagen im schwarzen Schatten neben dem Zaun, weit genug vom Tor der Milchfarm entfernt, um nicht von den Kameras erfasst zu werden. Junge Frösche quakten. Die Nacht war voll vom süßen Duft frischen Grases. Doch Beth konnte die ländliche Atmosphäre nicht genießen. Ihr Puls raste, während sie wartete. Als schließlich zwei weitere Männer zu Fuß durch das doppelt breite Tor kamen, berührte Jeff ihre Schulter und murmelte: »Rühren Sie sich nicht. Wir warten noch.«

Beth nickte, ein bisschen verärgert, dass er sie für dumm genug hielt, sich zu früh zu bewegen.

Die Männer gingen die Landstraße entlang zur Bushaltestelle und unterhielten sich dabei leise. Sobald sie vorüber waren, berührte Jeff wieder Beths Schulter. Zusammen sprangen sie auf und liefen über das Gras neben der Straße, um das Geräusch ihrer Schritte zu dämpfen. Als sie dicht genug heran waren, hämmerte Jeff den Lauf seiner Beretta dem Mann auf der rechten Seite gegen den Hals. Gleichzeitig versetzte Beth dem Mann links einen Fußtritt genau zwischen die Schulterblätter. Er flog nach vorn und prallte hart auf. Da der erste Mann bewusstlos war, drehte Jeff sich um und drückte dem zweiten die Mündung seiner Beretta ans Ohr.

Beth klopfte ihn ab und öffnete seine Jacke. »Er hat eine Waffe«, sagte sie und zog sie aus dem Halfter des Mannes.

»Steh auf«, forderte Jeff ihn auf. »Ganz vorsichtig.«

»Wer sind Sie?«, fragte der Mann. »Was wollen Sie?«

Seine Stimme klang angespannt, doch Beth hörte die unterdrückte Erregung darin. Der Mann war hellwach; er hatte irgendetwas vor. Langsam stand er auf. Er hatte ein langes, glatt rasiertes Gesicht mit eng zusammenstehenden schwarzen Augen, die in der Nacht kaum zu sehen waren. Er schaute zu seinem Begleiter, der sich bewegte und bald wieder bei Bewusstsein sein würde.

»Wir sind Leute mit einem großen Problem«, erwiderte Jeff. »Und das Problem bist du und dein Freund. Wer seid ihr? Und was geht da auf der Farm vor sich?«

Beth durchsuchte bereits den Mann am Boden. »Er ist auch bewaffnet«, sagte sie und zog eine Pistole unter seiner Windjacke hervor. Er trug sie an derselben Stelle wie sein Begleiter.

»Wer sind Sie überhaupt – Polizei?«, fragte der Mann. »Drogenfahndung?«

Jeff ignorierte die Frage. »Was weißt du über Caleb Bates und Alexei Berianow? *Wy催 goworite po russki?* Sprichst du Russisch?«

»Ich weiß gar nicht, wovon Sie reden«, antwortete der Mann höhnisch. »Was ist das für eine blöde Sprache?« Doch bei der Erwähnung von Caleb Bates' Namen war er zusammengezuckt, und beim Klang der russischen Worte stand Entsetzen in seinen Augen. Er drehte sich zu seinem bewusstlosen Kumpan um. »Wach auf, Chet. Verdammt, Mann. Wach auf! Sie haben uns erwischt. Kapierst du? Sie haben uns. Die Bullen.«

»Wir sind viel schlimmer als die Bullen«, sagte Jeff.

»Leck mich am Arsch!«

Der Mann am Boden rollte sich vom Bauch auf den Rücken. Sein Gesicht war weiß. Die beiden Männer schauten einander in die Augen, bevor Beth oder Jeff reagieren konnten. Sie schienen eine stumme Botschaft auszutauschen.

»Nein!«, rief Jeff.

Die Beine des stehenden Mannes knickten ein, und er brach zusammen. Jeff versuchte, den Mund des Mannes zu öffnen, als auch der zweite Mann sich plötzlich krümmte. Aus den Mundwinkeln beider Männer quoll Schaum. Ihre Körper wanden sich, bäumten sich auf und zuckten. Ihre Gesichter waren von schrecklichen Schmerzen verzerrt.

»Was ist los?«, fragte Beth entsetzt. »Sagen Sie mir, was ich tun soll!«

Jeff ächzte und ging in die Hocke. »Zu spät.«

»Mein Gott. Was war das?« Beth starrte auf die beiden Männer, die verkrümmt und regungslos dalagen. »Es ging so schnell. Was haben sie getan?«

Jeff beugte sich vor und schnüffelte über dem Gesicht des ersten Mannes, dann des zweiten. »Bittermandeln. Sie haben Zyanidkapseln zerbissen, die sie zwischen den Zähnen verborgen hatten. Vielleicht war sogar ein Zahn damit gefüllt. Es muss eine riesige Dosis gewesen sein, wenn sie einen Mann so schnell umbringt.«

Beth sank neben Jeff auf die Knie und blickte schockiert von einem Mann zum anderen. »Sie haben Selbstmord begangen«, sagte sie wie betäubt. »Ich habe mehr als ein Jahr lang gekämpft, um am Leben zu bleiben, und die ... die bringen sich einfach um.« Sie verstummte, versuchte zu verstehen. Schließlich zitierte sie flüsternd: »Das Geheimnis des menschlichen Lebens, das universelle Geheimnis, das ursprüngliche Geheimnis, aus dem alle anderen Geheimnisse hervorgehen, ist das sehnsüchtige Verlangen nach mehr Leben. Der heiße und unstillbare Wunsch, alles zu sein, ohne je aufzuhören, man selbst zu sein.« Sie hob den Kopf und blickte Jeff über die beiden Leichen hinweg an.

»Von wem ist das?«

»Das hat Miguel de Unamuno geschrieben, der spanische Philosoph. Es ist unglaublich. Entsetzlich. Was kann so schlimm sein, dass die beiden sich *entschieden* haben, zu sterben? Wir wollten doch nur mit ihnen sprechen.«

»Ich vermute, sie konnten nicht das Risiko eingehen, etwas zu verraten, das wir und andere nicht erfahren dürfen.« Er durchsuchte die Taschen des ersten Mannes. »Wir können nicht lange hier draußen neben dem Highway bleiben. Die Gefahr ist zu groß, dass jemand uns entdeckt.«

Beth durchsuchte die Taschen des zweiten Mannes. »Man stelle sich die Macht einer Gruppe von Menschen vor, die sich ihrer Sache so blind verschrieben haben, dass sie bereit sind, sich eher umzubringen, als ihr Ziel zu gefährden. Was immer auf dieser Farm vor sich geht, es hat sie so weit gebracht, blind daran zu glauben.«

»Wir werden bald wissen, was es ist. Und der Gedanke gefällt mir ganz und gar nicht. Fanatiker wie die hier sind die schlimmste Gefahr. Sie sind fast unmöglich aufzuhalten – nur, indem man sie auf der Stelle tötet. Und dazu wird die Regierung nicht bereit sein. Hoffe ich jedenfalls. Doch die Frage bleibt – was ist so wichtig, dass diese Leute bereit sind, dafür zu sterben?«

»Bestimmt nichts, das die Gesellschaft verbessern wird.«

»Ja, mir kommt das Wort *Blutbad* in den Sinn. Wir müssen herausfinden, so viel wir nur können.« Er zog dem größeren Mann die Windjacke aus und streifte sie über, um sein Fischgrätjackett zu verbergen, auch wenn die Ärmel zu kurz waren. »So muss es gehen.«

»Die Männer hatten keinen russischen Akzent.« Beth probierte die Jacke des anderen Mannes an. Sie passte fast perfekt.

»Es wäre viel leichter, hätten sie einen Akzent gehabt. Wir wissen immer noch nicht mit Sicherheit, mit wem oder womit wir es zu tun haben.«

Sie schleiften die Leichen über die Straße in ein Gebüsch. Als sie zurückkehrten, um die Besitztümer der Männer aufzusammeln, wurde Beth von Angst überfallen. Wer immer dahinter steckte, hatte so wenig Respekt vor menschlichem Leben, dass er seine eigenen Leute mit dem Befehl losgeschickt hatte, zu sterben, wenn sie das Gefühl hatten, zu scheitern. Der Anführer – Alexei Berianow, Caleb Bates oder wer auch immer – war nicht bloß ein Mörder, er war ein Monster. Wenn dies seine Methoden waren, würde er vor nichts zurückschrecken, um seine Ziele zu erreichen.

Alexei Berianow ging unruhig durch sein Landhaus, schloss die Tür zu seinem Schlafzimmer ab und betrat sein privates Badezimmer. Er blieb vor dem bodenlangen Spiegel stehen, um seinen schweren, kräftigen Körper und sein kantiges Gesicht zu betrachten. Caleb Bates strahlte Solidität aus, Standfestigkeit und Autorität. Doch jetzt, nachdem er seine Aufgabe erledigt hatte, würde er sterben, wie das Männchen der Schwarzen Witwe. Berianow lächelte und sagte Bates Lebewohl.

Erleichtert nahm er die Gummipolster aus dem Mund. Seine Wangen fielen ein; die Proportionen seiner Gesichtszüge veränderten sich. Nase und Augen erschienen nicht mehr zu klein. Stattdessen besaß er wieder regelmäßige Züge – eine gerade Nase, blaue Augen, einen breiten Mund. Ein nordeuropäisch anmutendes Gesicht. Er begrüßte sich selbst auf Russisch und betrachtete sich lächelnd im Spiegel.

Bald würde das alles vorbei sein.

Als er ins Schlafzimmer zurückkehrte, streifte er Bates' gepolsterte Kleidung ab. Er nahm eine alte Jeans, ein Flanellhemd und eine ausgewaschene Jeansjacke aus dem Schrank und zog alles an. Die Sachen passten perfekt.

Berianow ging wieder ins Bad und beugte sich dem Spiegel entgegen. Er runzelte die Stirn. Er lächelte. Er musterte die Falten, die dadurch auf seinem Gesicht erschienen. Dann nahm er einen Maskarastift und zog die Linien nach. Er verteilte aschgraue Farbe unter seinen Augen und auf den Wangenknochen. Während er sich schminkte, wurde sein Gesicht immer älter ... sechzig ... siebzig. Dann hörte er auf. Er malte sich braune Altersflecken auf die Handrücken; als Tüpfelchen auf dem I ging er zum Schrank zurück und holte den verbeulten, verschmutzten Stetson hervor, den er dort versteckt hatte.

Er setzte ihn vor dem bodenlangen Spiegel auf und lachte laut. Er sah wie ein alter Cowboy oder Farmer aus, den Wind und Wetter gegerbt hatte, der aber körperlich noch fit genug war, zurecht zu kommen und sich nützlich zu machen. Perfekt.

Im Licht der beiden kleinen Kartenleselampen des Ferrari betrachteten Jeff und Beth die Gegenstände, die sie von den beiden Toten mitgenommen hatten.

»Nichts«, sagte Beth entmutigt.

»Ich kann auch nichts finden«, gab Jeff zu.

Es war das übliche Sammelsurium – Taschenmesser, Brieftaschen mit Bargeld, Kreditkarten, Führerscheine aus Arizona, die sehr wahrscheinlich gefälscht waren, ein Snickers, zwei Kämme, ein Einwegfeuerzeug und eine Schachtel Camel, die Jeff geleert hatte; es waren tatsächlich nur Zigaretten darin. Es gab nichts, woraus sich schließen ließ, wo die Männer hingewollt oder was sie vorgehabt hatten.

Beth hatte feuchte Tücher aus dem Schminkkasten des Heckenschützen benutzt, um ihre Gesichter vom Blut zu reinigen und ihre Kratzer und andere kleine Wunden zu säubern. Danach hatte sie dunklen Abdeckpuder benutzt, um die Reflektion des Mondlichts auf ihren Gesichtern zu vermindern.

»Ich kann auf der Farm keine Baseballmütze tragen«, sagte Jeff. »Keiner von den Leuten, die wir gesehen haben, hat einen Hut getragen. Mit einem Hut oder langem Haar falle ich auf.«

»Soll ich Ihnen die Haare schneiden?«

»Das war mein Gedanke.«

Beth kramte in der Schminkkiste und holte eine Schere heraus. Als sie sich zu Jeff drehte, hatte er die Mütze bereits abgenommen. In der Enge wurde ihr plötzlich wieder bewusst, wie männlich er war. Wie durchtrainiert. Wie attraktiv – von seinen breiten Schultern bis zu den schmalen Hüften. Ihr gefiel sein kräftiges Gesicht mit dem energischen Kinn und den großen, intelligenten Augen.

Doch seitdem sie ihm von ihren Medikamenten erzählt

hatte, und was sie bewirkten, hatte er sich zurückgezogen. Beth fühlte sich hilflos und beraubt, als wäre die Wärme eines Feuers verschwunden. Sie unterdrückte ein Seufzen. Vermutlich würde es ihr bei allen Männern so ergehen, und sie konnte nichts tun, um es zu ändern. Das Gefühl der Einsamkeit stieg in ihr auf.

Jeff drehte sich um. Die Schere in der einen Hand, strich sie mit der anderen seinen langen Haarschopf auf dem Rücken glatt. Sein Haar glänzte und war so stark und eigenwillig wie er selbst. Es ging Beth gegen den Strich, ihm die Haarpracht abzuschneiden. Sie biss sich auf die Unterlippe; dann machte sie den ersten Schnitt. Ein großes Büschel dichter, brauner Haare fiel in ihren Schoß.

Sie seufzte. »Wenn wir es schon machen, sollten wir's gleich richtig machen. Ich werde Ihr Haar ganz kurz schneiden, in Ordnung?«

»In Ordnung.«

Sie zögerte; dann machte sie sich an die Arbeit. Der Haarschnitt im Licht der Leselampen war weit davon entfernt, perfekt zu sein, doch schließlich war das Haar so kurz, dass Jeff wie ein Marineinfanterist aussah.

»Den Feinschnitt mache ich später«, sagte Beth. »Oder besser noch, gehen Sie lieber zu jemandem, der was davon versteht.«

Ein guter Ratschlag, dachte Jeff. Falls wir überleben.

Jeff schaute Beth an. »Vielen Dank.« Er lächelte.

Einen Augenblick schien es, als wäre die Zeit wiedergekehrt, als sie beide entdeckt hatten, dass sie einander mochten. Es schien sehr lange her zu sei. Dann aber veränderte sich Jeffs Gesichtsausdruck, wurde wieder kühl, distanziert, geschäftsmäßig.

Er schlang sich den Riemen des Nachtsichtgeräts um den Hals und öffnete die Wagentür. »Denken Sie daran, Ihre Walther und die Taschenlampe mitzunehmen.«

Beth steckte die Waffe unter den Gürtel. Mit den Taschenlampen in der Hand stiegen sie aus dem Wagen und gingen den Hügel hinunter bis zum Farmeingang.

»Sehen Sie!«, sagte Beth. »Jetzt gehen auch die Lichter im Haupthaus aus. Der erste Stock ist völlig dunkel. Und das Erdgeschoss ebenfalls.«

Jeff spähte durch den Maschendrahtzaun und nickte. »Versuchen Sie keine dummen Alleingänge«, ermahnte er Beth. »Folgen Sie mir.«

»Aye, aye, Captain.« Sie zwang sich, mit leichter und lässiger Stimme zu sprechen, was aber ganz und gar nicht ihren Empfindungen entsprach. Nervosität überfiel sie. Sie sah, wie Jeffs großer Körper sich geschmeidig durch die Dunkelheit bewegte. Dann ließ er sich ins Gras fallen, und Beth tat es ihm gleich. Beide krochen nun auf dem Bauch voran. Zweige und Steine kratzten und drückten, während sie sich dem Tor näherten. Als sie dort angelangt waren, ließen sie den Blick über die Farm schweifen, die im Mondlicht geisterhaft und verlassen dalag. Die Zeit dehnte sich. Sie konnten beinahe ihren Herzschlag hören.

»Da kommt jemand.« Jeffs Stimme klang leise an Beths Ohr.

Die Scheinwerfer waren hoch über dem Boden. Als das Fahrzeug in einer weiten Kurve auf das Tor zufuhr, erkannte Beth, dass es ein Pickup war.

»Wir nutzen das Licht des Wagens zur Ablenkung, falls jemand die Überwachungskameras kontrolliert«, warnte Jeff sie vor. »Halten Sie sich bereit.«

Die schweren, schmiedeeisernen Flügel des Tores öffneten sich langsam. Die Scheinwerfer des Wagens waren grell und blendeten. Beth schloss die Augen und öffnete sie dann einen Spalt. Die Hitze, die der Motor des Pickups abstrahlte, erwärmte die Luft. Die Abgase stachen ihr in die Nase.

»Jetzt.« Jeffs Stimme wurde vom Dröhnen des Motors überdeckt.

Das Tor stand weit offen. Die Nacht wurde von den Scheinwerfern des Fahrzeugs erleuchtet. Mit heftig pochendem Herz folgte sie Jeff, der an den Torflügeln und dem Pickup vorbeikroch, wobei er sich dicht am Boden hielt. Dann waren sie durchs Tor und auf dem Gelände, rollten sich zur Seite in die Dunkelheit, sprangen auf und rannten aus dem Sichtbereich der Überwachungskameras.

Der alte Mann im Erdgeschoss des Hauptgebäudes der Farm vermied es, in einen der Spiegel zu sehen. Er hatte wieder den seltsamen Eindruck, nicht zu wissen, wer er war. Er hasste dieses unbehagliche Gefühl, und wie immer sehnte er sich danach, einfach nur er selbst zu sein. Dann aber dachte er an die Tragödie seines Volkes – die steigende Selbstmordrate in ganz Russland, der Mangel an Waren aller Art, die Kinder ohne Zuhause, die in Lumpen herumliefen und bettelten. Es gab Tausende von sterbenden Dörfern, und die Kolchosen lösten sich auf. Das war nicht sein Land. Es war ein Zerrbild. Ein schlechter Witz. Es machte ihn wütend und verletzte ihn. In den Augen der Welt, sogar in den Augen des eigenen Volkes war Russland ein taumelnder Riese, krank und ohnmächtig.

Mit einem Ruck schüttelte er diese Gedanken ab, nahm seine Wanderung durch das dunkle Farmhaus wieder auf und versah den Plastiksprengstoff mit den elektronischen Zündern, die ferngezündet werden konnten. Zu dieser Stunde gab es keine Farben. Das große Haus, durch dessen Fenster milchweißes Mondlicht fiel, das hinter den Möbeln tintenschwarze Schatten warf, schien für sein Schicksal bereit. Im oberen Stockwerk knarrte eine Diele, und kühle Nachtluft wehte ins Erdgeschoss.

Sobald die Sprengladungen verteilt waren, ging der alte Mann nach draußen und stellte sich in seiner abgetragenen Jeansjacke und den Jeans in den Säulengang am Eingang, um den Blick über Caleb Bates' Land schweifen zu lassen. Auch dort war alles ruhig. Wie üblich ging er als Letzter.

Der Mond war aufgegangen. Es war Vollmond – ein gutes Omen. Der Mann stieg die Stufen hinunter und ging hinaus in die kühle Nacht, um seine Runde zu machen. Eine vage Vorahnung überkam ihn. Viel war erreicht worden, aber es gab auch noch viel zu tun. Und natürlich gab es da noch das ungelöste Problem Beth Convey und Jeff Hammond.

Das stille Anwesen grüßte ihn wie ein Grab.

35.

Jeff bewegte sich mit gleichmäßiger Geschwindigkeit und führte Beth von der Auffahrt weg aufs Gras. Sie hielten ihre Pistolen in den Händen, ließen die Taschenlampen ausgeschaltet und nutzten die Schatten von Zäunen und Bäumen als Deckung. Das Anwesen schien verlassen zu sein. Es war in Mondlicht getaucht; nirgends bewegte sich etwas. Wer immer die Farm betrieb, schien sich auf den hohen Zaun und den überwachten Haupteingang als Schutz zu verlassen und auf Wachen zu verzichten. Oder vielleicht waren alle fort.

Jeff sagte nichts zu Beth. Er hatte Schuldgefühle und konnte sie kaum anschauen. Sie war mutig, aber unvernünftig; deshalb hatte er ihr auch gar nicht erst gesagt, dass sie nicht mitkommen solle. Hätte er sie im Wagen gelassen, das wusste Jeff, hätte sie so lange gewartet, bis er außer Sicht war und dann versucht, auf eigene Faust auf das Farmgelände vorzudringen.

Beim ersten Gebäude blieben sie stehen; es war die dunkle Scheune. Mit Handzeichen bedeutete er ihr, an der Ecke zu warten. Wenigstens tat Beth im Einsatz, was er wollte. Aber dieses Mal nicht. Dieses Mal ging sie weiter mit ihm, bis zum

Fenster, das von vornherein Jeffs Ziel gewesen war. Beth drückte sich flach an die Wand, die Pistole mit beiden Händen umklammert, und spähte ins Innere. Jeff blieb neben ihr stehen.

»Ich sehe niemanden«, flüsterte sie. »Nur Hühner und Kühe.«

»Wenn ich Ihnen sage, was Sie tun sollen, dann tun Sie es auch!« Jeffs leise Stimme klang wütend. »Ich will nicht, dass Sie umgebracht werden!«

»Warum nicht? Ich werde sowieso bald sterben. Das ist es doch, was Sie denken.«

»Ich ...«

Beth lief wieder zurück zur Vorderseite der Scheune. Jeff folgte ihr auf dem Fuße.

Sie blieb am Tor stehen. »Geben Sie mir Deckung. Ich mache auf.«

»Beth, stopp. Wir werden nicht da reingehen. Dafür gibt es keinen Grund. Wir suchen Beweise, keine Schwierigkeiten. Gehen wir zur Garage hinüber. Die ist weiter hinten, und da sind alle hergekommen. Wenn wir da nichts finden, versuchen wir es im Haupthaus.«

Ihre langen Wimpern senkten sich und hoben sich wieder. »Sie haben Recht.«

Sie liefen wieder weiter und suchten Deckung, wo immer es ging. Schließlich gelangten sie zu dem Gebäude, das wie eine große Garage aussah. Sie war beinahe so breit wie drei normale Garagen und zweistöckig. Die Öffnung war genau so, wie sie durchs Fernglas ausgesehen hatte – von doppelter Breite und zwei Stockwerke hoch.

»Du liebe Zeit«, murmelte sie. »Diese Garage ist ja groß genug für Panzer.«

Sie gingen um das Gebäude herum, entdeckten aber keine Fenster. Nur in einer Ecke auf der Rückseite nahe beim Hügel gab es eine zweite Tür. Für einen Moment schaltete Beth die Taschenlampe ein, ließ den Lichtstrahl übers Gelände streifen. Als sie nichts Außergewöhnliches sah, presste Jeff sein Ohr an die Tür und lauschte.

»Hören Sie was?«

»Keinen Laut.« Sie hatten auch kein Licht gesehen, als sie das Gebäude umrundeten. Jeff berührte die Tür. Sie war aus Metall. Er probierte den Türgriff. »Abgeschlossen, verdammt.«

Plötzlich erklang hinter ihnen eine Männerstimme, alt und zittrig. »Kann ich Ihnen irgendwie helfen? Ich dachte, es sind schon alle weg. Sie sind spät dran.«

Beth und Jeff wirbelten herum. Der Mann hatte sich einen Cowboyhut tief in die Stirn gezogen. Im Mondlicht glich sein faltiges Gesicht beinahe einem Totenschädel. Er hatte eine Taschenlampe eingeschaltet und auf sie gerichtet. Er streckte den Arm aus und legte mit altersfleckiger Hand einen Schalter um.

Im selben Augenblick erstrahlte ein Flutlicht über ihnen und beleuchtete die Rückseite des Betongebäudes, während die drei angespannt neben der Tür standen.

»Ich bin zwar nur der dumme Verwalter«, sagte der alte Mann lächelnd, »aber mir scheint, dass Sie um diese Zeit längst weg sein sollten.« Er blickte auf ihre Pistolen, sagte aber nichts.

Jeffs Gesicht blieb unbewegt. Rasch musterte er den alten Mann und bemerkte, dass dieser weder überrascht war noch vor ihren Waffen Angst hatte. Jeff entspannte sich ein wenig. »Sie haben Recht. Wir sind spät dran. Ich hoffe, wir kriegen deswegen keinen Ärger. Wir haben unsere Anweisungen nicht bekommen. Wissen Sie, wo wir uns alle treffen sollen?«

Der Fremde kniff misstrauisch die Augen zusammen. »Solche Informationen bekomme ich nicht, das wissen Sie doch. Wenn Sie Ihre Anweisungen nicht haben, stecken Sie wahrscheinlich in der Scheiße. Oh, Verzeihung, Miss.« Er schaute Beth mit entschuldigendem Blick an. »Jedenfalls möchte ich nicht an Ihrer Stelle sein. Sie wissen, wie der Colonel sein kann.«

Beth sagte: »Wir haben uns nicht richtig ausgedrückt. Wir

musste kurz zurückkommen, deswegen sind wir zu spät. Sagen Sie – wie war der Colonel denn so drauf?«

Der alte Mann zuckte die Achseln. »Woher soll ich das wissen? Mit mir spricht er ja nicht.«

Jetzt wussten sie mit Sicherheit, dass Bates – Berianow – hier seine Finger im Spiel hatte.

»Na ja«, fuhr der alte Verwalter fort. »Sie beide sollten reingehen. Wahrscheinlich wartet da jemand, um Sie loszuschicken.« Er blickte nach oben. Weiße Motten und Nachtfalter sammelten sich um das Flutlicht und erschienen aus allen Richtungen aus der Dunkelheit.

»Die Tür ist abgeschlossen«, sagte Jeff. »Wie wäre es, wenn Sie uns aufschließen?«

Der alte Mann lachte meckernd. »Ja, ja, der dumme Verwalter. Sieht mir ähnlich.« Er holte eine klirrende Schlüsselkette heraus und öffnete das Vorhängeschloss. »Wenn Sie gehen, schließen Sie selbst wieder ab, okay?«

»Machen wir.« Jeff ging hinein.

Während Beth ihm folgte, warf sie einen Blick zurück und sah, wie eine Hand des alten Mannes so rasch nach oben schnellte und sich um einen Nachtfalter schloss, dass sie es kaum mitbekam. Der Verwalter blickte auf seine geschlossene Hand, wobei seine Schultern sich in der Jeansjacke spannten. Beth hörte ein leises Knacken. Der Mann hatte den Falter getötet, in der Hand zerquetscht. Er schaltete das Flutlicht aus und tauchte alles in Dunkelheit; dann wandte er sich ab. Als letztes sah Beth, wie er in die schwarze Nacht ging und seine hellen, scharfen Augen langsam verschwanden wie das Grinsen der Cheshire-Katze in *Alice im Wunderland.* Augen, die überhaupt nicht alt ausgesehen hatten. Sie hatte das beunruhigende Gefühl, diese Augen schon einmal gesehen zu haben, und schauderte.

»Gehen wir.« Es war nur ein Flüstern. Jeff hatte die Garagentür geöffnet.

Beth legte ihm die Hand auf die Schulter und ließ sich von ihm in die völlige Dunkelheit führen. Hinter sich schloss sie die Tür.

Jeffs Fuß stieß gegen eine harte Oberfläche. Er streckte die Hand aus und ertastete eine Mauer, bis er merkte, dass es eine Tür war. Eine zweite Tür. Er öffnete sie einen Spalt weit. Intensives Licht drang durch die schmale Öffnung. Er lauschte wieder und spähte durch den Türspalt. Dann öffnete er die Tür weiter und schaute sich noch einmal um.

Er wandte sich Beth zu und flüsterte ihr ins Ohr: »Alles verlassen.« Dann bedeutete er ihr mit der Hand, dicht hinter ihm zu bleiben. Mit angehaltenem Atem hob er die Pistole, drückte mit der Taschenlampe das Fernglas gegen die Brust, damit es nicht umherpendelte, und schlüpfte um die Ecke in einen großen, zentral gelegenen Bereich. Den Rücken an die Wand gedrückt, hielt er die Pistole im Anschlag, während er den Blick durch den zweistöckigen Raum schweifen ließ. Beth folgte ihm sofort; sie hielt ebenfalls die Pistole in der Hand.

Sie starrten in die Runde. Dann senkten sie langsam die Waffen. An den Wänden hingen keine Werkzeuge, keine leeren Benzinkanister, keine alten Reifen oder verrostete Autoteile. Das Gebäude war nur eine leere Hülle. Es war gar keine Garage; es war ein Raum, dessen Verwendungszweck ihnen schleierhaft blieb. Überrascht musterten sie den Betonfußboden. In der Mitte war die Mündung einer überbreiten Fahrspur, die mit einem Gefälle von etwa fünf Prozent in die Tiefe führte und schließlich verschwand.

»Was, in Gottes Namen, ist das?«, fragte Beth.

»Das sollten wir lieber herausfinden.«

Sie horchten auf Fahrzeuggeräusche oder Stimmen, doch es war nichts zu vernehmen. Mit schussbereiten Waffen bewegten sie sich in den Tunnel hinein, als sie das leise Brummen einer Klimaanlage hörten. Über ihnen an der Decke aus nacktem Fels waren unverkleidete Röhren, Kabel, Verstrebungen und Neonröhren befestigt. Nichts war gestrichen. Alles war nur nackter Beton, Kunststoff, Metall und Fels.

»Das Gebäude ist direkt an den Hügel gebaut«, sagte Beth »Das könnte eine Erklärung sein. Vielleicht sind wir in irgendeinem Teil eines natürlichen Höhlensystems. Davon gibt es einige in Pennsylvania.«

Der Tunnel wurde wieder eben, und sie traten hinaus in einen geteerten Bereich, so groß wie ein Fußballfeld, auf dem mit weißer Farbe Parkplätze für Motorräder, Autos und Lastwagen markiert waren. Jetzt war hier alles leer; eine verlassene Tiefgarage, aus der wahrscheinlich all die Fahrzeuge gekommen waren, die die Farm verlassen hatten. Das tiefe Brummen ging ihnen allmählich auf die Nerven, und das allgegenwärtige Grau verbreitete eine bedrückende Stimmung.

Während sie weitergingen und beobachteten, suchte Beth in den Wänden nach einer Öffnung. »Da ist eine Tür.« Sie befand sich in einer kleinen Nische, wo die Felswände in spitzem Winkel zusammenliefen. Jeff war erstaunt, dass sie Beth überhaupt aufgefallen war. Die Tür war grau gestrichen und kaum von den Felsen um sie herum zu unterscheiden.

Beth – erstaunt, dass ihr hier alles so seltsam vertraut vorkam – drückte die Klinke. »Abgeschlossen.«

»Wahrscheinlich ist nur ein kleiner Betriebsraum mit Messgeräten und Schaltern für die Belüftung und Versorgungsröhren dahinter«, sagte Jeff. »Kommen Sie hierher, Beth. Ich habe noch etwas anderes gefunden. Noch eine Rampe.«

Doch Beth dachte immer noch über die geschlossene Tür nach. Nein, dahinter befand sich kein Betriebsraum. Es war irgendetwas anderes. Sie versuchte sich zu konzentrieren. Eine Metallkonstruktion. Regale? Ein Lagerraum?

»Beth? Hier ist noch ein Tunnel. Gehen wir.«

Sie tauchte aus ihren Gedanken auf. Jeff stand an einer Stelle, wo sich ein zweiter Tunnel in den Hintergrund senkte. Er war so breit wie der erste, jedoch steiler, vielleicht zehn Grad.

Beth vergaß die Tür. Sie ging zu Jeff hinüber und folgte ihm dann abwärts. Sie gingen zwischen weiteren aus dem Fels geschlagenen Wänden entlang. Bald hörten sie Wasser rauschen. Die Luft wurde klamm. Die Temperatur fiel. Das Rauschen des Wassers wurde zu einem Brüllen. Beinahe gleichzeitig stoppten sie ihren raschen Abstieg.

»Sehen Sie sich mal das an!«, sagte Jeff.

Beth war ebenso erstaunt wie er. »Wer hätte das gedacht?«

Vor ihnen wölbte sich eine riesige Höhle. Die Wände waren mindestens vier Stockwerke hoch. Auf der linken Seite rauschte ein Wasserfall in einen Teich, der so schwarz war, dass er bodenlos tief erschien. Darüber bedeckte grünes und braunes Moos die Höhlenwand. Doch auf der rechten Seite erstreckte sich der größere Teil der Höhle, und dort wurde der Blick durch etwas Interessanteres angezogen ...

»Mein Gott, das ... das ist das Oval Office!« Jeff starrte hinüber. In seinem Kopf schrillten die Alarmglocken. »Die Fenster, die Kolonnaden, die Gartenmöbel im Patio zum Rosengarten. Ein großer Teil des Westflügels.«

»Aber es ist nichts fertig«, bemerkte Beth fassungslos. »Es sieht aus, als wäre es nur provisorisch zusammengetackert und mit Farbe überstrichen.«

Die Reproduktion des Präsidentenbüros im Weißen Haus stand da wie ein leuchtendes Warnsignal. Langsam, vorsichtig stiegen Beth und Jeff die Rampe hinunter. Der Rest der Nachbildung des zweistöckigen Westflügels war wie mit einem Messer abgeschnitten; die Wände und Flure endeten mitten in der Luft. Trotzdem hatte jemand sich die Mühe gemacht, den größten Teil des Rosengartens zu gestalten – von dem weiten Rasen, der von Blumenbeeten gesäumt war, bis hin zu den Kalksteinstufen, auf denen ein Podium stand. Diesmal jedoch bestand der »Kalkstein« aus ungestrichenen Spanplatten.

»Es ist alles imitiert. Sogar das Gras.« Beth fröstelte.

Jeff öffnete eine Terrassentür, in der nie eine Glasscheibe gewesen war, und betrat das nachgebaute Präsidentenbüro. »Die Möbel sind ebenfalls Imitationen.« Auch hier bestand alles aus Spanplatten, vom großen Schreibtisch bis hin zu den Sesseln zu beiden Seiten des Kamins.

Beth drehte sich erschreckt und fasziniert zugleich im Kreis und betrachtete die drittklassige Kopie. »Was soll das? Was hat das zu bedeuten?«

»Vielleicht hat es mit dem Terrorkomplott zu tun. Vielleicht ist der Amtssitz des Präsidenten das Ziel. Das Oval Office. Was Sie hier sehen, ist eine Kopie, wie eine Armee oder ein Geheimdienst sie baut, um Truppen, Guerilleros und Undercoveragenten zu trainieren – jeden, der angreifen, verteidigen oder infiltrieren muss. Erinnern Sie sich, wie ich Ihnen von der simulierten amerikanischen Kleinstadt erzählt habe, die der KGB im Ural als Ausbildungsstätte für Spione gebaut hat? Genau daran erinnert mich das hier.«

Im oberirdischen Wachgebäude saß Alexei Berianow vor einer Monitorwand und beobachtete, wie sie vorankamen. Sobald Iwan Wok berichtet hatte, dass er den Kombi bis zum Parkplatz der Philmalee Group verfolgt hatte, wo der Wagen zurückgelassen worden war, wusste Berianow, dass er in Gefahr schwebte. Beth Convey und Jeff Hammond waren nicht mehr aufzuspüren, und er selbst war verwundbar. Er hatte intensiv nach ihnen suchen lassen. Als sie in seine Farm eingedrungen waren, hatten seine Miniatur-Überwachungskameras jede ihrer Bewegungen aufgezeichnet. Die winzigen Geräte waren in Bäumen und an Dachrinnen installiert und überwachten die Gebäude sowohl innen als auch außen. Sie waren klein und fast unsichtbar und nicht zu vergleichen mit den klobigen Kameras an den Toren, die Berianow bestellt hatte, um die Keepers zufrieden zu stellen.

Nun hatten Hammond und Convey die Trophäe gesehen ... das nachgebaute Gelände des Weißen Hauses, das Berianow hatte erbauen lassen, damit Sergeant Austin und seine Guerrilleros dort trainieren konnten.

Berianow grinste. Hammond und Convey standen auf dem Höhepunkt; sie glaubten, das Rätsel gelöst zu haben – und nun würde er sie vernichten.

Während die beiden die Höhle immer weiter erforschten, hatte Berianow in der Garage und auf der Rampe, die hinunter in die Tiefgarage führte, Plastiksprengstoff ausgelegt. Er wollte, dass niemand etwas von den Höhlen oder dem Farmhaus oder den Beweisen darin erfuhr. Gleichzeitig würde er Convey und Hammond eliminieren. Berianow gefiel die Schlichtheit dieses Plans.

Er streckte den Arm aus und drückte den ersten Knopf auf der Konsole.

Es gab eine ohrenbetäubende Explosion, und die Erde bebte.

36.

Im Nordosten Washingtons verließen die beiden FBI-Fahrzeuge auf der Ausfahrt 13 den dichten Strom der Wagen, die sich Stoßstange an Stoßstange auf der Interstate 495 drängten, dem Beltway, und fuhren rasch über die Route 193. Direktor Tom Horn saß allein im Fonds des führenden Fahrzeuges – sein persönlicher FBI-Wagen – und spürte deutlich das Gewicht seiner halbautomatischen 10-mm-Smith & Wesson unter dem linken Arm. Es war ein besonderes, erregendes Gefühl, dieses Gewicht zu spüren und zu wissen, woher es rührte. Schon seit dreißig Jahren, seit er Ermittler in Denver und später Staatsanwalt gewesen war, trug Horn nicht mehr regelmäßig Waffen. Die Smith & Wesson verschaffte ihm auf seltsame Weise Auftrieb ... Er war wieder im aktiven Dienst.

Er brauchte diesen Anreiz, um die Düsternis der vergangenen Stunden zu vertreiben und seine Gedanken von dem abzulenken, was er fürchtete – und zugleich hoffte – tun zu müssen: den aalglatten Maulwurf fangen, der sich so lange verborgen gehalten hatte. Doch Horn deprimierte der Gedanke an die Identität des Mannes, den er für den Maulwurf hielt – der Einzige, dessen Verbrechen leicht für die von Jeff Hammond gehalten werden konnten. Dennoch erregte Horn der Gedanke, diesen Mann endlich zu demaskieren. Gott sei Dank würde das FBI diese Plage endlich los.

Abwechselnd beleuchteten die Scheinwerfer der entgegenkommenden Fahrzeuge das Gesicht des FBI-Direktors und ließen es wieder in der Dunkelheit verschwinden, während er auf dem Rücksitz saß und über die Situation nachdachte. Sein Anruf bei dem Verdächtigen, um dieses Geheimtreffen zu arrangieren, war nicht besonders ungewöhnlich. Jedes Mal, wenn er irgendetwas diskutieren wollte, ohne im Bureau Neugier zu erregen, traf er sich mit den Mitgliedern seines Führungsstabes außerhalb des Gebäudes, gelegentlich auch am Ort des heutigen Treffens. Horn hatte keine Ahnung, wie seine Vorgänger solche Angelegenheiten gehandhabt hatten, obwohl er vermutete, dass es mehr oder weniger dasselbe gewesen war. Er selbst jedenfalls zog die externen Besprechungen bei weitem den Sitzungen hinter geschlossenen Türen vor. In der paranoiden, von Intrigen geplagten Welt innerhalb des Beltway mit seinen Hinterhalten und Machtpokern waren die Verschwörungen nur allzu real und der Verfolgungswahn nur zu oft gerechtfertigt.

»Wir sind da, Sir«, verkündete der Agent, der Horn gefahren hatte.

Tom Horn schaute hinaus zum dunklen Eingang des Great Falls Park. Hier gab es zweiunddreißig Quadratkilometer bewaldetes Gelände bei den Stromschnellen und Wasserfällen des Potomac, weniger als zwanzig Minuten vom District of Columbia entfernt. Ideal. Nach Einbruch der Dunkelheit war der Park geschlossen, und niemand würde da sein, der hören, sehen oder sich darin einmischen konnte, was Horn zu tun hatte. Nur er und der Verdächtige würden wissen, was geschehen war, falls er sich irrte – und nur er und seine Agenten würden den Verdienst beanspruchen, falls er Recht hatte.

Als Horn den Türgriff packte, krampfte sich ihm vor Sorge der Magen zusammen, ein Gefühl, das ihm so wenig vertraut war, dass er es zuerst nicht einordnen konnte. Seit seinen ersten Monaten als Streifenpolizist in Denver vor dreißig Jahren, hatte er sich nicht mehr so unbehaglich gefühlt. Doch er gab sich einen Ruck, fegte das Gefühl von Furcht und Unruhe beiseite und stieg aus.

»Was soll ich tun, Sir?«, fragte der Fahrer und ging um den Wagen herum, um sich die primitive Sperre anzuschauen, die die Einfahrt zum Park verwehrte. »Ich kann das hier beseitigen, wenn ich Sie weiter hineinfahren soll.«

Der zweite Wagen war direkt hinter der Limousine des Direktors zum Stehen gekommen, und die Agenten Graham und Thoma gesellten sich zum Horn und seinem Fahrer.

»Wie sieht der Plan aus, Sir? Können Sie uns jetzt instruieren?«, fragte Graham. Wie immer sah er aus, als wäre er dem Schaufenster einer Herrenmode-Boutique entstiegen, so makellos waren sein dunkler Anzug und das weiße Hemd, so sehr auf Hochglanz poliert seine Schnürschuhe.

»Ich werde bei den Wasserfällen jemanden treffen«, sagte Horn mit leiser Stimme. »Es ist eine äußerst delikate Angelegenheit, die ich allein erledigen muss. Mehr kann ich Ihnen nicht sagen. Ihre Aufgabe besteht darin, mir Rückendeckung zu geben. Ich rechne zwar nicht mit Schwierigkeiten, aber ein Risiko gibt es immer. Das brauche ich Ihnen nicht zu sagen.«

»Nein, Sir«, stimmte Graham ihm zu.

Thoma nickte heftig und so diensteifrig, dem Direktor zu Diensten zu sein, dass er mit dem Schwanz gewedelt hätte, wäre er ein Hund gewesen. In Augenblicken wie diesem hielt Thoma seinen brennenden Ehrgeiz und seine unterschwellige Gewaltbereitschaft nur mit Mühe im Zaum, und der Direktor wusste das. Andererseits war das heutige Treffen genau die Art von Auftrag, für die ein Mann wie Thoma besonders nützlich war.

»Wie dicht sollen wir an Ihnen dranbleiben?«, fragte Graham.

»So dicht Sie können, ohne selbst entdeckt zu werden. Sie brauchen sich nicht darum zu kümmern, das Treffen zu beobachten. Im Gegenteil – ich befehle Ihnen, es nicht zu tun. Und ich möchte auch nicht, dass Sie es abhören. Es geht um eine sehr sensible und vertrauliche Angelegenheit. Nur wenn ich die Stimme hebe, will ich, dass Sie mithören.«

»Jawohl, Sir.«

»Haben Sie verstanden, Thoma?« Horn war besorgt. Thoma konnte ein dummer, gefährlicher Heißsporn sein.

»Ja, Sir. Außer Sicht, außer Hörweite. Aber wir müssen Sie hören können, wenn Sie uns rufen. Kein Problem.«

»Das hatte ich auch nicht angenommen.« Der Direktor überprüfte seine Smith & Wesson, steckte sie wieder in das Halfter unter dem Arm und klopfte liebevoll auf die leichte Ausbeulung seiner Anzugjacke. Er nickte seinen Männern zu, stieg über die Barriere und betrat den Park. Während er zwischen den Bäumen in der Dunkelheit und dem nächtlichen Duft von Kiefernnadeln verschwand, spürte er wieder dieses leichte Unbehagen. Er hatte keinen anderen Wagen gesehen. War sein Verdächtiger überhaupt da?

Tom Horn ging unbeholfen, aber stetig weiter durch die Dunkelheit auf dem Touristentrampelpfad voran. Der Mond und die Sterne warfen rabenschwarze Schatten, doch Horns

Augen hatten sich an die Dunkelheit gewöhnt, und der Weg war breit genug, dass er meist sehen konnte, wohin er seinen Fuß setzen musste. Das uralte Lied der Stromschnellen und kleinen Wasserfälle erfüllte die Nacht, lange bevor Horn den Fluss zu Gesicht bekam. Immer schon hatte ihm in Colorado, dem Bergstaat, die Musik des fließenden Wassers besonders gefallen. Heute Nacht jedoch würde sie einem anderen Zweck dienen: Sie würde die Worte überdecken, die bei diesem Treffen gesprochen wurden, um sie vor Graham und Thoma und jedem anderen zu verbergen ... falls Horn sich irrte.

Als er den breiten, silbrig-schwarzen Potomac erreichte, bemerkte er eine Bewegung in einem Eichen- und Ahornwäldchen zu seiner Linken, das durch eine Wiese von ihm getrennt war und nahe am Flussufer lag. Sofort meldeten sich seine alten Polizei-Instinkte. Es war genau die Stelle, die er selbst gewählt hätte, hätte er sicher gehen wollen, dass ein Mann, mit dem er sich treffen wollte, allein gekommen war. Dies verriet Tom Horn, dass der Verdächtige den Grund für die Einladung seines Chefs kannte, oder zumindest auf die Möglichkeit vorbereitet war.

Der Gedanke erfüllte Horn mit Zuversicht und Selbstvertrauen. Der Mann war gekommen, um einen Deal zu machen, und er wollte, dass niemand hörte, was für ein Deal es war. Von Graham und Thoma war keine Spur zu entdecken.

Als Horn den äußeren Rand des Schattenkreises erreichte, den die Bäume warfen, schimmerte vom Fluss reflektiertes Licht in den hellen Augen und auf der weißen Haut des Mannes, der im Kernschatten stand.

Ohne Zögern ging Horn in das Waldstück, direkt auf den wartenden Mann zu, und begrüßte ihn. »Hallo, Bobby.«

»Direktor.« In der Dunkelheit unter den Bäumen nickte der stellvertretende FBI-Direktor seinem Boss zu.

Tom Horn spürte die höfliche Geste eher, als er sie sah. Er fasste es als ein Zeichen von Schuld und Reue auf und fragte mit sanfter Stimme: »Warum, Bobby?«

»Warum was, Direktor? Was wollten Sie hier mit mir mitten im Nichts besprechen?«

Horn versuchte, Kelseys Augen zu sehen, seinen Gesichtsausdruck, seine Körpersprache, doch es waren nur flüchtige Eindrücke, wie Spiegelungen in einem Fenster, das von blinkenden Neonreklamen beleuchtet wird.

»Können Sie es nicht erraten, Bobby?«

»Erraten? Nein, Sir, das kann ich nicht. Geht es um Hammond? Ich versichere Ihnen, er hat diese beiden Jugendlichen nicht umgebracht, und nachdem seine drei sowjetischen Überläufer tot sind, habe ich ihn auf dieses Gerücht über einen Terroranschlag angesetzt, von dem unser Informant berichtet hat. Er wird ...«

»Es geht nicht um Hammond«, unterbrach ihn Horn. »Na ja, vielleicht indirekt ...«

»Indirekt?«

Horn bewegte die Schulter, um wieder das Gewicht unter dem Arm in seinem aufgeknöpften Jackett zu spüren. Er atmete langsam ein. »Der Justizminister und Cabot Lowell haben im FBI eine verdeckte Ermittlung vornehmen lassen, um unseren Maulwurf zu finden. Sie glauben, dass sie ihn jetzt haben. Sie sagen, dass sämtliche Indizien auf Hammond weisen. Aber Hammond ist nicht der Maulwurf, nicht wahr? Sie sind es. Warum, Bobby?«

Bobby Kelsey lebte in einer Welt aus Grautönen. Es war keine bewusste Philosophie, die er im Lauf der Jahre entwickelt hatte; es war lediglich das Ergebnis seines Lebens. Er war auf einer ärmlichen Farm im äußersten Norden von Texas geboren, wo die Hitze glühend und die Kälte grimmig und feste Überzeugungen das Rückgrat des täglichen Lebens waren, und er hatte früh gelernt, dass Prügel etwas war, das man hinnahm, ohne zu zeigen, dass es einem etwas ausmachte. Also kassierte er die Prügel und lernte daraus.

Bobby Kelsey hatte irisches Blut, und mit seinem korallenroten Haar und seinen lächelnden blauen Augen begriff er rasch, dass Charme ein machtvolles Werkzeug zum Überleben war. Als er mit sechzehn die Farm verließ, hatte er ein Stipendium der University of Texas in der Tasche. Sein Vater war dagegen – was den Reiz eines Studiums für Bobby nur noch erhöhte. Verbissen strebte er nach guten Noten und schloss das Grundstudium sowie das Studium an der juristischen Fakultät als Bester ab. So wurde er ein begehrtes Rekrutierungsobjekt der geschäftigen und geschwätzigen Anwaltskanzleien von Dallas und Houston. Stattdessen ging Bobby zum FBI, denn das Bureau besaß eine Macht, die größer war, als sein Vater oder irgendeine Kanzlei es sich vorstellen konnten. Ihm fehlte nur noch ein gutes Einkommen.

Zehn Jahre später, nachdem er aus dem Außendienst auf seinen ersten Verwaltungsposten im Hoover Building in Washington versetzt worden war, verkaufte Bobby Kelsey sich an die Kommunisten. Der Kalte Krieg kam zu einem jämmerlichen Ende, und sie waren verzweifelt und großzügig. Der Rubel rollte. Kelsey war kein Idiot wie Rick Ames, der mit dem Geld nur so um sich warf und Häuser und Sportwagen bar bezahlte. Kelsey bunkerte sein Geld auf Konten in Steueroasen, behielt sein irisches Lächeln und seinen verschrobenen Sinn für Humor bei und spielte das Spiel, das er so gut gelernt hatte.

Sein letzter Agentenführer im Kalten Krieg war der berüchtigte Alexei Berianow gewesen, der Leiter von Jasenewo. Als Berianow überlief, übernahm Kelsey ihn sozusagen als Privatkunden im Nebenerwerb. Berianows Honorare waren viel zu erfreulich, um sie zu ignorieren. Natürlich erledigte Bobby gelegentlich auch noch Aufträge für den Kreml.

Um aus den Vernehmungen entlassen zu werden, hatte Berianow enthüllt, dass Rick Ames seit Mitte der Achtzigerjahre für die Sowjets spioniert hatte. Das war ein äußerst geschickter Schachzug gewesen: Die Sorglosigkeit, mit der er mit seinem Spionageeinkommen umging, hätte ohnehin bald zu seiner Enttarnung geführt, und es entschärfte die Suche des FBI nach Bobby Kelsey, dem Verräter in ihren eigenen Reihen. Nun aber sah es so aus, als wäre Bobby vom Glück verlassen. Er wusste, was er zu tun hatte. Vielleicht wirkte sein alter irischer Charme immer noch.

Bobby Kelsey lächelte, und seine weißen Zähne schimmerten im Mondlicht. »Warum? Natürlich wegen des Geldes, Tom.«

Verblüfft von dieser unverblümten Erwiderung, platzte Horn heraus: *»Sie geben es zu?«*

»Warum nicht? Das ist es doch, was einen Maulwurf ausmacht. Sobald man den Scheinwerfer auf ihn richtet, ist die Illusion zerbrochen, und es ist vorbei. Jetzt werden Sie die Beweise finden.«

»Und nur wegen des Geldes? Nur deswegen?«

»Was würde Ihnen besser gefallen?«

»Überzeugung vielleicht. Idealismus. Das könnte ich vielleicht respektieren. Aber *Geld?* Sie verkaufen die Vereinigten Staaten und das, wofür sie stehen, Ihr eigenes Volk, Ihre Freunde, Ihre Familie und die Menschen, die Sie lieben, für *Geld?* Scheiße, Bobby.«

»Mehr ist da nicht, Tom. Machen Sie sich nicht lächerlich. Alles andere ist Zeitverschwendung. Religion kann man nicht essen. Ideale halten einen beim Schneesturm nicht warm und trocken. Versuchen Sie mal, Ihr Geld zu verdienen, indem Sie in Texas Steine schleppen und Dreck schaufeln – und dann kriegen Sie einen Tritt in den Hintern dafür. Dann wissen Sie, was wichtig ist und was nicht.«

»Ausreden! Das ist noch verachtenswerter als das Geld. Wir waren im Krieg, Bobby! Gegen einen so mächtigen Feind, dass er uns jeden Augenblick vernichten konnte. Heute ist es auch nicht viel besser. Sie haben immer noch Zehntausende Tonnen Atomsprengköpfe. Wir sind *immer noch* im Krieg, es will sich nur keiner eingestehen!«

»Das ist völliger Blödsinn, Tom. Wir waren durch die Sowjets nie wirklich in Gefahr. Das war alles nur ein großer Betrug, damit die Rüstungsaufträge rollten, damit die braven Bürger nicht zu viele Fragen stellten, wie die Sache läuft und wer davon profitiert.« Kelsey lachte. »Kommen Sie, Tom, Sie wissen das so gut wie ich. Es war alles nur Schiebung. Sogar Eisenhower in den Fünfzigern hat uns davor gewarnt, aber keiner hat darauf gehört. ›Das militärisch-industrielle Establishment‹, erinnern Sie sich? Das letzte halbe Jahrhundert haben all diese Leute mehr als ihren Teil gekriegt, warum also sollte ich jetzt nicht auch meinen kriegen?« Er lachte wieder. »Ideale? Sie sind viel zu klug, um das zu glauben!«

Tom Horn bebte vor Wut. Die Kaltschnäuzigkeit dieses Mannes, den er zu seinen Freunden und wertvollsten Kollegen im Bureau gezählt hatte, war kaum vorstellbar. »Das glauben Sie selbst nicht. Denn wenn das Spiel vorbei und das Geld weg ist, werden Sie nichts mehr haben, begreifen Sie? Gar nichts. Nicht mal Selbstachtung.«

»Warum sollte das Spiel jemals vorbei sein? Außerdem macht es verdammt viel Spaß. Wir genießen es alle. Sogar Sie, Tom. Behaupten Sie bloß nicht, dass es Ihnen keinen Spaß macht! Schauen Sie sich doch nur an, mitten in der Nacht hier draußen bei einem Geheimtreffen, das genauso gut in *Harvey's Restaurant* hätte stattfinden können. Nur die Idioten, die die Spiele und die tödlichen Spielzeuge und die Geheimnisse – so viele Geheimnisse – nicht mögen, haben keinen Einfluss. Die strampeln sich ab. Lassen sich in den Stadtrat wählen. Überlegen sich, wie sie ein paar Dollar zusammensparen können, um sich als Rentner noch ein Auto leisten zu können. Also tragen wir die Verantwortung, nicht wahr, alter Freund? Schließlich ist es unser Spiel.« Er grinste.

Die Wasserfälle schienen in Horns Ohren immer lauter zu rauschen. Sein Verstand drohte zu ersticken. Dann aber riss er sich zusammen. Er musste unbedingt wachsam bleiben. Er verabscheute Bobby Kelsey und alles, wofür er stand. Für den Schaden, den er Amerika zugefügt hatte. Doch er, Tom Horn, war Direktor des FBI; er musste auch an das zukünftige Wohl des Landes denken. Was geschehen war, war geschehen.

»Reden wir übers Geschäft, Kelsey.«

»Warum nicht? Ich könnte für das Bureau, für die CIA, für die NAS arbeiten. Ich würde meine derzeitigen Auftraggeber mit falschen Informationen füttern und Ihnen die Einkaufsliste weitergeben, die sie mir gegeben haben, sodass Sie die Sorgen und Schwächen der anderen ausmachen könnten.«

»Sofern wir Ihnen vertrauen können.«

»Vertrauen hat nichts damit zu tun, und das wissen Sie. Bezahlen Sie mich so gut wie die anderen – mehr wäre natürlich besser –, und Sie werden früh genug erfahren, ob ich ein doppeltes Spiel spiele.«

»Wir können darüber reden, aber jetzt nehme ich Sie erst mal fest.«

»Ausgerechnet Sie?« Kelsey lachte erneut. »Das ist gut. Genau wie J. Edgar und Al Karpis.«

»So in der Art, Bobby. Das Bureau erledigt seine Arbeit selbst.«

Kelseys Stimme wurde beinahe zu einem Flüstern. »Ich auch, Tom.«

Der Direktor sah nur eine schattenhafte Bewegung im Dunkel der Bäume und spürte zunächst keinen Schmerz, als das Messer schräg aufwärts zwischen seine Rippen fuhr. Erst als es in sein Herz drang und der Schmerz in seinem Innern explodierte und er bereits zu Boden fiel, spürte er einen anderen Menschen neben sich, spürte, wie Hände seinen Oberkörper anhoben. Als Bobby Kelsey ihn unter die Bäume schleifte, spürte Thomas Horn überhaupt nichts mehr.

Hellwach und umsichtig bewegte Kelsey sich noch tiefer in den undurchdringlichen Schatten unter den Bäumen und horchte. Der Direktor hatte kein Geräusch gemacht – Kelseys Belohnung dafür, dass er wusste, wie man mit seinen Waffen umzugehen hatte. Irgendwo der Nähe, aber nicht zu nahe, hatte Horn bestimmt eine Rückendeckung. Deswegen hatte er das kleine Wäldchen gewählt, um dort zu warten.

Als Kelsey angerufen wurde und hörte, was Direktor Horn von ihm wollte, hatte er sich schon gedacht, was Sache war. Aus seiner jahrelangen Erfahrung in der Gegenspionage hatte er überdies erraten, dass der Direktor noch nicht sicher wusste, dass er, Kelsey, der Maulwurf war – was bedeutete, dass er, Horn, allein kommen und niemandem von seinem Verdacht erzählen würde. Was Kelsey gesagt hatte, stimmte: Wenn ein Maulwurf erst einmal in Verdacht geriet, war er erledigt. Kelsey konnte sich nicht erlauben, dass er festgenommen wurde oder Horn jemandem seinen Verdacht enthüllte.

Bobby Kelsey horchte in die Dunkelheit. Als er zufrieden feststellte, dass niemand gesehen oder gehört hatte, wie Tom Horn starb, holte er eine kleines, flaches, luftdichtes Metallkästchen aus der Tasche, öffnete es und nahm einen speziell behandelten Gummihandschuh heraus. Er zog ihn sorgfältig über die rechte Hand, kniete sich neben den Leichnam und umfasste den glatten Griff des Messers, das noch immer zwischen Horns Rippen steckte. Er stand wieder auf und ließ ein Cocktailspießchen aus der Kneipe in Stone Point fallen, in der Jeff Hammond so viele Fragen gestellt hatte. Dann drehte er sich um und verschwand geräuschlos in der Nacht.

Aus dem Schatten der Bäume am Waldrand starrte Graham im dunstigen Mondlicht über die Wiese zu dem Wäldchen hinüber, in dem der Direktor verschwunden war. Von seinem Standort aus konnte er dort nichts erkennen, und das Rauschen der Wasserfälle übertönte jedes Geräusch.

»Irgendwas zu sehen?«, fragte Thoma nervös.

Der Mond war vor weniger als zehn Minuten hinter den Bäumen hervorgekommen. »Kein bisschen.« Graham beobachtete weiter das stille Wäldchen.

»Wie lange ist es jetzt her?«

»Fast eine Stunde.«

Der Mond stieg höher; sein Licht schob sich in den Schatten des Wäldchens vor. Die beiden Agenten sahen eine Baumreihe nach der anderen auftauchen, bis das Innere des Wäldchens erkennbar wurde.

»Ich sehe überhaupt nichts. Wo sind sie?«, sagte Thoma besorgt.

Graham spähte über die Wiese. Plötzlich sprang er auf. »Kommen Sie! Bleiben Sie dicht am Boden.«

Die beiden Agenten liefen geduckt über die Wiese. Bei den Bäumen schaute Thoma sich um. »Da ist niemand drin«, sagte er.

»Doch, da ist jemand.«

Graham teilte die Sträucher und ging langsam vorwärts, bis er vor dem Leichnam von FBI-Direktor Thomas Earle Horn stand. Thoma kam zu ihm. Sie schauten sich an; dann blickten sie auf den Mann hinunter, den sie hatten schützen sollen. Doch er hatte es ihnen unmöglich gemacht, ihre Arbeit zu tun.

»Mein Gott«, flüsterte Thoma.

Graham beugte sich herunter. »Ein Messer. Es steckt noch drin. Geben Sie es in einen Plastikbeutel.«

Während Thoma mit einem Taschentuch die Mordwaffe herauszog, suchte Graham Zentimeter für Zentimeter das Laub und das Gras ab. Als er das Cocktailspießchen fand – rot, goldgesprenkelt, halb verschmutzt, aber mit noch deutlich lesbarem Namen der Kneipe –, balancierte er es auf seinem Taschenmesser und stand auf.

Er hielt es Thoma hin. Grahams Stimme war von abgrundtiefem Hass erfüllt.

»Hammond!«

37.

Jeff zog Beth neben einen Stützpfeiler im Tunnel, als der Boden zum ersten Mal bebte. Sie kauerten sich zusammen, und er legte den Arm um ihre Schulter und zog sie an sich. Gesteinsstaub rieselte auf sie herab. Sie niesten und rangen nach Luft.

Bevor die Erde zu zittern aufhörte, packte Jeff ihren Arm und zog sie auf die Füße. »Wir müssen hier raus.« Sie steckten ihre Waffen in die Halfter und rannten die Rampe hinauf in Richtung Parkdeck.

»Was war das?«, fragte Beth. »Ein Erdbeben? Gibt es Erdbeben in Pennsylvania?«

Sie erreichten das obere Ende des Tunnels und liefen auf die offene Parkfläche hinaus. »Das war kein Erdbeben«, sagte Jeff. »Ich tippe eher auf eine Bombe oder irgendeine andere Explosion.«

Im selben Augenblick bebte und rollte die Erde erneut. Diesmal ließen sie sich zusammen zu Boden fallen und verschränkten die Arme über dem Kopf. Von irgendwo weit her hörten sie ein dumpfes Krachen: der Explosionsknall. Als der Boden sich beruhigte, rollte leiser Donner durch den Fels.

»Los!« Jeff zog Beth wieder auf die Füße, und sie rannten weiter.

Plötzlich verstand sie. »Jemand jagt die Farm in die Luft.«

Jeff nickte.

»Wenn es Berianow ist ... und wenn er weiß, dass wir hier

unten sind ... dann sprengt er diese Höhlen, um uns umzubringen.«

»Das nenne ich deduktives Denken.«

Plötzlich schwankte die Höhle. Sie verloren das Gleichgewicht und fielen zu Boden, niesten, husteten. Die Detonation schien direkt über ihnen gewesen zu sein. Von der Decke und den Wänden spalteten sich Felsen ab und krachten zu Boden. Aus dem Tunnel, der auf der anderen Seite des Parkdecks hinauf ins Gebäude führte, kam eine graubraune Staubwolke auf sie zugeschossen.

»Da vorn! Siehst du?« Jeff wischte sich den Staub aus den Augen und deutete nach vorn. Die wirbelnde Staubwolke breitete sich aus und wurde dünner. »Dieser graue Klumpen an der Wand – das ist Plastiksprengstoff. Die muss jemand angebracht haben, *nachdem* wir hier durchgekommen sind, sonst wäre es mir aufgefallen. Verdammt, die können jeden Augenblick hochgehen! Es sind zu viele, als dass ich sie rechtzeitig entschärfen könnte.«

»Dann müssen wir schnellstens hier raus.« Beth blickte wild um sich.

»Aber nicht auf dem Weg, auf dem wir reingekommen sind. Nach der Größe dieser Staubwolke zu urteilen, werden jetzt Tonnen von Gestein den Eingang versperren.«

Eine weitere Explosion erschütterte die Höhle. Beth wurde gegen die Wand geschleudert und blieb benommen liegen. Wie konnten sie diesem steinernen Grab entfliehen? Plötzlich, aus dem hintersten Winkel ihres Bewusstseins, kam eine Erinnerung. Aus ihrem Albtraum. *Aus ihrem Herzen?* Beth war wieder mittendrin und ...

... lief einen Tunnel mit Wänden aus grauem Fels entlang. Schließlich sah sie eine graue Metalltür. Sie riss sie auf. Drinnen befand sich ein Schacht, gerade groß genug für eine Person. Sie schlug die Tür hinter sich zu, stieg die Leiter hinauf, entkam ...

»Diese Tür, die ich gefunden habe!« Sie rannte los. »Komm!«

»Das ist wahrscheinlich nur ein Betriebsraum.«

»Nein! Ich habe sie in meinen Albträumen gesehen. Michail Ogust muss über diese Höhlen Bescheid gewusst haben. Wenn ich Recht habe, ist da ein Schacht mit einer Leiter. Es ist ein Weg nach draußen!«

Jeff beeilte sich, ihr zu folgen. »Vielleicht hast du Recht. Berianow würde nie so etwas wie das hier ohne einen Geheimweg bauen, auf dem er seine Haut retten kann.«

Ohne Vorwarnung erschütterte eine weitere, ungeheure Explosion die Höhle. Sie warf Jeff und Beth zu Boden wie Spielzeugpuppen. Beth landete auf dem Rücken, und der Aufprall raubte ihr den Atem. Ein ohrenbetäubender Donner brüllte durch die Höhle, und Gestein und Felsblöcke stürzten herab. Beth und Jeff rollten sich zusammen und schützten ihre Köpfe mit den Armen. Sämtliche Lichter zwischen ihnen und dem Eingang erloschen, und der Gesteinsstaub verwandelte das verbliebene Neonlicht in graue Dämmerung. Die Luft stank nach Moder und Gestein.

»Beth! Alles in Ordnung?« Er zog sie an sich. Vor Angst um sie beide schlug ihm das Herz bis zum Hals.

Beth hustete. »Es geht schon ...«

»Dann los. Da ist immer noch Plastiksprengstoff an den Wänden, und das nächste Mal überleben wir vielleicht nicht. Es gibt mindestens noch eine weitere Explosion.«

Sie hinkten und stolperten um Geröllhaufen herum auf die Geheimtür zu. Noch immer fielen gewaltige Felsblöcke herab und zersplitterten auf dem Boden. Die andere Seite der Höhle, auf der sie hereingekommen waren, war hinter einem riesigen Erdrutsch verschwunden.

»Die Tür ist abgeschlossen!« Beth fluchte.

»Kein Problem.« Jeff feuerte aufs Schloss, drehte den Türknauf, stieß die Tür auf und stand dann vor dem Schacht, an den Beth sich aus ihren Träumen erinnerte. Er war eng, und an der Felswand war eine Leiter aus Metallröhren montiert.

Sie führte gut dreißig Meter steil nach oben und erschien Beth so turmhoch, dass sie ein mulmiges Gefühl bekam. Hoch oben, als stünde sie auf dem Grund eines Brunnens, sah sie ein rundes Stück Nachthimmel, an dem die Sterne funkelten. Trotz ihrer Angst hatte sie nie etwas Schöneres gesehen. *Ich danke dir, Herz.*

»Du zuerst«, drängte er.

»Aber, Jeff …«

»Mach schon. Ich bin direkt hinter dir.«

Sie kletterte die Leiter in dem von den Sternen beleuchteten Schacht hinauf, und Jeff folgte ihr. Jetzt bloß keinen Schwindelanfall!, schoss es ihr durch den Kopf, denn wenn sie fiel, würde sie Jeff mitreißen. Also schaute sie weder nach oben noch nach unten, sondern direkt auf die Felswand vor sich. Sie zwang sich, gleichmäßig zu atmen. Sie kletterte langsam und mit gleichmäßigem Rhythmus, einen Fuß nach dem anderen, Hand über Hand, und versuchte, nicht daran zu denken, wo sie war und was sie gerade tat.

Eine weitere Ladung explodierte, und der Schacht bebte und schwankte.

Sie klammerten sich an die Leiter. Beth verlor die Taschenlampe, die Jeff nur um Zentimeter verfehlte. Sie schloss die Augen und kämpfte gegen das Schwindelgefühl. Um sie herum polterten Steine in die Tiefe, und Staub erfüllte die Luft. Ein paar entsetzliche Sekunden lang sah es so aus, als würde die Leiter sich von der Wand lösen. Unter ihnen flog die Tür mit einem metallischen Kreischen auf. Beth öffnete die Augen lange genug, um zu sehen, wie durch die Tür Steine und Geröll hereinflogen und sich hoch genug auftürmten, um den Eingang zu blockieren. Sie saßen in der Falle. Der einzige Ausweg war der Weg nach oben.

Beth schüttelte den Kopf und versuchte, das Gleichgewicht wieder zu finden. Sie würde nicht die Nerven verlieren, sagte sie sich. Sie durfte es nicht. Nicht hier.

Abrupt rollte wieder ein Donnern durch den Schacht. Es klang, als wäre ein Teil der Höhle eingestürzt. Wieder schossen Staub und Trümmerteile den Schacht hinauf und reizten ihre Lungen. Sie husteten und rangen nach Atem.

Dann wurden sie von Totenstille umhüllt. Einzelne kleine Gesteinsbrocken schwirrten wie Geschosse an ihnen vorbei oder trafen sie an den Händen. Die Leiter wackelte. Sie war lose.

»Es gibt keinen Rückweg«, rief Jeff von unten. »Verdammt, sehen wir zu, dass wir hier rauskommen!«

Hustend hob Beth einen Fuß. Die Leiter schwankte. Der Schweiß brach ihr aus, und sie fluchte.

»Wir dürfen uns nicht im Gleichschritt bewegen«, sagte Jeff. »Wenn wir beide gleichzeitig den Fuß heben, versetzen wir die Leiter in Schwingungen. Dann bricht das Ding zusammen und reißt uns mit sich.«

Er ließ die Taschenlampe fallen, sodass er beide Hände benutzen konnte. Die Lampe zerbarst mit einem metallischen Geräusch auf dem Geröll. Dann gab er den Rhythmus vor, und sie setzten abwechselnd Hand und Fuß – Beth den linken, Hammond den rechten –, und stiegen gemeinsam weiter hinauf.

»Noch eine Explosion, und die Leiter bricht zusammen wie ein Kartenhaus«, rief Beth.

»Kletter weiter!«

Je höher sie kletterten, umso deutlicher wurde, wie lose die Leiter war. Beth war in Schweiß gebadet, und ihr Magen war verkrampft. Als sie das obere Ende der Leiter erreichte, streckte sie die Hand über den Rand und spürte Gras unter den tastenden Fingern. Vor Erleichterung liefen ihr Tränen übers Gesicht. Sie kroch hinaus auf eine kleine Rasenfläche, die von Felsen umgeben war, sank zusammen, legte den Kopf in den Nacken und starrte zum Sternenhimmel hinauf. Sie atmete tief durch und dankte ihrem Schöpfer.

Dann wischte sie ihre Tränen fort und streckte die Hand nach unten. »Kann ich dir helfen, Jeff?«

Er schaute zu ihr hoch, und für einige Sekunden glaubte er, einen Engel zu sehen. Mondlicht hüllte sie ein. Erde und Staub verschmutzten ihr Gesicht und verklebten ihr Haar, ihre Jacke und Jeans waren verdreckt, doch für ihn hätte sie nicht schöner aussehen können.

»Nein, danke«, sagte er rau. »Ich schaff das schon.« Er zog sich hinauf.

Beth saß neben der Mündung des Schachts, die durch einen engen Kreis aus großen Felsblöcken verdeckt wurde. Es gab nicht genug Platz für beide, und so kletterten sie über die Felsen hinaus.

»Du hast geweint«, sagte er.

»Nur ein bisschen.«

Erschöpft und beinahe schwindlig vor Erleichterung ließen sie sich ins Gras auf dem Hang fallen. Jeff tat alles weh. Sein Rücken und die Beine schmerzten, wo Steine ihn getroffen hatten. Weiter oben auf dem Hügel muhte eine schwarzbunte Holsteinerkuh; das Geräusch hallte über die Hügel. Jeff blickte hinter sich und entdeckte eine Herde. Er atmete tief ein. Er konnte kaum begreifen, dass sie noch am Leben waren.

Gleich unten am Fuß des Hügels lag Berianows Farm – zwei rauchende Krater. Eines der riesigen Löcher befand sich dort, wo das Landhaus gestanden hatte, das andere an der Stelle, wo die Garage gewesen war.

Beth fragte: »Glaubst du, dass es der alte Mann war, der den Sprengstoff angebracht hat?«

»Vielleicht. Ich würde ihn gern zu fassen kriegen. Ich hielt ihn für harmlos. Wie auch immer – du kannst darauf wetten, dass er irgendetwas weiß.«

»Die Polizei wird kommen ... oder irgendeine örtliche Behörde, die hier zuständig ist. Die Explosionen müssen die

Leute auf Meilen im Umkreis in Angst und Schrecken versetzt haben.«

»Wenn man vom Teufel spricht.« Jeff nickte und schaute durch sein Nachtsichtglas.

Von der Straße bog ein Fahrzeug auf das Anwesen ein. Die Lichtkegel der Scheinwerfer schimmerten im aufsteigenden Bodennebel. Er konzentrierte sich auf das Fahrzeug.

»Was ist es?«, wollte sie wissen.

»Ein dunkelgrüner Lieferwagen. Kein Polizeifahrzeug ... he, was ist das? Du wirst es nicht glauben. Da ist unser geschwätziger Kumpel, der freundliche Verwalter. Er geht zu dem Wagen.«

Beth erinnerte sich an seine Augen, die so klar gewesen waren und überhaupt nicht zu einem alten Mann gepasst hatten. Und sie erinnerte sich an die Anzeige für diese Farm, die sie versteckt in Berianows Arbeitszimmer gefunden hatte. »Ich wette, das ist Berianow! Wieder verkleidet. Der *Verwalter*. Und wir haben es beide nicht gemerkt!«

»Du hast Recht. Er könnte es sein. Er war immer ein Meister der ... warte mal!« Jeff starrte immer noch durch das Fernglas. »Da ist noch was. Siehst du es? Hinter dem Lieferwagen!«

Der Mann trug seine Arbeitskleidung: Rollkragenpullover, Skimaske, Handschuhe, Hose, Socken und Schuhe, alles in schwarz. An seinem schwarzen Gürtel hingen verschiedene Ausrüstungsteile, einschließlich einer Pistole. Er verschmolz mit den Kiefern und schlich die Straße entlang, dicht am Boden, ein gespenstischer Schatten vor dem weißen Zaun. Grauer Bodennebel wogte um seine Knöchel.

Während er sich dem Lieferwagen näherte, der inzwischen angehalten hatte, zog er die Pistole und musterte den alten Mann, der sich von den rauchenden Überresten entfernte, die einst ein großes Gebäude gewesen waren. Dies war die Farm aus der Anzeige, die er Beth Convey in Alexei Berianows Haus weggenommen hatte, doch das Farmhaus war nirgends zu sehen. Vermutlich waren die Ruinen einmal dieses Gebäude gewesen.

Er war verwirrt. In der E-Mail von seinen Bossen im Kreml war ihm gesagt worden, dass ein gewisser Colonel Bates diesen Besitz gekauft habe. Aber das war auch schon alles, was er wusste – und dass die Anzeige für Beth Convey wichtig genug gewesen war, sie an sich zu nehmen.

Er betrachtete den verschrumpelten Alten in Jeans und Cowboyhut, während er in den Lieferwagen stieg. Er erkannte ihn nicht. Aber dann sah er Iwan Wok hinter dem Lenkrad. Er war wie elektrisiert und jubelte im Stillen. Iwan Wok, der berüchtigte KGB-Killer, in den Vereinigten Staaten ... auf der Farm dieses mysteriösen Caleb Bates.

Die Pistole fest in der Hand, näherte er sich dem großen Fahrzeug.

Sobald Alexei Berianow die Tür aufgeschoben hatte und eingestiegen war, trat Iwan Wok aufs Gaspedal und wendete das Fahrzeug auf der Auffahrt vor den schwelenden Ruinen des Haupthauses. Er nickte Berianow zu und setzte ein kühles Lächeln auf, das kaum seine Ergebenheit verriet und seinen Stolz auf das, was er, Wok, und sein langjähriger Anführer vollbringen würden.

Er fragte den General: »*Kak wy poschiwyite?*« Wie ist es gelaufen?

Berianow war ebenso emotionslos. Sie gehörten zum KGB. Es gab keine bessere Ausbildungsstätte, um den Wert der Zurückhaltung zu lernen. Außerdem wusste er, dass Iwan Woks Loyalität tief ging. Er nahm seinen Stetson ab, ließ sich auf dem Beifahrersitz nieder und gab die übliche russische Antwort: »*Choroscho. A wy?*« Gut. Und bei Ihnen?

»Eine lange Nacht, Alexei«, fuhr Wok auf Russisch fort.

»Convey und Hammond sind mir entkommen. Sie haben den Wagen gewechselt, bevor ich ankam.«

Berianow lächelte. »Mir sind sie nicht entkommen.«

»Nein?«

Während Wok den Wagen die Auffahrt hinunter zur Landstraße steuerte, klärte Berianow ihn über die Explosionen und den Tod von Hammond und Convey auf. »Die werden uns nicht mehr stören.«

Wok lachte, erheitert und erleichtert zugleich.

Plötzlich sagte Berianow: »Was ist das?«

Ein Schatten schoss vor der weißen Umzäunung nach links. Er ging in die Hocke und hob die Waffe. Wok sah es auch. Bevor sie reagieren konnten, knallte eine Kugel durch die Fahrertür des fahrenden Lieferwagens, jagte Zentimeter vor Berianows Brust und durch die andere Tür wieder hinaus.

Wok riss das Steuer herum und trat wieder voll aufs Gaspedal. Ohne ein Wort griff Berianow die Schlaufe über der Tür, um sich festzuhalten, während das große Fahrzeug auf der Auffahrt direkt auf den schwarzen Körper zuhielt.

Der Mann stand auf und zielte in den Lieferwagen, aber der beschleunigte so schnell, dass er nur einen Schuss abfeuern konnte, der keine Wirkung erzielte. Er drehte sich um und sprintete los.

Wok lachte laut vor Vergnügen, während er mit dem Wagen über den Rasen jagte, den Mann mit der Stoßstange erwischte, durch den Zaun krachte und auf der Weide landete. Der Lieferwagen rutschte über das Gras, und Wok riss erneut das Steuer herum und fuhr in einer Kurve zur Auffahrt zurück.

Berianow fragte: »Was glauben Sie, wer das war?«

Wok zuckte mit den Schultern. »Ist nicht wichtig. Wenn er nicht tot ist, ist er schwer genug verletzt, dass er außer Gefecht ist.« Er fuhr wieder auf die Auffahrt und steuerte den Wagen hügelabwärts zum Haupttor, das offen zwischen den Kiefern auf sie wartete.

Über das Dröhnen des Motors hinweg war in der Ferne das Geheul einer Sirene zu hören. Berianow lächelte. Mit dem Tod von Hammond und Convey waren seine Pläne wieder im Gleis. Die örtlichen Behörden würden bald erscheinen, aber sie würden nicht viel mehr als riesige Löcher im Boden finden – und jetzt auch noch einen toten oder verwundeten Mann. Es würde sie in Verwirrung stürzen. Sie würden nach dem Eigentümer der Farm suchen und darauf stoßen, dass ein ultrarechter Nationalist namens Colonel Caleb Bates diese Farm übernommen hatte – und sie würden sich auch darüber wundern. Dann würden sie herausfinden, dass Caleb Bates verschwunden war. Schließlich würden sie von den »Keepers of the Truth« erfahren, den Bewahrern der Wahrheit, und die Teile des Puzzles würden sich so zusammenfügen, wie Berianow es wollte: ein Lügengespinst, so fest wie die Wahrheit.

Er hörte Wok fluchen. »Schlechte Neuigkeiten, Alexei. Da, hinter uns.«

Berianow drehte sich um. Zwei staubige Gestalten waren den Hügel hinuntergelaufen und erreichten hinter ihnen die Straße. In Berianow stieg mörderische Wut auf. Das waren Beth Convey und Jeff Hammond. *Unmöglich.* Fassungslos starrte er aus dem Rückfenster und sah, wie sie den Mann fanden, den Iwan Wok angefahren hatte. Gleichzeitig sah er aus dem Augenwinkel in südlicher Richtung ein rötliches Flackern. Polizeileuchten. Die Sirenen wurden lauter. Sie würden bald hier sein.

»Wie sind sie entkommen?« Berianow fluchte. »Keine Zeit, uns jetzt um sie zu kümmern.«

»Ja. Die Polizei wird da sein, bevor wir sie töten können«, sagte Wok. »Zu gefährlich.«

Berianow dachte kurz nach. »Sie müssen hier irgendwo ihren Wagen geparkt haben. Haben Sie einen Peilsender dabei?«

»Ja, aber keinen Detektor.« Wok erlaubte sich ein Lächeln. »Ich werde jemanden anrufen. Hilfe herbeirufen.« Er trat das

Gaspedal durch, und der Wagen schoss auf die Landstraße. Sie mussten Conveys und Hammonds Wagen finden, den Peilsender anbringen und Kontakt zu einem ihrer Männer mit einem Detektor aufnehmen, der ihnen dann folgen konnte.

Während das Sirenengeheul an Lautstärke zunahm, kauerten sich Beth und Jeff neben den bewusstlosen, zusammengesunkenen Körper in Schwarz. Während Jeff nach der Halsschlagader des Mannes suchte, zog Beth ihm die gestrickte Skimütze vom Kopf.

»Kennst du ihn?«, fragte sie Jeff.

Er war ungefähr in ihrem Alter, vermutete sie – Anfang dreißig. Er hatte ein ausdrucksstarkes, dreieckiges Gesicht mit glatter Haut und schmalen Augenbrauen. Selbst in der Bewusstlosigkeit besaßen seine Gesichtszüge etwas Ungestümes, als ließen die Mächte, die ihn antrieben, ihn selten zur Ruhe kommen. Er war bemerkenswert, fand sie. Attraktiv wie ein Raubtier.

»Habe ihn noch nie gesehen. Aber wenigstens lebt er.« Jeff tastete seinen Körper ab und suchte nach Knochenbrüchen. »Scheint so weit in Ordnung zu sein, aber wir müssen abwarten, bis er uns etwas sagen kann. Er muss von der Stoßstange abgeglitten sein. Wir nehmen ihn mit. Er könnte eine wertvolle Informationsquelle sein.«

Beth hatte gesehen, wie die Leuchten der Polizeiwagen sich rasch Berianows Farm näherten. »Wir müssen uns beeilen. In ein paar Minuten sind sie hier.«

Jeff nahm die Beine des Mannes, während Beth ihm die Handschuhe auszog, sie in die Taschen ihrer Windjacke steckte und seine Hände packte. Dann trugen sie ihn über die Trümmer des Zauns und den Hügel hinunter zu den Kiefern, die die Straße auf der Innenseite des hohen Sicherheitszaunes säumten.

Als die Streifenwagen mit blinkenden Leuchten die Einfahrt hinauf rasten, legten Jeff und Beth den Mann auf das

Bett aus Kiefernnadeln, versteckten sich hinter den Bäumen und warteten. Die rotierenden Lichter fuhren an ihnen vorbei. Beth senkte den Blick. In diesem Moment entdeckte sie es: Sie hatte die Hände des Mannes über seiner Brust gekreuzt. Auf seinem rechten Handgelenk war eine Narbe.

»Jeff! Er ist es.« Sie zeigte auf die kleine weiße Narbe. »Er ist der Mann, von dem ich dir erzählt habe. Der, der mich in Berianows Haus überfallen und gefesselt hat!«

Jeff zischte wütend: »Dann dürfte der Mistkerl uns einige interessante Dinge zu erzählen haben.«

Der Mann rührte sich. Gleich würde er aufwachen. Jeff untersuchte seinen Werkzeuggürtel und nahm eine Pistole und zwei Messer an sich. Dann nahmen er und Beth den Mann wieder auf und trugen ihn in der Deckung der Kiefern weiter den Zaun entlang, bis sie das offene Tor erreichten. Sie legten ihn noch einmal ab und blickten besorgt zum Ende der langen Auffahrt, wo Polizisten aus den Streifenwagen stiegen. Die blinkenden Leuchten drehten sich noch immer. Befehle wurden gerufen. Bald würde die Farm abgesperrt und alles mit gelben Markierungsstreifen abgegrenzt sein. Die Brand- und Sprengexperten waren vermutlich schon unterwegs, um die Trümmer der Farm zu inspizieren.

Das schmiedeeiserne Tor stand noch weit offen. Beth und Jeff schauten sich um. Rasch trugen sie den bewusstlosen Mann durchs Tor und eilten auf dem Grasstreifen zwischen der ruhigen Straße und dem Zaun den Hügel hinauf. Die Tannen würden ihnen Schutz geben, sodass sie von niemandem auf der Farm gesehen wurden, und der Verkehr auf der Landstraße war spärlich. Mit ein bisschen Glück würden sie den Ferrari erreichen, bevor ein weiterer Wagen vorbeikam.

Beth schwitzte und keuchte. Der Weg zog sich in die Länge. Die Arme wurden ihr schwer. Der Eindringling hatte ihre Größe, wog aber mindestens siebzig Kilo. Auf der anderen Seite des Hügels, von der Farm aus nicht zu sehen, ließen sie den Mann schließlich ins Gras sinken. Er landete ein wenig härter als beabsichtigt.

Jeff atmete tief durch und streckte sich. Auf seinem breiten, gebräunten Gesicht glitzerte Schweiß. Beth erinnerte sich, wie sie ihn zum ersten Mal gesehen hatte, als er mit seinem goldenen Ohrring und dem langen Pferdeschwanz die Lobby der *Post* durchquert hatte. Sie hatte seine Selbstsicherheit damals attraktiv, ja hypnotisierend gefunden. Auch sein kräftiger, durchtrainierter Körper zog sie an.

Jeff stemmte die Hände in die Hüften. »Ich hole den Ferrari«, sagte er dann und ging davon.

Der bewusstlose Mann trug keine Ausweispapiere bei sich, und sie hatten an der Landstraße keinen anderen geparkten Wagen gesehen. Wer war dieser Fremde, und wie war er zur Farm gekommen? Während Beth Wache hielt, fesselte Jeff rasch und geschickt die Hände und Füße des Mannes und verstaute ihn auf dem engen Rücksitz des Ferrari.

Beth übernahm das Steuer, während Jeff sich schräg auf den Beifahrersitz setzte, die Beretta in der Hand, und darauf wartete, dass der Mann zu sich kam, wobei er die Umgebung beobachtete. Beth fuhr auf dem Weg zurück, auf dem sie gekommen waren, um nicht noch einmal an der Farm vorbei zu müssen.

Der Verletzte auf dem Rücksitz stöhnte.

Jeff sah, wie die Lider des Mannes zuckten. Dann stieß er ein Wort aus, das wie ein Fluch klang, und öffnete die Augen. Er versuchte, sich aufzurichten, doch sein Kopf stieß gegen das niedrige Wagendach über dem engen Rücksitz. Er fiel zurück und starrte auf die Fesseln an seinen Handgelenken. Schließlich richtete er den Blick auf Jeff. Für einen Moment sah Jeff in den Augen des Mannes Wut und Gerissenheit; dann war dieser Ausdruck auch schon wieder verschwunden. Die Miene des Mannes wurde ausdruckslos, ja gleichgültig.

»Ich erkläre dir mal die Lage«, sagte Jeff mit unpersönlicher Stimme. »Du bist offensichtlich ein Profi, aber jetzt habe ich deine Waffen, aber du wirst mir nicht entkommen. Im Moment hast du Schmerzen. Du fragst dich, wer ich bin, und ob du mich austricksen oder bescheißen kannst. Aber weil ich ein lieber Junge bin, werde ich dir eine Chance geben. Ich werde dir die Wahrheit sagen. Ohne uns hätten dich jetzt die Bullen kassiert. Und weil du verkleidet wie ein Gangster in einem zweitklassigen Krimi auf der Farm herumgeballert hast, muss ich annehmen, dass unsere Gesellschaft dir lieber ist als ihre. Zumal du auch letzte Nacht meine Freundin hier außer Gefecht gesetzt hast.«

Jeff sah, wie die blassblauen Augen des Mannes zu Beths Hinterkopf wanderten. Die Bewegung hatte etwas an sich ... Der Mann war an Beth interessiert. Sexuell interessiert. Von ihr angezogen.

Sie drehte den Kopf und winkte kurz mit der Hand. »Schön, dich unter diesen für mich angenehmeren Umständen wiederzusehen.«

Jeff ließ sich nichts anmerken. »Sie nimmt es dir nicht übel. Ich schon. Aber darüber reden wir später. Wie ich schon sagte ... da du auch meine Freundin außer Gefecht gesetzt hast, ist uns klar, dass du Alexei Berianows Haus durchsucht hast, und dass du – zum Glück für dich – meiner Freundin nichts getan hast. Wir wissen das zu schätzen. Tatsächlich führt es uns zu der Vermutung, dass wir einiges gemeinsam haben könnten.«

Jeff musterte ihn – sein dreieckiges Gesicht, seine tief liegenden, beinahe farblosen blauen Augen. Die unbeteiligte Miene des Mannes hatte sich nicht verändert, außer in dem Moment, als er Beth erkannte. Das brachte Jeff auf eine Idee.

»Vielleicht würdest du gern wissen, was wir gefunden haben«, sagte er.

Er wartete, doch der Mann reagierte nicht. Jeff erinnerte

sich daran, dass Beth ihm erzählt hatte, der Bursche hätte die ganze Zeit, als er Berianows Haus durchsuchte, kein einziges Wort gesagt. Jeffs einziger Vorteil war, dass er nichts zu verlieren hatte. Also lehnte er sich zurück an die Tür, hielt seine Beretta gut sichtbar bereit, damit der Mann nicht vergaß, wer hier bewaffnet war und wer nicht, und pfiff die »Internationale«.

Dies tat offenbar seine Wirkung. Die Stimme war leise und klang russisch: »Gut. Sagen Sie mir, wer Sie sind. Vielleicht können wir reden.«

Beth lachte. »Komm schon, den Akzent kauft dir keiner ab.« Die Miene des Mannes verdüsterte sich. Seine Augen wurden schmal. Dann schien er zu einem Entschluss zu kommen. »Na gut. Ihr seid offensichtlich Jeff Hammond und Beth Convey. Ihr könnt euch bei der Gründlichkeit der amerikanischen Presse bedanken, die das ganze Land mit euren Fotos gepflastert hat. Ich würde gern wissen, was ihr gefunden habt und ich nicht.« Er hob seine gefesselten Hände. »Nein. Sag es noch nicht, Hammond. Im Gegenzug werde ich dir sagen, was ich erfahren habe. Wir können, wie man in diesem Land sagt, einen Deal machen.«

38.

Beth und Jeff tauschten einen langen Blick. Beth warf einen Blick über die Schulter und sah irgendetwas im Gesicht des Mannes, das ihr verriet, dass er schwerer verletzt war, als er sich anmerken ließ. Doch sie sah auch eine kühle Intelligenz in seinen Augen. Niemals würde sie das Bild des schwarz gekleideten, bedrohlichen Eindringlings vergessen, der sie in Berianows Arbeitszimmer überrascht hatte, und wie mühelos der Mann sie überwältigt hatte.

Beths konzentrierte den Blick auf die Straße, während sie den Ferrari durch die Dunkelheit steuerte. Von Zeit zu Zeit kamen ihnen einzelne Wagen auf der anderen Spur entgegen. In der Ferne war Licht von Häusern abseits der Landstraße zu sehen.

Unvermittelt sagte sie: »Wusstest du, dass Caleb Bates und Alexei Berianow ein und derselbe sind?«

Vom Rücksitz kam ein russischer Fluch. »Das erklärt einiges. Ich wusste, dass es einen Zusammenhang gab.«

Jeff fragte: »Hast du gehört, dass Berianow kürzlich in Moskau gestorben ist?«

»Nein. Hat man dir das erzählt?«

Jeff nickte. »Er muss das Ganze für uns arrangiert haben, nicht für dich. Vielleicht wusste er nicht, dass du gegen ihn ermittelt hast.«

»Das ist gut, sehr gut. Da ihr mir das gesagt habt, werde ich auch euch einen Gefallen tun: Berianow, Anatoli Jurimengri und Michail Ogust haben einen beträchtlichen Geldbetrag gestohlen, als sie die Sowjetunion verlassen haben. Und vor kurzem haben sie aus alten KGB-Fonds hier in Amerika noch mehr gestohlen.«

»Das hatte ich mir auch schon gedacht. So haben sie ihre Geschäftsgründungen bezahlt, und mit den Schwarzgeldern haben sie die Ausweitung der Geschäfte und vielleicht noch anderes finanziert.« Jeff blickte den Mann auf dem Rücksitz scharf an. »Da du das alles weißt, musst du zum MWD gehören.« Er sah Beth an und erklärte: »Das MWD ist das russische Innenministerium. Sie haben ihre Leute hier hergeschickt, um verschwundene Rubel aufzuspüren.«

Wieder Schweigen auf dem Rücksitz. Schließlich sagte der Mann: »Als Präsident Jelzin im Amt war, hat er Kroll Associates engagiert, um Staatsbesitz aufzuspüren, der seit den frühen Neunzigern aus unseren Tresoren verschwunden ist.« Kroll Associates war eine international tätige Ermittlungsfirma, die auf Wirtschaftskriminalität spezialisiert war. »Allein von 1989 bis 1991 haben unsere kommunistischen Funktionäre geheime Dekrete des Zentralkomitees benutzt, um acht Tonnen Platin, sechzig Tonnen Gold, massenweise Diamanten und zwischen fünfzehn und fünfzig Milliarden Dollar in bar zu stehlen. Alles wurde in unbekannte Hände transferiert.«

Beth schüttelte fassungslos den Kopf. »Das ist mehr, als der Jahreshaushalt der meisten Länder beträgt.«

»Es ist ein nationales Verbrechen und eine Schmach«, sagte der Mann. »Und es waren nicht nur die Kommunisten. Auch unsere neuen Regierungsbeamten und Geschäftsleute haben das Land ausgeplündert, obwohl wir verzweifelt Geld brauchten, um die wirtschaftliche Erholung des Landes zu finanzieren. 1991 herrschte das totale Chaos, als Berianow und seine Freunde den Putsch gegen Gorbatschow zu ihrem Vorteil nutzten. Sie haben fünfzig Millionen Dollar abgeschöpft, die der KGB durch Schweizer Banken für unser Land waschen wollte ...«

Jeff unterbrach ihn: »Ohne Zweifel durch Agenten, Provokateure und Scheinorganisationen.«

»Ja. Du weißt, wie das funktioniert. Eure CIA benutzt ähnliche Kanäle. Wir haben Berianows Diebstahl erst letztes Jahr aufgedeckt. Kroll hat das Geld zu einer Schweizer Privatbank verfolgt, die es an der Wall Street investiert hat. Kroll hat entdeckt, dass Berianow, Jurimengri und Ogust ab und zu Geld abgehoben haben, um ihre Unternehmen zu finanzieren. Dann, vor drei Jahren, haben sie *alles* abgehoben.« Er zögerte. »Das Vermögen war auf fast eine Milliarde US-Dollar angewachsen.«

Beth stockte der Atem. »Eine Milliarde!«

Der MWD-Mann nickte. »Vor zwei Wochen ist Kroll in eine Sackgasse geraten. Sie konnten das Geld nicht weiterverfolgen, und so haben meine Vorgesetzten mich geschickt.« Er zögerte wieder. »Du bist immer noch beim FBI, Hammond, oder? Aber jetzt arbeitest du verdeckt.«

Jeffs Gesichtsausdruck blieb unverändert. »Ich habe das FBI vor langer Zeit verlassen.«

Der Mann kicherte. »Ich habe meine Quellen. Kennt ihr einen Burschen namens Evans Olsen?«

Beth antwortete prompt: »Der ist Assistent im Weißen Haus. Ich habe ihn ein paarmal auf Botschaftsempfängen getroffen, obwohl ich ihn schon eine ganze Weile nicht gesehen habe.«

Jeff schaute sie an. »Ich habe noch nie von ihm gehört.«

»Caleb Bates hat ihn von seinem Handy aus angerufen«, fuhr der MWD-Mann fort. »Die Anrufe waren verschlüsselt, sodass wir nicht verstehen konnten, was sie sagten, aber wir konnten das Funksignal zurückverfolgen. Allein schon, dass sie überhaupt miteinander gesprochen haben, ist merkwürdig.«

Jeff sah die Verbindung. »Du bist derjenige, der die Information ans FBI hat durchsickern lassen, dass eine Gruppe im Untergrund einen Terroranschlag plant. Du hast Caleb Bates' Leute gemeint. Du musst ›Perez‹ sein.«

Der MWD-Mann blieb vollkommen ruhig. Er gab nicht zu, Perez zu sein, leugnete es aber auch nicht. »Sie nennen sich selbst ›Keepers of the Truth‹«, fuhr er fort. »Oder einfach nur ›Keepers‹. Das ist alles, was ich an Nützlichem weiß. Jetzt muss ich arbeiten, einen Bericht schreiben. Ich wäre euch dankbar, wenn ihr mich jetzt zurückfahren würdet. Ich hab mein Motorrad zwei Kilometer von der Farm entfernt versteckt. Die Polizei wird uns schon nicht bemerken.«

Beth schüttelte den Kopf. »Du bist verletzt. Ich habe dich im Rückspiegel beobachtet. Jedes Mal, wenn du dich bewegst, zuckst du zusammen.«

»Gebrochene Rippen.« Er lächelte in den Spiegel.

»Du musst zum Arzt«, sagte Beth. »Du kannst deine Rippen nicht selbst versorgen.«

»Doch. Hab ich früher schon mal getan. Jetzt seid ihr an der Reihe. Ich habe euch gute Informationen geliefert. Fahrt mich zurück und erzählt mir, was ihr wisst.«

Beth bremste den Ferrari ab, fuhr in eine Einfahrt und wendete. Für einen Augenblick glaubte sie einen Wagen hinter ihnen zu sehen, der die Geschwindigkeit verringerte und zurückblieb, doch die Scheinwerfer verschwanden in einer Seitenstraße.

Gemeinsam erzählten Beth und Hammond von den Höhepunkten der vergangenen drei Tagen – Meteor Express, Stone Point, der Killer, der Beth verfolgt hatte, und die Blausäure-Selbstmorde der beiden Keepers vor Bates' Farm. Sie informierten den Mann über Michelle Philmalee und die HanTech-Liste, über den alten Verwalter, den sie zuletzt gesehen hatten, als er in den Lieferwagen stieg, der Perez überfahren hatte.

Perez hatte bis jetzt entspannt ausgesehen, beinahe fröhlich. Nun wurde sein Blick hart. »Der war also in dem Wagen. Ich habe nur den Fahrer erkannt – Iwan Wok.«

»Iwan Wok!« Jeff schüttelte den Kopf. »Das gefällt mir überhaupt nicht.« Er beschrieb den Nachbau des Oval Office tief unter dem Hügel.

Perez zog erstaunt die Augenbrauen hoch. »Das Oval Office. Dann planen sie also tatsächlich einen Anschlag auf Präsident Stevens, genau wie ich es vermutet habe. Und es muss *bald* sein, wenn alle Keepers von der Farm verschwunden sind.«

»Das glauben wir auch«, sagte Beth. »Euer Präsident ist heute in Washington eingetroffen. Vielleicht hat das etwas mit der Zeitplanung zu tun. Was erhofft Bates – oder Berianow – zu gewinnen, wenn er ein Attentat auf unseren Präsidenten verübt?«

»Von unserem Standpunkt aus nichts«, sagte Perez. »Aus seiner Sicht vielleicht eine Menge. Meine Quellen sagen, dass

Berianow, Jurimengri und Ogust nie die Hoffnung aufgegeben haben, dass die Kommunisten wieder an die Macht kommen und die alte Sowjetunion wieder vereinigen.«

»Da sind sie nicht die Einzigen«, murmelte Jeff.

Perez nickte. »Vor neun Jahren wäre das unmöglich gewesen. Unser Parlament hat sogar darüber debattiert, die Partei ganz zu verbieten. Aber sie ist immer noch eine Macht in der Duma, und sie ist immer noch die einzige politische Bewegung mit einem landesweiten Netzwerk, das in der Lage ist, Hunderttausende von Demonstranten auf die Straßen zu bringen. Die Partei war stets ein scharfer Kritiker der neuen freien Marktwirtschaft, die sie dafür verantwortlich macht, dass unsere Wirtschaftskraft in etwa der der Niederlande entspricht, und dass sie den beinahe vollständigen Zerfall unseres Militärs zu verantworten hat. Hinzu kommt der Absturz des Rubel. Der Aktienmarkt ist in ein schwarzes Loch gefallen, und wir konnten unsere riesigen Auslandsanleihen nicht bedienen. Alles ist im Arsch. Die U-Boot-Katastrophe der *Kursk*. Das Feuer im Fernsehturm in Ostankino. Terroristen in Moskau. Und natürlich der andauernde Krieg in Tschetschenien.«

Beth meinte: »In einem gefestigten Russland könnten die Kommunisten nicht darauf hoffen, wieder an die Macht zu kommen. Mit Sicherheit wissen sie das.«

Perez pflichtete ihr bei. »Das ist vielleicht ihre letzte Chance. Viele Russen erinnern sich noch immer mit Stolz an die kommunistische Herrschaft, weil sie den Faschismus besiegt hatte. Die internationalen Anleihen, die wir nicht zurückzahlen konnten, waren zusammen nicht mehr wert als eine eurer neuen Internetfirmen. Trotzdem haben die ausländischen Regierungen und der Internationale Währungsfonds mein Land verdammt, als wären wir der verantwortungslose Bösewicht der ganzen Welt, und das hat die Kommunisten gestärkt. Ihre Argumente sind verführerisch: Wir sind immer noch die zweitgrößte Atommacht, unser Land erstreckt sich über zwei Kontinente, unsere Bodenschätze sind unermesslich, und wir haben ein Vetorecht im Sicherheitsrat der Vereinten Nationen.«

»Berianow glaubt, wenn er Präsident Stevens umbringt, kann er Russland weit genug destabilisieren, dass die Kommunisten die Macht übernehmen, nicht wahr?«, folgerte Jeff. »Wenn das stimmt, wird er auch in Russland schon das Fundament gelegt haben.«

Zum ersten Mal wirkte Perez nervös. »Wir wissen, dass sie dabei waren, Allianzen zu schließen und sich in russische Betriebe und Fabriken einzukaufen. Möglicherweise haben sie nicht nur zu den unerschütterlichen Kommunisten Kontakt aufgenommen, sondern auch zu unzufriedenen Militärkommandeuren, Ultranationalisten und Apparatschiks aus der alten Garde. Ich werde es meinen Vorgesetzten berichten. Sie werden eure HanTech-Liste prüfen und aufdecken, wie weit sie vorgedrungen sind.«

»Aber warum sollten sie Präsident Stevens gerade *jetzt* umbringen?«, fragte Beth.

»Nach meiner Erfahrung geschieht nichts im luftleeren Raum«, erwiderte Jeff. »Damals, in den Siebzigerjahren, als Henry Kissinger Außenminister war, ist er in Übersee ein paar Tage von der Bildfläche verschwunden. Die Reporter wollten wissen, was los war. Sein Sprecher erklärte, er sei krank gewesen. Grippe, wenn ich mich richtig erinnere. Und so haben die Medien das geschluckt und berichtet, dass Kissinger während seiner offiziellen Dienstreise krank geworden ist. Erst später haben wir erfahren, dass er in Wirklichkeit an einem geheimen Treffpunkt mit dem damals so genannten Rotchina eine geheime Vereinbarung ausgearbeitet hat, mit der die Chinesen sich zum ersten Mal seit zwanzig Jahren dem Westen öffneten. Vielleicht geht es bei diesem Anschlag genau darum. Es könnte sein, dass Präsident Stevens und Präsident Putin sich aus viel wichtigeren Gründen treffen als den üblichen Staatszeremonien ... vielleicht um irgendeine Übereinkunft zu treffen, die Russland endlich stabilisieren, die Kommunisten entwaffnen und das Land fest in der Demokratie verankern soll. Wenn das der Fall ist, könnte Berianow annehmen, dass der Handel platzt, wenn er unseren Präsidenten ermordet.«

Beth sagte: »Oder er gewinnt wenigstens so viel Zeit, dass er beenden kann, was immer er in Russland in Bewegung gesetzt hat.«

Angespanntes Schweigen breitete sich aus, während sie weiter durch die sternklare Nacht fuhren. Schließlich erklärte Perez Beth, wo sie halten sollte. Sie waren wieder in der Nähe von Gettysburg, doch auf einem Straßenabschnitt mit wenig Verkehr. Von keiner Seite waren Lichter von Häusern zu sehen. Ein einzelner Pickup fuhr vorbei und verschwand wieder, während Beth den Ferrari an den Straßenrand lenkte.

Sie stellte den Motor ab. Jeff band Perez los und half ihm aus dem Wagen.

Perez deutete auf ein dichtes Gebüsch aus Zaubernusssträuchern. Jeff suchte einen Pfad, verschwand im Gebüsch und kam mit einem schweren BMW-Motorrad wieder zum Vorschein. Auf der anderen Seite der schmalen, zweispurigen Straße raschelte es in den Büschen und Bäumen. Am Himmel waren Schleierwolken aufgezogen, die das Mondlicht filterten.

Perez humpelte zu dem großen Motorrad und schwang mit Schmerzen sein Bein über den Sattel. »Meine Waffen, bitte.« Während Jeff sie ihm reichte, sagte Perez: »Ich gebe euch noch eine Information, die nützlich sein könnte.« Er beschrieb die Politik von Caleb Bates' rechtsextremen Eiferern. »Jetzt, wo ich weiß, dass Berianow Bates ist, ergibt vieles von dem, was ich über Bates und die Keepers erfahren habe, einen Sinn. Für mich sieht es so aus, als hätte Berianow alles so eingerichtet, dass die Keepers wegen des Attentats im Knast landen, während er selbst ungeschoren davonkommt.«

»Wie kommst du darauf?«, fragte Beth.

»Ich bin einem von Bates' Top-Stabsleuten gefolgt. Er hat eine Menge Gürtelschnallen mit eingebauten Peilsendern bestellt, genug für die ganze Gruppe. Sehr wahrscheinlich haben die Keepers keine Ahnung, dass mit ihren Gürteln etwas nicht stimmt. Denen, die es wissen müssen, hätte Bates leicht erklären können, dass es eine Möglichkeit ist, während des Einsatzes in Verbindung zu bleiben. Und jetzt, wo wir wissen, dass Berianow sich wieder verkleidet hat, diesmal als alter Mann, vermute ich, dass er gar nicht dabei sein will. Er bereitet sich darauf vor, sich abzusetzen.«

Beth verstand. »Nach dem Anschlag wird er dem Geheimdienst per Telefon einen Tipp über die Keepers geben und ihnen von den Gürteln erzählen. Sie müssen dann nur einen Keeper fangen oder töten, dann die anderen aufspüren. Wenn Berianow keinen Gürtel trägt – und wir wissen alle, dass es so sein wird –, ist er frei.«

»So sehe ich es auch«, bestätigte Perez.

»Wir können das nachprüfen.« Beth tauschte einen Blick mit Jeff, denn sie erinnerte sich an die beiden Männer, die Selbstmord begangen hatten. Sie – und ihre Gürtel – müssten noch immer unter den Bäumen liegen. Beth fragte Perez: »Wohin gehst du als Nächstes?«

Perez lächelte Beth an. In diesem Augenblick sah er jungenhaft und sorglos aus. »Ich glaube, das sollten wir für uns behalten. Aber wir sollten in Verbindung bleiben. Wie kann ich euch erreichen?«

»Gar nicht«, erwiderte Jeff kurz angebunden. »Es sei denn, du kannst uns eine Nummer geben.«

Perez lächelte und schüttelte den Kopf. Zwischen den Wolken kam das Mondlicht hervor und tauchte die drei in einen kühlen Schein. Perez setzte seinen Motorradhelm auf. Seine Stimme war gedämpft, als er zu Beth sagte: »Ich habe in Berianows Haus deine Medizin gesehen. Du bist sehr krank gewesen, aber jetzt bist du stark. Wenn es mit ihm nicht klappt«, er nickte zu Jeff, »werde ich es erfahren, und ich werde dich finden. Dann werden wir sehen, ob wir dieselbe Musik mögen ... und andere Vergnügungen.« Zum Gruß tippte er mit der Hand an das schwarze Glasvisier seines Helmes. »Bis bald.«

Ein Schauer lief Beth über den Rücken. Sie erinnerte sich daran, dass ihre Tablettenfläschchen wie Soldaten aufgereiht gewesen waren, als sie die Medikamente in Berianows Arbeitszimmer hinter ihrem Stuhl wieder gefunden hatte, so, als hätte jemand sie sich angeschaut. Perez wusste alles über sie, und *er* war noch immer an ihr interessiert.

Perez trat den Starthebel durch. Der Motor erwachte donnernd zum Leben, und er fuhr auf den Highway und verschwand im silbernen Mondlicht rasch südwärts in Richtung Washington. Beth und Jeff beobachteten, wie sein Rücklicht der Maschine kleiner wurde.

»Es ist seltsam, wie die Zeit die Dinge verändern kann«, sagte sie. »Perez versucht nur, die Interessen seines Landes zu schützen, aber in den alten Zeiten wären wir Feinde gewesen.«

»Ja. Die Freie Welt gegen das Reich des Bösen.«

»Er wirkte sehr mutig. Entschlossen, seinem Volk zu helfen. Russland braucht mehr Menschen wie ihn. Was meinst du?«

Jeff runzelte die Stirn. »Ich nehme an, du hast Recht ...« Er hielt inne. In der Ferne tauchten die Scheinwerfer eines Wagens auf, der in südlicher Richtung fuhr – genau wie Perez. Er fuhr sehr schnell. Während Perez außer Sicht kam, wurden die Scheinwerfer des Wagens größer und bedrohlicher.

Jeff packte Beth am Arm. »Komm!«

Während sie liefen, zog er seine Pistole. Sie riss die Tür des Ferrari auf. Der näher kommende Wagen, eine Limousine, kam knapp zehn Meter vor ihnen mit quietschenden Bremsen auf dem Randstreifen zum Stehen. Die Scheinwerfer blendeten sie.

»Steig ein!«, rief Jeff, kroch hastig auf den Fahrersitz hinüber und ließ den Motor an. Beth, der das Herz bis zum Hals schlug, ließ sich auf den Beifahrersitz fallen und knallte die Tür zu. Zwei Schüsse ließen die Vorderreifen des Ferrari platzen. Der Wagen sackte vorn herunter, als die Luft aus den Reifen wich. Zwei Männer sprangen aus der Limousine und kamen zum Ferrari gerannt, wobei sie aus allen Rohren feuerten.

39.

»Ferrari behauptet, dass diese Dinger nahezu unzerstörbar sind«, sagte Jeff. »Finden wir es raus.« Er legte den Gang ein und trat aufs Gaspedal. Auf den Felgen schoss der kraftvolle Sportwagen vorwärts, schlitterte auf dem Randstreifen. Die beiden Angreifer, schwarze Schatten im Scheinwerferlicht, waren kaum zu sehen. Sie sprangen zur Seite, der eine auf die Straße, der andere in die Büsche. Einer war mit dem Gewehr bewaffnet, der andere mit einer Pistole.

Jeff reckte das Kinn vor. Er umklammerte fest das Lenkrad und hielt mit dem Ferrari voll auf die Limousine zu.

»Du bist verrückt!«, stieß Beth hervor.

Jeff handelte nach dem Motto, niemals das zu tun, was erwartet wurde. Er hatte gesehen, wie Iwan Wok Perez genug Zeit gelassen hatte, der größten Wucht des Lieferwagens auszuweichen. Jeff würde nicht denselben Fehler machen.

Der erste Angreifer erstarrte, schien zu befürchten, dass der Ferrari sich in einen Selbstmord-Torpedo verwandelt hatte.

Im letzten Sekundenbruchteil riss Jeff das Lenkrad herum, und der breite, flache Sportwagen schleuderte um neunzig Grad herum und röhrte direkt auf den zweiten Angreifer zu, den Mann mit dem Gewehr, der auf der Straße stand. Alles ging so schnell, dass der Gangster keine Chance hatte. Der Wagen rammte ihn. Der Mann riss den Mund weit zu einem Schrei auf, der aber nie aus seiner Kehle kam. Der Aufprall schleuderte ihn auf die Motorhaube des Ferrari. Sein Schädel mit dem Bürstenhaarschnitt schlug Zentimeter von Beth und Jeff entfernt auf die Windschutzscheibe. Blut spritzte aufs Glas. Der Körper erschlaffte.

Vom Rand der Landstraße feuerte der zweite Mann mit der Pistole. Eine Kugel durchschlug die Seitenscheibe neben Beth und trat durch die Windschutzscheibe wieder aus. Das Glas regnete auf den Angreifer, der bäuchlings auf der Motorhaube lag. Die Splitter bedeckten ihn und funkelten wie Eis im Scheinwerferlicht der Limousine.

Beth hatte alles gesehen. Sie war angespannt, registrierte jedoch deutlich jedes Detail, beinahe so, als stünde die Zeit still. Die Limousine rechts von ihr ... der Mann, der jetzt von der Motorhaube des Ferrari rutschte wie eine Strohpuppe ... der zweite Angreifer, der die Pistole hob, um wieder zu schießen.

Eine zweite Kugel jagte durch den Ferrari und streifte Jeffs Fingerknöchel. Er fluchte, legte den Rückwärtsgang ein und trat wieder aufs Gaspedal. Der Wagen schoss mit kreischenden Hinterreifen rückwärts.

Bevor der zweite Angreifer noch einmal abdrücken konnte, lehnte Beth sich aus dem Fenster, zielte und feuerte. Mit einem lauten Fluch fiel der Mann zu Boden. Sie hatte zwar nur seinen Oberschenkel getroffen, doch das 9mm-Geschoss hatte Kraft genug, den Mann von den Beinen zu reißen. Trotzdem konnte er die Waffe festhalten.

Jeff zog die Handbremse und sprang gerade rechtzeitig aus dem Wagen, dass der Bursche, auf ein Knie gestützt, die Pistole auf ihn richten konnte. Der Zeigefinger des Mannes krümmte sich ...

Beth und Jeff feuerten gleichzeitig. Die Kugeln zerfetzten

die Brust des Angreifers. Er flog mit hochgerissenen Armen rückwärts in das Zaubernussgebüsch. Schwarzrote Flecken erschienen auf seiner Jacke, als er in den starren, hölzernen Klauen des Strauches hing.

Beth rang nach Atem. Um Jeff zu retten, hatte sie so schnell geschossen, dass sie keine Zeit hatte, nachzudenken und die moralischen Aspekte ihres Tuns abzuwägen. Dennoch, diesmal hatte sie nicht immer wieder auf den Abzug gedrückt. Sie schaute auf ihre Hände, die immer noch die Walther umklammerten. Sie zitterte. Doch das schreckliche Verlangen, ihre Waffe leer zu feuern, weiter zu töten, hatte sie diesmal nicht überwältigt.

Als sie schließlich zu zittern aufhörte und den Blick hob, hatte Jeff sich über den Mann gebeugt, auf den sie geschossen hatten. »Er ist tot.«

Beth lief zu dem anderen. »Der hier auch.«

Jeff durchsuchte die Limousine der Angreifer. »Das erklärt eine Menge – ein elektronischer Funkdetektor. Ich wette, im Ferrari ist ein Peilsender, und damit haben sie uns gefunden. Aber ich weiß nicht, wie sie das Ding anbringen konnten.«

»Berianow oder Wok müssen uns entdeckt haben, als wir den Hügel heruntergekommen sind, nachdem sie versucht haben, Perez zu überfahren. So hätten sie gewusst, dass wir überlebt haben.«

Jeff nickte. »Du hast Recht. Und wenn sie einen Peilsender dabei hatten, brauchten sie sich nur nach unserem Auto umzusehen.«

Beth wandte sich vom Buick ab und musterte den ehemals schnittigen, roten Ferrari. Er lag mit der Schnauze so dicht über dem Boden des Randstreifens, als wäre er ein schlafender Hund auf einem Teppich. Seine Vorderreifen waren abgedreht, die Felgen verbeult. Die Windschutzscheibe war zerplatzt, und die Karosserie war von Einschüssen durchsiebt.

»Der Wagen fährt bestimmt nirgends mehr hin«, sagte sie.

Für einen Augenblick hatte sie ein sehr schlechtes Gewissen. Der Ferrari war Michelles Lieblingsspielzeug. Doch Michelle würde sich nicht beschweren – nicht, wenn Beth sie wieder als Anwältin übernahm. Außerdem war Michelle bis hin zu ihren gezupften Augenbrauen versichert; sie würde sich einfach einen neuen Sportflitzer kaufen. »Können wir die Limousine nehmen?«

»Das ist keine gute Idee. Da könnte es auch einen Peilsender geben, und ich habe nicht die Ausrüstung, um ihn zu suchen.« Jeff schüttelte verärgert den Kopf.

Dann erinnerte sich Beth. »Ich glaube, vor drei-, vierhundert Metern sind wir an einem Telefon vorbeigekommen. Ich könnte dorthin, und du könntest dir in der Zwischenzeit die Limousine anschauen und die Taschen dieser Typen durchsuchen. Soll ich deinen Boss anrufen? Vielleicht ist es an der Zeit, um Hilfe zu bitten.«

»Nein. Aber es gibt einen alten Freund der Familie, den du anrufen könntest.« Jeff gab ihr die Nummer und ein paar Anweisungen.

Beth nickte, prägte sich die Informationen ein und machte sich auf den Weg die Landstraße entlang. Sie war erschöpft, trieb sich jedoch selbst voran. Ihr schwirrte der Kopf von den Ereignissen der vergangenen Tage, und ihre Augen waren müde von der ständigen Ausschau nach Gefahr. Während sie sich voran schleppte und dabei die Umgebung beobachtete, sorgte sie sich um den Präsidenten. Sie mussten Berianows Komplott vereiteln.

Als sie schließlich das Telefon am Straßenrand fand, ergriff sie den Hörer und ... hielt inne. Kein Freizeichen. Dann sah sie, dass die Telefonschnur durchgeschnitten war. Irgendjemand hatte sie absichtlich durchtrennt, mit einem einzigen glatten Schnitt. Berianows Verrückte? Um jeden davon abzuhalten, zu nahe bei der Farm herumzulungern? Enttäuscht schüttelte sie den Kopf.

Beth kehrte um und machte sich erschöpft auf den Rückweg. Graue Wolken jagten über den nächtlichen Himmel und verbargen Mond und Sterne. Der Schweiß tropfte ihr von der Stirn. Ein paar Minuten später näherte sie sich der Stelle, wo sie Jeff und die beiden beschädigten Wagen zurückgelassen hatte. Sie konnte die dunklen Umrisse der Fahrzeuge erkennen; als eine Wolke über ihr hinweg trieb, beleuchtete das Mondlicht die Silhouetten zweier Männer. Die Brust wurde ihr eng, und vor Angst wurde ihr übel. Sie kauerte sich hin und beobachtete. Ein Stück weit die Straße hinunter, zwischen dem Buick und dem Ferrari, zielte ein Mann mit einer Waffe direkt auf Jeff.

Jeff hatte das Geräusch einen winzigen Augenblick zu spät gehört. Er hatte Sachen zum Verkleiden und Werkzeuge des Killers aus den schwarzen Kisten im Kofferraum des Ferrari genommen und das, was er brauchte – einschließlich Beths Tasche –, in die kleinste der schwarzen Kisten gepackt. Während er damit beschäftigt war, hatte er ein leises Rascheln in den Sträuchern gehört. Da aber kein Wagen zu sehen war, hatte er vermutet, dass es ein Kaninchen oder Eichhörnchen gewesen war. Erst als dicht hinter ihm ein Zweig knackte, fuhr er herum und griff nach seiner Beretta.

»Das reicht, Jeff.« Eli Kirkhart stand hinter ihm und zielte mit seiner Smith & Wesson auf ihn. »Ich nehme deine Beretta, ja? Schön langsam. Mit dem Griff nach vorn, wenn ich bitten darf.«

»Was soll das, Eli?«

»Tut mir Leid, aber ich muss dich festnehmen.« Kirkhart winkte ungeduldig mit der Smith & Wesson. »Die Beretta. *Sofort!*«

Jeff drehte die Waffe um und reichte sie Kirkhart. »Wie, zum Teufel, hast du mich gefunden?«

»Unterschätz mich nicht, Alter. Du bist mir das ganze Jahr

entwischt. Aber das Glück musste sich irgendwann wenden und mir sein Lächeln schenken.«

»Das ganze Jahr? Du hast ein ganzes Jahr lang versucht, mich zu beschatten?«

»Immer wieder. Was glaubst du, ist passiert, nachdem ich mich damals einverstanden erklärte, mich in dem Einkaufszentrum mit dir zu treffen?«

Jeff starrte ihn an. »Seit wann interessiert sich das FBI für einen Reporter, der aus den heiligen Hallen rausgeschmissen wurde?«

»Was für ein Quatsch. Geh los. In die Richtung bitte.« Kirkhart deutete mit seiner Waffe auf die Bäume und das Gebüsch westlich der Straße.

Jeff ging los. »Was soll das heißen – *Quatsch?* Und wer hat dich auf mich angesetzt?«

»Genau genommen arbeite ich in diesem Fall nicht für das Bureau. Und ich weiß, dass dein Name insgeheim immer noch auf der Lohnliste steht, und dass du seit einem Jahrzehnt im Untergrund arbeitest und deine Besessenheit benutzt, um dicht am Überläufer und der Gemeinschaft der Migranten zu bleiben.«

Jeff sagte nichts. Kirkhart hatte ihn kalt erwischt. Wie viele Leute, ob innerhalb oder außerhalb des FBI, wussten noch Bescheid? Wusste es Berianow? Es würde erklären, wieso Berianow ihm immer einen Schritt voraus zu sein schien. Aber wie? Kirkhart hatte gesagt, dass er in diesem Fall nicht für das Bureau arbeitete, aber noch immer zum FBI gehört. Wer war dann für diese Untersuchung verantwortlich?

»Okay«, sagte Jeff. »Für wen arbeitest du wirklich, und wie hast du mich tatsächlich gefunden?«

»Das ist eigentlich dieselbe Frage, Jeff. Ich habe dich entdeckt, als du mit dieser Convey bei der Zeitung gesprochen hast, und dann habe ich dich in dieses erbärmliche Kaff in West Virginia verfolgt, wo ich gesehen habe, wie Graham und

Thoma dich hochgenommen haben. Danach war ich natürlich bei dem sicheren Haus, wo du getürmt bist. Das war der eigentliche Tipp. Es war offensichtlich, dass du einen Verbündeten an hoher Stelle hattest, und dass deine Flucht vorbereitet war. Also warst du noch mit einem Undercover-Auftrag im Dienst des FBI. Dann habe ich dich wieder erwischt, bei dem Spektakel bei Conveys viktorianischem Haus, und habe dich wieder verloren, erinnerte mich aber daran, dass Convey für die Philmalee Group arbeitete. Also bin ich hingefahren – und siehe da, du und die Lady waren dort. Und jetzt bin ich hier.«

»Okay, ich bin noch immer beim FBI. Dann weißt du auch, dass ich die beiden Jugendlichen nicht umgebracht habe, also …«

»Mit denen hat das hier nichts zu tun. Obwohl ich annehme, dass du sie sehr wohl umgebracht haben könntest, wenn ich alles andere bedenke.«

Jeff war völlig verwirrt. »Was heißt das denn, ›alles andere‹?«

Doch Kirkhart sagte: »Ah, wir sind schon da. Wenn du einsteigen würdest, könnten wir gleich losfahren.« Er nahm Handschellen aus der Tasche. »Es tut mir Leid, aber du kennst das ja.«

Sie waren an einem Feldweg angelangt, der zu einem Farmhaus zu führen schienen, in dessen Fenstern im Erdgeschoss noch Licht brannte. Ein massiger grauer Volvo – alles andere als der traditionelle FBI-Wagen – war am Wegrand geparkt. Eli öffnete eine der hinteren Türen.

Jeff machte keine Anstalten, einzusteigen. »Ich habe dich etwas gefragt, Eli. Was ist ›all das andere‹, von dem du sprichst? Ich bin im Untergrund und …«

»Oh, du bist im Untergrund, ganz richtig. Aber nicht nur für das FBI, stimmt's?«

»Was redest du da, verdammt? Hat sich dein Gehirn in Hüttenkäse verwandelt?«

»Wohl kaum«, erwiderte Kirkhart, und seine weiche Stimme war plötzlich kalt, sein Bulldoggengesicht und seine muskulösen Schultern angriffslustig. »Du hast mich gefragt, für wen ich arbeite? Die letzten beiden Jahre arbeite ich im Spezialauftrag für den Präsidenten und für das Büro des Justizministers.« Er nannte die Namen seiner drei direkten Bosse – Millicent Taurino und Donald Chen im Justizministerium und Cabot Lowell, den Sicherheitsberater des Präsidenten. »Ich war auf der Suche nach dem Maulwurf, der sich im Bureau eingegraben hat, alter Kumpel. Und jetzt habe ich ihn gefunden.«

Jeff war wie vor den Kopf geschlagen. »Den Maulwurf?« Es hatte Gerüchte gegeben, dass im Bureau ein Maulwurf sein Unwesen trieb, doch Jeff hatte diesen Gerüchten wenig Glauben geschenkt. Im Lauf der Jahre hatte er sie immer wieder gehört, hatte aber vermutet, dass diese Sache mit der Verhaftung von Aldrich Ames in Langley und Pitts im Bureau erledigt sei.

Kirkhart fragte ungeduldig: »Warum sonst solltest du so sehr an Beth Convey interessiert sein? Die Philmalee Group, HanTech, Uridium und natürlich Minatom. Ich könnte mir vorstellen, dass du die Leckerbissen in diesem lukrativen, aber gefährlichen Geschäft aufgestöbert hast, um sie an Minatom weiterzugeben. Möglicherweise welterschütternd, nicht wahr? Was mich daran erinnert ... Wo ist eigentlich unsere Miss Convey? Hast du ...«

Beths Stimme erklang aus der Nacht. »Direkt hinter Ihnen. Meine Waffe ist auf Ihren Rücken gerichtet. Auf Ihr Rückgrat, um genau zu sein. Und ich bin keine besonders gute Schützin ...«

Kirkhart wirbelte herum, doch Beth schlug den Lauf ihrer Walther auf sein Handgelenk, und Kirkharts Smith & Wesson flog durch die Luft. Gleichzeitig landete Jeffs Faust seitlich an Kirkharts Kinn. Eli Kirkhart wurde zur Seite geschleudert. Er bewegte sich nicht.

Jeff atmete tief ein. »Gutes Timing. Vielen Dank.«

»Ein bisschen melodramatisch, aber ich musste aufpassen, dass er mich nicht hört.«

»Du hast gesehen, wie er mich geschnappt hat?«

Beth nickte und berichtete ihm von dem durchgeschnittenen Telefonkabel. »Also habe ich mich beeilt, hierher zurückzukehren, um dir die lausigen Neuigkeiten zu überbringen. Danach war es nicht schwierig, euch bis nach hier zu folgen. Er markiert gern den dicken Mann, nicht? Hört sich gern reden. Ich habe ziemlich schnell kapiert, dass er zum FBI gehört und dich kennt. Was sollte das ganze Gerede über einen Maulwurf?«

»Verdammt, wenn ich das wüsste! Es gab fast jedes Jahr Andeutungen und Vermutungen, dass ein Maulwurf für eine ganze Reihe unserer gescheiterten Ermittlungen verantwortlich sein könnte. Aber ich habe noch nie etwas von einer externen Ermittlung gehört, und ich habe absolut keine Ahnung, warum Eli ausgerechnet auf mich verfallen ist. Eine geheime externe Untersuchung im Bureau hat es noch nie gegeben. Jedenfalls habe ich noch nie davon gehört.«

»Aber jetzt.« Sie deutete mit einem Kopfnicken auf Kirkhart. »Was tun wir mit ihm?«

»Wir lassen ihn hier.« Jeff hob die Handschellen auf, wo Kirkhart sie hatte fallen lassen, und suchte in den Taschen des Agenten nach dem Schlüssel. Dann wuchtete er sich den bewegungslosen Körper auf die Schulter und schleppte ihn zu einer jungen Eiche. »Ich halte seine Arme um den Baum, und du legst ihm die Handschellen an.«

Beth ließ die Handschellen um Elis Handgelenke schnappen. Jeff holte die Schlüssel für den Volvo aus Kirkharts Hosentasche; dann ließen sie Eli, der zu stöhnen begann, am Baum gefesselt zurück. Er war von dem Feldweg aus leicht zu sehen und würde am Morgen entdeckt.

»Bis dahin sind wir im District of Columbia und können

den Volvo loswerden«, erklärte ihr Jeff. »Zum Glück wollte Eli keinen FBI-Wagen für diesen Job benutzen, weil er befürchtete, ich würde ihn erkennen. Wahrscheinlich ist es ein Leihwagen. Fahren wir.«

Beth übernahm das Steuer, und Jeff setzte sich auf den Beifahrersitz. Während Beth den Feldweg zurück und auf die Landstraße fuhr, durchsuchte er das Handschuhfach und fand die Papiere, die bestätigten, dass der Volvo tatsächlich gemietet war. Beth hielt den Wagen neben dem Ferrari an, der immer noch mit platten Vorderreifen an der Straße stand, dicht neben dem Buick.

Jeff stieg aus, nahm den schwarzen Kasten des Heckenschützen und stellte ihn auf den Rücksitz. Als er wieder einstieg, sagte er: »Da ist deine Handtasche, zusammen mit dem Makeup und den Spionagewerkzeugen, die wir vielleicht noch brauchen können.«

»Gut. Holen wir diese Gürtel.« Beth fuhr rasch zu der Stelle, wo sie die beiden Leichen zurückgelassen hatten. »Wir müssen nach Cops Ausschau halten.«

»Ja. Sobald wir die Gürtel haben, bringen wir sie zu einem alten Freund meiner Familie. Ich hab eine Idee. Aber das Problem ist, dass es nicht einfach sein wird, meinen Freund zu überreden, dass er uns hilft.«

»Warum?«

»Weil er mich für einen Mörder hält.«

»Wie alle anderen. Das ist nichts Neues.«

Jeff grinste sie an. »Niemand hat gesagt, dass es einfach wird, Frau Anwältin.«

»Nein«, sagte sie lächelnd, spürte aber einen Stein in der Brust. Würde das Leben jemals wieder einen Sinn für sie haben? Wie eine Antwort auf ihre stumme Frage erklang im Wagen plötzlich ein misstönendes, pulsierendes Summen. Ein Handy.

»Wo ist es?« Jeff blickte sich im Dunkeln um, während das

nervende Summen anhielt. Schließlich fand er das Handy, das unter dem Fahrersitz festgeklemmt war.

Beth sagte: »Sie werden damit rechnen, dass ein Mann sich meldet. Tu so, als wärst du Kirkhart.«

Jeff nickte und versuchte, Elis Stimme am Telefon nachzuahmen. »Ja, hallo. Kirkhart hier.«

»Warum brauchen Sie so lange?« Eine wütende Männerstimme fluchte. »Kommen Sie ins Bureau zurück. *Sofort!*«

»Das kann ich nicht. Ich bin auf einer entscheidenden ...«

»Doch, Sie können. Hören Sie gut zu! Wir haben gerade vom Büro des Justizministers erfahren, dass der Maulwurf im Bureau durch eine externe Ermittlung eingekreist wurde. Der Direktor wurde heute Nachmittag über seine Identität informiert. Er wollte sich selbst um die Sache kümmern und ist zu einem Geheimtreffen gefahren. Die beiden Agenten, die er zu seinem Schutz mitgenommen hatte, fanden später seine Leiche. Der Maulwurf hat den Direktor getötet. Er hat ihn erstochen. Und die Fingerabdrücke auf dem Messer gehören Jeffrey Hammond. Derselbe Name, den wir auch für den Maulwurf haben. Sie erinnern sich an ihn – Ihr alter Partner. Ja, Hammond ist der verdammte Maulwurf! Im Moment wird jeder verfügbare Mann bei dieser Operation eingesetzt, Sie eingeschlossen. Wo, zum Teufel, sind Sie?«

Jeff war schockiert und dachte schnell nach. »Mitten im Heu, fürchte ich. Iowa.«

»Sehen Sie zu, dass Sie bis morgen hier sind!«

Die Verbindung brach ab. Jeff gab Beth das Handy. Sein Gesicht hatte alle Farbe verloren. »Ich werde wegen Mordes an FBI-Direktor Thomas Horn gesucht. Es ist nicht nur Kirkhart ... das ganze FBI glaubt, dass ich der Maulwurf bin.«

»Wunderbar. Das ganze Land wird nach dir suchen.«

»Die ganze Welt.«

Gedrückte Stille breitete sich aus. Es schien, als sei die Antwort auf Beths Frage, ob das Leben jemals wieder einen Sinn für sie hatte, ein klares Nein.

»Meinst du nicht, dass es an der Zeit ist, dich zu melden?«, sagte sie. »Du könntest den Mann anrufen, der dich führt, oder? Wir brauchen Hilfe, Jeff. Es ist nicht besonders klug, allein weiterzumachen. Der Einsatz ist jetzt viel zu hoch. Wir reden über das Leben des *Präsidenten*.«

»Verdammt!« Jeff knallte die flache Hand aufs Armaturenbrett. »Ich wünschte, ich könnte es! Ich wünsche, ich könnte einfach Bobby anrufen! Aber jetzt glaubt das Bureau nicht nur, dass ich der Maulwurf bin, jetzt hält man mich auch noch für den Mörder des Direktors. Es besteht sogar das Risiko, dass auch Bobby der Meinung ist. Was ich auch sage, man wird mir nicht mehr glauben. Nicht jetzt, wo sie meine Fingerabdrücke auf der Waffe gefunden haben, mit der der Direktor umgebracht wurde. Sie werden glauben, dass ich mir ein Attentat ausgedacht habe – die Präsidenten-Geschichte –, um sie abzulenken. Bis ich jemanden überzeugt habe, mir zuzuhören, könnte der Präsident tot sein.« Seine Miene wurde düster. »Die einzige Möglichkeit ist, dass ich handfeste Informationen vorweise, keine Vermutungen oder Annahmen. *Wo, wann, wie.* Sie werden nur auf genaue Einzelheiten hören, also müssen wir bei unserem Plan bleiben. Es wird schwieriger, Beth. Sehr viel schwieriger.«

40.

Es war in den frühen Morgenstunden in Moskau, als sich im Nachtklub *Russisch Roulette* die Nachricht von einem tragischen Unfall verbreitete, bei dem ein Mercedes 600, in dem der berühmte Verleger Oleg Dudasch, zwei Sicherheitsleute und der Fahrer saßen, von einem der anonymen illegalen Taxis der Stadt gestreift worden war. Die große Luxuslimousine war so schnell gefahren, dass sie die Leitplanken auf der Brücke der Twerskaja durchbrach und in die Moskwa stürzte, eine Eisscholle durchschlug und versank, wobei alle Insassen im eisigen Wasser ertranken. Der Unfallwagen war bereits auf den Haken genommen und ans Ufer gehievt worden.

Der Unternehmer, der die Nachricht überbrachte, war auf dem Heimweg gewesen, als sein Chauffeur die Meldung im Polizeifunk hörte. Der Unternehmer, der kurz zuvor den Abend mit dem Zeitungsmann in derselben Promi-Kneipe verbracht hatte, hatte seinen Fahrer unverzüglich angewiesen, ihn in den Klub zurückzufahren.

Erschüttert war er hineingegangen, hatte sich einen starken Drink bestellt und von den tragischen Ereignissen berichtet. Die Musik endete; Stimmengewirr erhob sich, und die Gläser wurden gefüllt und noch einmal gefüllt und noch einmal, während man ihn immer wieder drängte, die Geschichte noch einmal zu erzählen, wobei er die Gelegenheit nutzte, seine neuesten Taschencomputer anzupreisen und seine Visitenkarten zu verteilen. Die winzigen Computer waren billige Restposten, die er zum vollen Preis verkaufte, aber das brauchte ja niemand zu wissen. Während der Alkohol strömte, hellte die Stimmung sich wieder auf. Die Musik setzte wieder ein, es wurde wieder getanzt, und Professor Georgi Malko verließ das Promi-Lokal, nachdem er die Beileidsbekundungen zum Tod seines langjährigen Freundes entgegengenommen hatte.

Sein Fahrer brachte Malko direkt nach Hause in seine restaurierte Villa aus dem neunzehnten Jahrhundert in der Nähe der Erlöser-Kathedrale. Der Butler half Malko aus dem Mantel, und er ging direkt hinauf in sein Schlafzimmer. Das Bett war mit frischer, seidener Bettwäsche bezogen, die Decke bereits aufgeschlagen. Auf dem Nachttisch wartete unter einem bestickten Kaffeewärmer eine Kanne mit heißem Kakao. Der große Raum war vom einladenden Duft brennender Kiefernscheite erfüllt, die im Kamin knisterten.

Malko löste die Krawatte und zog seinen Anzug aus, während er auf ein Porträt Peters des Großen über dem Kamin blickte, dem Reichsgründer, Modernisierer und Tyrannen. »Tja, Peter«, sagte er, »wir sind wieder im Spiel. Es ist kalt draußen, aber in weniger als vierundzwanzig Stunden wird es heiß im Kreml.« Er kicherte, als er daran dachte, wie dumm und idealistisch Oleg Dudash immer schon gewesen war. Starrköpfig und dumm – und jetzt auch so tot wie die Neuigkeiten von gestern.

Bevor Malko, immer noch kichernd, ins Badezimmer ging, schaltete er den Fernseher ein, der auf ORT eingestellt war, den einzigen landesweiten Sender. Ab heute waren Malko und Alexei Berianow die größten privaten Anteilseigner; nun war ORT ihr persönliches Medienwerkzeug.

Malko musste daran denken, wie sehr ihm Berianows anmaßende Art und seine Eigenmächtigkeit zuwider waren. Dann zuckte er die Schultern. Es war nicht zu umgehen: Professor Georgi Malko war nicht wählbar, genau wie Oleg es ihm vorgeworfen hatte. Und aus diesem Grund brauchte er Berianow ebenso sehr, wie Berianow ihn brauchte. Berianow war von Skandalen unbelastet und ein sehr erfolgreicher internationaler Geschäftsmann, der neue Handelswege mit den Vereinigten Staaten öffnen konnte. Darüber hinaus sah er gut aus, war gebildet und charmant. In den Augen der Öffentlichkeit würde er der perfekte Ersatz für Putin sein.

Während er sich auf die Nacht vorbereitete, wiederholte der Sender zum zweiten Mal an diesem Tag die Show des seltsam faszinierenden Roman Tyrret, der vor sechs Monaten zum ersten Mal mit seiner ihm eigenen Art von populärem Humor im ORT erschienen war und seitdem das Land vor den Bildschirm bannte: »Ich habe heute Abend einen Witz für euch, Leute, der direkt aus einem dieser schicken, angesagten Privatklubs kommt, in den man Leute wie mich oder«, er machte eine Kunstpause, »*euch* gar nicht erst reinlässt. Andererseits ... wir können es uns ja sowieso nicht leisten, da hinzugehen. Kennt ihr den schon? Sagt ein Oligarch zum anderen: ›Ich habe gerade in Genf die fa-bel-hafteste Uhr gekauft, die es gibt. Hat zwanzigtausend Rubel gekostet.‹ ›Ach, wirklich?‹, sagt der andere stolz. ›Ich habe mir gerade dieselbe gekauft – für *dreißigtausend*!‹«

Tyrret warf den Kopf in den Nacken und lachte grölend. Sein sommersprossiges Gesicht mit dem ansteckenden Grinsen war unwiderstehlich. Er war sechsunddreißig Jahre alt und voller Energie; ein Mann mit Charisma. »Oh, diese Arroganz«, sagte er und wischte sich über die Augen. »Sie wissen nicht mal, dass sie sich gerade selbst verarscht haben. Aber wir wissen es, Leute, nicht wahr? Warum sind *wir* dann nicht reich?«

In Wahrheit war Roman Tyrret reich, der bestbezahlte Fernsehstar in der Geschichte des Landes, mit der meistgesehenen Show des Landes. Er hatte als Nachrichtensprecher bei einem Lokalsender in Sankt Petersburg angefangen und war zu den olympischen Höhen einer eigenen, landesweit ausgestrahlten Personalityshow aufgestiegen, die das Evangelium der Gleichheit, der gemeinsamen Werte und der Rückkehr Russlands auf den ihm zustehenden Platz am Firmament verkündete.

Doch bald hatte er sich ein besseres Leben leisten können als der Durchschnittsbürger. Inzwischen sammelte er kostspielige Frauen, ließ sich in seiner eigenen, gepanzerten Limousine herumkutschieren und zählte eben die Leute, über die er sich für gutes Geld lustig machte, zu seinem engsten Bekanntenkreis. Was nur bewies, schloss Malko daraus, dass alles nur ein Spiel war – sogar die Wahrheit, wenn sie in den Händen eines Mannes mit Millionenpublikum lag.

Kichernd und kopfschüttelnd setzte der Medienstar seinen

Redeschwall fort und verlieh dem Unmut des Publikums, seinem Zorn und seinem Neid Ausdruck, indem er sich über die Tagespolitik aufregte: »Unsere Mafia, die dauernd in die Kirchen rennt, unterhält Gangs von Autodieben, Schutzgeldringe und betreibt Import-Export-Geschäfte. Unsere geachteten Diplomatenkofferbarone schmieren Kremlbeamte und Parlamentsangehörige für Verträge, Lizenzen und die Rosinen aus dem großen Privatisierungsbeschiss. Und dann platzen ihnen vor stolz fast die Knöpfe von der Brust, wenn sie uns allen erzählen, dass ihr Erfolg nur daher kommt, dass sie solche ausgefuchsten *Bisnesmen* sind. Während wir anderen wie Fliegen am Fliegenfänger krepieren, weil sie uns das Essen vom Teller klauen, haben sie die Frechheit, uns zu sagen, dass wir selbst schuld sind, weil wir nicht hart genug arbeiten, nicht clever genug sind, keine *Bisnesmen* sind!« Er schlug sich auf die Stirn und verdrehte die Augen. »Sie sind Kriminelle, meine Freunde. Gangster! Oligarchen! Ich denke, es ist Zeit, ihnen das zu sagen, meint ihr nicht auch?«

Bevor er den Kopf neigen und dramatisch eine Hand ans Ohr legen konnte, um besser zu hören, brach im Studio Jubelgeschrei aus. Die Leute beim Sender, die mehr Geschichten über Intrigen und Betrügereien hörten, als man sich vorstellen konnte, waren es normalerweise leid, doch an fünf Tagen die Woche riefen auch die größten Zyniker beim ORT nach ihm und applaudierten Roman Tyrret. Und um die Wahrheit zu sagen, auch Malko mochte ihn. Und jetzt gehörte er ihm – so wie früher oder später auch der Kreml.

Während der Lieferwagen Iwan Wok und Alexei Berianow in Pennsylvania durch die Nacht fuhr, verlor Berianow sich in Träumereien. Die Verkehrsschilder, die Bäume, die typische nordamerikanische Architektur gingen ineinander über und verschwammen, während der Wagen vorbeifuhr. Plötzlich änderte sich die Vegetation; die Architektur wurde anders, die

Schilder, die Geografie, die Fahrzeuge ... alles war anders, und er war wieder zu Hause in Moskau.

Es waren die Siebziger, und Hoffnung lag in der Luft. Kremlplaner in Aufbruchsstimmung erwarteten, dass Moskau in wenigen Jahren eine Modellstadt sein würde. Es gab neue Wohnungen, neue Fabriken und so viele Arbeitsstellen, dass es einen Mangel an Arbeitern gab. An der Moskwa wurde ein neues Handelszentrum errichtet. Eine französische Gesellschaft plante den Bau von Luxushotels. Doch ungeachtet des Wachstums bewahrte der Kreml das Zentrum Moskaus mit seiner klassischen Schönheit und der langen Geschichte für zukünftige Generationen.

Er war gerade Vater eines Sohnes geworden, sein erstes Kind. Er liebte seine Frau mit ihrer seidigen Haut, auf der Sommersprossen erschienen, sobald der letzte Schnee schmolz. Sie war Maschinenbauingenieurin. Jeden Morgen gingen sie gemeinsam zur Arbeit und trugen ihren Teil zum Traum der Nation von einem Arbeiterparadies bei. Sie ließen das Baby in einem Kinderhort, wo die Kindermädchen es umhegten und verwöhnten. In jenen Zeiten wurden die Kinder gewickelt und gepflegt, erzogen und vergöttert.

Enttäuschung ist ein schwer fassbares Gefühl. Sie beginnt mit winzigen Augenblicken der Verzweiflung, lauert in den Schatten des Bewusstseins und wächst, um schließlich das Leben zu beherrschen. Fünf Jahre später hatte er in der Achten Abteilung Karriere gemacht. Er war ein Könner auf seinen Gebiet und glaubte, dass er wirklich einen guten Beitrag leistete. Er plante »Ereignisse«, wie sie genannt wurden, bei denen seine Einsatzkräfte feindliche Anführer erledigten, Guerrilleros ausbildeten und Länder beim Befreiungskampf unterstützten, damit sie nach dem Sieg in die aufregende kommunistische Gemeinschaft eintreten konnten.

Doch in seiner Wohnung war seine Frau traurig und fett geworden. Sie bekam Akne. Sie bekamen ein zweites Kind, eine

Tochter. Ständig fing sie Streit mit ihm an. Er blieb lange im Büro und begann zu trinken.

Seine neue Sekretärin hatte Haar wie Obsidian, schwarz und geheimnisvoll wie eine arktische Nacht. Er ließ sich scheiden und heiratete die Sekretärin. Sie zogen bei ihren Eltern ein, die eine Regierungswohnung hoch über der Moskwa hatten. Er stand immer gern am Fenster und schaute auf die weite Wasserfläche des Flusses hinunter, der seit dem Mittelalter ein Handelsweg gewesen war. Nun gab es moderne Barkassen, Lastkähne und Schiffe mit Dieselmotoren. Und wie immer, gab es dort auch Schwimmer. Sogar im Winter paddelten ein paar beherzte Moskowiter zwischen den Eisschollen herum. Jeder nannte sie »Walrosse«.

Sie bekamen zwei Kinder, wieder einen Jungen und ein Mädchen, die von den Eltern verwöhnt wurden, aber nach und nach hatte er immer weniger Zeit für sie. Im Sommer fuhr seine Familie ans Schwarze Meer zur Datscha seiner Schwiegereltern, während er wegen eines Auftrags verreiste oder in Moskau blieb, um an seinem Schreibtisch zu arbeiten. Zu Anfang schickte seine Frau ihm viele Briefe. Doch mit jedem Sommer wurden es weniger, bis schließlich gar keine mehr kamen. Sie mochte es nicht, wie Alexei sie behandelte – seine Wutausbrüche und seine lange Abwesenheit. Sie hasste die Waffen, die er in der Wohnung aufbewahrte. Außerdem hatte sie sich in einen Holzfäller verliebt. Sie blieb mit ihrem Holzfäller und den beiden Kindern in der Datscha am Schwarzen Meer und ließ sich von Alexei scheiden.

Den ganzen Winter lang wanderte er zwischen Moskaus gelb gestrichenen Gebäuden und schattigen Höfen umher. Eiserne Gitter begrenzten die steilen Dächer, um die Männer, die den Schnee wegschaufelten, vor einem Sturz in die Tiefe zu bewahren. An den kältesten Tagen war der Himmel von einem durchsichtigen Blau, doch wenn es wärmer war, fiel der Schnee in großen Flocken.

Er machte gerade einen Spaziergang im Gorki-Park, als ihn beinahe eine Troika überfuhr. Er hechtete in eine Schneewehe, rollte sich auf den Rücken und sah gerade noch, wie hoch oben auf der Troika eine Frau mit schmalem Gesicht und roter Nase vorbeifuhr, deren Augen in der Wintersonne blitzten. Die Glöckchen an dem traditionellen russischen Schlitten klingelten, und die drei Pferde mit ihren geblähten Nüstern und den wehenden Mähnen sahen prächtig aus. Die Frau lenkte die voranpreschenden Tiere in einem großen Bogen zurück und erkundigte sich unter Entschuldigungen, ob er Hilfe benötigte. Er heiratete die Schlittenfahrerin mit der feurigen Kosakenseele und dem feuerroten Haar, und sie zogen ganz allein in eine Wohnung. Er war inzwischen KGB-Offizier, der rasch Karriere machte, und seine Vorgesetzten hatten ein Auge auf ihn. Ihr Name war Tamara.

Das Handy in der Jacke vibrierte an Berianows Brust und riss ihn aus der Vergangenheit zurück in die Gegenwart. Der Lieferwagen fuhr ruhig dahin. Iwan Wok konzentrierte sich auf die Straße, während sie sich dem geheimen Apartment in der Nähe von Washington näherten. Das Gesicht des Killers war düster. Er ärgerte sich über den ziellosen Verkehr, den er auf die den Amerikanern angeborene Nachlässigkeit zurückführte.

Berianow meldete sich am Handy mit neutraler Stimme, da er nicht sicher war, welche seiner beiden Gruppen anrief – Bates' Keepers oder Berianows Leute.

»Colonel?«

Sofort nahm Berianows Stimme den dunklen, rauen Ton von Caleb Bates an. »Ja, Sergeant. Erstatten Sie Bericht.« Jetzt, da sie sich im letzten Stadium ihres Plans befanden, hatte er das direkte Kommando seinem Sergeant übergeben, der das Attentatsteam leiten würde.

Stolz erfüllte die lebhafte Stimme des Sergeants. »Wir sind

voll im Plan, Sir. Fast jeder ist bei den Depots angekommen. Sie ruhen sich jetzt aus. Um genau Null-siebenhundert werde ich damit beginnen, sie auf ihre Posten zu schicken. Wir könnten eher anfangen, aber das könnte Aufmerksamkeit erregen.«

Die meisten Keepers würden längs der Fluchtroute stationiert, um es dem Attentatsteam zu ermöglichen, mit wechselnden Fahrzeugen und auf Umwegen aus dem Weißen Haus und aus Washington zu entkommen. Der Lieferwagen, der ununterbrochen in Bewegung bleiben sollte, würde jeden über die Peilsender verfolgen, um sicherzugehen, dass alle in den Jagdklub in West Virginia zurückkehrten. Man konnte sich darauf verlassen, dass sie dort den Bundesbehörden ins Netz gehen würden. Mit etwas Glück würden sie alle ihre Zyanidkapseln zerbeißen. Der Einzige, der nicht verfolgt oder gefangen genommen würde, war Caleb Bates, der den Gürtel nicht trug und sich nie wieder freiwillig auf mehr als zehn Meilen einem Keeper nähern würde.

»Die Moral ist hervorragend«, fuhr der Sergeant fort. »Aber da ist noch eine merkwürdige Sache – zwei von unseren Männern sind nicht aufgetaucht. Sie sollten den Bus nehmen. Es ist möglich, dass sie nicht mehr erscheinen. Sie sollten morgen eigentlich Wachdienst machen.«

»Lassen Sie ihnen noch ein paar Stunden Zeit«, entschied Bates. »Sie können immer noch Änderungen vornehmen und ihre Aufgaben anders verteilen. Das Fehlen von zwei Männern reicht doch nicht, um unseren Plan zu gefährden, oder, Sergeant?«

»Nein, Sir. Ganz sicher nicht.«

»Was ist mit den Einladungen? Die sind viel wichtiger.«

»Wie Sie befohlen haben, werde ich sie morgen um genau Null-siebenhundert beim Briefkasten in der Nähe der Mall abholen.«

»Gut. Zu dieser frühen Stunde werden Sie leicht hinein-

und hinausschlüpfen können. Jetzt habe ich noch einen letzten Befehl. Es ist sehr wichtig. *Entscheidend.* Sorgen Sie dafür, dass Sie auf jeden Fall morgen Ihr Handy bei sich tragen, damit Sie mich fünf Minuten, bevor Sie ins Weiße Haus gehen, anrufen können. Ihre Aufgabe wird geringfügig geändert. An den anderen Plänen wird sich dadurch nichts ändern. Ich kann mich doch darauf verlassen, dass Sie diesen lebenswichtigen Anruf machen, nicht wahr, Sergeant?«

»Ja, Sir.« Austins Stimme klang missbilligend. Er kannte seine Aufgabe und wusste, was auf dem Spiel stand.

»Natürlich. Mein Fehler.« Berianow lächelte. Es gab nichts Zuverlässigeres als einen gut ausgebildeten, pflichtbewussten Soldaten. Wenn Austin noch atmete, würde er anrufen. »Sonst noch etwas, Sergeant?«

»Nein, Sir.«

»Dann erwarte ich Ihren Anruf. Ich bin stolz auf Sie, Aaron.« Er war nie so vertraut mit ihm gewesen, doch er wusste, dass es der richtige Augenblick war, die Loyalität des Militärs zu stärken, indem er den Sergeant mit dem Vornamen anredete.

»Danke, Sir! Sie werden es nicht bereuen, dass Sie Ihr Vertrauen in mich gesetzt haben, Colonel.«

»Sehr gut, Aaron. Ich werde im Jagdklub auf Sie warten, und sobald Sie da sind, trinken wir zusammen ein Glas von dem feinen, alten Bourbon, den ich mir zurückgelegt habe. Ja?«

»Jawohl, Sir!«

Berianow lachte laut, nachdem er das Gespräch beendet hatte. Er war bester Stimmung. Die Sache war so gut wie gelaufen. All die Jahre des Wartens und Planens ... das Opfer, in diesem fremden Land zu leben ... dies alles würde sich auf eine Weise bezahlt machen, die Jurimengri oder Ogust sich mit ihren kleinen Geistern niemals hätten vorstellen können.

Er lehnte sich im Sitz zurück und nahm unbewusst das

höflichere Verhalten des Top-KGB-Offiziers Alexei Berianow an.

»Alexei!« Wok hatte das Radio eingeschaltet, wo eine hektische Stimme über die Ermordung des FBI-Direktors Thomas Earle Horn durch einen feindlichen Maulwurf im Bureau berichtete, der den Namen Jeffrey Hammond benutzte. »Hören Sie, Alexei?«

Berianow lächelte. »Ich höre.« Er spürte wachsende Zuversicht. Der Mörder des FBI-Direktors ... das war schon ein dickes Ding. Hammond war so gut wie tot. Berianow hatte keine Ahnung, was passiert war, nahm aber an, dass sein Mann im Bureau seine Finger im Spiel hatte. Er holte sein Handy wieder heraus.

Wok schaute Berianow an, und sein Gesicht spiegelte Berianows Erleichterung wider. »Was ist mit den Keepers. Gibt es irgendetwas Neues?«

»Sie sind auf ihren Plätzen, Iwan Iwanowitsch, und sie fangen morgen früh um sieben an, wie geplant. Es könnte nicht besser sein.«

Bevor Berianow wählen konnte, vibrierte sein Handy erneut. Wiederum meldete er sich vorsichtig mit neutraler Stimme. »Ja?«

Es war Sergei, einer von Woks Leuten, und er klang atemlos und verunsichert, als er auf Russisch stammelte: »Ich weiß nicht, wie es passieren konnte, aber Hammond und Convey haben zwei von unseren Leuten umgebracht. Unser Auto war natürlich da, genau wie der Ferrari.« Er beschrieb die Einzelheiten. »Wir haben unsere beiden Männer mit falschen Papieren versehen. Es wird wie ein Drogengeschäft aussehen, bei dem etwas schief gegangen ist. Die Behörden werden nichts von alledem mit uns in Verbindung bringen können.«

»Wenigstens das.« Berianow Brust zog sich vor Anspannung zusammen. Nur mit Mühe konnte er sich entspannen.

»Also gut, Convey und Hammond müssen irgendwo wieder auftauchen. Teilt eure Paare auf. Pro Beobachtungsposten nur je eine Person, damit wir mehr mögliche Orte abdecken können. Ich sage Ihnen noch, welche das sein werden.« Er unterbrach die Verbindung.

Wok blickte finster. »Sie sind entkommen, Alexei? Hammond und Convey haben sich als viel größeres Problem erwiesen, als wir es je vermutet haben.«

»Nichts darf die Keepers aufhalten«, sagte Berianow. »Wir müssen sie weniger als zwölf Stunden beschützen und auf dem richtigen Weg halten.« Berianow schloss die Augen und dachte einen Augenblick nach; dann wählte er eine Nummer.

Berianow lauschte, als das Klingeln des Telefons endete. Niemand meldete sich. Stattdessen war ein langes, grelles Pfeifen zu hören, das für andere Ohren klang, als ob es sich um eine Faxleitung handelte. Doch nach etwa sechzig Sekunden endete das unangenehme Geräusch abrupt.

Berianow befahl in die Stille: »Rufen Sie mich unverzüglich an.« Dann schaltete er das Gerät ab. Nach zwei Minuten vibrierte das Handy. Er schaltete es ein und fragte auf Englisch: »Was ist mit dem FBI-Direktor?«

Bobby Kelsey antwortete mit leiser Stimme: »Irgendwie ist der Hundesohn auf die Idee gekommen, dass ich der Maulwurf bin, und er wollte mich auffliegen lassen. Zum Glück war er sich nicht hundertprozentig sicher, ob er Recht hatte, und so hat er es niemandem gesagt und sich allein mit mir getroffen. Er war so verrückt, mich selbst verhaften zu wollen. Natürlich hat er mir damit Gelegenheit gegeben, mich auf unser Treffen vorzubereiten.«

Berianow grinste. »Und haben Sie Beweise gegen Hammond platziert?«

»Man soll sich keine Gelegenheit entgehen lassen, sage ich immer.«

»Hervorragend.« Berianow lachte. »Aber wir haben noch

ein Problem. Leider haben Hammond und Convey zu viel erfahren – oder erraten –, und sie sind immer noch auf freiem Fuß. Ich brauche jede Information, die Sie über diese beiden haben. Aber vermeiden Sie jedes Risiko.«

»Ich verstehe. Wie soll ich Ihnen die Informationen zukommen lassen?«

»Als kodierte E-Mails. Die übliche Adresse.« Berianow brach die Verbindung ab, schob das Handy in die Tasche, verschränkte die Arme und blickte finster auf den Highway, als würde er das Ende der Straße suchen.

41.

Es war Mitternacht am Dupont Circle, zehn Minuten vom Weißen Haus und fünf Minuten von der eleganten Embassy Row entfernt. Beth und Jeff ließen den Volvo zurück und gingen fünf Häuserblocks zu Senator Ty Crockers Haus, das sich in einer Straße mit historischen Häusern und großen, weit ausladenden Bäumen befand. Es war ruhig und dunkel, und Jeff führte Beth seitlich am Haus vorbei in einen kleinen, abgeschlossenen Garten mit Rosensträuchern. Er drückte den Klingelknopf am Hintereingang.

Der achtundsiebzigjährige Senator, den Jeff aus dem Bett geläutet hatte, versuchte die Tür sofort wieder zuzuschlagen, als er sie geöffnet hatte und Jeff auf der Schwelle sah. Jeff klemmte einen Fuß in die Tür und drückte sie mit beiden Händen gegen den wütenden Widerstand des älteren Mannes auf.

»Ty …«

»Kein Wort, hören Sie! Sind Sie gekommen, um auch mich umzubringen?« Crocker war außer sich. Er stand in gestreiftem Pyjama, seidenem Morgenmantel und ledernen Hausschuhen in der Tür. Zehn lange Sekunden starrten beide Männer sich an.

Jeffs Stimme war belegt, als er schließlich den Kopf schüttelte und sagte: »Tut mir Leid, Ty. Es ist mir nie in den Sinn gekommen, Sie könnten immer noch glauben, ich hätte diese Jugendlichen umgebracht. Nicht nach dem Mord an Tom Horn. Sie müssen doch wissen, dass dieser Mord zusammen mit den beiden anderen ... Es ist doch unglaublich, dass ich alle drei Morde begehen würde! Glauben Sie wirklich, ich könnte den Direktor umgebracht haben, Ty? Gerade von Ihnen hättet ich erwartet, dass Sie die Wahrheit erkennen.« Er zögerte. »Oder habe ich zu viel von Ihnen erwartet?«

Ty Crocker zuckte zurück. »Sie hätten sie leicht ermorden können, wenn Sie ein russischer Maulwurf sind.«

Jeff blickte sich in dem nächtlichen Garten um. Er sah niemanden, und die Gebäude zu beiden Seiten von Tys Haus waren ziemlich weit entfernt. Trotzdem senkte Jeff die Stimme. »Glauben Sie ernsthaft, dass ich all die Jahre ein Maulwurf war? Sie kennen mich mein Leben lang. Sind Ihre Beobachtungsgabe und Ihre Urteilskraft *so* schlecht?«

Ty sprach ebenfalls leise. »Und wenn? *Warum?* Dass Sie das Bureau verlassen haben ... die jungen Leute ... das sichere Haus ... der *Direktor,* um Gottes willen! Tom Horn war ein guter Mann!«

»Dass ich das Bureau verlassen habe und aus dem sicheren Haus geflüchtet bin, ist ein und dasselbe. Ich arbeite seit zehn Jahren im Untergrund. Das war ein *neues* sicheres Haus, verdammt nochmal. Das wissen Sie. Ich war da noch nie. Ich musste also ein bisschen Hilfe haben, um da rauszukommen.«

Ty Crocker runzelte die Stirn und nickte. »Ja, es war neu.«

»Und was die jungen Leute und den Direktor angeht ... Ich habe Ihnen schon in dem sicheren Haus gesagt, dass ich reingelegt wurde. Irgendjemand will mich dringend aus dem Weg schaffen.«

»Aber warum?«

»Weil wir kurz davor stehen, eine Verschwörung aufzudecken. Eine Verschwörung mit dem Ziel, einen Anschlag auf Präsident Stevens zu verüben.«

Als der Senator ungläubig den Kopf neigte, sagte Beth eindringlich: »Das ist die Wahrheit. Mich haben sie auch aufzuhalten versucht.«

Ty Crocker schaute Beth an, dann Jeff, dann wieder Beth. Er seufzte. »Kommen Sie rein.«

Drinnen legte Jeff die Gürtel mit den Sendern auf den Küchentisch; dann erzählten er und Beth die ganze Geschichte, während Ty Crocker eine Kanne Earl Grey aufbrühte. Beth stand neben der Tür und beobachtete den Garten, ob ihnen jemand gefolgt war, bis der Tee fertig war. Seufzend setzte sie sich zu dem Senator an den Tisch, wo die Teetassen bereitstanden. Jeff ging in der Küche auf und ab.

Der Senator trank in kleinen Schlucken den heißen Tee. Sein weißer Haarkranz war glatt zurückgekämmt, und sein tief gefurchtes Gesicht wirkte verunsichert. Er schien besorgt zu sein; die Schocks der letzten Tage hatten ihren Tribut gefordert. Auf seinem Schoß schnurrte Flubby, seine kurzhaarige, schwarz-weiße Katze. »Sie sagen, dass in diesen Gürteln Peilsender sind?« Crocker deutete mit einem Nicken auf die zwei Ledergürtel mit den schweren Schnallen, die zusammengerollt auf dem polierten Küchentisch lagen. »Diese Keepers, von denen Sie mir erzählt haben, können also verfolgt und gefangen werden?«

»Alles, was wir Ihnen erzählt haben, ist die Wahrheit, Ty.« Jeffs Gesichtszüge verfinsterten sich vor Ungeduld. »Alles.«

Beth fügte hinzu: »Berianow will, dass diese Leute gefangen genommen werden. Er erwartet, dass sie sich umbringen. Dann ist er frei und aller Sorgen ledig.«

Jeff begann wieder, in seinen Cowboystiefeln aus Eidechsenleder auf dem Parkett auf und ab zu gehen. Schließlich blieb er an einem antiken Küchenschrank stehen und drehte sich wieder zu ihnen um, die Hände in den Taschen der Windjacke vergraben.

»Russen«, brummte der Senator. »Ultrarechte amerikanische Nationalisten. Höhlen bei Gettysburg. Ein nachgebautes Oval Office. Alexei Berianow. Und nun dieser geheimnisvolle Maulwurf im Bureau, der immer wieder auftaucht, wenn etwas passiert, was keiner erklären kann. Es gibt einen Ausdruck, der auf alles zu passen scheint, was Sie beide mir gerade erzählt haben: Lassen Sie mich nicht dumm sterben.«

»Okay«, sagte Jeff. »Nehmen wir mal an, es ist eine Riesenlüge, was wir Ihnen erzählt haben. Was würde ich dadurch gewinnen? Was würde Beth gewinnen? Erklären Sie mir, warum wir beide unser Leben riskiert haben.« Er schüttelte den Kopf. »Ty, ich bitte Sie um Ihre Hilfe. Ich habe Sie noch nie um etwas gebeten, aber jetzt müssen Sie uns einfach glauben. Um meiner Eltern willen. Um der Zeit willen, als mein Vater Ihnen geholfen hat. Betrachten Sie es als eine Möglichkeit, eine alte Schuld Ihrer Familie an meine Familie zu begleichen.«

Ty Crocker blickte ins Leere. Geistesabwesend kraulte er die Katze. »Das ist lange her. Aber Sie haben Recht. Wenn Henry nicht eingegriffen hätte ...« Er schaute Beth an. »Es war während der McCarthy-Anhörungen. Meine Karriere stand auf dem Spiel. Ich war ein junger Diplomat, und meine erste Frau war als Teenager in den Dreißigerjahren Mitglied der Kommunistischen Partei gewesen, als der Sozialismus noch ein guter Weg war, um den Menschen zu helfen. Ich hätte mich scheiden lassen und Denise denunzieren können, um aus dieser Schuld durch Freundschaft herauszukommen, mit der McCarthy gern jeden teerte und federte, aber sie hatte Krebs und lag im Sterben ... und ich habe sie geliebt ...« Seine Stimme brach. »Aber wäre ich vor dieses Gremium gegangen, wäre meine Karriere beendet gewesen.«

Jeffs Stimme klang düster. »Dad wollte Ihnen helfen, Ty. Es war ihm eine Ehre.« Er schaute Beth an, die ermattet am Küchentisch saß, und erklärte: »Dad fand durch seine Arbeit beim CIA etwas über McCarthy heraus. Was immer es war – es genügte, McCarthy dazu zu bringen, die Anhörung abzusagen. Er hatte sie einberufen, um Ty zu beschuldigen, ein rosa Kommunist zu sein, wie man zu der Zeit sagte. Einen Monat später war alles vorbei. McCarthy war in seinen Beschuldigungen im Fernsehen so extrem geworden, dass er sich als Verrückter auf Hexenjagd erwiesen hatte. Das war das Ende seiner Macht.«

Jeff verschwieg, dass in jenem Monat auch Tys Frau gestorben war. Das alles hatte sich ein Jahrzehnt vor Jeffs Geburt ereignet, doch es war eine Geschichte, die Ty gelegentlich erzählt hatte, wenn die beiden Familien sich trafen. Die Geschichte eines Mannes, der einem anderen geholfen hatte, als sich ein schwerer Verdacht über ihm zusammenbraute. Nun war Jeff in einer ähnlichen Lage.

In der altmodischen Küche war es still. Ty seufzte tief. »Also gut, Jeff. Es tut mir Leid, dass ich an Ihnen gezweifelt habe. Sie haben Recht, ich hätte ein besserer Freund sein sollen. Wenn man Senator ist, ein Wachhund der Öffentlichkeit, vergisst man mitunter, menschlich zu sein, vergisst sein Herz. Zumindest, bis man die Wahrheit kennt. Ich würde selbst gern herausfinden, ob in den Gürteln Peilsender sind. Ich sollte jemanden anrufen. Falls dort solche Sender sind, und falls sich herausstellt, dass sie Teil der Ausrüstung einer Bande militanter Terroristen sind, dann weiß sogar dieser alte Senator, dass die ganze Geschichte wahr ist, oder?« Ty lächelte, tätschelte Flubbys Kopf und setzte ihn auf den Boden. Flubby gähnte und leckte sich die Vorderpfote. Mit bedächtigem Schritt ging der Senator zur Tür. »Ich gehe nach oben in mein Arbeitszimmer. Sie beide bleiben hier, wo es sicher ist, und warten.«

»Das geht nicht, Ty. Tut mir Leid.«

»Wenn wir Recht haben, trägt Berianow keinen Gürtel«, erklärte Beth. »Wir müssen ihn anders aufhalten.«

»Wir werden Ihnen nicht sagen, wohin wir gehen«, fügte Jeff hinzu. »Wir haben Sie schon genug in die Sache hineingezogen, und auch Sie könnten in Gefahr sein. Die einzige Möglichkeit, wie wir überleben und Berianow aufhalten können, besteht darin, nirgends hinzugehen, wo man nach uns suchen könnte.«

»Sie haben Recht. Ich werde Vorsichtsmaßnahmen ergreifen. Aber *Sie* müssen das auch. Nehmen Sie meinen Wagen.« Ty Crocker nahm die Schlüssel von einem Haken neben dem Herd, reichte sie Jeff und erteilte ihm einige Instruktionen. Dann blieb er in der Tür noch einmal stehen und drehte sich um. Zwischen Hausschuhen und seidenem Morgenmantel waren seine dünnen, weißen nackten Beine zu sehen. »Ich sollte unter diesen Umständen das FBI umgehen. Da es um den Präsidenten geht, läuft es sowieso über den Secret Service. Und überhaupt – wenn nicht der Vorsitzende des Geheimdienstausschusses des Senats dafür sorgen kann, dass man sich unverzüglich darum kümmert, wer dann? Präsident Stevens ist ein dickköpfiger Bursche. Er wird das Oval Office betreten, auch wenn ihn möglicherweise eine Gruppe Verrückter umbringen will. Aber wir können die Sicherheitsmaßnahmen verstärken und diese Killer vielleicht aufspüren, bevor sie Unheil anrichten.«

Beth sagte: »Vielleicht ändert der Präsident seine Meinung, wenn Sie herausfinden, dass tatsächlich Peilsender in den Gürteln sind.«

»Stimmt. Aber bevor ich irgendwas anderes tue, muss ich erst Anna beruhigen. Ich weiß genau, dass sie oben im Bett liegt und vor Wut kocht, weil ich meinen Schlaf nicht bekomme. Rufen Sie mich später an, und ich werde Ihnen sagen, was ich herausgefunden habe. Bitte denken Sie daran, das

Licht auszuschalten und abzuschließen. Und passen Sie beide gut auf sich auf.« Er drehte sich um und ging über den Flur, wobei er liebevoll an seine zweite Frau dachte. Dann richteten seine Gedanken sich darauf, was Jeff und Beth ihm erzählt hatten.

Besorgt und verstimmt saß Ty Crocker im Lichtkegel der Schreibtischlampe in seinem dunklen Arbeitszimmer. Die Wände standen voller Bücher. In der kühlen Luft lag ein leichter Hauch von gut gepflegten Ledermöbeln. Er tippte die Privatnummer von Dean Jennings ein, dem Direktor des Secret Service. Nachdem er seinen Namen genannt hatte, sprach der Senator fünf Minuten lang. »Das ist ungefähr alles, was ich Ihnen sagen werde«, endete er mit entschlossener Stimme.

»Aber Ihre Quelle ...«

»Nein. Wenn die Gürtel funktionieren, werde ich Ihnen sagen, wer sie mir geliefert hat und von wem ich all die Informationen habe. Bis dahin betrachten Sie es als eine unmittelbar bevorstehende Bedrohung des Präsidenten. Sie müssen jeden finden, der solch einen Gürtel trägt. Wir werden die Gürtelschnallen untersuchen und dann weiter vorgehen.«

Evans Olsen wohnte in einem schmucken Viertel in Foggy Bottom. Beth wusste es, da sie ihn einmal von einer Party nach Hause gefahren hatte, nachdem er so viel getrunken hatte, dass er sich nicht mehr erinnern konnte, wo sein Wagen stand. Nun parkten Beth und Jeff die schwarze Limousine des Senators einen Block entfernt und eilten zu dem Haus mit den Luxusapartments, wobei sie dicht an den Wänden blieben und sich von Schatten zu Schatten bewegten. Sie sahen niemanden, der verdächtig aussah, und nichts Bedrohliches. Im Moment schien das Glück ihnen gewogen. Im Flur des Hauses fuhr Beth mit dem Finger die Namen auf den Briefkästen entlang.

»Das ist merkwürdig.« Sie runzelte die Stirn. »Er ist nicht dabei. Ich weiß, dass ich ihn in der Nacht damals hierher gebracht habe. Versuchen wir es beim Verwalter.«

Der Hausverwalter war ein älterer Mann mit mürrischem Gesicht, der nicht besonders erfreut war, dass er aus dem Bett geklingelt wurde. Als Beth nach Evans Olsen fragte, wurde der Mann sofort argwöhnisch. »Kommen Sie von seinem Büro?«

»Nein, ich bin eine Freundin und muss ihn dringend sprechen«, erklärte Beth. »Ist er umgezogen?«

»Wir mussten ihn leider auffordern, das Haus zu verlassen. Schade, eigentlich habe ich den Jungen gemocht.«

»Weil er trank?«, riet Beth.

Der Mann nickte und wurde weniger misstrauisch. »Der Eigentümer hat darauf bestanden.«

»Das tut mir Leid. Wissen Sie, wohin er gezogen ist?«

Der Verwalter musterte sie einen Augenblick und nickte dann wieder. »Es ist im Nordosten. Ich sehe mal nach, ob ich seine Adresse finde. Vielleicht können Sie ihm ja helfen.«

Olsens neue Anschrift erwies sich als vernachlässigtes, stuckverziertes Haus in einem heruntergekommenen Viertel. Am Straßenrand sammelte sich der Müll. Der Geruch von Marihuana und abgestandenem Bier lag in der Luft. Billige Läden boten ihre ärmlichen Waren an, und in den dunklen Ecken moderten Dreck und Schmutz. Nachdem Beth und Jeff Tys Mercedes einen Block entfernt abgestellt hatten, standen sie nun vor dem unbeleuchteten Haus auf der anderen Straßenseite.

»Mit diesem Spaßvogel hattest du aber keine Verabredungen, oder?«, fragte Jeff.

»Brauchte ich nicht. Ein Blick auf seine Trinkgewohnheiten hat mir alles verraten, was ich wissen musste. Ich habe meine Ausschweifungen lieber in aufregenderen Situationen als im Vollrausch.«

Er lächelte sie an.

»Soll ich klingeln? Moment, ich korrigiere. Soll ich *probieren,* ob die Türklingel funktioniert?«

»Noch nicht. Warte hier. Ich bin sofort wieder da. Wenn jemand auch nur blinzelt, dann schrei.« Jeff schlenderte langsam davon und verschmolz mit den Schatten. Er schob die zerbrochenen Latten eines Holzzaunes zur Seite und verschwand im Garten des Hauses.

Beth beobachtete weiterhin die Gebäude, doch es gab nichts zu sehen – kein Licht in den Häusern, nicht einmal das Flackern eines Fernsehgeräts, das sich in irgendeinem Fenster spiegelte. Ihr wurde kalt. Doch mehr als alles andere wollte sie das allgegenwärtige Gefühl der Gefahr loswerden, das sie verfolgte. Es war jetzt früh am Samstagmorgen. Vier Tage, seitdem sie Meteor Express angerufen und sich der Russe – irgendein immer noch nicht identifizierter Mann – am Telefon gemeldet hatte.

Nervös trat Beth von einem Fuß auf den anderen. Schließlich eilte sie über die schmuddelige Straße und lief die Stufen zum Eingang des Hauses hinauf. Sie horchte. Nichts. Langsam schlich sie über die Holzdielen der Veranda. Sobald eine der Dielen knarrte, verharrte sie einen Moment und wartete. Endlich erreichte sie die Haustür. Sie streckte die Hand aus.

Unvermittelt ging drinnen das Licht an. Überrascht trat Beth einen Schritt zurück. Sie wollte sich umdrehen, um davonzulaufen.

»Beth!« Die Tür ging auf, und vor ihr stand Jeff. »Ich hab dir doch gesagt, du sollst warten.«

»Ich habe gewartet. Jetzt warte ich nicht mehr. Ich habe keiner bestimmten Wartezeit zugestimmt. Genau genommen habe ich nicht einmal zugestimmt, *überhaupt* zu warten.«

»Komm rein. Du zitterst ja.«

Sie ging rasch ins Haus. »Wo ist Olsen?«

Jeff ließ das Rouleau am Fenster neben der Tür herunter.

»Er war draußen hinter dem Haus in seinem Auto, betrunken, die Schlüssel noch in der Hand. Er war völlig weggetreten. So wie der aussieht und riecht, war er auf einer langen Sauftour. Ich habe ihn in der Küche abgelegt.«

Beth folgte ihm durch einen schmalen Flur, der längs durchs Haus führte. Auf der Tapete waren ausgebleichte Quadrate und Rechtecke, die ihr verrieten, dass dort irgendwann einmal Fotos gehangen hatten.

»Pass auf ihn auf, ja?«, bat Jeff. »Ich werde die Vorhänge schließen und nachsehen, welche Sicherheitsanlagen es hier gibt, falls überhaupt. Das hier wird länger dauern, als ich dachte.«

Beth nickte. »In Ordnung.«

Jeff verließ die Küche. Seine Schritte waren ganz leise, als er in dem einstöckigen Gebäude umherging.

Beth starrte auf den Mann, der einst so attraktiv und dynamisch gewesen war. Evans Olsen war Ende dreißig und hatte einen lockigen schwarzen Haarschopf, den graue Fäden durchzogen. Zusammengekauert lag er auf dem Tisch einer Essecke, die Hände zu Fäusten geballt und unter das unrasierte Kinn geschoben. Seine Augen waren fest geschlossen, als wollte er mit dem Licht auch die Welt aussperren. Er trug einen schwarzen Trenchcoat, der nach Erbrochenem stank, Slipper mit hohen Absätzen und eine Dockers-Hose, die mit Flecken von Ruß und Gott weiß was noch verschmutzt war.

»Evans.« Beth hockte sich auf die Fersen, sodass ihr Gesicht auf gleicher Höhe mit seinem war. »Evans, wachen Sie auf!«

Er rührte sich nicht. Nicht einmal der Klang seines Namens, der ihm ins Ohr gerufen wurde, drang bis zu ihm durch.

Beth seufzte. »Evans, kommen Sie schon. Wir müssen Sie wieder nüchtern kriegen.«

Immer noch keine Antwort. Beth zog ihre Windjacke aus

und ergriff Evans' Hand. Sie war klebrig, und Beth schauderte. Sie zog einen der Ärmel des Trenchcoats aus, streifte ihm den Mantel vom Rücken und rollte ihn weit genug herum, um auch den anderen Ärmel abzuziehen. Sie hielt den Atem an, um den üblen Gestank nicht riechen zu müssen, und warf den Trenchcoat zur Hintertür hinaus. Dann schloss sie die Tür ab.

Jeff kam ins Zimmer zurück. Er hatte Evans aufrecht auf die Bank in der Essecke gesetzt und seinen Kopf in die Ecke gelehnt. Evans' Mund stand auf. Er schnarchte.

Beth sagte: »Er ist schlimm weggetreten. Ich habe Angst, dass er erstickt, wenn wir versuchen, ihm Kaffee einzuflößen. Er könnte sich übergeben, und wenn Erbrochenes in seine Lunge gerät, bekommen wir ernste Schwierigkeiten. Er könnte sterben.«

Jeff runzelte die Stirn. »Willst du damit sagen, wir sollten ihn seinen Rausch ausschlafen lassen?«

»Ich glaube, wir haben keine andere Wahl. Er hat sich sogar nass gemacht. In ein paar Stunden kommt er zu sich, dann können wir ihn mit Kaffee abfüllen. Wir brauchen ja nicht zu warten, bis er acht Stunden Schlaf gehabt hat.« Sie seufzte. »Wie sieht es mit der Sicherheitsanlage aus?«

Jeff zuckte mit den Schultern. »Die existiert praktisch nicht. Die Türen und Fenster haben Schlösser, aber das ist schon alles. Wer hier rein will, findet keine Herausforderung.«

Sie starrten auf die zerkratzten Küchenfliesen. Während fast ganz Washington und Umgebung nach ihnen suchte, saßen sie hier mit einem Betrunkenen fest, der nicht reden konnte, in einem Haus, das nicht sicher war. Sie saßen fest ... miteinander.

Jeff schüttelte den Kopf. »Du hast Recht. Wir müssen abwarten. Mein Gott, wie lange ist er wohl schon so? Ich meine, wenn der Secret Service herausfindet, wie tief er gesunken ist, schmeißen sie ihn innerhalb von zehn Sekunden in hohem Bogen aus dem Weißen Haus.«

»Ich habe ihn noch nie so schlimm gesehen. Er muss in ernsten Schwierigkeiten stecken. Genau so verhält sich ein Trinker – er läuft vor Schwierigkeiten davon.« Beth ließ den Blick durch die schäbige Küche herschweifen. »Wir sollten das Haus durchsuchen. Es muss einen Grund geben, dass Berianow ihn angerufen hat.«

»Und sie haben ihn nicht umgebracht, obwohl er leicht zu finden ist. Das kann nur bedeuten, dass sie ihn aus irgendeinem Grund noch brauchen.«

Beth half Jeff, Olsen ins Badezimmer zu tragen. Jeff blieb dort, um ihn auszuziehen und unter die Dusche zu legen, während Beth sich rasch einen Überblick übers Haus verschaffte – zwei Schlafzimmer, ein Bad, ein Wohnzimmer, ein kleines Esszimmer und die Küche. Alles roch nach Staub, billigem Fusel und Kippen. Das Haus war voll unterkellert; im Keller standen eine alte Maytag-Waschmaschine, die aussah, als wäre sie seit Jahren nicht benutzt worden, und eine alte Werkbank mit rostigen Werkzeugen; in einer Ecke waren gebrauchte Reifen und Radkappen aufgestapelt. Schutt und Gerümpel von Jahren lag in den Ecken.

Beth kehrte ins Erdgeschoss zurück und ging ins Wohnzimmer, wo ein Schreibtisch in der Ecke stand. Er war übersät mit Bonbontüten, Rechnungen, Werbesendungen und Katalogen. Sie setzte sich, um die Post zu öffnen und zu lesen. Das war illegal, aber sie hatte schon so viele Verbrechen begangen, dass sie es aufgegeben hatte, sich Sorgen darüber zu machen.

Beth entdeckte, dass Olsen vor ein paar Monaten von Foggy Bottom hierher gezogen war und das Haus nur gemietet hatte. Der Mietvertrag enthielt eine Klausel, dass die Kaution verfiel, wenn die Besitzer feststellten, dass ihr Eigentum nicht pfleglich behandelt worden war. Beth schüttelte den Kopf. Sie bezweifelte, dass das Haus in viel besserem Zustand gewesen sein konnte, als Evans es gemietet hatte. Sie entdeckte alte

Rechnungen von Gläubigern, die unverzügliche Zahlung verlangten, und Benachrichtigungen von Kreditkartengesellschaften, dass Evans seinen Kreditrahmen überschritten hatte. Gehaltsabrechnungen verrieten ihr, dass Evans immer noch im Weißen Haus angestellt war, und Kontoauszüge zeigten, dass sein Geld viel schneller verschwand, als es hereinkam. Es ging abwärts mit ihm – rasend schnell.

Hinter Beth erklang Jeffs Stimme. »Er ist jetzt sauber und im Bett. Er hat nicht mal die Augen aufgemacht. Als hätte ich eine Leiche unter die Dusche gesteckt.«

Jeffs Haut glänzte von der Dusche, golden und verführerisch. Er war im Slip hereingekommen, ein winziges Stück Unterwäsche, das nichts von seinen Vorzügen verbarg. Er beugte sich vor, um in seine Jeans zu steigen. Seine Schultermuskulatur arbeitete und spielte unter der Haut, als er die Hose hochzog und sie zuknöpfte. Auf einer Schulter war eine rote Schramme, wo eine Kugel ihre Spur hinterlassen hatte. Die Hose lag an seinem flachen Bauch und den schmalen Hüften an, als wäre sie für ihn maßgeschneidert worden. Unter seinem Nabel lugten kleine Büschel goldbraunes Haar hervor. Er griff nach seinem Hemd, das am Türknauf hing. Ein Licht loderte in seinen Augen, etwas Gefährliches, Verlockendes. Er hatte sich verändert. Welche Fragen er auch über Beth gehabt haben mochte, sie waren irgendwie beantwortet.

»Willst du dir nicht das Hemd zuknöpfen?« Ihre Stimme war heiser.

»Gleich. Sind das M&M's?« Er kam auf sie zu.

Seine kurzes Haare war wuschelig. Während er näher kam, fuhr er mit den Fingern hindurch und glättete es. Die Knöchel seiner rechten Hand waren rot, wo eine andere Kugel ihn gestreift hatte. Seine Fingernägel waren kurz und gerade geschnitten. Er roch nach Seife und Entschlossenheit.

Beth wich vom Tisch zurück und machte ihm Platz. Die alten Rollen des Schreibtisches quietschten auf dem dünnen

Teppich. In dem stillen Haus war das Geräusch scharf und laut.

Jeff ging an Beth vorbei zum Schreibtisch, und sie spürte ein kurzes Gefühl des Bedauerns. Er schnappte sich den Beutel M&M's, den sie mit den anderen Süßigkeiten zur Seite geschoben hatte, als sie Olsens Papiere durchsah.

Er grinste sie an. Wieder war dieses Licht in seinen Augen, das wie Kohlen glühte. »Komm mit. Ich habe da etwas, das du probieren solltest.«

Sie hätte den Rest ihres Lebens – egal wie kurz oder lang es sein würde – damit verbringen können, seinen nackten, breiten Rücken zu betrachten. Deutlich zeichneten sich die Muskeln ab. In seinem Nacken glänzten feucht die kurzen, braunen Haare.

Beth folgte ihm, ohne sich zu fragen, ob sie es tun sollte.

42.

»Aha. Ich wusste doch, dass ich eine Mikrowelle gesehen hatte.« Jeff öffnete eine Küchenschranktür nach der anderen, bis er eine Schale gefunden hatte, die für die Mikrowelle geeignet war. Er riss die Packung M&M's auf, schüttete den Inhalt in das Keramikgefäß und schob es in die Mikrowelle. Er stellte den Zeitschalter auf fünfundsechzig Sekunden ein. »Du heizt sie für eine Minute und fünf Sekunden auf. Nicht mehr, weil sie dann verbrennen. Zu wenig ... und du wirst schon sehen. Und jetzt warten wir. Was hast du noch auf Olsens Schreibtisch gefunden?«

Beths Lippen waren trocken. Sie widerstand dem Wunsch, darüber zu lecken und lieferte Jeff stattdessen eine Aufzählung ihrer Funde, wobei sie ihn anschaute. Auf seinen Wangen und dem Kinn waren kleine Schnitte, wahrscheinlich von

Betonsplittern, losgesprengt von Kugeln, die in seiner Nähe eingeschlagen waren. Er war sehr männlich, von seinen dunklen Augen und der aristokratischen Nase bis hin zu seinen vollen Lippen.

Während der Zeitschalter die Mikrowelle ausschaltete, sagte er: »Olsen ist also in einer solch schlechten finanziellen Lage, dass er ein erstklassiges Erpressungsobjekt abgibt. Er hat im Weißen Haus gearbeitet, und wir vermuten, dass Berianow ein Attentat auf den Präsidenten plant. Könnte sein, dass Berianow Olsen brauchte, um etwas für ihn herauszufinden – oder zu tun.«

Er öffnete die Mikrowelle, und der verführerische Duft von heißer Schokolade erfüllte die Küche. Er hielt Beth die Keramikschale entgegen. Darin lagen die Dragees in ihrer bunten Vielfalt.

»Probier mal.«

Behutsam suchte sie sich ein rotes aus. Es war heiß. Der Rand hatte einen Riss bekommen, und dunkelbraune Schokolade quoll heraus. Sie steckte es in den Mund. Der Zuckerüberzug war kross, und die köstliche Schokolade schmolz im Mund.

»Schmeckt's?«

Sie nickte.

»Hier. Nimm noch einen.« Er wählte ein braunes. »Weit auf.«

Gehorsam öffnete sie die Lippen. Sie schaute auf. Ihre Blicke trafen sich. Er schob das Schokoladendragee in ihren Mund. Ohne auf die Schale zu sehen, nahm er noch eins und schob es sich zwischen die Lippen.

»Ich bin praktisch Jungfrau.« Beths Stimme war belegt. »Es ist lange her. *Wirklich* lange. Ich glaube nicht, dass es eine gute Idee ist. Ich glaube nicht mehr an Gelegenheitssex. Außerdem kennst du die Probleme mit meiner Lebenserwartung. *Ich* kenne die Probleme mit meiner Lebenserwartung.«

»War es mit Phil Stageman denn kein Gelegenheitssex?«

»Eher Sex aus Dummheit. Außerdem war diese Beziehung lange vor meiner Transplantation. Vergiss nicht, mein Herz stammt von einem Mann. Vielleicht weiß ich nicht mehr, wie man es als Frau macht.«

»Das Risiko gehe ich ein.« Er kicherte. »Nimm noch einen.« Seine schwarzen Augen waren geheimnisvoll. Hypnotisch.

Welche Schmerzen und Bedenken Beth gehabt haben mochte, sie verschwanden. Er schaute sie die ganze Zeit an, während er noch ein Dragee aus der Schale angelte.

Sie nahm seine Hand und stoppte sie auf dem Weg zu ihrem Mund. »Während wir uns lieben, könnte ich einen Herzstillstand bekommen. Du würdest dich schuldig fühlen.«

»Das wird nicht geschehen. Sonst wärst du vom Stress und der körperlichen Anstrengung in den letzten beiden Tagen schon ein halbes dutzend Mal gestorben. Übrigens, was hat eigentlich dein Arzt über Sex gesagt?«

»Dass ich sechs Wochen nach der Operation Auto fahren und Sex haben könnte.«

»Gleichzeitig?« Er lachte.

Beth betrachtete seine kurzen schwarzen Wimpern. Er strahlte eine Wärme aus, die sie zu ihm hinzog.

»Du lachst ja gar nicht«, sagte er.

»Ich bin ein bisschen abgelenkt.« Sie ließ seine Hand los, und er fütterte sie mit einem M&M's. Sie kaute. »Du wusstest, dass wir miteinander schlafen würden?«

»Ich habe daran gedacht«, gab er zu. »Stört es dich?«

»Ich habe auch daran gedacht. Hier, jetzt bin ich dran.« Sie kam näher, griff in die Schale und hielt ihm ein M&M's vor den Mund.

Er beugte sich vor, und seine Lippen nahmen die Schokolade und ihre Finger. Seine Lippen waren heiß und feucht. Es durchfuhr sie wie ein elektrischer Schlag.

»Oh, Mann.« Sie ließ sich an seine Brust sinken.

Er fing sie mit einem Arm auf und stellte mit der freien Hand die Schale ab. Sie schaute immer noch in das breite Gesicht, das nun nur ein paar Zentimeter über ihrem eigenen war. Sein Atem roch aromatisch und köstlich. Er legte den anderen Arm um sie.

Beth atmete tief ein. »Jetzt kannst du noch zurück. Es ist immer noch nicht zu spät.«

Seine Stimme wurde rauer, tiefer. »Ich glaube, das ist keine gute Idee. Ich habe einen Hang zu attraktiven Frauen mit Verstand und Courage. Man könnte sagen, dass ich scharf auf sie bin. Aber ich muss zugeben, dass ich da eine lausige Bilanz habe. Du musst mir also helfen bei dieser ... dieser ...«

»Beziehung?«

»Das ist kein so schlechtes Wort, oder?« Seine Lippen streiften die ihren.

»Manchmal ist es schwer auszusprechen«, sagte sie. »Ich wollte dich schon lange küssen. Du hast Grübchen auf der Wange. Ich werde sie jetzt berühren. Okay?«

Er schluckte. »Okay.«

Sie ließ ihre Finger hinaufgleiten, drückte sie auf die Grübchen und zog sein Gesicht zu sich. Ihre Lippen berührten sich. Feuer breitete sich in ihr aus. Was sie noch an Selbstkontrolle hatte, löste sich auf. Er zog sie an sich und küsste sie. Sie spürte, wie sie sich an seinem Körper festklammerte, sich von ihm umfangen ließ. Sie presste sich noch fester an ihn, und ihr Herz raste. Er küsste ihren Hals, ihre Augen, ihre Nase, ihre Ohren. Sie erschauerte vor Verlangen.

Er fuhr mit seinen Fingern durch ihr kurzes Haar, nahm ihren Kopf in die Hände und schob sie zurück, sodass er sie ansehen konnte. »In dem anderen Schlafzimmer steht ein Bett.« Seine Stimme klang rau. Seine Augenlider zuckten. »Ich habe es abgezogen und ein frisches Laken drübergeworfen. Die Tür hat ein Schloss.«

Sie konnte nichts sagen, nickte bloß stumm. Dann machte sie sich von ihm frei und ging in das kleine Schlafzimmer. Jeff folgte ihr. Eine Nachttischlampe leuchtete.

Er nahm ihre Hand und schwenkte sie herum. »Ich werde dich ausziehen. Ganz langsam. Es wird dir gefallen.«

Er schob ihren Pullover hoch und zog ihn über den Kopf. Seine Finger fuhren ihre Narbe entlang. »Wunderschön. Sie hat dein Leben gerettet.«

Er küsste das obere Ende der Narbe, und dann küsste er weiter bis zum Hals, während er den Reißverschluss ihrer Jeans öffnete. Er hakte seine Daumen in den Bund und schob die Jeans herunter. Sie wand sich, um ihm zu helfen. Während seine Hände abwärts wanderten, wanderte sein Gesicht mit, und sein warmer Atem blies gegen ihre Brust, ihren Bauch, ihren Schoß, ihre Schenkel.

»Setz dich hin«, sagte er heiser.

Sie setzte sich auf den Boden, und er zog ihre Sportschuhe aus, ihre Socken und schließlich ihre Jeans. Er trat einen Schritt zurück und stand wie ein Turm vor ihr. Sie sah vom Boden zu ihm hoch. Er war prächtig gebaut und ragte in seinen engen Jeans und seinen Muskeln wie ein Berg vor ihr auf.

Er streckte ihr die Hand entgegen. Sie ließ sich von ihm hochziehen.

»Du bist so hübsch«, murmelte er, während er ihren Anblick in dem schwarzem Spitzenbüstenhalter und dem schwarzen Slip in sich aufnahm. Durch die Seide berührte er ihre Brustwarzen. Er war gefesselt von ihrem schlanken Körper, den fließenden Kurven und ihrer blassen Haut. Ihre Brüste waren klein und fest, ihr Bauch flach. Ihre Muskeln ließen sie wie eine Skulptur aussehen. Er atmete heftig.

»Ich bin dran.« Sie fummelte an den Knöpfen seiner Jeans herum und bekam schließlich den obersten auf, dann den nächsten, bis alle offen waren und sich seine Hose öffnete.

Sie ließ einen Finger die senkrechte Linie lockiger brauner Haare hinabgleiten, die gleich unter seinem Nabel begann. »Apropos hübsch ...« Sie atmete unregelmäßig und schob ihre Hände vorn in die Jeans.

Er stöhnte. Sie zog ihre Hände wieder heraus, zog die Jeans mit einem Ruck herunter und küsste die Innenseite seiner Oberschenkel.

Sein Herz hämmerte. Er musste sich selbst ermahnen, ruhiger zu atmen, langsamer zu werden ... bevor er explodierte. Sie streifte seine Unterwäsche herunter, und er war frei. Sie küsste ihn.

Das Blut schoss ihm in den Kopf. Er verlor die Kontrolle ...

Er griff ihr unter die Arme, zog sie hoch und trug sie zum Bett. Er griff hinter sie und öffnete ihren Büstenhalter. Er küsste eine Brustwarze, dann die andere und streifte ihren Slip herunter. Nach Luft schnappend, schob sie ihn mit dem Fuß beiseite. Während er aufstand, schlang sie sich um ihn, legte die Arme um seine Schultern und den Nacken, ein Bein um seinen Oberschenkel, presste ihren Busen an seine Brust, ließ sich zurückfallen und zog ihn mit sich aufs Bett. Sie küssten sich, berührten sich, bewegten sich gemeinsam, rieben die Haut aneinander.

Tief in Beths Innern war die Furcht immer noch da, dass der Höhepunkt ihren Tod bedeutete. Trotzdem konnte und wollte sie nicht aufhören. Sie begehrte ihn mehr als je einen Mann zuvor. Und es war nicht nur der Sex. Es war alles andere. Sie hatte ihm gesagt, dass das Leben von Risiken bestimmt wurde, und dies war vielleicht das Größte – nicht dass sie sterben könnte, sondern dass sie leben würde.

Sie zog die Knie an und spreizte die Beine. Er beugte sich vor, legte ihre Beine über seine Schultern und drang in sie ein. All ihre Sinne standen in Flammen. Ihre Fingernägel bohrten sich in seinen Rücken. Er stieß, und sie übernahm schnell seinen Rhythmus. Sie bewegten sich gemeinsam, schauten sich in die Augen, gebannt durch die Gefühle, das Verlangen, die Lust, die Leidenschaft.

Sie waren in jener Welt gefangen, in der einmal nicht genug ist. Rhythmische, pulsierende Stöße, bis sie fühlte, dass sie kam – in dem Augenblick, als er seinen Orgasmus hinausschrie.

Zwei Bundesstaaten weiter nördlich saß Eli Kirkhart mit der Wange an der rauen Borke eines Baumes. Er verfluchte Jeff Hammond und Beth Convey und alles andere in diesem perversen Universum, das sich gegen ihn verschworen hatte. Die Handschellen schnitten ihm in die Gelenke, und seine Schultern schmerzten, weil seine Arme vor ihm zusammengeschlossen waren. Er war so wütend auf Hammond und die schmutzigen Tricks, die das Leben mit ihm spielte, dass er den Pickup, der sich auf dem Feldweg näherte, zuerst gar nicht bemerkte.

Dann sah er ihn. »He! Hilfe! Stopp! Hilfe!«

Der Pickup wirbelte eine Staubwolke auf, die nur wenig heller war als die nächtlichen Schatten. Dann war er auf Kirkharts Höhe.

»Hilfe! Hier drüben! Stopp! Ich brauche Hilfe!«

Der Pickup fuhr weiter und zog eine Staubwolke hinter sich her, die sich wie ein riesiges Gespenst in die Nacht erhob.

Mit quietschenden Bremsen hielt der Pickup ein Stück die Straße hinauf. Er stand bewegungslos da, während die Staubwolke langsam zur Erde sank. Schließlich setzte der Wagen zurück und hielt neben Kirkhart. Das Fenster auf der Beifahrerseite wurde heruntergelassen, und ein rundliches Gesicht blickte heraus.

Eli rasselte mit den Handschellen und rief: »FBI! Ich wurde gekidnappt. Hören Sie? *FBI!* Ich brauche Hilfe!«

Das Gesicht starrte eine weitere, schier endlose Minute auf

Kirkhart. Dann wurde der Motor abgestellt, die Fahrertür öffnete sich, und der Mann kam mit einem Gewehr in der Hand um das hintere Ende des Pickups herum. Er näherte sich misstrauisch und war auf der Hut.

»FBI«, wiederholte Kirkhart. »Ich bin an diesen blöden Baum gekettet und ...«

»Weshalb, zum Teufel, sitzen Sie hier draußen herum?«

Kirkhart atmete tief durch. »Ich bin Spezialagent des FBI«, erklärte er geduldig. »Wenn Sie in meiner Jackentasche nachsehen, werden Sie meine Marke und die Ausweispapiere finden. Ich wollte einen Mörder verhaften, als ...«

Doch der Mann hörte ihm gar nicht mehr zu und umkreiste zur Sicherheit den Baum.

»Meine Brieftasche ist in meiner Jackentasche«, wiederholte Kirkhart.

Dann spürte er, wie seine Jacke vorn zur Seite geschlagen und dann seine Brieftasche herausgezogen wurde. Der Mann grunzte überrascht. »Hol mich der Teufel.« Er blickte Eli an, das Gewehr über der Schulter, ein breites Grinsen auf seinem wettergegerbten Gesicht. »Wie sind Sie bloß in solch einen Schlamassel geraten – Sie, einer von Amerikas Besten?«

Kirkhart seufzte. Er erklärte noch einmal, was geschehen war, und kam sich so dumm vor, wie der Mann ihn offensichtlich einschätzte. »Können Sie mich von den Handschellen befreien?«

»Ich glaub schon.« Noch einmal schaute der Mann sich die Papiere in der Brieftasche an. »Special Agent Kirkhart. Also, Sie bleiben jetzt schön da.« Kichernd ging der Mann zu seinem Pickup zurück, kramte auf der Ladefläche herum und kehrte mit einem großen Drahtschneider zu Eli zurück. Ohne ein weiteres Wort knipste er die Handschellen durch. Nachdem Kirkhart frei war, Arme und Beine geschwungen und ein paar Kniebeugen gemacht hatte, um seinen Kreislauf wieder in Gang zu bringen, gingen beide Männer zum Pickup.

»Ihr Glück, dass ich noch spät in der Stadt war. Da vorne wohne ich, und an diesem Weg gibt's hier nirgendwo ein anderes Haus.«

Der Farmer setzte eine Eisensäge an den beiden Schellen an und sägte sie vorsichtig durch. Das war schwieriger und dauerte seine Zeit, bis Eli sie endlich los war. In der Zwischenzeit hatte er den Mann überzeugt, ihn nach Gettysburg zu fahren.

»Sie sind also Geheimagent.« Der Farmer kicherte, während sie mit dem Pickup davonfuhren. »Muss ein verdammt aufregender Job sein. Ich schätze, ihr Jungs habt jetzt alle Hände voll zu tun, wo sie euren Direktor umgebracht haben.«

Kirkhart starrte ihn an. »Unseren Direktor? Sie meinen Thomas Horn?«

»Genau. Erstochen, hab ich gehört. Irgend so ein Spion hat das getan.«

Kirkhart hatte plötzlich ein sehr ungutes Gefühl im Magen. »Wann war das?«

»Heute, früh am Abend, glaube ich.«

»Haben Sie ein Autoradio? Könnten Sie einen Nachrichtensender einstellen?«

Der Farmer streckte den Arm aus, schaltete das Radio ein und drehte an einem Knopf, bis eine Stimme ertönte, die die Lokalnachrichten herunterleierte. Eli wartete ungeduldig und trommelte mit den Fingern auf die Armlehne an der Tür.

Und dann hörte er es. »Nach Jeffrey Hammond, dem mutmaßlichen Mörder von FBI-Direktor Thomas Horn, wird inzwischen bundesweit gefahndet. Horn wurde heute Abend gegen neun Uhr erstochen, als er Hammond festzunehmen versuchte, der verdächtigt wird, ein so genannter Maulwurf im FBI zu sein. Nach Quellen im FBI weisen alle Indizien darauf hin, dass Hammond sowohl der Mörder Horns als auch der gesuchte Maulwurf ist. Der Präsident hat ...«

Eli Kirkhart hörte kaum noch hin, während er gegen seine

Verwirrung, seine Wut und die Erkenntnis kämpfte, dass er seine Zeit verschwendet hatte – und die Zeit aller anderen –, als er versuchte, seinen Verdacht zu beweisen, dass Hammond der lang gesuchte Maulwurf war. Was war mit ihm los gewesen? Schmerz durchfuhr ihn, und er wurde von einem Gefühl tiefer Einsamkeit erfasst. *Aida.* Gott, sie fehlte ihm immer noch. Ohne seine verstorbene Frau fühlte er sich leer, und er hatte nichts getan, um diese Leere zu füllen. Selbst die schrecklichen Wochen, als er voller Schmerz neben ihrem Bett gesessen hatte, während sie dem Tode näher und näher kam, waren besser gewesen als die Leere, die er gespürt hatte, als ihr ausgezehrter Körper schließlich den Kampf aufgab.

Nun wurde ihm beinahe übel bei dem Gedanken, dass er eifrig bemüht war, Jeff zur Strecke zu bringen, der ihm fast so nahe gestanden hatte wie Aida. Dass er seit Aidas Tod viel von seiner Menschlichkeit verloren hatte und trotzdem mit einer gefährlichen Waffe und einer FBI-Marke ausgerüstet war. *Verfolgung und Schikane ... nicht Strafverfolgung.* Hatte er versucht, seinen Schmerz auf diese Weise auszulöschen? Indem er andere Menschen verletzte?

Die unangenehme Wahrheit war, dass das Bureau sich irrte, so wie er, Eli Kirkhart, sich bis jetzt noch viel schlimmer geirrt hatte. Offensichtlich war Jeff hier in Pennsylvania, als der Direktor ermordet worden war. Und wenn nicht Hammond den Direktor ermordet hatte, sondern der wahre Maulwurf ...

Besorgnis erfüllte Eli. Er schob sein Schuldgefühl beiseite und dachte fieberhaft nach. Er hatte eine Menge wieder gut zu machen. Im Geiste ging er die Namen der Topleute des FBI durch, als wären sie auf Karteikarten gedruckt. Wer konnte der Maulwurf sein?

Wer war es? *Wer war es?*

43.

Eine Stunde später roch die Luft in Evans Olsens Haus immer noch nach Sex, und das Schlafzimmer lag im trüben Licht der kleinen Lampe. Auf dem Bett gähnte Beth und streckte sich. »Ich werde nie mehr wie früher an M&M's denken können. Tja, wenn man mal den alten Spruch vergisst: ›Möchtest du ein Bonbon, kleines Mädchen?‹«

Jeff lachte und gab ihr einen Klaps auf den Oberschenkel.

»Das ist mein Oberschenkel, Sir.«

Sofort war er zerknirscht. »Tut mir Leid, Liebling. Ich werde ihn küssen.« Er machte seine Arme frei, drehte sie herum und leckte die rote Haut. »Hmm. Köstlich.«

»Das ist kein Kuss.«

»Vorher hat es dir nichts ausgemacht. Soll ich dich lieber beißen? Ich habe viele Talente.«

Sie kicherte. »Allerdings. Das würde ich vor jedem Gericht bezeugen. Hast du denn jetzt eine bessere Meinung von Anwälten?«

»Eine bessere *und* schlechtere. Von innen und außen. Jawoll. Du bist einfach die Beste.«

»Möchtest du einen Witz hören? Der passt auf mich. Dumme Blondine ... geldgierige Anwältin ...«

»Lass hören.«

Sie setzte sich mit nackten Brüsten aufrecht hin. »Ein Anwalt und eine Blondine sitzen nebeneinander im Flugzeug. Er lädt sie ein, ein Spiel mit ihm zu spielen. Er sagt: ›Ich stelle Ihnen eine Frage, und wenn Sie die Antwort nicht wissen, zahlen Sie mir fünf Dollar. Sie stellen mir eine Frage, und wenn ich die Antwort nicht kenne, zahle ich Ihnen *fünfzig* Dollar.‹ Er glaubt, weil sie eine Blondine ist, wird er ordentlich abräumen. Sie ist einverstanden. Also fragt der Anwalt: ›Wie weit ist der Mond von der Erde entfernt?‹ Die Blondine sagt kein Wort. Sie greift in ihr Portemonnaie und reicht ihm eine Fünf-Dollar-Note. Jetzt ist sie an der Reihe. Sie sagt: ›Was geht mit drei Beinen einen Hügel hinauf und kommt mit vier wieder herunter?‹ Der Anwalt denkt nach, findet aber keine Antwort. Schließlich gibt er ihr die fünfzig Dollar und fragt: ›Und was ist es?‹ Ohne ein Wort zu sagen, gibt sie ihm fünf Dollar.«

Sie krümmte sich vor Lachen und hielt sich die Seite.

Jeff kicherte.

Immer noch lachend, wischte Beth sich die Tränen aus dem Gesicht. »He, du findest ihn wohl nicht lustig?«

»Doch.«

»Aber du hast nicht gelacht.«

»Doch, habe ich. Aber es hat viel mehr Spaß gemacht, dich zu beobachten. Du genießt dein Leben so sehr. Es ist kostbar für dich. Das hatte ich ganz vergessen. Vielleicht habe ich es nie wirklich gewusst.« Er küsste sie, und sein Herz war voller Gefühl. »Du lehrst mich, wieder zu leben.«

»Nein. Du lehrst es *mich*.«

Sie lächelten einander an. Sie legte ihren Kopf auf seine Schulter und gähnte. Er zog sie an sich, und dann lagen sie im Licht der Lampe, redeten miteinander und versuchten, die Gefahr auszusperren, die irgendwo draußen in der Stadt auf sie lauerte.

»Du musst unbedingt schlafen«, sagte er schließlich. »Du musst auf dich aufpassen. Ich werde dir helfen. Ich will, dass du lebst.«

Die alte Einsamkeit und Furcht schienen sie wieder zu erdrücken. »Und was ist, wenn ich sterbe?«

»Wir alle sterben irgendwann. Aber lass uns einen Pakt schließen. Wer von uns beiden als Erster geht – der andere wird bei ihm sein. Ich werde deine Hand halten. Wirst du meine halten?«

Sie spürte, wie ihr Tränen in die Augen stiegen. »Natürlich.«

Senator Ty Crocker war im Arbeitszimmer im ersten Stock seines Hauses in der Nähe des Dupont Circle bei der vierten Tasse Tee. Er war umgeben von seinen Büchern; gelegentlich machte das alte Haus leise Geräusche. Flubby, seine Katze, hatte sich auf seinen Füßen zusammengerollt, schurrte und zuckte und jagte im Traum irgendwelche unsichtbaren Mäuse.

Immer noch in Pyjama und Morgenmantel, wartete der Senator ungeduldig auf das Klingeln des Telefons. Die Sorgen über Gesetze, die im Senat zur Lesung anstanden, und über das Ergebnis seiner Prostata-Biopsie, deren Ergebnisse in der kommenden Woche vorliegen sollten, traten in den Hintergrund. Er musste zugeben, dass er bei Jeff Hammond immer noch Zweifel hatte. Er schämte sich dafür, konnte seinen Verdacht aber nicht ohne weiteres wegwischen. Er war einfach zu lange im Dienst der Öffentlichkeit, ein Wachhund zum Wohle des Landes. Seine knochige Hand lag neben dem Telefon, zur Faust geballt. Er starrte den Apparat an, als wollte er ihn zwingen, endlich zu klingeln. Er wollte, dass Dean Jennings vom Secret Service ihm mitteilte, dass in den beiden Gürtelschnallen Peilsender waren – was bedeuten würde, dass Jeff Hammond nicht verrückt geworden und kein Killer war. Zugleich fürchtete er, was diese Information noch bedeutete: Dass Präsident James Emmet Stevens in tödlicher Gefahr war.

In seinem langen Leben hatte der Senator gelernt, dass der Charakter eines Menschen sich selten über Nacht änderte. Das hatte er in den letzten Tagen vor lauter Eifer, die Nation zu schützen, vollkommen vergessen. Er kannte Jeff seit dessen Kindheit, hatte ihn zu einem athletischen und intelligenten jungen Mann heranwachsen sehen, und er hatte seinen Stolz erlebt, als er ins FBI eintrat, und den Stolz seiner Eltern und seiner älteren Schwester. Keiner von ihnen hatte verstanden, warum Jeff das Bureau verlassen hatte. Dass er bei der *Post* arbeitete, war nur ein schwacher Ausgleich. Nachdem Jeffs Eltern gestorben waren, hatte der Senator darauf bestanden, alle zwei Monate mit Jeff zu Mittag zu essen. Es war das Mindeste, das er für Henry Hammonds Sohn tun konnte. Und zu keiner Zeit hatte er während ihrer langen und intensiven Gespräche über Gott und die Welt Anzeichen dafür entdeckt, dass Jeffs Charakter sich zum Schlechten entwickelt hätte.

Tatsächlich hatte sich Jeff voll und ganz in die Arbeit bei der Zeitung gestürzt. Er wurde rasch zum Experten der *Post* für Russland und Osteuropa und gewann mehrere Journalistenpreise für seine Berichterstattung und seine Reportagen. Trotz der anscheinend erdrückenden Beweise war es für den Senator schwer zu glauben, dass Jeff der Mörder sein sollte, den die Polizei zweier Bundesstaaten und des District of Columbia suchte. Aber er *hatte* es geglaubt. Zu seiner Schande hatte er *ihnen* geglaubt, nicht Jeff.

Er kämpfte noch mit all diesen Gedanken, als endlich das Telefon klingelte. Rasch griff er zum Hörer.

Dean Jennings sagte hektisch: »Sie haben Recht, Ty. In beiden Gürteln sind kleine Peilsender. Neueste Technik. Nur Sender auf vorher festgelegter Frequenz, kein Empfang. Innerhalb eines Radius von achtzig Kilometern leicht zu verfolgen, und wir können ihre Positionen mittels GPS unterwegs auf digitale Karten projizieren.« Als Direktor des Secret Service war es sein vorrangiges Ziel, jegliche Bedrohung vom Präsidenten abzuwenden, und nun sah es so aus, als hätte er soeben das erste Vorbeben einer nationalen Katastrophe gespürt.

»Das hatte ich befürchtet«, sagte der Senator, während er innerlich am liebsten vor Freude gejubelt hätte. Jeff sagte also die Wahrheit. »Was kann ich tun?«

»Ich brauche jede Information, die Sie haben. Und ich brauche sie jetzt. Es tut mir Leid, Sie zu dieser Stunde aus dem Bett zu holen ... Wie spät ist es? Schon vier Uhr! Tut mir ehrlich Leid, Ty. Aber Sie verstehen. Können Sie hier herkommen, damit wir Ihre Aussage auf Band aufnehmen? Ich bin gerade dabei, ein Team zusammenzustellen. Wir fangen mit Ihrer geheimen Quelle an.«

»Ich muss mich noch anziehen. Geben Sie mir eine halbe Stunde. Vielleicht weniger, wenn ich wegkomme, ohne dass meine Frau mich erwischt.«

»Danke, Senator. Herzlichen Dank. Inzwischen werfen wir unsere Netze aus und sehen, welchen Abschaum wir einfangen.«

In dem hell erleuchteten Konferenzraum im dunklen Federal Triangle, einem Komplex aus Regierungsgebäuden zwischen Mall und Pennsylvania Avenue, ließ Dean Jennings sich in seinen Bürosessel zurückfallen. Sein unrasiertes Kinn schimmerte schwarz in der grellen Deckenbeleuchtung, und vor Anspannung hatte er tiefe Fältchen um seine grauen Augen.

»Senator Crocker wird in Kürze hier sein«, teilte er den Spitzenleuten mit, die er beim Secret Service, aus dem Büro des U.S. Marshals und dem FBI zusammengezogen hatte. »Seiner Quelle zufolge gibt es ungefähr fünfzig Leute, die diese Gürtel tragen. Er behauptet, dass er keine Ahnung hat, wo sie sich aufhalten, nur dass sie Ultranationalisten sind, die es auf den Präsidenten abgesehen haben. Ich wünsche, dass jeder einsatzbereit ist, sobald wir den Senator befragen. Wir werden die ganze Meute überraschen. Wenn möglich, werden wir sie gleichzeitig hochnehmen. Ich will, dass nicht mal eine Maus entkommt. Fragen?«

Die zwanzig Spezialisten und Abteilungsleiter feuerten ihre Fragen ab, analysierten die wenigen Fakten, die sie besaßen, und entwarfen Pläne – alles als Vorbereitung auf die Probleme, die auf sie zukamen, welche immer es sein mochten.

Als die Diskussion langsam zum Ende kam, entschuldigte sich einer der Männer, um zur Toilette zu gehen. Es war Bobby Kelsey vom FBI. Sobald er die Tür des Konferenzsaales geschlossen hatte, lief er den halbdunklen Flur entlang und probierte die Türen, bis er eine fand, die nicht abgeschlossen war. Es war ein Lagerraum. Er schlüpfte hinein, schloss die Tür und nahm sein Handy heraus.

Als Alexei Berianow in seinem geheimen Hauptquartier in Bethesda vor den Toren Washingtons eingetroffen war, nahm er seine Altmännermaske ab und zog sich eine legere Hose und ein Baumwollhemd mit offenem Kragen an. Er legte sein Schulterhalfter an, schob seine Pistole hinein und setzte sich in einen Sessel vor die Fensterfront, die sich aufs Lichtermeer der nächtlichen Metropole öffnete.

Doch in Gedanken war er wieder in der Vergangenheit, in Moskau, und erfreute sich am Anblick Tamaras, seiner dritten Frau, an ihrem prächtigen, feuerroten Haar, ihrem gut geschnittenen Gesicht, ihren grünen Kosakenaugen und ihrer intensiven Ausstrahlung. Nach Meinung Berianows hatte Alexander Puschkin den Charakter der Kosaken am besten eingefangen: »Ewig auf dem Rücken der Pferde, ewig bereit zum Kampf, ewig auf der Hut.« So wie Tamara.

Sie war in Nowotscherkassk in der Nähe des Don in Südrussland geboren. In ihrer Kindheit und Jugend hatte sie geholfen, zehn jüngere Geschwister großzuziehen. Wie es der Brauch war, hatte ihr Vater jedem ihrer Brüder einen Säbel umgeschnallt, sobald er vierzig Tage alt war. Als Tamara zehn Jahre war, schnallte sie sich ihren eigenen Säbel um und ritt übers weite Land. Das Reiten lag ihr im Blut, und ihr Blut war so heiß wie das ihrer Brüder.

In der Liebe war sie wild und erregend. Ihre Augen glühten, und ihre Haut duftete aromatisch, wie reife Oliven. Obwohl er sie anflehte, ließ sie es nie zu, dass er sie völlig nackt sah. Selbst als sie ihre Zwillingstöchter bekamen, lehnte Tamara es ab, ihre Troika aufzugeben, die von Moskowitern und abenteuerlustigen Touristen gemietet wurde, die nie bemerkten, dass Tamara sich nicht für sie, sondern nur für ihre Pferde interessierte.

Sobald ihre Mädchen alt genug waren, nahm sie sie mit. Sie trug ihre militärische, oben flache Kosakenmütze fesch auf dem roten Haar nach hinten geschoben, und in ihren Schaftstiefeln steckte ihre traditionelle, über einen Meter lange *Nagaika,* die Kavalleriepeitsche.

In jenen Tagen war Berianow oft fort – in Afghanistan, wo der schreckliche Krieg sich hinzog; in den Vereinigten Staaten, wegen Präsident Reagans wiederholter Drohungen; in Ostdeutschland, wegen der zunehmenden politischen Spannungen. Die Sowjetunion drohte den Kalten Krieg zu verlieren, da Amerika mehr Geld und den längeren Atem hatte, aber nur die höchsten Mitglieder der Regierung wussten, wie ernst die Situation tatsächlich war.

Seine Arbeit, die einst der Mittelpunkt seines Universums gewesen war, bereitete ihm nun Bauchschmerzen. Schlechte Bezahlung, sinkende Moral und zunehmend repressive Maßnahmen laugten seine Agenten und den Staat aus. Er strampelte sich ab, um seine Arbeit und sein Land wieder stark zu machen.

Der Kreml dankte es Berianow, indem er ihn in drei Jahren dreimal in Folge beförderte, bis er schließlich den FCD leitete – die KGB-Abteilung für Auslandsspionage in Jasenewo. Es wurden noch mehr Versprechen geflüstert: Zuerst das Politbüro, dann Gorbatschows Nachfolge.

Berianow war tüchtig, verlässlich, intelligent – eine geborene Führungspersönlichkeit. Man konnte sich darauf verlassen, dass er seine Aufgabe erfüllte, um welchen Preis auch immer.

Dennoch erschütterte eine politische Krise nach der anderen die Regierung. Berianows Agenten murrten, was sie früher nie gewagt hätten. Einige verschwanden einfach, und durch den Gawrilow-Kanal – ein streng geheimes Kommunikationsnetz, das er zusammen mit der CIA aufgebaut hatte – erfuhr er, dass sie sich in den Westen abgesetzt hatten. Es konnte nicht schlimmer werden.

Dann, in jenem Frühjahr, erfuhr er, dass Tamara eine Affäre mit einem Freund eines ihrer Brüder hatte, auch ein Kosak. Halb wahnsinnig vor Eifersucht und Enttäuschung stürmte Berianow aus der Wohnung, während seine Töchter sich verzweifelt an seine Beine klammerten. Doch er riss ihre kleinen Finger los und raste im Wagen zum Roten Platz, ohne Rücksicht auf andere. Während dieser Fahrt erschien ihm alles widersinnig: Die Leninhügel waren grün vom frischen Birkenlaub. Bunte Touristenboote fuhren auf dem Fluss. Familien machten Picknick in der Sonne, während die Kinder spielten. Wie konnte die Welt so normal sein, wenn sein Land und seine Ehe zerbrachen?

Er war voller Bitternis, als er die Vorbereitungen für die alljährliche Parade am Ersten Mai verfolgte. Eines der Spruchbänder erfüllte ihn besonders mit schmerzlicher Sehnsucht nach den Träumen, die ihm einst so teuer gewesen waren: *Lang lebe die Arbeiterklasse, die lebendige Kraft im Kommunismus!*

Es war der Zeitpunkt, als das Gewicht der Jahre ihn zu einer Entscheidung zwang, die seitdem jede andere Entscheidung bestimmt hatte. Er musste wählen. Wie sehr verehrte er noch sein krankes Land? Wie konnte er weiter seine Frau verehren, die ihn betrog?

Berianow wusste, was zu tun war.

Er fuhr zu seinem Büro am Stadtrand, rief Iwan Wok zu sich und erteilte ihm Befehle. Genau wie Peter der Große den Kopf Kondrati Bulawins, des berühmten Unabhängigkeitskämpfers, nach Tscherkassk – jetzt Starotscherkassk – gebracht hatte, um seine Kosaken zu unterwerfen, erschien Iwan Wok mit einer in Plastik eingeschweißten Kiste aus Kiefernholz vor Tamaras Tür.

Vor ihren Augen hob er den Deckel ab, sodass der blutige Kopf ihres Liebhabers zu sehen war, den Wok auf Berianows

Anweisung hin abgetrennt hatte. Als Tamara vor Entsetzen erstarrte, erklärte Wok ihr Berianows Bedingungen: Sie durfte sich nicht von ihm scheiden lassen. Sie durfte keine weiteren Liebhaber mehr haben. Sie musste seine Töchter zu loyalen Kommunistinnen erziehen. Er würde sie nicht töten, solange sie sich daran hielt.

Später berichtete Wok, Tamara habe geschrien, geweint und getobt, und dass die Mädchen sich versteckt hatten, als Tamara loslief, um ihre Peitsche zu holen. Schließlich aber hatte sie sich gefügt: Berianow hatte die Kosakin unterworfen. Er sah sie nie wieder. Er konnte es nicht. Er hatte sich jetzt einer neuen Zukunft mit einer weit größeren Hingabe zugewandt, als er sie jemandem sonst geben konnte, eine größere Hingabe, als er sie für möglich gehalten hätte. Am Ende gab er sich für sein Land hin.

In ihrem Versteck in Bethesda hatte Iwan Wok auf dem Esstisch mit der gläsernen Platte mehrere Teller mit russischen Köstlichkeiten vor sich aufgebaut – kalter Stör, Schwarzbrot, saure Sahne und frische Gurken. Der feine Duft des guten Fisches erweckte in Wok Heimweh nach Moskau. Er streute grobkörniges Salz über die Gurken. Während er mit Alexei sprach, aß er mit großem Appetit, Brot und ein großes Stück vom Stör, das er dick mit saurer Sahne bestrichen hatte, gefolgt von einem saftigen Stück Gurke.

Sie hatten über verschiedene Themen diskutiert, beschränkten sich nun aber im Wesentlichen darauf, wie Russland auf ihre Pläne vorbereitet werden musste.

»Die Sowjets sollten ihre Geschichte zurückerobern«, sagte Wok. »Niemand sollte ohne Geschichte leben.«

Berianow, der in seinem bequemen Sessel vor dem großen Fenster saß, nickte zustimmend. »Die Geschichtsbücher werden nicht von Heulsusen und Weicheiern bevölkert.«

Berianows Leute waren bereit, Russlands sieben Lager für

Nervengas zu übernehmen. Anschließend würden sie die Kontrolle über die mehr als hundert Depots für Atomsprengköpfe übernehmen, über die viertausend taktischen Gefechtsköpfe für den Einsatz auf dem Schlachtfeld und über alles spaltbare Material auf sowjetischem Boden. Der Deal, den Berianow zwischen HanTech und Minatom eingefädelt hatte, würde dafür sorgen, dass das Nuklearprogramm stark blieb. Außerdem gab es natürlich noch das *Pièce de Résistance* – die Basen der Interkontinentalraketen.

Gedankenvoll sagte Berianow: »Vor ein paar Jahren gab es eine Meinungsumfrage in Nowgorod: ›Wer sind heute die Feinde des Volkes?‹ Es gab drei Antworten zur Auswahl – Gangster, Geschäftsleute oder die Regierung. Fünfzehn Prozent sagten, die Gangster. Fünfzehn Prozent, die Geschäftsleute.« Er machte eine Kunstpause. »Siebzig Prozent sagten, die Regierung. Eine überwältigende Mehrheit. Von den Zaren bis Breschnew haben wir immer unsere autokratischen Führer gebraucht.«

Wok kaute und nickte. »Das ist bekannt. Gib dem Bären stets den Honig, den er am liebsten mag.«

»Unseren Kameraden fehlt der alte sowjetische Nationalismus. Sie brauchen einen Anführer, der sich um sie kümmert und dafür sorgt, dass jeder Brot, Arbeit und eine Ausbildung bekommt. Zugleich wollen sie, dass unser Land wieder den Platz in der Welt zurückerhält, der ihm rechtmäßig zusteht.« Von seinem dunklen Haar bis zu seinen blauen Augen und dem scheinbar entspannten Mund strahlte er jene Zuversicht aus, mit der man ein Volk führen konnte. Eine Nation. Sein Äußeres war Durchschnitt. Es war seine Ausstrahlung, die bewirkte, dass die Leute den Kopf nach ihm umdrehten.

Mit Überzeugung sagte Wok: »Sie haben Recht, Alexei. Sie haben immer Recht. Sie sind der Mann, den wir brauchen. Ein Anführer wie Sie erhebt sich aus der Tundra, ein Schwert in der einen Hand, einen Laib Brot in der anderen. Keine

Ausplünderung des Volkes mehr. Die anderen lieben unser Land nicht, aber wir.«

Berianow nickte und drehte den Sessel wieder zum Fenster, um das Panorama der fremden Metropole zu betrachten, in der er ein Jahrzehnt gelebt hatte. Überall in Bethesda und weiter hinten in Washington strahlten die Lichter. Während der Morgen sich näherte, war die große Stadt in den Schlaf gefallen, während hier, in dieser Wohnung, unbeschreiblicher Zorn köchelte. Er war dieses Landes überdrüssig. Er sehnte sich danach, in die Heimat zurückzukehren, wo er jeden Tag seine schöne Muttersprache hören würde und mit Menschen arbeiten konnte, die verstanden, worauf es wirklich ankam.

Die Teller waren leer, und Wok schob seinen Stuhl vom Tisch zurück. Er dehnte seinen stämmigen, massigen Körper.

Berianow winkte mit der Hand. »Iwan, holen Sie den Wodka. Es ist eine gute Nacht für Wodka, nicht?« Noch während er sprach, meldete sich sein Handy.

Er hielt es sich ans Ohr und lauschte Bobby Kelseys flüsternder Stimme, die rasch auf Englisch sprach. Berianows Brust verkrampfte sich, als wäre sie im Griff eines Riesen gefangen. »Und Sie haben nichts unternommen? Wie konnten Sie es so weit kommen lassen!«

Kelsey fluchte. »Zur Hölle, Alexei, versuchen Sie das nicht *mir* anzuhängen. Der Senator hat die Gürtel direkt an Dean Jennings beim Secret Service geschickt. Das ist nicht mein Zuständigkeitsbereich. Bis vor ein paar Minuten habe ich gar nichts davon gewusst! Wenn jemandem die Sache aus der Hand geglitten ist, waren es Ihre eigenen Leute. Ich habe nur eine Erklärung, wie diese Gürtel an Crocker gelangt sein könnten: durch Jeff Hammond. Sie sind alte Freunde.«

Eine Woge heißen Zorns überschwemmte Berianow. Schon wieder Hammond! Er fuhr Kelsey an: »Sie müssen sie unbedingt daran hindern, die Keepers zu verfolgen.«

»Es gibt keine Möglichkeit. Nicht nur der Secret Service

und das Bureau sind beteiligt, auch die örtliche Polizei und die U.S. Marshals. Die Gürtel werden bereits angepeilt. Die Keepers werden auf keinen Fall die Gelegenheit bekommen, das Attentat durchzuführen. Sie müssen abbrechen. Verschwinden Sie, solange Sie noch können.«

»Njet!« Das Wort schoss wie eine Explosion tief aus seinem Innern hervor. Sein Blut kochte. Sein Hals lief vor Zorn rot an. Er würde einen Weg finden. Für sein Volk stand zu viel auf dem Spiel. »Sie müssen unbedingt Hammond und Convey finden, bevor sie noch mehr Schaden anrichten können. Sobald Sie wissen, wo sie sind, schicke ich Ihnen meine Leute. Auch ich werde weiter Ausschau halten. Auf jeden Fall ist diese Sache auch Ihr Problem.«

»Glauben Sie, das weiß ich nicht?« Kelseys Stimme klang scharf. »Schließlich habe ich den Direktor des FBI umgebracht, um Himmels willen! Sie müssen abbrechen. Es kommt ein anderer Tag.«

»Nein! *Dies* ist der Tag. Dies ist der Tag *meines Landes!* Und wenn Ihre größte Sorge ist, dass Ihre Identität enthüllt werden könnte, sind Sie naiv. Wenn Sie jetzt einen Rückzieher machen, schicke ich Ihnen Wok auf den Hals, um Sie *zu töten*!«

Für einen Moment war Kelsey vor Schock sprachlos. Dann sagte er: »Alexei, Sie sind verrückt!«

»Und Sie sind ein Kleingeist, der nur bis zur nächsten Ecke denkt. Ich war noch nie im Leben vernünftiger. Finden Sie Hammond und Convey, und *vernichten Sie sie*.«

Berianow schaltete sein Handy aus. Er spürte Woks Gegenwart, noch bevor er ihn im Augenwinkel sah. »Gehen Sie, Wok. *Verdammt,* gehen Sie!«

44.

Plötzlich peitschten Gewehrschüsse. Ein Mann mit russischem Akzent brüllte sie an und bestand darauf, dass sie noch einmal zu der Adresse in Chevy Chase fuhr. Es war sehr wichtig. »Ja. Ich habe Sie sehr oft dort hingebracht, aber diesmal ist es anders. Sie müssen da hinfahren!«

Sie griff sich ihr AK-47 und lief, bis sie Berianows Anwesen entdeckte, das in trübes Mondlicht getaucht war. Sie erschauerte, als sich das Garagentor öffnete, genau wie zuvor. Ein Motor röhrte, und ein Motorrad erschien in dem offenen Tor. Sie war wie versteinert, entsetzt. Sie wich zurück. Sie würde Michail Ogust nicht noch einmal töten. Auf keinen Fall.

Doch es blieb ihr erspart. Jemand anders ging zur Garage. Berianow. Er stieg auf die mächtige Maschine, breitschultrig, den Kopf hoch. Er zog die Schultern ein wenig an, legte den Kopf zurück und setzte einen Helm mit metallisch spiegelndem Visier auf. Sofort gab er Gas, jagte mit dem Motorrad auf sie zu. Sie wollte flüchten, wollte das Sturmgewehr abfeuern, doch sie konnte sich nicht bewegen.

Voller Panik musste sie hilflos mit ansehen, wie das Motorrad sie erfasste und in die silbrig schimmernde Luft schleuderte. Sie sah ihr Spiegelbild in Berianows Visier – aber sie war es nicht. Es war Ogust, mit wehendem, grauem Haar und schmerzverzerrtem Gesicht. Ihr Schädel brach, und sie schrie ...

Schweißgebadet und zitternd fuhr sie hoch.

»Beth ... Beth ...« Jeff sagte leise und beruhigend ihren Namen. Im warmen Bett in dem kleinen Zimmer in Olsens Haus nahm er sie in die Arme. »Du hattest einen Albtraum. Mach dir keine Sorgen. Es war bloß ein Albtraum.«

Sie schmiegte sich Schutz suchend an ihn. »Berianow hat Ogust umgebracht. Ich bin jetzt sicher.« Während sie den Traum beschrieb, hatte sie das Gefühl, irgendetwas übersehen zu haben. Etwas Wichtiges.

Jeffs ruhige Stimme tat ihr gut. »Du bist hier sicher. Beth, mein Liebling, dir kann nichts geschehen.«

»Stephanie hat gesagt, andere Empfänger von Zellgedächtnissen haben ebenfalls berichtet, dass ihre Träume und Ideen sich im Lauf der Zeit verändert haben.« Seit Beth damals beschlossen hatte, die Russin im Watergate nicht zu erschießen, hatten Wut und innere Unruhe sie nicht mehr so geplagt wie zuvor. Sie entspannte sich in Jeffs Armen. Seine Haut war weich, besaß aber die anziehende, ein wenig raue Beschaffenheit von Männerhaut. Die Stoppeln seines unrasierten Kinns kitzelten ihr Ohr. Beth wollte hier bleiben. Nie wieder fortgehen. Für immer in Sicherheit sein.

Senator Ty Crocker trat vor sein Haus und schaute hinauf zu den Sternen, die wie diamantener Staub am schwarzen Himmel des frühen Morgens funkelten. Der Senator spürte heftige Erregung. Er würde dem Secret Service alles berichten, was er wusste.

Doch er war spät dran. Anna war aufgewacht, und er hatte eine Zeit lang bei ihr bleiben und sie besänftigen müssen. Schließlich aber hatte sie ihn gehen lassen. Jetzt sah er voller Spannung dem Treffen mit Dean Jennings entgegen. Er würde nicht nur diesem wahnsinnigen Komplott ein Ende bereiten, was immer da ausgebrütet worden war, er würde auch Jeff Hammonds Namen reinwaschen.

Der Senator ging an Beeten mit Peonien und Iris vorbei und ließ das Haus hinter sich, in dem er fast vierzig Jahre gelebt hatte. Er mochte die dorischen Säulen, die rote Ziegelfassade des Hauses mit seinen drei hohen Stockwerken. Im obersten Stock hatten die Kinder ihr Spielzimmer gehabt. Eine sanfte Brise strich flüsternd durch die Magnolie, die einen großen Teil des Gartens hinter dem Haus und an der Seite schützte. Hinter sich auf der Veranda hörte er seine Katze am Eingang laut miauen.

Lächelnd öffnete er die Seitentür zur Garage und betrat das dunkle Innere. Bevor er reagieren konnte, wurde er an der Schulter gepackt. Eine dünne Kordel schlang sich um seinen Hals, zog sich zu, schnitt ins Fleisch. Er sträubte sich. Er rang nach Atem. Er bekam keine Luft. Die Garage begann sich um ihn herum zu drehen ... Es blitzte grün und rot und schwarz ... Verschwommene Gesichter. Kein Licht. Schwarze Schatten. Bilder von Anna, ihren beiden Töchtern und seiner Enkel schossen durch seinen Kopf. Gedanken an den Termin beim Arzt nächste Woche, den Streit mit dem Speaker des Repräsentantenhauses, das neue Verkehrsgesetz. So viel blieb unerledigt, so viel ...

Eine Stunde später in Olsens Haus rückte Jeff, von plötzlichem Unbehagen erfasst, von Beth ab. Sie hatte eine unruhige Nacht gehabt, war schließlich aber doch wieder eingeschlafen. Jeff war in den letzten drei Stunden immer wieder aufgestanden, hatte nach Olsen gesehen und aus Sorge vor möglichen Eindringlingen auf ungewöhnliche Geräusche gehorcht.

Ein Mondstrahl fiel auf Beths Gesicht und erhellte ihre Züge, während sie sanft schlief. Ihr Lippen waren leicht geöffnet, und ihre Wimpern warfen Schatten auf ihre Wangen. Ihr blondes Haar umgab ihr Gesicht wie ein Heiligenschein. Sie sah so verletzlich aus. Jeff dehnte die Schultern und schüttelte den Zorn und das Verlangen ab, sie zu küssen. Er hatte eine Arbeit zu erledigen.

Er zog seinen Slip und die Jeans an und trottete zu Olsens Schlafzimmer. Olsen schnarchte immer noch. Jeff schloss die Tür, schaltete das Licht ein und starrte auf den schlafenden Mann. Die Luft im Zimmer roch nach Alkohol. Jeff zog Olsen an den Schultern hoch und lehnte ihn an die Wand, weil das Bett kein Kopfteil hatte. Die Haut des Assistenten aus dem Weißen Haus war fahl, sein Gesicht von zu viel Alkohol aufgedunsen. Sein schwarzer Bart war mindestens einen halben Zentimeter lang gewachsen. Olsen trug nur die Pyjamahose, die Jeff auf dem Boden des Badezimmers gefunden hatte.

»Evans! Wach auf!« Er gab ihm einen Klaps erst auf die eine Wange, dann auf die andere.

Olsen grunzte.

»Olsen! Mach die Augen auf!«

Die Lider des Mannes flatterten.

Jeff schlug ihm noch einmal auf die Wange und rief seinen Namen.

»Wer ... wer sind Sie?«, nuschelte Olsen, der immer noch betrunken war. In seinen rot geränderten Augen stand Furcht. Zittrig hob er die Hand und betastete seine Wange.

Jeff war erleichtert. Wenigstens redete der Mann. Jeff sagte schroff und laut: »Ich bin Satan in Person, Arschloch. Und du bist ein toter Mann, wenn du mir nicht sagst, was du und Berianow vorhabt!« Er hielt Olsen seine Beretta vor die Nase.

Olsons verschwollene Augen wurden groß. Er schluckte. »Ich muss kotzen ...« Er stürzte ins Badezimmer.

Jeff hörte, wie der Mann sich übergab, und seufzte. Nach einer Weile rauschte die Spülung. Dann neuerliches Würgen. Wieder rauschte die Spülung.

Beth erschien in Jeans und Rollkragenpullover. »Er ist wach?«

»Ich glaube, bei dem Lärm hätte keiner schlafen können. Tut mir Leid, dass ich so laut war.«

Sie lächelte, ging zu ihm und legte einen Arm um seine Schulter. »Hab ich dir gefehlt?« Sie küsste ihn.

Er nahm sie in den Arm und drückte sie an sich. »Du glaubst nicht, wie sehr.«

»Oooh.« Das Stöhnen kam von der Tür. Dann, mit schockierter Stimme: »Beth? Was machst *du* denn hier?« Zu schwach, um zu stehen, ließ Olsen sich am Türpfosten zu Boden gleiten.

»Hi, Evans«, sagte Beth. »Wenn wir uns in letzter Zeit gesehen haben, warst du immer ganz schön am Boden.«

Jeff hob ihn hoch und half ihm in die Küche. Während Jeff Kaffee kochte, stellte Beth im Wohnzimmer die Nachrichten im Fernsehen an. In der Küche setzte Jeff Olsen wieder auf die Bank in der Essecke. Olsen stöhnte und beugte sich vor, bis seine Wange auf der Tischplatte ruhte. Er seufzte und schloss die Augen.

»Mach es dir nicht zu bequem«, warnte ihn Jeff. Während sich der Duft des frisch gebrühten Kaffees in der Küche verbreitete, benutzte Jeff das Telefon an der Wand, um bei Ty Crocker anzurufen. Als sich mit verschlafener Stimme Anna meldete, legte er auf. Es hatte keinen Sinn, sie zu beunruhigen. Wenn Ty noch da gewesen wäre, wäre er selbst ans Telefon gegangen. Um diese Zeit musste Ty schon beim Secret Service sein.

Jeff versuchte, die Spannung abzuschütteln, während er Olsen den Kaffee brachte. »Zeit, nüchtern zu werden, Olsen. Trink das. Wir müssen reden.«

Olsen stöhnte kläglich.

»Kaffee. Trink. Oder soll ich ihn dir über den Kopf schütten?«

»Jeff!« Es war Beths Stimme aus dem Wohnzimmer. »Komm mal her und hör dir das an!«

Er ging in das kleine Zimmer, das zur Straße lag. Die staubigen Vorhänge waren geschlossen, und die Möbel warfen Schatten im Licht zweier schwacher Lampen.

Beth saß auf dem ausgeblichenen Sofa. Sie hielt einen Finger vor die Lippen und deutete mit dem Kopf zum Bildschirm, wo auf Wusa, dem lokalen Partner von CBS, Washingtons Nachrichtenprogramm *Up to the Minute* lief.

Jeff blieb im Türrahmen stehen, wo er den Bildschirm sehen und trotzdem schnell den Kopf drehen konnte, um den Flur im Blick zu behalten, der zur Küche und durch die Hintertür nach draußen führte.

Soeben sprach der Junior Senator von Mississippi: »... die liberalen Ansichten unseres Präsidenten über die internationalen Beziehungen an Perfidie grenzen. Zur Zeit haben wir das perfekte Beispiel dafür. Der russische Präsident verbringt die heutige Nacht in der russischen Botschaft, aber die morgige Nacht wird dieser ... *Kommunist* im einstigen Schlafzimmer Abraham Lincolns verbringen. Wer weiß, was diese beiden Führer auf gleicher Wellenlänge noch alles im Sinn haben, um unsere große Nation von der Demokratie abzubringen, für deren Erhalt wir so lange und hart gekämpft haben ...«

»Vielleicht haben wir Recht«, sagte Beth, während der Senator weitersprach. »Vielleicht gibt es wirklich irgendeinen geheimen Pakt zwischen den beiden Präsidenten, den sie während des Staatsbesuchs unterzeichnen und verkünden werden.«

»Nicht, dass ich wüsste«, klang Olsens dünne Stimme durch den Flur.

Jeff und Beth stürmten zurück zur Küche. Olsen saß aufrecht am Tisch. Sein aufgedunsenes Gesicht sah käsig aus, doch sein Blick war nun klarer. Er hatte den Kaffee getrunken und die leere Tasse an den Tischrand geschoben. Er lehnte sich zurück und seufzte.

»Erzähl weiter«, drängte Beth. »Sag uns, warum du glaubst, dass es keine geheime Absprache zwischen den Präsidenten gibt.«

Olsen nahm sich zusammen. »Weil ich sonst davon gehört hatte. Das Weiße Haus ist wie ein Sieb. Präsident Stevens macht gerne viel Wind. Das ist alles. Sie werden auf der Pressekonferenz in Fernsehen und Radio live zum amerikanischen und russischen Volk sprechen, und dann wird Putin heute Nacht im Weißen Haus schlafen. Es ist eine Geste der Freundschaft, um zu zeigen, dass die beiden Völker viel mehr Gemeinsamkeiten als Trennendes haben. Aber der Besuch hat hier und in Russland eine Menge Kontroversen ausgelöst. Ich glaube, es gibt auf beiden Seiten ein paar Leute, die einfach nicht wollen, dass der Kalte Krieg vorbei ist.«

Beth musterte ihn. Eine intelligente Antwort zu geben, hatte ihn erschöpft. Langsam sank sein Kopf nach vorn. Wenn Beth ihn in diesem Zustand sah, konnte sie nicht glauben, dass er zum inneren Kreis irgendwelcher diabolischen Verschwörungen gehören sollte. »Du wirst benutzt«, riet sie. »Trinkst du deswegen so viel? Was sollst du für Berianow tun?«

»Ich habe mir ein paar Tage frei genommen«, erwiderte er übellaunig. »Ich habe das Recht, so viel zu trinken, wie mir gefällt. Und ich kenne keinen Berianow.«

»Alexei Berianow, ehemaliger KGB-General«, erklärte Jeff, während er ihm einen weiteren Kaffee einschenkte. »Er ist 1991 zu uns übergelaufen.«

»Kenn ich nicht«, wiederholte Olsen. Er schaute sich besorgt um und schien auf den Fernseher im anderen Zimmer zu lauschen; dann blickte er Jeff an. »Sind die Türen abgeschlossen? Und wer, zum Teufel, sind Sie?«

Jeffs Gesichtsausdruck war ernst. »Die Türen sind abgeschlossen. Und die Fenster. Was macht dir solche Angst?«

Olsens Lippen wurden schmal. Sein Gesicht verzog sich vor Angst. Er suchte seine Armbanduhr am Handgelenk, doch Jeff hatte sie ihm abgenommen, bevor er den Mann abgeduscht hatte. »Ich darf nicht zu spät kommen. Er wird mich *umbringen*!« Es war ein Angstschrei. Hektisch blickte Olsen auf die Wanduhr. »Gott sei Dank! Erst halb sechs. Es ist noch Zeit ...«

Jeff hielt ihn fest. »Schön sitzen bleiben, Olsen. Sag mir genau, wer dich umbringen wird.«

»Ich ... ich ...« Er hatte zu viel Angst, um zu sprechen, und schnappte nach Luft.

»Wir werden dir helfen«, versprach Jeff. »Ich gehöre zum FBI. Sag uns, was du über den Anschlag auf den Präsidenten weißt.«

Überrascht wich Olsen zurück und ließ sich wieder auf die Bank sinken. »Sie wollen ihn *umbringen?* O nein!« Er wischte sich mit der Hand übers Gesicht, als wollte er ein Leben voller Missetaten auslöschen. »Ein Typ namens Yakel hat mich in der Mangel. Es hat damit angefangen, dass er mir Geld angeboten hat, aber dann, als ich gemerkt habe, dass er nicht nur Souvenirs aus dem Weißen Haus wollte, habe ich versucht, ihn loszuwerden. Doch es war zu spät. Er hatte hunderttausend Dollar für mich auf ein Konto in Mexiko deponiert. Er sagte, er wollte Einladungen für sich und drei seiner Veteranen-Kumpel für die Pressekonferenz um zehn Uhr morgens, damit sie den Präsidenten sehen können. Das ist alles.«

»Der Rosengarten!« Beth sah Jeff an. »Wir haben uns geirrt.«

Jeff nickte und erinnerte sich an die Nachbildung des Oval Office und des Rosengartens in der riesigen unterirdischen Höhle. »Ich hätte es wissen müssen! Sie haben den Garten viel genauer nachgebaut als das Oval Office.«

Beth sagte: »Wann immer der amerikanische und der russische Präsident sich treffen, ist es ein historischer Moment, und der Rosengarten ist nicht besonders groß. Die Pressekonferenz wird eine ganz heiße Sache.« Sie hatte davon gehört, als der Nachrichtensprecher den Ablauf des Tages zusammenfasste.

»Wie hat dieser Yakel ausgesehen?«, fragte Jeff.

»Wir haben uns nur einmal getroffen, in einer Bar«, antwortete Olsen. »Den Rest der Zeit haben wir telefoniert. Er war alt. Nicht sehr groß, aber er tat so, als gehörte ihm die Welt. Ein Cowboy mit abgetragenen Jeans und Stetson.«

Beth und Jeff schauten einander an. »Der ›alte Verwalter‹«, sagte Beth.

»Wenn der ein Verwalter war, gehörte er auf jeden Fall nicht zur gewöhnlichen Sorte«, sagte Olsen. »Dieser Typ wusste eine Menge. Ich meine, er war belesen, immer auf dem Laufenden, und – am Schlimmsten – er wusste Dinge über mich und meine Familie, die er nicht so ohne weiteres herausfinden konnte. Er hat in meiner Vergangenheit herumgeschnüffelt, oder jemand hat es für ihn getan. Als ich aus der Sache raus wollte, hat er gedroht, mich umzubringen. Ich habe es ihm geglaubt. Er sagte, er hätte Möglichkeiten, mich leiden zu lassen, die ich mir gar nicht vorstellen könnte.«

»Hast du gesehen, mit welchem Auto er gekommen ist?«, fragte Jeff. »Vielleicht eine Autonummer? Oder hat er dir irgendeine Möglichkeit genannt, wie du mit ihm Kontakt aufnehmen kannst?«

Olsen schüttelte den Kopf. »Nein, er war vorsichtig. Sein Auto habe ich nie gesehen, und angerufen hat immer nur er. Einmal habe ich versucht, seine Telefonnummer zurückzuverfolgen, aber sie war gesperrt. Eine Art elektronische Tür, hat mir ein Freund gesagt, der sich da auskennt.«

Beth runzelte die Stirn. »Dann erzähl uns etwas über die Einladungen.«

»O Gott«, stöhnte er. »Ich soll sie bis sieben Uhr unter einen Briefkasten in der Nähe der Mall kleben. Ich weiß, dass sie kommen und mich suchen werden, wenn sie nicht da sind. Sobald ich sie abgeliefert habe, wollte ich nach Rio fliegen und mich da verstecken. Hier bin ich nicht mehr sicher. Sobald sie haben, was sie wollen, werden sie sowieso versuchen, mich umzubringen. Das ist die einzige logische Konsequenz.«

»Wir werden dir helfen«, sagte Jeff. »Wir werden dich in einem sicheren Haus verstecken. Wo sind die Einladungen?«

»In meinem Trenchcoat. Ich habe sie in einem Umschlag des IRS versteckt, der Finanzbehörde. Sachen vom IRS kontrolliert nie jemand, wenn er es vermeiden kann. Ich dachte, das wäre das beste Versteck.«

»Oh, verdammt!« Beth lief zur Hintertür. »Ich habe den

Trenchcoat hinten auf die Veranda geworfen. Jeder hatte damit davonspazieren können!« Sie schob den Riegel auf und öffnete die Tür. Kühle Morgenluft strömte herein.

»Warte mal!« Jeff ging an Beth vorbei und schaute sich draußen um. Er nahm den Trenchcoat und brachte ihn mit hinein. Der Umschlag vom IRS steckte in einer der Innentaschen. Er warf den stinkenden Trenchcoat wieder vor die Tür und riss den verschlossenen Umschlag auf. Darin befanden sich vier weiße Umschläge; in jedem steckte eine sorgfältig gedruckte Einladung auf dickem Papier, mit einer Radierung des Weißen Hauses und dem Name des Eingeladenen in Kalligrafie. Geschmackvoll, zurückhaltend und die Erfüllung von Berianows Plan.

»Ich habe angekreuzt, dass ich von jedem eine Zusage bekommen habe«, erklärte Olsen. »Und da es zu meinen Pflichten gehört, die Hintergründe der Gäste zu überprüfen, habe ich die falschen Sozialversicherungsnummern und Geburtsdaten von Yakels Freunden abgesegnet.«

»Wir werden ihn aufhalten, bevor er so weit kommt«, sagte Jeff.

Beth nickte. »Ja. Der Briefkasten. Jemand wird auftauchen, um die Einladungen abzuholen ...« Sie hielt inne, um zu lauschen. »Habt ihr das gehört?« Sie lief ins Wohnzimmer, wo immer noch der Fernseher lief.

»... Senator Ty Crocker, einer der beliebtesten und bedeutendsten Parteiführer der Republikaner, wurde heute früh in seiner Garage erdrosselt aufgefunden. Seine Frau entdeckte die Leiche, als sie ...«

Jeff wurde aschfahl, während er auf den Bildschirm starrte. Sein Körper zitterte, als hätte ihn der Schlag getroffen. Einen Augenblick lang beobachtete Beth ihn, dann nahm sie seine Hand.

»Jeff.«

»Sie haben ihn umgebracht. Das alles ist meine Schuld.«

Seine Stimme war heiser, als blieben die Worte ihm tief im Halse stecken.

»Du hast ihn gewarnt. Er wusste, dass er ein Risiko einging. Du kannst nicht die ganze Welt schützen.«

Jeff wandte das Gesicht vom Bildschirm ab. »Ty war etwas Besonderes. Ehrlich. Anständig. Nachdem meine Eltern gestorben waren ... hat er mich alle paar Wochen bei der Zeitung angerufen, und wir haben zusammen im Country Club zu Mittag gegessen. Hat eine Runde Golf gespielt. Er hat mir immer von seinen Enkelkindern und von seiner Katze erzählt. Und was Anna vorhatte. Du weißt schon. Die normalen Dinge, die wir alle jeden Tag erleben, und die nicht viel bedeuten ... bis sie einem weggenommen werden.« Seine Stimme bebte.

»Es tut mir Leid, Jeff«, flüsterte Beth.

»Und es bringt uns alle in eine schlechtere Lage. Besonders Präsident Stevens.«

»Du hast Recht.« Angst überkam sie. »Wir haben keine Möglichkeit zu erfahren, ob Ty diese Gürtelschnallen wirklich zum Secret Service bringen konnte.«

»Oder wenn doch, ob er ihnen erzählt hat, was sie für das Leben des Präsidenten bedeuten.«

»Oder dass wir es waren, die ihm die Dinger gebracht haben«, fügte sie hinzu. »Wir sind vielleicht immer noch nicht glaubwürdig. Was bedeutet, dass wir vielleicht genau wieder da sind, wo wir angefangen haben.«

In Olsens Schlafzimmer klingelte ein Telefon. Er sprang auf, als wäre unter ihm ein Knallfrosch explodiert. Verschreckt blickte er um sich.

»Das ist er«, wimmerte er. »Das muss er sein!«

Jeff, dessen Gesicht von Trauer und Wut verzerrt war, packte Olsen unter die Achseln und schleppte ihn ins Schlafzimmer. Das Telefon klingelte wieder.

»Geh ran«, befahl Jeff. »Wenn er es ist, sag ihm, dass du auf dem Weg bist. Und vermassel es nicht, Olsen. Ich warne dich!«

Mit bebender Unterlippe nahm Olsen den Hörer. »Hallo?«

Jeff beobachtete ihn und hörte zu. Noch immer versuchte er zu begreifen, dass Ty tot war. Doch auch wenn die Gefühle ihn beinahe überwältigten, war sein Verstand kristallklar. Jetzt hatte er noch einen weiteren Grund, Berianow aufzuhalten: Er fühlte sich, als hätte man ihm ein lebenswichtiges Organ aus dem Leib gerissen.

Er wollte Ty wiederhaben. Und er wollte sein eigenes Leben wiederhaben. Mit einem einzigen, brutalen Schlag war Ty zum Symbol all dessen geworden, was er verloren hatte. Er wollte zu dem Punkt zurück, als alles noch einen Sinn hatte, als er jung gewesen war und sich erlauben konnte, Risiken einzugehen. Berianow zu jagen, war die größte Herausforderung, das größte Spiel seines Lebens gewesen. Und während er jetzt dastand und Olsen anstarrte, erkannte er, dass er das Risiko gedankenlos eingegangen war, ohne sich darum zu kümmern, wie er selbst dafür bezahlen würde, oder – wichtiger noch – wie es die Menschen verletzen würde, die er liebte. Einen von ihnen hatte es das Leben gekostet. Ty.

»Ich bin nicht betrunken, Yakel«, sagte Olsen mit hoher, verängstigter Stimme ins Handy. »Vielleicht ein bisschen verkatert.« Er hörte angespannt zu. »Es tut mir Leid, aber ich bin ein wenig hinter dem Zeitplan ...«

Olsen hielt das Handy vom Ohr weg, und eine wütende Stimme brüllte: »Sie Arsch mit Ohren, Ihre Probleme sind mir scheißegal! Liefern Sie endlich die Einladungen ab!«

»Ich bin schon unterwegs.« Olsen schaltete das Handy aus. Schweiß lief ihm über die Stirn. »Er hat mir einen anderen Übergabeort genannt – am Fuß der Statue im Jefferson-Denkmal.« Er beschrieb den Ort genauer.

Nun hatte Jeff alles, was er brauchte – Ort und Zeit des Attentats und einen Weg, wie er Berianow finden konnte. Er machte auf dem Absatz kehrt und ging in die Küche. »Ich muss meinen Boss anrufen.«

»Bobby Kelsey?« Beth folgte ihm. »Du informierst ihn über den Rosengarten und die Einladungen?«

»Ja. Jetzt, wo wir den Ort und die ungefähre Zeit kennen«, sagte Jeff finster, »werde ich mich selbst um die Einladungen kümmern. Wer immer sie abholt, wird mich zu Berianow führen. Ich deponiere sie beim Denkmal, und ich kriege Berianow. Er gehört *mir*.«

»Mir gehört er auch, Jeff. Uns beiden. Das ist auch meine Sache, verdammt!«

Jeff nahm sie kaum wahr. Er wollte Olsens Handy freihalten, falls Berianow noch einmal anrief. Deshalb nahm er den Hörer vom Telefon an der Küchenwand und wählte die Geheimnummer seines Chefs. Er wartete, bis das falsche Faxsignal verstummte, das zur Tarnung diente, und hinterließ Olsens Telefonnummer und den vereinbarten Code: *Die Flammen stürzen vom Himmel.* Es war ein Risiko, hier zu bleiben und zu warten, denn wenn irgendjemand auf Bobby Kelseys Leitung eine Fangschaltung installiert hatte, besaß er jetzt die Telefonnummer, von der aus Jeff angerufen hatte, und die Anschrift, wo das Telefon sich befand.

Er sah Beth an, dachte an Ty und seufzte. »Entschuldigung.«

»Schon gut, Jeff. Ich weiß, wie hart es ist, einen Menschen zu verlieren, den man liebt.«

Sie legte die Arme um seine Brust, und er ließ sich von ihr festhalten. Doch in Gedanken war er bei Bobby Kelsey. Er wollte, dass das Telefon klingelte.

45.

Die verlassenen Ruinen, einst ein elegantes Stadthaus, waren einer von hundert anderen alten, zerbröckelnden Ziegelbauten im Südosten Washingtons. Die dunkle Straße war schmutzig und mit Abfall übersät, und Graffiti verunzierten die verrußten Wände. Die meisten Straßenlaternen waren zerschossen. In dieser Nacht, wie in allen anderen, gingen Drogendealer und Stricher in aller Öffentlichkeit ihrem Gewerbe nach. Doch in dem heruntergekommenen Stadthaus spielte das alles keine Rolle. Die Gruppen von Frauen und Männern, die in den verschiedenen Räumen arbeiteten, hatten Wichtigeres im Sinn.

Vor weniger als einer halben Stunde hatte Sergeant Aaron Austin die Keepers aus ihrem unruhigen Schlaf geweckt. Während die meisten dieser Fanatiker ihre Waffen und Ausrüstung vorbereiteten, besprach Austin mit den drei anderen Mitgliedern seines persönlichen Teams die letzten Einzelheiten des Plans. Die Vierergruppe würde gemeinsam mithilfe der Einladungen, die sie von Evans Olsen bekommen würden, das Gelände des Weißen Hauses betreten. Es war Sergeant Austin selbst, der das Privileg haben sollte, James Emmet Stevens zu töten, Amerikas verräterischen Präsidenten.

Tief konzentriert ging Austin noch einmal jede Phase der Operation durch, als plötzlich sämtliche Türen und Fenster des Stadthauses mit donnerndem Getöse zersplitterten, schwere Schritte die Treppen hinauf und durch Flure stürmten und aus Megafonen ohrenbetäubende Kommandos dröhnten.

»Lassen Sie die Waffen fallen! Hier spricht das FBI!«

»Secret Service! Bleiben Sie, wo Sie sind! Hände hoch!«

»Sie sind umzingelt. Legen Sie die Waffen auf den Boden, und kommen Sie einzeln nacheinander heraus!«

Welche Aufgaben die Keepers auch gerade verrichteten, sie vergaßen sie, blieben wie gelähmt stehen und schauten sich gegenseitig erschreckt und zornig an. Sergeant Austin, der sich im Wohnzimmer mit seinen Leuten besprochen hatte, zögerte keinen Augenblick. Er nickte kurz, und sein Geschrei war so laut, dass man es im ganzen Haus hören konnte: *»Tut es!«* Sein Kiefer bewegte sich; er zerbiss den Zahn, schluckte das Zyanid und brach zusammen. In allen Stockwerken, in jedem Zimmer befolgten die anderen Keepers gehorsam seinen – und Colonel Bates' – Befehl, als Zeugnis ihres Fanatismus und einer durch Gehirnwäsche bewirkten Disziplin bis in den Tod.

Max Bitsche stieg aus dem Wohnwagen, der als Hauptquartier diente und im hinteren Teil des Wohnmobil-Platzes stand, ganz in der Nähe der Ausfallstraße, die Washington mit dem Dulles International Airport verband. Seine Kompanie-Unterstützungstruppen, die das Team der Attentäter und seine Sicherungsleute unterstützen und nach West Virginia transportieren würden, kamen aus ihren Wohnwagen, um sich vor ihm aufzustellen. Blass und mit krummem Rücken stand Bitsche in der Morgendämmerung. Er fühlte sich lebendiger als je zuvor. Nie hätte er zu träumen gewagt, einmal als Anführer vor einer Kompanie harter Männer zu stehen, bereit, ihnen auf einer großartigen und heiligen Mission voranzugehen.

Er verlieh seiner Stimme einen Befehlston: »Soldaten, richt euch!«

Die Keepers waren noch dabei, ihre Ränge zu ordnen, als Polizeiwagen und Militärfahrzeuge mit röhrenden Motoren und flackernden Signalleuchten auf den Wohnmobil-Platz fuhren. Sondereinsatzteams und Soldaten sprangen aus den Wagen und kreisten die aufgeschreckten Fanatiker ein.

Die Megafone dröhnten: »Keine Bewegung! Sie stehen unter Arrest!«

Entsetzt begann Max Bitsche zu zittern.

Eine schwankende Stimme erklang aus den Reihen: »O Gott, sie haben uns!«

Max Bitsche schloss die Augen. Sein magerer Körper bebte noch immer. Er nahm allen Mut zusammen, konzentrierte sich auf seine Träume für eine bessere Welt und schrie: *»Tut es!«* Er biss zu. Er sah nicht mehr, wie die anderen sich im

Dreck krümmten, während die Polizei und die Soldaten in sprachlosem Entsetzen zuschauten und langsam ihre Waffen sinken ließen.

Es war das dritte in einer Reihe von Lagerhäusern hinter den Gebäuden eines Gewerbegebiets in Arlington, Virginia. Als die Wagen, die die Polizisten aus Virginia und die Sondereinsatzkräfte des FBI transportierten, mit kreischenden Reifen vor dem Gebäude zum Stehen kamen, stürzten zwei Männer, die Waffen im Anschlag, aus einer Tür an der Südseite des Lagerhauses. Ihre Augen und die Körpersprache ließen erkennen, dass sie flüchten wollten.

»Sie tragen Gürtel!«, rief der Offizier, der die Einheit befehligte.

Vier FBI-Männer stürmten hinter ihnen her und trieben sie schließlich an der hohen Böschung einer Eisenbahnstrecke in die Enge. Otis Odet und ein Mann, der später als Jesse Crabtree identifiziert wurde, ein Häftling des Staatsgefängnisses von Texas auf Bewährung, versuchten, sich den Weg freizuschießen. Vergeblich.

In dem Lagerhaus, das ansonsten leer war, fanden die Polizei von Virginia und das FBI Schlafsäcke, Waffen und vierundzwanzig Personen, die einen qualvollen Tod gestorben waren, den sie sich offenbar selbst durch Zyankali bereitet hatten. Seltsamerweise hatten viele trotz der schmerzverzerrten Gesichter einen friedvollen Ausdruck in den offenen, starren Augen.

Bobby Kelsey beobachtete, wie Teams von Spezialagenten und des Secret Service die Leichen der Keepers aus dem zerbröckelnden Gebäude im Südosten Washingtons trugen, und schüttelte voller Bewunderung den Kopf. Verdammt, Berianow war wirklich gut. Der General wusste, wie er seine Leute auswählen, ausbilden und motivieren musste. Die Berichte der anderen Teams zeigten, dass nur zwei der Eiferer versucht hatten, zu entkommen, und selbst sie gingen lieber in einem Schusswechsel unter, als sich zu ergeben. Zur Hölle, dieser verrückte General könnte es immer noch packen, Russland übernehmen und ihm, Kelsey, ein noch angenehmeres Leben verschaffen, als er schon hatte.

Er drehte sich um und wollte dem letzten seiner Agenten nach draußen folgen, als sein Handy klingelte. »Ja?«

Es war das Büro. »Sie haben eine dringende Nachricht, Sir. Auf der geschützten Leitung.«

»Wie lautet sie?«

»›Die Flammen stürzen vom Himmel.‹«

Bobby Kelsey lächelte angespannt. Das war Jeffrey Hammonds Code, und er war über die geschützte Geheimleitung mit wechselnden Nummern gekommen, die Undercover-Agenten und Agenten mit streng geheimen Missionen zugeteilt wurde. »Haben Sie sie lokalisiert?«

»Ja, Sir. Der Anrufer hat einen Privatanschluss in der Sektion Nordwest benutzt.« Sie gab die Nummer und die Anschrift durch.

Emotionslos sagte er: »Hab ich.«

Bobby Kelsey unterbrach die Verbindung. Es konnte nur einen Grund geben, warum Hammond Kontakt mit ihm aufgenommen hatte – er wollte sich mit ihm treffen. Was ihm alles verriet, was er wissen musste. Er ließ das Handy in die Tasche gleiten und gab einige Befehle.

In Evans Olsens Haus schenkte Beth eine Tasse Kaffee ein. »Hier, trink das, Jeff. Und setz dich um Gottes willen hin. Versuch dich zu entspannen. Du siehst aus, als ob du gleich explodierst.«

Jeff strahlte in der Tat Wut und Bedrohung aus. Er schüttelte seinen kurz geschorenen Kopf, als wollte er ihn frei bekommen, nahm die dampfende Tasse und ging quer über den Linoleumboden und wieder zurück. Er hatte eine Aufgabe zu erledigen, und Kelsey ließ sich viel Zeit, um auf seinen Anruf zu antworten. Er war wütend und fühlte sich hilflos.

Er blieb vor Olsen stehen. »Wie groß bist du? Eins achtzig?«

»Eins fünfundachtzig«, erwiderte Olsen indigniert.

Jeff nickte und taxierte ihn. »Du stehst nicht gerade. Und um die Hüften bist du ein wenig stärker als ich. Ich werde eins von deinen Jacketts anziehen.«

»He, Moment mal ...«

Doch Jeff war schon unterwegs. In dem Schlafzimmer, das er und Beth sich geteilt hatten, zog er sein blaues Arbeitshemd an und steckte es in die Jeans. Sein Fischgrätjackett und die Windjacke, die er in Pennsylvania dem toten Keeper weggenommen hatte, ließ er liegen und ging in Olsens Schlafzimmer, wo er ein Flanellhemd fand. Gerade als er die Arme in die Ärmel schob, hörte er Beth aus dem Wohnzimmer rufen.

»Jeff, komm her!«

»O Gott«, jammerte Olsen. »Wie schrecklich. All die armen Menschen.«

Jeff eilte ins Wohnzimmer, wo Beth und Olsen wie hypnotisiert auf den Fernseher starrten. Der Nachrichtensprecher berichtete, dass die Polizei unter Leitung des FBI und des Secret Service an diesem Morgen eine Reihe von Großrazzien bei einer Randgruppe durchgeführt hatte, die sich *Keepers of the Truth* nannte. Die Geheimbande hatte offensichtlich einen Terroranschlag vorbereitet, doch die Behörden wollten zu diesem Zeitpunkt nur sagen, dass sie noch ermittelten. Sämtliche Keepers hatten sich selbst getötet. So kurz nach den Morden an Senator Ty Crocker und dem FBI-Direktor Thomas Earle Horn war dies ein weiterer schockierender Zwischenfall, der die Existenz des gewalttätigen Untergrunds der Hauptstadt bestätigte.

Während die Nation entsetzt zusah, flimmerten Bilder von

zweiundsechzig Leichen, Bergen von Waffen, militärischer Bekleidung und hochmoderner Kommunikationsgeräte über den Bildschirm. Ein Sprecher deutete an, dass die Gruppenmitglieder, wenn sie einen Gewaltakt geplant hatten, ihre Rollen auswendig gelernt haben mussten ... oder es gab irgendwo die Kopie eines umfassenden Plans, die noch gefunden werden musste.

Das für den heutigen Tag angesetzte Treffen der Präsidenten Stevens und Putin im Weißen Haus wurde aus den Schlagzeilen verdrängt, nachdem nun auf die Tragödie des frühen Morgens das Nachdenken folgte. Niemand erwähnte die Einladung an Präsident Putin, in Lincolns Schlafzimmer zu übernachten, doch die Liveübertragung der Pressekonferenz aus dem Rosengarten stand weiterhin auf der Tagesordnung.

»Unglaublich«, sagte Beth. Sie hatte ein ungutes Gefühl. »Diese armen Menschen. Berianow hat sie ausgenutzt. Vielleicht waren sie nie gewalttätig geworden, hätte er sie nicht angeführt.«

»Er muss sich für vieles verantworten.« Jeff nickte mit düsterer Miene. »Aber das gilt auch für unsere Gesellschaft mit ihrer pervertierten Frontmentalität. Das einzig Gute ist, dass die Keepers aufgehalten wurden. Aber wir müssen immer noch Berianow kriegen.«

»Du glaubst nicht, dass es vorbei ist, jetzt, wo seine Anhänger tot sind?«, fragte Beth.

»Nicht, wenn ich Berianow richtig einschätze.« Er schaute auf die Uhr. »Verdammt, wir verlieren Zeit. Was hält Bobby nur davon ab, zurückzurufen?«

Eli Kirkhart parkte seinen gemieteten Chrysler auf der mit Abfall übersäten und mit Graffiti beschmierten Straße in Südost-Washington. Vor dem verfallenen Stadthaus standen die Ambulanzwagen aufgereiht, und Agententeams trugen die Toten in Leichensäcken hinaus. Er hatte die schockierenden Neuigkeiten gehört, als er gerade die Lobby des Hoover Building betrat, und hatte sich sofort erkundigt, zu welchem Ort Bobby Kelsey und sein Team geschickt worden war.

Auf dem ganzen Rückweg von Pennsylvania, während er in den Stunden vor Sonnenaufgang mit hoher Geschwindigkeit nach Washington fuhr, hatte er über die Beweise nachgedacht, die auf Jeff Hammond hindeuteten und die ihn ursprünglich zu der irrigen Überzeugung gebracht hatten, dass Jeff der Maulwurf war. Wo hatte er sich geirrt? Wie? Als schließlich die Sonne mit goldenem Schein über dem Potomac aufging, fand er die Antwort. Sie war so einfach, dass er laut aufstöhnte. Was war er für ein Dummkopf gewesen ... Was, wenn statt des Direktors Jeffs Agentenführer Chef der letzten Abteilung gewesen war, für die er gearbeitet hatte – Bobby Kelsey?

Kirkhart trommelte nervös mit den Fingern aufs Lenkrad. Alle Beweise, die auf Jeff hindeuteten, konnten ebenso gut auf Bobby Kelsey verweisen. Hatte auch der Direktor das erkannt? Kirkhart hielt es für möglich. Er konnte sich vorstellen, dass der Direktor nicht restlos überzeugt davon war, dass er bezüglich Bobby Kelsey Recht hatte, aber gleichzeitig gewollt hatte, dass das Bureau selbst den Verräter in den eigenen Reihen stellte. Er hätte sich eingeredet, dass es um den Stolz der Institution ginge, wo es in Wirklichkeit nichts anderes als persönliche Eitelkeit war. Was bedeutete, dass der Direktor vielleicht arrogant genug gewesen war, sich Bobby allein entgegenzustellen. Mit Rückendeckung natürlich, aber zu weit entfernt, um einen Angriff mit dem Messer zu sehen oder hören.

Ja, es war logisch, dass Bobby Kelsey der Maulwurf war. Aber diesmal musste Kirkhart sicher sein, denn er hatte sich bei Jeff geirrt und war entschlossen, sich nicht noch einmal zu irren. Außerdem beschuldigte man nicht leichthin einen stellvertretenden FBI-Direktor, Doppelagent zu sein. Seit Aidas Tod war das FBI der Mittelpunkt seines Lebens gewesen, eigentlich alles, was er noch hatte, und schon der Gedanke, dass er seine Karriere noch mehr in Gefahr bringen könnte, als er es bereits getan hatte, bereitete ihm ein flaues Gefühl im Magen. Nein, er würde nichts tun, bis er schlüssig beweisen konnte, dass Bobby Kelsey der Maulwurf war.

Kirkhart stieg aus dem Wagen und tauchte unter dem gelben Plastikstreifen hindurch, mit dem der Tatort abgegrenzt war. Er konnte Bobby nirgends entdecken und nahm an, dass er noch im Stadthaus sein musste. Als er auf den Eingang zuging, sah er auf der linken Seite, gleich am vorderen Ende einer Gasse, Bobbys rotes Haar, das schon leicht ergraute. Bobby sprach gerade gestenreich mit einer Gruppe von fünf Agenten. Kirkhart erkannte zwei aus der Kriminalabteilung des FBI plus Chuck Graham und Steve Thomas aus Bobbys eigener Abteilung für Nationale Sicherheit. Den fünften Mann kannte er nicht.

Während Kirkhart zusah, zog Bobby seine Smith & Wesson, überprüfte die Sicherung und steckte die Waffe wieder ins Halfter. Graham und einer der Männer von der Kriminalabteilung trugen M-16 Sturmgewehre.

Kirkhart musterte sie. Es sah beinahe so aus, als ob Bobby gerade ein Team für irgendeine Operation organisierte. Die sechs Männer teilten sich in zwei Gruppen auf und gingen zu verschiedenen FBI-Wagen. Thoma kam Kirkhart entgegen. Er schien vor Wut zu brennen.

Kirkhart sagte: »Steve, alter Kumpel! Was ist los?«

»Es geht um Hammond! Bobby weiß, wo dieser Bastard sich versteckt. Wir fahren hin und kassieren ihn ein.«

»So? Interessant. Da wäre ich gern dabei.«

»Klar. Frag Bobby.«

Kirkhart überlegte. Wenn es stimmte, dass Bobby Kelsey Jeffs Agentenführer war, konnte er genau wissen, wo Jeff war, wenn Jeff ihn angerufen hatte, um Bericht zu erstatten oder um Hilfe zu bitten. Und Bobby würde es sicher nicht bei einer Festnahme belassen.

Eli ging auf Bobby zu. »Sir, ich habe diese Operation mit den Keepers verpasst. Ich wäre Ihnen dankbar, wenn ich Ihnen bei Hammond behilflich sein könnte.«

»Sie sind Kirkhart, nicht wahr? Sie waren mal ziemlich eng mit Hammond zusammen, nicht wahr?«

»Ja, Sir«, sagte Kirkhart und machte ein gequältes Gesicht. »Viel zu eng, leider.«

Bobby nickte. Kirkhart konnte nützlich sein, wenn sie Jeff überreden mussten, nach draußen zu kommen. »Okay. Schnappen Sie sich ein Gewehr. Sie können bei Thoma mitfahren.«

Bobby Kelsey schaute Kirkhart hinterher, der Thoma folgte. Während die beiden Agenten miteinander redeten, lächelte Kelsey und ging gemächlich zu seinem Wagen. Sein Herz schlug schnell, und er fühlte sich so wichtig, als würde das Schicksal der Welt von dem abhängen, was er jetzt tat. Es bewies sein Gespür für schicksalhafte Augenblicke. Es zählte nur, was geschah – und er würde nicht untergehen, nur weil Hammond, dieser Verrückte, auf diese Überläufer fixiert war, die er seit 1991 nicht fassen konnte. Die heißen Sommer und kalten Winter von Texas kamen ihm in den Sinn. Er sah das schmale Gesicht seines Vaters vor sich, die ständige Angst seiner Mutter und die Trostlosigkeit seines Heimatorts, der so klein und erbärmlich war, dass er auf keiner Karte auftauchte. Es kam ihm so vor, als wäre er erst gestern von dort entkommen – und er würde bestimmt nicht wieder dorthin zurückkehren. Nicht dorthin und an keinen vergleichbaren Ort auf der Welt.

Seine Ziele waren wieder klar. Jeff Hammond und Beth Convey waren ihm im Weg. Eine Gefahr für General Berianow und für ihn. Sie durften nicht lebend in Gefangenschaft geraten.

46.

Wütend und beunruhigt tigerte Jeff in Evans Olsens Haus umher. Alle paar Minuten zog er den Vorhang einen Finger breit zur Seite und beobachtete durch den schmalen Spalt die Straße. Beth versuchte, ruhig zu bleiben, doch sie machte sich Sorgen. Evans Olsen lehnte zitternd am Türbogen und schwitzte in Strömen den Alkohol aus. Abwechselnd starrte er auf die Uhr an der Küchenwand, dann auf Beth und Jeff. Die Zeit wurde langsam knapp, und wenn die beiden das Jefferson-Denkmal nicht bald erreichten, konnten sie die Einladungen nicht mehr rechtzeitig deponieren, damit Berianow sie fand. Was bedeutete, dass Berianows Killer Minuten später vor Olsens Tür stehen würden.

Beth sprang auf und ging zu Jeff ans Fenster. Im selben Moment hörten sie ein Geräusch in der Küche. Evans schrie auf und ließ sich vom Türbogen in den Flur fallen. Beth wirbelte mit gezogener Waffe herum. Jeff hatte sich bereits hingekauert, die Beretta im Anschlag.

In diesem Augenblick kam Special Agent Eli Kirkhart durch den Türbogen zur Küche, die Hände über den Kopf, einen nüchternen Ausdruck auf seinem Bulldoggengesicht. »Ich hab mich geirrt. Tut mir Leid, alter Junge.« Er schaute Jeff ernst an.

»Wirklich?« Jeff erhob sich geschmeidig und ging mit gezogener Waffe auf Kirkhart zu. Er hatte geglaubt, Eli zu kennen, doch die Ereignisse der vergangenen Tage hatten ihn gelehrt, dass er nicht einmal sich selbst kannte. Wie konnte er da behaupten, jemand anderen zu kennen, besonders aus jener lang vergangenen Zeit beim FBI, als sie noch so jung und idealistisch gewesen waren? Noch vor kurzem hätte er sich auf einen Mann gestürzt, der getan hatte, was Eli getan hatte, hätte ihn zu Boden geschlagen, entwaffnet und sich nicht die

Mühe gemacht, ihm zuzuhören. Jetzt war er vorsichtiger. »Sag mir, was los ist. Ich bin ganz Ohr. Lass nichts aus.«

Eli nickte. »Ich muss dich um Verzeihung bitten. Als der Direktor ermordet wurde, warst du in Pennsylvania. Ich weiß es wegen des kleinen, unglücklichen Zwischenfalls mit uns. Was natürlich bedeutet, dass du auf keinen Fall der Maulwurf sein kannst – nicht, wenn der Maulwurf den Direktor getötet hat, und genau darauf deuten die Beweise hin. Der echte Maulwurf hätte die Beweise fälschen können, um dir den Mord anzuhängen. Da es wieder deine Fingerabdrücke waren, genau wie in Stone Point, habe ich den Verdacht, dass an beiden Orten dieselbe Methode angewendet wurde, um dich anzuschwärzen, und es erhärtet den Verdacht, dass der Maulwurf hinter beiden Schweinereien steckt. Außerdem, Jeff, bist du viel zu geschickt, um an beiden Tatorten einen so klaren Hinweis zu hinterlassen. Du magst einiges sein, aber ein Amateur bist du nicht.«

Jeff schnaubte, sagte aber nichts.

»Also haben wir jetzt ein Problem«, fuhr Eli fort. »Wir *beide* haben ein Problem ... Er ist da draußen vor dem Haus, geht gerade in Stellung und ist entschlossen, dich und Convey zu töten, und ich bin verdammt unglücklich darüber. Aber wir haben leider nicht viel Zeit, etwas zu unternehmen.«

»Du lieber Himmel.« Jeff drehte sich wieder zum Fenster um, presste sich flach an die Wand und schob den Vorhang gerade genug beiseite, um hinausspähen zu können. »Da draußen sind vier Leute. Ich sehe Bobby Kelsey. Willst du mir sagen, dass Bobby der Maulwurf ist? Doch nicht *Bobby*!«

»Doch, Jeff. Bobby hat überall Zugang, wo er ihn braucht, und er wusste alles, was du weißt. Wenn du es nicht bist, muss er es sein.«

Während Jeff die Neuigkeit noch verdaute, blickte Beth Eli an und fragte: »Wie sind Sie hier reingekommen?«

»Durch die Hintertür. Das Schloss ist ein Witz. Hätten Sie

etwas dagegen, wenn ich jetzt die Arme herunternehme? Ich bin leider nicht mehr so jung wie früher, und sie schlafen mir langsam ein.«

»Sicher«, sagte Beth.

Eli Kirkhart rieb sich die Arme. »Ach ja. Der stellvertretende Direktor Bobby Kelsey. Du hast diesem Maulwurf all die Jahre Bericht erstattet, Jeff, ohne es zu wissen. Du hast es nicht gemerkt, und ich auch nicht ... und auch sonst niemand. Und jetzt ist der Scheißkerl da draußen, mit einem voll bewaffneten Team, um dich ›festzunehmen‹.«

Jeff schüttelte den Kopf. »Schöne Festnahme. Er kann es sich nicht leisten, mich am Leben zu lassen, wenn er damit durchkommen will, mir alles anzuhängen.« Er kämpfte gegen das üble Gefühl an, verraten worden zu sein. Er hatte Bobby gemocht, hatte die Art bewundert, wie er sich vor einem Jahrzehnt gegen den Direktor gestellt und durchgefochten hatte, dass Jeff für das Bureau in den Untergrund gehen konnte. Doch es war alles nur Schwindel gewesen. Bobby und er waren nicht im selben Team gewesen. Nein, die ganze Zeit war Bobby seinem Land, dem Bureau und Jeff gegenüber nicht loyal gewesen. Er hatte sie alle benutzt und verraten.

»Wie viele sind es?«, fragte Beth.

»Mit mir sechs. Ich habe Kelsey überzeugt, mich und Thoma hinters Haus zu schicken, um die Rückseite zu decken. Thoma macht gerade ein kleines Nickerchen, dank einer kleinen Ermunterung meinerseits. Und abrakadabra – da bin ich. Ich würde es schätzen, wenn ihr beide euch hinten raus verdrückt und ich mir unseren fleißigen Maulwurf vorknöpfe.«

Es klopfte an der Vordertür. Nicht laut, aber fest, und die deutliche Stimme war unverkennbar. »Jeff, hier Bobby. Ich habe Ihren Anruf bekommen. Lassen Sie mich rein. Ich will Ihnen helfen.«

Im Haus schauten die vier sich stumm an. Jeff spähte durch den Schlitz zwischen Vorhang und Fenster und sah Kelsey mit unschuldigem Blick auf der Veranda vor der Tür. Seine drei Männer waren nicht mehr bei ihm. Einer versteckte sich im Garten vor dem Haus hinter dem großen Baum; immer wieder lugten sein Ellbogen und die Mündung seines Gewehrs hervor. Ein zweiter, der ebenfalls ein Gewehr trug, kauerte dicht neben der Veranda, während der dritte irgendwo außer Sicht war. Bobby schien unbewaffnet zu sein, doch Jeff hatte keinen Zweifel, dass sich seine Pistole in seinem Jackett befand.

»Hinten ist alles klar«, sagte Kirkhart mit gedämpfter Stimme. »Ich halte Kelsey und seine Kumpel so lange auf, bis ihr in Sicherheit seid. Vergesst nicht, sie suchen nicht mich oder den Gentleman am Boden. Genau genommen tut ihr uns sogar einen Gefallen. Solange ihr noch hier seid, sind wir in Gefahr.«

Beth schaute Jeff an. »Er hat Recht. Außerdem müssen wir vor sieben mit den Einladungen am Jefferson-Denkmal sein. Wir werden zu spät kommen, wenn wir jetzt nicht gehen.«

Evans Olsen hatte alles mit angehört. »Nehmt mein Auto«, drängte er sie.

Kirkhart nickte. »Sobald ihr weg seid, stellen wir uns. Ich werde Kelsey sagen, dass ich durch den Hintereingang ins Haus gekommen bin, ihr aber schon verschwunden wart. Ohne dich wird Kelsey nicht das Risiko eingehen, uns zu erschießen. Würdet ihr jetzt bitte so freundlich sein, auf der Stelle von hier zu verschwinden?«

»Wir gehen«, entschied Beth. »Gib mir die Schlüssel, Evans.« Sie fing die Schlüssel auf, die er ihr zuwarf, und berührte Jeffs Arm. »Wir müssen Berianow aufhalten. Du hast selbst gesagt, dass er nicht aufgeben wird. Er hat bestimmt noch einen anderen Plan. Komm. Wir müssen zum Jefferson-Denkmal, bevor wir ein für alle Mal die Gelegenheit verpassen, ihn aufzuhalten.«

Kelseys Stimme am Vordereingang war jetzt lauter: »Jeff?

Wir müssen reden. Ich brauche Ihren Bericht, was Sie herausgefunden haben, und ich möchte wissen, was Sie vorhatten. Man hält Sie für den Maulwurf. Wussten Sie das? Ich bin gekommen, um Ihnen zu helfen. Lassen Sie mich rein, Jeff!« Er rüttelte am Türknauf.

»Geht ihr endlich?«, forderte Kirkhart ungeduldig. »Bobby wird sich bald denken, dass mit seinen Truppen hinter dem Haus etwas nicht stimmt. Je eher ihr verschwindet, je eher können wir uns stellen.«

Jeff schob seine Beretta ins Halfter und nahm Beths Hand. »Ich hasse es, dich zurückzulassen ... aber danke, Eli.«

Sie liefen durch die Küche, aus der Hintertür hinaus und über den kleinen Hof in die kühle Morgendämmerung. Thoma lag bewegungslos auf dem Rücken im Gestrüpp. Wo der Schlag ihn am Kinn getroffen hatte, war eine rote Schwellung.

Die Sonne ging schon auf und färbte den Himmel rosa. Olsens blauer Oldsmobile Cutless war hinter dem Haus neben einer baufälligen Garage geparkt. Beth schlüpfte hinters Steuer, und Jeff ließ sich auf den Beifahrersitz fallen. Der Wagen stank nach abgestandenem Alkohol und Zigaretten, doch für sie beide war es eine königliche Kutsche. Während Beth beschleunigte und davonfuhr, blickte Jeff voll böser Vorahnungen über die Schulter zurück.

Es war 6.35 Uhr, und der Verkehr war dünn. Der größte Teil der geschäftigen Stadt schlief noch und freute sich auf das kommende Wochenende. Während Beth in die Wohngegend der Mittelschicht fuhr, wo Jobs und Karrieren eine große Rolle im Leben spielten, holten einige Leute bereits die Zeitung vom Rasen und stiegen mit Kaffeebechern in der Hand in ihre Wagen. Beth hielt nach Schwierigkeiten Ausschau.

Während sie weiter durch Washington fuhren, verunsicherte Jeff das verwirrende Gefühl, dass das feste Fundament, auf das er im Lauf der vergangenen zehn Jahre seine wichtigsten Entscheidungen gegründet hatte, zu Staub zerfiel. Einen Augenblick lang verschwamm alles. Sein Magen zog sich zusammen.

Dann: »Ich war ein verdammter Dummkopf.« Seine Stimme bebte vor Zorn. »Wie konnten meine Fingerabdrücke am Tatort des Mordes an den Teenagern in Stone Point auftauchen? Außerdem – woher sollte jemand wissen, dass ich nach Stone Point fliegen wollte? Aber Berianow konnte es wissen, wenn er mich bereits überwachen ließ – was er wahrscheinlich getan hat, denn ich war es schließlich, der dich gerettet hat, nachdem du über Juris Leiche gestolpert bist. Seine Gangster haben mich vermutlich erkannt, und das hat Berianow wahrscheinlich den Eindruck verschafft, dass ich ihm zu dicht auf den Fersen war.«

»Du glaubst, dass Kelsey deine Fingerabdrücke an Berianow weitergegeben hat, und dann hat Berianow die Teenager umgebracht und die Fingerabdrücke platziert, um den Verdacht auf dich zu lenken?«

Jeff nickte wütend. »Bobby hat Zugang zur Technikabteilung des Bureau. Die wissen nicht nur, wie man Fingerabdrücke stiehlt, die wissen auch, wie man sie anbringt. Er hatte Dutzende von Gelegenheiten, meine Abdrücke zu kriegen.« Er zögerte. »Es war seine Idee, dass ich in den Untergrund gehen sollte. Wenn ich jetzt darüber nachdenke, war das eine gute Methode, mich und meine vielen Fragen über die Überläufer loszuwerden, ohne irgendwelche Alarmglocken zu läuten. Und genau das wäre passiert, hätte ich irgendeinen ›tödlichen Unfall‹ gehabt.«

Beth versuchte, sich auf die Straße zu konzentrieren. »Was kann dieser Mann alles an den Kreml weitergegeben haben! Und wenn er mit Berianow zusammenarbeitet ...« Sie verstummte. Die ganze Sache war ungeheuerlich. Ein Spion in so hoher Vertrauensstellung im FBI! Und das schon seit Jahren ...

Jeff nickte wieder. »Er hatte Zugang zu so vielen Geheimnissen, dass ich gar nicht daran denken mag. Die Namen und

Adressen unserer Agenten. Ihre Zielobjekte und Aufgaben. Die Operationen, die wir planten.« Die Hände in seinem Schoß verkrampften sich unwillkürlich, als ob sie Kelseys Hals würgten. »Es erklärt viele der ›unglücklichen Zwischenfälle‹, die wir im Bureau erlebt haben, wenn beispielsweise eine wichtige Quelle plötzlich verschwand oder irgendeine verrückte Entwicklung eine wichtige Mission scheitern ließ. Und jetzt Ty... Berianow konnte nur dann wissen, dass Ty die Gürtel zum Secret Service bringen wollte, wenn Kelsey es wusste und es Berianow gesagt hat. Bobby Kelsey ist der Maulwurf. Er ist Tys eigentlicher Mörder.« Er trauerte wegen Ty und all der verlorenen Jahre. Die Reue schmerzte ihn. Reue für alles.

Die Stimmung im Oldsmobile war angespannt. Sie durchquerten die Innenstadt Washingtons mit ihrer neoklassizistischen Architektur und den prächtigen Statuen, die zwischen weiten Rasenflächen und Beeten mit Frühlingsblumen standen. Der Verkehr nahm allmählich zu, doch im Vergleich zu den Arbeitstagen war die Hauptstadt ruhig. In der Morgensonne warfen die Gebäude und Bäume kühle graue Schatten auf die Straßen. Zu dieser Tageszeit lag über allem eine seltsam friedvolle Stimmung, als könnte diese Stadt niemals etwas Böses treffen.

Beth schaute zu Jeff hinüber. »Bobby Kelsey hat Berianow wahrscheinlich schon gewarnt, dass wir Evans gefunden haben. Ich vermute, dass er die ganze Geschichte mit den Einladungen von ihm hat. Berianow wird sich denken, dass die Einladungen entweder vernichtet sind, oder dass wir sie haben. Sein ganzer Plan ist Makulatur, und er wird weder beim Jefferson-Denkmal noch im Rosengarten auftauchen. Er muss sich einen neuen Plan einfallen lassen. Oder er muss aufgeben.«

Jeff schüttelte den Kopf. »Das würde mich wundern. Heute sollte der Gipfel sein, der Höhepunkt seines Lebens. Es hat ihn viele Jahre Vorbereitung und ein Vermögen gekostet. Er hat zwei seiner ältesten Kameraden ermordet und ist enorme

Risiken eingegangen.« Er hielt inne und dachte nach. »Er wird nicht aufgeben. Wenn er eine Chance sieht, dass die Einladungen doch abgeliefert werden, wird er jemanden schicken müssen, der sie abholt. Was bedeutet, dass wir zuerst da sein müssen. Wir müssen die Einladungen deponieren und den Kurier bis zu Berianow verfolgen.«

»Er wird annehmen, dass wir genau das versuchen, Jeff«, sagte Beth.

»Und sein Kurier wird versuchen, uns abzuhängen. Ganz deiner Meinung. Wir müssen dafür sorgen, dass er es nicht schafft.«

Beth runzelte die Stirn. »Ich bezweifle, dass Berianow überhaupt jemanden schickt. Ich vermute, dass er selbst kommt, wahrscheinlich mit diesem KGB-Killer, mit dem wir ihn in Pennsylvania gesehen haben.«

»Iwan Wok.«

»Ja. Auf diese Weise kann er die Einladungen kriegen *und* uns eliminieren. Vielleicht entschließt er sich, vor uns anzukommen, in der Hoffnung, uns in die Falle zu locken.« Sie hielt kurz inne. »Was ist, wenn wir *zu spät* kommen, nachdem das Denkmal geöffnet wurde? Wir haben eine bessere Chance, dass dort Wachleute, Parkwächter und Touristen sein werden. Er wird versuchen, uns Angst zu machen und die Einladungen zu kriegen, aber dann ist es weniger wahrscheinlich, dass er uns umbringt und sich dem Risiko aussetzt, selbst gefangen zu werden.« Beth sah auf die Uhr. »Wir haben nur noch eine halbe Stunde.« Sie trat das Gaspedal durch, wedelte zwischen den Fahrspuren hin und her und raste über gelbe Ampeln.

Während sie mit kreischenden Reifen um eine Straßenecke bog, rief Jeff: »Wenn ich jemals eine Bank ausraube, weiß ich, wen ich als Fahrer haben will.«

47.

General Alexei Berianow, ehemaliger Chef des FCD in Jasenewo, zukünftiger Staatschef einer neuen Sowjetunion, verkleidet als Parkwächter, lächelte kühl und trat mit Jeffrey Hammond in den Schatten, die Uzi ständig auf den Feind gerichtet. »Guten Morgen, Mr Hammond. Ein schöner Morgen, finden Sie nicht auch? Ja, wirklich, ein sehr schöner Morgen. Aber wo ist die Lady? Die beharrliche Miss Convey?« Nicht die Spur eines Akzents. Der Mann klang so amerikanisch wie Jazz und Kaugummi.

Mit der Uzi in der Hand erschien Berianow entspannt, doch in seinem Innern kochte es. Bobby Kelsey hatte ihn erst vor kurzem angerufen und berichtet, dass er losgefahren war, um Hammond und Convey in Olsens Haus zu töten, aber dort niemanden angetroffen hatte. Stattdessen hatte Eli Kirkhart versucht, ihn davon zu überzeugen, dass das Paar nicht mehr warten wollte und weggegangen sei. Doch Kelsey hatte ihm nicht geglaubt. Nein, Hammond wäre so lange da geblieben, bis er Antwort auf seinen Anruf bekommen hätte. Was nur eines bedeuten konnte – Eli Kirkhart, der Maulwurfjäger, musste alles herausgefunden und Hammond gewarnt haben. Als Kelsey das erkannte, kam es zu einem heftigen Streit, und Evans Olsen wurde getötet. »Da war eine Blutspur, die aus der Hintertür führte«, hatte Kelsey berichtet, »aber dann ist sie im Gebüsch verschwunden. Wir haben keine Autos wegfahren gesehen. Meine Männer suchen immer noch nach Kirkhart. Sie werden ihn finden.«

Berianow, der Kelsey nie genug vertraute, um ihn vollständig zu informieren, hatte einen Großteil seines Planes geheim gehalten hatte; deshalb wusste Kelsey nicht, dass es für seinen Plan entscheidend war, dass Evans Olsen am Leben war. An diesem Punkt des Gesprächs hatte Berianow einfach aufgelegt und Iwan Wok befohlen, am Ohio Drive zu halten, wo er nachdenken konnte.

Bald beruhigte er sich. Es war noch nicht alles verloren. Tatsächlich hätte Evans Olsen, dieser Schwächling, Convey und Hammond mit Sicherheit von den Einladungen in den Rosengarten erzählt. Was bedeutete, dass die Einladungen jetzt entweder vernichtet oder verloren waren, sonst hätten Convey und Hammond sie benutzt, um ihm eine Falle zu stellen. Glücklicherweise hatte er bereits geplant, früher und verkleidet da zu sein, für den Fall, dass irgendetwas schief ging, denn er hatte nie die Absicht gehabt, den Assistenten des Weißen Hauses am Leben zu lassen, nachdem er die Einladungen abgeliefert hatte.

In seine Parkwächteruniform gekleidet, hatte Berianow Hammonds Ankunft beobachtet. Aber nun machte er sich Sorgen. Er musterte das dunkle Jefferson-Denkmal. Wo war Convey?

Jeff lachte. »Sie haben doch nicht ernsthaft angenommen, ich würde sie hierher mitbringen? Wir haben damit gerechnet, dass Sie irgendetwas versuchen. Wenn ich in einer halben Stunde nicht zurück bin, geht sie zur Polizei, zum FBI, zum Secret Service, zum U.S. Marshal ... Sie werden nie aus Washington rauskommen.«

Berianow blickte den großen Amerikaner finster an, der in seinem Flanellhemd und den Jeans wie ein bedrohlicher Gangster vom Lande aussah. Er kam zu dem Schluss, dass Hammond wahrscheinlich log: Beth Convey konnte sich gar nicht an die Behörden wenden. Sie war eine gesuchte Verbrecherin. Und bis jemand ihr zuhörte, würde es zu spät sein. Das musste auch Hammond wissen.

»Nein, sie wird nicht zu den Behörden gehen«, sagte Berianow bestimmt. »Aber ich werde die Beleidigung meiner Intelligenz durch dieses Scheinargument übersehen, sofern Sie die Einladungen mitgebracht haben. Wo sind sie?«

Jeff schüttelte den Kopf. »Nicht so schnell. Zuerst müssen Sie mir genau sagen, was Sie vorhaben.«

»Wirklich, Mr Hammond? Sind wir wieder in diesem sicheren Haus für Überläufer, wo Sie uns eingesperrt haben, um uns zu verhören?«

Als Jeff und Beth die Attrappe des Rosengartens und des Oval Office gesehen hatten, waren sie sicher, dass sie Teil des Plans waren, Präsident Stevens zu ermorden. Aber jetzt zweifelte er daran, und er musste sich Gewissheit verschaffen. Also ignorierte er Berianows Versuch, ihn zu provozieren.

»Wer ist Ihr Ziel?«, fragte er eindringlich. »Mein Präsident ... oder Ihrer?«

Die beiden Männer standen sich gegenüber, starrten sich an und zielten mit den Waffen aufeinander. Die Atmosphäre zwischen ihnen knisterte vor Spannung, während draußen auf dem Ohio Drive der Verkehrslärm wegen der Wochenendarbeiter und der Besucher zunahm, die in die Stadt strömten. Auf den Wegen rund um die Rotunde des Denkmals zogen Spaziergänger und Jogger ihre Bahnen und bemerkten nichts von den beiden Männern. Doch es war nur eine Frage der Zeit, bis eine unternehmungslustige Seele beschloss, die Stufen hinaufzusteigen.

»Okay«, sagte Jeff und verlieh seiner Stimme einen gleichgültigen Klang, obwohl er am liebsten seine Waffe auf Berianow geleert hätte. »Sie können die Einladungen sehen, wenn Sie mir eine Frage beantworten: Wer ist Ihre Zielperson?«

Berianow sah noch finsterer drein und dachte rasch nach. Dann nickte er. »Präsident Stevens. Er hat die Weltbank, den Internationalen Währungsfond und alle Industrieländer auf eine Linie gebracht, um Putin immer tiefer in den Kapitalismus zu treiben. Stevens ist dabei, Russland zu zerstören. Aber wenn er vor den Kameras der Welt einem Attentat zum Opfer fällt, werden Putin, sein Sicherheitsteam und ganz Russland beschämt. Eine raue Art von Politik, zugegeben, aber Wladimir Putin wird in der Heimat erledigt sein.«

»Aber die Keepers – Ihre Killer – sind tot. Da haben Sie sich selbst überlistet. Haben Sie vor, den Präsidenten eigenhändig umzubringen?«

Berianow setzte ein wölfisches Grinsen auf, das alles und nichts sagte. »Die Einladungen, Hammond. Sofort!«

Jeff zuckte mit den Schultern und blickte Berianow fest in die Augen, während er eine Hand in sein Flanellhemd gleiten ließ. Er bewegte sie langsam; dann begann er mit leiser, schneller Stimme zu sprechen, in der Hoffnung, dass er Berianow zu einem Fehler verleiten und ihn überwältigen konnte. »Glauben Sie wirklich, dass Sie Russland auf diese Weise retten werden? Dass Sie die Revolution wieder anfachen können? Sie irren sich. Sie werden nur Stalins Schreckensherrschaft wiederholen. Er hat genau wie Sie angefangen – mit ein paar ›notwendigen‹ Toten. Bei Ihnen waren es so genannte Freunde, wie Ogust und Jurimengri. Dann jeder, der Ihnen im Weg war, wie Ty Crocker oder Stephanie Smith.« Mit spitzen Fingern zog er die vier weißen Umschläge heraus. »Sie sind nicht besser als irgendein Mörder, Berianow.« Er hielt Berianow die Umschläge hin, der sie mit funkelnden Augen betrachtete, doch in seinem Gesicht war nichts zu lesen.

»Ich tue das nicht für mich«, sagte er. »Ich tue es für Russland. Wenn Sie wüssten, dass der Tod einer einzigen Person das Leben von Millionen retten würde, würden Sie diese Person nicht töten? Wenn Sie die Gelegenheit gehabt hätten, hätten Sie dann nicht Hitler getötet? Natürlich hätten Sie es getan!«

»Stevens ist nicht Hitler. Er *hilft* Russland.«

»Sie sind ein Dummkopf, Hammond. In Moskau sagt der Wettermann am Morgen nur das Wetter für den Tag voraus. Abends macht er die Vorhersage für den nächsten Tag, aber niemals für den Tag danach. Wissen Sie, warum?« Seine Augen sprühten Blitze, und er wartete gar nicht erst auf eine Antwort. »Russland spürt seine Vergänglichkeit, als hätten wir ein Verfallsdatum. Früher war das anders. Als wir Kommunisten waren, hatten wir wirkliche Macht. Wir hatten Ideen, Visionen, Hingabe, Durchhaltevermögen. Wir haben alle an einem Strang gezogen. Damals konnten wir *alles*. Wir hatten eine *Zukunft*!«

Jeff musterte Berianows wutverzerrtes Gesicht unter der Parkwächtermütze. Er sah aber auch Sehnsucht und eine Wehmut, die ihn noch mehr beunruhigten als der wilde Zorn.

»Das wird nicht gehen, Berianow«, sagte Jeff. »Auch Ihr Volk will, was wir bereits haben.«

»Mit Gold gepflasterte Straßen?« Er schnaubte angeekelt. »Genug gequatscht. Geben Sie mir die Einladungen. *Sofort*.«

»Falls es Ihnen noch nicht aufgefallen ist, General«, sagte Jeff eisig, »Sie sind nicht der Einzige mit einer Waffe. Meine Waffe ist auf Sie gerichtet, und ich werde Sie nicht verfehlen.«

Hinter einem Pfeiler zur Linken, von wo sie zugehört hatte, beobachtete Beth die Männer. Sie hatte ein eigenartiges Gefühl des Déjà-Vu, als hätte sie solche Szenen bereits viele Male gesehen. Doch während sie sich weiter auf Berianow konzentrierte, ihn zum ersten Mal bewusst anschaute, bekam sie ein flaues Gefühl im Magen und so schreckliche Kopfschmerzen, dass sie ihr den Schädel zu spalten schienen. Sie fühlte sich schwach und lehnte sich an die Säule. Bildete sie sich ihre körperlichen Reaktionen nur ein? War sie ein so leicht beeinflussbarer Dummkopf, dass die Albträume jetzt zurückkamen? Sie wusste es nicht, während ihr Verstand von Bildern und Gedanken überfallen wurde – ein Wirbelsturm von Gefühlen. Und der Schmerz unter der Schädeldecke wurde unerträglich.

Trotzdem zwang sie sich, Berianow weiter im Blick zu behalten. Sie durchforschte ihre Albträume und sah ihn am Lagerfeuer sitzen ... neben ihr laufen, die Waffen im Arm ... den

Kopf heben und einen Befehl rufen. Sie erinnerte sich, wie er sich auf das Motorrad schwang ... *Breitschultrig, den Kopf ganz hoch. Er zog die Schultern ein wenig an, legte den Kopf zurück und zog einen Helm mit metallisch spiegelndem Visier vors Gesicht* ... Sie würde ihn nicht vergessen. Sie konnte es nicht.

Sie schaute zu Jeff hinüber und erinnerte sich daran, dass sie noch vor drei Tagen befürchtet hatte, er könne ein Mörder sein. Sie konnte ihm nicht zu Hilfe eilen, wenngleich jede Faser ihres Körpers danach schrie. Berianows Anblick machte sie rasend von Wut. Bring ihn um. Bring ihn um!, schrie es in ihrem Innern. *Hör auf, Michail. Ich brauche dich nicht. Lass mich in Ruhe!* Sie musste abwarten. Abwarten, was für einen Trick Berianow vorhatte.

Sie musste nicht lange warten. Berianows Stimme hallte im Innern des Denkmals wider. *»Iwan.«*

»Ich bin hier, Alexei Petrowitsch.« Die kehligen Worte kamen von der Rückseite des fast zwei Meter hohen Granitsockels.

Wieder hatte Beth das unangenehme Gefühl, dies alles schon einmal gesehen zu haben. Sie betrachtete Iwan Woks untersetzten, massigen Körper, als er mit einer schallgedämpftem Pistole im Anschlag neben dem Quader erschien. Mit dem Reflex des trainierten Agenten drehte Jeff sich zur Seite und schwenkte seine Waffe zwischen den beiden Zielen hin und her. Beth schaute wieder auf Wok. Er war ihr vertraut. Wie Alexei Berianow schien auch er sie wie ein Geist aus der Vergangenheit zu verfolgen.

Berianow lächelte. »Was jetzt, Special Agent Hammond? Sie können nicht auf Iwan oder mich schießen, bevor er Sie umbringt.« Er zuckte die Schultern. »Aber Sie haben Recht. Wir wollen hier kein Aufsehen erregen. Also geben Sie mir die Umschläge, und wir lassen Sie am Leben.«

Jeff blickte von einem zum anderen. Dann seufzte er. »Ich schätze, ich habe keine Wahl.« Er senkte die Pistole.

Während Beth beobachtete, zwang sie sich, langsam und gleichmäßig zu atmen. Sie wollte, dass ihr Geist frei blieb und schnell reagieren konnte. Dies war der entscheidende Augenblick: Berianow würde Jeff so oder so nicht leben lassen. Beth hielt ihre Pistole mit beiden Händen fest, während Jeff die Umschläge Berianow entgegenhielt.

Doch in dem Moment, als Berianow die Hand ausstreckte, ließ Jeff die Umschläge aus den Fingern gleiten und auf den Marmorboden vor seine Cowboystiefel fallen.

Berianows Miene verfinsterte sich. »Zurück!«, befahl er. *»Sofort!«*

Jeff trat einen Schritt zurück. Sein großer Körper bewegte sich auf den untersetzten Wok zu, doch der hielt die Stellung und zielte weiter auf Jeff, der keine Chance hatte, Wok anzugreifen.

Berianow trat misstrauisch vor und beugte sich nieder, um die Umschläge aufzuheben. In diesem Augenblick, als Berianow auf den Boden schaute und Wok sich auf Jeff konzentrierte, überkam Beth ein seltsames Gefühl der Sicherheit. Es war beinahe so, als wäre ihr ganzes Leben auf diesen Moment ausgerichtet gewesen. Sie hob ihre Waffe und trat aus dem Versteck hervor.

Mit kühlem Blut zielte sie auf Iwan Wok und sagte: »Keine Bewegung!«

Einen Augenblick rührte sich niemand im weiten Innenraum der halbdunklen Rotunde. Berianow hatte sich halb niedergekauert. Als Jeff seine Pistole heben und auf Berianow richten wollte, stürzte der sich auf Jeffs Beine, während Iwan Wok die Pistole herumriss und auf Beth feuerte, ohne lange zu zielen.

Im gleichen Augenblick drückte Beth ab. Ihre Kugel durchschlug Woks weißen Hemdkragen und zerriss seine Halsschlagader. Blut spritzte. Auf dem Gesicht des Killers erschien ein Ausdruck des Erstaunens. In seinem Schädel explodierte greller

Schmerz. Wok stürzte, landete am Fuß des Sockels. Ein schwarzes Leichentuch hüllte ihn ein, und er sank in den Tod.

Gleichzeitig riss Woks 9-mm-Patrone Beths Flanke direkt über der Taille auf. Es traf sie wie ein Keulenhieb, und für einen Moment wurde ihr speiübel. Sie wurde herumgeschleudert und versuchte verzweifelt, das Gleichgewicht zu halten, schlug aber hart mit dem Kopf gegen den Marmorpfeiler, der ihr zuvor Schutz geboten hatte. Der Schmerz fuhr ihr wie ein Messer durchs Hirn, und sie stürzte zu Boden.

Sekunden nach den beiden Schüssen war Berianow, Russlands Möchtegern-Führer, schon wieder auf den Beinen und flüchtete. Beth, die blutend und benommen auf dem harten Boden lag, sah ihn mit den vier Umschlägen in der Hand die Stufen herunterstürmen, während Jeff sich auf die Ellbogen stützte und einen Schuss abgab.

Die Kugel schlug ins Gras, ohne Berianow zu treffen. Jeff sprang auf, um ihn zu verfolgen. Sein Gesicht zeigte tödliche Entschlossenheit. Dann sah er die blutende Beth auf dem Boden.

»Beth!«, rief er.

Sie musste das Bewusstsein verloren haben. Als sie aufwachte, sprach gerade ein Parkwächter in sein Handy, um Hilfe zu rufen. Jeff kniete neben ihr und massierte ihre Handgelenke. »Beth, wach auf. Es ist nur eine kleine Wunde, und der Krankenwagen ist unterwegs. Es geht dir bald wieder gut. Beth?«

»Du hast leicht reden. Die Verwundete bin ich.«

Er lächelte. »So ist es schon besser. Ich mache mir mehr Sorgen um deinen Kopf. Das war ein schlimmer Sturz.«

»Marmor scheint härter zu sein als Knochen.« Sie lächelte schwach. Dann erinnerte sie sich. Wo war Berianow? Sie setzte sich so abrupt auf, dass ihr schwindlig wurde, und sie musste sich wieder hinlegen. Dann fragte sie ängstlich: »Berianow?«

»Ist entkommen, aber wenigstens hat er die Einladungen nicht gekriegt.«

Auf Beths Vorschlag waren in den zugeklebten Umschlägen bloß Pappstücke gewesen. Sie hatten sie von den Einbänden eines alten Stadtführers von Washington abgerissen, den sie im Handschuhfach von Evans Olsens Wagen gefunden hatten.

»Gott sei Dank.« Beths Wunde brannte und pochte. Sie sah Iwan Wok ausgestreckt auf dem Boden liegen, in einer Pfütze seines eigenen Blutes. »Ist er …?«

Jeff nickte. »Er ist tot.«

Beth hatte einen weiteren Menschen getötet. Allein der Gedanke machte sie krank. Zwar hatte sie auch diesmal keine Wahl gehabt, aber sie würde sich nie daran gewöhnen. Sie atmete tief durch und setzte sich erneut auf. Diesmal überkam sie kein Schwindel.

»Was tust du?« Jeffs Stimme wurde lauter. »Leg dich hin!«

Beth beachtete ihn nicht. Ihre Seite war blutig. Sie zog ihren Sweater hoch und betrachtete die Wunde. Es war ein purpurner Streifen direkt unter dem Brustkorb, aus der immer noch Blut quoll. »Ich brauche nur eine Aspirin, eine antibiotische Salbe und einen Verband.«

»Du brauchst ärztliche Behandlung, Beth!«

Doch irgendein unbezwingbarer Geist hatte Besitz von ihr ergriffen. Sie *musste* weitermachen, doch es war keine rationale Überlegung, die sie dazu antrieb. Sie stand auf. Diesmal wurde ihr wieder ein wenig schwindlig, doch es ging schnell vorbei. Sie versuchte, Jeff anzulächeln. »Du hast doch nicht wirklich geglaubt, dass du Berianow allein verfolgen würdest, oder?«

»Deine Wunde muss unbedingt versorgt werden. Mit deinem transplantierten Herzen bist du für Infektionen anfällig!«

»Das ist nichts Neues. Deshalb nehme ich ja regelmäßig meine Medikamente … für den Fall, dass irgendeine Kleinigkeit wie eine Kugel alles durcheinander bringt. Ich werde die Schramme schon überleben. Männer können so zimperlich sein. Wo ist meine Tasche? Da sind antibiotische Wischtücher drin.«

Jeff war wie vom Donner gerührt, wollte wütend reagieren. Doch Beth war nicht aufzuhalten. Sie winkte dem Parkwächter zum Abschied zu, nahm ihre Schultertasche und humpelte quer durch die Rotunde davon.

Der Parkwächter starrte ihr verblüfft hinterher. Dann schaute er Jeff mit seltsamer Miene an. »Kenn ich Sie beide nicht? Ich könnte schwören ...«

Jeff drehte sich weg. »Kann sein«, sagte er und eilte Beth hinterher. In einiger Entfernung ertönte die Sirene eines Krankenwagens und kam rasch näher.

»He!« Der Parkwächter trottete Jeff hinterher und legte ihm die Hand auf die Schulter. »Sie müssen hier bleiben. Die Polizei will bestimmt mit Ihnen reden, und ...«

»Tut mir Leid, mein Freund.« Jeff packte den Arm des Mannes und schleuderte ihn auf den Rücken. Der Wächter prallte hart auf und schnappte nach Luft. Jeff stürmte Beth hinterher die Treppenstufen hinunter.

Sie saß bereits auf dem Beifahrersitz des Oldsmobile. Als Jeff sich hinters Lenkrad setzte, sagte sie: »Ich hoffe, es macht dir nichts aus, zu fahren.« Sie hatte die antibiotischen Tücher aus der Tasche genommen und wischte sich die Seite ab.

»Endlich mal etwas, das du *nicht* tun willst.« Jeff ließ den Motor an und beschleunigte in Richtung Straße.

Beth lehnte sich müde zurück. Ihr war wieder schwindlig, aber das würde sie Jeff nicht sagen. »Merkwürdig ... Ich habe aufgehört, mit meinem Herzen zu reden. Als ich hinter dem Pfeiler stand, habe ich *direkt* mit Michail Ogust gesprochen. Ich glaube, es lag daran, dass ich Berianow gesehen habe. Jeff ... Vielleicht verliere ich den Verstand.«

Er schüttelte den Kopf. »Solange du nicht dein Leben verlierst.«

»Wohin fahren wir?«

»Du kannst einen ganz schön nerven, weißt du das?«

Sie lächelte. »Komm schon, Jeff. Ich muss diese Sache zu Ende führen. Ich tue es nicht nur für mich, ich tue es auch für Stephanie und Ty und Michail Ogust. Ich bin es ihnen schuldig.«

»Du bist Ogust überhaupt nichts schuldig, dass er dich in diesen verdammten Schlamassel gebracht hat.«

»Darüber habe ich auch nachgedacht.« Sie drehte den Kopf zur Seite, sodass sie sein markantes Profil studieren konnte. »Vielleicht hast du Recht, aber ich glaube, er will, dass ich an seiner Stelle Berianow stoppe.« Während sie sich in den Verkehr auf dem Ohio Drive einfädelten, jagte ein Ambulanzwagen an ihnen vorbei zum Jefferson-Denkmal. »Aber wie sollen wir Berianow jetzt finden?«, fuhr sie fort. »Ich wüsste nicht, wo wir nach ihm suchen sollen. Sein ganzer Plan ist fehlgeschlagen – er hat nicht einmal die Einladungen. Wenn er jetzt aufgibt, werden wir ihn ohne bundesweite Suche nie erwischen.«

»Nachdem die Keepers tot waren, hätten die meisten den Attentatsplan fallen gelassen.« Jeff beobachtete den Krankenwagen und dachte nach. »Aber nicht Berianow. Er wird nicht aufgeben. Er kann es nicht.« Er nickte, als wollte er eine Entscheidung bekräftigen, die er gerade getroffen hatte. »Ich werde dem Secret Service telefonisch einen anonymen Tipp geben. Da der Anruf nicht mit mir in Verbindung gebracht werden kann, wird man ihn ernst nehmen und die Sicherheitsmaßnahmen verstärken. Und sie werden versuchen, dass der Präsident nicht an den öffentlichen Feierlichkeiten teilnimmt.«

»Hoffentlich gelingt es ihnen«, sagte sie. »Was hast du noch vor?«

»Die vier Einladungen sind auf Männer ausgestellt, doch eine – für Mercer Soundso –, könnte auch ein Frauenname sein. Ich kenne jemand, der uns falsche Papiere besorgen kann. Wenn du wirklich meinst, dass du durchhältst, werden du und ich zwei von den Einladungen dazu benutzen, auf den Empfang und die Pressekonferenz im Rosengarten zu kommen. Falls Berianow dort versucht, Präsident Stevens umzubringen, könnten wir ihn vielleicht daran hindern.«

Während Bobby Kelsey allein in seinem abgedunkelten Büro im Hoover Building saß, spürte er, wie allmählich Wut in ihm aufstieg. Er hatte jede Spur von Jeffrey Hammond und Beth Convey verloren und damit wahrscheinlich auch seine einzige Chance auf das letzte große Geld, indem er Alexei Berianow half, Diktator in einer wieder geborenen Sowjetunion zu werden. Es hätte Abermillionen Dollar für ihn bedeutet. Kelsey wusste, das Berianow andere Quellen in der US-Regierung hatte, insbesondere im Außen- und Handelsministerium, doch er, Kelsey, war Berianows erste Adresse in der Welt der amerikanischen Geheimdienste. Dafür hatte Berianow gewaltige Summen bezahlt – und würde sie auch weiterhin zahlen, falls er Erfolg hatte.

Aber danach sah es nicht mehr aus.

Kelsey drehte sich im Chefsessel um und sah nach seinen persönlichen E-Mails.

Was er sah, versetzte ihn zunächst in Hochstimmung, die dann aber von Furcht verdrängt wurde. Unter seinem Codenamen war eine neue verschlüsselte Nachricht von Berianow gekommen, doch es fand sich kein Hinweis in der Betreff-Zeile, ob es eine gute oder schlechte Nachricht war. Bobby Kelsey öffnete die Mail sofort. Als er sie entschlüsselt hatte, durchströmte ihn Erleichterung.

Ich brauche Sie noch, Kelsey. Ich bin noch nicht am Ende. Es wird sich für Sie lohnen.

Dann folgte die Anweisung, Berianow in seinem geheimen Lager nördlich von Washington aufzusuchen.

Misstrauisch überprüfte Bobby, wann Berianow die E-Mail abgeschickt hatte. Hatte er da bereits die schlechten Neuigkeiten über Hammond und Convey erhalten? Ja. Die Mail war erst vor zehn Minuten geschickt worden.

Kelsey erlaubte sich ein Lächeln. Berianow brauchte ihn noch immer.

Im Justizministerium begann der Arbeitstag. Die Angestellten kamen, die Computer wurden eingeschaltet, und das Aroma des ersten Kaffees am Morgen zog durch die Flure. Die stellvertretende Justizministerin Millicent Taurino war bereits in ihrem Eckbüro und schaute Cabot Lowell, den Sicherheitsberater des Präsidenten, und Justizstaatssekretär Donald Chen finster an. Taurino saß hinter ihrem Schreibtisch; die beiden Männer hatten in den Sesseln ihr gegenüber Platz genommen.

»Wir haben es vermasselt«, sagte Millicent mürrisch, das Kinn auf die Faust gestützt. »Wir haben Hammond nicht schnell genug gefasst. Und jetzt hat er den FBI-Direktor umgebracht. Was tun wir – außer dem üblichen Polizeikram –, um ihn aufzuspüren, bevor er noch mehr Schaden anrichtet, Donald?«

»Millicent, würde ich meine Frau nicht unsterblich lieben, würde ich Sie bitten, mich zu heiraten. Sie unterstützen uns so sehr.« Donald Chens Buddhagesicht war so mürrisch wie das von Taurino. »Ich lasse mir nicht den Schwarzen Peter zuschieben. Wo ist Eli Kirkhart? *Er* war unser Spitzenmann. *Er* hat seinen Job nicht gemacht.«

Cabot Lowell blickte von Millicent zu Donald Chen und zurück. Er schloss die Augen und öffnete sie dann wieder. Seine Lippen waren noch dünner als sonst, scharf wie ein Skalpell. »Sie beide sehen das Wesentliche nicht«, sagte er. »Wir haben jetzt genug Beweise, dass Jeffrey Hammond der Maulwurf ist. Es wäre eine Genugtuung, ihn lebend zu verhaften, damit er uns genau sagen kann, was er im Laufe der Jahre zuerst an die Sowjets und später an die Russen weitergegeben hat. Aber das ist nicht das Wichtigste. Tatsächlich könnte es für das Wohl des Landes das Beste sein, würde er *nicht* lebendig festgenommen. Es würde uns eine Menge Unannehmlichkeiten ersparen, ganz zu schweigen von den Kosten eines Prozesses.«

»Wirklich, Cabot, Sie sind ungeheuerlich.« Millicent Taurino funkelte ihn verärgert an.

»Aber realistisch«, entgegnete Cabot Lowell.

»Wir werden Antworten auf eine Menge Fragen geben müssen, wenn wir Hammond festnehmen«, pflichtete Donald Chen ihm bei. »Ich will gar nicht an die bohrenden Fragen der Presse denken. Wir werden als völlig inkompetent dastehen.«

Millicent stützte die Handflächen auf die Tischplatte und stand auf. Eine kleine Frau, deren ausgeprägter Sinn für Macht deutlich zu spüren war. »Vielleicht haben wir Mist gebaut, weil wir uns nicht schneller um Hammond gekümmert haben«, sagte sie, »aber das macht Direktor Horn auch nicht wieder lebendig. Wenn Sie glauben, dass wir jetzt eine schlechte Figur machen, dann stellen Sie sich einmal vor, was die Öffentlichkeit sagen würde, wenn durchsickert, dass Sie Hammond aus dem Weg räumen wollen. Vergessen Sie's, Gentlemen. Das läuft nicht. Jedenfalls nicht, solange ich im Amt bin.«

Auch Cabot Lowell erhob sich. »Millicent, keiner von uns hat jemals so etwas gesagt. Das war nicht Teil dieses Gesprächs, nicht wahr, Donald?«

Während auch Chen aufstand, blickte er Lowell verwirrt an und runzelte die Stirn. Dann begriff er, dass der NAS-Direktor sie alle drei durch sein Dementi in Schutz nahm. »Sie haben Recht. Wir halten uns strikt ans Gesetz. Und Mord verstößt nun mal gegen das Gesetz.«

Millicent blickte erst den einen an, dann den anderen.

»Gut. Dann sind wir uns einig. Wenn einer von Ihnen eine Idee hat, wie wir Hammond schneller fassen können, würde ich sie gern hören. Jetzt sofort.«

Cabot Lowell schüttelte den Kopf. »Tut mir Leid. Mir fällt nichts ein.«

Chen zuckte die Achseln. »Ich rufe Sie an, wenn ich eine Idee habe.«

Als die beiden Männer gingen und die Tür sich hinter ihnen schloss, ließ Millicent Taurino sich voller Sorgen in den Sessel sinken. Sie griff zum Telefon, um nach den neuesten Berichten über Hammond und die Gruppe von Verrückten zu fragen, die Ty Crockers mysteriösem Informanten zufolge die Absicht hatten, den Präsidenten zu ermorden. Die Öffentlichkeit wusste nichts von dem angeblichen Attentatsversuch, und die wenigen Mitglieder der Regierung, die Bescheid wussten, durften nicht darüber reden. All das aber warf die Frage auf, ob die beiden Ereignisse – die Ermordung Direktor Horns durch den Maulwurf und das Komplott der Patriotentruppe – in Zusammenhang standen.

Millicent Taurino hörte sich den Bericht ihrer Assistentin an, der voller blutiger Details über das Ende der Terroristengruppe war. »Und da ist noch etwas«, sagte die Assistentin. »Der Secret Service hat heute Morgen einen Tipp bekommen, dass einer von diesen Überläufern, ein gewisser Berianow, heute Morgen im Rosengarten Präsident Stevens ermorden will.«

»General Alexei Berianow? Verdammt! Wie will der Secret Service darauf reagieren?«

»Er will die Sicherheitsmaßnahmen verschärfen. Sie wissen schon – noch mehr Scharfschützen auf dem Dach und so weiter, genaue Kontrolle der Angestellten, der Gäste und ihrer Papiere, wenn sie das Grundstück betreten ...«

Millicent unterbrach sie. »Ich weiß. Gibt es noch etwas über Berianow und wer ihn begleitet?«

»Nein, Ma'am. Das ist alles, was ich habe.«

»Danke.« Millicent Taurino legte auf und lehnte sich im Sessel zurück. Sie blickte zum Porträt von Chief Justice John Marshall und dachte nach. Schließlich nahm sie erneut den Hörer ab und wählte Dean Jennings' Nummer. »Ich habe gehört, dass Ihre Jungs einen heißen Tipp haben, dass jemand während des Empfangs für Putin im Rosengarten ein Attentat auf das Leben des Präsidenten plant.«

»Sie wissen, dass ich dazu nichts sagen darf.«

»Okay, ich habe noch einen Tipp für Sie: Ich glaube, dass unser Maulwurf da irgendwie seine Finger im Spiel hat. Wir vermuten, dass er für Alexei Berianow gearbeitet hat, und einer von ihnen ist heute Ihr potenzieller Schütze. Wenn es wirklich so ist, sollten Sie besser nach beiden Ausschau halten – Jeffrey Hammond und Alexei Berianow. Sie haben Fotos von den beiden? Gut. Pflastern Sie alle Wände damit. Und setzen Sie mich auf die Personalliste für diesen Rummel, Dean. Ich werde da sein.«

48.

In Moskau waren die Morgenzeitungen voll von Berichten über den tragischen Tod Oleg Dudaschs und von den Gerüchten, dass er *Wahr oder Unwahr* am dem Abend verkauft hatte, an dem er umgekommen war. Den ganzen Morgen klingelte in Malkos Stadtvilla das Telefon, doch sein Butler wies alle Anfragen der Presse so lange ab, bis Malko gefrühstückt, geduscht, sich rasiert und sich in einen seiner tadellosen Business-Anzüge gekleidet hatte, diesmal einen dunkelblauen aus mit Seide gemischtem Wollstoff.

Malko sah bewundernswert seriös und wohlhabend aus, als er sich nun mit den misstrauischen Medien in seinem Büro hoch über dem Stadtzentrum traf, wo er den Journalisten den unterschriebenen Vertrag zeigte und seine Trauer über das Ableben des großen Verlegers zum Ausdruck brachte. Er hatte keine Ahnung, ob sie ihm glaubten. Es war sowieso ohne Bedeutung. Der Kaufvertrag sprach für sich.

Inzwischen war es in Moskau wieder Abend geworden. Während Malko die Twerskaja in der Nähe des Kreml entlangspazierte, kam er zu dem Schluss, dass sein Tag sehr zufriedenstellend verlaufen war. Er war wieder auf dem Weg nach oben. Malko verschränkte die Hände hinter dem Rücken und ließ sich im Strom der anderen Passanten treiben, die unter dem sternklaren Himmel über die Bürgersteige eilten. An den Gebäudefassaden leuchteten Neonreklamen und warben für *Volvo, New Balance,* Designermode und Juwelen.

Ja, dachte Malko. Für den, der es zu nutzen versteht, hat Russland eine blendende Zukunft vor sich.

Neben ihm fuhr plötzlich eine riesige schwarze *Schiguli-Limousine* an den Bordstein und hielt. Das hintere Seitenfenster öffnete sich. Malko tat überrascht, beugte sich herunter und sagte leise: »General Kripinski. Was für eine Überraschung.«

»Steigen Sie ein, Malko«, sagte der General mürrisch. Ohne ein weiteres Wort rutschte Igor Kripinski auf der Rückbank zur Seite, und Malko stieg mit kühlem Lächeln ein. Das Fenster schloss sich, der Fahrer trat auf das Gaspedal, und die Limousine verschwand im dichten Verkehr.

»Wir haben jetzt zweimal so viele Autos«, sagte der General, während er aus dem Seitenfenster blickte, »aber nur noch halb so viel Weizen. Erklären Sie mir den Sinn, Herr Oligarch.«

»Da gibt es nichts zu erklären. Es ist ein freier Markt. Die Leute wollten ihr Geld lieber für Autos ausgeben. So einfach ist das.«

Der General schüttelte den Kopf. »Es ist nicht einfach. Es ist dumm. Wir haben zugelassen, dass uns dieser ganze Scheiß von wegen freier Markt aus den Händen gleitet. Behalten Sie Ihre Milliarden, Malko. Das ist mir egal. Aber genug ist genug. Wir müssen dieses Land wieder ins Gleis bringen. Meine Soldaten arbeiten schwarz als Leibwächter für die neuen Reichen. Ich kann ihnen nicht einmal den lächerlichen Sold zahlen, den Putin uns unter Murren versprochen hat. Schauen Sie sich all die neuen Gebäude an, die hier hochgezogen werden. Sie sind abscheulich, protzig, billiger Pfusch. Unser Land verliert seine Tradition.« Er verzog das Gesicht und fragte dann hoffnungsvoll: »Wie ist die Lage in Washington? Wird Berianow das Ding schaukeln?«

»Ich habe gestern mit ihm gesprochen. Alles läuft wie geplant.«

General Kripinski nickte zufrieden. »Gut. Ich kann es kaum erwarten. Wir drei sind eine seltsame Troika, nicht wahr? Berianow, der Kommunist, der nichts bereut. Sie, der umtriebige Unternehmer. Und ich, das alte Schlachtross, das nichts anderes als Stabilität will. Aber so ist es in unserem Land immer gewesen, stimmt's? Wir haben begriffen, dass Stärke, dass *wahre* Macht von einem Schwert kommt, das von vielen geschärft wird. Und wir lieben unsere Troikas. Einer von uns dreien wird am Ende zum obersten politischen Führer aufsteigen, wie Lenin über Stalin und Trotzki, aber bis dahin werden wir zum Wohle Russlands zusammenarbeiten.«

Er warf einen vorsichtigen Blick auf den Oligarchen, wohl wissend, dass Stalin nach Lenins Tod die Macht übernommen und dafür gesorgt hatte, dass Trotzki in Mexiko getötet wurde. Er fragte sich, ob Malko wohl dasselbe dachte. Vielleicht erinnerte Malko sich an Chruschtschow, der Molotow und Malenko beim Kampf um die Führung des Landes aus dem Feld geschlagen hatte. Um seine Position zu stärken, hatte er Molotow in die Mongolei ins Exil geschickt und Malenko zum Leiter eines kleineren Kraftwerks in Ust-Kamenogorsk gemacht, wo man offiziell nie wieder etwas von ihm hörte.

Doch der ehemalige Mathematikprofessor sagte nichts, blickte nur auf die vor Menschen wimmelnde Straße hinaus.

General Kripinski zuckte die Schultern. »Sie rechnen damit, dass am Ende *Sie* die Macht übernehmen, nicht wahr, Malko? Der oberste Führer. Lassen Sie mich Ihnen versichern, dass Sie nicht wählbar sind, nicht vom Volk und auch nicht von einem altmodischen Politbüro. Sie haben zu viele Brücken hinter sich abgebrochen. Keiner liebt einen Mann, der nur das Geld liebt, besonders nicht hier und nicht heute. Das zumindest haben wir gelernt.«

Malko kicherte höhnisch. »Es sei denn, *Sie* sind derjenige mit den Bankkonten und Investitionen. Oder Sie hoffen, dass Sie es eines Tages sein werden. Es besteht immer die Möglichkeit, dass Sie nach Berianows Coup und dem Wechsel in der Führung ebenfalls reich werden. Wie denken Sie dann? Wer werden Sie dann sein? Was macht der Reichtum aus einem Menschen? Das ist die entscheidende Frage. Sie entscheidet manchmal sogar darüber, ob Imperien aufsteigen oder fallen.«

Die Männer diskutierten weiter über Politik und die Zukunft Russlands, als der Chauffeur schließlich um eine Straßenecke bog und dann langsamer fuhr. Der Mann, der über den Bürgersteig ging, war soeben stehen geblieben, um mit zwei Frauen zu sprechen. Während der Wagen neben ihm an den Straßenrand fuhr und hielt, beugte er sich vor und kritzelte etwas in das kleine Buch der einen Frau, dann in das der anderen.

»Müssen wohl Verehrerinnen sein«, erklärte Georgi Malko dem General.

»Das ist Roman Tyrret? Sieht nach nichts aus.« Kripinski musterte den Mann mit dem hermelingesäumten Hut. Sein Mantel war teuer, seine Schnürschuhe glänzten. Er war Ende dreißig und mittelgroß. Für den General sah er verweichlicht und verwöhnt aus.

Malko sagte: »Sie müssen sich mal seine Fernsehsendung ansehen.«

»Ich hasse diesen populistischen Mist. Sie reden den Leuten mit ihren Ängsten nach dem Mund, und dann bieten sie keine wirklichen Lösungen an. Stattdessen heißt es immer nur: Schick mir Geld, Geld, Geld!«

Malko nickte. »Sie lernen schnell, General.« Er ließ sein Seitenfenster herunter. »Herr Tyrret, könnte ich Sie kurz sprechen?«

Sie konnten hören, wie Tyrret sich entschuldigte. Er drehte sich um.

»Professor Malko?« Sein sommersprossiges Gesicht war jungenhaft und ernst zugleich. »Ich fühle mich geehrt. Darf ich einsteigen?«

»Natürlich. Deswegen habe ich Sie ja angerufen.«

Der Fernsehstar stieg in die Luxuslimousine. Sobald sich die Tür schloss, fädelte der Fahrer den Wagen wieder in den Verkehrsstrom ein.

Die Professor setzte an, den General vorzustellen: »Das ist ...«

Tyrret fiel ihm ins Wort: »General Igor Kripinski. Sie sind einer meiner Helden, Herr General. Es ist mir eine Ehre, Sie kennen zu lernen.«

Kripinski schüttelte Tyrret misstrauisch die Hand. Dann hörte er zu, als Malko ihn bat, von sich und seinen Plänen zu erzählen. Roman Tyrret hatte Charisma, daran bestand kein Zweifel. Und er war viel klüger, als er die Leute wissen lassen wollte, aber auch ärmer: Hinter seinem bescheidenen Anspruch, ein größeres Publikum zu haben, damit er den Menschen besser helfen konnte, sah der General den Hunger nach Applaus und persönlichem Einfluss.

General Kripinski nickte kaum merklich. Ja, vielleicht hatte Malko auch diesmal Recht. Für einen Mann wie Tyrret könnte es in einer neuen Sowjetunion Verwendung geben.

Von Harvey Grossmans Wohnung in der historischen Stadt Alexandria südlich von Washington hatte man einen Blick auf den Potomac. Mittelmäßige abstrakte Gemälde hingen an den Wänden und lehnten an jedem Möbelstück. Der Geruch von Ölfarbe lag in der Luft und erinnerte daran, dass hier ein Künstler – auf mehr als einem Gebiet – lebte und arbeitete.

Beth und Jeff befanden sich in Grossmans zweitem Schlafzimmer. Jeff durchsuchte den Kleiderschrank, während Beth auf dem Bett lag.

Ihre Seite schmerzte immer noch. »Wie hast du diesen Grossman kennen gelernt?«

Während Jeff nach geeigneten Kleidungsstücken für ihre Verkleidung suchte, erzählte er: »Harvey stand mal im Verdacht der Geldfälschung. Wir konnten nie genug Beweise finden, um ihn anzuklagen, was damals schade war ...«

»Aber jetzt nützlich ist«, unterbrach Beth.

»Harvey braucht das Geld, damit er seine Meisterwerke malen kann.«

»Ich hoffe, als Urkundenfälscher ist er besser.«

Sie war angespannt, obwohl genug Zeit blieb, um das Weiße Haus bis neun Uhr zu erreichen, um rechtzeitig mit den anderen geladenen Gästen durch die Sicherheitskontrollen geschleust zu werden. Beth war ein wenig übel, doch sie stand trotzdem auf, um Jeff zu helfen, die Sachen durchzusehen. Hinten im Schrank fand sie Damenkleidung, die leicht nach Parfüm duftete. Sie zog einen langen, maßgeschneiderten Mantel hervor, eine weiße Hose aus Mikrofaser und eine sonnengelbe Seidenbluse. »Das dürfte seinen Zweck erfüllen. Ich gehe mir jetzt das Haar färben, Jeff, ja?«

»Gut. Und eine Dusche wird dir gut tun. Aber pass auf die Verletzung auf.« Unter den Gegenständen, die Jeff aus dem schwarzen Kasten im Kombi des Attentäters mitgenommen hatte, befand sich auch eine Auswahl verschiedener Haarkolorationen.

Während Beth mit einer der Packungen im Bad verschwand,

nahm Jeff weitere Kleidungsstücke aus dem Schrank und probierte sie an. Dann ging er ins Studio, drängte Grossman, sich zu beeilen, und kehrte ins Schlafzimmer zurück. Als Beth mit braunem Haar und in ein Badetuch gewickelt wieder aus dem Badezimmer kam, starrte Jeff sie an. Das dunkle Haar veränderte ihr Aussehen mehr, als er erwartet hatte. Es ließ ihre Haut und die Augen blasser erscheinen; es war verblüffend, wie der helle Farbton mit dem dunkelbraunen Haar kontrastierte.

Sie nahm eine Sonnenbrille vom Nachttisch und setzte sie auf. »Wie findest du's?« Sie hatte ihr Haar trocken gerubbelt, dass es jetzt gewellt war, statt wie eine seidig glänzende, weizenblonde Kappe am Kopf anzuliegen. Mit der Sonnenbrille würde sie so leicht niemand erkennen.

»Gut. Hervorragend. Das Badetuch gefällt mir besonders. Gibt allem den speziellen Touch.«

Sie grinste und öffnete das Tuch. Ihr schlanker Körper war von der Dusche noch feucht und schimmerte. An ihrer Seite war mit Pflaster ein Verband festgeklebt. Jeff war gefesselt von ihren Kurven, den rosa Brustwarzen und dem blonden Dreieck. Er musste sich zusammenreißen, ihr nicht das Tuch wegzunehmen und sie zum Bett zu tragen. Er blickte auf die Uhr und schüttelte bedauernd den Kopf. »Ausgerechnet jetzt fällt ihr ein, mich zu verführen. Vor vier Stunden hätte ich es noch einrichten können ...«

Ohne Rücksicht auf ihre Wunde kam Beth zu ihm, schlang das Tuch um sie beide und drängte sich an ihn.

»Du hast ein mieses Timing«, sagte Jeff lächelnd und küsste sie lange und intensiv.

Schließlich wand sie sich aus seinen Armen und errötete. »Wir haben keine Zeit. Das hast du selbst gesagt.«

Er seufzte. »Stimmt. Jetzt muss *ich* mich um meine neue Haarfarbe kümmern.«

Beth beobachtete, wie er im Badezimmer verschwand;

dann zog sie die neuen Kleider an und eilte aus dem Zimmer, damit Grossman ein Foto von ihr machen konnte. In der Küche nahm sie ihre Medikamente. Bis sie ins Schlafzimmer zurückkehrte, hatte Jeff geduscht und sich angezogen.

Sie starrte ihn an. »Du siehst anders aus.«

»Das war Sinn der Sache.« Er war trug einen dunklen Anzug mit Nadelstreifen. Die Ärmel und Hosenbeine waren ein wenig zu kurz, doch Grossmans Bauchumfang glich Jeffs Größe aus, sodass der Anzug einigermaßen passte. Viel bemerkenswerter war die Veränderung in seinem Gesicht. Mit dem schwarz gefärbten Haar und seiner von Natur aus goldbraunen Gesichtsfarbe besaß er nun ein mediterranes Aussehen. Er hatte die Veränderung mit Einlagen in den Wangen verstärkt, die sein Gesicht voller erscheinen ließen. Eine Brille mit ovalen Gläsern und Drahtfassung machten die Verwandlung komplett.

»Nicht zu fassen«, sagte Beth erstaunt. »Ich glaube, nicht einmal *ich* würde dich erkennen.« Sie legte die Hände an seine Wangen. Er hatte sich rasiert, und seine Haut war weich. »Wer hätte gedacht, dass ich mal mit einem Spion im Untergrund zusammen sein würde?«

Jeff lachte. »Und ich mit einer Anwältin – schon wieder.«

»Was sonst hast du in Washington erwartet? Es ist eine Stadt der Anwälte. Aber wie weit sind wir gekommen, Jeff. Im Bett sterben wir bestimmt nicht.«

Jeff hielt sie an den Schultern. »Sag nicht so was. Denk es nicht mal. Wir schaffen das schon.« Sein Blick war voller Entschlossenheit.

»Du hast Recht.« Sie schüttelte ihre Unsicherheit ab. In ihrem Albtraum letzte Nacht war es ihr Herzspender gewesen, den Berianow ermordet hatte, nicht sie. Und erst vor wenigen Stunden hatte sie Iwan Woks Kugel überlebt. Es würde schon gut gehen. Es musste gut gehen.

In seinem großen, sonnigen Studio lehnte Harvey Grossman sich zurück. Die beiden fertigen Ausweise lagen auf dem Zeichentisch. Auf einem mit Farbflecken und Klecksen übersäten Arbeitstisch standen Pinsel und Farbtöpfe. Ein halb fertiges Gemälde – zusammenhanglose Pinselstriche in Rot und Gelb – stand auf einer Staffelei. Bunte Fische schwammen in einem großen Aquarium auf der anderen Seite des Raumes. Grossman, ein großer, massiger Mann mit dicken Wangen und rosa Teint, stand auf.

Er winkte Beth und Jeff mit zwei Führerscheinen aus Virginia zu. »Fertig, Leute. Macht tausend Dollar bar auf die Hand – die billigsten Kunstwerke im ganzen Haus.«

»Aber zweifellos zwei von den besten«, sagte Beth.

»Schauen wir mal.« Jeff musterte aufmerksam die Führerscheine. Harvey hatte sie aus gestohlenen Papieren gefertigt. Jeff nickte. »Gute Arbeit«, stellte er fest. »Wie wäre es jetzt mit ein paar von Ihren versteckten Waffen?«

»W-was?« Grossman schien zu schrumpfen.

»Versuchen Sie nicht, mich zu verarschen, Harvey. Wir wissen beide, dass Sie auch mit Waffen handeln. Das Problem war nur, dass wir sie beim letzten Mal nicht gefunden haben. Im Augenblick habe ich keine Dienstmarke, die mich davon abhalten könnte, etwas Illegales zu tun. Sie wollen doch nicht, dass ich etwas Illegales tue, Harvey?« Er zog seine Beretta und richtete sie wie zufällig auf Grossman. »Ich brauche diese Waffen wirklich, Harvey. Etwas, das bei einer Röntgenkontrolle nicht entdeckt wird.«

Grossman schluckte. Er hatte einen vorstehenden Adamsapfel, der auf und ab hüpfte. »Na gut. Aber das kostet extra.«

»Das glaube ich nicht. Wenn man die Umstände in Betracht zieht, sind tausend Dollar reichlich viel.« Sie hatten nicht genug Geld, um mehr zu zahlen, aber das brauchte Grossman nicht zu wissen.

Grossman blickte nervös auf die Waffe. »Ist wohl so.«

Er ging durchs Studio zu dem großen Aquarium und drückte auf ein Brett an der Rückseite des hölzernen Schranks, auf dem es stand. Ein leises Surren war zu hören, und eine etwa acht Zentimeter tiefe Schublade öffnete sich direkt unter dem Becken. Grossman zog sie ganz heraus.

Die Schublade enthielt drei Pistolen mit Lauf und Schlagbolzen aus Keramik und Metallfedern. Alle anderen Teile bestanden aus hartem, durchsichtigem Kunststoff. Man konnte die Waffen auseinander nehmen und als Kamera- oder Geräteteile durch den Röntgenscanner schicken. Dann gab es noch einen dicken Gehstock, der einen Durchmesser von gut drei Zentimetern hatte.

»Was ist in dem Gehstock?«, fragte Jeff.

Für einen Augenblick lag Stolz in Grossmans Blick. »Eine Überraschung.« Er drückte auf einer der dekorativen Messingnieten. Im selben Moment hob sich der Griff, der ebenfalls aus Messing war, um ein paar Millimeter nach oben. Grossman schraubte den Griff ab und klopfte kurz an den hohlen Stock. Teile einer Pistole, nicht größer als eine Handfläche, glitten heraus, dazu ein Satz Miniaturwerkzeuge und vier in Papier gewickelte Patronen vom Kaliber 22.

Jeff nickte anerkennend. »Der Stock ist mit Blei ausgekleidet?«

»Ja. Der geht durch jeden Scanner.« Er konnte nicht widerstehen, hinzuzufügen: »Einer meiner besten Entwürfe.«

Beth sagte: »Sie sind ja *wirklich* ein Künstler, Harvey.«

Jeff schaute sich die Teile an. Er würde keine Probleme haben, die kleine, einschüssige Pistole zusammenzusetzen. »Sind die Waffen zuverlässig?«

»Wie ich schon sagte, in ihrer Größe sind es die besten.« Grossman klang stolz.

»Die Metallfedern in diesen Plastikpistolen kriegen wir nie durch den Metalldetektor im Weißen Haus«, sagte Jeff. »Es sei denn, sie werden in einem Gegenstand versteckt, der Metall enthält. Haben Sie irgendwas, das geeignet wäre?«

»Nein. Darum kümmern sich die Kunden immer selbst. Ich kaufe und verkaufe diese Waffen nur.«

»Dann muss der Stock reichen«, sagte Jeff und schob die Pistolenteile in den Gehstock zurück. »Es ist nicht viel Feuerkraft, aber mit etwas Glück brauchen wir auch nicht mehr. Gib dem Mann bitte sein Geld, Beth.«

Beth holte die tausend Dollar, die sie Donnerstagabend nach dem Mord an Stephanie Smith aus der Schublade ihres Schreibtisches genommen hatte, aus ihrer Schultertasche.

Als sie Harvey das Geld gab, schaute sie auf ihre Hand. Die Hand war ruhig – und in diesem Augenblick merkte Beth, wie viel stärker sie geworden war. Sie war derselbe Mensch, aber sie hatte sich verändert. Die Ruhelosigkeit und Wut hatten sich in eine seltsame Zuversicht und Selbstsicherheit verwandelt.

Jeff gab ihr einen der Ausweise. »Das ist deiner. Du bist Mercer Bell, ich bin Thomas Koster. Wir haben die Sozialversicherungsnummern von Olsen, und jetzt haben wir auch die Ausweise mit Fotos. Wir sind bereit.«

Grossman zählte sein Geld. »Macht euch vom Acker, Leute. Mein Gemälde ruft.«

Jeff sagte: »Noch nicht, Harvey.«

Grossman schaute wieder auf die Beretta in Jeffs Hand. Er zog die Augenbrauen hoch, und sein Unterkiefer bebte. »Kommen Sie, Jeff. Sie werden mich doch für tausend Mäuse nicht umbringen, oder?« Die Angst stand ihm ins Gesicht geschrieben.

»Nicht, solange Sie tun, was ich sage. Gehen Sie ins Wohnzimmer.«

»Ich glaube nicht, dass das eine gute Idee ist ...« Grossman erstarrte, als er sah, dass auch Beth eine Pistole zog.

»Machen Sie schon, Harvey«, sagte sie. »Ein bisschen schneller.«

Ohne ein weiteres Wort verschwand Grossman im Wohnzimmer, gefolgt von Beth und Jeff. Während Jeff ihn an einen Drehstuhl fesselte, stopfte Beth ihm einen Knebel in den Mund.

»Wenn alles gut geht, sind wir in ein paar Stunden wieder da und machen Sie los«, sagte Jeff. »Denken Sie immer daran, Harvey. Und sprechen Sie ein kleines Gebet, dass wir es überleben – und der Präsident.«

Der graue Morgenhimmel war stahlblau geworden. Ein paar rauchige Wolken hingen noch tief über dem Beltway, als Jeff am Reagan Airport vorbei in Richtung Stadtzentrum Washington fuhr. Er und Beth sprachen über alles, was passiert war, seit Beth bei Meteor Express den sterbenden Jurimengri gefunden hatte.

»Ist dir schon einmal aufgefallen, wie viele Menschen glauben, dass wir den Kalten Krieg gewonnen haben?«, fragte Beth. »Die irren sich gewaltig. Wir haben den Sieg *gekauft*, aber wir haben ehrlich dafür bezahlt. Natürlich haben die Sowjets uns geholfen, indem sie weniger als wir produziert und ihren eigenen Staatsschatz geplündert haben. Ein merkwürdiges geheimes Einverständnis.«

»Interessant, dass wir Amerikaner glauben, die einzige noch existierende Supermacht zu sein, wo man sich nur internationale Mammutkonzerne wie Microsoft anzuschauen braucht, deren Bilanzen größer sind als viele Staatshaushalte und die mehr Profit einstreichen als irgendwer sonst. Die wahren Supermächte sind heute die globalen Marktführer, und Einzelstaaten werden aus Gefälligkeit und alter Gewohnheit toleriert. Man behält sie, so, wie man seine Lieblingstante gern um sich hat.«

Beth nickte. »Nach meiner Erfahrung hat sich trotz des Geredes über die technische Revolution und die neue informationbasierte Wirtschaft im Grunde nichts geändert. Genau wie Machiavelli und die Medicis sich in der Gesellschaft eines Carnegie, Ford und Rockefeller zu Hause gefühlt hätten, würden sie sich heute sehr schnell mit Bill Gates und seinen milliardenschweren Kumpeln auf derselben Wellenlänge treffen. In diesen schwindelnden Höhen geht es stets nur um Macht und Profit – immer schon.«

Während sie weiterfuhren, machte Beth sich Sorgen, was im Rosengarten passieren könnte ... Was es bedeuten würde, sollte es Berianow gelingen, den Präsidenten zu töten.

Schließlich fragte sie Jeff: »Hast du eine Ahnung, wie Berianow aussehen wird?«

»Das habe ich mich auch schon die ganze Zeit gefragt. Ich habe gesehen, wie FBI und CIA Masken produziert haben, die so lebensecht aussah, dass man glauben könnte, sie würden schwitzen, erröten und Akne kriegen. Grundlage dafür waren Forschungen an den Laboratorien der Universitäten und das Raumfahrtprogramm. Wenn man in Betracht zieht, wie gut Berianow bisher ausgerüstet war, müssen wir befürchten, dass er all diese Möglichkeiten hat.« Er hielt inne und fügte dann mit Abscheu hinzu: »Ich habe geglaubt, dass ich ihn gut kenne. Immerhin habe ich Wochen damit verbracht, ihn zu vernehmen, nachdem er übergelaufen war, und bin dann über Jahre hinweg in Kontakt mit ihm geblieben. Aber ich hatte nicht die leiseste Ahnung, dass er der alte Mann oder Caleb Bates war. Er hat nicht nur sein Gesicht verändert, auch seine Stimme ... seine ganzes Wesen. Ich habe *geglaubt,* dass er der Verwalter dieser Milchfarm war.«

»Ich auch.« Beth seufzte sorgenvoll. »Der Präsident dürfte in ernsten Schwierigkeiten stecken.«

49.

Es war 9.25 Uhr, und im Rosengarten wimmelte es vor Geschäftigkeit, als die Fernseh- und Radioleute Mikrofone, Stromversorgung und Kabel überprüften. Die Mitarbeiter der Pressestelle des Weißen Hauses gingen von einer Crew zur anderen, beantworteten Fragen und vereinbarten Interviews nach der Pressekonferenz, während amerikanische und russische Sicherheitstrupps sich über Walkie-Talkie mit leisen, drängenden Stimmen abstimmten.

Der Secret Service hatte das Personal angewiesen, doppelt wachsam zu sein, da es eine Warnung gegeben hatte, dass das Leben von Präsident Stevens bedroht sei. Diesmal hatte diese Warnung ernster geklungen als gewöhnlich. Wie erwartet, hatten die beiden Präsidenten es abgelehnt, die Veranstaltung abzusagen oder ihre Pläne zu ändern, und so waren die Sicherheitsmaßnahmen umfassender und besonders scharf.

Oben auf den Sandsteinstufen des Westflügels mit seinen weißen Pfeilern und den weißen Verandatüren zum Kabinettsaal standen zwei Rednerpulte und warteten auf den Beginn des Medienereignisses, das weltweit übertragen wurde.

Auf dem dichten grünen Rasen des Rosengartens gegenüber den Pulten hatte man in drei Gruppen mehrere Reihen weißer Stühle säuberlich ausgerichtet aufgestellt. In der mittleren Gruppe würden mehr als hundert Journalisten aus aller Welt sitzen. Durch Gänge getrennt, befanden sich die Sitzreihen für die geladenen Gäste. Viele Stühle waren bereits besetzt. In einiger Entfernung, weiter hinten im Garten, befand sich eine erhöhte Plattform mit Blick auf die geschäftige Szenerie, auf der Kameraleute und Standfotografen mit langen Teleobjektiven eifrig ihre Ausrüstung aufbauten.

Auf den Dächern hielten Scharfschützen des Secret Service Wache. Zur selben Zeit gingen im eleganten Bankettsaal des

Weißen Hauses mit seinen vergoldeten Kronleuchtern und Kerzenhaltern schweigend Ober und Bedienstete in weißen Uniformen ein und aus. Sie deckten zwei Dutzend runde Tische mit dem klassischen Vermeil-Besteck des Weißen Hauses und dem rot und golden geränderten Reagan-Porzellan. Unmittelbar im Anschluss an die Pressekonferenz würden Bedienstete die geladenen Gäste in diesen Bankettsaal führen, wo sie am Essen mit dem russischen und dem amerikanischen Staatschef teilnahmen.

All diese Aktivitäten – mit Ausnahme der verschärften Sicherheitsmaßnahmen – waren normales Tagesgeschäft im Weißen Haus. Diesmal aber kam wegen der großen Bedeutung des Anlasses eine kaum wahrnehmbare Unterströmung der Erregung hinzu. Der Besuch des russischen Präsidenten in den USA war ein Weltereignis, das nun aber von einer potenziellen Gefahr überschattet wurde.

Im Oval Office, dem Mittelpunkt des heutigen Geschehens, saßen die beiden Präsidenten ungezwungen in den mit goldfarbenem Damast bespannten Sesseln zu beiden Seiten des Kamins; hinter und neben ihnen hatten die Dolmetscher Platz genommen. Sie unterhielten sich über Allerweltsthemen. Keiner von beiden erwähnte die unerquicklichen Probleme der letzten Zeit in Kolumbien oder Tschetschenien, Russlands andauernde Schwierigkeiten mit dem Internationalen Währungsfonds oder Amerikas peinliche Spendenskandale im Präsidentschaftswahlkampf. Dies war kein Arbeitstreffen. Es war ein gesellschaftliches Ereignis, und beide Präsidenten schienen erleichtert zu sein, dass sie sich nur um ihr Erscheinungsbild in den Medien zu kümmern brauchten.

Draußen auf der East Executive Avenue bewegte sich die Schlange der geladenen Gäste unter den knospenden Bäumen langsam voran. Auf ihrer linken Seite befanden sich der schmiedeeiserne Zaun und die Sträucher, die das Grundstück des Weißen Hauses einfassten, während auf der rechten Seite das neugotische Treasury Building aufragte. Die Herren trugen dunkle Anzüge, die Damen Frühlingskleider; alle hielten ihre Umschläge mit den Einladungen in der Hand, während sie miteinander plauderten. Die Atmosphäre war ungezwungen, und Beth und Jeff gaben sich alle Mühe, sich einzufügen.

Doch im Unterschied zu den anderen Gästen sahen sie sich mit scharfen Blicken um. Stand Berianow hier mit ihnen in der Schlange? Der Gedanke verursachte Beth eine Gänsehaut. Würden sie es schaffen, Berianow früh genug zu erkennen? Vielleicht fand er in diesem Moment heraus, wer sie waren, und behielt sie im Auge ...

Sie waren vorsichtig gewesen und hatten sechs Querstraßen entfernt geparkt. Jeff hatte den Wagen als Erster verlassen und stand nun ein gutes Stück vor Beth in der Schlange. Sie hatten jeden Blickkontakt vermieden. Jeff war ein eleganter Fremder im Nadelstreifenanzug mit Gehstock. Er zog leicht das Bein nach.

Als die Frau vor ihm sich umdrehte und seinen Stock bewunderte, lächelte er und sagte: »Alte Verletzung aus dem Golfkrieg. Desert Storm.« Bald plauderte er angeregt mit der Frau, die Grace hieß, und ihrem Mann Duane, und unterhielt sich mit ihnen über die Kriege Amerikas vom Zweiten Weltkrieg bis hin zu den Friedensmissionen im ehemaligen Jugoslawien.

Die Wolken hatten sich weitgehend verzogen, und die Sonne spendete angenehme Wärme. Während die Schlange sich nach und nach an den Pfosten aus Betonblöcken vorbei auf das schmiedeeiserne Tor zubewegte, breitete sich freudige, gespannte Erwartung in der Menge aus.

Ein schöner Tag. Eine wunderbare Umgebung. Gute Stimmung und nettes Beisammensein. Und doch konnte irgendwo der Tod lauern: Berianow.

Für eine Gruppe von Killern war es schwierig, sich unter eine Menschenmenge zu mischen und mit ihr zu verschmelzen, doch ein einzelner Attentäter könnte die sprichwörtliche Stecknadel im Heuhaufen sein. In Situationen wie dieser gab es kaum etwas Gefährlicheres als eine Einzelperson mit einer fanatischen Mission und der Ausbildung, der Intelligenz und den finanziellen Möglichkeiten eines Berianow.

Auf beiden Seiten des Eingangstores standen Wachmänner des Weißen Hauses in schwarzen Jacken, Mützen und Hosen mit goldenen Seitennähten Wache. Sie ließen sich von den Gästen die Einladungen zeigen. Beth lächelte beiläufig und zeigte ihre Einladung vor. Sie schaute gerade rechtzeitig hoch, um Jeff weiter vorn in einem weißen Gebäude verschwinden zu sehen.

Während Jeff hineinging, verschaffte er sich rasch einen Überblick. Er war hier als FBI-Mann – und später als Journalist – viele Male durchgekommen. Jetzt war es wichtig, dass er sich wie ein interessierter Außenseiter verhielt. Unbemerkt musterte er die Gesichter der Gäste und suchte unablässig nach Berianow.

Die Inneneinrichung ähnelte den üblichen Anlagen zur Sicherheitsüberprüfung, wie man sie von Flughäfen kennt, nur war hier alles sehr viel ansehnlicher – große Glasfenster und dekorative Farne. Es gab die üblichen Metalldetektoren und Fließbänder mit Röntgengeräten, um Gepäck, Taschen und andere Gegenstände zu durchleuchten, die die Gäste mit sich führen mochten. Einer der Wächter teilte die Schlange, um das Vorankommen der Gäste zu beschleunigen. Dennoch waren die Sicherheitsleute gründlich; ihnen entging kaum etwas.

Jeff behielt seine freundliche Miene bei, obwohl sein Inneres zum Zerreißen gespannt war.

»Natürlich, das ist Aufgabe der UNO, Grace«, sagte er zu der Frau, die sich vor einiger Zeit nach seinem Gehstock erkundigt hatte.

Grace und ihr Mann hatten sich als perfekte Ablenkung erwiesen. Offensichtlich gut gelaunt, legte Jeff den Stock mit seinem bedrohlichen Inhalt auf das Fließband und ging durch den Metalldetektor. Er schaute nicht zu dem Stock zurück, obwohl seine Nerven blank lagen. Als weder Warnlichter noch Alarmsirenen ausgelöst wurden, unterdrückte er ein erleichtertes Seufzen und versuchte, nicht an die beiden kleinen Waffen im Gehstock zu denken.

»Ihre Sozialversicherungsnummer und einen Ausweis mit Foto, Sir.« Auf der anderen Seite warteten wieder Wachleute und sprachen mit jedem Gast.

»Sicher.« Jeff sagte die Nummer, die er auswendig gelernt hatte, und kramte seinen gefälschten Führerschein aus Virginia hervor.

»Ist das Ihr Stock, Sir?« Der Wachmann ergriff den Führerschein und nahm den Gehstock vom Ende des Fließbandes. »Schwer.«

Jeff lächelte. »Ich bin ein großer Mann«, sagte er. »Eine Menge Gewicht für einen Stock. Selbst wenn er aus Metall ist.«

»Sie haben ihn speziell anfertigen lassen, nicht wahr?« Der Wächter nickte einem zweiten zu, der sofort herbeikam.

Jeff setzte einen verwirrten Gesichtsausdruck auf. »Ich weiß nicht, ob er ein Einzelstück ist, wenn Sie das meinen. Ein Freund hat ihn mir geschenkt.«

Die Wachmänner untersuchten den Stock. Der zweite nahm ihn in die Hand, drehte ihn um, schaute Jeff fragend an, ließ dann die Hand den Stock hinauf und hinab gleiten und tastete mit den Fingern.

Hinter ihm beobachtete Beth dies mit angehaltenem Atem. Die Wachen hielten Jeff zurück, während sie alle anderen Gäste weitergehen ließen. Beth konnte nichts verstehen, als sie ängstlich versuchte, das Gespräch zu verfolgen, während sie ihre eigene Tasche aufs Fließband stellte.

Jeff fuhr fort: »Der Stock war ein Geschenk zu meiner Heimkehr aus dem Golfkrieg.«

»Wurden Sie verwundet, Sir?«

Unter Jeffs Anzug sammelte sich der Schweiß. »Habe einen Schrapnellsplitter ins Bein gekriegt.« Er lächelte. »Kleine Ursache, große Wirkung.«

Die beiden Wachmänner schauten sich an. Mit dem Stock war offensichtlich alles in Ordnung, aber irgendetwas störte sie noch immer. Jeff erkannte keinen der beiden Männer, aber vielleicht hatten *sie* das Gefühl, ihn schon einmal gesehen zu haben.

Plötzlich rief eine Frauenstimme: »Tom, wie schön, dich hier zu sehen!« Beth winkte, als sie durch den Metalldetektor kam, ihre Strohtasche in der Hand.

Zuerst war Jeff wütend, dass sie sich dem Risiko ausgesetzt hatte, sich mit ihm in Verbindung zu bringen. Dann aber sah er, dass die Wachmänner plötzlich nur noch Augen für Beth hatten – das dunkle, zerzauste Haar, die schönen roten Lippen, die schlanke Figur, die dunkle Stimme.

»Mercer Bell! Mensch, wie lange ist das her?« Er schüttelte Beths Hand. Dann wandte er sich an die Wachmänner. »Ist etwas nicht in Ordnung? Oder kann ich jetzt weiter?«

»Gewiss, Sir. Ich wünsche Ihnen einen schönen Tag ... und Ihnen auch, Ma'am«, sagte der erste Wachmann, lächelte Beth an und gab Jeff den Gehstock und den Führerschein zurück.

Beth und Jeff gingen über einen von Tulpen und Sträuchern gesäumten Gehweg und ein paar Stufen hinauf zum Eingang ins Erdgeschoss des Weißen Hauses.

»Mein lieber Mann«, sagte Jeff leise und atmete durch. »Das war knapp.«

»Ich hatte keine Ahnung, dass die Sicherheitsleute solche Schwierigkeiten machen«, flüsterte Beth.

»Sie machen gute Arbeit. Ich erinnere mich noch, als Leslie Stahl ihre Autobiografie geschrieben hat. Ihr Verleger wollte ihren Presseausweis vom Weißen Haus auf dem Einband reproduzieren. Der Secret Service ist beinahe ausgerastet. Sie sagten, es würde die Sicherheit des Weißen Hauses gefährden. So pingelig können die manchmal sein.«

Sie schoben sich mit der Menge über den bräunlich-orangen Teppichboden im Flur des Erdgeschosses. Sie sprachen nun mit normaler Lautstärke und unterhielten sich, als wären sie alte Freunde, die sich seit Jahren nicht gesehen hatten. Sie kamen an der Bibliothek und den Empfangsräumen für Diplomaten vorbei und warfen einen Blick hinein, genau wie mehrere andere Gäste. Schließlich erreichten sie den gläsernen Korridor, der in den Westflügel führte, wo der Präsident und seine engsten Mitarbeiter arbeiteten. Von dort wiesen Wächter die Gäste nach draußen in den Rosengarten.

Der Anblick war fantastisch. Der Rasen, perfekt wie auf einer Postkarte und gesäumt von blühenden Tulpen und Buchsbäumen, füllte sich rasch mit gut gekleideten Gästen. Bedienstete und Journalisten eilten umher. In der Ferne war die »Ellipse« zu sehen.

Angestellte des Weißen Hauses verteilten Kopfhörer, sodass jeder Simultanübersetzungen der beiden Präsidenten und der Fragesteller hören konnte. »Kanal eins ist Russisch«, erklärte einer der Helfer, »Kanal zwei Englisch.«

Jeff flüsterte Beth zu: »Ich verschwinde auf die Toilette und setz die Pistolen zusammen.«

Beth nickte, während sie weiter die Gesichter der Gäste studierte. Doch wie sollte sie Berianow erkennen? Sie schlenderte zu einem Buffet, wo Ober Punsch und Gebäck auf Servietten anboten, die mit einer Radierung des Weißen Hauses bedruckt waren. Beth lächelte und nickte jedem freundlich zu.

Plötzlich wurde ihr bewusst, dass sie mit anderen Augen sah – und das schon seit einigen Tagen. In der Vergangenheit wäre ihr Blick eine Zeit lang auf einem interessanten Gesicht, einem schönen Kleid, irgendeiner Äußerlichkeit haften geblieben und dann weitergewandert, hätte es gleich wieder vergessen und als unwichtig abgetan, ohne die Menschen oder Gegenstände selbst wirklich zu registrieren.

Jetzt aber, in diesem Augenblick, als ihr Blick über die Menge schweifte, erkannte sie die meisten von den Leuten wieder, die draußen auf dem Bürgersteig mit ihr in der Warteschlange gestanden hatten – vielleicht zehn Personen vor und zehn hinter ihr. Sie *erinnerte* sich an sie. Ganze zwanzig Leute, und sie erinnerte sich sogar an Bruchstücke ihrer Unterhaltungen und an Vor- und Nachnamen, die sie mitbekommen hatte.

Während sie weiter die Menge absuchte, merkte sie, dass sie mit Leichtigkeit Körperhaltungen, Gesten, bestimmte Bewegungen, Teints, Gesichter, Frisuren, Farben analysierte und behielt ... am seltsamsten aber war, dass sie den Halswinkel jeder Person behielt: die relativen Positionen von Schulter und Kopf, die für Beth ein ebenso unverwechselbares Merkmal waren wie ein Fingerabdruck oder die DNA. Die Position und Form von Schulter und Hals war bei jedem Menschen anders, und wenn man sie auch vertuschen konnte – auslöschen könnte man sie nicht.

Ist das deine Idee, Michail Ogust? Teil deiner Ausbildung?

Während sie an Alexei Berianow dachte und daran, wie er beim Jefferson-Denkmal ausgesehen hatte, schlenderte sie weiter, rief sich seine schlanke, muskulöse Gestalt ins Gedächtnis, während sie sich weiter umschaute. Sie erkannte einige der Gäste: Den Außenminister, den Justizminister und den Verteidigungsminister. Den Bürgermeister von Washington und eine Reihe von Berühmtheiten aus Film und Fernsehen, Sport und Wirtschaft. Dann entdeckte sie Zach Housley aus ihrer alten Kanzlei. Ihr wurde die Kehle eng. Trotz ihres veränderten Aussehens bestand die Möglichkeit, dass Zach sie wieder erkannte. Sie wandte sich ab ...

... und bemerkte einen Mann mit rotem Haar, das bereits ein wenig ergraut war. Er stand oben auf den Stufen vor dem

Westflügel. Beths Aufmerksamkeit war sofort gefesselt. Der Mann trug eine dunkle Sonnenbrille und war mittelgroß. Und vor allem trug er eine FBI-Nadel am Revers. Hinter einem blühenden Holzapfelbaum hervor beobachtete Beth den Mann, dessen wachsame Blicke über die Menge kreisten wie bei einem Falken auf der Jagd. Beth musterte ihn und seine Körperhaltung.

Er kam ihr bekannt vor. Alle ihre Sinne schrien, dass sie ihn irgendwoher kannte. Hektisch kramte sie in ihrem Gedächtnis, versuchte Bilder aus ihrem früheren Leben zusammenzusetzen ... und dann wusste sie plötzlich, dass es falsch war. Er stammte nicht aus der Vergangenheit. Er sah so aus, wie Jeff Bobby Kelsey beschrieben hatte. Rotes, ergrauendes Haar, mittlere Größe, FBI-Sonnenbrille, irische Himmelfahrtsnase, nassforsches Auftreten. In Beths Innern schrillten sämtliche Alarmglocken. Dieser Mann war der Maulwurf. Der Verräter. Wenn Kelsey hier war, dann mit Sicherheit auch Berianow. Aber wo?

50.

In einer der Kabinen in der Herrentoilette setzte Jeff die handgearbeiteten Pistolen zusammen. Sie waren mit hoher Präzision gefertigt; die kleinen Teile glitten präzise ineinander und ließen sich geräuschlos mit den Miniaturwerkzeugen aus dem Gehstock festziehen. Während Jeff die Waffen montierte, rief er sich den Rosengarten bildlich ins Gedächtnis, isolierte einzelne Abschnitte, analysierte die Topografie und die Aktivitäten und überlegte, wo Berianow am wahrscheinlichsten in Position gehen würde, um Präsident Stevens zu töten.

Jemand hämmerte gegen die Tür.

Jeff zuckte zusammen. Er war nervös. »Ich bin gleich fertig.«

»Was tun Sie da drin? Schlagen Sie ein Zelt auf?«

»Ich bin gleich fertig!«, wiederholte Jeff. Die Pistolen waren bereit. Er steckte sie in die Jackentaschen seines Anzugs, auf jede Seite eine, und schraubte rasch den Gehstock zusammen. Das einzig Gute an den Sicherheitsmaßnahmen im Weißen Haus war, dass man von keinem der Wachleute mehr belästigt wurde, wenn man erst an der Eingangskontrolle vorbei war ... es sei denn, man versuchte irgendwo hinzugehen, wo man nicht hingehörte, oder man verhielt sich eigenartig.

Jeff öffnete die Tür der Kabine. Ein Mann mit rotem Gesicht und entschlossenem Blick hob gerade die Faust, um wieder gegen die Tür zu hämmern.

Jeff setzte ein unschuldiges Lächeln auf, wobei er den Mann genauestens musterte. »Schöner Tag heute, nicht?«

Für einen Augenblick starrte der Fremde Jeff an, als wäre er über dessen gute Laune erstaunt. Dann starrte er auf den Gehstock. Schließlich schnaubte er und drängte sich an Jeff vorbei in die Kabine, schlug die Tür zu und brummte: »Ausländer!«

Jeff atmete auf und ging wieder zum Rosengarten.

Beth schlenderte um die weißen Klappstühle herum. Sie hatte sich ein Glas Punsch von einem der weiß gedeckten Tische genommen und suchte sich ihren Weg zwischen der hinteren Stuhlreihe und der hohen Plattform, auf der die Fernsehteams arbeiteten. Sie kam jetzt auf der anderen Seite wieder zurück, gegenüber von den Pulten, an denen die Präsidenten sprechen würden. Weiter vorn war Zach Housley und sprach mit zwei elegant gekleideten Männern. Zach selbst trug wie üblich seinen schlecht sitzenden Anzug von der Stange.

Er schien Beth anzustarren. Sie hoffte inständig, dass sie ihr Gesicht ausreichend verändert hatte, dass sie bei Zach keine Erinnerungen an Beth Convey auslöste. Dann musste sie beinahe lachen. Sie hatte nicht bedacht, wie sehr Zach von sich selbst eingenommen war. Er schaute weder sie noch sonst jemanden an. Sein Blick verlor sich in der Ferne, und er hatte den allwissenden Gesichtsausdruck aufgesetzt, der zeigte, dass er wieder einmal dozierte und jeden um sich herum vergessen hatte, außer sich selbst. Als Beth an ihm vorbeiging, konnte sie hören, wie er seine beiden Zuhörer über die neuesten Streitigkeiten im Amerikanischen Anwaltsverein informierte.

Bei jedem Schritt musterte Beth die Menschen, ihre Eigenschaften und Eigenheiten, insbesondere die Art, wie sie ihren Oberkörper hielten. Inzwischen fiel es ihr leicht, als wäre sie dafür ausgebildet worden; es ähnelte dem Gefühl, als sie entdeckt hatte, welch rasante Fahrerin sie sein konnte. Dennoch wurde sie allmählich von einem Gefühl der Panik befallen. *Welcher von den Gästen ist Berianow?*

Als sie wieder den vorderen Teil des Rosengartens erreichte, erschien Jeff. Er nickte ihr kurz zu, zum Zeichen, dass die Pistolen bereit waren.

Bedienstete bewegten sich durch die Menschenmenge und forderten die Gäste und die Presse auf, Platz zu nehmen.

»Könnte ich bitte auch einen haben?«, fragte Beth einen der geplagten Bediensteten, der die Kopfhörer verteilte.

»Gern. Kanal eins ist Russisch, Kanal zwei Englisch.«

»Vielen Dank.« Beth nahm den Kopfhörer und probierte ihn aus, während sie an den Stufen vorbeiging, auf denen die Rednerpulte standen. Bobby Kelsey war verschwunden.

»Entschuldigung.« Jeff rempelte sie an.

Beth spürte, wie ihre Tasche abrupt schwerer wurde. Jeff hatte eine der Pistolen hineinfallen lassen.

Sie nahm den Kopfhörer ab und sagte mit strahlendem Lächeln: »Meine Schuld. Ich habe nicht aufgepasst.«

»Kein Problem«, sagte er. Dann fragte er leise: »Irgendwas Besonderes?«

»Ich glaube, ich habe Bobby Kelsey oben auf den Stufen vor dem Westflügel gesehen«, flüsterte sie. »Sei vorsichtig.«

»Der hat uns gerade noch gefehlt.« Jeff ließ den Blick über die Menge schweifen. Die Leute waren damit beschäftigt, ihre Stühle zu suchen und sich zu setzen. Es war kurz vor zehn. »Du bleibst auf der linken Seite, ich auf der rechten.«

»Da ist Kelsey«, sagte Beth atemlos.

Jeff folgte ihrem Blick zu dem Säulengang, wo die Rednerpulte standen.

Bobby Kelsey fühlte sich gut. Sein Gesicht juckte, aber das war seine geringste Sorge. Von seinem schicken Anzug über seinen FBI-Ausweis bis hin zur Pistole im Schulterhalfter war er ganz in seinem Element. Er genoss die geschäftige Aktivität, die Freiheit, sich dort zu bewegen, wo es ihm passte, und die Macht, die sein Rang mit sich brachte. Er hatte eine kleine Gruppe von Agenten dabei; die Männer waren entlang des Weges bis zu seinem Wagen postiert, der auf dem Parkplatz zwischen dem Weißen Haus und dem Old Executive Office Building abgestellt war. Sie würden Kelsey helfen, zu verschwinden; er hatte die Agenten vorab informiert, dass er an einer wichtigen Sitzung teilnehmen und das Weiße Haus kurz nach Beginn der Pressekonferenz unauffällig und schnell verlassen müsse.

Nun stand er wieder auf dem Posten, den er sich selbst zugeteilt hatte, neben den Türen zum Kabinettsaal. Er ließ den Blick über die Gäste im Garten schweifen und beobachtete, wie die Leute ihre Plätze suchten. Allmählich kehrte Ordnung ein. In wenigen Minuten würden die beiden Staatschefs aus den Verandatüren kommen und zu den Rednerpulten gehen. Schon wurden die Fernsehkameras eingeschaltet; CNN und andere Sender übertrugen Vorberichte zu den Reden. Die Blicke der Welt waren auf das Weiße Haus gerichtet.

Dann traf es Kelsey wie ein Tiefschlag. Ein großer Mann mit Gehstock erschien auf der rechten Seite und suchte offensichtlich nach einem Sitzplatz. Bobby musterte ihn alarmiert. Er hatte irgendetwas an sich, das ihm bekannt vorkam ... gut einsneunzig groß, kräftig, muskulös. Der Mann verhielt sich eigenartig: Er beobachtete heimlich seine Umgebung.

Bobby Kelsey war nicht ganz sicher, doch als er das Grundstück betrat, hatte man ihn informiert, dass es Grund zur Sorge gab, Jeffrey Hammond könne auftauchen ...

Kelsey machte auf dem Absatz kehrt, rannte zum nächsten Agenten des Secret Service und sprach drängend auf ihn ein.

»Mr President, ich rate Ihnen dringend ab«, sagte Linda Patton, Präsident Stevens' Stabschefin. »Wir sollten auf jeden Fall die Pressekonferenz absagen. Sie und Präsident Putin können nach dem Mittagessen Ihre Erklärungen abgeben, ohne Publikum, und deshalb mit weitaus geringerem Risiko. Die internationale Presse wird genauso ausführlich darüber berichten.«

Präsident Stevens sah in seinem konservativen grauen Anzug mit dunkelroter Krawatte würdevoll aus. Er hatte ein ansprechendes, angenehmes Gesicht, das die Wähler anzog und ihn in mehr Schwierigkeiten mit Frauen gebracht hatte, als ihm lieb war. Aber nun war er verheiratet und hatte eine kleine Tochter, und er war entschlossen, die Wiederwahl zu gewinnen.

»Immer mit der Ruhe, Linda«, erwiderte Stevens gelassen. »Das ist ein großes Ereignis. Wie würde ich dastehen, wenn ich mich jedes Mal verstecke, sobald es eine Drohung gibt?« Er nickte Präsident Putin zu, der Englisch verstand, es bei offiziellen Anlässen jedoch vorzog, sich eines Dolmetschers zu bedienen.

Putin war kleiner als Stevens und hatte ein blasses Gesicht mit wachen, intelligenten Augen, denen nichts entging. Boris Jelzin, Putins Vorgänger, hatte Stevens nie gemocht. Er hatte ihn für intrigant und selbstsüchtig gehalten – ein Mann, der auf einen Panzer steigen und die Faust emporrecken konnte, sich selbst aber nicht genug in der Gewalt hatte, um die langfristigen Folgen seiner Entscheidungen zu bedenken. Schlimmer noch, sie waren ihm egal gewesen.

Putin hingegen war ein Denker. Wenn er Russland aus dem Sumpf von Korruption und Gewalt befreien konnte, wenn er eine klare Vision eines Russland mit modernem Demokratieverständnis entwickelte und sich entschiedener gegen jene stellte, die schamlos Russlands Reichtümer und die Wirtschaft plünderten, konnte er der neue Mann werden, den Russland brauchte.

Dies alles ging Stevens durch den Kopf, während er und Putin gemeinsam mit ihren Frauen und einem Dutzend Bediensteten im Kabinettsaal standen.

Keiner sagte ein Wort. Verunsicherung lag im Raum.

»Sir!«, sagte plötzlich eine Stimme. »Wir haben einen Eindringling identifiziert ...«

Als Jeff sah, wie Bobby Kelsey mit einem der Agenten vom Secret Service redete, wusste er sofort, dass er in Schwierigkeiten steckte. Er drehte sich um und ging durch die sich auflösende Menge, um so viel Abstand wie möglich zwischen sich und Kelsey zu bringen. Doch es war bereits zu spät. Von allen Seiten kamen Agenten des Secret Service auf ihn zu.

»Rühren Sie sich nicht, Hammond.« Ein Agent mit Bürstenhaarschnitt drückte Jeff die Mündung seiner Pistole in die Seite.

»Hören Sie«, sagte Jeff angespannt, »es ist anders, als es aussieht. Bobby Kelsey ist der ...«

»Darüber reden wir drinnen.«

Es waren sechs Agenten, und vom Dach des Westflügels zielten zwei Scharfschützen mit ihren Präzisionsgewehren auf Jeff. Um ihn herum blieben die Gäste wie angewurzelt stehen, zu Tode erschreckt. Das Fernsehen und Standbildkameras richteten sich auf ihn. Aus dem Augenwinkel sah er Beth in etwa zehn Schritt Entfernung. Zum Glück interessierte sich keiner der Agenten für sie.

Jeff ließ sich von den Agenten um den Westflügel herum zu

einem Seiteneingang führen, von wo aus die Medien ausgesperrt waren. Die ganze Zeit redete er auf die Männer ein und schilderte ihnen, was sich in den vergangenen Tagen ereignet hatte. Doch die Agenten schwiegen; ihre Gesichter blieben ernst und ungerührt. Sobald sie vom Rosengarten aus nicht mehr zu sehen waren, stießen die Agenten Jeff gegen einen steinernen Pfeiler und filzten ihn. Sie gingen nicht besonders sanft mit ihm um.

»Verdammt«, sagte einer der Agenten, »der Bursche ist bewaffnet.«

Verzweifelt stieß Jeff hervor: »Ich arbeite seit zehn Jahren verdeckt! Ich habe auf diesen Augenblick gewartet. Ich habe immer gewusst, dass Alexei Berianow etwas vorhat. Er ist *hier*, sage ich euch! Ihr müsst ihn finden und aufhalten!«

Der Agent mit dem Bürstenhaarschnitt schnaubte verächtlich. »Klar, Sportsfreund. Und dieses kleine Spielzeug in deiner Tasche ist ein Lutscher mit Ananasgeschmack. Wir werden dich einlochen und den Schlüssel wegschmeißen.«

In diesem Augenblick hörte er eine Frauenstimme hinter sich. »Lasst mich durch. Hier ist mein Ausweis. Millicent Taurino, stellvertretende Justizministerin. Starrt mich nicht so an. Ich *weiß*, dass Dean Jennings euch angewiesen hat, mit mir zu kooperieren.«

Bevor Jeff etwas sagen konnte, rissen die Agenten ihn vom Pfeiler zurück, drehten ihn um und stießen ihn zu einer Tür, die in einem kahlen Raum führte.

»Miss Taurino«, sagte Jeff, »Sie haben das alles missverstanden. Der Präsident ist in tödlicher Gefahr, und ...«

»Nicht durch Sie, mein Freund. Nicht mehr.« Sie schaute die Agenten an. »Er hatte eine Waffe, sagt ihr?« Taurino trug ein teures Strickkleid, das am Hals offen war, und hatte ihr Haar zu einem Pferdeschwanz gebunden. Über dem Schlüsselbein war der blaue tätowierte Schmetterling zu sehen. »Das haben Sie ganz toll hingekriegt, Special Agent Hammond.

Bringt ihn rein, Männer. Ich bin hier nicht zum Plaudern gekommen. Finden wir heraus, was dieser Kerl weiß.«

»Es gibt einen Eindringling?« Präsident Stevens runzelte die Stirn. »Haben Sie ihn erwischt?«

Er sprach mit Bill Hughes, dem Chef des Secret-Service-Teams. Hughes' ernstes Gesicht war gerötet und schweißüberströmt. »Ja, Mr President. Aber ich fürchte, wir haben es nicht so unauffällig hinbekommen, wie wir es gern gehabt hätten. Die Presse hat Filmaufnahmen. Der Mann ist Jeffrey Hammond, der ehemalige FBI-Agent, der wegen mehrerer Morde gesucht wird, einschließlich dem Mord an FBI-Direktor Horn. Wir haben einen Tipp vom stellvertretenden Direktor Kelsey bekommen, dem Chef der Nationalen Sicherheitsabteilung beim FBI.«

Der Präsident fluchte. »Wie ist dieser Hammond hier hereingekommen?«

»Das wissen wir noch nicht, Sir«, erwiderte Hughes kleinlaut.

»Na, jetzt haben Sie ihn ja. Das dürfte wohl bedeuten, dass das Problem bereinigt ist.« Stevens blickte Putin an. »Gehen wir hinaus, und reden wir zur Weltpresse, Wladimir. Zeigen wir, dass unsere beiden Länder Seite an Seite gegen Gewalt und Tyrannei stehen.«

»Aber, Sir ...«, begann der Sicherheitschef.

»Lassen Sie es gut sein«, unterbrach ihn Stevens. »Sie haben Ihre Arbeit getan. Nun müssen wir *unsere* Arbeit machen.«

Stevens und der russische Präsident gingen zu den Verandatüren. Durch das Glas konnten sie die beiden Rednerpulte und die Menschenmenge sehen, die gespannt auf sie wartete.

Äußerlich ruhig saß Beth auf einen Platz vorn im rechten Flügel, doch in ihrem Innern wüteten Angst und Zorn. Sie hatte gesehen, wie die Agenten Jeff weggezerrt hatten. Nun war Bobby Kelsey zurückgekehrt und stand wieder über der Menge auf dem Säulengang des Westflügels, vor dem der Präsident seine Ansprache halten würde. Kelsey lächelte zufrieden. Beth verspürte den wilden Wunsch, ihm dieses Lächeln mit der Faust aus dem Gesicht zu wischen.

Voller Sorge um Jeff musterte sie weiterhin verzweifelt die anderen Gäste. Wenn sie Berianow doch wenigstens identifizieren könnte! Wo war er? Wie sah er aus?

Michail, wo ist General Berianow? Wo ist der Mann, der dich umgebracht hat?

Ihr Blick schweifte wieder zu dem selbstgefälligen Kelsey hinauf, der auf irgendetwas zu warten schien. Beth konnte den Blick nicht von ihm wenden. Was hatte das alles zu bedeuten?

Plötzlich wurde die Menge still. Erregtes Raunen ging durch die Sitzreihen. Die Journalisten nahmen ihre Notizbücher heraus und schalteten ihre Aufnahmegeräte ein. Diejenigen, die noch keine Kopfhörer trugen, setzten sie jetzt auf, während die beiden Präsidenten Seite an Seite aus dem Kabinettssaal kamen. Stürmischer Beifall brandete auf. Die Präsidenten strahlten und winkten in die Menge. Dann nahmen sie ihre Plätze hinter den Rednerpulten ein.

»Meine Damen und Herren, verehrte Gäste«, begann Präsident Stevens. »Es ist mir eine Ehre, heute mit einem Freund des Friedens vor Ihnen zu stehen ...«

Beth schaute zu Bobby Kelsey hinauf, dessen selbstzufriedene Gesichtszüge jetzt vor Aufmerksamkeit erstarrt waren. Er stand an der Seite neben den amerikanischen und russischen Sicherheitsbeamten. Sämtliche Agenten zeigten den üblichen Ausdruck lässiger Wachsamkeit, doch ihre scheinbare Ungezwungenheit maskierte lediglich ihre tödlichen Fertigkeiten.

Kelsey hob den Arm und wedelte mit der Hand irgendein

lästiges Insekt fort. Dann schob er die Hand in die Jacke und fasste den Griff der FBI-Pistole. Von allen Seiten wurde er von den russischen und amerikanischen Agenten abgeschirmt.

Beth blieb fast das Herz stehen, als sie Kelseys Bewegung im Geiste noch einmal nachvollzog. Der Winkel seines Kopfes, des Halses, der Schultern ... die charakteristische Geschmeidigkeit der Bewegungen. Sie erinnerte sich an Berianow, wie er früh morgens am Jefferson-Denkmal gestanden hatte, den Kopf so gerade wie Kelsey jetzt. Sie erinnerte sich an ihren Albtraum: *Er stieg auf die mächtige Maschine, breitschultrig, den Kopf ganz hoch. Er zog die Schultern ein wenig an, legte den Kopf zurück und zog einen Helm mit metallisch spiegelndem Visier vors Gesicht ...*

Und dann begriff sie. Mit einer Klarheit, die sie bis ins Mark erschütterte, *wusste* sie es. Als sie Jeff damals in die dunkle Garage gefolgt war, hatte der alte Verwalter eine Motte aus der Luft gefangen und zerdrückt. Der alte Mann war Berianow gewesen. Nun war es Bobby Kelsey ...

Beth stand langsam auf, und ein Lächeln erschien auf ihrem Gesicht. Ihre neue Selbstsicherheit – *danke, Michail* – verankerte sich tief in ihrem Innern und bereitete sie auf das vor, was sie nun tun musste. Als sie nach vorn ging, schob sie die Hand in ihre Tasche und ergriff die Pistole. Ihre Kehle war trocken vor Angst, als sie sich unter die anderen Gäste und die Medienvertreter mischte und sich langsam »Bobby Kelsey« näherte.

51.

Millicent Taurino stand mit finsterer Miene vor Jeff, der an dem einzigen Tisch in dem kleinen grauen Secret-Service-Raum saß.

»Blödsinn, Hammond«, sagte Taurino, die Hände in die

Hüften gestützt. »Nur weil Sie *behaupten,* uns telefonisch gewarnt zu haben, dass Berianow heute Präsident Stevens ermorden will, können Sie doch nicht ernsthaft erwarten, dass wir Ihnen glauben, und dass es den Rest Ihrer Geschichte stützt. Sie sind nicht nur ein Killer, Sie sind auch ein Dummkopf!«

Ein weiterer Mann vom Secret Service kam in den Raum. »Der Präsident ist gleich mit seinen Einführungsworten fertig«, sagte er. »Alles ist ruhig.« Sein Blick schweifte über die fünf Personen in dem abgesicherten Zimmer und blieb schließlich bei Bill Hughes hängen, dem Chef des Secret-Service-Teams. »Alles sieht normal aus, Bill. Putin fängt gleich an. Ich glaube, sie haben den Zwischenfall mit Hammond schon halbwegs vergessen.«

»Gut«, sagte Hughes. »Gehen Sie wieder nach draußen. Geben Sie uns Bescheid, wenn Putin fertig ist.« Er schaute zu Taurino hinüber. »Lassen Sie uns Hammond hier rausbringen, bevor die Party zu Ende ist. Ich würde ihn gern so unauffällig wie möglich von hier wegschaffen.«

Millicent Taurino nickte. »In Ordnung.«

Einer der FBI-Männer erklärte: »Der Mann gehört uns. Er kommt ins Hoover Building. Er war nicht nur hinter dem Präsidenten her, er ist der gesuchte Maulwurf. Wir müssen herausfinden, was er weiß und was er weitergegeben hat. Keine Presse. Keine Besucher. Keine Anrufe ...«

Abrupt schlug Jeff mit den Handflächen auf die Tischplatte. Es knalle wie ein Gewehrschuss. Alle zuckten zusammen und griffen nach ihren Waffen, doch Jeff machte keine weitere bedrohliche Bewegung. In seine Augen loderte Zorn. »Seid ihr denn alle verrückt?«, rief er. »Ich dachte, ihr hättet die Aufgabe, den Präsidenten zu schützen! Verdammt, *hört mir endlich zu!* Ich habe Tom Horn nicht umgebracht. Ich war in Pennsylvania und hatte eine Auseinandersetzung mit Eli Kirkhart, als Tom starb. Und wenn ich mich recht entsinne, gehören Sie, Miss

Taurino, zu dem Geheimteam, dem Eli Kirkhart Bericht erstattet. Woher ich das weiß? Weil die Person, die mir diese Geheiminformation gegeben hat, Eli Kirkhart selbst gewesen ist!«

Millicent Taurinos Stimme klang tief und bedrohlich. »Sie haben nichts gesagt – ich wiederhole, *nichts* –, das mich überzeugen könnte, dass Sie nicht Tom Horn oder das junge Paar in West Virginia getötet haben. Ich bin sicher, dass Sie bloß ein verdammter, schmieriger Verräter sind, der sich hier aufspielt. Auch Tom Horn hätte Ihnen von mir erzählen können, bevor Sie ihn umbrachten. Es ist ein verdammtes Glück, dass wir Sie erwischt haben, bevor Sie Präsident Stevens eine Kugel verpasst und mich *wirklich* wütend gemacht haben!«

Jeff Hammond starrte in Millicent Taurinos zornige Augen. »Werden Sie so wütend, wie Sie wollen, Lady. Aber finden Sie Eli Kirkhart. Er wird Ihnen bestätigen, dass ich Ihnen die Wahrheit gesagt habe. Verdammt, da draußen im Rosengarten brennt immer noch die Lunte an einem Pulverfass, das jeden Moment hochgehen kann!«

»Sie können mir viel erzählen«, sagte Taurino. »Sie stecken bis zum Hals im Dreck, und der Präsident ist noch am Leben. Und das hat er nicht Ihnen zu verdanken.«

In diesem Augenblick öffnete sich wieder die Tür, und eine müde Stimme fragte mit kaum hörbarem englischem Akzent: »Jeff, alter Junge, was ist denn hier los? Man hat mir gesagt, du wirst festgehalten ...« Eli Kirkhart verstummte. Er hielt sich den rechten Arm. Die rechte Hand, seine rechte Gesichtshälfte und der Ärmel seiner Anzugjacke waren dunkelrot von geronnenem Blut.

Beth glaubte jetzt, die Wahrheit über Alexei Berianow und Bobby Kelsey zu kennen. Sie umklammerte ihre verborgene Pistole und musterte Kelsey. Um ihn herum bildeten die Sicherheitsleute eine einschüchternde Barrikade aus Anzügen, Uniformen und ernsten, aufmerksamen Gesichtern.

Beth ignorierte die Männer, konzentrierte sich ganz auf Kelsey. War er wirklich Berianow? Vielleicht irrte sie sich. Es war verwirrend. Unmöglich, und doch ... er zog seine Hand aus seiner Anzugjacke.

»Haltet ihn auf!«, rief sie gellend. Mit einer Hand stieß sie einen Reporter beiseite und rannte los. »Er hat eine Waffe!« Sie zog ihre kleine Pistole, während sich die Leute auf dem Säulengang des Westflügels wie in Zeitlupe zu ihr umdrehten und sie anstarrten.

Der Secret Service kümmerte sich nicht um Bobby Kelsey. Natürlich hatte er eine Waffe: Er gehörte zum FBI, zu den eigenen Leuten. Die Frau hingegen nicht. Für einen einzigen, langen Herzschlag starrten sie zu ihr hinunter und griffen zu den Waffen. Gleichzeitig sah Beth das freie Stück zwischen Bobby Kelsey und den Rednerpulten. Aus seiner Position hatte Kelsey nur auf eine Person freie Schussbahn: auf den russischen Präsidenten.

Einen Augenblick schwirrte Beth der Kopf, dann wusste sie die Antwort: Es war eine List gewesen. Berianow hatte gelogen. Er musste die ganze Zeit vorgehabt haben, Putin zu töten, und er hatte damit gerechnet, dass man die ultranationalistischen Keepers dafür verantwortlich machte. Würde ein russischer Präsident von fanatischen Amerikanern auf amerikanischem Boden ermordet, würde Russland voller Wut reagieren; dadurch würde es für den hoch dekorierten General Berianow leichter, die Macht an sich zu reißen und seine Vision von einer wieder vereinigten, wiederbewaffneten und moralisch integeren Sowjetunion zu verwirklichen.

Bevor Beth diesen Gedankengang weiterverfolgen konnte, stürzten Agenten vom Säulengang auf sie zu. Andere warfen sich schützend auf die Präsidenten. Die Zuschauer reagierten mit Entsetzensschreien. Einige sprangen auf, um zu sehen, was vor sich ging.

Doch in den wenigen Sekunden, bevor einer der Agenten

Beth erreichte und bevor die Menge in Panik davonstürmen konnte, zielte der General, der Meister der Verkleidung, das Genie der geheimen Operationen, mit Bobby Kelseys großer 10 mm Smith & Wesson. Berianow lächelte. Er war in seinem Traum versunken, ein Gefangener der großen Vision, für die er alles geopfert hatte. In seinem Kopf klangen die Worte Lenins: »Die Geschichte wird den Revolutionären nicht vergeben, wenn sie zögern, wo sie siegreich sein können.«

Als die amerikanischen und russischen Agenten losstürmten, stand Kelsey frei und ungeschützt da; die Pistole war deutlich zu sehen. Schon sah er sich im Kreml, saß am Kopf des historischen Tisches im Politbüro und rief die Teilnehmer der regelmäßigen Donnerstags-Konferenz zur Ordnung. Es gab viel zu tun. Er musste Gangstern die korrupte Privatwirtschaft entreißen und wieder ins Eigentum des Volkes überführen. Der größte Auftrag seines Lebens würde vollendet: Er würde erleben, wie die Sowjetunion aufstieg wie ein Phönix aus der Asche des Kapitalismus, großartiger als je zuvor.

Während die Agenten des Secret Service auf Beth zustürmten, wurde ihre Hand, in der die kleine Pistole lag, feucht. Die Gesichter der beiden Männer, die sie getötet hatte, drohten sie zu überwältigen: Iwan Wok, der stämmige KGB-Killer, und der namenlose Russe. Sie wollte nicht schon wieder töten, doch sie sah Bobby Kelseys Finger am Abzug ...

Sie riss sich aus der Trance. *Das ist für dein Volk und für meines.* Während die Sonnenstrahlen ihr Schlaglicht auf die Szene warfen und eine Woge der Panik die Menschenmenge durchlief, feuerte Beth auf den Mann, den sie verdächtigte, Alexei Berianow zu sein – nicht weil er Berianow sein konnte, sondern weil sie wusste, dass er versuchte, den russischen Staatschef zu ermorden.

Beinahe im selben Augenblick feuerte der Attentäter auf Wladimir Putin. Die Leute schrien auf.

Aus Berianows Brust quoll Blut. Er wankte zurück, das Gesicht vor Zorn und Schmerz verzerrt. Mühsam drehte er den Kopf ... und sah eine hoch gewachsene Frau mit windzerzaustem, braunem Haar ... nein, mit feuerrotem Haar. Es war Tamara, die Liebe seines Lebens.

Dann rammte ihn eine Schulter, und er stürzte hart zu Boden. Irgendjemand entriss ihm die Waffe. Seine Finger wurden taub, und sein Blut quoll warm hervor und lief über seine Haut. Tief in seinem Innern begriff er, dass die Kugel sein Herz durchbohrt haben musste. Ein letztes Mal explodierte der Schmerz in seinem Körper; dann versank die Welt um ihn herum in Dunkelheit.

Die Sicherheitsbeamten deckten Wladimir Putin mit ihren Körpern. »Was war das?«, fragte Putin und fiel in seine Muttersprache. »Was ist passiert?«

»Man hat auf Sie geschossen, Sir. Die Kugel hat ihr Ziel verfehlt. Bleiben Sie liegen!«

Präsident Stevens war ebenfalls unter den Körpern mehrerer Leibwächter begraben. Seine Rippen taten ihm weh, und er reckte den Hals, um etwas zu sehen. Mehr als alles andere machte ihm Sorgen, dass ein Amerikaner versucht haben könnte, den Präsidenten Russlands zu ermorden. Die Konsequenzen waren nicht auszudenken.

»Um Himmels willen ... wer hat versucht, Putin zu töten?«, fragte er mit heiserer Stimme. »War es einer von unseren Leuten?«

Auf der anderen Seite des Säulengangs, neben den Sträuchern, von wo aus Beth den Beinahe-Attentäter erschossen hatte, entrissen ihr raue Hände die Waffe und zerrten sie zu den Stufen. Ein anderer Agent riss Beths Schultertasche weg. Sie öffnete sich, und ihre Medikamente wurden auf dem Rasen verstreut wie Edelsteine auf einem grünem Tuch.

Sie hörte Jeffs laute Stimme: »Nein! Lasst sie los! Tut ihr nichts!«

In Beths Innern tobte der Aufruhr. Sie hatte den Attentäter

vorsätzlich erschossen. Sie empfand Ekel, Empörung, Erleichterung. Zugleich hatte sie das Gefühl, als wäre nach Jahren eine schmerzvolle Last von ihr genommen. Der Mann, der ihren Herzspender umgebracht und versucht hatte, Jeff und sie zu töten, war ...

Sie blickte hoch und sah Jeff. Er schob die Leute beiseite und eilte zu ihr.

»Was ist mit Putin?«, fragte Beth. »Hat er überlebt?«

»Es geht ihm gut. Ist alles in Ordnung mit dir? – Lasst sie los!«, fuhr er die Sicherheitsleute an. *»Verdammt,* lasst sie los!«

Gleich hinter Jeff kam Hughes, der Einsatzchef des Secret Service. »Tun Sie, was er sagt«, wies er die Agenten an. »Lassen Sie die Frau los.«

Beth fiel Jeff in die Arme.

Im Rosengarten legte sich das anfängliche Chaos. Der Secret Service und die Bediensteten des Weißen Hauses forderten alle auf, an ihre Plätzen zurückzukehren. Einige Gäste unterhielten sich nervös. Viele standen noch unter Schock. Wie ein Lauffeuer verbreitete sich das Gerücht, dass ein Top-FBI-Mann versucht hatte, den russischen Präsidenten umzubringen. Oder war es der amerikanische Präsident gewesen? Einige Menschen weinten. Unter dem strahlend blauen Himmel eines perfekten Apriltages, in der schützenden Kulisse des wunderschönen Rosengartens des Weißen Hauses schüttelten sie die Köpfe und fragten sich, was noch alles hätte passieren können.

Jeff schloss Beth in die Arme.

»Ist Kelsey tot?«, fragte sie an seiner Brust.

»Ja.« Er schüttelte den Kopf. »Er muss versucht haben, Putin in Berianows Auftrag zu ermorden. Jetzt werden wir Berianow wahrscheinlich nie mehr finden.«

»Kann ich mir Kelsey anschauen, Jeff?«

»Warum?«

»Weibliche Intuition.«

Jeff führte sie die Stufen zum Säulengang vor dem Kabinettsaal hinauf. Als sie zu dem Leichnam kamen, machten die Agenten sich bereits Notizen, nahmen Polaroid-Fotos auf, sicherten Spuren, telefonierten per Handy. Der Tote lag auf der Seite; seine Miene zeigte einen Ausdruck des Erstaunens. Bobby Kelseys charakteristisches grau-rotes Haar lag im Schatten, doch sein Gesicht und der Körper lagen im Sonnenlicht wie unter einem Scheinwerfer. Seine rechte Hand lag dicht neben dem Körper und war geöffnet, als wartete sie darauf, dass jemand die Waffe hineindrückte.

Beth kniete sich neben den Toten und tastete sein Gesicht ab. Die Haut fühlte sich seltsam gummiartig und ein wenig steif an, nicht wie normale Haut. Beth fuhr mit den Fingern unter seinem Kinn und am Hals entlang. Da war irgendetwas ... diesmal war sie sicher, dass sie eine dünne Gummischicht berührte. Sie zupfte daran.

»Was tut sie da?«, fragte ein FBI-Mann. »Bringt die Frau hier weg!«

Beth konzentrierte sich. Beginnend beim Kinn, zog sie die Gummimaske ab und streifte sie bis über den Mund zurück. Über sich hörte sie die Leute entgeistert nach Luft schnappen. Mit beiden Händen rollte Beth die Maske weiter auf, bis schließlich ein glattes, ovales Gesicht mit nordeuropäischen Zügen zum Vorschein kam.

»Wer ist das denn?«, staunte Hughes.

»Alexei Berianow«, sagte Jeff grimmig. »General Alexei Berianow, ehemaliger KGB-Agent. Der Teufel soll mich holen. Er war die ganze Zeit direkt vor unserer Nase. Dicht genug bei den beiden Präsidenten, um ihnen etwas ins Ohr zu flüstern.«

Im Leben war Berianow ein gut aussehender Mann gewesen. Im Tod war sein Gesicht zur hässlichen Grimasse verzerrt, und sein Körper wirkte klein, beinahe geschrumpft.

Welche Energie ihn auch angetrieben hatte – sie war zugleich die Quelle seines charismatischen Charmes gewesen und nun, mit seinem Tod, verschwunden.

Während die Agenten miteinander sprachen und weitere Fotos machten, zog Jeff Beth von der Menschentraube weg. Auf den Stufen hielt er an, nahm ihre Schultern in beide Hände und schaute ihr ins Gesicht. Die Schrecken, der Verrat und der Treuebruch der letzten Tage hatten wie eine schwere Last zwischen ihnen gestanden.

»Woher hast du gewusst, dass es Berianow war?«, fragte Jeff.

»Eine Verbindung verschiedener Dinge. Vielleicht sogar das Zellgedächtnis.« Sie erzählte ihm von dem Albtraum, in dem Berianow den Motorradhelm aufgesetzt hatte, und von dem alten Verwalter, und wie er auf der Milchfarm in Pennsylvania blitzschnell die Motte aus der Luft gefangen hatte. Sie beschrieb, wie Berianows ähnlich schnelle Bewegung, als er vor wenigen Minuten das Insekt verscheuchte, sie alarmiert hatte. »Ich bin erleichtert, dass ich Recht hatte.« Beth seufzte und legte den Kopf an seine Schulter. »Als sie dich vorhin wegbrachten, habe ich befürchtet, dass du im Gefängnis sitzt oder im Leichenschauhaus liegst, wenn ich dich das nächste Mal sehe. Wie hast du es geschafft, dass sie dich freigelassen haben?«

»Dank Eli.«

Beth blickte hinter sich und sah einen blutigen, bandagierten, jedoch lächelnden Eli Kirkhart näher kommen. Sein rechter Arm hing in einer Schlinge, und auf seiner rechten Gesichtshälfte prangte ein dicker, weißer Verband. Ihm folgte eine kleine, schlanke Frau mit Pferdeschwanz, die ein Strickkostüm trug.

»Es freut mich, Sie wiederzusehen, Miss Convey«, sagte Eli. »Besonders unter diesen angenehmeren Umständen.« Er stellte Millicent Taurino vor. »Mein Boss ... eigentlich mein ehemaliger Boss, da ich nun nicht mehr im Maulwurfsjägergeschäft bin. Ich bin froh, dass ich Jeff aus der misslichen Lage helfen konnte.«

»Wir sind beide froh.« Millicent seufzte tief. »Diesmal hätten wir beinahe einen verdammt großen Bock geschossen. Dann hätten wir nachher einen riesigen Haufen Dreck aus der Welt schaffen müssen. Ganz zu schweigen von einer Präsidentenleiche und einem höllischen internationalen Zwischenfall.«

Eli wandte sein Bulldoggengesicht Millicent zu. Während er sie betrachtete, schien er ein Lächeln zu unterdrücken. »Wissen Sie was, Miss Taurino. Sie haben wirklich ein Lästermaul. Das wollte ich schon lange mal sagen.«

Millicent kniff überrascht die Augen halb zu. »Vielen Dank, Special Agent Kirkhart. Sie sind ein kluger Bursche, wenn auch ein bisschen sexistisch. Wir können später darüber diskutieren.«

Beth schaute von Millicent zu Kirkhart und dann wieder zu Jeff. Er zog die Brauen hoch und grinste. Beth wandte sich Eli zu. »Wo ist Evans?«, fragte sie.

Eli seufzte. »Bobby Kelsey hat den armen Kerl erschossen. In dem Durcheinander konnte ich mit knapper Not durch die Hintertür entkommen. Ich bin in ein Gebüsch gekrochen, und sie haben mich trotz stundenlanger Suche nicht entdeckt. Sobald ich konnte, bin ich per Anhalter hier hergekommen.«

»Zu meinem Glück«, sagte Jeff.

Kirkhart lächelte grimmig. »War mir ein Vergnügen.«

Millicent sagte: »Es interessiert Sie vielleicht, was Mr Kirkhart und ich gerade erfahren haben. Unsere Leute haben den echten Bobby Kelsey in seinem Wagen auf dem Parkplatz östlich des Weißen Hauses gefunden. Er lag auf den Vordersitzen, mit einem Loch so groß wie das Treasury Building im

Schädel und einem hingekritzelten Abschiedsbrief auf dem Boden.«

»Ein Abschiedsbrief?«, fragte Beth.

Eli nickte. »Darin schreibt er, dass die Keepers Recht hatten – wenn man erlaubte, dass Putin in Lincolns Schlafzimmer übernachtet, wäre das ein Sakrileg und der Beweis, dass unser Land den richtigen Weg verlassen hätte. Als guter amerikanischer Bürger müsse er, Kelsey, eine große Tat begehen, ein Fanal setzen, um den Abstieg aufzuhalten, aber er wäre hin und her gerissen, da er ja zum FBI gehöre. Schließlich habe er erkannt, dass es notwendig sei, Putin zu ermorden, aber der einzig ehrenhafte Weg wäre gewesen, auch sich selbst zu opfern.«

»Was für ein Unsinn«, sagte Jeff. »Wer soll diesen Quatsch glauben?«

»Sehr viele Leute, befürchte ich. Und am schlimmsten ist, dass einige der gleichen Meinung sein dürften.« Beth runzelte die Stirn. »Berianow muss einen verdammt guten Fluchtweg geplant haben.«

»Da haben Sie Recht«, pflichtete Millicent Taurino ihr bei. »Der falsche Kelsey hatte angeordnet, dass sein Agententeam zwischen dem Westflügel und dem östlichen Parkplatz stationiert wird. Er hatte seinen Leuten gesagt, dass er nicht allzu lange im Rosengarten bleiben könne, weil er an einem wichtigen Treffen teilnehmen müsse. Ihre Aufgabe war es, ihn ohne Aufsehen herauszuholen. Wir nehmen an, dass er sie wegschicken wollte, wenn er das Auto erreicht hatte. Sobald sie außer Sicht waren, hätte er Kelsey hinters Lenkrad gesetzt, ihm die Tatwaffe in die Hand gedrückt und sich in Richtung Moskau aus dem Staub gemacht.«

»So muss es gewesen sein.« Beth schüttelte den Kopf. »Jetzt ergibt alles einen Sinn. Nachdem die Keepers vernichtet waren, brauchte Berianow einen anderen Amerikaner, dem man die Schuld am Attentat geben konnte – und Kelsey war perfekt. Ich kann mir die Schlagzeilen in aller Welt gut vorstellen: *Stellvertretender FBI-DIREKTOR tötet russischen Staatschef im Weißen Haus.*«

Jeff nickte. »In Russland wäre die Hölle ausgebrochen. Berianow und seine Verbündeten hätten den Kreml übernommen, und die Welt wäre in den Kalten Krieg zurückgefallen. Wir hätten wieder das alte atomare Gleichgewicht des Schreckens.«

Erschüttert standen die vier inmitten der Reporter und der letzten Gäste, die allmählich aufbrachen. Wie leicht es doch war, die Welt zu verändern und die Fortschritte des vergangenen Jahrzehnts zunichte zu machen.

»Gott sei Dank ist es nicht so weit gekommen«, sagte Jeff schließlich. »Dank dir, Beth.«

»Dank vieler Leute. Besonders dank dir, Jeff. Und vielleicht auch dank Michail Ogust.«

EPILOG

Es war Oktober, sechs Monate nach der Beinahe-Katastrophe im Rosengarten. Beth und Jeff hatten den größten Teil der vergangenen Woche im Landhaus an der Chesapeake Bay verbracht, das sie gekauft hatten. Hier im Herzland der ausgedehnten, von Ebbe und Flut geprägten Meeresbucht lebte man nur ein paar Minuten vom Wasser entfernt. Das Landhaus befand sich gleich hinter dem Schilf, wo sie ihr neues Boot an einem alten Landungssteg festmachen konnten, den sie gemeinsam instand gesetzt hatten.

Wochenlang hatten die Medien über den Attentatsversuch auf Wladimir Putin berichtet, der erst so erschreckend knapp vereitelt worden war. In Russland löste die HanTech-Liste eine Serie von Ermittlungen aus, in höchsten Regierungskreisen und unter hoch dekorierten Militärs. Der Rest war Schweigen; die Untersuchungen wurden »fortgeführt«, hieß es bloß. Es würden Anklagen erhoben, »sobald alle Beweismittel zusammengetragen seien«.

Zur gleichen Zeit verbrachten Jeff und Beth in Washington mehrere Wochen hinter verschlossenen Türen, um bei gemeinsamen Sitzungen des Repräsentantenhauses und des Geheimdienstausschusses des Senats als Zeugen auszusagen. Beide waren erschöpft und hatten es satt, auf dem Präsentierteller zu sitzen.

Wie üblich, hatten nach Abschluss dieser Sitzungen bald andere Krisen die Schlagzeilen erobert, und der Zwischenfall im Rosengarten begann seine unvermeidliche Reise aus dem Gedächtnis der Öffentlichkeit ins Vergessen.

Ein neuer FBI-Direktor wurde ernannt, diesmal eine Frau. Sie bot Jeff seinen alten Job plus Gehaltserhöhung an, doch er lehnte höflich ab. Er hatte bei Berianow Recht behalten, und er hatte einen hohen Preis dafür bezahlt. Aber er bereute die Opfer nicht mehr; er bedauerte nur, was er an Familie und Freunden verloren hatte.

Obwohl Jeff und Beth als Helden gelobt wurden, wollte die *Washington Post* Jeff auf keinen Fall weiterbeschäftigen. Er konnte es verstehen. Die Zeitung war ausgenutzt worden, um Jeff als Tarnung zu dienen. Doch das *Time Magazine* stürzte sich auf ihn, sobald er zu haben war. Nachdem Jeff versichert hatte, endgültig aus dem Spionagegeschäft heraus zu sein, hatte man ihm eine wöchentliche Kolumne gegeben, in der er weiter die explosiven Wandlungsprozesse in Osteuropa und Russland analysieren konnte, nun jedoch für ein breiteres Publikum. Außerdem konnte er sich endlich einen alten Wunsch erfüllen: Mit Beginn des nächsten Jahres würde er in Teilzeit internationale Politik an der Georgetown School of Diplomacy lehren.

Beth verließ endgültig die Kanzlei Edwards & Bonnett, nachdem sie einen förmlichen Kündigungsbrief geschrieben hatte, bei dessen Lektüre Zach Housley beinahe einen Schlaganfall erlitt. Michelle hielt Wort; Beth eröffnete ihre eigene Kanzlei, und die Philmalee Group wurde ihr erster Mandant. Bald traten andere Mandanten an sie heran, und die Geschäfte liefen hervorragend. Als vier ehemalige Kollegen, die von Edwards & Bonnett ebenfalls die Nase voll hatten, Beth einige Zeit später fragten, ob sie bei ihr einsteigen könnten, sagte sie zu, vergrößerte ihre Kanzlei und mietete Büros in der Dreizehnten Straße Nordwest.

Schließlich war Beth doch Partnerin geworden, allerdings auf ihre Weise. Außerdem hatte sie begonnen, einmal die Woche unentgeltlich für Flüchtlinge und Emigranten zu arbeiten, die sich niemals die üblichen 500 Dollar die Stunde leisten konnten, die von den Anwälten im District of Columbia verlangt wurden.

Beim Landhaus brach die Dämmerung herein, und die Bucht strahlte in purpurnem Licht. Die Wellenkämme funkelten silbern und golden und reflektierten die Lichter von Bootsstegen, Häusern und vorüberziehenden Schiffen, und die feuchte Luft war warm und angenehm, ein letztes Geschenk des Sommers. Es war ein schöner Tag gewesen. Beth und Jeff hatten ein paar Freunde eingeladen, auf gegrillte Krabben und Rippchen vorbeizukommen, und nun winkten sie ihnen zum Abschied, als ihre Gäste ins geschäftige Washington zurückkehrten.

»Eli sah gut aus«, sagte Beth. »Ich hatte keine Ahnung, dass er so witzig sein kann. Millicent scheint ihm gut zu tun.«

»Er war so ein stocksteifer Typ geworden, dass es ein Wunder ist, dass Taurino überhaupt bereit war, sich mit ihm einzulassen. Er hat Glück gehabt, wie ich.«

»Ich bin es, die Glück hatte, Schatz.« Sie küsste ihn auf die Wange. »Mmm ... köstlich. Nur ein Hauch Barbecuesoße ... Genau so, wie ich meine Männer mag.« Sie strich sein braunes Haar aus der Stirn. Zum ersten Mal, seit sie zurückdenken konnte, war sie wirklich zufrieden.

»Ich glaube, auch Amy hatte einen schönen Tag, meinst du nicht auch?«, fragte Jeff. Amy war seine Schwester. Als sie die Nachricht vom Attentatsversuch hörte, hatte sie Jeff sofort angerufen. Im Lauf des Gesprächs hatte Jeff sich dafür entschuldigt, in den letzten Jahren so schwierig gewesen zu sein. Inzwischen hatten sie sich ausgesöhnt; der Tod ihrer Eltern stand nicht mehr wie eine trennende Wand zwischen ihnen. Amy, ihr Mann Tony und ihre beiden Kinder hatten bei Jeff und Beth an der Bucht eine Urlaubswoche verbracht.

»Amy hatte eine tolle Zeit«, versicherte Beth. »Und Tony und die Kinder auch.«

»Wir sollten sie alle zu unserer Hochzeit einladen. Amy, Tony, die Kinder, Eli, Millicent, Michelle ... sogar Michelles neuen Lustknaben ...« Er hielt inne und schaute Beth an. Als sie nichts sagte, fuhr er fort: »Ich meine es ernst, Beth. Ich möchte, dass wir heiraten.«

Sie drehte sich weg; vor Angst wurde ihr der Mund trocken. »Ich kann nicht, Jeff. Das weißt du. Bitte, verlang das nicht von mir.«

»Wenn du nicht willst, was hat das alles dann für einen Sinn? Dann könnte ich genau so gut ausziehen. Ich will keine Zimmergenossin.«

Eine Woge von Gefühlen durchflutete sie. Sie zitterte und atmete tief ein.

»Nimmst du mich in die Arme?«, fragte sie leise.

Jeff kam zu ihr, wischte ihr die Tränen aus den Augen, hielt sie ganz fest und wartete, während sie sich an ihn schmiegte. Dann lächelte er. »Komm schon. Sag es.«

Sie schaute ihm in die Augen. »Ja, Jeff, ich will dich heiraten.«

Ungefähr eine Stunde vor dem Morgengrauen erwachte Beth und sah Jeff neben dem Bett stehen, die Beretta in der Hand. Er hielt einen Finger vor die Lippen. »Pssst.«

Sie nickte und stand schweigend auf.

Er zog seine Shorts an. Er schwitzte. »Es ist jemand im Wohnzimmer«, flüsterte er. »Da ist Licht unter der Tür.«

Beth nickte wieder und streifte sich einen Bademantel über. Auf sein Zeichen hin riss sie die Tür auf.

Die Beretta im Anschlag, sprang Jeff ins angrenzende Zimmer. »Perez!«, stieß er hervor.

Der Russe saß auf dem Wohnzimmersofa und trug seinen üblichen schwarzen Rollkragenpullover, Hose und Schuhe, aber er hatte die Skimaske abgenommen. Eine Tischlampe warf einen schwachen Lichtkegel; die Zimmerecken lagen im tiefen Schatten.

»Ich habe nicht viel Zeit«, sagte er ruhig. »Ich kehre nach Moskau zurück.«

Jeff schüttelte verärgert den Kopf. »Ach, und jetzt kommst du mal eben vorbei, um dich zu verabschieden?«

Beth musterte ihn. »Willst du uns etwas sagen?«

Perez nickte. »Präsident Putins Position ist geschwächt. Die meisten von Berianows Mitverschwörern sitzen im Gefängnis, aber erinnert ihr euch an die Männer hinter dem Putschversuch im Jahre einundneunzig? Ein Dummkopf hat Selbstmord begangen, während der Rest ins Gefängnis gewandert ist, aber nur für kurze Zeit. Es waren Politiker, Geschäftsleute und Militärs. Nach ein paar Monaten sind sie wieder genau das geworden, als wäre nie etwas passiert.«

»Willst du damit sagen«, fragte Jeff vorsichtig, »dass Berianows Unterstützer auch nichts Schlimmeres zu erwarten haben?«

»Genau.« Perez schüttelte besorgt den Kopf. »Ich habe ein wenig gegraben und bin auf die Namen von Männern und Frauen gestoßen, von denen ich weiß oder vermute, dass sie bei Berianows Putschversuch eine Rolle spielten. Viele dieser Namen standen auch auf der HanTech-Liste, aber nicht alle. Ich habe es meinen Vorgesetzten berichtet. Sie haben mir versichert, die Information an diejenigen weitergeleitet zu haben, die für die Ermittlungen zuständig sind.«

Beth vermutete: »Aber du traust ihnen nicht.«

Jeff fügte hinzu: »Du glaubst, dass Berianows Plan immer noch aktuell ist.«

Perez beugte sich vor; sein Gesicht war angespannt. »Jemand außerhalb Russlands sollte Bescheid wissen.«

»Machst du dir keine Sorgen um dich selbst?«, fragte Beth. »Um dein Überleben?«

Perez blickte aus dem Fenster zur Bucht. Die ersten blassen Sonnenstrahlen des neuen Morgens stiegen über den Horizont. Er stand auf. »Ich muss gehen. Hat mich wirklich gefreut, euch wiederzusehen.« Auf seinem Gesicht lag ein wehmütiger Ausdruck; dann zog er einen schlichten weißen Umschlag unter dem Pullover hervor und reichte ihn Jeff.

»Falls Russland etwas zustoßen sollte ...«

Nachdem Perez verschwunden war, gingen sie in die Küche, um Kaffee und Frühstück zu machen. Als sie am Wohnzimmertisch vorbeikamen, nahm Beth den Stapel Briefe mit, die in den letzten Tagen gekommen waren. Sie zog einen braunen, gefütterten Umschlag aus dem Stapel, der an sie adressiert war. »Der ist aus Moskau.« Er war ihr vom Büro aus nachgeschickt worden.

Sie nahm ihn und blickte auf den Absender. Gleich nach dem Vorfall im Rosengarten hatte sie eine Nachricht ans Transplantationszentrum geschickt und gebeten, einen Brief an die Familie ihres Herzspenders weiterzuleiten. Indem Beth den Brief über das Transplantationszentrum schickte, hatte sie nicht gegen das Vertraulichkeitsabkommen verstoßen, das sie unterschrieben hatte.

Im Licht der Morgensonne setzte sie sich an den Tisch und öffnete den gefütterten Umschlag, in dem sich ein Brief und ein flaches, in Seidenpapier gewickeltes Päckchen befanden. Beth las den Brief und übersetzte dabei laut aus dem Russischen:

Moskau

Liebe Miss Convey,

ich muss Sie um Entschuldigung bitten, dass ich Ihren netten Brief nicht schon eher beantwortet habe, aber ich bin gerade mit meinen Kindern von einem mehrmonatigen Aufenthalt in unserer Datscha auf der Krim zurückgekehrt. Wir hatten eine erholsame Zeit. Jeden Abend saßen wir vor dem Haus, tranken kalten Tee und erinnerten uns an die alten Zeiten. Es war sehr schön.

Ich verstehe nichts von Stimmen der Toten, die zu den Lebenden sprechen, aber Michail war eine starke Persönlichkeit. Er glaubte, dass es wichtig ist, sich einer größeren Sache zu widmen – einer Religion, einer Idee, einer Liebe, oder vielleicht seinem Land.

Michails tiefe Liebe galt seiner Familie und seiner Heimat. Als die Sowjetunion zerfiel, geriet er eine Zeit lang vom Weg ab. Irgendwann hat er sich mit Alexei Berianow entzweit. Michail war wütend auf ihn und wollte ihn überzeugen, seine Meinung über irgendeine Sache zu ändern, mit der sie beide zu tun hatten. Was sonst noch zwischen ihnen vorgefallen ist, habe ich nie erfahren.

Ich bin noch immer nicht darüber hinweg, dass ich Michail verloren habe, und ich trauere jeden Tag um ihn. Dann kam Ihr Brief. Der Gedanke, dass Sie sich von ihm beeinflusst fühlten, dass Sie etwas über ihn wissen wollten und dass Sie sich dafür interessiert haben, wer er war und was er dachte, berührt mich tief. Zu wissen, dass ein Teil von ihm in Ihnen weiterlebt, hilft auch mir, weiterzuleben.

Ich hoffe, dass Sie das kleine Geschenk annehmen werden. Es ist nur ein Souvenir aus Michails Kindheit, aber wo immer wir gelebt haben, hat er es in unserem Schlafzimmer aufgehängt. Er sagte, dass es den russischen Charakter erklärt, die »russische Seele« – ihre dunkle und ihre helle Seite. Ich glaube, Sie werden es verstehen und ich hoffe, es gefällt Ihnen.

Mit herzlichen Grüßen
Tatjana Ogust

Jeff wickelte das Seidenpapier vom Päckchen ab. Eine polierte Holztafel kam zum Vorschein. Er gab sie Beth. Ihre Hände zitterten, als sie die Tafel hochhielt, auf der von Hand in kyrillischen Buchstaben ein Gedicht geschrieben stand:

Wenn du liebst, dann liebe ohne nachzudenken.
Wenn du drohst, so drohe nicht im Spiel.
Wenn du zürnst, lass der Wut freien Lauf.
Wenn du strafst, dann strafe im rechten Maß.
Wenn du feierst, dann sei sicher,
Dass du gut zu essen hast.

Tolstoi

»Die Antwort darauf, woher meine mysteriösen Gedichtzeilen kamen«, flüsterte Beth.

»Nein, das glaube ich nicht«, sagte Jeff und zog Beth an sich. »Die Sache mit dem Zellgedächtnis ist fauler Zauber. Was dir passiert ist, war purer Zufall, angefangen mit deinem impulsiven Anruf bei Meteor Express.«

»Vielleicht hast du Recht«, sagte Beth ernst. »Aber ich bin froh, dass ich endlich weiß, woher die Zeilen stammen. Von Tolstoi also. Es ist, als wäre das Gedicht das letzte Steinchen, das mir noch gefehlt hat, um das Puzzle zu vollenden.«

»Sag mir die Wahrheit.« Er zögerte. »Glaubst du, das alles ist wirklich passiert? Dass du diese rätselhaften Nachrichten von Ogust bekommen hast?«

Beth hielt die Tafel hoch und las sie noch einmal, diesmal auf Russisch. Schließlich drückte sie sie an die Brust. »Es ist mir unangenehm, das zuzugeben, schließlich bin ich Anwältin. Aber ich glaube es tatsächlich.«

»Gut.« Jeff lächelte. »Ich nämlich auch.«

Der Februar hielt in Washington mit einem bitterkalten Sturm Einzug, der die Fußgänger und den Verkehr aus den geschäftigen Straßen verjagte. An einem Nachmittag saßen Jeff und

Beth im Arbeitszimmer beim Kaffee und hörten die Nachrichten im Radio.

»... in Moskau wurde die Limousine des russischen Premierministers Netschajew von einem der so genannten Zigeunertaxis der Stadt abgedrängt und stürzte von einer Brücke in die eisbedeckte Moskwa. Bis die Limousine aus dem Fluss geborgen werden konnte, waren sämtliche Insassen tot, darunter der Premierminister, seine Ehefrau und drei Agenten des MWD. Der Unfall ereignete sich nachts. Es wurden bislang keine Zeugen gefunden, die das Taxi, das den Unfall verursacht hat, oder seinen Fahrer identifizieren konnten. Präsident Wladimir Putin hat das Amt des beliebten und reformfreudigen Premierministers mit Roman Tyrret besetzt, einen erst kürzlich gewählten Abgeordneten der Duma, der zugleich der größte Fernsehstar des Landes ist. Der führende Oligarch Georgi Malko nannte Tyrret ›meinen guten alten Freund‹ und bot ihm die Unterstützung der Geschäftswelt an. Der renommierte General Igor Kripinski gab eine Presseerklärung heraus, in der er zum Ausdruck brachte, dass Tyrret ein guter Nachfolger für Putin wäre ...«

Jeff starrte Beth an. »Nach der russischen Verfassung übernimmt der Premierminister das Amt des Präsidenten, falls dieser nicht regierungsfähig ist. Der Premierminister muss innerhalb von drei Monaten Neuwahlen ausschreiben, aber er hat den Vorteil, dass er solange im Amt ist. Wenn Wladimir Putin irgendetwas zustößt ...«

»Würde Roman Tyrret das Amt übernehmen.« Beth schüttelte sorgenvoll den Kopf. »Sowohl Georgi Malko als auch General Kripinski standen auf Perez' Liste von Berianows Mitverschwörern. Und jetzt unterstützen sie diesen Tyrret. Und die Sicherheitsleute, die gestorben sind ...?«

»Gehörten zum MWD, zur russischen Nationalpolizei. So wie Perez ...« Er hielt inne und verzog das Gesicht. »Könnte sein, dass Perez tot ist.«

Ein kalter Hauch schien plötzlich durch das warme Zimmer zu wehen. Sie starrten sich an.

Beth sprach aus, was beide dachten: »Es ist noch nicht vorbei.«

Anmerkung der Autorin

Der griechische Philosoph Aristoteles vertrat die Ansicht, dass Verstand und Geist ihren Ursprung im Herzen haben. Doch genau wie in der heutigen Gemeinschaft der Wissenschaftler hatten die Experten auch vor mehr als zweitausend Jahren Einwände. Hippokrates, der große Arzt aus der griechischen Antike, hatte bereits zuvor den gegenteiligen Standpunkt vertreten – dass es der Verstand ist, von dem alle Gedanken und Gefühle ausgehen.

Was zu zwei Spruchweisheiten passt: »Je mehr die Dinge sich ändern, desto mehr bleiben sie gleich«, und: »Widersprüche beflügeln das Wissen.«

Als ich ein kleines Mädchen in Council Bluffs, Iowa, war, kam meine Mutter eines Morgens mit bleichem Gesicht zum Frühstückstisch. Ein Nachbar war beim Schneeschaufeln tot zusammengebrochen. Wir alle waren erschüttert, da der Verstorbene, ein junger Familienvater, einen gesunden und kräftigen Eindruck gemacht hatte. Aber so etwas kam häufig vor. Menschen jeden Alters starben aus heiterem Himmel an einem Herzanfall.

Dem *Journal of the American Medical Association* zufolge hat sich nichts daran geändert. Herzkrankheiten sind in den Industrieländern immer noch die Todesursache Nummer eins. Zum Glück haben sich die Möglichkeiten der Frühdiagnose und der Behandlung erheblich verbessert, und für manche, über die das Todesurteil einer Herzkrankheit im Endstadium gesprochen wurde, wie für Beth Convey in diesem Roman, gibt es eine Hoffnung – eine Herztransplantation. Wenn man bedenkt, wie viele Operationen dem Patienten nur eine Überlebenschance von fünfzig Prozent bieten, ist es erstaunlich, dass die Ärzte einem Menschen das Herz entnehmen und es einem anderen einpflanzen können, wobei eine Überlebenschance von neunzig Prozent besteht.

Was vor vierzig Jahren noch Science Fiction war, ist heute Wirklichkeit: Organverpflanzungen. Manche Menschen behaupten, dass sie von ihren Organspendern Charakterzüge, Vorlieben und sogar Erinnerungen bekommen haben. Hatte Aristoteles wenigstens zum Teil Recht? Gibt es eine Verbindung zwischen Herz und Gehirn, die über einfache Nervenbahnen hinausgeht?

Vor nur fünfzig Jahren glaubten die Forscher auf dem Gebiet der Neurologie, dass unterschiedliches Hirngewebe im Wesentlichen für dieselben Aufgaben zuständig sei. Erst 1995 haben wir gelernt, dass viele verschiedene Systeme im Gehirn notwendig sind, um etwas scheinbar so Einfaches wie ein Wort zu finden. Beispielsweise werden Substantive und Verben in verschiedenen Hirnbereichen gespeichert – ein Faktum, das noch vor wenigen Jahren völlig unbekannt war.

Inzwischen schreiben wir das Jahr 2002, doch unser Wissen über die Beziehungen zwischen Körper und Geist steckt immer noch in den Kinderschuhen. Doch viele Herzempfänger brechen ihr selbst auferlegtes Schweigen und schildern Erfahrungen, die nur dann einen Sinn ergeben, wenn man die Identität der Herzspender berücksichtigt. Vielfach werden solche Aussagen als unsinnig, Anstoß erregend oder beleidigend empfunden. Sogar als Ketzerei. Andererseits ... welche Gelegenheiten für die Forschung sich bieten!

Wenn Sie mehr über das Thema »Zellgedächtnis« lesen möchten, empfehle ich die folgenden Bücher:

A Change of Heart: A Memoir von Claire Sylvia unter Mitarbeit von William Novak, Little Brown & Co. 1997 (Deutsche

Übersetzung: *Herzensfremd. Wie ein Spenderherz mein Selbst veränderte,* Hoffmann und Campe 1999). Die Transplantationspatientin Sylvia beschreibt ihre Reise vom Herzversagen bis zu ihrem neuen Leben mit dem Herzen eines jungen Mannes, der bei einem Motorradunfall starb.

The HeartMath Solution von Doc Childre und Howard Martin unter Mitarbeit von Donna Beech, Piatkus Books 1999 (Deutsche Übersetzung: *Die Herzintelligenz – Methode, Grundlagen, Anwendungen und Perspektiven,* VAK Verlag 2000). Childre ist Begründer des »Institute of HeartMath«, an das Ärzte und Psychologen Patienten zur Behandlung von Leiden wie Bluthochdruck und Herzrhythmusstörungen überweisen.

The Heart's Code von Paul Pearsall, St. Martins Press 1998 (Deutsche Übersetzung: *Heilung aus dem Herzen,* Goldmann 1999). In diesem Buch können Sie die neuesten Entdeckungen auf dem Gebiet des Zellgedächtnis und über dessen Rolle im Komplex Geist-Körper-Bewusstsein nachlesen. Pearsall hat mit mehreren Empfängern von Spenderherzen zusammengearbeitet.

Molecules of Emotion: Why You Feel the Way You Feel, von Candace B. Pert, Scribner Book Co. 1997 (Deutsche Übersetzung: *Moleküle der Gefühle. Körper, Geist und Emotionen,* Rowohlt 1999). Perth ist die ehemalige Leiterin der Abteilung für Hirnchemie des »National Health Institute« und heute Forschungsprofessorin am Georgetown Medical Center in Washington. In dem Buch legte sie ihr Theorie dar, dass Neuropeptide und ihre Rezeptoren jene biochemischen Stoffe sind, die Gefühle erzeugen und ihre Informationen in einem ausgedehnten Netzwerk transportieren, das die materielle Welt der Moleküle mit der nicht materiellen Welt der Psyche verbindet.

The Touchstone of Life: Molecular Information, Cell Communication, and the Foundations of Life, von Werner R. Loewenstein, Oxford University Press 2000. Ehemals Professor für Physiologie und Direktor des »Cell Physics Laboratory« an der Columbia University, ist Loewenstein zurzeit Direktor des »Laboratory of Cell Communication« im Marine Biological Laboratory in Woods Hole, Massachusetts.

Es besteht ein gewaltiger Bedarf an Spenderorganen. Wenn Sie einen Organspendeausweis möchten, rufen Sie bitte (800) 355-SHARE an (usa). Mehr über Organspenden erfahren Sie beim United Network for Organ Sharing unter (800) 933-0440.

Anm. des Übersetzers: In der Bundesrepublik ist der Ansprechpartner:

Arbeitskreis Organspende
Postfach 1562
63235 Neu-Isenburg
Tel. (06102) 359-254 oder 359-633, Fax (06102) 359-410
E-Mail: presse@akos.de, URL: www.akos.de

Dort finden sich umfassende Informationen sowie eine Möglichkeit zur Bestellung von Organspenderausweisen.

»Jeder neue Thriller von Greg Iles ist ein Ereignis.
24 Stunden **ist sein bisher bestes Buch.«** THE TIMES

24 Stunden – so lange dauern in der Regel die perfekt geplanten Entführungen eines Kidnapper-Trios. Die schockierten Eltern zahlen das geforderte Lösegeld, und die geraubten Kinder gelangen wohlbehalten nach Hause. Doch im Fall der kleinen Abby Jennings verläuft nichts nach Plan: Denn das entführte Mädchen benötigt dringend ein lebensnotwendiges Medikament, und ihre Eltern gehören nicht zu der Sorte von Menschen, die sich widerstandslos geschlagen geben. Die Jagd nach den Kidnappern wird zu einem Kampf auf Leben und Tod ...

ISBN 3-404-14810-X

BASTEI LÜBBE